Aesthetics and Poetics

美学与诗学

——张晶学术文选

张晶 著

第六卷

中国社会科学出版社

图书在版编目（CIP）数据

美学与诗学：张晶学术文选：全6卷／张晶著.—北京：中国社会科学出版社，2017.5

ISBN 978-7-5161-6184-5

Ⅰ.①美… Ⅱ.①张… Ⅲ.①古典诗歌-诗歌研究-中国-文集②美学-中国-古代-文集 Ⅳ.①I207.22-53②B83-092

中国版本图书馆 CIP 数据核字（2015）第 117585 号

出 版 人	赵剑英	
责任编辑	曲弘梅	
责任校对	张晓东	
责任印制	戴 宽	

出　　版	中国社会科学出版社	
社　　址	北京鼓楼西大街甲 158 号	
邮　　编	100720	
网　　址	http：//www.csspw.cn	
发 行 部	010-84083685	
门 市 部	010-84029450	
经　　销	新华书店及其他书店	

印刷装订	北京君升印刷有限公司	
版　　次	2017 年 5 月第 1 版	
印　　次	2017 年 5 月第 1 次印刷	

开　　本	710×1000 1/16	
印　　张	195.5	
字　　数	3595 千字	
定　　价	498.00 元（全六卷）	

凡购买中国社会科学出版社图书，如有质量问题请与本社营销中心联系调换
电话：010-84083683

目　　录

（第六卷）

审美文化

视觉文化

文艺美学与艺术美学

艺术媒介与传媒艺术

审美文化

人生审美哲学论[*]

一

　　人生的发展历程与审美之间是有着不可分割的内在联系的，或者说，审美是人生不断提高境界、不断完善、趋向于理想化的必不可少的要素。审美化的存在，是人的存在的重要内核。就目前的时代要求而言，审美文化更是"先进文化的前进方向"的主要内涵之一。所谓"先进文化"，从更为长远的目标来理解，实际上也就是指向人的本质的全面丰富化。在商品经济高度发达的今天，在人的生活节律变得愈来愈快、生存压力愈来愈大的时候，从审美哲学的角度来阐释人生意义，也许会使我们得到更为深远、更为丰富的理解。

　　审美活动是人类的基本活动之一，它是人们的生存所必不可少的。审美活动是人所独有的，体现着人的本质力量。审美活动区别于人的基本生存活动、科学认识活动和生产实践活动等，它"出于内心的一种欲望和兴趣；审美活动的过程也不是理智的、逻辑的，而是情感的、轻松的、愉快的"①。

　　人的发展有多种向度，比如科学知识的增长、理性思维能力的不断提高、伦理道德观念的成熟以及处理事务能力的加强等等；而审美素质的提高，更是人的发展中非常重要的因素。人生是一个不断发展的过程，也就是不断完善、不断向上提升的过程。人的发展，很大程度上在于生命运动。人的生命运动不同于动物，需要按照美的规律来进行，以求合乎人应有的发展，实现人的本性的完善化。德国著名诗人、美学家席勒在《审美教育书简》中，将"游戏"作为审美活动的主要概念加以强调，在他看来，游戏

---

* 本文刊于《社会科学辑刊》2005年第2期。

① 王旭晓：《美学通论》，首都师范大学出版社2001年版，第23页。

冲动的对象是活的形象，也就是广义的美。游戏是感性与理性的高度和谐统一，这种统一使人性得以圆满完成，使人的感性与理性的双重天性同时得到发挥，而人性的圆满完成就是美。他说："只有当人是完全意义上的人，他才游戏；只有当人游戏时，他完全是人。"① 指出了审美对于完全的人的绝对重要性。

人的审美活动，之所以对人的全面发展是不可或缺的，在相当的程度上是感官能力的丰富与提高。美学从其发端时起，就以"感性之学"而立足。马克思在《1844 年经济学哲学手稿》中，非常深刻地论述了感觉在人的生命活动中的重要意义，尤其是作为审美主体的人的感觉能力的重要性。在某种意义上，人的全面发展有赖于感觉能力的全面完善，人的全面发展，即是以人本身为目的，通过感性的形式得以实现的：

> 为了人并且通过人对人的本质和人的生命、对象性的人和人的产品的感性的占有，不应当仅仅被理解为直接的、片面的享受，不应当仅仅被理解为占有、拥有。人以一种全面的方式，也就是说，作为一个完整的人占有自己的全面的本质。人同世界的任何一种人的关系……视觉、听觉、嗅觉、味觉、触觉、思维、直观、感觉、愿望、活动、爱——总之，他的个体的一切器官，正像在形式上直接是社会的器官的那些器官一样，通过自己的对象性关系，即通过自己同对象的关系而占有对象。对人的现实性的占有，它同对象的关系，是人的现实性的实现，是人的能动和人的受动，因为按人的含义来理解的受动，是人的一种自我享受。②

思维对人们来说固然是非常重要的，但是人的本质的全面丰富与展开在另外的层面上则是在感觉方面，这一点，马克思作了相当深刻的论述。甚至，马克思还具体地分析了不同的感觉器官的独特本质，指出人的感性的丰富性是人的全面发展的前提。主体感官感受特定形式的对象的能力，是人的发展的一个重要标志。五官感觉体现在审美主体的个别性差异上，却是充分社会化的产物。

---

① ［德］席勒：《审美教育书简》，冯至、范大灿译，北京大学出版社 1980 年版，第 80 页。
② ［德］马克思、恩格斯：《马克思恩格斯全集》第 42 卷，中共中央编译局译，人民出版社 1979 年版，第 124 页。

二

在当代人的自我发展过程中，也即人的生成之中，审美能力、审美意识的增长和提高扮演着重要的角色。人们在审美活动中完善着自我，诗意地生活。审美活动正是这种理想的、升华了的生命活动。人们在这个过程中，与对象相融为一，审美主体与客体相互作用，物我两忘，主客不分，产生了其他类型的活动都无法取代的独特体验。恰如德国著名的美学家玛克斯·德索所说："审美经验的过程包括一个客体，一个可以接纳的主体以及结果所产生的两者间主要的美感接触。一个特殊的对象和一个特殊的人相遇，从来愉悦都是如此的。"① 由这种特殊的审美体验而不断地培养着人的各种能力，也可以说是人的发展所应具备的不可缺少的能力。无论是沿着何种向度发展，也无论是有什么样的人生选择，这样若干种能力都是应该具备和应予不断发展的。比如：情感的冲动与创造的欲望。审美活动首先是一种情感的活动，在这种活动中，情感扮演着最重要的角色。没有情感的冲动，就无以言及审美。在审美体验中，物我两忘，自失于情感的冲动之中。而人的任何一种创造，无论是自然科学的，还是艺术创作的，情感是第一动力。那种认为科学研究、科学发明不需要情感的论点是一种误区。其中的差别只是在于科学发现、创造的成果或产物，必须得到客观规律的验证，不能以情感作为结构方式和表现形态。但是在创造的过程中，是一直不能与情感分离的。有一种看法说情感只是存在于科学研究的外部作为一种动力，也许并不恰当。在科学创造的过程中，自始至终都必须有情感作为支撑。艺术创造更是以情感作为动力与表现的对象。刘勰在《神思》篇中所说的"登山则情满于山，观海则意溢于海"②，《情采》篇中说"故情者，文之经；辞者，理之纬；经正而后纬成，理定而后辞畅，此立文之本源也"③，罗丹认为"艺术就是感情"，歌德认为"没有情感也就不存在真正的艺术"，都指出了情感在艺术创造中的重要地位。

想象与主动构形的能力。人的任何创造性活动，都离不开积极的、活跃

---

① ［德］玛克斯·德索：《美学与艺术理论》，兰金仁译，中国社会科学出版社1987年版，第19页。

② 范文澜：《文心雕龙注》，人民文学出版社1962年版，第493—494页。

③ 同上书，第538页。

的想象。而审美活动是对人的想象能力不断提高的最佳途径。在审美活动中，想象是必然的、普遍的因素。审美主体和客体在想象中融为一体，如李白诗中所说的"相看两不厌，只有敬亭山"（《独坐敬亭山》），辛弃疾词中的"青山欲共高人语，联翩万马来无数"（《菩萨蛮》），等等，都是想象的产物。刘勰《神思》篇中所说的"古人云：'形在江海之上，心存魏阙之下。'神思之谓也。文之思也，其神远矣！故寂然凝虑，思接千载，悄然动容，视通万里，吟咏之间，吐纳珠玉之声，眉睫之前，卷舒风云之色，其思理之致乎，故思理为妙，神与物游"①，是对艺术创作中的想象的绝妙描述。科学发明同样也须是以想象作为先导，任何一项科学技术的发明创造都首先是从想象开始。而审美活动是对想象力的最佳培养方式。主动构形能力是人的一种独特的、卓越的能力。有无这种能力，是人和动物的重要区别，这种能力的大小与高下则是人与人的重要区别之一。马克思提出的"按照美的规律来建造"和"内在的尺度"其实都是人的主动构形的问题。古希腊柏拉图所说的"理念"，朱光潜先生译为"理式"，其实也就是人的头脑中的构形。任何创造都有主体的构形在先，这是有深刻道理的。德国古典哲学的奠基人康德，在他的《纯粹理性批判》中提出了"图型"的概念，将其归属于"纯粹悟性概念"之下，他说："吾人将名之为概念之图型。在此类图型中悟性之进程，吾人将名之为纯粹悟性之图型说。图型自身常为想象力之所产。但因想象力之综合，其目的不在特殊之直观，而仅在感性规定中之统一，故图型应与心象有别。"②康德所说的"图型"（又译"图式"），其实也正是人的构形能力。而人的创造能力是与其主动构形能力关系甚大的。如果你要创造出未曾有过的东西，要突破前人的既成模式，就要先在自己头脑中建立新的图型，而审美活动是会使这种构型能力得到大大增强的。

　　审美活动使人对生活不断涌现新鲜感和生命激情。审美是人通过感性的渠道与对象世界的触摸碰撞中所生出的新鲜感。审美有时是对艺术作品欣赏，还有很多时候是与自然界的偶然触遇中所兴发的感受。在中国美学中，这就称为"兴"。宋人李仲蒙所谓的"触物以起情，谓之兴"③，很能说明"兴"的性质。在审美主客体的偶然邂逅中触发的新鲜感、惊奇感和激动感，是审美活动中最基本的感受。在自然审美中，也处处是以惊奇感的产生

---

①　范文澜：《文心雕龙注》，人民文学出版社1962年版，第493页。

②　［德］康德：《纯粹理性批判》，蓝公武译，商务印书馆1960年版，第145页。

③　（宋）胡寅：《斐然集》卷18《与李叔易书》，中华书局1993年版，第386页。

为价值目标的。见惯不惊，熟视无睹，都无法引起审美的兴趣。惊奇本身就是一种审美发现。新鲜感、惊奇感的不断产生，审美经验的不断获得，使我们的心灵世界和精神天地，都经常葆有、充填着生命的激情，激活着我们的岁月。

审美以感觉的融合与理性达到自由的和谐，从而使人生境界得以不断超越。

审美活动是通过感觉的渠道来掌握世界的。视觉、听觉等感觉被看作最为重要的审美官能。马克思在《手稿》里确证了"有音乐感的耳朵，能感受形式美的眼睛"的重要作用。在《〈政治经济学批判〉导言》中，马克思明确提出了著名的精神生产中人类掌握世界的四种方式，其中包括艺术掌握，而艺术掌握也即审美掌握。审美掌握又是通过视觉、听觉等审美感官来实现的。关于视觉、听觉等感觉在审美过程中的重要作用，很多美学家都有深刻论述，如美国的著名美学家帕克所说："尽管感觉在美中是无所不在的，而且有最高的价值，但并不是一切种类的感觉都同样适于参与经验。柏拉图就只谈到'美的视象和声音'。自他的时代以来，视觉和听觉就一直被认为是具有优越的审美意义的感官。这些感官成为一切艺术的基础——声音成为音乐和诗歌的基础，视觉成为绘画、雕塑和建筑的基础。这两种感官所以特别适合，也是很有道理的。"[1] 而在目前的审美生活中，由于电视这种大众传媒无可比拟地占有了主导地位，影像就成了主要的审美对象。有的学者认为，"中国文化的现代转变，有一个显而易见的标志，那就是它正在转向一种视觉文化，或者一种影像文化。……我们有理由认为，中国文化的当代转变，一个非常明显的方面，就是它正在向视觉文化或者影像文化过渡"[2]。其实，在现在这样一个电子传媒时代，听觉的审美能力也得到极大的发展。电子媒介对声音的模拟与创造达到了从未有过的程度。而且，电视中的声画艺术与以往的视觉艺术与听觉艺术相比，使人们的感觉得到了划时代的解放，电子传媒的虚拟世界，无疑是人的本质力量在新层次上更大的实现。在这个时代的视听审美，对于人的想象力、创造力、直觉力的发展，都有不可低估的作用。

但是，审美的感性化并不意味着只是满足于浅表的感官享受。感性与理性并非对立的，而是可以兼容互通的。审美的愉悦与一般的快感有相当的差

---

① ［美］H. 帕克：《美学原理》，张今译，广西师范大学出版社 2001 年版，第 48 页。

② 周宪：《中国当代审美文化研究》，北京大学出版社 1977 年版，第 123 页。

异。康德在《判断力批判》中把审美鉴赏的快感与"善"和"快适"作了区别，指出："快适和善对于欲求能力都有关系，并且前者本身的存在就带着一种受感性制约（因刺激而生）的愉快，后者带着一种纯粹实践的愉快。"① 而美国著名美学家桑塔亚那也指出："一切快感都是固有的和积极的价值，但决不是一切快感都是美感。快感确实是美感的要素，但是显然在这特殊快感中掺杂了一种其他快感所没有的要素，而这要素就是我们所知所说的美感和其他快感之间的区别的根据，留意这种差异的程度，将是有益的。肉体的快感是离美感最远的快感。"② 这都揭示了审美愉悦与一般的快感的区别。事实上，视觉与听觉这样一些感觉是涵容着、积淀着理性和思维的，美国的著名美学家阿恩海姆以格式塔心理学的方法反复论证了视觉中是包含着思维的。他明确说："所谓视知觉，也就是视觉思维。"③ 审美其实是感性与理性的融合状态，处在一种和谐之中，单纯地以感官刺激来媚俗，低估了人作为审美主体的地位，也远远不能适应人的全面发展的需要。

个性化的人格培养，对于当代人的全面发展来说，是一个必不可少的话题。在遵守整个社会规范和对他人、对社会具有积极的责任感的前提下，人的健康的个性能否得到正常的培育和全面的展开，是一个社会文明程度的标志。具有鲜明的、独特的个性，才能不断地有所开拓，有所创造，而非人云亦云，墨守成规，而是生气勃勃。审美活动是培养人的个性的最佳途径。从审美创造而言，无论是从事什么形式的审美创造，都以个性化为其首要前提。无论是画一幅画，还是写一首诗，无论是创作一个雕塑，还是设计一个建筑，能否具有充满生命感的个性，是其成功的关键；从鉴赏的方面来看，也同样是以个性化的审美体验为其进入审美天地的标志。"一千个读者就有一千个哈姆雷特"，讲的便是审美体验的个性化。中国古代文论家谢榛所说的"观则同于外，感则异于内"④，王夫之所说的"作者用一致之思，读者各以其情而自得"⑤ 等，都指出了在鉴赏中的审美体验的个性特征。审美活动这种个性化特点，对于人的个性培养，是一个非常普遍的、有效的渠道。

自我实现的"高峰体验"，对于人的发展来说是一个个重要的阶梯或契机。"自我实现"是美国著名的人本主义心理学家马斯洛对于杰出人物价值

---

① ［德］康德：《判断力批判》，宗白华译，商务印书馆 1985 年版，第 46 页。
② ［美］桑塔亚那：《美感》，缪灵珠译，中国社会科学出版社 1982 年版，第 24 页。
③ ［德］阿恩海姆：《视觉思维》，滕守尧译，四川人民出版社 1998 年版，第 18 页。
④ （明）谢榛：《四溟诗话》，见丁福保《历代诗话续编》下，中华书局 1983 年版，第 1180 页。
⑤ （清）王夫之：《姜斋诗话》卷上，上海古籍出版社 1963 年版，第 3 页。

认定的概念。在马斯洛看来，"自我实现"的人，是成功的人，是最具创造性的人。依马斯洛的研究，"自我实现者的创造性在许多方面很像完全快乐的、无忧无虑的、儿童般的创造性。它是自发的、不费力的、天真的、自如的，是一种摆脱了陈规陋习的自由"①。在"自我实现"的过程中，"高峰体验"是其中最为重要的阶段，是人在创造过程中的巅峰状态。马斯洛这样描绘"高峰体验"："这种体验可能是瞬间产生的、压倒一切的敬畏情绪，也可能是转瞬即逝的极度强烈的幸福感，或甚至是欣喜若狂、如醉如痴、欢乐至极的感觉。在这些短暂的时刻里，他们沉浸在一片纯净而完善的幸福之中，摆脱了一切怀疑、恐惧、压抑、紧张和怯懦。他们的自我意识也悄然消逝。他们不再感到自己与世界之间存在着任何距离而相互隔绝，相反，他们觉得自己已经与世界紧紧相连融为一体。"② 在这种"高峰体验"中，人最大限度地实现了自己的价值。真正的创造都是离不开高峰体验的。"自我实现"中的"高峰体验"，在审美体验中是最为明显的。在审美体验中物我两忘，兴会淋漓，达到极致。审美体验本身就是一种高峰体验，如马斯洛所形容的，"在高峰体验的时刻，表达和交流通常倾向于成为诗一般的、神秘的和狂喜的，似乎这是表现存在状态的一种自然而然的语言"③。审美活动也使人有着自我实现的感觉。

审美需要是人的一种基本需要，审美需要的满足是人的全面发展的重要条件。人的本质要得到真正的复归，人要在更高的层次上得到全面的发展，审美是非常重要的因素，甚至可以说是超乎一切的。真、善、美集于一身的人格的造就与陶冶，是离不开审美这个主要渠道的。

---

① ［美］马斯洛：《人的潜能与价值》，林方等译，华夏出版社1987年版，第246页。
② 同上。
③ ［美］马斯洛：《存在心理学探索》，李文湉译，云南人民出版社1987年版，第101页。

审美文化视域中的国学内涵[*]

一

"国学"的重新提起，以至于引发了一场学术界的争论，成为当前中国文化领域的一个令人瞩目的事件。无论这场论争的内容如何，观点怎样，我以为都是一件好事！我相信现在提出"重振国学"的学者，其目的也决非仅是"发思古之幽情"，必然有着强烈的现实精神。在这个意义上，我认为就国学问题论而辩之，信非坏事。

关于"国学"，自然有不同之义界，然我以为，一言以蔽之：中华传统学术之称，如此也许可以少一些歧义。在我看来，这并非事情的关键所在，我们要思索的是：我们现在重提"国学"的现实意义是什么？它的价值取向又是什么？

说实在话，从我国目前阶段青少年一代的文化心态、精神需求和价值取向来看，令人担忧的情况确乎不少。对于中华文化中的精华的无知，对于信念感的丧失，对于传统的审美资源的蒙昧，诸如此类，恐怕并非个别现象。

我们是在全球化和现代性的语境下提出问题的，绝没有让我们国家的青年人都当"老夫子"、都去"整理国故"的意思；但目前的状态是中华传统文化在青年一代中的严重缺失以及审美文化中人文精神的沉落。这种情况和我们弘扬民族精神、实现中华民族伟大复兴的宗旨背道而驰。一个能够进入世界民族之林的前列，具有悠久文化传统的民族，如果没有民族精神的支撑是不可想象的。况且，中华传统文化中的精华，是世界精神宝库中的重要财富，对于世界文明的发展做出了不可缺少的贡献。甚至可以说，在当代的世

* 本文刊于《现代传播》2005 年第 5 期。

界先进文化的整体中，有机地渗透着中华文化的血脉。对于世界文明的进程而言，中华文化是绝对不可缺少的重要成分。在全球化的语境中，我们了解西方的先进文化，学习、接受一些西方的观念、理论，是必然的，也是我们社会发展的需要。我们在理性地认识和把握历史进程的"现代性"的同时，也深刻感受到西方近现代的文化精神对于人类的现代化进程所做出的贡献。同样地，我们又不能不清醒地认识到，就我们这个民族的生存和发展而言，中华民族精神以及其文化底蕴，不仅不是过时的、衰朽的，反而是推动民族发展的主要动力。不难设想，如果我们丧失了中华民族精神和文化底蕴的支撑，中国人的精神生态会是什么样子！

国学中的精华部分（事实上传统文化中的没落的、糟粕的东西，是不能作为国学的代表的）对于中华民族精神来说，是非常必要的基础。民族精神不是空洞的，不是抽象的，也不是只用口号喊出来就算是得到"弘扬"的。民族精神作为一个民族不熄的精神火炬，是一个代代相传的民族心理的积存和延续，是必须通过文化的载体来传递的，也是从其民族的学术的、知识的大量典籍中升华出来的。中华民族精神，从某种意义上说，也正是体现在国学的典籍之中的。而作为我们国家的未来的栋梁，青年一代要从骨子里秉承和发扬中华民族精神，乃是要以国学作为其主要资源的。反之，如果对于中国的传统文化的重要内涵，处于十分无知的蒙昧状态，对于中国的文化精品都毫无兴趣，没有一点学习和吸收的渴望，中华民族精神又何从进入人的心灵世界？如果说从别的渠道可以进入一些的话，也是相对空洞的、抽象的。无论是中国的，还是西方的，民族精神的文化遗存，都是在知识的、学术的体系中显现出来的，流传下去的。从这个意义上说，国学的精华，是荷载着中华民族精神的物化载体。

从审美文化的角度来看国学，其意义也许更为值得深思。一个时代、一个社会的审美文化形态，对于此一时代、此一社会的人们的丰富与成长，都是至关重要的因素。对于大多数人来说，审美活动是塑造人的灵魂的最直接也是最有效的渠道。席勒在他的名著《审美教育书简》中最早提出了"审美文化"的概念，而席勒的美学正是一种人本主义美学，也就是使人成为一个"完全的人"。而中国的国学中具有审美文化性质的部分，恰恰也是着眼于人格的培养和完善的，这在儒家理论中是体现得最为集中的。孔子所说："志于道，据于德，依于仁，游于艺"①，"兴于《诗》，立于礼，成于乐"②，是以"艺"、"乐"为人格成熟和完美的必要途径。要使一个人从孩提时开始获得丰富的、健康的乃至于崇高的人格，审美活动是最为直接的、重要的渠道。国学在这方面有着非常充分的资源，同时也包蕴着深厚的当代启示意义。

二

渊深厚重的中国传统学术或称"国学"，从审美文化的角度，可以撷取数端在我们今天的和谐社会的精神架构中起到非常重要的作用：一是乐感文化培养完美人格，构建和谐的人际关系和社会结构；二是摆脱日常功利的壅塞，构建自由的精神世界；三是以形传神、形神统一的艺术传统；四是将人的自然情感积淀为审美情感的形式认同；五是以"天人合一"为根本观念的对自然美的发现与交融。这当然远非全部，但却可以"管中窥豹"似的体认国学的审美文化价值。本文只能略而述之。

李泽厚先生以"乐感文化"概括中国传统文化的特质，虽然并未有完整而明晰的说明，但我以为是可以道出国学中的审美性质的。这种"乐感文化"的精神，以先秦儒家学说为最有代表性，而又赓续及中国文化的绵长血脉。以我的理解，"乐感文化"就是以浸入生命的感性愉悦来体验形而上之道的文化形态。它是直观的，又是非常令人愉悦的，如李先生所说的"悦神"、"悦志"者是也。《论语》中所讲的"风乎舞雩"的人生价值，便是此种境界。"乐感文化"使人不必硬性地以禁忌来约束人们，而是通过一种使人感到非常愉悦的感性氛围，使人的精神境界得以提升。孔子所谓"知之者不如好之者，好之者不如乐之者"③。"乐之"是一种由衷的嗜爱。李泽厚先生在《论语今读》中说："'兴于《诗》，立于礼，成于乐'与'知之，好之，乐之'可以作为交相映对的三层次。这层次都是就心理状态而言，都在指向所谓'乐'——既是音乐，又是快乐的最高层次、最高境界。这也就是所谓'天地境界'，即我称之为'悦神'的审美境界。"④

---

① 杨伯峻、杨逢彬：《论语译注》，岳麓书社 2009 年版，第 76 页。
② 同上书，第 93 页。
③ 同上书，第 69 页。
④ 李泽厚：《论实用理性与乐感文化》，三联书店 2005 年版，第 87 页。

"乐"是主体的一种心理状态，是一种境界，是非常愉快的，又是指向"仁"的人格形成的。孔子讲诗学的"兴、观、群、怨"，也有相当的审美性质。所谓"兴"，指的主体被外在事物（如自然景物）所触发而引起强烈的兴致。宋人李仲蒙的解释最为恰切："触物以起情谓之兴，物动情也。"① "触"当然是主客体的偶然遇合，不是有意的安排。"兴"所触发的是强烈的兴致乃至于冲动。"观"是什么？"观"是一种直观，即诗所描绘的情景是一种直接的感受或观感。如朱熹所释云："其感人又易入。"②

"乐感文化"在先秦儒家这里主要是礼乐。"乐者，乐也。"说明了"乐"（yuè）的审美性质。孔子以"六艺"为教育内容，礼乐是被放在首位的。孔子由衷地推崇"乐"的强烈的美感作用和感染力，他"在齐闻《韶》，三月不知肉味。曰：不图为乐之至于斯也！"③ 而他对乐的要求是"尽善尽美"。所谓"尽善"，就是要表现"仁"的内容，并起到调节人际关系、达成群体和谐之目的。这一点，荀子予以明确的表述，《荀子》云："夫乐者，乐也，人情所不能免也，故人不能无乐。……故乐在宗庙之中，君臣上下同听之，则莫不和敬；闺门之内，父子兄弟同听之，则莫不和亲；乡里族长之中，长少同听之，则莫不和顺。……故乐者，天下之大齐也，中和之纪，人情之所不能免也。"④ 突出地强调了乐的使社会和谐的功能。

在道家哲学和佛家哲学有关审美的认识中，更多地倡导自由的心灵世界，这种心灵世界将日常的利害感排除出去，呈现出空明澄净的状态，更为主动地进入精神自由的王国，同时创造出突破客观局限的时间和空间。《庄子》中所说的"逍遥游"，就是此种境界。"心斋"、"坐忘"，就是将内心中的欲望和概念的东西排除掉，这样方能与道相通，正如庄子所说："堕肢体，黜聪明，离形去知，同于大通，此谓坐忘。"⑤ 这种虚静恬淡之心，看似空寂，实则蕴含着生成无限的审美空间的可能。庄子又说："水静犹明，而况精神。圣人之心静乎，天地之鉴也，万物之镜也。夫虚静恬淡，寂寞无为者，万物之本也。"⑥ 魏晋时期画论家宗炳，提出"澄怀味象"（《画山水序》）的命题，进一步揭示了这种虚静心态作为审美主体的对象性特征。

---

① （宋）胡寅：《斐然集》卷18《与李叔易书》，中华书局1993年版，第386页。

② （宋）朱熹：《四书集注》，中华书局1983年版，第104页。

③ 杨伯峻、杨逢彬：《论语译注》，岳麓书社2009年版，第79页。

④ 《荀子·乐论》，见（清）王先谦《荀子集解》，中华书局1988年版，第379页。

⑤ 《庄子·大宗师》，见（清）王先谦《庄子集解》，上海书店1986年版，第47页。

⑥ 《庄子·天道》，见（清）王先谦《庄子集解》，上海书店1986年版，第81页。

　　在中国思想史上，"形神之争"是一个影响重大的问题，而在审美文化领域，集中体现为形神关系。中国古代的艺术创作，不满足于"形似"，而以"传神写照"为其主导的美学观念。《淮南子》中以神为形之主，曾言："以神为主者，形从而利；以形为制者，神从而害。"（《原道训》）"心者形之主也，神者心之宝也。"（《精神训》）魏晋时期的大画家顾恺之，提出"以形写神"、"传神写照"①的命题，对中国的艺术创作有非常深刻的影响。这种艺术本体论，是超越于外在的形质，而使艺术品有更为深层的内涵。但它又不是脱离形器的抽象之物，而是含在外形中的内蕴。

　　国学中的有关审美文化的部分，非常重视从人的自然情感升华到审美情感，而不主张人的自然情感的赤裸裸的发泄。孔子在《论语》中多处论及"文"的观念，如说："周监于二代，郁郁乎文哉！"②又云："棘子成曰：'君子质而已矣，何以文为？'子贡曰：惜乎！夫子之说，君子也。驷不及舌，文犹质也，质犹文也。虎豹之鞟犹犬羊之鞟。'"③"文"都是指形式的美感。魏晋南北朝著名文论家刘勰，非常重视将情感升华到审美形式，他说："圣贤书辞，总称文章，非采而何？夫水性虚而沦漪结，木体实而花萼振，文附质也。虎豹无文，则鞟同犬羊，犀兕有皮，而色资丹漆，质待文也。若乃综述性灵，敷写器象，镂心鸟迹之中，织辞鱼网之上，其为彪炳，缛采名矣。故立文之道，其理有三：一曰形文，五色是也；二曰声文，五音是也；三曰情文，五性是也。五色杂而成黼黻，五音比而成韶夏，五情发而为辞章，神理之数也。"④所谓"情文"，正是说人的情感通过艺术形式的修饰而成文章。人的自然情感，是审美情感的基础，但不能代替审美情感。人的自然情感，如果不能提升为审美情感的层次，就只能停留在自在的阶段，而不具备美的价值。美国著名美学家苏珊·朗格对于自然情感和审美情感加以明确的阐述，她认为："一个艺术家表现的是情感，但并不是像一个大发牢骚的政治家或是像一个正在大哭或大笑的儿童所表现出来的情感。艺术家将那些在常人看来混乱不整的和隐蔽的现实变成了可见的形式，这就是将主观领域客观化的过程。但是，艺术家表现的决不是他自己的真实情感，而是他认识的人类情感。一旦艺术家掌握了操纵符号的本领，他所掌握的知识就

---

①　见（唐）张彦远《历代名画记》卷 5，人民美术出版社 1963 年版，第 112、118 页。
②　杨伯峻、杨逢彬：《论语译注》，岳麓书社 2009 年版，第 28 页。
③　同上书，第 140 页。
④　范文澜：《文心雕龙注》，人民文学出版社 1962 年版，第 537 页。

大大超出了他全部个人经验的总和。"① 中国的文学艺术理论，非常重视将主体的自然情感积淀到审美情感中，并总结为形式美的规律，这样，有利于超越低俗的欲望性快感，而创造出真正的美感。

国学中的审美文化部分，包含着人对自然美的发现，人与自然的亲和态度以及人与自然的交融互摄，这些都是在中国哲学中"天人合一"的整体理念下形成的。宗白华先生有这样两句话说得甚是："晋人向外发现了自然，向内发现了自己的深情。"② 魏晋时人对山水之美的发现是历史性的。宗炳在《画山水序》中所说的"圣人含道映物，贤者澄怀味象。至于山水，质有而趣灵"③ 表现出当时对自然美的审美思维高度。"澄怀味象"是说主体那种虚静空明的心灵，以直觉品味的方式，把握了山水之"象"，而山水一方面是客观的物质存在，一方面又是富有灵趣的。这个灵趣，是主体在和自然山水晤对时所产生的感受。诗学中大量的情景关系的论述，如明代诗论家谢榛所说："作诗本乎情景，孤不自成，两不相背。凡登高致思，则神交古人。穷乎遐迹，系乎忧乐，此相因偶然，著形于绝迹，振响于无声也。夫情景有异同，模写有难易，诗有二要，莫切于斯者。观则同于外，感则异于内，当自用其力，使内外如一，出入此心而无间也。景乃诗之媒，情乃诗之胚，合而为诗，以数言而统万形，元气淋漓，其浩无涯矣。"④ 这是很有代表性的。

三

国学中有审美文化意义的内容之多，决非我这篇小文所能列举的。以之参与这次的讨论，其"吃力不讨好"的结果是可想而知的。但我以为这个题目对于我们的思考是有意义的。目前的文化现实尤其是大众传媒领域，有许多不如人意之处。我们也大可不必悲观，在整个世界的潮流裹挟下的中国文化，又是处在一个稳定发展的盛世，人们的娱乐要求在增长着，视觉文化的特点也在于能给人以更多的省心省力的且是更为直接的刺激，这也都是客观的存在。但是，有些低俗化的东西以迎合某些人的欲望为目标，造成了一

---

① ［美］苏珊·朗格：《艺术问题》，滕守尧等译，中国社会科学出版社 1983 年版，第 25 页。

② 宗白华：《美学散步》，上海人民出版社 1981 年版，第 215 页。

③ （南朝·宋）宗炳、王微：《画山水序·叙画》，人民美术出版社 1985 年版，第 1 页。

④ （明）谢榛：《四溟诗话》卷 3，中华书局 1985 年版，第 41 页。

种恶性的循环，这又是我们不能不警惕的。青少年中很多人沉溺于一些浅薄的视觉刺激，而对我们民族文化的精华一无所知或知之甚少，尤其是理性思维能力的下沉，这就不能不使人忧虑了。在这种视觉接受为其最主要的方式的成长过程中，缺少自律、放纵自我、没有反思能力，成为一种普遍的现象。人格的弱化、矮化，很难说不成为一种必然趋势。从这个角度来看，当然就不是一个小问题，它关乎我们这个有着数千年的沧桑史、奋斗史的伟大民族会成为什么样子的问题。这恐怕并非危言耸听！

我们并不是提倡走回头路，也没有必要在大众传媒领域采取极端化的措施。因为视觉文化已经成为我们这个时代主要的文化模式。但是，这难道就是以低俗化的东西、低级趣味的东西来塞给人们的视听的理由吗？视觉文化当然是以视觉为其主要的审美方式，它给人以直观的影像，它易于使人的感性欲望得到刺激，而无须经过文字那样的必然经过的反思过程。所以，在视觉文化时代，如何使人们得到更多健康向上的东西，是一个值得认真来思考、来做的课题。我们的民族有数千年的苦难经历，遭受过无数的天灾人祸，记不清多少次被外敌侵略、奴役，但是我们这个民族不仅生存下来了，而且发展到了今天这样一个繁荣昌盛的阶段，这样一个和谐稳定的社会，靠的是什么？靠的是"厚德载物"、"自强不息"的民族精神，靠的是"至大至刚"的浩然正气，靠的是悠久而独特的中华文化积存。在中华历史上，有很多次侵略者取得了军事上的胜利，耀武扬威入主中原，但是最后却反被中华文化所征服！我们这个民族之所以挺立于东方而不败，文化的积存和弘扬，是其深层原因。

如何在视觉文化时代保持中华文化的积存，培植和光大民族精神，真是一个非常严肃的问题。理性的、知性的思想教育，是可以起到相当作用的，但是，更不可忽视的是审美文化的力量！感性的、令人精神愉悦的方式，应该向我们传导更多的善良、崇高和阳刚之气，应该使人们更多地了解中华文化的精髓。国学中这方面的内涵是取之不尽的，我们何不时时汲取！为的是中华民族的伟大复兴！

作为美学新路向的审美文化研究*

一

与传统的经典美学相比，当代美学研究无疑是发生了重要的变化的。20世纪后半叶及新世纪以来，由于大众传播媒介的巨大影响力及"日常生活审美化"的审美倾向的泛溢，审美现实发生了无法逆转的变化，因而，美学研究的转向，不仅是客观的，而且是必要的。

事实上，近年来无论是西方的美学理论与中国的美学研究，都很少再以抽象的美的本质问题作为研究的重心，而是对审美经验、审美价值以及审美文化等问题投注了更多的热情，产生了许多具有代表性意义的成果。尤其是关于审美文化问题，在国内美学界成为关注的热点，并有多位美学家对审美文化的学理性内涵进行了颇为深入的探讨，在相应的美学教科书和专著中列为非常重要的部分，使"审美文化"作为一个重要的美学命题上升到前所未有的高度。

"审美文化"之所以成为美学研究新的重心，有着深刻的历史原因和时代因素，或者也可以说是新的历史条件对美学提出的崭新课题。"审美文化"最早由德国古典哲学时期著名美学家席勒提出，至今已是两个多世纪以前的事情，但现在成为美学界的关注焦点，不能不说是时代的发展在美学领域的映现。"文化"与"审美"本来就有内在的一致性，"审美文化"凝结为一个具有浓郁的时代印痕的命题，则包蕴着太多的人文积淀，且开启了美学发展的新的路向。

中国传媒大学审美文化研究所的创立，只是当前的美学研究格局的一个映照，也是对诸多学者的相关研究的一个积极回应。当代的文化现象是多元

---

* 本文刊于《现代传播》2006 年第 5 期。

化的，又是十分活跃的；它们带着相当普遍的审美色彩，成为美学新的研究对象。而在当代的文化发展中，大众传媒所起到的作用是无所不在的。中国传媒大学的学科建构覆盖着传媒的各个分支，同时，又将新闻传播、广播电视艺术及信息工程等学科整合在一个学科布局之中。这些学科的对象，恰恰都是当前文化生态中最为活跃、最有生机的部分。我们的审美文化研究，是以当代的文化生态作为研究对象和资源的。当然，我们不能停留在一般的文化事象的描述与感悟上，是要以马克思主义美学的原理与方法，以当代的文化生态为客观对象，对当代的审美文化学做出学理性的阐释和建构的。中国传媒大学的文艺学博士点，"审美文化学"是其中的一个重要方向，其指导思想亦是从学科角度对其进行提升，从而使文艺学与美学都在汲取新的资源的基础上，生长出新的理论形态。

二

关于审美文化，已有诸多的学者进行了理论阐述和现象批判，如叶朗、聂振斌、周宪、姚文放、林同华、李西建等学者，都有专著或书中的专章正面展开对审美文化的学理性建构，其见自异，其说不一，但都对"审美文化"作了深刻的哲学思考，并提出了相对完整的看法。我们认为，这种对"审美文化"的不同认识完全是学术研究正常化、民主化的表现，是有利于"审美文化学"作为一个分支学科的研究与发展的。如叶朗先生在其主编的《现代美学体系》里，将"审美文化"作为审美社会学的核心范畴，并为其界定说："所谓审美文化，就是人类审美活动的物化产品、观念体系和行为方式的总和，它是人创造出来的，又通过一代一代的'社会遗传'而继承下去。"[1] 显然，叶朗先生并非是在特指大众文化、消费文化中的审美性质这个角度来论述审美文化的，而是作为人类发展中的社会文化的审美方面的常态而言的。聂振斌、滕守尧、章建刚等先生在对当代的审美文化现象做出全面分析后，将"审美文化"定义为"审美文化是人类发展到现时代所出现的一种高级形式，或曰人类文化发展的高级阶段，它把艺术与审美诸原则（超越性、愉悦性以及创造与欣赏相统一等）渗透到文化及社会生活各个领域，以丰富人的精神生活，使偏枯乃至异化了的人性得以复归"[2]。将"审

---

① 叶朗：《现代美学体系》，北京大学出版社 1999 年第 2 版，第 242 页。

② 聂振斌等：《艺术化生存》，四川人民出版社 1997 年版，第 530 页。

美文化"定位为一种"高级形式"，同时，又指出其是现时代的产物。李西建先生认为，"所谓审美文化是以人的精神体验和审美的形式观照为主导的社会感性文化"，并指出其主要的特征为感性化、形式化和消费性。① 林同华先生则是从美学与文化学的联姻这个角度来界说"审美文化"的，其云："美学文化学是美学与文化学的结合体。这种结合，并非一切文化模式与美学文化的组合，而是有其内在结构与外在形式要求的结合。"② 他指出："美学文化学的整体性结构为审美文化哲学、审美艺术哲学、审美行为哲学、审美科技哲学四大部分组成。"③ 而周宪所说的审美文化，主要是指当代中国在消费文化背景中的审美形态。如其所说："一个重要的理由是，当代中国审美文化的发展和变化，已经远远超出了古典的艺术范围，技术的进步和影响，大众传播媒介的广泛渗透，具有读写能力的大众阶层的涌现，艺术生产方式从传统的个人手工操作向机械复制的转变，艺术传播方式的变化，流行时尚、趣味与群体的亚文化的关系等等，显然不能在传统的对个体创造力或个案的研究范式加以解决。"④ 姚文放对"当代审美文化"的解说是非常明确的，他说："'当代审美文化'是一个特指概念，是指在现代商品社会应运而生的、以大众传播媒介为载体的、以现代都市大众为主要对象的文化形态，这是一种带有浓厚商业色彩的、运用现代技术手段生产出来的文化，包括流行歌曲、摇滚乐、卡拉 OK、迪斯科、肥皂剧、武侠片、警匪片、明星传记、言情小说、旅行读物、时装表演、西式快餐、电子游戏、婚纱摄影、文化衫等等。"⑤ 姚文放所说的"审美文化"，特指在当代的消费文化和大众媒介的氛围里的文化现象。

　　这些对"审美文化"的不同阐说，各有其理论的和现实的依据，也都给我们以深刻的启示。我们既然对"审美文化"这个问题如此重视，专门成立这样一个研究机构来从事对它的研究，当然要对诸家的有关理论多加学习，并在有限的见识中提出一些自己的看法。从我们的角度来看，审美文化研究的出发点是美学的立场。"审美文化"的提出自然是有其深远的历史渊源的，"文化"与"审美"有着天然的姻缘。关于审美文化的历史，追溯到中国与西方的古典时期，自然是找到了其渊源所在，但实际上"审美文化"

---

① 王德胜：《美学原理》，人民教育出版社 2001 年版，第 306 页。
② 林同华：《审美文化学》，东方出版社 1992 年版，第 4 页。
③ 同上书，第 5 页。
④ 周宪：《中国当代审美文化研究》，北京大学出版社 1997 年版，第 19 页。
⑤ 姚文放：《当代审美文化批判》，山东文艺出版社 1999 年版，第 3 页。

成为美学研究的焦点问题，甚至"审美文化学"成为美学的一个新兴分支学科，是有深刻的时代因素的。大众媒介对日常生活的全面渗透，消费社会的需求的符号化，还有视觉文化成为新的审美方式、"日常生活的审美呈现"等，这样一些密切相关而又错综复杂的要素，构成了"审美文化"在近年内凸显的内在原因。因此，我倒是倾向于在"审美文化"前面加上"当代"的时间限定，这样更能揭示"审美文化"的特殊内涵。我们现在所说的"审美文化"，就其广义而言，是人类文化各个层面（物质的、精神的和制度的）呈现出来的审美因子，或者说是人们以自觉的审美理想、审美价值观念所创造出的文化事象的总称；一般说来，审美文化具有感性化和符号化的特征；就其狭义而言，审美文化特指在当代大众传媒影响下，在社会文化的各个方面所呈现的具有审美价值的产品、倾向和行为。审美文化学则是当代美学中以审美文化为研究范围的新兴分支学科。

三

　　这样的理解或定位，是立足于当代的文化形态和审美现实的。"审美文化"固然是"古已有之"的，孔子讲的"文质彬彬，然后君子"①，《周易》中讲的"观乎人文，以化成天下"②，刘勰讲的"心生而言立，言立而文明，自然之道也。傍及万品，动植皆文"③，等等，当然都是"审美文化"。但是，我们认为"审美文化"研究的兴起，是有特定的历史条件、特定的现实原因的，也是当前社会文化状况在学术界所引起的必然回应。我们研究审美文化这个课题，追本溯源，予以历史的回顾是必要的，但我以为并非目标所在；对"审美文化"进行抽象的、理想化的定位，将其作为未来的、完美人生的美学理念，好固然是好的，但我以为在现实的针对性上还是略感欠缺的。我们对审美文化的把握，是以解释和引导现时期的文化形态、审美现实为其旨归的。"三个代表"中的"代表先进文化的前进方向"，并非是玄虚的理念，而是一个现实而又艰巨的历史性任务，是立足于我们国家的文化现状所提出来的。理论是要有实践品格的。中华民族先进文化的极为重要的部分，就是审美文化。"审美文化"与"大众文化"、"视觉文化"是不同

---

① 杨伯峻、杨逢彬：《论语译注》，岳麓书社 2009 年版，第 68 页。
② （清）李道平：《周易集解纂疏》，中央编译出版社 2011 年版，第 182 页。
③ 范文澜：《文心雕龙注》，人民文学出版社 1962 年版，第 1 页。

维度的概念，其间是有很多交叉之处的，但绝不是等同的。比如大众文化，王一川教授对大众文化的界定是："以大众媒介为手段，按商品规律运作，旨在使普通市民获得日常感性愉悦的体验过程，包括通俗诗、通俗报刊、畅销书、流行音乐、电视剧、电影和广告等形态"①，并指出大众文化有如下特征：大众传媒性、商品性、流行性、类型性、娱乐性、日常性等。大众文化是和精英文化或高雅文化相对应的，大众文化在某种程度上满足了市民阶层的审美需要，在各种文化事象上有着普遍性的审美质素，但也要看到，它们又因其模式化和媚俗性而受到质疑。"审美文化"中包含了大众文化的某些因素，但显然又不是同格的概念。审美文化与高雅文化有很多可以对接的地方，也许高雅文化有更为纯粹、更为传统的审美旨趣，但同样也不是与审美文化同格的概念。再看"视觉文化"与"审美文化"的异同。视觉文化指当代人通过图像方式来把握世界的普遍性文化模式，德国著名思想家海德格尔预见性地指出："世界图像并非意指一幅关于世界的图像，而是指世界被把握为图像了。"② 米尔佐夫教授对视觉文化有这样的说明："可视性之所以被看重，是因为当今人类的经验比过去任何时候都视觉化和具象化了。在许多方面，工业化的和后工业社会中的人们如今就生活在视觉文化中，这在一定程度上似乎可以将当下与过去区分开来。"③ 应该说，"视觉文化"作为当今社会的文化症候和总体趋向，与审美文化有更多的交互渗透、彼此印证的联系，因为当今的人们与世界的审美关系更多的是视觉化的，人们的审美经验也以视觉性体验为主体。因此，"审美文化"不能不有更多的"视觉文化"的影子。在后现代主义的社会文化谱系中，这两者必然有着"剪不断，理还乱"的姻缘。但我们同样无法也不应将它们混为一谈。就其区别而言，视觉文化是在后现代社会氛围中的已然存在的文化症候，在某种意义上，它牵引了美学的泛化，也导致了美学的浅表化。它带来的是"一种崭新的平面感而无深度的感觉"。④ "审美文化"这个命题尽管带着明显的当代文化的胎记，但它更多的是"应该是"的文化模型。或者说是我们这个时代以建构性的审美形态来凸显和把握文化事象与格局的尺度。它带着健康的、明朗

---

① 王一川：《大众文化导论》，高等教育出版社2005年版，第8页。

② ［德］海德格尔：《世界图像的时代》，见孙周兴选编《海德格尔选集》，上海三联书店1996年版，第899页。

③ ［美］尼古拉·米尔佐夫：《什么是视觉文化？》，见陶东风等《文化研究》第3辑，天津社会科学院出版社2002年版，第3页。

④ ［美］詹明信：《晚期资本主义文化逻辑》，陈清侨等译，三联书店1999年版，第440页。

的审美价值观念来渗透和衡量当今社会文化的各种事象与状态。当年席勒从人本主义的哲学立场出发，提出"审美文化"的命题，就已经包含了"理念的美"和"经验的美"两个层面。席勒认为："我认为，人们在判断美的影响和评价审美修养时常常遇到的那个矛盾，现在已经说明，已经解答。只要我们想到，经验中有一种双重的美，整体的这两个部分所坚持的，只是各自以自己的特殊方式能够证明的东西，这个矛盾就说明了，只要我们区分开与双重的美相适应的人类的那种双重需要，这个矛盾就解决了。"① 这里的两种美，一是指"理念的美"，一是指"经验的美"。前者是关于美的理想，或云美的尺度。"经验的美"是指人们的经验世界中的美，也即现实中的美感经验，它们是客观的存在。"经验的美"又分为"溶解性的美"和"振奋性的美"。"理念之美"与"经验之美"二者的统一，才构成了"审美文化"的内涵。"审美文化"也可以视为包含着"理念的美"和"经验的美"这样两个层面。"理念的美"就是人类的审美理想及其贯穿于其中的审美价值观；"经验的美"可以理解为当代社会的审美现实。在审美文化中，这两个层面，两个要素，应该是缺一不可的。

　　应该承认，我们目下所处的文化形态中所包含的审美因子以及我们的审美经验，都与传统的经典美学有很大的不同。譬如，在传统的审美经验中，面对审美对象，"澄怀味象"是最为符合审美心理规律的，"韵味"是最佳的审美体验；而现在我们面对数字技术所创造出来的影视图像，"震惊"似乎成了最为典型的审美心态。本雅明曾将人们面对传统艺术的审美经验和面对影视图像的审美经验做过精彩的论述，他说："人们可以把电影在上面放映的幕布与绘画驻足于其中的画布进行一下比较。幕布上的形象会活动，而画布上的形象则是凝固不动的。因此，后者使观赏者凝神观照。面对画布，观赏者就沉浸于他的联想活动中；而面对电影银幕，观赏者却不会沉浸于他的联想中，观赏者很难对电影画面进行思索，当他意欲进行这种思索时，银幕画面就已变掉了。电影银幕的画面既不能像一幅画那样，也不能像有些现实事物那样被固定住。观照这些画面的人所要进行的联想活动立即被这些画面的变动打乱了，基于此，就产生了电影的惊颤效果。"② 以影视这类在高科技的条件下"生产"的这些图像，使人们对它们的审美方式和审美经验

① ［德］席勒：《审美教育书简》，冯至、范大灿译，北京大学出版社1985年版，第84页。

② ［德］本雅明：《机械复制时代的艺术作品》，王才勇译，中国城市出版社2002年版，第61页。

都产生不小的变化，但是，我们不会否认都是一种审美活动，而且，为人类的美学提供了许多新的审美经验。

审美文化研究应该担当起这样的责任或使命，也即是以健康的、代表着人类文明发展的审美价值观念对于当代的文化事象进行美学方面的价值批判。而审美对象的变化，必然会带来审美经验的变化，审美价值观念也是历史性的，或者说也是会随着时代的变迁而有所改变的。但是，审美价值观念更多应该是在人的审美活动中起着尺度的作用，对于现实中的文化事象、审美现象进行衡量、批判、评价，从而引领当代的审美活动，向着更高境界、更能体现当代人的本质力量的方向发展。那么，虽然审美价值观念会因时代之不同而有所发展变化，但有一个基本的原则在其中，也即马克思所主张的"创造着具有人的本质的全部丰富性的人，创造着具有深刻的感受力的丰富的、全面的人"。① 我认为，这是一个基本的审美价值尺度。

审美文化所指涉、所包含的不是大众文化、视觉文化、媒介文化等概念的外延，而是其中具有审美意义的成分。如果说大众文化、视觉文化、媒介文化都有特定的范围，审美文化则不是，它是以特定的审美价值观念或云尺度来观照、评价文化事象，从而提摄出的一种美学形态。这种评价活动，本身就是审美文化的重要部分。

四

由这种角度来认识，大众文化视觉文化、媒介文化等文化范畴、文化事象中，哪些因素具有审美文化的意义呢？

一是审美活动向日常生活领域的广泛延伸，改变了原来以康德美学为代表的经典美学所划定的疆界，而对审美经验作了新的诠释。康德美学对审美与非审美的鉴别，首先在于"审美是无利害"的，如康德所说："若果说一个对象是美的，以此来证明我有鉴赏力，关键是系于我自己心里从这个表象看出什么来，而不是系于这事物的存在。每个人必须承认，一个关于美的判断，只要夹杂着极少的利害感在里面，就会有偏爱而不是纯粹的欣赏判断了。人必须完全不对这事物的存在存有偏爱，而是在这方面纯然淡漠，以便在欣赏中，能够做个评判者。"② 康德说的"鉴赏判断"就是审美判断，

① ［德］马克思：《1844 年经济学哲学手稿》，刘丕坤译，人民出版社 1979 年版，第 80 页。
② ［德］康德：《判断力批判》，宗白华译，商务印书馆 1964 年版，第 41 页。

"评判者"这里就是审美主体。康德的这种观点在传统美学观念中无疑是具有铁律般的权威性的，是审美与非审美的分水岭。这种远离人间烟火的审美律令，是和人们的日常生活所格格不入的。它的前提是审美主体与人的身体无涉的精神性存在；而当下呈现于大众文化或视觉文化等领域中的审美现象，早就"飞入寻常百姓家"了。如果说传统的审美活动主要是体现在少数文化精英面对高雅艺术时的把玩观照，讲究的就是个超凡脱俗的情趣；而当下无处不在的图像，作为审美对象是非常普遍的，同时也使无数充满人间烟火气息的普遍"大众"，都成了审美主体或准审美主体。无论是电视影像、广告图像，还是时装表演、电子游戏；也无论是商场橱窗、时尚杂志，还是环境设计、健身美体，都是非常广泛地嵌入人们的日常生活之中，与人们的生命体验、娱乐需求密切相关的。从审美主体的角度来讲，以往那种纯精神性的审美主体已然"淡出江湖"，而是身心融合、美感与快感交织的主体。直白一点说，现在的作为审美对象的图像制作，其中多有商业的动机在背后，很多娱乐性电视节目、电视广告，通俗文艺，或时尚杂志，多有诱导人的欲望的成分。这其实正是康德所说的"利害感"。康德认为："凡是我们把它和一个对象的存在之表象（译者按：即意识到该对象是实际存在着的事物）结合起来的快感，谓之利害关系。因此，这种利害感是常常同时和欲望能力有关的。"① 与欲望密切相关的"利害感"，在以康德为代表的经典美学中是"必欲除之而后快"的，而在今天的审美活动中，差不多是堂而皇之的"座上宾"了。

当今文化事象中的一个与审美相关而又再"日常"不过的事物是身体。在经典美学中，身体是被忽略不计的；而当代的审美现实却是身体成了"主角"。从审美主体来说，现象学哲学与美学思想中都是将主体设定为心灵与躯体合而为一的"自我"。现象学美学中非常重视的"感知"，就是心灵与躯体合一的"身体"。胡塞尔从交互主体性的角度来谈论主体的身体性。他说："对我的本真地还原了的身体的阐明，就意味着已经是对'作为这个人的我'这一客观现象的真正本质所作的阐明的一部分了。如果我对其他的人进行本真的还原，那么我就获得了一个特殊的躯体，如果我把自己还原为人，那么我就获得了'我的身体'和我的'心灵'，或者说，我就把我自己还原为了一个心理物理学的统一体，在这统一体中，我的人格自我就在这个身体中并借助于它而在外部世界中发生作用，从而受到外部世界的影

---

① ［德］康德：《判断力批判》，宗白华译，商务印书馆1964年版，第40页。

响了。因此，一般说来，借助于这样一些独一无二的自我相关性和生活相关性的持续不断的经验，它就在心理物理学方面与躯体的身体一起统一地构造出来了。"① 胡塞尔现象学中的最核心的概念"意向性"也是这种心理与物理学统一的身体发出的。身体一方面成为审美主体的重要内涵，另一方面，也成为重要的消费对象，在很多时候成为审美对象。波德里亚从消费文化的角度谈到这个问题："在消费的全套装备中，有一种比其他一切都更美丽、更珍贵、更光彩夺目的物品——它比负载了全部内涵的汽车还要负载了更沉重的内涵。这便是身体。在经历了一千年的清教传统之后，对它作为身体和性解放符号的'重新发现'，它（特别是女性身体，应该研究一下这是为什么）在广告、时尚、大众文化中的完全出场——人们给它套上的卫生保健学、营养学、医疗学的光环，时时萦绕心头的对青春、美貌、阳刚/阴柔之气的追求，以及附带的护理、饮食制度、健身实践和包裹着它的快感神话——今天的一切都证明身体变成了救赎物品。在这一心理和意识形态功能中它彻底取代了灵魂。"② 在消费文化氛围里，身体既是消费对象，又是审美对象。人们对于媒介中出现的人物影像，更多地是关注他（她）的身体，尤其是青少年观赏者的偶像膜拜，也主要在于其身体。人们也更多地将自己的身体作为对象来观照和形塑。这在女性来说，是相当普遍的，当然也是与日常生活息息相关的。美国美学家舒斯特曼郑重地提出了"身体美学"的学科提议，并将其定义为："对一个的身体——作为感觉审美欣赏及创造性的自我塑造场所——经验和作用的批判的、改善的研究。"③ 他认为身体的审美潜能包括：作为被我们外在感觉把握的对象，身体（别人的甚或自己的）可以提供美的感官感受或表象。但是，也存在来自内部的自身肉体的美感经验。

与此相关的，二是更多的视觉性的审美方式，使人们审美感知能力有了非常大的提高，是一种时代性的发展。视觉化图像到处充斥着我们的生活，而且这些图像与传统艺术的形象是有相当的不同的，前者是由现代科技制作出来的超现实的"仿象"，这使人们有了与以往以"模仿"或"再现"的艺术的不同的感觉、知觉能力。美国的米歇尔教授指出："无论图像转向是

---

① ［德］胡塞尔：《笛卡尔式的沉思》，张廷国译，中国城市出版社 2002 年版，第 133 页。

② ［法］让·博德里亚：《消费社会》，刘成富、全志钢译，南京大学出版社 2001 年版，第139 页。

③ ［美］舒斯特曼：《实用主义美学》，彭锋译，商务印书馆 2002 年版，第 268 页。

什么，我们都应该明白，它不是向幼稚的模仿论、表征的复制或对应理论的回归，也不是一种关于图像'在场'的玄学的死灰复燃；它更应该是对图像的一种后语言学的、后符号学的再发现，把图像当作视觉性（visuality）、机器（apparatus）、体制、话语、身体和喻形性（figurality）之间的一种复杂的相互作用。我们的认识是，观看行为（spectatorship）（观看、注视、浏览，以及观察、监视与视觉快感的实践）可能与阅读的诸种形式（解密、解码、阐释等）是同等深奥的问题。而基于文本性的模式恐怕难以充分阐释视觉经验或视觉识读能力。"① 米歇尔所提出的正是面对当代的图像的读解能力问题。这应该是美学发展的一个重要问题，也是人的全面发展的重要方面。马克思有一段为学术界熟知的话，深刻地论述了人的感官审美能力，说："即从主体方面来看，只有音乐才能激起人的音乐感；对于不辨音律的耳朵说来，最美的音乐也毫无意义，音乐对它说来不是对象，因为我的对象只能是我的本质力量之一的确证，从而，它只能像我的本质力量作为一种主体能力而自为地存在着那样对我来说存在着，因为对我说来任何一个对象的意义（它只是对那个与它相适应的感觉说来才有意义）都以我的感觉所能感知的程度为限。所以社会的人的感觉不同于非社会的人的感觉。只是由于属人的本质的客观地展开的丰富性，主体的、属人的感性的丰富性，即感受音乐的耳朵，感受形式美的眼睛，简言之，那些能感受人的快乐和确证自己是属人的本质力量的感觉，才或者发展起来，或者产生出来。因为不仅是五官感觉，而且所谓的精神感觉、实践感觉（意志、爱等等）——总之，人的感觉、感觉的人类性——都只是由于相应的对象的存在，由于存在着人化了的自然界，才产生出来的。"② 马克思认为感觉是能使感受到欢乐并确证人的本质力量的最重要的因素，这对美学研究具有非常重要的指导意义。审美是通过感觉的途径，同时，又是能够给人带来快乐的。这是美学的应有之义。人的感觉能力是要与"相应的对象"彼此适应的。当今的视觉文化、大众文化是给人以快乐的，这不应被排除于美学的范围之外。

　　审美文化所指涉的文化事象非常广泛，尤其是"日常生活审美化"的命题，相关的文化事象就更多了。以往经典美学所不屑的日常生活现象，可能都因此而纳入美学的视界。美学不再、至少是不纯然在抽象思辨的园圃中

---

　　① ［美］米歇尔：《图像转向》，见陶东风等主编《文化研究》第 3 辑，天津社会科学院出版社 2002 年版，第 17 页。

　　② ［德］马克思：《1844 年经济学哲学手稿》，刘丕坤译，人民出版社 1979 年版，第 79 页。

打转转，而是非常广泛地关注在日常生活中所感受到的审美经验，日常生活也为美学提供了许多取之不尽的、活生生的审美经验方面的资源。艺术生活化，生活艺术化，正是审美文化所关心的话题。晚近时期美学的变化之一，便是本体论的消歇和审美经验的凸显。而鲜活的审美经验，有相当多的成分是来自于日常生活的。美国著名哲学家杜威非常重视审美经验在美学中的作用，而且，他更看重的是审美经验的当下直接性，舒斯特曼阐述杜威美学思想："对杜威来说，没有任何东西可以与审美经验那充实的当下直接性相媲美。……审美价值，决不会被艺术理论或批评所永久固定，它必须被经验持续不断地检验，而且可以为变化的审美感知的法庭彻底推翻。"① 杜威认为审美经验与日常生活经验是相通的，主张"恢复审美经验与生活的正常过程间的连续性"。② 但是，日常生活经验是不完整的，零碎的，或者是琐屑的，它还并不就是审美的或艺术的经验；但当它被整合为完整的"一个经验"时，它就成为了审美经验。杜威这样论述道："一个经验与审美经验之间既有相通性，也有相异性。前者具有审美性质，否则的话其材料就不会变得丰满，成为一个连贯的经验。一个生机勃勃的经验是不可能被划分为实践的、情感的、及理智的，并且为各自确定一个相对于其他的独特的特征。情感的方面将各部分结合成一个单一整体；'理智'只是表示该经验具有意义的事实；而'实践'表示该有机体与围绕着它的事件和物体在相互作用。最精深的哲学与科学的探索和最雄心勃勃的工业或政治事业，当它们的不同成分构成一个完整的经验时，就具有了审美的性质。"③ 杜威的美学思想对我们理解日常生活经验与审美经验的关系，是颇有启示意义的。它有助于打破以往在审美经验问题上的神秘感，而从大量的日常生活经验中获得审美经验。

　　作为一种审美价值观念或尺度的审美文化，对于大众文化、媒介文化或者是视觉文化中的文化事象进行考量与评价，发现其中的审美价值，也拣汰出其中的非审美成分或亚审美、泛审美的部分，这样才能真正使审美文化学研究具有强烈的实践品格和现实针对性。审美文化研究一方面使泛泛的文化研究（我以为这是近年来学术界普遍运用却又无大收效的方法）所谈论的零金碎玉般的文化事象聚焦于美学的探照灯下，使之有了更深刻的学理性阐

---

① ［美］舒斯特曼：《实用主义美学》，彭锋译，商务印书馆2002年版，第36页。
② ［美］杜威：《艺术即经验》，高建平译，商务印书馆2005年版，第59页。
③ 同上。

释；另一方面，也使美学逸出封闭式的自我循环的老路，而从鸢飞鱼跃的社会文化事象中获得理论的生机。美学对社会的介入与干预，审美文化乃是一个非常好的通道。在这个意义上，我非常赞同叶朗先生将"审美文化"作为审美社会学的核心概念加以全面论述。既然是"文化"，那么，就不能仅从形式的角度来谈"审美"，还应该在社会文化的大系统中考察其功能与作用。这里简陈一二，以为其方法论尝试。

在媒体或其他地方的文化事象中出现的媚俗或低俗化倾向，是有识之士都颇为不满、痛下针砭的。这里无意于细加分析，但是可以指出这是大众文化或视觉文化中的缺少审美价值或是产生负价值的存在，这也是审美文化研究负有的历史使命。是不是只要在媒体上出现了刺激人的感官的视像就有审美价值了呢？事实上并非如此。有些娱乐性的、谈话类的节目，以男女之间的隐私话题吸引观众，有什么审美价值可言？还有那些通过名人效应，说得天花乱坠的广告，实则是名不符实，误导消费，给受众带来的危害就更大。无论广告上的明星偶像何等靓丽，广告语言多么动听诱人，也只能说它是一种负价值。既然是一种文化，就要看其社会功能如何，真善美的融合才是审美文化的真谛！

这便是我对审美文化的认识，至少目前阶段是这样。

"日常生活审美化"的审美价值批判意义[*]

在当下的美学领域中，"日常生活审美化"成为一个非常引人注目的美学话题。虽然这个话题已经有很多学者介入讨论，并有一些相关成果成为理论亮点，但既然是可称为覆盖了整个社会文化层面的普遍现象，我们认为，仍然有继续关注和评析的必要。我的文章不是针对某些学者的观点，而是以一种价值论的态度来评价这种文化的或审美的现象。

"日常生活的审美化"这个命题不是全然起于中国，如果说是一定要以此属于国内的美学家的发明，那也没有什么问题；但我们可以从西方学者的有关论述中看到"日常生活审美化"的世界性趋向，同时，也可了解这个命题的理论渊源。西方的当代的一些著名学者詹明信、博德里亚、费瑟斯通等，都对消费社会、日常生活中的审美化的倾向做过自己的分析，最明确地提出相关命题的是英国学者费瑟斯通，他在《消费社会文化与后现代主义》这部代表性著作中，以专章提出了"日常生活的审美呈现"的命题，并指出了它三个方面的含义：其一指的是那些艺术的亚文化，即在一次世界大战和20世纪20年代出现的达达主义、历史先锋派及超现实主义运动。在这些流派的作品、著作及活生生的生活事件中，他们追求的就是消解艺术与日常生活之间的界限。其二指的是将生活转化为艺术作品的谋划。其三是指充斥于当代社会日常生活之经纬的迅捷的符号与影像之流。费瑟斯通这三个方面的概括是较为客观的，也是抓住了"日常生活审美化"的主导倾向的①。

国内学术界之所以提出"日常生活审美化"的美学命题，也是具有重要的现实意义和理论价值的，或者说是恰逢其时的。随着人们生活水平的大幅度提高，经济总量的迅速增长，以及海内外交流的空前频繁，思想观念、

---

* 本文刊于《内蒙古师范大学学报》2006年第5期。

① 参见［英］迈克·费瑟斯通《消费文化与后现代主义》，刘精明译，译林出版社2000年版，第94—98页。

审美意识的变化在国内人们的精神世界和生活状态中是非常普遍的。西方后现代思想家们对这个问题的敏感与揭示，是在西方消费社会经济、文化的背景之下产生的。而从中国内地的情况来看，说我们已经全然进入了消费社会，这当然还为时尚早，国内的发达地区与不发达地区无论从思想观念上，还是从经济实力上，都有着短期内难以扯平的差距，即便是在同样的区域，贫富悬殊也是一个很严重的社会问题。但是，这并不妨碍消费文化所带来的价值取向、审美观念的巨大变化。审美意识对人们的日常生活的浸润与弥漫，在当今的社会文化中，已经成为非常普遍的现象。人们生活中的各种要素，如人的身体、服饰、器具、环境到处都弥散着美的追求。尤其是人的身体作为审美主体与审美客体双重角色的凸显，最能代表"日常生活审美化"的趋向。传统美学中主体的承担是"我思"的精神性存在，肉身意义的"身体"是被忽略不计甚至是必欲剥离的；而当代"日常生活审美化"潮流中的审美主体，则是精神与肉体的交织，而且，肉身化的"身体"在其中占了前所未有的分量。除了精神性的审美理想、兴趣等，肉身性的快感、欲望等也都在审美主体的需要中成为堂而皇之的部分，而且成为相当广泛的存在。另一方面，身体无疑又成为当今社会文化中作为审美客体的最常见、最主要的角色。直白地说，就是人的身体越来越多地成为审美欣赏的对象。美国美学家舒斯特曼提出了"身体美学"的概念，在其美学著作《实用主义美学》中以"身体美学：一个学科提议"的专章阐述了这个问题，指出了身体作为被我们外在感觉把握的对象，身体（别人的甚或自己的）可以提供美的感官感受或表象。他还对"身体美学"作了这样的定义："对一个人的身体——作为感觉审美欣赏及创造性的自我塑造场所——经验和作用的批判的、改善的研究。因此，它也致力于构成身体关怀或对身体的改善的知识、谈论、实践以及身体上的训练。"① 对于身体的这种美的渴求，远远超越以往任何一个时代。无处不在的健身、美体、整容、美容的商业性机构，正说明了身体作为审美客体的最为普遍的存在。

"日常生活审美化"的表现更在于电子科技时代的大众传媒所制造的"仿像"给人们带来的审美刺激。当代的电子科技所制造的影像是大批量的"机械复制"的产物，这是与传统造型艺术的艺术形象有相当的不同的。传统艺术的艺术形象，如绘画、雕塑，其原真的创作是独一无二非常珍贵的。那些模仿的赝品，其价值是无法与原作相比的。而且，成为文化史上、艺术

---

① ［美］理查德·舒斯特曼：《实用主义美学》，彭锋译，商务印书馆 2002 年版，第 354 页。

史上的经典之作的艺术品，都体现着艺术家精湛的艺术技巧与个人化的风格，这些都是机械复制时代的影像所无法比拟的。而当代的影像制作，则以无所不在的渗透力，在日常生活中处处包围着我们。数字化的科技手段所生产的虚拟性影像，呈现着超现实的"真实感"，看上去比真的还真。它们的美轮美奂和无所不在，极大地吸引着人们的感官。在日常生活中，电视的影像及其他视觉文化因素，更多地楔入了人们生活的各个层面。

对于"日常生活审美化"这样的带有时代性症候的文化现象，我们应该取何种态度？我以为，价值论的立场不失为一种理性的选择。这样说，不仅是因为价值论在美学领域中具有举足轻重的地位，更是因为通过价值评价，可以对目前的"日常生活审美化"的现象作出判断，指出其中何者为审美价值、伦理价值和文化价值等，并指出其中的正价值和负价值。价值是主客体之间特定的关系，主体作用于客体，客体也必然作用于主体，对主体产生一定的影响或效应，这种效应就是价值。马克思为价值学说建立了哲学基础，指出："'价值'这个普遍的概念是从人们对待满足他们需要的关系的物的属性。"[①]"需要"是价值关系之所以成立的关键。"需要"作为一般的范畴，表明了有机物、人和整个社会的一种特殊状态，即摄取状态。人的需要是创造，从而人的社会性需要，成了人之所以区别动物的本性所在。从审美价值论的角度来考虑，渗透在日常生活中的这些审美文化因素，在相当大的程度上满足着当代人们的审美需要，这是客观的存在。

"日常生活审美化"所涵盖的各种文化因素，审美价值是其重要的方面，其他价值与审美价值是融合在一起的。与纯粹的艺术品和艺术创作有所区别，这些与日常生活密不可分的文化现象，其审美价值的形态也是与其他方面的价值相互交融的。譬如广告，它的审美价值是和商业价值联系起来的；譬如环境设计，它的审美价值是和环保价值结合在一起的。但是，其在美学上的意义及在社会文化结构中的功能，宜从审美价值的角度加以观照。人与世界的审美关系，更多的是一种价值关系，或者反过来说，价值关系是审美关系的本质属性。因为美的体验形成于主客体的关系之中。仅从认识论的角度来认识人与世界的审美关系，是难以切合审美的本质特征的。苏联著名美学家卡冈指出："'审美'是从自然和人、物质和精神、客体和主体的相互作用中产生出来的效果，我们既不把它归结为物质世界的线客观性质，

①　［德］马克思、恩格斯：《马克思恩格斯全集》第19卷，中共中央编译局译，人民出版社1963年版，第406页。

又不归结为线人的感觉。"　"审美依照人对它评价的程度成为对象的属性。美——这是价值属性，美正是以此在本质上有别于真。只有当我们观照和体验对象时，它才获得自己的审美价值。"① 这已经将审美范畴的价值属性阐述得相当明晰了。

　　从审美价值论的角度来说，具有审美价值的文化现象，应该能够满足人的审美需要，如果不能满足人的审美需要，当然就谈不上审美价值的存在。审美需要是人的基本需要的一类，在传统美学中，审美需要之于人的其他需要往往是较为独立的，具有更多的精神性特征。而从当前的"日常生活审美化"的文化现象来看，人们的审美需要和其他方面的需要更多地粘合在一起。如按马斯洛的需要层次理论来讲，人的基本需要分为生理需要、安全需要、爱的需要、尊重的需要以及自我实现的需要。这个需要层次基本上由低向高排列。而从马克思主义经典作家看来，人的需要可分为三个基本层次，也即生存需要、享受需要和发展需要。而审美需要是可以和这几个层次的需要相联系的。当代学者黄凯锋持这种看法："人类的审美需要并不是一个与生存、享受、发展三个层次的需要相独立的另一个层次。从人类的三种基本需要中都可以萌发、产生出审美的需要。绝对排斥审美需要的生理基础是片面的。当然，作为一种高层次的需要，审美需要主要属于精神性的享受和发展需要。马克思谈到艺术和审美对人说来是一种享受，他讲的'艺术的消费'也是从享受意义上讲的。不过，比较，比较从更高层次上看，人类的审美需要又从属于发展的需要层次。换句话说，审美的需要是随着人类发展自身的需要而产生的，发展中包含了对审美的需要。人类的审美需要实质上就是人类自由地表现自己生命的需要，就是从这种生命的表现中获得享受的需要。人作为一个生命体，有一种要求实现自身、发展自己以使种族生生不息地延续下去的自然倾向。人的需要，包括审美需要，归根到底是生命的一种自然需要。"② 笔者是赞成这种看法的，认为人的审美需要既是和人的高层精神需要密切相关，同时，也和人的基本生存需要相融通的。而从当下人们的状态来看，人的生存需要颇为普遍地具有了审美的因子，也可以说是与自我享受与表现的欲求深深地搅在一起的。本来是用以满足基本生存需要的一些东西，比如住房，也具有了很强的象征交换的符号价值。人们的生

　　① 见［苏］列·斯托洛维奇《审美价值的本质》，凌继尧译，中国社会科学出版社 1984 年版，第 23 页。
　　② 黄凯锋：《价值论视野中的美学》，学林出版社 2001 年版，第 8 页。

活也越来越被"时尚"所纠缠。

"仿像"作为交换与象征的符号，如同空气一样充斥在我们周围。恰如波德里亚所揭示的那样："因为在时尚中，意义的消解更为彻底。在商品氛围中，所有劳动都相互交换并失去各自的独特性——在时尚氛围中，休闲和劳动本身相互交换各自的符号。在商品氛围中，文化被购买，被出售——在时尚氛围里中，所有文化都在完全的混杂中作为仿象而起作用。"① 这种象征交换的符号，流动在城市的大街小巷，闪烁在我们的生活周边，满足着各色人等的需求——当然，多是符号化地满足。但是，我们要问：是不是只要满足了人的需要的就是有价值的？是不是所有的需要都是合理的或者说是善的？这是我们要从价值论的角度来追问的。西方的一些价值学家认为使人们的情感愉快或满足人的欲望就是价值的所在。如迈农认为："凡是一个东西使我们喜欢，而且只要到使我们喜欢的程度，它便是有价值的。"② 艾伦菲尔斯认为应该到欲望或企求中去寻找价值的基础，主张我们欲求的东西都是有价值的。这类价值学理论不问这种欲求是否合理，其结果是善还是恶，这些是应该予以分析的。比如，对于一个未成年的中小学生来说，某个网吧里的色情仿像替代性满足了他的性的欲求，但这能说是正面的价值吗？倒是杜威的观点更具有参考价值，他说："价值是从自然主义观点被解释为事情在它们所完成的结果方面所具有的内在性质。如何控制事情的发展过程以求在终结时获得稳定的并倾向于创造其他价值的对象，这个问题便导致关于价值判断或评价的问题。"③ 他所说的结果的内在性质，主要是指结果是善还是恶，有益还是有害。我们在认识"日常生活审美化"的现象时，在很多时候，似乎应该分析它们满足了人们的何种需要，这种需要所导致的结果是有益的还是有害的。

相关的问题还是评价，这是价值学中的重要问题。价值尽管是在主体与客体的相互关系中产生的，却具有客观性；评价是对主体需要及其与客体属性的关系的反映，它所探讨的是客体的社会意义。斯托洛维奇明确指出："价值与评价之间的区别在于，价值是客观的，因为它在社会历史实践的过程中形成，而评价是对价值的主观关系的表现，因而它既可能是真的（如

---

① ［法］让·博德里亚：《象征交换与死亡》，车槿山译，译林出版社2006年版，第126页。

② 引自王玉樑《21世纪价值哲学：从自发到自觉》，人民出版社2006年版，第63页。

③ ［美］杜威：《经验与自然》，傅统先译，江苏教育出版社2005年版，第6页。

果符合价值），也可能是假的。"① 对于审美现象，我们应该通过一定的审美标准进行审美评价。如何把握目前的"日常生活审美化"的现象，看它是否具有真正的审美价值和具有什么样的审美价值，审美评价则是最为重要的一个关节。黄凯锋指出："所谓审美评价，是伴随着审美价值的消费（审美享受）发生的一种主体行为，是评价主体对审美主客体关系的成果——对象的审美价值进行鉴别、判定的活动。它以揭示不依赖审美评价而存在的审美价值为自身目的，所把握和理解的审美价值主体的需要。要分析判断对象的审美价值如何，必须在审美消费的基础上进行，消费先于评价。"② 这种对审美评价的理解是较为客观的。通过审美评价活动，我们才能把握对象有无审美价值或审美价值如何。审美评价必须是依据于某种尺度的。这个尺度就是看其是否有利于社会的进步，是否有利于人类"按照美的规律来塑造"，是否有利于人的全面发展！斯托洛维奇于此有颇可借鉴的论述，他说："任何评价都必须有某种标尺和标准，与之相对照，某种现象才得到评价。审美评价也有它的标准。只有审美价值本身能够是它的客观标准。但是审美价值只有通过对它的感知和体验才能为人所认识。这样就仿佛形成一种循环：价值是评价的标准，但价值本身只有通过评价才能被认识。同时评价关系，其中包括审美领域里的评价关系，又是人所共知的事实。全部问题在于，人们在自己的评价中也受到存在于审美意识本身的主观标准的支配。审美趣味和审美理想是审美评价的这种标准。"③ 面对"日常生活审美化"的社会文化现象，审美评价应该发挥更为重要的作用，以便更多一些辨别的能力。

---

① ［苏］列·斯托洛维奇：《审美价值的本质》，凌继尧译，中国社会科学出版社 1984 年版，第 3 页。

② 黄凯锋：《价值论视野中的美学》，学林出版社 2001 年版，第 179 页。

③ ［苏］列·斯托洛维奇：《审美价值的本质》，凌继尧译，中国社会科学出版社 1984 年版，第 146 页。

审美文化的历史机遇[*]

一

在我们今天的文化现实中，有几个范畴与审美文化是纠葛不清的，如"大众文化"、"媒介文化"、"视觉文化"、"消费文化"、"通俗文化"等，它们都从不同的方面指涉了当今的文化现实，它们里面都有非常普遍的审美因子，而且都是以大众传媒为其载体或传播手段的。从这个角度看，它们都是有着美学的现代性的。但是，审美文化既不是与它们互相重合的概念，也不是与它们互不搭界的，而是以美学的观念或价值体系来提摄或映射文化事象而呈现出的文化形态。审美文化承担着构建和谐社会、实现中华民族文化复兴的伟大历史使命。一方面，要从审美的角度来观照当代中国的文化现实，另一方面，要以"美的规律"来引领民族文化的发展。由此，我们对审美文化得出以下认识："审美文化"，就其广义而言，是人类文化的各个层面（物质的、精神的和制度的）呈现出来的审美因子，或者说是人们以自觉的审美理想、审美价值观念所创造出的文化事象的总称，一般说来，审美文化具有感性化和符号化的特征；就其狭义而言，审美文化特指在大众传媒影响下，在社会文化的各个方面所呈现的具有审美价值的产品、倾向和行为。这样一种认识，既揭示了审美文化作为在人类文化发展中的深层内涵及其历史传承性，又揭示了审美文化的时代性契机或云其现代性特征。而在我看来，审美文化至少是应该包括这样两个维度。

这是将审美文化视为一种"应然"的理论形态，是在一种普遍的意义上来概括的"审美文化"范畴。聂振斌等先生认为，"审美文化是人类发展到现时所出现的一种高级形式，或曰人类文化发展的高级阶段，它把艺术与

　＊　本文刊于《解放军艺术学院学报》2007 年第 3 期。

审美诸原则（超越性、愉悦性以及创造与欣赏相统一等）渗透到文化及社会生活各个领域，以丰富人的精神生活，使偏枯的乃至异化了的人性得以复归"①，也是把审美文化作为一种理想的审美形态。这当然是审美文化的题中应有之义。而审美文化这个范畴其实带着明显的时代色彩。审美文化作为一个美学的范畴从席勒的《审美教育书简》中就已提出，他把文化与审美直接并轨，提出了"审美文化"（der asthetischen Kultur）的这一概念，这是一种包含了"理念的美"和"经验的美"的新型文化模式。审美文化在相当的范围里是作为一种"应当如此"的理想的文化模式的。还有很多学者是将审美文化定位在当代在西方晚期资本主义消费文化影响下所产生的具有鲜明时代色彩的诸多文化现象和文化模式，如周宪教授说："当代中国审美文化的发展和变化，已经远远超出了古典的艺术范围，技术的进步和影响，大众传播媒介的广泛渗透，具有读写能力的新的大众阶层的涌现，艺术生产方式从传统的个人手工操作向机械复制的转变，艺术传播方式的变化，流行时尚、趣味与群体的亚文化的关系等等，显然不能在传播的对个体创造力或个案的研究范式中加以解决。"② 很显然，他是立足于当代中国的审美文化批评的，其对审美文化的时代性指证是深刻而鲜明的。姚文放还揭示了当代审美文化与以往的文化形态相区别的特征："当代审美文化不同于以往任何文化形态的地方有两点，一是经济动机上升为支配文化行为的主导力量，二是现代科技改变了文化的内在构成和运作方式。"由此，他又揭示了当代审美文化的一个特征是经济型文化，"对它来说，市场行情、供求关系、消费需求具有决定意义，票房价值、上座率、收视率、畅销度是其命脉，文化生产的每一个环节都必须围绕盈利这一目的来组织和安排，遵循市场规则、顺应消费趋势必须成为一种自觉的行为"。另一个显著特征是"大众传播媒介已经成为现代社会的无冕之王。电视、广播、报纸、书刊、电影、录音、光盘、电脑网络、信息高速公路等日新月异的传播方式，建立起了以都市为中心、辐射面无比广阔的传输网，将以都市居民为主体的所有接受者纳入受众的范围"③。姚文放的这些论述，是有着明确的时代指向性的，也是具有犀利的批判锋芒的。余虹主编的《审美文化导论》，是新近出版的一部全面论述审美文化的专著，也是在现代性的视野中来透视审美文化的，

---

　① 聂振斌等：《艺术化生存》，四川人民出版社 1997 年版，第 530 页。

　② 周宪：《中国当代审美文化研究》，北京大学出版社 1997 年版，第 19 页。

　③ 姚文放：《当代审美文化批判》，山东文艺出版社 1999 年版，第 5 页。

如其所言："我们所谓的'当代审美文化'，当然是指我们这个时代的审美文化。"① 在关于审美文化的论著中，大多数是以审美文化来指涉这些带有鲜明时代特征的文化现象的。而且，大众文化、通俗文化、媒介文化、视觉文化等文化学、社会学的概念，都因了近年来文艺学和美学与社会学的深切关系，而和"审美文化"这个范畴交相错杂，彼此重叠，在概念使用上也出现了交叉混杂的情况。这是审美文化研究中所应该厘清的。

我以为，审美文化这个范畴，已经不是一个普通的美学范畴，而是在当代的社会文化趋势中凸显出来的最为主要的文化范型。它从审美的角度建构文化、把握文化、发展文化，是对文化史的美学维度的概括总结，也是对当代社会文化不同于以往的文化形态的特征的理性提摄。

二

"审美文化"这个论域在美学理论中的凸显，恰恰不是美学自身的原因，而是当代社会生活的巨大变化使美学产生的关键性的转变。如果说传统的美学研究和审美活动是很少一部分人的事情，它是高雅的和颇为专业化的行为；而现在，审美已经与人们的日常生活的各个方面密不可分。用"审美"来指涉当代人们的行为方式、生活环境以及文化品位等，具有相当大的普适性。当然，"审美"这个概念也和以往的内涵有了很大的不同，它也许在一定程度上被抽去了其中智性的因素，而更多地滞留在视觉和听觉的层面。而从理论的角度看，这对美学的走向是影响深远的。正如著名美学家韦尔施教授所指出的："现代思想从康德以降，久已认可此一见解，即我们称之为现实的基础条件的性质是审美的。……美学这门学科的结构，便也亟待改变，以使它成为一门超越传统美学的美学，将'美学'的方方面面全部囊括进来，诸如日常生活、科学、政治、艺术、伦理等等。"② 如果说传统美学主要是以艺术为研究对象，因而，在很多美学家的概念里，美学也即艺术哲学。但是现在的确发生了令人震惊的变化。审美意识除了对于艺术的创造与欣赏之外，在与人们的日常生活密切相关的各个方面，如家居环境、身体保健、购物消费以及大众传媒等，也都渗透着浓郁的审美色彩。"日常生活审美化"作为一个引起充分关注的美学命题，有着明显的西方的思想背

---

① 余虹：《审美文化导论》，高等教育出版社 2006 年版，第 122 页。
② ［德］沃尔夫冈·韦尔施：《重构美学》，陆扬等译，上海译文出版社 2002 版，第 1 页。

景，但在中国的当代文化与审美活动中也是能够普遍性地说明问题的。"日常生活审美化"其实正是审美文化的重要内涵之一。"日常生活"在当代哲学中受到前所未有的高度重视，成为一些哲学家的反思与研究对象。比如著名的思想家列斐伏尔所作的《日常生活批判》。列氏对西方哲学史对于人的日常生活的一贯轻视非常不满，认为一切问题都要从日常生活中寻找根源。日常生活进入哲学家的视域也正是文化的自觉，而日常生活的文化意识又是与审美内在地相通的。在西方的发达社会中，消费文化的观念弥漫着人们的整个生活世界，而大都市的空间和人们的生活方式，都洋溢着审美的情调。商场的装饰与购物更是以审美的符号化思路进行着。从哲学角度看，人们的日常生活成为哲学家的研究视域与理性反思对象，这是对以往哲学只重视抽象的哲学问题的传统的反拨；而在人们的日常生活中，从各个角度、各个层面来以符号化的美感进行装点，如时装、交通工具、居住环境、休闲娱乐、健身美体等，都泛化着审美的光环。"日常生活审美化"不惟是在西方发达国家，而且在中国的发达地区，也是一种无法逆转的观念与趋势。这自然也是审美文化的现代性的表征。文化作为人类的创造性体现，从来没有像今天这样在生活中成为自觉的追求与普遍的意识，而这些，又突出了审美的维度。审美向日常生活的广泛渗透，使人们的日常生活经验在某种意义上呈现为审美经验，这在当前的审美文化中是一个重要的转向。

当代的审美文化与消费社会形成了一种内在的联系，这也是不言而喻的。对我国当前的社会文化来说，消费社会也许还并不完全适用，但是，如果作为一种文化观念，可以说已经在我国的经济发达地区普遍流行了。在都市空间中，到处弥漫着消费文化的气息。无论是时间还是空间，刺激人们的消费欲望的影像和话语，几乎是无所不在的。其实，所谓的"审美"，主要是指商品形式的外观之美、购物环境的装饰之美以及消费者的感觉之美。商品的意义已经不完全在其使用价值，而更多地在于它的符号性、象征性的交换价值。在消费领域中所体现的符号价值，正是对人们的身份区分所形成的系列。这一点，波德里亚和布尔迪厄的理论是最为典型的。

消费的风格化也是在消费领域中审美化的一个重要的症候。当代消费渗透着非常广泛的文化意义，或者说是一种意义的消费，如波德里亚所言："消费者与物的关系因而出现了变化，他不会再从特别用途上看这个物，而是从它的全部意义上去看全套的物。"① 由这种意义的广泛渗透，消费者更

---

① ［法］让·博德里亚：《消费社会》，刘成富、全志钢译，南京大学出版社 2006 年版，第 4 页。

多地追求独特的风格，而商品也更为鲜明地体现出风格化的倾向，因而，也就更多地体现了它们的审美价值属性。此外，现代的消费领域，更多是对文化、娱乐乃至身体的消费，而并非仅是单纯的物质性消费。如电视、电影、音乐会、晚会、旅游、休闲等都是一种文化类的消费，这类消费中的审美风格是举足轻重的因素。如英国学者西莉亚·卢瑞所指出的："人们普遍认为，艺术—文化体系，即一个由一套机构、实践活动和信仰构成的体系，过去已经构成了文化商品的生产和消费（如视觉艺术、文学、音乐、广播、电影和电视），已在许多方面影响了消费文化的发展，特别是随着 20 世纪所谓的文化工业的迅速增长，例如，人们认为，艺术史和流行文化的发展已经形成了消费商品的生活和展示。……人们还认为，艺术－文化体系已经为消费者提供了一个环境，使许多人都采取了和中包含物体的审美模式。"① 物质性的消费如住房、汽车、时装等，都包含了明显的风格追求，对于文化类的消费在审美方面的风格也就更占重要的地位了。人们在这种风格化的消费中实现着符号价值，也体现了一种身份的认同感。波德里亚认为："在商品和交换价值的环境中，人不是他自己，而是交换价值和商品。被具有功能性和服务性物品所包围，人与其说是他自己，不如说是这些功能性和服务性物品中的最美丽者。"② 无论是物质性的消费还是文化类的消费，这种因消费的风格化而带来的审美因素，乃是审美文化的重要方面。

视觉、听觉与审美的本质性联系是不言而喻的。审美不经由概念，而经由感官途径获取感性的审美经验，这是美学的基本观念。这一点，康德美学为之奠定了非常坚固的基础。在西方美学中，视觉对于审美几乎是头等重要的感知手段。而时下视觉文化更是作为一种取代印刷文化的新的文化模式受到了美学界、文艺理论界等广泛的关注。视觉文化之所以成为时代性的文化症候，就是因为我们现在对世界的认知、把握和审美，在很广泛的层面上由以文字为主转而为以视觉图像为主了。海德格尔预见了这个过程，他指出："现代的基本进程乃是对作为图像的世界的征服过程。"③ 并认为："根本上世界成为图像，这样一回事情标志着现代之本质。"④ 在海德格尔看来，这是现代性的根本标志。他又阐释说："从本质上看来，世界图象并非意指一

---

① ［英］西莉亚·卢瑞：《消费文化》，张萍译，南京大学出版社 2003 年版，第 46 页。
② 罗钢等：《消费文化读本》，中国社会科学出版社 2003 年版，第 32 页。
③ 孙周兴选编：《海德格尔选集》，上海三联书店 1996 年版，第 904 页。
④ 同上书，第 899 页。

幅关于世界的图像，而是指世界被把握为图像了。"① 这恰好揭示了视觉文化的根本含义。视觉文化指的是对于世界的视觉化的把握方式。视觉文化意味着后现代文化中的最为突出的观照方式，其意蕴是颇为复杂的，但是其与审美活动的关系是非常直接的。视觉文化作为一种时代性的文化模式，在我们的周围，在我们经验中，都从各个不同的层面，不同的角度为我们提供了过分充溢的视像，使人们目不暇接，心醉神迷，也使人们无暇思考。大众传媒夜以继日地向我们的眼睛放送出无法计数的影像，视觉的盛宴造就了这个时代的审美方式。视觉文化已经显示出一种超强的力量，将原来那种对文字意义的思考转化为用视觉把握的方式。因此，视觉文化更主要的含义是在于这种视觉把握世界的方式本身，而并不在于图像。我们处在这样一种转变之中，视觉的把握世界的方式以其突如其来的迅猛发展占据了我们，使我们尚未对于视觉文化物内在价值系统进行深入的分析与评估。视觉文化所产生和物质化的对象是在视频技术高度发展中无所不在的图像，它已经是人们的日常生活所不可缺少的、无所不在的因素。波德里亚所说的"拟像"，是以其数字技术所制作出的超真实图像呈现在我们的生活中。现在的"日常生活"是与这种"拟像"或"景观"无法剥离的。当然，电视在其中起的作用是最为核心的。著名美学家艾尔雅维茨指出："由电视引起的缓慢但却意义深远的变化，如关于信息传递及其信息制作（和虚构）、视频技术的扩散，日常生活的审美化，以及由此而引起的城市环境审美化（至少在第一世界）等，——技术进步提供了新的、更加完美的、更具有美感的广告和日常用品，等等。"② 在并不严格的意义上来说，当代人的审美方式，是以视觉为主导的。在人们的日常生活领域，也因为视觉文化的全面渗透，而有了更多的、更具有整体性意义的审美性质。因此，审美文化与视觉文化这两个范畴是互渗的或者说是共生的。正如丹尼尔·贝尔对此有颇为全面的描述，他说："目前居统治地位的是视觉观念。声音和景象，尤其是后者，组织了美学，统率了观众。在一个大众社会里，这几乎是不可避免的。……现代美学如此突出地变成了一种视觉美学，以致连水坝、桥梁、地下仓库和道路格式——建筑与环境的生态学关系——都成了与美学有关的问题。"③ 可以这

---

① 孙周兴：《海德格尔选集》，上海三联书店 1996 年版，第 899 页。

② ［斯］阿莱斯·艾尔雅维茨：《图像时代》，胡菊兰等译，吉林人民出版社 2003 年版，第 27 页。

③ ［美］丹尼尔·贝尔：《资本主义文化矛盾》，赵一凡等译，三联书店 1989 年版，第 156 页。

样来看，"日常生活审美化"其实是由视觉文化的趋势带来的。"审美化"就是由到处可见的高清晰度的图像所给人造成的愉悦和快感。虚拟的图像因其数字化的高科技，而成为比现实更为逼真的景象，它同时也遮蔽了现实，在很多时候给人们以审美性的满足。波德里亚指出："这种虚拟的基本概念，就是高清晰度。影像的虚拟，还有时间的虚拟（实时），音乐的虚拟（高保真），性的虚拟（淫画），思维的虚拟（人工智能），语言的虚拟（数字语言），身体的虚拟（遗传基因和染色体组）。到处，高清晰度都标志着越过所有正常决定通向一种实用的——确切地说是'决定性'的——公式，通向一个参照元素的实体越来越少的世界。"① 但是，我们不能不看到，到处都存在着视觉化的图像包围着的"审美化"，在日常生活中似乎人们都成了审美活动的主角，但是，我们从当前的文化现象中也许不难看到，这种"审美化"与我们所理解的传统的审美是一样的吗？或者说，我们在这种视觉化的虚拟图像中获得的是真正的美感吗？在我看来，这是一个值得追问的重要问题。我总是觉得当下的"日常生活审美化"，其实更多的是审美的浅表化。对于各种事物进行包装，使其充斥在我们的视觉之中，从感性直观这个意义上，是与审美活动的性质相吻合的；但是，作为图像愉悦中的人，作为审美主体大多数是缺少完整的、系统的审美修养的，因而，使这个过程仅仅止于漂亮的表面和其符号价值。应接不暇的图像不能给人以静观的机会，这是与那种静态的审美对象多所不同的。这一点，本雅明在《机械复制时代的艺术作品》一书中已从对电影和传统绘画的分析中指出其差别所在。本雅明认为在对影视这类对象所产生的审美体验是"震惊"，而在传统艺术所产生的审美体验则是"韵味"。在我们所说的"日常生活审美化"的场合里，面对大批量的无暇细致地创造的图像，恐怕连"震惊"也很少见，韦尔施尖锐地指出："在表面的审美化中，一统天下的是最肤浅的审美价值。不计目的的快感、娱乐和享受。"② 这在很大程度上击中了"日常生活审美化"这个潮流的要害。詹姆逊也颇为深刻地揭示了这种美学悖论。影像的泛溢造成了我们的审美方式的时代性变化，成就了"视觉文化"的主导地位，人们也习惯于五光十色的视觉包围，而且，处处以之为日常生活的重要方式。如果说以前的审美方式还是以文字阅读为主导的，现在则是以影像的消费为主导。而从审美本身来看，自然是发生了深刻的变化，虽然处处都在

---

① ［法］让·博德里亚：《完美的罪行》，王为民译，商务印书馆2002年版，第33页。
② ［德］沃尔夫冈·韦尔施：《重构美学》，陆扬等译，上海译文出版社2002年版，第6页。

影像的包围之中，人们更多地是停留在外在的匆匆观赏上，而少有内在的感悟和理性的升华。如果说传统的审美主要是体现在艺术创造与欣赏的领域，而艺术是与日常生活有着明显的界限的；在后现代的语境下，艺术与生活的界限已经模糊不清，艺术更多地展示了日常生活的场景，而生活也被人们更全面的艺术化、审美化。如人的身体，成为人艺术性地塑造和审美的对象。购物环境与消费，也都更加艺术化和审美化。但是，审美主体的修养又当如何？人们从中所产生的审美经验又当如何？大量的机械复制、拼贴，使得艺术的独创性要求已经很少现身，而服饰、发型的奇特，其实也很难说是真正的审美个性。如果按传统的审美观念来说，日常生活的"审美化"其实是要大大打个折扣的。

三

视觉文化、大众文化、消费文化等文化范畴，都与"审美"有无所不在的关联，都有无法剥离的审美因素，但是又应看到，它们不能与审美文化相等同。审美文化并非仅仅是这些文化类型的概括或描述，而是具有建设性、普遍性的理论范畴。比如，视觉文化所指涉的事象中，既有审美的成分，也有非审美的成分。大众文化、消费文化亦复如是。审美文化的范畴，与上述这几种文化范畴不是同格的范畴，虽是你中有我，我中有你的，但是总的来说审美文化的内涵与外延是大于后者的。视觉文化、大众文化和消费文化虽有互相重合之处，但还是一种分类的描述。审美文化，在我看来就不仅是一种文化的分类，而是从审美的角度来建设文化的社会形态。这其中有对文化事象的观照，又有审美价值观念系统。二者是缺一不可的。

除了审美文化，其他的文化范畴都无法负荷这样的使命：也就是以健康的、代表人类文明发展的审美价值观念对于当代的文化事象进行美学价值方面的批判。审美文化一方面是指涉各种文化事象中的审美成分，并可以整合为一个社会文化的层面；另一方面，审美文化中的审美价值体系应该在人们的当下审美活动中起着尺度的作用，对于现实中的文化事象，进行衡量、批判、评价，从而引领当代的审美活动向着更高境界发展。审美文化的内涵中一个最为重要的层面，恰恰应该是审美价值体系，它指的不是个人的，而是民族的、社会的。这对审美文化研究来说至关重要，是审美文化这个范畴的核心和灵魂。忽略了审美价值体系的存在和功能，也许正是当前审美文化研究的缺憾所在。

审美价值体系包含诸多与我们社会文化建设密切相关的问题，如审美需要、审美评价等。价值是客体与主体需要之间的特定关系，这是关于价值本质的一般性看法。马克思的这段话奠定了价值论的哲学基础："价值这个普遍的概念是从人们对待满足他们需要的外界物的关系中产生的。"① 价值意味着客体对主体特定需要的满足。而所谓审美价值其基本含义是指，任何自然、社会、艺术领域中的客体对主体审美需要的满足。审美价值论在美学领域中的兴起，则是对反映论美学的偏颇的扭转。正如苏联著名美学家斯托洛维奇所指出的："美学中认识论态度的绝对化（特别是如果把反映解释为镜子式的再现，使它同创作过程相对立的话），形成形而上学的另一极端。这种庸俗的认识论同庸俗的社会学观点一样，对于研究审美价值和艺术价值是没有成效的。"② 美学的本质在很大程度上就是一门价值科学。因为审美主体和客体的相互作用，正是审美活动的最主要的内涵。价值形成中客体和主体的相互关系问题，这是价值论的中心问题之一。价值论中的一个非常重要的问题就是需要。需要是价值生成的根本动力。当然，我们所说的需要，不是单纯的物质需要，而是作为总体的人的社会性需要。李连科先生对此作出了较为全面的说明，他认为："这里所说的需要，是指作为总体的人的社会性需要，是作为有机体的社会生存、发展并发挥其职能的各种需要，是社会的人强烈地追求自己的对象的本质力量和机能。这种社会性需要不仅是指衣食住行等各种基本的物质需要，还包括人们的社会结合、社会交往的需要。"③ 在这种社会性需要中，审美需要越来越成为人的一种最基本的需要。马克思主义把人的需要分成三个基本层次，即生存需要，享受需要，发展需要。我国价值论学者黄凯锋对审美需要所作的定位是："人类的审美需要并不是一个与生存、享受、发展三个层次的需要相独立的另一层次。从人类的三种基本需要中都可以萌发、产生出审美需要。绝对排斥审美需要的生理基础是片面的。当然，作为一种高层次的需要，审美需要主要属于精神性的享受和发展需要。马克思谈到过艺术和审美对人说来是一种享受，他讲的'艺术消费'，也是从享受意义上讲的。不过，比较起来，从更高层次上看，

① ［德］马克思、恩格斯：《马克思恩格斯全集》第 19 卷，中共中央编译局译，人民出版社 1963 年版，第 406 页。

② ［苏］列·斯托洛维奇：《审美价值的本质》，凌继尧译，中国社会科学出版社 1984 年版，第 9 页。

③ 李连科：《价值哲学引论》，商务印书馆 1999 年版，第 216 页。

人类的审美需要又从属于发展的需要层次。"① 审美价值是在客体满足主体的审美需要的过程中产生的。随着人们的日常生活越加丰富，而且越发重视形式和外观，符号化的倾向也日益普遍，人们的审美需要是不断增长和不断提高品位的，因此，各类文化中的审美价值含量也是越来越高的。但是，各类文化事象多有相对于人们的审美需要而产生的，这其中的高下优劣还是要加以分析的。时下人们的审美需要可能在内容上是相当驳杂的，有的更多地在美感层面，有的则更多地倾斜于生理快感层面。自从"日常生活审美化"作为一种普遍化的审美现象得到理论界的关注和阐扬，审美和非审美、审美和准审美的界限已经是颇为模糊的了。换言之，审美的本质是否还能用以往经典美学的标准来划定，都是莫衷一是的。但是，从我的认识来看，审美需要的内容，还是以人的全面发展为依据，当然其中有生理快感的成分，但更多的却是精神的享受。审美需要的本质应该如此。同时，审美需要虽然是在个体的形式中表现出来的，其实却是包含着社会性意义的。这也体现为审美价值的人类功利性。审美价值也是在人的个体的审美活动中才能得到真正的实现，因为它必须是以感性的形式呈现出来的，而其中的社会性内涵是一个不可忽视的尺度。

之所以在审美文化中凸显出审美价值体系，还在于审美评价的重要功能。我们的审美文化研究，如果只是对文化事象进行描述或分类，而不能对社会文化进行引导，不能对现有的文化事象进行分析批判，那么，这种研究的意义就要大打折扣了。评价是价值论的不可或缺的重要因素，要实现上述功能，就要充分发挥评价的作用。评价与价值密切相关，但却不能混同。评价实际上是价值即客体与主体需要的关系在意识中的反映，是对价值的主观判断，情感体验和意志保证及其综合。评价的对象不是客体，不是客体的实体性属性，即不是客体本身的本质和规律，而是客体的价值属性，或客体与主体需要的关系。黄凯锋指出："所谓审美评价，是伴随着审美价值的消费（审美享受）发生的一种主体行为，是评价主体对审美主客体关系的成果——对象的审美价值进行鉴别、判定的活动。它以揭示不依赖审美评价而存在的审美价值为自身目的，所把握和理解的是审美价值主体的需要。"②一种文化事象中有没有审美价值，有多大的审美价值，有什么样的审美价值，是要通过审美评价才能得出结论的。审美评价是与认识有密切关系的，

---

① 黄凯锋：《价值论视野中的美学》，学林出版社 2001 年版，第 8 页。
② 同上书，第 118 页。

但它并不采取理论认知的方式，而是要在审美消费的基础上进行，并以一定的标准衡量客体审美价值。斯托洛维奇认为："任何评价都必须有某种标尺和标准，与之相对照，某种现象才得到评价。审美评价也有它的标准。只有审美价值本身能够是它的客观标准。"① 这里所说的审美评价的标准或尺度，在今天看来，一是要给人们带来美的享受，二是有利于社会的和谐发展。在审美文化的内蕴中，审美评价理所当然地占有非常重要的地位，它体现着审美主体对于文化事象的价值判断，也起着引领社会文化发展导向的作用。

四

和谐社会建设的历史使命，为审美文化研究的提高与发展，创造了难得的机遇，同时，审美文化的建构与良性整合，对于和谐社会的建设有着极为重要的意义。作为中华民族现时期的最为重要的目标，和谐社会的建设，需要调动一切积极因素，而人的审美修养的提高和人的本质的全面发展，是建成和谐社会的根本途径。从古希腊哲人就提出的"美是和谐"的理念，到今天仍然是美学的一个非常重要的命题。和谐社会的根本要素，在于文化的和谐。文化的和谐不在于"千篇一律""千人一面"的趋同，而恰恰是在于"和而不同"，"和而不同"则体现为有规律交织的感性形式。如《说文解字》的经典训释："文，错画也，象交文。"这种感性形式，体现为"天文"、"地文"和"人文"，而其核心则是"人文"。刘勰论之谓："文之为德也大矣，与天地并生者何哉？夫玄黄色杂，方圆体分，日月叠璧，以垂丽天之象，山川焕绮，以铺理地之形：此盖道之文也。仰观吐曜，俯察含章，高卑定位，故两仪既生矣。惟人参之，性灵所钟，是谓三才；为五行之秀，实天地之心。心生而言立，言立而文明，自然之道也。——人文之元，肇自太极，幽赞神明，易象为先。"② 所谓"人文"，就主体而言，不妨视为人的审美意识。有了人文的烛照，才有自然之物的美感。所以，刘勰又称："傍及万品，动植皆文：龙凤以藻绘呈瑞，虎豹以炳蔚凝姿，云霞雕色，有逾画工之妙，草木贲华，无待锦匠之奇，夫岂外饰？盖自然耳。"③ 也许刘勰的

---

① ［苏］列·斯托洛维奇：《审美价值的本质》，凌继尧译，中国社会科学出版社1984年版，第146页。

② 范文澜：《文心雕龙注》，人民文学出版社1958年版，第1页。

③ 同上。

本意并非是我们要谈论的意思，但却道出了重要的美学思想：没有人作为主体的映射，自然之美也就无从谈起。

和谐社会的内在依据，主要是文化的和谐，而审美文化则是造就文化和谐的基本元素。在我国现阶段，审美文化建设有着不可取代的意义。其与和谐社会的内在联系，成为一个值得思考的课题。说到底，和谐社会的关键，在于人的素质的全面提高和全面发展。人与人之间、人与自然之间的和谐，与审美教育所形成的人的审美品格有着内在的因缘。先秦儒家诗教中的"兴观群怨"之说，就是讲诗的社会功能所在。其中的"群"，就是指诗可以使人际关系得到沟通与和谐。儒家对礼乐文化的高度重视，在相当程度上是出于和合社会的目的，而礼乐文化本身带有鲜明的审美性质。礼和乐，都有特定的社会性内容，又都是以美感形式存在的。《礼记·乐记》论述了乐使人与天地和合、人与人和合的功能。如果说，礼的功能更多地在于等级尊卑制度的确定及使人们各安其分，如《乐记篇》所说："天尊地卑，君臣定矣；卑高已陈，贵贱位矣；动静有常，小大殊矣；方以类聚，物以群分，则性命不同矣；在天成象，在地成形，如此，则礼者天地之别也。"① 那么，乐则体现和促进了天地之和、人伦之和，《乐论》中多有这种明确的观点："乐者敦和，率神而从天。""乐者天地之和也。""大乐与天地同和。""和"会使万物生长，和谐有序，而其间的中介，应该是人与人之间的社会性的和谐，由人之间的和谐而产生人与自然之间的和谐与生命力的健旺。"乐"作为一种审美文化，是"天地之和"的象征。《乐情篇》认为礼乐之举可以使秩序昭然，天地阴阳相谐和，草木繁盛，蛰虫复苏，胎生者和卵生者都生育无害，这都归于圣人礼乐参赞之道。乐是使人的心灵得到感动和美化的感性形式，可以使人的气质更加高雅，更加向善，也由此更加和谐。《乐记·乐化》篇中集中论述了这方面的问题，其云："致乐以治心者也，致礼以治躬者也，治躬则庄敬，庄敬则严威。心中斯须不和不乐，而鄙诈之心入之矣。……夫乐者乐也，人情所不能免也。乐必发于声音，形于动静，人之道也。声音动静，性术之变尽于此矣。故人不耐无乐，乐不耐无形，形而不为道，不耐无乱。先王耻其乱，故制雅颂之声以道之，使其声足乐而不流，使其文足论而不息，使其曲直、繁瘠、廉肉、节奏，足以感动人之善心而已矣，不使放心邪气得接焉。是先王立乐之方也。是故乐在宗庙之中，君臣上下同听之，则莫不和敬；在族长乡里之中，长幼同听之，则莫不和顺；在闺

门之内，父子同听之，则莫不和亲。故乐者，审一以定和，比物以饰节，节奏合以成文，所以合和父子君臣，附亲万民也。是先王立乐之方也。"①《乐化篇》所清晰论述的思想，就是"乐以治心"，使人心得到教化和美化，得到情感的谐调，以乐感之美而感动人之善心，而使人际关系的各个维度都能亲和有序。

在我看来，审美文化不只是对现有的文化事象的分类与描述，更重要的应该是从美学维度来建构的一种理想的社会文化形态。其基本的指向，在于使人的本质得到全面的丰富与发展。在这个过程中，"按着美的规律来塑造"，必然会走向和谐之路。马克思在《1844 年经济学哲学手稿》中，正是从人的全面发展来阐述美学问题的。也正是从这种意义出发，马克思认为主体的感觉能力的提高，是人的全面发展的根本途径。他指出："人不仅在思维中，而且以全部感觉在对象世界中肯定自己。另一方面，即从主体方面来看：只有音乐才能激起人的音乐感；对于不辨音律的耳朵来说，最美的音乐也毫无意义，音乐对它来说不是对象，因为我的对象只能是我的本质力量之一的确证，从而，它只能象我的本质力量的客观地展开的丰富性，主体的、属人的感性的丰富性，即感受音乐的耳朵，感受形式美的眼睛，简言之，那些能感受人的快乐和确证自己是属人的本质力量的感觉，才或者发展起来，或者产生出来。因为不仅是五官感觉，而且所谓的精神感觉、实践感觉（意志、爱等等）——总之，人的感觉、感觉的人类性——都只是由于相应的对象的存在，由于存在着人化了的自然界，才产生出来的。五官感觉的形成，是以往全部世界史的产物。"② 马克思这段在美学史上非常著名的论述，从一个角度揭示了主体的五官感觉的审美能力的重要意义，其实也就是指出了和谐之美的主体条件。周来祥先生道出了审美教育与和谐社会的内在联系，他说："从和谐美学看，和谐社会就是更新、更美的社会。"③ 和谐社会的建设，无论是人与自然的和谐，还是人与人之间的和谐，最根本的是人作为主体的内在和谐，而主体的内在和谐，又首先在于主体的感性与理性的协调发展与提升。而人的审美素质，恰恰就在于此。审美文化研究正是在致力于人的审美素质的提高中趋向于和谐社会的理想境界。我最近读到周来祥先

---

① 以上所引《乐记》，均见于叶朗主编《中国历代美学文库》秦汉卷，高等教育出版社 2003年版。

② ［德］马克思：《1844 年经济学哲学手稿》，刘丕坤译，人民出版社 1979 年版，第 79 页。

③ 周来祥：《从和谐美学看和谐社会》，《文艺研究》2007 年第 2 期。

生《从和谐美学看和谐社会》一文，深深服膺他对和谐社会建设与美学关系的观点，他认为构建和谐社会的关键是人，是以人为本。构建和谐社会的出发点，是为了人，而构建和谐社会的归宿也是人，都是为了要实现社会全面进步和人的全面发展。

无疑地，审美文化是一个具有现代性内涵的论域，也是我们社会主义中国现阶段美学角度的文化形态的最高范畴。审美文化和先进文化这两个范畴是辩证统一的，先进文化必然是具有审美维度的，这也就是审美文化；而审美文化也必然体现了我们这个民族文化的先进性，从美学的角度将中华民族文化中的精华整合为一个统一的整体。尽管从事象上来说，大众文化、通俗文化、视觉文化等范畴都有很多与审美文化重合之处，但是，它们也有很多不能算是审美文化的东西。而在这些范畴之外，也有很多东西是属于审美文化范畴的。比如，现代派文学创作、高雅音乐等，都属于审美文化范畴，却很难划入大众文化、通俗文化、视觉文化之列。我们要用审美文化这样的命题来提摄各类文化事象中的审美因子，使之成为中华民族文化中的审美层面。我们必须发挥审美价值体系的评价作用，并以之作为建设审美文化体系的重要尺度。审美活动在当代的文化领域中普遍地存在，但也有着使"审美"这个超越物质欲望层面的高级精神活动"沦入风尘"的某种趋势。其实，当下的视觉文化、大众文化、通俗文化等文化事象中都有审美的因子，但也有很多非审美的东西。不能笼统地以审美文化来概括它们。现在的大众传媒，有一些节目是以刺激人的生理快感为目的，而缺少精神层面的美感的。休闲与娱乐，是可以有很高的审美含量的，但我们现在看到的这类文化事象，却有很多是审美品位相当匮乏的。韦尔施颇为深刻地指出了这种使审美廉价化、浅表化的动向，他说："在表面的审美化中，一统天下的是最肤浅的审美价值：不计目的的快感、娱乐和享受。"① 韦尔施在这里表现出来对于的"审美化"的忧思，是有切实的指向的，在中国，也同样存在着这种状况。为了经济利益，而将商品加以漂亮的包装。现在节庆日，包括传统的节日，还有若干过去都极少有人注意的节日（一些西方节日），都搞得五彩缤纷，其间商家的炒作成分居多，经济的目的是远远大于审美的目的的。很多看似很美的东西，其实是与善、与真相悖谬的。有的虚假广告，请明星大腕儿来做，却对人民的利益造成极大损害，这也是与审美背道而驰的。再有"日常生活审美化"，在很多场合，也是将审美混同于一般的感性化、快

---

① ［德］沃尔夫冈·韦尔施：《重构美学》，陆扬等译，上海译文出版社 2002 年版，第 6 页。

感性，取消了审美的特殊意义，在这方面，我还是赞成周来祥先生的观点，他指出："'日常生活的审美化'是把生活升华到精神的审美的高度，而所谓'审美日常生活化'是让审美与生活看齐，把理性的精神的审美降至感性的物质的日常生活的水平，是把审美感性化、快感化、生理化，越来越淡化了其人文精神和理性内涵，这是后现代消解和否定审美与日常生活差别的一种反映。审美自然包括感性的快感，但它又必须超越感性，使感性和理性、生理感受和心理体验和谐地统一起来，才能达到真正的审美境界。"① 我们应该坚持审美文化的尺度，以审美文化来提升整个社会的文化形态，而不是将审美文化淹没在滚滚红尘之中。

---

① 周来祥：《从和谐美学看和谐社会》，《文艺研究》2007 年第 2 期。

评李春青《在审美与意识形态之间》[*]

李春青教授的《在审美与意识形态之间》，是令人感到学术清醒的力著。据我所知，李春青教授近年来在学术研究和研究生教学中都是以反思的立场来面对文学理论的诸问题的。这部著作，无疑是这种反思的成果了！对于中国的文学理论的当代格局和历史渊源，作者都以批判的理性进行了反思。这种反思的思维方式与力度是贯通于全书的，或者说贯通于他对文学理论的整体性思考的。对于进入中国现代社会之后的文学观念，对于近年来文学理论领域出现的新的问题，对于中国当代文论所受西方影响的内容与途径，对于中国文论的历史性根源，作者都做了透辟的反思。

从该书的言说立场来看，尽管当代文学理论话语与中国古代文论有着根本性差异，但二者还是存在着某种深层的逻辑关联性，这就是在两种话语系统下面所隐含的言说者的认同意识。正是由于具有这样的独到视角，作者才会尽力从古代的文化类型联系到今天的文化格局和审美立场，从而为当代的文学与文化现状，追寻到久远的渊源。从这样的视角观察，中国文学理论的话语系统就并非仅仅是纯粹的知识体系，而且是言说者身份认同的话语表征。纵观两千多年中国古代文论的历史演变，都是与古代知识阶层的身份认同的变化密切相关的。例如儒家的工具主义文论系统，是与古代士人"社会导师"的认同意识直接相关的。作者以先秦儒家士人为例，指出他们的身份认同指向"立法者"：首先为自己立法，成为道德完人；然后为社会立法，成为道的承担者和实现者。在这种文化语境下，当时最主要的文学艺术形式诗与乐，就自然而然地被儒家士人理解为最重要的立法手段。汉代的士大夫阶层与先秦比就有所调整，他们普遍认同的社会角色既不是统治者，也不是平民百姓，而是君权的合作者。这是一种中间人身份，具有沟通统治者与被统治者的独特社会功能。文论的话语——主要是关于《诗经》、《楚辞》

* 本文刊于《文学评论》2007 年第 6 期。

的解读，就成为承担着规范君权与教化百姓之双重任务的士人意识形态。东汉末年到魏晋南北朝时期，士大夫有了新的身份认同：清贵之族，既不同于平民百姓，也有别于缺乏教养的功名利禄之徒。在这种新的认同模式的影响下，这个时期的各种文学艺术门类飞速地发展起来，文学理论也获得了空前的成熟。通过身份认同的视角，揭示了中国文学理论不同话语系统发生的不同人文背景、自觉的身份认同因素，也使当代的文学理论所处的文化格局以及各种话语的纷争，得到更为清醒、更为理性的洞察。在历史的深处寻觅当今理论形态的根源，在当今的理论形态中见出民族文化来路的必然，这无疑是李春青教授的深刻之处。

对于中国的当代文论和文学观念，作者在一个相当广阔的视域中作了多侧面的剖切。进入现代社会以来，中国文学理论的嬗变及各种思潮，纷纭复杂，有难以理清的社会的、政治的、文化的原因。今天的文坛更为波诡云谲，但又是其来有自的。20 世纪以来，中国的文学理论、文学思潮，是深受西方哲学与美学观念的影响的，而其中马克思主义又在中国的文学理论的当代构成中具有无论怎样看都不过分的重要作用。李春青教授对这些文论现象，予以考镜源流的辨析，厘清了一些主要的脉络。而这些脉络之间的历史性关联，也在本书中得到了揭橥。作者概括出对于中国当代文论影响至深的几种西方文学观念（如"模仿说"、现实主义文学批评理论、表现论的文学观念、唯美主义文学观念、现代性思潮、后现代主义思潮等），并进而对这些文学观念在中国的文学创作实践中发挥了普遍作用的若干核心要素及其原因进行了清理与反思。如对现实主义创作原则中的真实性问题、典型问题、叙事的完整性问题等。但是，作者不是在现实主义内部来阐述这些问题的，如果是那样，也许这部书的反思性就会大打折扣了。作者是站在历史的高度上来加以评说的，这就增添了批判的锋芒和思想的犀利。如其谈到现实主义创作原则所追求的人物的共性或普遍性时，认为它们的共性和普遍性都是相对于人的思维而存在的，就是人的思维的产物。典型人物的共性或普遍性只是在确定的文化语境中才具有确定性，因为它是相对于主体的阐释行为而存在的。这种对典型的认识是在现实主义的眼光之外来看的，有着某种深刻的启示。作者还对作为中国现当代文学观念具有决定性影响的马克思主义做了回顾，书中不是泛论马克思主义在中国现当代文艺思想的体现，而主要是通过陈独秀、李大钊、鲁迅等思想家对马克思主义文艺思想的接受过程，来呈现马克思主义文学观念在中国的早期传播。20 世纪的中国文论，其实是在西方的文论全面渗透下造就的，尤其是新时期以来文学观念的深刻变化，以及文学思潮的风生水激，都是与西方思想界密切相关的，这是人所共知的事实。但是，本书却是以关键词的形式，全面清点了影响中国文论的西方文论的、美学的来源。如康德的审美无功利说，以系统论、控制论、信息论即所谓"三论"为代表的新方法，文艺心理学，"作者死了"，文本中心主义诸概念，英美新批评，现象学，哲学阐释学，等等。这些源自于西方的不同思想流派观念与方法，在20世纪80年代之后，对中国文学理论和文学批评界的影响是至为广泛的，有着相当多的理论成果和批评实践，也呈现出了中国新时期以来的文学理论的发展曲线。作者不是简单地概括这些命题或观念的内涵和意义，而是联系中国新时期以来的文化语境和深层思想加以剖析，如关于文本中心主义在中国兴盛一时的原因，作者指出，"一是对文学独立性的诉求"；"其二文本中心主义文论之所以能够在中国兴盛一时，另一个重要原因是人文知识分子重新寻求自我认同的精神需求使然"；"其三，这种文本中心主义文论观又可以看做是传统诗文评批评系统的现代版"①。这种分析都是将西方影响中国的文论观念联系中国的文论现实所作出的理性分析。

《在审美和意识形态之间》不仅对以往的文学理论发展的历史状态做了认识上的清理，更对当代文学理论的一些深层问题进行反思并提出自己的阐释。如文学理论与意识形态之间的关系、文学理论的自性、文学的本质、文学理论的命名、文学理论的合法性、文学理论的边界等问题，都是当前学界极为关注的。作者在对这些问题的论述中始终沿着一种辩证的逻辑思路展开。例如文学理论与意识形态关系一直是一个非常敏感的话题，而作者则指出，"文学理论并不等同于意识形态，因为意识形态是以社会功利性为基本特征的，而文学理论恰恰是以指涉超功利的审美价值为特征。但是，意识形态却常常寄寓于文学理论并迫使它服务于自己，在这个意义上，文学理论又成为意识形态的一部分"②。这种思辨的结果是切合文学理论的实际处境的。与此相关，作者不认为文学有那种抽象的、千古不变的本质，而呼唤有限的、具体的本质。书中断言，文学理论的确不可能揭示那种没有任何限定的文学的本质。"这倒不是因为文学理论的无能，而是因为根本不存在这样的

①　李春青：《在审美与意识形态之间：中国当代文学理论研究反思》，北京大学出版社2006年版，第179—180页。
②　同上书，第193页。

本质。"① 他将文学理论的功能界定为阐释,这个看似简单的命题,其实是颇有深意的,这是作者对文学理论性质的核心看法。要求文学理论成为阐释,就意味着反对纯粹的主观建构。文学理论规定为阐释的学科意义还在于,阐释要求着专业性或学科独立性;阐释这个概念本身就意味着某种客观性;阐释要求着可操作性。这些都是文学理论在言说的自身范围之内寻求存在的合法性。

与时下一些高调的、甚至多是剑拔弩张的架势的文艺理论论著相比,《在审美与意识形态之间》的论说是平实的,也是学理化的,但这并不妨碍作者对文艺学所面临的新课题的正面回答。这种回答是富有坚实的学理基础的,是在充分地考察了文学审美的客观情势之后而发的,因而给人的说服力就显得颇为厚重。比如,当下的大众文化与日常生活审美化的强势发展,对于文艺学理论的冲击,在文学理论学者们中间引起了不同的反响,针对于此,本书作者提出这样的尖锐问题:面对大众文化与日常生活审美化的洪流,文艺学是失去了存在的意义还是找到的新的发展契机?作者历史性地分析了现代以来的大众文化与日常生活审美化现象与以往的日常审美活动的最大不同就在于,它不是在知识阶层的审美趣味的影响或引导下出现的,而是完全取决于外在于知识阶层的社会力量,一是市场,二是传媒。作者主张将大众文化与日常生活审美化同为与纯文学具有同等地位的研究对象,采取价值介入的批判立场,对这种新的文化现象进行细致深入的剖析,肯定其存在的合理性,批判其负面作用。这种积极的介入,也正是文艺学发展的新契机。我以为这种态度是符合文艺学所面临的实际境遇的,同时也是建设性的。

一本书自然不可能回答关于文学理论的所有问题,想实现这种意图的作者恐怕不是一个明智的学者。这本书当然没有泛泛地论述有关文学理论的所有问题,如果是那样的话,充其量是一部不高明的教材。本书所论及的是在中国文学理论的发展走向中起过重大作用和深远影响的问题,它们也许并非那么时尚化的,而是由作者的反思而提出的"命名"。比如文学理论的合法性、文学理论功能的二律背反等,但它们所指涉的却是文学理论的深层矛盾。

《在审美与意识形态之间》作为一部文学理论著作,也是一部反思文学

---

① 李春青:《在审美与意识形态之间:中国当代文学理论研究反思》,北京大学出版社2006年版,第205页。

理论的著作。它不是关于文学理论的知识谱系的描述，也不是那种大声疾呼、振聋发聩之作，更非是红遍大江南北的"明星"之作，但是，如果是一个对于文学理论有一定的常识、有相当的兴趣的读者，读之一定会暗暗称奇的。可令独吟颔首，不必语惊四座。它没有规避当代学者们所关注、所辩难的重要理论问题，而是给予全面的清理和正面的回答。它不是仅仅下一个判断，而是客观地、辩证地予以阐析。它不是依附于某种意识形态的理论框架，也不是"似曾相识"的皮相之论，而是建立在针对文学理论的实际形态（包括共时的和历时的）的独立反思。遍观时下的文学理论方面的论著，它确实是有着与众不同的话语方式和特立独行的品格的。这也就是反思的品格。

从方法论角度看，该书一个最大的特点（或者说优点）是宏通的学术视野与理论的穿透力，时时抓住"言说者"的认同意识与言说立场，将古代文人、现代知识分子、当代知识分子看成是一个处于同一传统之中因时而变的整体，从他们身份与社会境遇的变化中挖掘文学理论话语的转换模式，寻绎其深层动因，这的确是一种独到而深邃的眼光，这与作者长期研究中国古代士人人格及其话语形式直接相关①，也与他对文学理论基本问题的长期关注直接相关②。

该书的不足之处可以说与它的优点一样醒目，这就是对于当代文学理论的各家各派缺乏系统而深入的分析（甚至很少引用原文），而只是以问题为核心进行了总体性把握，未能做到"还原历史现场"，这样就必然会遮蔽许多差异与复杂性。另外作者的一些具体观点也还有商榷的必要，例如关于文学理论的"自性"问题就似乎没有说透。书中有些地方还存在着逻辑不够严密，甚至自相矛盾的地方，明眼人一望便知，这里就不一一列举了。

---

① 可参见李春青著《魏晋清玄》（1993 年）、《乌托邦与诗——中国古代士人文化与文学价值观》（1995 年）、《宋学与宋代文学观念》（2001 年）、《诗与意识形态——西周至两汉诗歌功能的演变与中国诗学观念的生成》（2005 年）、《在文本与历史之间——中国古代诗学意义生成模式探微》（2005 年）。

② 据我所知，李春青曾出版过《艺术直觉研究》（1987 年）、《艺术情感论》（1991 年）、《美学与人学——马克思对德国古典美学的继承与超越》（1991 年）、《文学价值学引论》（1994 年）等关于文学基本理论的著作并发表过大量论文。

自然进入艺术的美学反思[*]

艺术创作是离不开自然物象的摄取和描写的。如诗和画中大量的关于自然山水的意象和境界，都把山水自然和艺术创造密切联系在一起。但是，作品中的自然意象并非自然界的描写对象的机械模仿或者照搬，而是以艺术家主体的情志观照自然的产物，这一点，已经无须多加论证。而问题并不是仅止于此，关于艺术创作中主体与自然对象的关系，在我看来至少有这样几个方面：其一，自然事物的生命律动是激发创作主体的审美情感与创造冲动的直接契机；其二，自然物象进入作品成为艺术作为审美对象的基质；其三，自然物象是艺术家与宇宙造化融通为一的媒介；其四，自然物象是审美知觉的意向性对象及艺术个性的负载。本文贯通说之。

一

对于艺术作品而言，进入艺术家（包括作家、诗人等）的视野、触动其审美情感的自然物象，是艺术创造的发生契机，而且就是直接的契机。中国古代的艺术理论就称之为"感兴"，也就是"赋比兴"中的"兴"。关于"兴"的论述实在太多，笔者就有《审美感兴论》等相关文章进行阐述。多有学者将"感兴"作为灵感的同义语加以理解和设释，笔者则认为其意义更为丰富，也尤其能代表中国美学的独特之处。"感兴"在中国的文学艺术理论发展的漫长过程中所生发的含义和所产生的影响，早已不是一个"六义"之一可以范围得了的，而是具有审美发生的根本性质。这里没有必要再对"比兴"的不同训释加以辨析，而是以其最有代表性的观点加以生发，以见其美学理论蕴含所在。笔者曾指出："感兴就是'感于物而兴'，指创作主体在客观环境的偶然触发下，在心灵中诞育了艺术境界的心理状态与审

---

* 本文刊于《解放军艺术学院学报》2010 年第 3 期。

美创造方式。感兴是以主体与客体的瞬间融化也即'心物交融'作为前提，以偶然性、随机性为其基本特征的。"① 今天我对这个问题的基本认识仍无大的变化。我只是进一步认为，"兴"的产生是外在的自然物象对于艺术家心灵的碰撞与激发，而所唤起的是一种审美情感。诸多论述比兴者，都是将"物"使人心感动激发作为"兴"的基本含义。如宋代大儒程颢所说："曰比者，直比之，'温其如玉'之类是也。曰兴者，因物而兴起，'关关雎鸠'、'瞻彼淇澳'之类是也。"② 宋人李仲蒙的解释在我看来最能代表"感兴"论的主流，其云："触物以起情谓之兴，物动情也。"③ 相佐翼的还有如汉代王延寿所说"诗人之兴，感物而作"④，梁萧统所说"炎凉始冒，触兴自高，睹物兴情，更向篇什"⑤，宋人郑樵所说"夫诗之本在声，而声之本在兴，鸟兽草木乃发兴之本"⑥，等等。能使我们的话题向前推进需追问这个"物"是什么含义，因为这是中国美学所面临的一个重要端点。无数的资料都可以说明，"感兴"或"感物"所说的"物"，并非是自然事物的本身，而是自然事物的外显形象，也即物象。而这种物象，又是宇宙生命的律动的表征。无论在诗论还是画论中，都有这方面的许多论述。陆机《文赋》云："遵四时以叹逝，瞻万物而思纷。悲落叶于劲秋，喜柔条于芳春。"⑦ 钟嵘《诗品序》云："若乃春风春鸟，秋月秋蝉，夏云暑雨，冬月祁寒，斯四候之感诸诗者也。"⑧ "物"在魏晋南北朝时期是一个抽象程度相当之高的哲学美学范畴，在艺术领域，它不是指事物的实体，而是自然事物的外显形象，同时，四季变化所产生的自然物象，才是艺术家眼中的"物"，自然的律动，是"物"的范畴的重要内涵之一。刘勰则称之为"物色"。所谓"物色"，与其说是指事物本身，毋宁说是事物的外显形象，它是以宇宙自然的生命律动而呈现出来的外显形象，同时，也呈现为美的形式。古代文艺理论

① 张晶：《美学的延展》，商务印书馆 2006 年版，第 90 页。

② （宋）程颢、程颐：《二程集》卷 24，中华书局 1981 年版，第 311 页。

③ （宋）胡寅：《斐然集》卷 18《与李叔易书》，中华书局 1993 年版，第 386 页。

④ （汉）王延寿：《鲁灵光殿赋序》，见徐中玉主编"中国古代文艺理论专题资料丛刊"《意境·典型·比兴编》，中国社会科学出版社 1994 年版，第 259 页。

⑤ （南朝·梁）萧统：《答晋安王书》，见徐中玉主编"中国古代文艺理论专题资料丛刊"《意境·典型·比兴编》，中国社会科学出版社 1994 年版，第 263 页。

⑥ （南宋）郑樵：《乐略·正声序论》，见徐中玉主编"中国古代文艺理论专题资料丛刊"《意境·典型·比兴编》，中国社会科学出版社 1994 年版，第 263 页。

⑦ 张怀瑾：《文赋译注》，北京出版社 1984 年版，第 20 页。

⑧ （南朝·梁）钟嵘：《诗品》，中华书局 1991 年版，第 11 页。

中谈及自然事物对于诗人或艺术家的感发，都是生发于宇宙造化的生命律动
而产生的物候现象，是生机盎然的，也是在变化之中的。萧统《文选》中
有"物色"一类，李善注曰："四时所观之物色，而为之赋。"① 这里已经
说明了"物色"是呈现于人的视觉的外显形象。"色"本来是佛学概念，指
从本体生发出来的外在现象，刘勰将"色"与"物"相融合，用在文学创
作中，是指呈现于作家艺术家眼中的物象。李善又注曰："有物有文曰色"，
其中的含义至少有这样两点，一是说"色"作为事物的外显，是以自然事
物本身为本体或依据的；二是说"物色"是呈现出审美形式的，也就是所
谓的"文"。刘勰"物色"篇颇为全面地揭示"物色"的美学内涵，他说：
"春秋代序，阴阳惨舒，物色之动，心亦摇焉。盖阳气萌而玄驹步，阴律凝
而丹鸟羞，微虫犹或入感，四时之动物深矣。若夫珪璋挺其惠心，英华秀其
清气，物色相召，人谁获安？是以献岁发春，悦豫之情畅；滔滔孟夏，郁陶
之心凝；天高气清，阴沉之志远；霰雪无垠，矜肃之虑深。岁有其物，物有
其容；情以物迁，辞以情发。一叶且或迎意，虫声有足引心。况清风与明月
同夜，白日与春林共朝哉！"② 刘勰的《物色》篇的这段论述，可以视为魏
晋南北朝时期的感兴论的主流趋势。这个时期在艺术创作领域中谈及"心"
"物"关系，物多指自然之物的外显形象，而且是因了春夏秋冬季节变化的
律动而呈现出的不同状貌。

　　是这样的自然事物所显现出的、勃发出的生命律动，在偶然的契机下激
发了艺术家的审美情感，艺术创造的冲动也由此而生。"兴"即是在艺术创
造的前提下所进行的生成方式。所有关于"兴"的论述，都是对创作冲动
的发生而言的。"兴"在主体方面的联结点，是艺术家的审美情感。刘勰对
兴的说法是"起情者依微以拟议"，"起情故兴体以立"③。刘勰认为兴就是
"起情"，即对情感的唤起。而这种情感，是一种在创作冲动发生中的审美
情感，而非普通的自然情感。唐代诗人王昌龄论"感兴"势云："感兴势
者，人心至感，必有应说，物色万象，爽然有如感会。亦有其例。如常建诗
云：'泠泠七弦遍，万木澄幽音。能使江月白，又令江水深。'又王维《哭
殷四》诗云：'泱漭寒郊外，萧条闻哭声，愁云为苍茫，飞鸟不能鸣。'"④

---

① （唐）李善：《文选注》卷 13，中华书局影印本 1977 年版，第 90 页。
② 范文澜：《文心雕龙注》，人民文学出版社 1962 年版，第 693 页。
③ 同上书，第 601 页。
④ 卢盛江：《文镜秘府论汇校汇考》，中华书局 2006 年版，第 393 页。

明确地将感兴作为诗歌创作的发生机制。唐代诗人贾岛论述兴时说："兴者，情也。谓外感于物，内动于情，情不可遏，故曰兴。"①是指受到外物感发而产生的审美情感的涌动。这些论述都说明了由兴而产生的情感，是作为诗歌创作的基质的审美情感。宋人叶梦得将诗人所受自然物色的偶然感发，视为诗歌创作的根本，其云："'池塘生春草，园柳变鸣禽'。世多不解此语为工，盖欲以奇求之耳。此语之工，正在无所用意，猝然与景相遇，借以成章，不假绳削，故非常情所能到。诗家妙处，当须以此为根本，而思苦言难者，往往不悟。"②清人王士祯（渔洋）论诗之兴说："古之名篇，如出水芙蓉，天然艳丽，不假雕饰，皆偶然得之，犹书家所谓偶然欲书者也。当其触物兴情，情来神会，机括跃如，如兔起鹘落，稍纵则逝矣。"③自然物象和艺术家的遇合，是在偶然的契机下，而非刻意地寻求；而愈是如此，则愈成为佳作的产生基础。偶然的感兴在于艺术家和自然物象的"会心"，如清人吴雷发所说："大块中景物何限，会心之际，偶尔触目成吟，自有灵机异趣。"④

由"物色"兴起的这种审美情感，容易使人认为"兴"就是艺术家的心灵被动地受到波动，尤其是像《乐记》中所言："凡音之起，由人心生也。人心之动，物使之然也。感于物而动，故形于声。"⑤给人的印象似乎就是外物使人心感发，于是便形诸声音。其实，它恰恰是具有充分的建构性质。美国美学家萨缪尔·亚历山大说："我们同样可以得出，审美的情感是建构性的情感。这是诗人必须拥有的，否则他就不会成为诗人。"⑥"既然审美的冲动及其情感与构造行为亲如一家，我们可以得出结论，在题材进入诗

---

① （唐）贾岛：《二南密旨》，见徐中玉主编"中国古代文艺理论专题资料丛刊"《意境·典型·比兴编》，中国社会科学出版社 1994 年版，第 227 页。

② （宋）叶梦得：《石林诗话》卷中，见（清）何文焕《历代诗话》，中华书局，1981 年版，第 426 页。

③ （清）王士祯：《师友诗传录》，见（清）王夫之等《清诗话》，上海古籍出版社 1999 年版，第 128 页。

④ （清）吴雷发：《说诗菅蒯》，见（清）王夫之等《清诗话》，上海古籍出版社 1999 年版，第 901 页。

⑤ 《乐本篇》，见叶朗主编《中国历代美学文库·秦汉卷》，高等教育出版社 2003 年版，第 221 页。

⑥ ［美］萨缪尔·亚历山大：《艺术、价值与自然》，韩东辉等译，华夏出版社 2000 年版，第 37 页。

中之前，是无法决定其审美价值的。"① 萨缪尔所讲的"审美的冲动"我以
为是可以和我们所说的"兴"互相贯通的。结合中国美学思想中有关兴的
材料加以理解的话，"兴"对艺术家的触发而引起的审美情感，意谓着创作
主体以自己的特殊艺术语言对于"物色"进行构形，从而产生了独特的、
崭新的艺术世界。对此，艺术家是倍感兴奋的。在创作主体方面，审美情感
是这样一种快乐和激情。这是一种在偶然的契机下被激发出来的诗性直觉。
当"物色"出现在艺术作品中时，它已不是原来的样子，而毋宁说是由艺
术家以自己的艺术语言对其进行组织和构建而生出的艺术世界。在关于艺术
与自然的关系问题上，法国哲学家雅克·马利坦明确批评那种纯粹的"模
仿"观念，他认为："很明显，自然外形的纯粹意义上的模仿只是一个错误
的概念，它是以这样一种方式，即以意象欺骗眼睛并被错当作事物而达到
的，直接地反对艺术的特征。"② 马利坦主张："当当代绘画认识到有效的自
然外形的变换、变形、再铸造或美化的唯一路子是经由诗性直觉时，它将由
困境中走出来。诗性直觉确实喜欢自然外形。它用自己的内在音乐来捕捉它
们。当诗性直觉扩展到作品时，它移去了它们的物质存在的性质，使之达到
了自身的和谐。结果，在自然形式中被创造性情绪所激活的自然形式朝向超
越它们自身的方面，讲述远比它们原本要多的话，并成为充满意义和含义的
完全的歌的部分；自然形式之变形、变换、被美化和被再铸造，不是依靠任
何对于形式分析的技艺，而是依靠内在压力。"③ 马利坦所说的"自然外
形"，其实也就是中国美学中的"物色"。它们进入作品，当然并非纯客观
的存在，而是由艺术家以其独特的艺术语言对其变形、"再铸造"而呈现出
来的艺术世界。

在中国美学思想中，刘勰在其《文心雕龙·物色》篇中用非常优美的
语言，表现了这样以语言改造"物色"而成为"艺术品"的过程："是以诗
人感物，联类不穷，流连万象之际，沉吟视听之区；写气图貌，既随物以宛
转，属采附声，亦与心而徘徊。故灼灼状桃花之鲜，依依尽杨柳之貌，杲杲
为日出之容，瀌瀌拟雨雪之状，喈喈逐黄鸟之声，喓喓学草虫之韵。皎日嘒

---

①　[美] 萨缪尔·亚历山大：《艺术、价值与自然》，韩东辉等译，华夏出版社 2000 年版，第
37 页。

②　[法] 雅克·马利坦：《艺术与诗中的创造性直觉》，刘有元等译，三联书店 1991 年版，第
175 页。

③　同上书，第 177 页。

星，一言穷理，参差沃若，两字穷形：并以少总多，情貌无遗矣。"① 这段话指出了诗人以自己的艺术语言来把握和表现物色的创造性质。

二

自然物象进入艺术作品，成为审美对象，具有一些基本的特质，对于审美主体而言，区别于其他的客体形式，从而形成审美价值的充盈。艺术无疑是审美最主要的、最具永恒价值的对象，自然事物当然可以单独成为审美对象，而作为艺术品的材料时，它的意义又与自然审美颇有不同之处。审美对象应该是具有明显的感性性质的，如杜夫海纳指出的"艺术的特点就在于它对的意义全部投入了感性之中；感性在表现意义时非但不逐渐减弱和消失；相反，它变得更加强烈、更加光芒四射，因此，艺术家是为了突出感性而不是创造价值而工作的，"②"审美对象不规定我去做任何事情，但我要去感知，即把我自己向感性开放。因为审美对象首先就是感性的不可抗拒的出色的呈现。"③"通过艺术，感性不再是自身可有可无的符号，而是一个目的。它成为对象本身，或者至少同它表示的对象是分不开的。"④ 这种感性无疑是灿烂的，是充满生命力的。在其客观外在的形态，它是自在的；而进入艺术品，它呈现了以主体的感觉和艺术语言加以统摄和构形的整体意境。自然物象本身在审美主体眼中，已经是具有外在形式的美的影像。这是因为审美主体的模型所提摄出来的。我们看一下《文心雕龙》最主要的本体论阐述，其云："文之为德也大矣，与天地并生者，何哉？夫玄黄色杂，方圆体分，日月叠璧，以垂丽天之象；山川焕绮，以铺理地之形：此盖道之文也。仰观吐曜，俯察含章，高卑定位，故两仪既生矣。惟人参之，性灵所钟，是谓三才；是谓五行之秀，实天地之心。心生而言立，言立而文明，自然之道也。傍及万品，动植皆文：龙凤以藻绘呈瑞，虎豹以炳蔚凝姿；云霞雕色，有逾画工之妙，草木贲华，无待锦匠之奇：夫岂外饰？盖自然耳。至于林籁结响，调如竽瑟；泉石激韵，和若球锽；故形立则章成矣，声发则文

---

① 范文澜：《文心雕龙注》，人民文学出版社 1962 年版，第 693 页。

② ［法］米盖尔·杜夫海纳：《美学与哲学》，孙非译，中国社会科学出版社 1985 年版，第 31 页。

③ ［法］米盖尔·杜夫海纳：《审美经验现象学》，韩树站译，文化艺术出版社 1992 年版，第 114 页。

④ 同上书，第 115 页。

生矣。无以无识之物，郁然有彩；有心之器，其无文欤！"① 刘勰在这里将自然界给人们带来的美感，加以极富才华的描绘，"日月叠璧"、"山川焕绮"等都是"自然之道"的外显，同时也在人的眼中产生特别具有形式意味的美感。所谓"文"，在中国文化中是最有美学色彩的概念。刘勰这里说的"天文"、"地文"、"人文"，都是有着浓郁审美性质的。更有值得关注的思想是，刘勰认为只有从"人文"的眼光中才能呈现出自然之美，"傍及万品，动植皆文"，其间是有一个审美主体在的。"天文"、"地文"当然是自然之美，却是在人的眼睛里才呈现出"云霞雕色，有逾画工之妙，草木贲华，无待锦匠之奇"的形式美感的。这种形式美感，是有待于主体的内在的审美心理结构对于物色的把握和表现的，"形立则章成矣，声发则文生矣"，都体现出主体的内在审美心理结构的重要功能。这也正是以之观照"无识之物"的"有心之器"。现象学美学家杜夫海纳对于自然作为审美对象的分析是非常切合我们的话题的，他说："自然之所以能从审美的角度去看，那是因为它能从文化的角度去看。同样，我们现在想说：自然只有在通过一件艺术品辐射性地呈现于自身中而审美化时才是审美的。"② 这个看法我以为是对的。审美不是抽象的，而是有着历史感的。审美是有着深刻的文化内涵的。自然进入艺术品而成为审美对象，是不可少的。杜夫海纳把这个关系揭示得特别清楚："所以，自然可以具有审美吸引的创造性。在这方面，真正的对立在自然物和人工物之间，丝毫不在于自然与艺术之间。因为，任何审美对象从某一方面看就是自然，同样，自然也可变成审美对象。不管自然人化与否，只要它是自然的，这才具有充分的表现力。"③ 将进入艺术品的"自然"与审美对象的内在关系予以明确的阐发。

　　自然"物色"进入艺术品而成为审美对象，将自然外物所具有的内在的生命力带给了作品，也使艺术品有了仅凭艺术家的内心世界所无法具有的生命感。这种生命感是宇宙自然的生命力的显发。钟嵘《诗品序》所言"气之动物，物之感人，故摇荡性情，形诸舞咏"④，就是说自然之气使物生成化育，物色之变又使人感发，"形诸舞咏"而成为艺术品。南朝著名画家宗炳在其画论名篇《画山水序》中所言："夫以应目会心为理者，类之成

---

①　范文澜：《文心雕龙注》，人民文学出版社 1962 年版，第 1 页。
②　[法] 米盖尔·杜夫海纳：《美学与哲学》，孙非译，中国社会科学出版社 1985 年版，第 43 页。
③　同上书，第 44 页。
④　陈延杰：《诗品注》，人民文学出版社 1961 年版，第 1 页。

巧，则目亦同应，心亦俱会。应会感神，神超理得。虽复虚求幽岩，何以加焉？又，神本亡端，栖形感类，理入影迹，诚能妙写，亦诚尽矣。"① 意谓山水画家在面对山水时与山水的生命或灵魂晤对，"应目会心"、"应会感神"，都是将山水作为有灵性的对象来交流感会。宗炳还在其佛学论文《明佛论》中在其"神不灭"的哲学前提下，指出："夫五岳四渎，谓无灵也，则未可断矣。若许其神，则岳唯积土之多，渎唯积水而已矣。得一之灵，何生水土之粗哉？而感托岩流，肃成一体，设使山崩川竭，必不与水土俱亡矣。"② 认为山水都是有灵性、有生命的。所谓"应目会心"、"应会感神"，正是建立在这个前提下的。

　　中国的艺术论中所体认的自然生命感，并不拘泥于单个的自然事物，而是通过自然事物的外显形象之变化，体现出整体宇宙的生命感，这是与中国哲学中的"道通为一"、"万物一体"的基本观念密切相关的。正如大程子明道先生诗中所云："道通天地有形外，思入风云变态中。"（《秋日偶成二首》）中国的艺术论，多是在这种大宇宙生命观中生发出来的。唐代司空图在其论诗《二十四诗品》中所列各品，都是以自然意象而透露宇宙万物的讯息的，如《雄浑》："大用外腓，真体内充。返虚入浑，积健为雄。具备万物，横绝太空。荒荒油云，寥寥长风。超以象外，得其环中。持之匪强，来之无穷。"③《自然》："俯拾即是，不取诸邻。俱道适往，著手成春。如逢花开，如瞻岁新。真与不夺，强得易贫。幽人空山，过雨采苹。薄言情悟，悠悠天钧。"④ 宋代画家董逌论范宽山水画云："观中立画，如齐王嗜及鸡跖，必千百而后足，虽不足者，犹若有跖。其嗜者专也，故物无得移之。当中立有山水之嗜者，神凝智解，得于心者，必发于外。则解衣磅礴，正与山林泉石相遇。虽贲育逢之，亦失其勇矣。故能揽须弥于一芥，气振而有余，无复山之相矣。彼含墨咀毫，受揖入趋者，可执工而随其后耶？世人不识真山而求画者，叠石累土，以自诧也。岂知心放于造化炉锤者，遇物得之，此其真画者也。"⑤ 又赞御画云："圣人以神运化，与天地同巧。寓物赋

<hr>

①　（南朝·宋）宗炳：《画山水序》，人民美术出版社 1985 年版，第 7—8 页。

②　石峻等：《中国佛教思想资料选编》第 1 卷，中华书局 1981 年版，第 230 页。

③　（唐）司空图：《二十四诗品》，见杜黎均《二十四诗品译注评析》，北京出版社 1988 年版，第 61 页。

④　（唐）司空图：《二十四诗品》，见杜黎均《二十四诗品译注评析》，北京出版社 1988 年版，第 109 页。

⑤　（宋）董逌：《广川画跋》，见于安澜《画品丛书》，上海人民美术出版社 1982 年版，第 309 页。

形，随意而得，盖自元造中，笔驱造化，发于毫端。万物各得全其生理，是随所是而见。"① 从董氏画论中可以见出其对于山水画的审美观点，即是以笔墨融入宇宙自然的"万物生理"的。宋代诗论家叶梦得评杜诗曰："诗人以一字为工，世固知之，惟老杜变化开阖，出奇无穷，殆不可以形迹捕。如'江山有巴蜀，栋宇自齐梁。'远近数千里，数百年，只顾有与自两字间，而吞纳山川之气，俯仰古今之怀，皆见于言外。"② 认为杜甫这类诗句是涵容了宇宙之气、山川之灵的。清初思想家王夫之对谢灵运的山水诗评价甚高，其中评《登池上楼》云："始终五转折，融成一片，天与造之，神与运之。呜呼，不可知已！'池塘生春草'，且从上下前后左右看取，风日云物，气序怀抱，无不显者，较'蝴蝶飞南园'之仅为透脱语，尤广远而微至。"③又如评《登上戍石鼓山诗》云："神理流于两间，天地供其一目，大无外而细无垠。"④ 诗人或艺术家们在作品中所呈现的自然物象的生命感是非常普遍的，同时又不局限于具体的自然物象之中，而是连通着宇宙万物，勃发着造化的伟力。这也是自然物象进入艺术品而成为审美对象的一个重要的特质。中国的文学艺术，凸显了这种特质。然而，具体的自然物象在艺术品中绝非可有可无的，恰恰是显现宇宙生命的媒介。宗白华先生有非常中肯的论述，其云："我人心中情思起伏，波澜变化，仪态万千，不是一个固定的物象轮廓能够如量表出，只有大自然的全幅生动的山川草木，云烟明晦，才足以表象我们胸襟里蓬勃无尽的灵感气韵。恽南田题画说：'写此云山绵邈，代致相思，笔端丝粉，皆清泪也。'山水成了诗人画家抒写情思的媒介，所以中国画和诗，都爱以山水境界做表现和咏味的中心。和西洋自希腊以来拿人体做主要对象的艺术途径迥然不同。董其昌说得好'诗以山川为境，山川亦以诗为境。'艺术家禀赋的诗心，映射着天地的诗心。山川大地是宇宙诗心的影现。画家诗人的心灵活跃，本身就是宇宙的创化，它的卷舒取舍，好似太虚片云，寒塘雁迹，空灵而自然。"⑤ 非常恰切地表述了有关的问题，可谓一个正面的解答。

① （宋）董逌：《广川画跋》，见于安澜《画品丛书》，上海人民美术出版社 1982 年版，第 309 页。
② （宋）叶梦得：《石林诗话》卷中，见（清）何文焕《历代诗话》，中华书局 1981 年版，第 420 页。
③ （清）王夫之：《船山全书》第 14 册《古诗评选》，岳麓书社 1996 年版，第 732 页。
④ 同上书，第 736 页。
⑤ 宗白华：《艺境》，北京大学出版社 1986 年版，第 162 页。

三

自然物象进入艺术品而呈现的艺术形象，究竟是客观外物的复写，还是艺术家的创造之物？当然可以有偏向于客观描绘和偏向于主观建构两种情形，但总的说来，是艺术家以自己独特的审美知觉和艺术语言对于自然物象进行"再铸造"而呈现出来的完满自足的审美幻象。即便是无论多么酷肖客观自然的作品，其实都还是艺术家以其自己的艺术语言对其进行改造剪裁的产物，在艺术品中，艺术家倾注了深刻的、独特的情感，使之以特殊的审美倾向给欣赏者以浓郁的感染。萨缪尔·亚历山大指出："真理和自然美的区别在于，在科学中，我们尽力戒除我们自己的个人介入；而在美即使是自然美中，我们的想象力不仅去选择、去组合，而且去增添某些东西，比如在我们心情沉重或轻松愉快时去看待自然，所得的印象是不同的。我们还会将那些与我们特定的观点或兴趣点不相契合的方面疏漏掉，有时候甚至加入我们的思想与幻觉，使之成为自然的一部分。"① 这种美学观念，不仅适合于对纯粹的自然物之审美，而且也适合于在艺术品中的自然之美。伟大的诗人歌德主张："艺术并不打算在深度和广度上与自然竞争，它停留于自然现象的表面；但是它有自己的深度，自己的力量。它借助于在这些表面现象中见出规律性的性格、尽善尽美的和谐一致、登峰造极的美、雍容华贵的气氛、达到顶点的激情，从而将这些现象的最强烈的瞬间定形化。"② 从艺术创作的角度，歌德揭示了自然物象进入艺术品的强化趋势。德国著名哲学家卡西尔在这个问题上，对于"模仿"说作了独特的解析，他认为，"即使最彻底的'模仿'说不想把艺术品限制在对实在的纯粹机械的复写上。所有的模仿说都不得不在某种程度上为艺术家的创造性留出余地。"③ 对于自然在艺术品的作为，他还明确指出："为达到最高的美，就不仅要复写自然，而且恰恰还必须偏离自然。"④ "像所有其他的符号形式一样，艺术并不是对一个现成的即予的实在的单纯复写。它是导向对事物和人类生活得出客观见解的

---

① ［美］萨缪尔·亚力山大：《艺术、价值与自然》，韩东辉等译，华夏出版社 2000 年版，第25 页。

② 见［德］卡西尔《人论》，甘阳译，上海译文出版社 1985 年版，第 186 页。

③ 同上书，第 177 页。

④ 同上。

途径之一。它不是对实在的模仿，而是对实在的发现。"① 卡西尔的认识是
颇为深刻的。中国的美学思想的表述虽然更多的是感性化的语言，但其蕴含
是相当丰富的，同时也是具有相当的美学价值的。刘勰《文心雕龙》中说：
"登山则情满于山，观海则意溢于海，我才之多少，将与风云而并驱矣。"②
"登山""观海"是诗人将自然物象写入作品的前奏，而对山海的感受，是
充满了审美主体的感情倾向的。中国画论主张画出山水的精神："学画山水
者何以异此？盖身即山川而取之，则山水之意度见矣。真山水之川谷，远望
之以取其势，近看之以取其质。真山水之云气，四时不同：春融怡，夏蓊
郁，秋疏薄，冬黯淡。画见其大象，而不为斩刻之形，则云气之态度活
矣……真山水之风雨，远望可得，而近者玩习不能究错纵起止之势；真山水
画之阴晴，远望可尽，而近者拘狭不能得明晦隐现之迹。"③ 在选择和突出
之中，把握和呈现了"山水之意度"。诗论中如明代诗论家谢榛认为："作
诗本乎情景，孤不自成，两不相背。凡登高致思，则神交古人，穷乎遐迹，
系乎忧乐，此相因偶然，著形于绝迹，振响于无声也。夫情景有异同，模写
有难易，诗有二要，莫切于斯者。观则同于外，感则异于内，当自用其力，
使内外如一，出人此心而无间也。景乃诗之媒，情乃诗之胚，合而为诗，以
数言而统万形，元气浑成，其浩无涯矣。"④ 在这里，谢氏精彩地论述了诗
人在面对外物时作为审美主体的个性化观照。即使是面对同样的外物，不同
的审美主体也会产生不同的感受，所谓"观则同于外，感则异于内"，而在
创作中以有限的语言统驭"万形"，呈现出独特的审美风貌。清代画家恽格
论画云："谛视斯境，一草一木，一丘一壑，皆洁庵灵想所独辟，总非人间
所有。其意象在六合之表，荣落在四时之外。"⑤ 重在指出画中的自然物象
其实也是画家心灵运化的产物。石涛论画主"一画"之说："一画者，众有
之本，万象之根。见用于神，藏用于人，而世人不知。立一国之法者，盖以
无法生有法，以有法贯众法也。夫画者从于心者也。山川人物之秀错，鸟兽
草木之性情，池榭楼台之矩度，未能深入其理，曲尽其态，终未得一画之洪

---

　　① ［德］卡西尔：《人论》，甘阳译，上海译文出版社1985年版，第177页。

　　② 范文澜：《文心雕龙注》，人民文学出版社1962年版，第494页。

　　③ （宋）郭熙：《林泉高致》，见俞剑华《中国古代画论类编》，人民美术出版社版，第
634页。

　　④ （明）谢榛：《四溟诗话》卷3，见丁福保《历代诗话续编》，中华书局1983年版，第
1180页。

　　⑤ （清）恽寿平：《南田画跋》，见沈子丞《历代论画名著汇编》，文物出版社1982年版，第
330页。

规也。行远登高，悉起肤寸，此一画收尽鸿蒙之外，即亿万万笔墨，未有不始于此，而终于此，惟听人之握取之耳。人能以一画具体而微，意明笔透。……信手一挥，山川人物，鸟兽草木，池榭楼台，取形用势，写生揣意，运情摹景，显露隐含，人不见其画之成，画不违其心之用。盖自太朴散而一画之法立矣。一画之法立而万物著矣。"① 石涛所言之"一画"，其实就是属于画家自己的总的审美取向。

在自然物象进入艺术品的时候，受到外物变化兴发而产生的情感成为审美情感，也就是形式表现的情感；这种审美情感又对物象的表现乃至成为审美境界，起着贯通和导向的作用。审美情感是统一物象的主体因素。卡西尔谈及审美情感在艺术创造时的作用时说："审美的自由并不是不要情感，不是斯多葛式的漠然，而是恰恰相反，它意味着我们的情感生活达到了它的最大强度，而正是在这样的强度中它改变了它的形式。因为在这里我们不典型示范生活在事物的直接的实在之中，而是生活在纯粹的感性形式的世界中。在这个世界，我们所有的感情和其本质和特征上都经历了某种质变过程。情感本身解除了它们的物质重负。说来也怪，艺术作品的静谧（Calmness）乃是动态的静谧而非静态的静谧。艺术使我们看到的是人的灵魂最深沉和最多样化的运动。但是这些运动的形式、韵律、节奏是不能与任何单纯的或单一情感状态同日而语的。我们在艺术中所感受到的不是哪种单纯或单一的情感性质，而是生命本身的动态过程，是在相反的两极—欢乐与悲伤、希望与恐惧、狂喜与绝望—之间的持续摆动过程。使我们的情感赋有审美形式，也就是把它们变为自由而积极的状态。在艺术家的作品中，情感本身的力量已经成为一种构成力量（Formativepower）。"② 卡西尔在这里指出了在艺术品中的呈现的情感状态是审美情感，它们是动态的，又是多种情感因素有规律地交织在一起的。苏珊·朗格进一步阐发了乃师的这一观点，并将其作为符号化的表现。"一幅绘画、一尊雕塑、一座建筑、一首诗、一本小说、一出戏或一首乐曲。本身就是一个独特的符号，而这个符号象征自身又是一种混合的生命或情感意味。"③ 也是认为艺术品中的审美情感是不同类型的情感依一定的艺术规律交织在一起，从而成为艺术符号。中国的美学思想中多有类

① （清）石涛：《苦瓜和尚画语录》，见沈子丞《历代论画名著汇编》，文物出版社1982年版，第364页。

② ［德］卡西尔：《人论》，甘阳译，上海译文出版社1985年版，第189页。

③ ［美］苏珊·朗格：《艺术问题》，滕守尧、朱疆源译，南京出版社2006年版，第81页。

似的论述，如刘勰论"情采"云："若乃综述性灵，敷写器象，镂心鸟迹之中，织辞鱼网之上，其为彪炳，缛采名矣。故立文之道，其理有三：一曰形文，五色是也；二曰声文，五音是也；三曰情文，五性是也。五色杂而成黼黻，五音比而成韶夏，五情发而为辞章，神理之数也。"① 所谓"形文"、"声文"和"情文"，都是美的不同形式，也即视觉的、听觉的和辞采的。刘勰认为，真正的艺术美，都是不同的情感类型（"五情"等）交织在一个作品中，才成为"黼黻"、"韶夏"、"辞章"等艺术形式。明代画家唐志契论画山水云："凡画山水，最要得山水性情，得其性情，山便得环抱起伏之势，如跳如坐，如俯仰，如挂脚，自然山性即我性，山情即我情，而落笔不生软矣。水便得涛浪潆回之势，如绮、如云、如奔、如怒、如鬼面，自然水性即我性，水情即我情，而落笔不板呆矣。"② 画家在画山水时要能见出山之性情、水之性情，其实恰是画家之性情在山水之间的投射。

艺术家以其审美情感来把握自然物象，从而形成艺术品的审美意象，乃至加以艺术表现而创造出艺术品，这其中最关键在还在于艺术家的审美知觉。如杜夫海纳所说："审美对象实质上是知觉对象，这就是说，审美对象是奉献给知觉的，它只有在知觉中才能自我完成。"③ 近年来的美学研究，对于审美知觉的重视远远超过以往，这大概与视觉文化研究的崛起有很大关系，也同格式塔心理学美学及现象学美学的推动相辅相成。审美知觉是一种对事物的表现性的知觉。或者说，审美知觉的对象不是事物的客观的物理属性，而是事物的审美属性。美国著名学者阿恩海姆的《艺术与视知觉》，著名哲学家苏珊·朗格的《艺术问题》，美国著名哲学家 V. C. 奥尔德里奇的《艺术哲学》，英国著名艺术理论家贡布里希的《艺术与幻觉》，法国著名现象学家梅洛-庞蒂的《知觉现象学》，杜夫海纳的《审美经验现象学》等名著都是研究审美知觉的经典著作。自然物象成为艺术品的材质时必然经由审美知觉的方式和过程。奥尔德里奇对于审美知觉的表述，是尤其能说明这个问题的。"这种特性在知觉中给事物灌注活力，而不是限定事物，这种特性是以领悟方式才能知觉到的，存在于审美空间中的事物的一种外观。"④ 奥

---

① 范文澜：《文心雕龙注》，人民文学出版社 1962 年版，第 537 页。
② （明）唐志契：《绘事微言》，见俞剑华编《中国古代画论类编》，人民美术出版社 2000 年版，第 742 页。
③ ［法］米盖尔·杜夫海纳：《审美经验现象学》，韩树站译，文化艺术出版社 1992 年版，第 254 页。
④ ［美］V. C. 奥尔德里奇：《艺术哲学》，程孟辉译，社会科学出版社 1986 年版，第 35 页。

尔德里奇非常重视审美知觉和一般知觉的区别，他说："看来存在着一种特殊的审美知觉方式，对此我将要进行详细的论述。……如果认为体验艺术就是用思考的方式解释事物，那是完全行不通的。因为对艺术的经验基本上是靠知觉完成的。这里所谓的客观性主要是指观看（Looking at）的客观方式，而不是指思考或解释事物的客观方式，虽然后者也可能伴随着观看的经验，一种是在审美知觉中对事物的经验，另一则是在作为非审美描绘依据的知觉方式中对事物的经验。……我们的问题就是要阐明那些通过堪称为审美知觉即揭示出事物的审美特性的知觉而达到的状态。"① 这在当代艺术理论是非常具有代表性的观念，它对于我们认识艺术创作对于自然物象的改造是有深刻的理论价值的。艺术家对于外在的物象，是以自己独有的审美知觉进行把握，从而形成艺术品的审美意象的。阿恩海姆论述艺术中的视知觉，就认为它是"一种积极的探索工具的视觉"②，并论述了视知觉"选择"和"简化"的功能。

中国美学思想中，宗炳《画山水序》中所说的"况乎身所盘桓，目所绸缪，以形写形，以色貌色也"③，其实也是画家的审美知觉在把握外物时的审美知觉。谢赫"绘画六法"中的"应物象形"，也是画家面对外物时以审美知觉来"象形"。明代大学者杨慎论画云："挥纤毫之笔，则万类由心。展方寸之能，而千里在掌。有象由之以立，无形因之以生。妙将入神，灵则通圣。岂止开厨而或失，挂壁则飞去而已哉。"④ 都是指画家以自己的审美知觉来把握外物，也是对物象进行改造，从而形成独特的内在的审美意象。

自然物象进入艺术家眼中，受到艺术家的审美知觉的把握和改造，其作为审美对象，还有一个构形的环节。构形虽然与知觉和想象密切相关，但是却并非可以等同。我认为这个环节是非常重要和关键的。在艺术品得以物化而诞生之前，艺术家头脑中将所产生的审美意象以艺术语言进行内在的定形。我对"审美构形"曾作过不止一次的阐述，并且有过这样的界定："审美构形指审美主体在进行审美创造时在头脑中将杂多的材料构成一个'完形'的心理能力。"⑤ 歌德就已经谈及构形的问题，他说："艺术早在其成为

① ［美］V. C. 奥尔德里奇：《艺术哲学》，程孟辉译，社会科学出版社 1986 年版，第 10 页。
② ［美］鲁道夫·阿恩海姆：《艺术与视知觉》，滕守尧等译，社会科学出版社 1984 年版，第 48 页。
③ （南朝·宋）宗炳：《画山水序》，人民美术出版社 1985 年版，第 5 页。
④ （明）杨慎：《画品》，见沈子丞《历代论画名著汇编》，文物出版社 1982 年版，第 241 页。
⑤ 张晶：《论审美构形能力》，《社会科学战线》2005 年第 4 期。

美之前，就已经是构形的了，然而在那时候就已经是真实而伟大的艺术，往往比美的艺术本身更真实、更伟大些。原因是，人有一种构形的本性，一旦他的生存变得安定之后，这种本性立刻就活跃起来。"① 歌德所说的"构形"，正是在艺术品还没有产生出来之前，也就是还在头脑里的呼之欲出之际。它是内在的，却又是清晰的，是艺术品的胚胎。19 世纪末德国著名艺术家希尔德勃兰特也从造型艺术的角度明确提出构形问题，他说："当艺术家模仿时，他必须处置的形式问题直接源自于他对自然的感觉。但是，如果只是要求注意这些方面，那么它除了自然之外就不能获得一种独立性。为了获得这种独立性，艺术家必须把他的作品的模仿作用提高到更高的层面上，他实现这一目的的方法我欲称之为构形方法。……由这种构形的方式产生的形式问题，虽不是由自然直截了当地向我们提出的，但却是真正的艺术问题。构形过程把通过对自然的直接研究获得的素材转变为艺术的统一体。当我们讲到艺术的模仿特征时，我们所谈的是还没有按此种方式演进的素材。于是，通过构形的演进，雕塑和绘画摆脱了纯粹的自然主义范畴而进入真正的艺术领域。"② 希尔德勃兰特虽然是在造型艺术的角度来谈构形问题，而他还是将这个问题作为艺术创作的关键问题着重提出的，这里告诉我们，要超越对自然的模仿，就必须对自然对象加以构形以转变为艺术的统一体，这样才能真正进入艺术领域。这是非常值得我们重视的。

艺术作品中的"自然"，与外在于人的客观自然有着不可分割的联系，但显然是无法等同的。前者源于后者，却因经过了艺术家以其独特的意向进行改造或"再铸造"的过程，而成为艺术品的主要内容或有机部分。自然进入艺术，是一个复杂的过程，也是难以说清楚的。本文如能引起学者们对这个问题的关注，就不算是徒费笔墨了。这里面是有向纵深开掘的空间的。

---

① ［英］鲍桑葵：《美学三讲》，周煦良译，上海译文出版社 1983 年版，第 59 页。
② ［德］阿道夫·希尔德勃兰特：《造型艺术中的形式问题》，潘耀昌等译，中国人民大学出版社 2004 年版，第 19 页。

日常生活作为艺术创作审美感兴的触媒[*]

一

在我看来，真正能够给艺术创造带来"神来之笔"的是感兴。中国古代文艺理论中的感兴论，最能代表中国的审美创造的理论特质。这一点，我在《审美感兴论》等诸多的文章及著述中都有认真的讨论。而"感兴"最为要紧的内涵是主体情感受到外物的触动感发，所谓"触物以起情，谓之兴"①。而被兴发起来的主体情感，不会停留在原始的和被动的状态，因为主体是文学家或艺术家，情感兴发的过程其实是其内在的艺术语言激活并试图组织为新的审美意象的过程。我这篇文章要说的重心不在此，而是要探讨作为感兴的外在触媒的客体，说得更为直白一些，我的设问是：这种作为审美感兴的外在触媒，究竟是什么？或者退一步来说，主要的是什么？我的回答是：人们每天沉浸于其中的日常生活！

作为哲学界已开始关注的论域，"日常生活"已经得到了凸显和理论建构。海德格尔、列斐伏尔等哲人们都已将日常生活作为最为重要的哲学话题加以批判性的反思。波德里亚、费瑟斯通等社会学家，也将日常生活中的消费与审美联系起来，以至于"使日常生活审美化"成为一个时代性的美学命题。我这里对于"日常生活"的观照，不是那种存在哲学层面的，当然也不是"日常生活审美化"的路向，而是将其作为审美发生的客体存在，——它是整体性的，是充满动态活力的。

作为哲学范畴，"日常生活"涵盖极广，不同的思想家对其有不同的理解，但有一点可以肯定，那就是既然作为哲学范畴提出，也就具有了明显的

* 本文刊于《文艺争鸣》2010年第7期。

① （宋）胡寅：《斐然集》卷18《与李叔易书》，中华书局1993年版，第386页。

理性的和反思的性质。我则从本文出发，提出这样的理解：日常生活就是人们平日所经历的生活状态和生活事件的总和，是人们的情感体验的来源。

所谓"日常生活"，其中的一个意思是与那些历史重大事件相对应的、琐细的生活流程，同时又是人们的情感变化和反应的缘起。日常生活是流动着的，倏生倏灭的；它引起的情感反应也是五味杂陈的，文学艺术作品中的情感因素，大多是来自于对日常生活的体验。这在中国古代文艺理论中是有很多论述的。四季的变化引起自然界的物态变化，这是日常生活中最为普遍的现象，却成了中国美学中感兴理论的一个重点。如钟嵘所说："气之动物，物之感人，故摇荡性情，形诸舞咏。"① 这个"物"，既有自然事物，又包括了社会事物，而此处主要是前者。刘勰在其《文心雕龙》中论述"物色"，就是讲景物样态的变化对诗人的感兴，其云："春秋代序，阴阳惨舒，物色之动，心亦摇焉。盖阳气萌而玄驹步，阴律凝而丹鸟羞，微虫犹或入感，四时之动物深矣。若夫珪璋挺其惠心，英华秀其清气，物色相召，人谁获安？是以献岁发春，悦豫之情畅；滔滔孟夏，郁陶之心凝；天高气清，阴沉之志远；霰雪无垠，矜肃之虑深。岁有其物，物有其容，情以物迁，辞以情发。一叶且或迎意，虫声有足引心。况清风与明月同夜，白日与春林共朝哉！"② 这段优美至极的文字，将物色之变对主体心灵的审美感兴的作用，说得非常透彻。

四季所引起的物色变化，并非日常生活的全部，甚至也非主要部分。日常生活中的喜怒哀乐、离别相思、男欢女爱、迎来送往、升降浮沉，都是引发主体情感波动的缘起。钟嵘除了谈到"四候之感诸诗者也"之外，更列出"嘉会寄诗以亲，离群托诗以怨"等诸多日常生活现象作为"感荡心灵"的因缘。而刘勰论比、兴说："故比者，附也；兴者，起也。附理者切类以指事，起情者依微以拟议。起情故兴体以立，附理故比例以生。"③ 所谓"起情"，即是指"兴"，它是"依微以拟议"的。"微"即情感的细微之处、微妙变化，而这是与日常生活的喜怒哀乐联系在一起的，基本上与"宏大叙事"不搭界。宋代著名诗论家严羽曾言："唐人好诗，多是征戍、迁谪、行旅、离别之作，往往能感动激发人意。"严羽所说的能够"能感动

---

① 陈延杰：《诗品注》，人民文学出版社 1961 年版，第 1 页。
② 范文澜：《文心雕龙注》，人民文学出版社 1958 年版，第 693 页。
③ 同上书，第 601 页。

激发人意"① 的都是可以包括在"日常生活"的范围里的。南宋诗人杨万里讲他后期超越了江西诗派的诗法后，在日常生活和工作中处处感兴得诗的感受说："其夏之官荆溪，既抵官下，阅讼牒，理邦赋，惟朱墨之为亲，诗意往日来于予怀，欲作未暇也。戊戌三朝时节，赐告，少公事，是日即作诗，忽若有悟，于是辞谢唐人及王、陈、江西诸君子，皆不敢学，而后欣如也。试令儿辈操笔，予口占数首，则浏浏焉无复前日之轧轧矣。自此每过午，吏散庭空，即携一便面，步后园，登古城，采撷杞菊，攀翻花竹，万象毕来，献予诗材，盖麾之不去，前者未雠，而后者已迫，涣然未觉作诗之难也。"② 正是在日常生活的感兴中获得了无尽的诗材。明清之际的大艺术家李渔论戏剧创作"戒荒唐"，而主张在"常事"中得其题材创意，他说："王道本乎人情，凡作传奇，只当求于耳目之前，不当索诸闻见之外，无论词曲，古今文字皆然。凡说人情物理者，千古相传；凡涉荒唐怪异者，当日即朽。《五经》、《四书》、《左》、《国》、《史》《汉》，以及唐宋诸大家，何一不说人情？何一不关物理？及今家传户颂，有怪其平易而废之者乎？《齐谐》，志怪之书也，当日仅存其名，后世未见其实。此非平易可久、怪诞不传之明验欤？人谓家常日用之事，已被前人做尽，穷微极隐，纤芥无遗，非好奇也，求为平而不可得也。予曰不然。世间奇事无多，常事为多，物事易尽，人情难尽，有一日之君臣父子，即有一日之忠孝节义，性之所发，愈出愈奇。"③李渔认为，荒唐怪诞作为艺术题材是不可能传之久远的，而真正不朽的艺术魅力，却是在平素的伦常亲情之中。越是在日常生活之事中，便越是使人情之美闪烁无穷。李渔又指出："岂非闺阃以内，便有日异月新之事乎？"④"闺阃以内"自是家长里短的日常生活琐事，却完全可以成为艺术创作中的"日新月异"。清代诗论家叶燮以杜甫诗为例论诗人之胸襟，其中可见是在日常生活中得到的审美感兴，其云："我谓作诗者，亦先必有诗之基焉。诗之基，其人之胸襟是也。有胸襟，然后能载其性情、智慧、聪明、才辨以出，随遇发生，随生即盛。千古诗人推杜甫。其诗随所遇之人之境之事之物，无处不发其思君王、忧祸乱、悲时日、念友朋、怀远道，凡欢愉、幽愁、离合、今昔之感，一一触类而起，因遇得题，因题达情，因情敷句，皆

① 郭绍虞：《沧浪诗话校释》，人民文学出版社 1961 年版，第 198 页。
② （宋）杨万里：《诚斋荆溪集序》，见傅云龙、吴可主编《唐宋明清文集·宋人文集》卷 3，天津古籍出版社 2000 年版，第 1979 页。
③ （清）李渔：《闲情偶寄·词曲部》，浙江古籍出版社 2011 年版，第 7 页。
④ 同上。

因甫有其胸襟以为基。如星宿之海，万源从出；如钻燧之火，无处不发；如肥土沃壤，时雨一过，夭乔百物，随类而兴，生意各别，而无不具足。"①叶氏论杜甫的胸襟，正是主体的修养，没有这种胸襟，是不可能成为杜甫这样灿溢千古的大诗人的。而这种胸襟，却是在那些各种各样的日常生活中随所感兴发而为诗的。

在大多数情况下，日常生活中林林总总的事情，使主体产生了非常微妙的情感变化，日常生活艰险是艺术创作的审美感兴之触媒。

二

日常生活是川流不息的，也是充满了偶然的因素的。日常生活有着无法预见的丰富性和偶然性。比起对于重大事件的刻意记录与感怀，文学和艺术的创作中最为大量的还是在日常生活中的美的事物的审美感兴。日常生活又是蕴含着不止息的生命力的。在看似杂多的、无逻辑的日常事物之中，外显的是蓬蓬勃勃的生命感。由感兴方式创造出的艺术作品，基本上都呈现着鸢飞鱼跃的生命气象；而这种生命气象，又是来源于作品所从来的日常生活事象的。英国学者本·海默尔对于日常生活作了这样的描述："日常把它自身提呈为一个难题，一个矛盾，一个悖论：它既是普普通通的，又是超凡脱俗的；既是自我显明的，又是云山雾罩的；既是众所周知的，又是无人知晓的；既是昭然若揭的，又是迷雾重重的。"② 这个描述刻画出日常生活的复杂状态，同时，也道出了它的浓郁的偶然性质。我们虽然每天都处在日常生活之中，但却难以给日常生活以一个准确的界定。它的偶然性与它的生命气象，是有着深刻的内在联系的。

审美感兴有着明显的偶然特性。中国古代的文论、诗论及画论中，有大量的"偶然"、"偶尔"、"触"、"遇"等说法，都是在言说感兴的偶然性质。宋代大诗人苏轼评陶诗时所说："'采菊东篱下，悠然见南山。'因采菊而见山，境与意会，此句最有妙处。近岁本皆作'望南山'，则此一篇神气都索然矣。"③ 在苏轼看来，"见南山"之所以远胜于"望南山"，就在于诗

---

① （清）叶燮：《原诗·内篇》下，见霍松林、杜维沫校注《原诗·一瓢诗话·说诗晬语》，人民文学出版社 1979 年，第 17 页。

② ［英］本·海默尔：《日常生活与文化理论导论》，王志宏译，商务印书馆 2008 年版，第 30 页。

③ 李之亮：《苏轼文集编年笺注·诗词附9》，巴蜀书社 2011 年版，第 175 页。

人与南山是"邂逅相遇"，偶然所见；而"望南山"则是有意为之，因而"神气索然"。宋代诗论家叶梦得以偶然的审美感兴作为创造诗之极品的最佳方式，其云："'池塘生春草，园柳变鸣禽。'世多不解此语为工，盖欲以奇求之耳。此语之工，正在无所用意，猝然与景相遇，借以成章，不假绳削，故非常情所能到。诗家妙处，当须以此为根本，而思苦言难者，往往不悟。"① 虽是对谢灵运的名篇《登池上楼》的品评，但梦得是将这种"无所用意，猝然与景相遇"的偶然感兴，作为"诗之根本"的。南宋诗人杨万里论感兴说："大抵诗之作也，兴，上也；赋，次也；赓和，不得已也。我初无意于作是诗，而是物是事适然触乎我，我之意亦适然感乎是物是事，触先焉，感随焉，而是诗出焉，我何与哉？天也。斯谓之兴。"②

这是对"感兴"的偶然性质的生动描述。明代诗论家谢榛对此有出色的论述："作诗本乎情景，孤不自成，两不相背。凡登高致思，则神交古人，穷乎遐迩，系乎忧乐，此相因偶然，著形于绝迹，振响于无声也。"③ 又说："诗有不立意造句，以兴为主，漫然成篇，此诗之入化也。"④ "诗有天机，待时而发，触物而成，虽幽寻苦索，不易得也。如戴石屏'春水渡旁渡，夕阳山外山'，属对精确，工非一朝，所谓'尽日觅不得，有时还自来。'"⑤ 诸如此类的论述还很多，都是将偶然的感兴作为创造出诗歌极品的发生因素。

日常生活是人的情感变化、情感波动最直接的发源。而文学艺术作品又是以其审美形式表现人们情感的，恰如美国著名学者苏珊·朗格所说："艺术品是将情感呈现出来供人观赏的，是由情感转化成诉诸人的知觉的东西，而是一种症兆性的东西或是一种诉诸推理能力的东西。"⑥ 日常生活又是最能显现生命的绵延与存在价值的，文学艺术作品中的生命感，其实正是来自于日常生活的生命绵延的。苏珊·朗格因而认为："说一件作品'包含着情感'，恰恰就是说这件作品是一件'活生生'的事物，也就是说它具有艺术

---

① （宋）叶梦得：《石林诗话》卷中，见（清）何文焕《历代诗话》，中华书局1981年版，第403页。

② （宋）杨万里：《诚斋集》卷67《答建康府大军库监门徐达书》，四部丛刊本，第6页。

③ （明）谢榛：《四溟诗话》卷3，见丁福保《历代诗话续编》，中华书局1981年版，第1180页。

④ 同上书，第1152页

⑤ 同上书，第1161页

⑥ ［美］苏珊·朗格：《艺术问题》，滕守尧、朱疆源译，中国社会科学出版社1983年版，第24页。

的活力或展现出一种'生命的形式'。"① 但是，日常生活中引发的情感是一种原始的自发的情感，它是没有审美形式可言的，而是无规则的、流动着的，可以称之为"自然情感"。而这与作品中表现的情感是并不一样的。在作品中的情感可以称为"审美情感"。苏珊·朗格将作品中的情感称之为"人类情感"，她注重于区分人类情感和自然情感的不同，指出："一个艺术家表现的情感，但并不是象一个大发牢骚的政治家或是象一个正在大哭或大笑的儿童所表现出来的情感。艺术家将那些在常人看来混乱不整的和隐蔽的现实变成了可见的形式，这就是将主观领域客观化的过程。但是艺术家表现的决不是他的真实情感，而是他认识到的人类情感。"② 这种区分是有根据的，也是必要的，但我不赞成将这两种情感的划分绝对化。相对于自然情感而言，审美情感是被赋予了形式的，如英国美学家鲍桑葵所说的："美是情感变成有形。……如果它不是有形的，亦即没有一个用来体现什么的表现形式，那么从审美目的说来，它说什么也不是。但是它本身就属于美的普遍定义之内，即等于审美上卓越的东西。"③ 作品中的审美情感固然是超越于自然情感的，但它的来源却必然是日常生活中产生的自然情感。没有后者作为源头活水，作为感兴的触媒，哪里会有艺术品的以情感人呢！

　　日常生活是人们每天每日沉浸于其中的总体概念，它何以能成为艺术品的感兴之源？它又如何能使那些喜怒哀乐的自然情感转换为作品中的审美情感？这个问题一定是对具有文学家或艺术家身份的人提出来，也就是说只有主体是真正的文学家或艺术家才能实现这种转换，才能从日常生活中得到这种体验，并且用独特的艺术语言加以表现。对于不具备这种资质的人而言，一生都在日常生活之中，却一生都在"沉沦"之中，因为他没有对于日常生活的体验和超越。美国哲学家舒斯特曼指出了这种生活感受是"一种只是生活过（erlebt）而不是被有意义地经验了的东西"④。感兴则是一种包含了审美体验在内的发生方式，或者说感兴本身就意味着审美体验，而体验又包含着对生活的反思。这种反思，就在被兴发的情感之中，而非在其外。这种观点也只能是对文学家、艺术家来说的，局外人在日常生活中是没有这种领悟的。"触物以起情"已然是情感化的领悟，绝非单纯的自然情感了。

　　① ［美］苏珊·朗格：《艺术问题》，滕守尧、朱疆源译，中国社会科学出版社1983年版，第42页

　　② 同上书，第25页

　　③ ［英］鲍桑葵：《美学三讲》，周煦良译，译文出版社1983年版，第51页。

　　④ ［美］舒斯特曼：《生活即审美》，彭锋等译，北京大学出版社2007年版，第23页。

"诗者，持也，持人情性"①，刘勰所说的"持人情性"，就已包含着审美领悟，并且赋以形式，可以使人通过共通感而分享。海德格尔用了这样话语表达："真理，作为所是的澄明和遮蔽，在被创造中产生，如同一诗人创造诗歌。所有艺术作为让所是的真理出现的产生，在本质上是诗意的。艺术的本性，即艺术品和艺术家所依靠的，是真理的自行设入作品。这由于艺术的诗意本性，在所是之中，艺术打开了敞开之地，在这种敞开之中，万物是不同于日常的另外之物。"②"敞开"就是指诗超越于日常生活之处。

<h1 style="text-align:center">三</h1>

　　文学艺术并不是一定酷肖自然，或是在日常生活的表层追求相似度。审美感兴的源头在日常生活之中，作品所表现的情感也是来自于日常生活中的自然情感，也因其与日常生活千丝万缕的关系而为人们所关注；但如果仅是等同于日常生活，那就无法产生审美的魅力，令人神经麻痹，见惯不怪，这乃是审美的敌人。苏轼所说的"论画以形似，见与儿童邻；赋诗必此诗，定非知诗人"③ 就是这个意思。艺术创作中的"陌生化"是一个很不错的策略。海默尔于此有令人首肯的阐述："如果说日常生活在很大程度上为人熟视无睹（即使它正在经受革命化），那么对它的关注的第一要务就是使它在成为引人注目的东西。艺术先锋的'陌生化'的策略，即把那些我们熟悉异常的东西变成茫然不识的东西，可以为创造出一种社会学美学提供了一种本质性的成分。审美技术，例如超现实主义所提供的让人莫名惊诧的并置（juxtaposition）提供了一种生产性资源，它把日常从传统的思维习惯中拯救出来了。"④ 日常生活是人们所再熟稔不过的，它进入艺术创作的前提，则是生活中的某些事象触发了主体的情感，使之感到惊奇，从而用具有"陌生化"的艺术语言形成审美意象，又作为作品得以物化。当艺术家将日常生活的某些情境提摄出来，加以艺术语言的表现时，一定会以令人感到新

---

　　① 范文澜：《文心雕龙注》，人民文学出版社 1962 年版，第 65 页。
　　② ［德］M. 海德格尔：《诗·语言·思》，彭富春译，文化艺术出版社 1991 年版，第 67 页，第 52 页。
　　③ 《书鄢陵王主簿所画折枝二首》，见王水照选注《苏轼选集》上海古籍出版社 1984 年版，第 188 页。
　　④ ［英］本·海默尔：《日常生活与文化理论导论》，王志宏译，商务印书馆 2008 年版，第 42 页。

鲜、感到惊奇的样态来呈现。诗词也好，绘画也好，音乐也好，无不如此。如果完全等同于日常生活本身，当然也就没有艺术品的产生了。如写阳春的感受，陶渊明诗中"山涤余霭，宇暖微霄。有风自南，翼彼新苗"（《时运》），将这种再平常不过的情景，写得如此充满新意。苏轼写游寺思乡："我家江水初发源，宦游直送江入海。闻道潮头一丈高，天寒尚有沙痕在。中泠南畔石盘陀，古来出没随涛波。试登绝顶望乡国，江南江北青山多。羁愁畏晚寻归楫，山僧苦留看落日。微风万顷靴纹细，断霞半空鱼尾赤。是时江月初生魄，二更月落天深黑。江心似有炬火明，飞焰照山栖乌惊。怅然归卧心莫识，非鬼非人竟何物。江山如此不归山，江神见怪警我顽。我谢江神岂得已，有田不归如江水！"（《游金山寺》）诗人游山时所兴思乡之感，竟被他写得这样神秘多姿。清代诗论家贺贻孙明确指出："吾尝谓眼前寻常景，家人琐俗事，说得明白，便是惊人之句。"① 把日常生活和创造出"惊人之句"的关系说得再明白不过了。

　　这里我们仍然觉得海德格尔的论述是很深刻的："我们相信我们所处的亲近之处即在于存在物的最邻近的地区之中。这种存在物是熟悉的、确定的和平常的。拒绝和掩饰双重形式的持续的遮蔽，仍然穿过透明。在根本上，平常并非平常，它是超常的、神秘的。真理能如此完成，那么真理会是完全的显露，使自身去掉万物的遮蔽。如果真理能如此完成，那么真理将不再是自身。这种否认，通过双重遮蔽的形式，属于作为敞开的真理的天性。真理，就其本性而言，是非真理。我们以此方式安排事实，是为了用一种也许是令人吃惊的尖刻使人们注意：这种否定以一种遮蔽的形式属于作为澄明的敞开。"② 海德格尔历来以晦涩著称，我们也难以将他的本意搞得透彻；但这里就是论述艺术的发生的，其基本意向是说艺术是以令人吃惊的方式作为澄明的敞开。这又是能够说明的我们的论题的。

四

　　日常生活的一个重要的方面在于休闲。休闲不仅是身体上的，更是心态上的。当下的文化研究中，休闲是一个热门话题，也是作为后现代文化的重要表征。休闲当然是在日常生活中的一种基本存在方式了。而中国古典美学

---

① （清）贺贻孙：《诗筏》，见郭绍虞《清诗话续编》，上海古籍出版社1983年版，第165页。
② ［德］M. 海德格尔：《诗·语言·思》，彭富春译，文化艺术出版社1991年版，第52页。

作为审美发生的一个重要命题就是"虚静"。老子、庄子乃至荀子都讲"虚静"。"虚静"不是要远离尘世，而是身心的放松与超越。艺术创作的感兴恰恰是易于产生在虚静状态之中。刘勰有过明确的表述，那就是"入兴贵闲"。《文心雕龙·物色》篇中说："是以四序纷回，而入兴贵闲；物色虽繁，而析辞尚简。使味飘飘而轻举，情晔晔而更新。"① "闲"的意思用不着深意刻求，就是一种身心放松的休闲状态。刘勰的"入兴贵闲"这四个字抵得上一大篇论文或专著，将其中的美学道理就得十分透彻！"入兴"就是审美感兴的获得，闲的状态是最能得到艺术创作最佳的感兴的。清人纪昀评此云："四序纷回四句尤精。凡流传佳句都是有意无意之中，偶然得一二语，无累牍连篇苦心力造之事。"② 可以看出，刘勰认为闲中而得感兴并非一般的意义的创作，而是得其上品的创作机缘。这不是避世的，不是远离日常生活的，而恰恰就应是在生活之中的。刘勰的《文心雕龙·养气》较系统地讲了这个道理，其中说："昔王充著述，制《养气》之篇，验己而作，岂虚造哉！夫耳目鼻口，生之役也；心虑言辞，神之用也。率志委和，则理融而情畅，钻砺过分，则神疲而气衰：此性情之数也。……夫学业在勤，功庸弗怠，故有锥股自厉，和熊以苦之人。志于文也，则申写郁滞，故宜从容率情，优柔适会。若销铄精胆，蹙迫和气，秉牍以驱龄，洒翰以伐性，岂圣贤之素心，会文之直理哉！且夫思有利钝，时有通塞；沐则心覆，且或反常，神之方昏，再三愈黩。是以吐纳文艺，务在节宣，清和其心，调畅其气，烦而即舍，勿使壅滞。意得则舒怀以命笔，理伏则投笔以卷怀，逍遥以针劳，谈笑以药倦，常弄闲于才锋，贾余于文勇，使刃发如新，腠理无滞。虽非胎息之迈术，斯亦卫气之一方也。"③ 刘勰认为，真正能够使作品呈现常新的状态，最重要的还在于"逍遥以针劳，谈笑以药倦"，也即闲中得兴，这主要是在日常生活中的状态中得到的。清代画论家华翼伦也认为绘画佳作产生于闲："画有天趣，当神气闲暇之时，一切烦事皆可不撄吾虑。心忘乎手，手忘乎心，必有佳作。"④ 这也是得自于艺术经验的。

日常生活和审美感兴的关系是内在的、必然的，大多数艺术品的创作冲动，不是来自于重大历史事件，不是刻意为之的宏大叙事，而是在日常生活

① 范文澜：《文心雕龙注》，人民文学出版社 1958 年版，第 694 页。

② 同上书，第 697 页。

③ 同上书，第 646—647 页。

④ （清）华翼伦：《画说》，见俞剑华选编《中国古代画论类编》，人民美术出版社 1998 年版，第 314 页。

的新鲜经验。日常生活现在已经为哲学界所重视，很多论者都揭示了日常生活的深层哲学意蕴。但我觉得都讲得很玄，过平常日子的百姓却是完全看不懂的。我这里没有什么深意，就是想说明一个简单而明确的意思：文学艺术的创作冲动和材质，大都是在对人们的日常生活的感兴之中，这才是艺术与世人联系的真正纽带，也是艺术之树常青的根源。这不同于流行的"日常生活审美化"的命题，虽则它们之间有一定的联系。

太阳每天都会升起，艺术在日常生活中获得永远的滋养！

《人诗意栖居在大地上》序[*]

在当下这个时代,美育是一个不甚引人关注的话题,却不是一个可有可无的论域。经济的发达未必带来人生境界的美好,物欲的膨胀可能导致的是心灵感受的失衡。马尔库塞所指出的"单面人",道出了时代的人性弊端。越发加速的生活节奏使我们顿生疲惫,无所不在的信息干扰使我们无处逃避。当此之时,海德格尔所言之"诗意的栖居"成了我们执着的期许;蔡元培倡导之"以美育代宗教",越一个世纪掣响于今朝。审美在今天并非仅是少数精英的专利,而是成为进入大众日常生活的时尚。而审美的泛化和浅表化铺天盖地地弥漫在人们的日常生活之中,华丽的外表和浅薄的口彩难说会有助于人生的境界提升或者是"完整的人"的形成。由200多年前伟大的德国思想家席勒首倡的"审美教育",在当今却显得意义非凡。美育非但因了时间的流逝而偃旗息鼓,反而由于现实的提醒,凸显出历久弥新的必要性。

美育的重提,或许是社会和谐、人格完善之有效建构途径。

美育之于美学,是题中应有之义,也是美学界理应注目的领域。中国素称美学的大国,中国研究美学的人,无疑是在世界诸国中最多的,美学成果堪称汗牛充栋,但是,平心而论,人云亦云的东西多,真正具有思想家气质的东西少;一般性的演绎多,切中现实的建设少。美育问题虽然时有声音,却远远未能切中现实,产生重大的影响。

我们认为,美育既是一种理论的建构,更是一种实践的介入,在目前阶段而言,我们更需要通过美育对和谐社会的建设,对美好人性的塑造,起到春风化雨般的作用。

出于此种初衷,由著名作曲家叶小纲先生担纲,年轻的学者、编辑丁旭东先生具体操持的"中国美育论坛"于2010年5月23—25日在中央音乐学

---

* 本文系叶小纲主编《人诗意栖居在大地上》序言,中国文联出版社2010年版。

院举行。论坛特别邀请了国内外一些著名专家学者作了主题讲演，这其中有著名的美学学者、文化学者、艺术教育家，还有相当一批年轻的专家教授出席论坛。一时间中央音乐学院"星光灿烂，若出其里"。如：国际上的杰出美学家、德国耶拿席勒大学哲学教授沃尔夫冈·韦尔施先生，波兰作曲家协会主席科尔诺维斯基先生，美国著名音乐家亚伦·杰·科尼斯先生，美国著名作曲家切斯特·比斯卡迪先生；国内的学者如著名美学家、山东大学文艺美学研究中心主任曾繁仁教授，著名音乐家、中央音乐学院副院长叶小纲教授，中国传媒大学艺术研究院常务副院长张晶教授，著名文化学者厦门大学易中天教授，长江学者、北京师范大学艺术与传媒学院院长王一川教授，中国艺术研究院音乐研究所所长田青教授，香港合唱团协会主席费明仪女士，著名音乐教育家、中央音乐学院副院长周海宏教授，著名音乐学家、上海音乐学院副院长杨燕迪教授，著名音乐教育家高建进教授，音乐学家、中国音乐学院音乐研究所所长谢嘉幸教授等。这些学者为了这次论坛，作了充分的理论准备，从不同角度阐述了在新的历史条件下美育的重要功能，美育对于现代城市人的精神生活的重要价值，大众传媒在国家美育工程中的社会担当等问题。论坛还特地邀请了甘肃省教育厅主管艺术教育的厅长旦智塔（藏族）先生介绍了中国西部贫困地区的美育教育情况。连续三天的美育论坛，主讲嘉宾与其他与会代表进行了高峰对话，涉及内容包括日常审美理论、审美经济发展、社会美丑观、审美文化等重要话题。这次美育论坛，无疑会在近年来颇显疲软的美学界和艺术教育界搅起一股美育的热流。这些年美学的研讨会开了不少，美育的话题却鲜见论争，也可以说罕有顾及；对于美学界来说，美育是一个并不时髦的论域，也许很多在理论的象牙塔上的学者对此觉得有些"小儿科"吧。而就我国的社会发展文化建设来说，美育其实是非常重要的途径，是可以预期的提升，是可以操作的举措，是关乎国民文明素养的大计。缘此可见，这次美育论坛，其绩虽劳，其功厥伟！

　　亲爱的读者，呈现在您面前的这本关于美育研究的书，是会给您一种全新的感受的。我即便是介入此中的一份子，但也同样有着很强的新鲜感。不言而喻，这部书里集中了一些学者或教育家对于美育问题的最新思考，有多篇关于美育问题的学理研究文章，还有很多关于当前美育的现状调研及积极对策。这一部分中，即便是对于美育的理论研究，也有别于以往的学究惯性，而体现出鲜明的现实感和实践性。鲜活的时代脉搏，是我们在阅读本书时处处可以触摸到的。易中天先生的《音乐是中国走向世界的捷径》、杨杰教授的《当代国家美育的语境与观念》、王一川教授的《当前学校美育新挑战与国民素养建设》、于隽博士的《电视美育导向与少儿身体意象建构的诗意导引》、姚恒璐教授的《音乐艺术创作中的美感》、田青教授的《"非物质文化遗产教育"应列入学校美育课程》等文章，都体现出明显的时代感、建构性和操作性，同时使美育落实到具体的操作途径之中。从本书的内涵中，我们可以深深体会到作者们对于美育现实的强烈责任感，对于国家美育事业的深切关注，对于美育发展的积极建设态度。即便如曾繁仁教授的《我国新时期审美教育的回顾与反思》和谢嘉幸教授的《中国古代哲学思想对当代音乐审美教育的启示》这样的回顾与反思的文章，同样有相当的学术深度，有现实感和时代气息，是有感于我国当前的审美教育现实状况而作出的回顾与思考。

将 2010 年中国美育论坛的部分演讲的现场稿和会议中的高峰对话的整理稿纳入本书，是编者的创意，体现了与众不同的编辑思想。更重要的是，通过这部分内容，原生态地呈示了 2010 年中国美育论坛本然风貌。声口毕肖的文字纪录，使我们如同置身于论坛的现场之中。"精彩演讲"和"高峰对话"这两个板块，一下子将中国美育论坛的氛围捧献给读者。"环球掠影"这部分中，波兰音乐家科洛维兹·杰瑞的"波兰音乐美育现状"，香港音乐家费明仪的"香港音乐美育历程"和杨杰教授整理的"英美日现代艺术教育的实施模式"，通过个案的分析，将现今世界上一些国家或地区的美育状况加以勾勒，给我们的美育事业提供了相当有益的借鉴。书中还将国家有关美育和艺术教育的相关方案、规划、决定，如 2002 年教育部颁发的《学校艺术教育工作规程》、2002 年印发的《全国学校艺术教育发展规划》（2001—2010 年）、2006 年印发的《全国普通高等学校公共课程指导方案》等与美育相关的文件作为本书的附录，有着很强的文献价值。学术论文、演讲记录和高峰对话，再加之域外美育扫描、美育相关文件的辑录，这些以美育为核心、却又是不同向度的文档处在一本书的和谐结构之中，宛如一座上下数层的立交桥，给人以非常精彩的感受。

美育的目的在于人，在于人性的丰富与美好，在于人的全面发展和快乐和谐。孔子讲"兴于《诗》，立于礼，成于乐"①，指出诗、书、礼、乐这样的美育内容，是人的成长和完善的必然途径。席勒的《审美教育书简》以完整的人性作为审美教育的终极诉求，其中说："在人的一切状态中，正

---

① 杨伯峻、杨逢彬：《论语译注》，岳麓书社 2009 年版，第 93 页。

是游戏而且只有游戏才使人成为完整的人。""但他同美是在游戏。"① 马克思主张通过实践来创造着"人的本质的全部丰富性的人，创造着具有深刻的感受力的丰富的、全面的人"②。而美育有着不同的方式和途径，如学校美育、家庭美育和社会美育。随着时代之变迁，美育的方式与途径当然也要有所变化。时代的变迁所引发的人性内涵之变化是在情理之中的。学校美育在我们的教育方针中已列为重要的一项，与德育、智育和体育并列而成为独立的教育方式。我国素来重视德育教育，而对美育的态度却是时冷时热。几经周折，现在将美育确定为独立的教育方式，这也是来之不易的。通过学校施行的美育，是按照教学大纲进行的，有很强的计划性和强制性。而从当下人们的情况看，除了学校美育，社会美育是非常重要的领域。当年蔡元培先生就已说过："学生不是常在学校的，又有许多已离学校的人，不能不给他们一种美育的机会，所以又要有社会的美育。"③ 在今天看来，真是极切实际的美育思想。现在人们的生活越加丰富，物质生活水平是过去所不能同日而语的，高科技带来的便利和享受，也是以前所无法想象的。"日常生活审美化"作为当代生活的普遍趋势，使得我们的环境和自己的生活方式，有了无所不在的美的光环。尤其是大众传媒对于人们的审美风尚的引领作用，更是不可小觑。而人们的心灵果真就得到了安恬的慰藉了吗？人性就果真趋向完美了吗？事实上远非如此。高度发达的科技催生了更为强烈的物欲，巨大的压力产生了更多的"单面人"，就业的艰难、贫富差距的悬殊等种种不平衡造成了人们心态的焦虑与畸异。再则，"日常生活审美化"形成了某种审美假象，使人们满足于表层的浮华和炫目，认为这就是美的展现，其实恰如韦尔施所指出的："我们不能忽略这个事实，这就是迄今为止我们只是从艺术当中抽取了最肤浅的成分，然后用一种粗滥的形式把它表征出来。美的整体充其量变成了漂亮，崇高降格为滑稽。"④ 这在某种意义上恰是社会审美的现状。在很大程度上，它并非真正的审美。我们也许无法否认这种到处都存在的肤浅的审美经验，我们也无意株守康德的"审美无利害"的信条，然而，随着审美的泛化带来的是审美的滑坡，却也是不争的事实。

还有，电子技术支撑的大众传媒给受众提供了前所未有的审美方便，使

① ［德］席勒：《审美教育书简》，冯至、范大灿译，北京大学出版社1985年版，第79页。
② ［德］马克思：《1844年经济学哲学手稿》，刘丕坤译，人民出版社1979年版，第80页。
③ 蔡元培：《蔡元培美学文选》，北京大学出版社1983年版，第156页。
④ ［德］沃尔夫冈·韦尔施：《重构美学》，陆扬等译，上海译文出版社2002年版，第6页。

人们随处都可以享受到高清晰度的图像和音响带来的真切美感。但是，粗制滥造的节目为数不少，为了迎合某些人的低俗欲望，为了得到更高的收视率回报，无聊的东西在荧屏上也时有出现。久而久之，这对于人们的感官多有侵害，对于人们的心灵多有麻痹！面对这些我们身边出现的种种不洁的迹象，我们尤为深切地感到"社会美育"是必须郑重提出的。其实，举凡文化艺术生产的主体都应该有更明确的美育意识，意识形态领导部门也应该更多地从这个角度来加以指导。和谐社会不仅以和谐的人际关系作为基础，和谐的、美善的心灵才是更为内在的深层的保证。海德格尔的命题借荷尔德林的诗对人的理想存在言说为"充满劳绩，然而人诗意地栖居在这片大地上"①，这当然是一种审美的状态，也是我们的生活价值之体现。叶小纲先生对此作了具有中国传统文化话语方式的引申："中国传统文化的语境里，诗乐一体，其诗的精神实质就是乐，那乐的精神实质是什么呢？我用十六个字概括，就是五音调和，和而有序；八音相谐，和而不同。其中和谐、有序、不同、兼容而构成的'和'的精神成为我国传统主流审美文化的核心。"叶先生以音乐之"和"的内涵上升到我国主流审美文化的核心价值，并认为审美是达到"诗意栖居"的主要途径，他说："诗意栖居就是人富有丰富感性生活的一种提法，是实现人类质量生存的重要前提。审美是人类实现诗意栖居的一种方式，即通过审美，通过感情宣泄，情感表达，让人少一点激愤，多一点平和；少一点呆板，多一点情趣；少一点郁闷，多一点快乐；少一点执拗，多一点深思；少一点功利，多一点人性。音乐就是让人作为人，感情丰满起来，幸福着，生活着，审美就是让人学会欣赏并爱上生活。"②叶先生所提出的"以审美为人类诗意栖居的方式"，可以视为艺术的美育本质，也是我们倡行美育的初衷所在。

关于社会美育，这是张晶在此次论坛的重点倡导的理论支点。张晶将大众传媒的美育功能作为美育思考的内容，认为："大众传媒在视觉和心理上给人的超真实的特征，使之在美育方面所发挥的作用远远大于传统的艺术形式。大众传媒中有大量的活生生的美的因素存在着、活跃着，这使得大众传媒理当成为当代美育的最为主要的途径。"③能否真正开发人们的审美感觉，

---

① ［德］海德格尔：《荷尔德林和诗的本质》，孙周兴译，商务印书馆 2002 年版，第 35 页。

② 叶小纲：《艺术审美是人类诗意栖居的一种方式》，见叶小纲主编《人诗意栖居在大地上》，中国文联出版社 2010 年版，第 10 页。

③ 张晶：《大众传媒在国家美育工程中的社会担当》，《现代传播》2010 年第 7 期。

培养人们的审美趣味，这是大众传媒应该思考和担负的责任。社会美育的实施，大众传媒是其主导因素，必须予以深切的关注。

美育不是抽象的教训，不是外在的灌输，而是主动地、愉快地接受和创造。美育并非形而上的思辨，不是远离人们的生活，而恰恰是与我们的生活同行的。美育邻于德育，因而，美育多次遭遇被德育取代的命运。美育当然是要造就高尚的人格，也就有人主张有了德育就不需要再有美育了。蔡元培先生力主美育的独立地位，同时，又认为美育与德育在陶养完美人格上的殊途同归。先生有言："美育者，应用美学之理论于教育，以陶养感情为目的者也。教育之目的，在使人人有适当之行为，即以德育为中心是也。做欲求行为之适当，必有两方面之准备：一方面，计较利害，考察因果，以冷静头脑判定之；凡保身卫国之德，属于此类，赖智育之助者也。又一方面，不顾祸福，不计生死，以热烈之感情奔赴之；几与人同乐、舍己为群之德，属于此类，赖美育之助者也。所以美育者，与智育相辅而行，以图德育之完成者也。"① 从终极目的而言，德育与美育是一致而百虑，殊途而同归；而从方式或途径来说，二者则是不能互相替代的。这次论坛，德国著名的美学家韦尔施教授，不仅专程而来，而且为论坛撰写了专文《艺术如何改善我们的生活？》。文章本身并未直接论述其美育观念，但却是对于我们的美育路向，有非常深刻的启示意义的。韦尔施提出"美学和伦理学的一致性"命题，其深层动机却是让人们过上更好的生活，因此他说："美学和伦理学关系密切，它们是一对双生子。艺术品以及我们接触艺术品，其意义在于这将帮助我们过上更好的人类生活。"韦尔施从这个角度来阐发席勒的美育思想："近代，弗里德里希·席勒（我的大学就是以他的名字命名）热情洋溢宣称，艺术并不是指艺术形式，而是帮助我们塑造更好的、真正的人类生活。席勒概述了一个雄心勃勃的关于'美育'的计划，该计划的任务和目的在于，让我们人类无论是我们的个人行为，还是我们的社会和政治存在，都成为真正的人。"② 在韦尔施看来，艺术的目的是直接与人们的生活相关的，其意义在于帮助我们过上更好的生活，而不是其他，那么，艺术教育和美育的目的当然也不是在于形而上学的思辨，不在于高浮在云端的玄想，而在于回归到人们的日常生活，回归到人的本源，回归到人的实践层面。这是非常

---

① 蔡元培：《蔡元培美学文选》，北京大学出版社 1983 年版，第 174 页。

② ［德］沃尔夫冈·韦尔施：《艺术如何改善我们的生活》，见叶小纲主编《人诗意栖居在大地上》，中国文联出版社 2010 年版，第 19 页。

切合美育的本质的。作为一个世界著名的美学家，韦尔施教授此番来到中国北京，出席这次美育论坛，既代表了他本人对美育的重视，又传递了美学界对于美育事业的关注态势。而从举办美育论坛的初衷而言，也不在于一般的理论探究，而正在于对于美育的实践功能和现实推动的深入，将美育作为一种与现实人生密切结合的事业来做，探讨研究社会美育的理论建设和现实运行。

和谐社会之所以成为我们的努力方向，之所以成为我们的价值追求，并非是空泛的社会理想，而有着具体的人文内涵。没有人性的提升和完善，和谐社会只能是一句空话！而人性的提升与完善，美育是起着不可替代的作用的。曾繁仁教授以为，"人文教育"是当代美育的基本方向，在他看来，"美育的发展从其一开始提出就与人文教育紧密相关。1795 年德国诗人席勒发表著名的《美育书简》，第一次提出'美育'观念。其背景就是对于现代人性异化弊端的反思，力图通过美育对人性缺失进行补缺"。而从中国古代的思想来看，"也将诗教与乐教与人的教育紧密联系在一起。《论语》在谈到君子的教育途径时说道'兴于《诗》，立于礼，成于乐'，也就是说在孔子看来一个人即使接受了艺术教育之后才能够称得上是一个真正的'君子'。将美育提到'成人'的高度，非常有价值和远见"①。曾繁仁教授还这样阐释了"人文教育"的内涵："那么，'人文教育'的内涵是什么呢？目前有着各种阐释，我个人将其归纳为四个层次。第一是人的最基本的文明素养教育，各种文明礼貌生活规范的养成等等，将人和动物区别开来；第二是人的尊严、权利与平等的教育，使人活得像人；第三是对于他人的关怀的教育，表明人的社会属性，确立人应有的品质；第四是对于人类的终极关怀的教育，这是更高的要求。"这就阐明了人文教育作为美育的基本内涵，使美育和人性的提升与完善直接联系起来。王一川教授认为美育应作为国民素养的基本建设条件。他对当代大学生的人格特征作了具有鲜明时代感的分析，认为，"当代大学生对中外文化符号的感知呈现出高度的趋同性和理性化趋势，由此可见他们存在着双重文化人格和流体人格"。王一川又解释道："隐性的双重人格或多重文化人格，是指大学生个体并存着两个以上相对独立而相互对立的文化认同取向。流体型文化人格，是指个体外在言谈举

---

① 曾繁仁：《我国新时期审美教育的回顾与反思》，见叶小纲主编《人诗意栖居在大地上》，中国文联出版社 2010 年版，第 55 页。

止与内心理想之间可以形成灵活而流变的多重关系。"① 由此,王一川认为
美育课题应该应对这种新挑战:"这时的美育课题就不得不做出改变:不再
是以单纯的精神性审美去开启青少年的心智,而是要在精神性审美与物质性
审美的对话中,去探索新的介乎无功利性审美与功利性审美之间的协调可能
性,并且在个人化的物质性愿景与非个人化的集体性精神愿景之间寻求平衡
和协调。"不言而喻,这确实是对当前美育状况的符合实际的分析,同时,
也在提醒着我们对于美育的实施应有一个与时俱进的思考。美育的目标当然
是完善人格的养成,而完善人格又包含了哪些内涵?周海宏教授对此作了理
性的分析,他认为其中包括这样四种素质:一是感性素质;而是理性素质;
三是情感素质,四是身心素质。周海宏对于感性素质高度重视,认为这是被
遮蔽的重要问题。他谈道:"从个人角度讲:没有感性素质就没有体验美好
生活的能力。社会发展的根本方向是创造全人类的幸福,而幸福社会的前提
是每个个体都具有体验幸福的能力,这就需要培养每个人的感性体验的能
力。""从群体角度讲:没有感性素质的民族,就没有创造良好感性环境的
能力,也就没有创造高水平物质文明的能力。"② 这可以说是从根本上抓住
了问题的实质。感性素质的培养,是美育的关键。如周海宏所言:"创造文
明环境的根本出路在于提高全社会的感性素质! 提高全社会的感性素质是创
造高水平物质文明的前提!"

　　本次美育论坛有现代音乐节的背景,是中国现代音乐节的最为重要的一
个部分。因此,本书中颇为几篇是从音乐学角度来谈美育问题的。如易中天
教授、杨燕迪教授、高建进教授、姚恒璐教授的文章都以音乐为切入点涉及
美育的一些重要层面。著名文化学者易中天教授提出"音乐是中国走向世
界的捷径"的命题,并从音乐审美共通感上来认识美育的路向。他从中国
古代的礼乐文化——也即礼仪和艺术——谈到人类情感的共通感,指出:
"礼仪和艺术,最早都是为了人类的交往、沟通、结合而诞生的。礼仪的作
用,主要是规范人们的行为举止和外在的表现。心灵的沟通,还得靠艺
术。"③ 杨燕迪教授提出"音乐对于现代城市人精神生活的重要性"的问题,
并认为,在现代的城市文化中,音乐不再担任审美之外的社会功能,而成为
一种具有"自律性"的现代艺术体系的一员。杨燕迪教授明确指出目前音

①　王一川:《当前学校美育新挑战与国民素养建设》,2010 年中国美育论坛。
②　周海宏:《艺术教育的核心与感性素质的培养》,2010 年中国美育论坛。
③　易中天:《音乐是中国走向世界的捷径》,2010 年中国美育论坛。

乐存在的危机：一是音乐的附庸化倾向；二是音乐的娱乐化倾向；三是音乐的工艺化倾向。他认为："真正具有品质的音乐，显示出人与时代的生存境遇，保存着人与世界的真实状况。"① 针对当前的音乐生态，杨燕迪教授提出："其一，应该持续而不妥协地关注音乐的人文意义和文化价值；其二，应该寻找这种意义和价值的当下性，并强调这种意义和价值与我们这个时代的关联感；其三，我们应该以各种可能的方式告知民众，并借此影响民众的音乐意识与观念。"② 作为一名著名的音乐教育家，高建进教授对于音乐教育的得失利弊是深谙其中三昧的。她颇具针对性地指出，当前的学校音乐教育过分智育化了。她力主音乐教育应该回归音乐的本质——美育化，并具体提出学术音乐教育的美育化途径："了解音乐美；理解音乐美；体验音乐美；实现音乐美。"对于音乐教育的美育化，这种看法是特别切合实际的。

姚恒璐教授作为一个作曲家，系统地探究了音乐创作中的美感问题。认为美感取向的高低直接影响到学术成果的真实性和音乐作品成形的品位素质。他从美丑观的角度来分析协和与噪音的不同价值，又从人格素质方面透视作品的美感取向，从而将音乐的美感落实到具体的创作过程之中。

"非物质文化遗产保护"是我国近年来文化战略的重要支点。这次论坛，著名研究专家田青研究员从这个角度来切入美育的论题，他提出从教育入手，将"非物质文化遗产保护"列入美育教育的课程。他在其论文中提出："让不同年龄段的学生在课堂上接触到我国博大精深的传统文化和自己家乡的非物质文化遗产，不但可以使中小学生从小就对家乡和祖国的概念有直观的了解，培养出深厚的感情，而且可以使我们民族精神的 DNA 一代一代传下去，使中华文化在不断的传承中发扬光大。"③ 这就补足了美育的一个重要的侧面。

中国古代哲学思想中有丰富的美育理论资源，而且对当代美育有着深刻的启示。谢嘉幸教授将中国古代哲学思想中的可以作为美育思想的资源内涵加以挖掘，如儒家的人格教育，道家的道法自然，佛家的唯识论等哲学思想等。④ 这种回溯是有着深远的根基和意义的，可以由此寻找到中国美育的文化根基，透视出中国美育发展的独特道路。

---

① 杨燕迪：《音乐对于现代城市人精神生活的重要性》，2010 年中国美育论坛。
② 同上。
③ 田青：《美育的重要组成——非物质文化遗产保护和继承》，2010 年中国美育论坛。
④ 谢嘉幸：《中国古代哲学思想对当代审美教育可能的启示》，2010 年中国美育论坛。

作为这次论坛的具体操持者，青年学者丁旭东对于我国的美育事业投注了全副精力和无比的热情。他将美育论坛的组织作为自己的责任，对于美育的过去、现在和未来，作了深入的回顾和深刻的思考。本书中所收入的《中国当代美育的回眸与求索——2010 年中国美育论坛述评》，并非是一般的会议综述，而是有着明确的理论自觉和使命感的重要文章。丁旭东对于中国美育事业并非一般的理论兴趣，而是从社会文化的整体提升和人性的升华的高度，投入了全力以赴的担当的。有感于美育研究多是停留在理论思辨的层面，丁旭东对于美育的战略性思考是在实践方面。在他看来，只有通过脚踏实地的美育实践，才能真正发挥美育的功能，践履美育对社会的承诺。因此，在这篇述评中，他的思考向度都是以美育实践为其落脚点的。如对当前美育工作存在的问题的追问，倡导美育的真正实施，等等。从某种意义上看，这也是本次美育论坛的宗旨所在。

2010 年中国美育论坛的举办，在美学界应该是一件有独特意义、有深刻影响的大事。美学会议这些年举办了许多，美学家们提出了很多具有创造性的思想成果；而美育作为一次集中的话题进行高层级的理论研讨，且有了这么多重要的理论结晶，据我所知，在近年来的美学活动中，不说是绝无仅有的，也是空谷足音！作为它的理论成果，也许现在还是不够系统的，不够完整的，但它开启了或者说是昭示了新的路向，美育要走一条实践化的道路，为中华民族的文化复兴，为中华民族的美好未来，贡献出切实的东西，而非仅是玄虚的思辨！我们更为重视社会美育这个路径，其原因即在于此。

完美的人生，是我们每个人的价值诉求；美好的世界，是我们每个人的精神家园。"美美与共，天下大同"。和谐社会的构建，最基本的元素便是人们的美善情愫。反思我们今天的存在状态，更加迫切地需要美育之风的吹拂；回望人类的文明历程，我们尤为深切地感到，席勒最先提出的"审美教育"，马克思高扬的"按着美的规律来塑造"，蔡元培倡导的"以美育代宗教"，对于今天人们的精神生态是何等重要。我们邀集很多国内外一流的专家学者，反思美育的现状，开掘美育的途径，规划美育实施工程，本身就是一件令人瞩目的"美丽的事"。"有风自南，翼彼新苗"，为我们的民族精神生态，开创一片新的境界！

欣然有感，命笔为序，可与不可，诸君识之！

审美对象的特殊呈现
——文学的艺术语言探赜*

一

在中国美学理论的发展中，近三十多年来，文艺美学成为异军突起的重要分支，对于美学的建构，起到了不可低估的推动作用。与传统的文艺学相比，文艺美学将文学与艺术各门类作为一个共同的对象进行研究，强调了文学与艺术的共同审美特征与规律，这是深化美学研究的正确方向，也是提升当代艺术的理论途径。

在这种认识的观照之下，笔者更倾向于将文学视为艺术之一类，也就是更为内在地把握文学的艺术品性，同时，在当下视觉文化成为主导的文化模式的氛围中，更为深入地分析文学对各个艺术门类的影响，是一件非常有意义的事情。笔者以为，在媒体如此发达的时代，艺术的不同部类都程度不同地被传媒所笼罩、所覆盖，而且在传媒的整合之下产生了很多新的审美特征。在图像成为最为重要的审美元素的情况下，文学在传统的审美经验中所据有的"王牌"地位受到了空前的挑战甚至是颠覆，有很多人眼里文学所遭受到的是灭顶之灾。后现代主义的思想大师德里达提出了这样的论断："在特定的电信技术王国中（从这个意义上说，政治影响倒在其次），整个的文学时代（即使不是全部）将不复存在。哲学、精神分析学都在劫难逃，甚至连情书也不能幸免……"① 援引此语的美国著名学者米勒教授也特别沉

---

* 本文刊于《现代传播》2014 年第 3 期。

① ［美］希利斯·米勒：《全球化时代文学研究还会继续存在吗?》，林国荣译，《文学评论》2001 年第 1 期。

痛地说:"那么,文学研究又会怎么样呢?它还会继续存在吗?再也不会出现这样一个时代——为了自身的目的,撇开理论的或者政治方面的思考而单纯地去研究文学。那样做不合时宜。我非常怀疑文学研究是否还会逢时,或者还会不会有繁荣的时期。"① 米勒的论断在中国大陆学术界引发了强烈而广泛的反响,一些著名的文艺学学者都对米勒的说法提出了质疑与辩难。其实,这两种观点都是基于文学与视觉文化的对立来提出的。米勒的逻辑是新的电信媒体导致了印刷文化的式微,而文学就因此走向了终结。这个逻辑其实是有问题的。很明显,文学并不等同于印刷文化。这个问题倘若细究起来是十分难说清楚的,而这不是本文所要讨论的重点。笔者是要通过对文学的艺术语言的考察,揭示文学的审美对象的艺术本质。

二

不同的艺术门类,有不同的艺术语言,而不同的艺术语言,标志着此类艺术的本体特征。关于艺术语言,系统论述者颇为少见,只是美国学者古德曼有一部《艺术语言》的著作,论述了几种艺术的符号系统。笔者曾对艺术语言有过这样的概括:"艺术语言是指在各种艺术门类的创作中所使用的符号体系,它是艺术家的艺术构思得以生成和作品得以产生的物质化媒介。在艺术品的创作中,艺术语言的存在和发生作用,不是个别的、偶然的,而是普遍的、系统性的。不同的艺术门类,自然是有着面目各异的艺术语言序列,即便是同一艺术门类,也因了艺术家的个性差异而呈现出不尽相同的艺术语言。"② 这种概括是符合艺术创作的客观情况和表现规律的。古德曼所说的"艺术语言",其实讲的是符号问题,因而其书的副标题是"通往符号理论的道路"。对于一些艺术门类来说,这里所说的"语言",是比喻性的,如绘画中的色彩,音乐中的记谱等。它们恰恰是"非语言"的。古德曼在《艺术语言》的导言中说:"在这里,符号(Symbol)被用作一个非常一般而无任何色彩的术语。它包括字母、语词、文本、图片、地图、模型等,但不带任何曲折或神秘的含义。最平实的肖像和最平淡的篇章同最富幻想和比喻色彩的东西一样,都是符号,而且是'高度符号化的'(Highly Symbol-

---

① [美]希利斯·米勒:《全球化时代文学研究还会继续存在吗?》,林国荣译,《文学评论》2001年第1期。

② 张晶:《艺术语言作为审美创造的媒介功能》,《文艺理论研究》2011年第1期。

ic）——这种非语言的符号系统，一方面有图像再现，另一方面有音乐记谱。严格说来，我的书名中的'语言'（Languages），应该代之以'符号系统'（Symbol Systems）。"① 艺术创作不可能只凭着艺术想象就得以完成，如果认为自己有非同凡响的艺术想象或构思，而没有作品的物质化呈现，就宣称自己是伟大的艺术家，那是要被世人所嗤笑的。艺术语言是作品物质化呈现和完成的保障，没有艺术语言的精美表达，就不会有艺术品的产生和流传。

凡艺术品皆有"物性"，文学作品当然也不例外，只是文学作品的"物性"，与其他门类艺术有着不同的特殊形态（这点下面再加论述）。西方著名哲学家美学家克罗齐在其美学理论中特别重视直觉的作用，提出"直觉即表现"一说，主张在内心中产生了审美的直觉即已"完成"了艺术品，而在各种艺术品创作过程中的"物理的媒介"只是一种外在的、受到社会等因素的制约。如其所言："我们其实并不把心中造的许多表现品或直觉品全部表现出来；我们并不把心中的每个思想都大声说出，写下，印起，画起，拿它向大众展览。我们从已构思成就的或至少是想好纲要的许多直觉品之中加以选择，而这种选择就须受经济情况与道德意向的原则约制。所以我们在已经凝定了一个直觉品之后，是否要把它传达给旁人，传达给谁，何时传达，如何传达等等都是还待裁决的问题，这些考虑要受效用与伦理的原则约制。"② 克罗齐的观点受到很多学者的攻击和诟病，认为他是只要直觉而不要表现的。其实克罗齐也主张直觉与形式的统一，只是将直觉强调到本体的地位，而将物化的传达与直觉分开。

艺术品的物性特征是必须得到说明的，这里包括了文学作品。海德格尔在其著作中对艺术品的"物性"有颇为系统的深刻阐述："一切艺术品都有这种物的特性。如果它们没有这种物的特性将如何呢？或许我们会反对这种十分粗俗和肤浅的观点。托运处或者是博物馆的清洁女工，可能会按这种艺术品的观念来行事。但是，我们却必须把艺术品看作是人们体验和欣赏的东西。但是，极为自愿的审美体验也不能克服艺术品这种物的特性。建筑品中有石质的东西，木刻中有木质的东西，绘画中有色彩，语言作品有言说，音乐作品中有声响。艺术品中，物的因素如此牢固地现身，使我们不得不反过

---

① ［美］纳尔逊·古德曼：《艺术的语言》，彭锋译，北京大学出版社2013年版，第2页。

② ［意］克罗齐：《美学原理·美学纲要》，朱光潜译，外国文学出版社1983年版，第127页。

来说，建筑艺术存在于石头中，木刻存在于木头中，绘画存在于色彩中，语言作品存在于言说中，音乐作品存在于音响中。"① 海德格尔的著作以晦涩难懂著称，但这里对艺术品之物性的论述却是明确无误的。艺术品固然有超越于物性的特质，但它的物质属性则是其存在的基础。明确这一点对于我们进一步了解艺术创作的规律十分必要。艺术语言其实是呈现艺术品的物性的基本条件。

　　文学的"艺术语言"是真正的语言，与此相比，其他门类艺术的"艺术语言"都还是一种比喻性的说法。反之，其他门类的艺术语言相对来说是物质性很明显的，而文学中的"艺术语言"则是较为虚化的，它表现为具有结构形式的声音与文字表达。艺术品是最为纯粹的审美创造，其中凝聚了含量最高的审美价值。对于艺术的审美观赏，必然是感性直观的。作为审美对象的呈现，感性是其本体性的东西。正如著名的现象学美学家杜夫海纳所认为的："艺术的特点就在于它的意义全部投入了感性之中；感性在表现意义时非但不逐渐减弱和消失；相反，它变得更加强烈、更加光芒四射。"② 就其区别来看，其他艺术门类的物性或感性特征，是艺术品的形象直接诉诸审美主体的视觉和听觉的，而文学则是以语言描绘出的内在图景而转化为审美主体的内在的审美感知的。文学中的语言所禀赋的艺术性质，恰恰是以语言来描绘的内在图景或者直接称之为"意象"。从创作角度看，刘勰在《神思》中所论述的运思方式足以说明问题："故思理为妙，神与物游。神居胸臆，而志气统其关键；物沿耳目，而辞令管其枢机。枢机方通，则物无隐貌；关键将塞，则神有遁心。是以陶钧文思，贵在虚静，疏瀹五脏，澡雪精神。积学以储宝，酌理以富才，研阅以穷照，驯致以怿辞；然后使玄解之宰，寻声律而定墨；独照之匠，窥意象而运斤：此盖驭文之首术，谋篇之大端。"③ 文学的艺术语言，指的就是能够把握"枢机"的"辞令"，而声律是能使文本成型的物质条件。对于刘勰的这篇"神思"之论的全篇来看，它论述的是文学创作的运思特征，而非一般文章学的构思。它是以表现作家内心的"意象"为旨归的。刘勰在《文心雕龙》的创作论部分颇为系统地讲了诗人作家如何通过审美感兴而获取物象并转化为内心的意象的过程，这对理解文学的艺术语言本质来说，对于文艺美学的学理性建构来说，都有着

① ［德］海德格尔：《诗·语言·思》，彭富春译，文化艺术出版社1991年版，第23页。
② ［法］杜夫海纳：《美学与哲学》，孙非译，中国社会科学出版社1985年版，第31页。
③ 范文澜：《文心雕龙注》，人民文学出版社1958年版，第493页。

特殊的理论价值。刘勰外界的物象进入作家的审美视野是感兴的产物："春秋代序，阴阳惨舒，物色之动，心亦摇焉。……岁有其物，物有其容，情以物迁，辞以情发。"① 刘勰提出的"物色"，一个具有深刻理论意义的美学范畴，它直接关系到审美意象的生成机制。"物色"不是物，而是外在事物的表象。"色"这个概念取之于佛学，指的是现象界。大乘佛教的经典《般若波罗蜜心经》中有"色不异空，空不异色，色即是空，空即是色"② 的名言，"空"是佛教的本质观，色指的大千世界的现象界。刘勰借佛教概念加以改造，成为一个独创性的审美范畴。"色"其实指的是外在事物摄入在诗人作家内心的映象，而这正是其内心意象的来源所在。刘勰又说："是以诗人感物，联类不穷，流连万象之际，沉吟视听之区，写气图貌，既随物以宛转，属采附声，亦与心而徘徊。故灼灼状桃花之鲜，依依尽杨柳之貌，杲杲为出日之容，瀌瀌拟雨雪之状，喈喈逐黄鸟之声，嘤嘤学草虫之韵。皎日嘒星，一言穷理；参差沃若，两字穷形：并以少总多，情貌无遗矣。虽复思经千载，将何易夺？"③ 这一段虽然对人们来说并不陌生的论述，我们一般是以文学作品中那种"以少总多"的性质的角度加以理解，我们还可以从另一角度加以认识，即在诗人的"感物"中，自然物象通过诗人心灵的摄取与赋形，成为作品的意象的过程。而刘勰把它提升为文学作品的永恒价值的角度加以论述，认为它可以经历千载而不会磨灭。

三

与一般的日常语言及科学语言相比，文学语言在作品中是以之描绘或勾勒出供读者的意向化建构的内在情景的。美国著名的艺术理论家苏珊·朗格指出："人们把主要的兴趣都集中在语言的通讯作用上了，而诗的语言基本上又不是一种通讯性的语言。语言是诗的材料，但用这种材料构成的东西又不同于普通的语言材料构成的东西，因为诗从根本上说来就不同于普通的会话语言，诗人用语言创造出来的东西是一种关于事件、人物、情感反应、经验、地点和生活状况的幻象。这样一些创造出来的幻象就是诗的要素，也就

---

① 范文澜：《文心雕龙注》，人民文学出版社 1958 年版，第 693 页。

② 《摩诃般若波罗蜜心经·习应品第三》，见任继愈选编《佛教经籍选编》，中国社会科学出版社 1985 年版，第 17 页。

③ 范文澜：《文心雕龙注》，人民文学出版社 1958 年版，第 693 页。

是构成塞西尔·德·莱维斯所说的'诗的意象'的要素。按照莱维斯的定义，诗就是'意象'。当然，这种意象并不一定是视觉意象。由于人们一提到意象这个字眼时，总是不由自主地把它想象成是一种视觉意象，所以我更倾向于把这种'诗的意象'称之为'外观'。"① 苏珊·朗格所论述的诗的语言其实也就是文学语言的特征。所谓"外观"，指的是诗人作家用语言勾勒出来的、在读者头脑产生的具有内视性的图景。现象学美学家英加登以现象学的方法论，将文学作品分解为一个多层次的构成。"它包括（a）语词声音和语音构成以及一个更高级现象的层次；（b）意群层次：句子意义和全部句群的层次；（c）图式化外观层次，作品描绘的各种对象通过这些外观呈现出来；（d）在句子投射的意向事态中描绘的客体层次。"② "图式化外观"在现象学美学中是文学作品最关键的要素，也是文学作品作为审美对象的最重要的特征。这个"图式化外观"是读者在意向性的投射中在头脑中生成的，并非如绘画、雕塑等直接呈现在视觉中的实体。但也正因为如此，它和日常生活或科学著作的语言相区别。英加登又提出，文学作品的语言是一种"拟判断"，并认为这是与科学著作的真正区别，他说："与科学著作中占主要地位的作为真正判断句的句子相对照，在文学的艺术作品中陈述句不是真正的判断而只是拟判断，它们的功能在于仅仅赋予再现客体一种现实的外观而又不是把它们当成真正的现实。"③ 从语言的角度讲，英加登所说的"拟判断"，正是其"图式化外观"所以生成的原因所在。俄国文艺理论家哈利泽夫把这种文学语言的功能称为"词语的塑像"，他在《文学学导论》中专门阐述了文学语言的特征，指出："在文学中，描绘物象塑造形象的质素独具特色，这在许多方面由词语本身的特点所决定的。词语是规约性（假定性）的符号，它与所指代的对象之间并无相似之处。……有别于绘画、雕塑、舞台和屏幕的画面，语言画面（词语描绘）是非物质性的。也就是说，文学中存在形象（物象），但却不是那种直接呈现的直观图象。作家们面对的是可见的现实，他们却只能以间接的方式对其加以再现。对文学的把握，要靠我们智慧与悟性所能够企及的事物和现象的完整性来实现，而非事物和现象之感性上可接受的可具体感知的面貌。作家们是诉诸于我们

　　① ［美］苏珊·朗格：《艺术问题》，滕守尧、朱疆源译，中国社会科学出版社1983年版，第142页。

　　② ［波］罗曼·英加登：《对文学的艺术作品的认识》，陈燕谷、晓未译，中国文联出版公司1988年版，第10页。

　　③ 同上书，第11页。

的想象，而非直接诉诸于视觉的感知。"① 哈利泽夫在这里颇为清晰地揭示了文学语言与其他门类艺术语言的区别，在于它不是直接地把形象呈现于读者眼前，而是通过词语的描绘创造出内在的画面，他称之为"语言画面"。哈利泽夫又进一步强调了文学语言的"生动如画"，指出："词语的艺术形象缺乏直观性，却能生动如画地描绘虚构的现实，而诉诸于读者的视觉。文学作品的这一方面被称之为词语的塑像，较之于直接地、瞬间地转化为视觉接受，借助于词语的描绘，更加符合对所见之物加以回忆的规律。就这方面而言，文学乃是可见的现实之'第二次生命'的一种镜像，也就是这一现实在人的意识中的驻留。"② 这种对文学语言的认识，其实在中国古代文论中也是有着很多论述的，只是我们要从这个角度加以理解。如唐代诗人王昌龄在谈到诗之三境的"物境"时说："一曰物境。欲为山水诗，则张泉石云峰之境，极丽绝秀者，神之于心，处身于境，视境于心，莹然掌中，然后用思，了然境象，故得形似。"③ 这是从创作主体方面来讲的，认为诗人在创作时内心就要有"莹然掌中"的境象，也是具有内视性质的。北宋诗人梅尧臣从诗的审美价值标准的角度提出："诗家虽率意，而造语亦难。若意新语工，得前人所未道者，斯为善矣。必能状难写之景，如在目前，含不尽之意，见于言外，然后为至矣。"④ "如在目前"，说的正是诗歌语言的内视性，在梅氏看来，"顶尖"级的佳作必须达到这种样子，而且，梅尧臣是把"状难写之景，如在目前"作为诗歌审美价值的必要前提的。

与日常生活语言和科学著作语言等相比，文学的艺术语言含蕴着、表达着诗人作家的情感态度，并集中地创造出审美价值。而且，审美价值的产生，在很大程度上是由于诗人作家的情感的升华。中国古代文论中"诗缘情而绮靡"，似乎是一个人所共知的命题，然而它确实是规定了诗歌作品生成的基本动力因素。情感因素当然并非仅是作为"文学的艺术作品"所独有，但在文学作品里，它却成为直接孕育审美意象的关键性条件。刘勰在《文心雕龙·神思》的赞语中所说："神用象通，情变所孕"，具有无可替代

---

① ［俄］瓦·叶·哈利泽夫：《文学学导论》，周启超等译，北京大学出版社 2006 年版，第125 页。

② 同上书，第 126 页。

③ （唐）王昌龄：《诗格》，见胡经之主编《中国古典文艺学丛编》第 2 册，北京大学出版社2001 年版，第 105 页。

④ （宋）欧阳修：《六一诗话》，见（清）何文焕《历代诗话》，中华书局 1981 年版，第267 页。

的理论意义。直接一点的阐释可以这样：创作中的神思是以意象连结为基本链条的，而这正是作家情感变化所孕育的。真正给文学作品带来永恒的魅力、成为文化长河中经典的，恰恰是那些偶然感兴所触发的情感，它们在作品中得到审美的升华。中国诗学中的"诗者，持也。持人情性"①，"持"就是"持人情性"，且传之久远。被海德格尔称之为"诗人的诗人"的德国诗人荷尔德林，有著名诗句云："但诗人，创建那持存的东西。"海德格尔把它作为五个中心诗句之一，并加以阐释，这段阐释简直就像是对中国诗学中的"诗者，持也，持人情性"的直接诠解。海德格尔如是说："这个诗句构成《追忆》一诗的结尾：'但诗人，创建那持存的东西。'凭借这个诗句，就有一道光线进入我们关于诗之本质的问题之中了。诗是一种创建，这种创建通过词语并在词语中实现。如此这般被创建者为何？持存者也。但持存者竟能被创建出来么？难道它不是总是已经现存的东西吗？决非如此。恰恰这个持存者必须被带向恒定，才不至于消失；简朴之物必须从混乱中争得，尺度必须对无度之物先行设置起来。承荷并且统摄着存在者整体的东西必须进入敞开域中。存在必须被开启出来，以便存在者得到显现。"② 海德格尔认为，恒定者并非是现成的，而是被创建出来的，而诗恰恰承载着这种功能。海德格尔对中国诗学基本上是一无所知的，但他所说的这个"持存"，真是可以作为"诗者，持也"的注脚了。真正的诗，一定会表达出个人化的情感，也一定会呈现出令我们耳目一新的东西，开启一个新的世界。恒久的魅力、经典的价值恰恰就在此中。下面所引的卡西尔的这段话虽然有点长，但却是说理透彻的，这位 20 世纪的大思想家这样说："只要看一件真正伟大的艺术作品，艺术的这一基本特性就会和盘托出。每一件艺术作品都给我们留下这样的印象——我们接触到某种新颖的东西，某种我们从未领略过的东西。在这种场合中，世界似乎总是以某些新的方式和新的面貌展示于我们面前。倘若叙事诗所能做的不过是确定以往的事件，并使这些事件在人们记忆中更新的话，它就无异于单纯的编年史了。然而，我们只要想一下荷马、但丁或弥尔顿就足以确信：在世界文学中的每一部史诗中，我们都面对某些迥然相异的东西。在那里，我们不会遇到某些对过去事件的单纯报导；相反，借助于这些史诗般的故事情节，我们表达出一种世界景观，在这一景观中，我们能够审视事件之总体以及那以崭新姿态出现的人类之总体。这一特性甚

---

① 范文澜：《文心雕龙注》，人民文学出版社 1958 年版，第 65 页。
② ［德］海德格尔：《荷尔德林诗的阐释》，孙周兴译，商务印书馆 2002 年版，第 44 页。

至公开出现在某些最为'主观'的艺术如抒情诗中。抒情诗似乎比任何一种专门的艺术都更受制于当下场合。抒情诗旨在捕捉跳跃的、惟一的、短暂的和一去不复返的主观感受。它萌发于一个单一的瞬间存在，并且从不顾及此一瞬间之外的存在。然而，在抒情诗中，或许首先是在这里我们可以找到某种'理想性'，亦即歌德所刻画的思维那种新颖、理想的方式和于暂时性中的永恒等特性的'理想性'。当其使自身沉湎于此一瞬间时，当其仅仅寻觅那耗尽于此一瞬间的全部情感和气氛时，这种观念性就由此而为此一瞬间取得了久远性和永恒性。"① 这种偶然的瞬间，正是中国诗学所说的"感兴"。在这样的瞬间中，诗人与外物融化在一起，产生了难以重复的诗歌意境。用明代诗论家谢榛的话说就是"诗之入化也"。作品的永恒魅力就寓含于其中。

与其他门类的艺术语言不同的还有：文学语言是描绘出一个完整的意境或者是故事结构，真正的审美客体恰恰是用语言描绘、勾勒出来的这个完整的意境或结构，个别的、单体的词语很难充当这个功能。中国古代诗学中有"唐宋诗之争"的学术公案，唐诗和宋诗孰优孰劣，不同意见的双方各执一词，争持不下。这不是我们要考察的问题。但是，唐诗之所以更为流传，在文化史上更具魅力，很大程度上是因为唐诗更多地创造出浑然一体的审美境界。宋代诗论家严羽论诗"以盛唐为法"，其原因便在于"盛唐诸人"所创造出的"透彻之悟"的境界。他在《沧浪诗话》中指出："诗者，吟咏情性也。盛唐诸人惟在兴趣，羚羊挂角，无亦可求。故其妙处透彻玲珑，不可凑泊，如空中之音，相中之色，水中之月，镜中之象，言有尽而意无穷"②，对这段名言可以有各种阐释，但笔者认为，这是在标举盛唐诗人那种浑然完整的审美境界。严羽诗论"以禅喻诗"，用禅学的系统来比拟诗学的特征，尽管其中多有不尽合乎逻辑之处，但其主旨是非常明显的。这其中"不可凑泊"是一个关键的话头。"凑泊"是佛家话头，是聚合之意，指"万法"以"空"为本质，皆是聚合而成。严羽用在诗学中，反其意谓诗歌要有浑然一体的境界。近人王国维有著名的《人间词话》，论诗词以境界为上，称"有境界自成高格，自有名句"。对于诗词境界，王国维以"不隔"与"隔"来轩轾高下。他最为推崇五代和北宋之词，认为佳处在于"不隔"；而对南宋诸家词人颇致微词，即以其"隔"为贬语。如其所说："白石写景

---

① ［德］卡西尔：《人文科学的逻辑》，沉晖等译，中国人民大学出版社 2004 年版，第 79 页。
② 郭绍虞：《沧浪诗话校释》，人民文学出版社 1983 年版，第 26 页。

之作，如'二十四桥仍在，波心荡，冷月无声'、'数峰清苦，商略黄昏雨'、'高树晚蝉，说西风消息'，虽格韵高绝，然如雾里看花，终隔一层。梅溪、梦窗诸家写景之病，皆在一隔字。"① 王国维论词的境界，其褒贬至为明显，价值判断首在于"隔"与"不隔"。南宋著名词家姜夔（白石）、史达祖（梅溪）、吴文英（梦窗）在词史上都是有着一流地位的，但都受到王国维的诟病，理由就在于他们的词境是"隔"的，也就不够完整和透明。王国维更进一步阐明了隔与不隔的区别，说："问隔与不隔之别，曰：陶、谢之诗不隔，延年之诗则稍隔矣。东坡之诗不隔，山谷则稍隔矣。'池塘生春草'、'空梁落燕泥'等二句，妙处唯在不隔。词亦如是。即以一人一词论，如欧阳公《少年游》咏春草上半阕云：'阑干十二独凭春，晴碧远连云。千里万里，二月三月，行色苦愁人。'语语都在目前，便是不隔；至云'谢家池上，江淹浦畔'则隔矣。白石《翠楼吟》：'此地。宜有词仙，拥素云黄鹤，与君游戏。玉梯凝望久，叹芳草，萋萋千里'，便是不隔；至'酒祓清愁，花消英气'，则隔矣。然南宋词虽不隔处，比之前人，自有浅深厚薄之别。"② 从王国维所举的隔与不隔的例子大致可以认为，所谓"隔"，是作品中的意象之间并不能构成一个完整的意境，而所谓"不隔"，也即王国维心目中的佳作，作品中是形成了"如在目前"而又浑然一体的完整境界的。这在中国诗学的发展中是一个传统，因此，他认为其所提倡的"境界"说是源自和发展了严羽、王士禎的理论而自成一家的。他颇为自得地说："然沧浪（严羽）所谓兴趣，阮亭（王士禎）所谓神韵，犹不过道其面目，不若鄙人拈出'境界'二字，为探其本也。"③ 这就很明确地道出了境界说与严羽的兴趣说、王士禎的神韵说的渊源关系，反之也可以看到，严羽和王士禎的理论其实也就是王国维的先声。

西方的美学家也从不同的角度来论述作品的结构的统一性和完整性，对于文学创作来说尤其是如此。美国著名哲学家杜威以经验来阐释艺术的发生，他认为在艺术创作中是作家的"一个经验"，也即一个完整的经验，他说："我们应在哪儿找到这样一个经验的说明？不是在分类账目中，也不是在关于经济学、社会学、或者人事心理学的论文中，而是在戏剧和小说中。它的性质与含义只是通过艺术才表现出来，这是因为存在着一种经验的统

---

①　（清）王国维：《人间词话》卷上，上海古籍出版社 1998 年版，第 9 页。

②　同上书，第 11 页。

③　同上书，第 3 页。

一，它只能表现为一个经验。该经验具有充满未定因素的材料，并通过相互关联的一系列多种多样的事件向着自身的完善运动。"① 所谓"一个经验"，主要是指艺术经验的完整性，也就是作品结构的整体性，而不是堆砌的、凌乱的，杜威在这里着重谈到了文学创作的经验，最明显地体现着"一个经验"的性质。韦勒克和沃伦在其经典著作《文学理论》也谈道："然而，每一种艺术作品都必须给予原有材料以某种秩序、组织或统一性。这种统一性有时显得很松散，即如许多速写和冒险故事所表现的那样；但对于某些结构复杂而严谨的诗歌来说，统一性就有所增强；这引起诗歌哪怕只是改换一个字或一个字的位置，几乎都会损害其整体效果。"② 在文学创作中，这种统一性是首当其冲的。这就涉及文学的艺术语言的特征问题。苏珊·朗格把"艺术符号"和"艺术中的符号"作了区别，其意旨是强调艺术品的整体性质。她认为艺术品无论多大的规模，作为一个个体的独立存在，都是一个"艺术符号"。本来语言文字本身就是符号，她又指出在整个作品中，某一个字或词都只能是"艺术中的符号"。她指出："艺术品作为一个整体来说，就是情感的意象。对于这种意象，我们可以称之为艺术符号。这样种艺术符号是一种单一的有机结构体，其中的每一个成分都不能离开这个结构而独立地存在，所以单个的成分就不能单独去表现某种情感。艺术品的这一作用与语言词汇的作用正好相反。字或词是语言的组成成分，每一个字或每一个词都有它自己单独的意义（虽然每个词的意义都有一定的伸缩性），还有专门适合这种符号的构造规则。正是依照这些法则。才逐渐组成了某些较大一些的单位——短语、句子、完整的文章等等。只有在这个时候，才能把某些互有联系或相互组合的概念表达出来。而艺术品却恰好与此相反，它并不是一个符号系统。在一件艺术品中，其成分总是和整体形象联系在一起，组成一种全新的创造物。"③ 按照苏珊·朗格的说法，一件文学作品，只是一个艺术品，一个"艺术符号"，它虽然是用词语组成的，而其中的词语只能是"艺术中的符号"，不能单独作为审美客体呈现。文学作品是用词语构成了完整的有机整体，才能形成一个真正的审美客体。

---

① ［美］杜威：《艺术即经验》，高建平译，商务印书馆 2005 年版，第 46 页。
② ［美］韦勒克、沃伦：《文学理论》，刘象愚等译，三联书店 1984 年版，第 12 页。
③ ［美］苏珊·朗格：《艺术问题》，滕守尧、朱疆源译，中国社会科学出版社 1983 年版，第 129 页。

四

文学的艺术语言，一方面与其他艺术门类的"艺术语言"有所差别，在物质属性上，它显得较为弱化或虚化；但文学语言有着自己独到的功能，在叙事、表达情感和蕴含思想方面有着更强的功能。文学的表现功能是其他艺术门类所无法取代的，其所表达之人类的丰富的情感、复杂的事件和曲折的情节等，都极大地拓展着人们的想象空间。因此，德里达也好，米勒也好，他们所预言的"文学的终结"，无论是出于何种初衷，都是没有依据的。对于愈加复杂的社会生活，对于人类的无比丰富的内心宇宙，只有文学才能淋漓尽致地予以表现。

视觉文化、图像时代能够消弭文学的存在吗？恰恰相反，视觉文化的提升，图像时代的发展，必须倚重于文学的支撑作用。视觉文化以图像为其主要元素，但是仅凭图像而没有文学作为灵魂，作为表现媒介，是行之不远的。视觉文化已经整合了各种艺术，同时也使其自身得以渐次成熟和不断提高。但是，视觉文化还要更多地增加艺术的因素、艺术的品格，才能获得更多人的青睐，才能得到更高程度的认同。试想一下：如果仅仅是杂乱无章的图像堆砌，还能有多少魅力可言？

文学作品作为审美对象是与其他艺术门类不尽相同的，它是凭借词语建构的内在视像和故事结构，使读者在意向性的阅读中产生如在目前的情景，它可以发挥作者和读者最大的想象力，也可以将情感的喜怒哀乐表现得曲折跌宕。图像表达要有兴发人们情感的魅力，没有文学的支撑是不可能的。从当下的文化现状来看，图像成为人们主要的审美对象，正如海德格尔所说："毋宁说，根本上世界成为图像，这样一回事情标志着现代之本质。"① 当然，我们所说的"图像"，是有特定含义的，指电子传媒时代通过电子传输的虚拟性形象，并非泛泛而言。很多艺术门类和艺术品，都是通过电子图像得以传播的，这种高清晰度的直观图像，对于人们的审美来说，当然是新的冲击，改变着人们的审美感知能力。艺术对于图像的填充，对于图像来说，对于视觉文化时代而言，都是一件极大的幸事！图像是特别需要艺术的内涵的。倘若图像缺少了艺术的相伴，人们的眼前所见会变得何等的荒芜！

---

① ［德］海德格尔：《世界图像的时代》，见孙周兴《海德格尔选集》，三联书店 1996 年版，第 899 页。

　　文学是一种艺术，这不仅是我们的，也是许多人的看法。文学又滋养着许多艺术，电影、戏剧是如此，电视剧、小品、综艺晚会也是如此。电视剧的经典作品，有无数是从文学经典改编而成的，或者产生于优秀的电视剧文学创作。这本来是不言而喻的。文学的艺术语言，为人们的审美活动呈现出独特的审美客体，它们又衍生了更多的美好形象和动人故事。对文艺的艺术语言的追问，使我们可以进入更深奥的世界。

艺术家当"有其胸襟以为基"*

如何能创作出无愧于时代、无愧于人民的艺术精品？作为创作主体的艺术家，自身的高尚品格和艺术修养是最为重要的。习近平总书记在文艺工作座谈会上的重要讲话，对当前的文艺界有很强的针对性，对艺术家的成长有深刻的指导意义，值得我们每一个从事文艺创作和文艺批评工作的同志反思。

我们的艺术家绝大多数是有着高远的理想的，有着爱党、爱国、爱人民的情怀，这是在我们这个时代产生艺术精品的前提。但不能忽略的现象是，在市场经济的大潮中，有些艺术家迷失了方向，急功近利，唯"孔方兄"的马首是瞻，根本谈不上什么坚守艺术理想、人文精神，而是以感官快乐来刺激受众，以低俗浅薄来诱导欣赏。文艺界若明若暗的潜规则、钱色交易等丑闻不断。如果创作者自身的品位不高，利欲熏心，加之缺少艺术训练，而又急于成名暴富，又如何能创造出无愧于时代、无愧于人民的精品杰作呢？习近平同志批评的"在文艺创作方面，也存在着有数量缺质量、有'高原'缺'高峰'的现象，存在着抄袭模仿、千篇一律的问题，存在着机械化生产、快餐式消费的问题"，在当前文艺界是具有普遍性的弊端，其根源是艺术家作为创作主体自身存在问题。

如果创作主体自身品位不高，道德素质较低，没有很高的精神境界，尤其是缺少对祖国、对人民的挚爱，当然无法创造出具有高远境界和精湛艺术水准的杰作。鲁迅先生的名言："从血管里出来的都是血，从水管里出来的都是水"，到现在看起来，也还是所言不虚。总书记的讲话在今天来说有着更加强烈的时代感和针对性。对于当下的创作者或艺术家而言，金钱和欲望的诱惑越过了以往任何一个时代，坚守艺术理想成了一句空话，为人民服务、为社会主义服务的宗旨也被抛到了九霄云外。于是，那些低俗、庸俗和

* 本文刊于《中国社会科学报》2014年11月17日。

媚俗的东西就时见泛滥。

　　要想真正成为人民喜爱的艺术家，要想创造出传世的经典之作，要想在文化史和艺术史上占有一席之地，艺术家应该是有着高尚的人格和深刻的人文关怀的。这一点，古人有过精彩的论述。如清代诗论家叶燮指出："我谓作诗者，亦必先有诗之基焉。诗之基，其人之胸襟是也。有胸襟，然后能载其性情、智慧、聪明、才辨以出，随遇发生，随生即盛。"① 叶燮以唐代伟大诗人杜甫为例："千古诗人推杜甫。其诗随其所遇之人之境之事之物，无处不发其思君王、忧祸乱、念友朋、吊古人、怀远道，凡欢愉、幽愁、离合、今昔之感，一一触类而起，因遇得题，因题达情，因情敷句，皆因甫有其胸襟以为基。"② 杜甫之所以成为一位无愧于时代的伟大诗人，就在于他是以其"胸襟以为基"的。"胸襟"这个概念包含内容很多，而根本上还是指作家、艺术家的人格和眼界。当然，杜甫能够以诗笔表现时代的本质，在诗史上产生历久弥新的魅力，不仅因其心系人民，还在于其炉火纯青的诗歌艺术。

　　如果没有作为艺术家的追求，仅是以艺术为手段来获取名利，甚至以低俗的东西混迹于圈内，那是不可能行之久远的，在今后的文艺界里更是难有立足之地。而大多数艺术家则是有着很高的艺术追求的，相信"为历史存正气，为世人弘美德"，是我们的艺术家共同的价值取向。若想真正做一个创作出艺术精品乃至传世之作的文学家、艺术家，首先"必须自觉与人民同呼吸、共命运、心连心，欢乐着人民的欢乐，忧患着人民的忧患，做人民的孺子牛。对人民，要爱得真挚，爱得彻底、爱得持久，就要深深懂得人民是历史创造者的道理，深入群众，深入生活，诚心诚意做人民的小学生"。这也是要成为一个真正的艺术家在为人方面的基本要求，是一个根本的前提。

　　当然，要成为好的艺术家，仅有对时代对人民的赤诚还不够，还要有足够的学养、涵养、修养，还要进行持久的艰苦的艺术训练，才能在创作中达到一种自由地创造美的境界。习总书记强调艺术家要"加强思想积累、知识储备、文化修养、艺术训练"，说到了艺术家自身素质的关键。艺术精品之所以精，就在于其"思想精深，艺术精湛，制作精良"。要创造出这种精品，长期坚持不懈的艺术训练，是作为艺术家不断成长并在艺术上臻于化境的根本途径。

---

　　① （清）叶燮：《原诗·内篇》下，见霍松林、杜维沫校注《原诗·一瓢诗话·说诗晬语》，人民文学出版社 1979 年版，第 17 页。

　　② 同上。

创新与文艺审美[*]

习近平总书记《在文艺工作座谈会上的讲话》（下简称《讲话》），是继毛泽东同志于1942年发表的《在延安文艺座谈会上的讲话》之后关于文艺的又一次重要讲话，是党对当前文艺工作的重要指针，具有划时代的里程碑意义。《讲话》高度肯定了文艺的地位与作用，指出："文艺是时代前进的号角，最能代表一个时代的风貌，最能引领一个时代的风气。实现'两个一百年'的奋斗目标，实现中华民族伟大复兴的中国梦，文艺的作用不可替代，文艺工作者大有可为。"这个定位是有鲜明的时代色彩和重要理论内涵的。文艺工作者应该为我们的历史使命而自豪，为我们从事的事业而自觉地担当。

《讲话》指出了近年来在文艺界出现的一些不如人意之处，有些也可以说是弊端所在。《讲话》中说："同时，也不能否认，在文艺创作方面，也存在着有数量缺质量、有'高原'而缺'高峰'的现象，存在着抄袭模仿、千篇一律的问题，存在着机械化生产、快餐式消费的问题。"联系文艺界的现状可以看到，习近平同志的概括是非常中肯的，这些也是文艺界较为普遍的问题所在。从文艺各个门类而言，都程度不同地存在着这些现象。从事文艺工作的人很多，作品数量也成几何级增长，但因有些人缺少为人民服务的宗旨意识，更没有"创作生产出无愧于我们这个伟大民族、伟大时代的优秀作品"的使命感，而是急于成名，争于获利，很多从事文艺工作的人，并没有深厚的艺术修养，没有长期的艺术训练，也缺乏在人民生活中的审美发现，因而形成了文艺界作品数量众多，却罕见"高峰"涌现的现状。在文艺领域，往往一个作品获利成功之后，便会有许多作品跟风模仿，很多情节抄袭雷同，使人在审美上产生了厌倦之感。如谍战剧《潜伏》获得巨大成功后，马上有一大批谍战剧充斥荧屏，人物形象、语言情节，多有雷同，

＊ 本文刊于《中国艺术报》2014年11月12日。

罕有新意。军旅题材剧《亮剑》播出后也是如此，一批刻画另类军人形象的电视剧纷纷仿效，看上去很有个性，其实却并无深度，情节也颇多模仿。究其原因，是作者思想深度和艺术修养及创造能力的缺失。

习近平同志在讲话中明确提出"文艺审美"，并将其与人民联系起来，这是颇具深意的。那些低俗和恶搞的东西，其实是不能称其为艺术的，可是在荧屏和舞台上，还颇有市场。我们的艺术空间，应该把这类东西排除在外，这样的制作人，也称不上什么艺术家，这些作品当然也进不了"文艺审美"的范畴。有些以低俗的语言和下劣的运作来赚取人们眼球的节目，其实是展示丑的东西，毫无审美可言。"文艺审美"在讲话中的提出，我以为是有重要的美学价值和艺术管理的意义的。文艺作品是以创造审美价值为其存在的理由的。离开了审美，文艺作品没有存在的必要。文艺审美是对文艺工作者必然要求。如果在作品中不能把美的东西奉献给人民，那还有什么资格在文艺领域里立足？

文艺是人民的文艺，文艺要反映人民的心声，要坚持为人民服务、为社会主义服务这个根本方向，这看起来很普通的说法，其实立足点是很高的。人民作为一个历史性的范畴，当下的人民在艺术修养和审美能力方面，已经远非数十年前可以同日而语了。文艺作品是要满足人民的审美需要，对于作品的创新度则有了更高的要求。讲话深刻地揭示了这个历史性的变化，因而，也就对文艺审美有了新尺度。习近平同志强调："随着人民生活水平不断提高，人民对包括文艺作品在内的文化产品的质量、品位、风格等的要求也更高了。文学、戏剧、电影、电视、音乐、舞蹈、美术、摄影、书法、曲艺、杂技以及民意文艺、群众文艺等各领域都要跟上时代发展、把握人民需求，以充沛的激情、生动的笔触、优美的旋律、感人的形象创作生产出人民喜闻乐见的优秀作品，让人民精神文化生活不断迈上新的台阶。"这里是从时代发展和人民的审美需要发生重要的变化来对文艺创作提出的要求。

文艺作品要成为值得人民观赏、阅读的对象，够资格成为审美的对象，创新是其根本性的要义。从作品的生命力来看，创新则生，抄袭模仿则死。这是每一位真正的艺术家都明白的道理。因为无论何种艺术形式，只有创新才能给人们的审美感知带来震撼，形成亮点。有的是语言的创新，有的是人物的创新，有的是情节结构的创新，有的就是视觉或听觉的创新。有了创新，能够使受众或观赏者产生审美上的惊奇感。我认为，在审美上，惊奇是一个非常重要的审美环节，是非常必要的心理因素。没有惊奇感，也就不可能从非审美的状态，进入到审美状态。黑格尔在其《美学》中揭示了惊奇在审美观照中的重要作用，他说："艺术观照，宗教观照（毋宁说是二者的统一）乃至于科学研究一般都起于惊奇感。"笔者曾有《审美惊奇论》一文，对于惊奇有这样的阐述："惊奇是一种审美发现。在惊奇中，本来是片断的、零碎的感受都被接通为一个整体，观赏者的心灵受到了强烈的撼动，而作为审美对象的作品里潜藏着的、幽闭着的意蕴，突然被敞亮了出来。观赏者处在发现的激动之中。也许，没有惊奇就没有发现，也就没有美的属性的呈现，没有崇高和悲剧的震撼灵魂，没有喜剧和滑稽的油然而生。"① 艺术上的创新，受众或读者一定会产生审美上的惊奇之感的。抄袭和模仿只能造成审美上的反感、厌倦，不可能产生惊奇感。

文艺审美要求思想上和艺术上的创新，这对文艺工作者提出了主体方面的要求。习近平同志指出："繁荣文艺创作，推动文艺创新，必须有大批德艺双馨的文艺名家。我国作家艺术家应该成为时代风气的先觉者、先行者、先倡者，通过更多有筋骨、有道德、有温度的文艺作品，书写和记录人民的伟大实践、时代的进步要求，彰显信仰之美、崇高之美。文艺工作者要自觉坚守艺术理想，不断提高学养、涵养、修养，加强思想积累、知识储备、文化修养、艺术训练，认真严肃地考虑作品的社会效果，讲品位，重艺德，为历史存正气，为世人弘美德，努力以高尚的职业操守、良好的社会形象、文质兼美的优秀作品赢得人民喜爱和欢迎。"这是对艺术家作为审美创造的主体提出的要求，真正要创作出无愧于时代、无愧于人民的优秀作品，要从这个根本出发。清代诗论家叶燮称作诗的根本在于诗人的胸襟："诗之基，其人之胸襟是也。有胸襟，然后能载其性情、智慧、聪明、才辨以出，随遇发生，随生即盛。"② 作家艺术家如有真正的创作追求，首先是从为人和艺德做起。

艺术创新还源于艺术训练。习近平同志在讲话中提出了这个问题，这对艺术家来说是非常重要的。现在很多从事文艺工作的人缺少长期的艰苦的艺术训练，却想一夜成名，这是南辕北辙的。真正具有创新能力的，无不是有深厚的艺术功力，而这并不能全指望自己是"天才"。现在媒体有些节目在这方面导向不好，使很多人误以为无须长期的艺术训练就可成名，就可以成为明星。这是不负责任的，也是行之不远的。艺术训练对于艺术家的创新而

---

① 张晶：《审美惊奇论》，《文艺理论研究》2000 年第 2 期。

② （清）叶燮：《原诗·内篇》下，见霍松林、杜维沫校注《原诗·一瓢诗话·说诗晬语》，人民文学出版社 1979 年版，第 17 页。

言，是非常必要的功课。艺术家应该有意识地自觉地进行艺术训练。

《讲话》还提出这样的观念，就是"把人民作为文艺审美的鉴赏家和评判者"。这是具有创新价值的美学观点。文艺工作者要对自己提出创新的要求，千万不要把人民想象成只有低俗的需要。人民是文艺的主体，也是文艺审美的主体。人民的文化修养、审美修养是越来越高的。文学艺术创作会有自己的隐含读者或预期受众，人民才是真正的鉴赏家和评判者，这个认识对于作者而言非常重要。那些低俗的东西，抄袭模仿的东西，从作者方面往往是把受众预想成鉴赏力和审美水平都很低，以为满足了那些低级趣味就能有票房和收视率，这是严重的误判。不尊重人民作为文艺审美的主体地位，恰恰会使自己在艺术上堕落。

创新对文艺审美是须臾不可离开的；文艺审美是以创新为对象的。领会习近平同志《在文艺工作座谈会上的讲话》，使我们得到这样的启示。

人民是文艺审美的主体

——对习近平同志《在文艺工作座谈会上的讲话》的美学理解*

习近平总书记《在文艺工作座谈会上的讲话》，是继毛泽东《在延安文艺座谈会上的讲话》之后关于文艺工作的最重要的讲话，是一个划时代的文献。对于当前和今后一段历史时期内的文艺工作有着非常及时、特别重要的指导意义。这个讲话不仅是党在新的历史条件下对文艺工作总的指导方针，而且创新性地提出了一些重要的美学思想。对于文艺创作和文艺批评都有深刻的启示作用。细读习近平同志的讲话，在美学思想上得到了前所未有的感悟。

习近平同志的讲话，首先是揭示了文艺事业的本质属性，同时，也指出了文艺工作的出发点和落脚点，这对中华美学的当代建设具有非常重要的建设意义。作为具有当代中国特色的美学理论、美学观念，习近平同志的讲话高屋建瓴地揭示出其基础和核心理论，那就是：文艺事业是党和人民的重要事业，文艺战线是党和人民的重要战线。文艺的服务对象是谁？早在毛泽东同志的《在延安文艺座谈会上的讲话》已经给出了明确的答案——文艺是为人民服务，为工农兵服务的。而在新的历史条件下，很多文学家和艺术家却忘却了这个根本宗旨，把个人的利益作为文艺工作的出发点，把经济利益、市场效益放在了第一位，导致相当一部分作品在市场经济大潮中迷失了方向。习近平同志的文艺以人民为出发点和落脚点的观念，并非是对《在延安文艺座谈会上的讲话》的旧话重提，而是注入了新的时代内涵和强烈的现实指向。习近平同志讲话的一个最重要的词，那就是：人民！整个讲话全篇都贯穿着以人民为主体的思想精神。分析起来，关于文艺事业，人民的主体地位可以分为人民是文艺审美的创造主体、人民是文艺审美的鉴赏主体

---

* 本文刊于《现代传播》2015年第1期。

和人民是文艺审美的评判主体这三个主要的维度。

一　人民是文艺审美创造的主体

习近平同志的讲话贯穿着的一个主线是文艺与人民。人民需要文艺，文艺更需要人民。真正的艺术精品、艺术经典，无不是与时代和人民息息相关的。在文学史和艺术史上留下地位、闪耀光芒的作品，都是传达着人民的情感和诉求的。作为文学家或艺术家的创作，从有署名的作品来看，往往是作家或艺术家个体精神劳动的结晶，而并非集体合作的产物；作为主人公的"我"，是第一人称的"小我"，也就是表现抒情主体个人的情感、意志和悲欢，但是，真正成为经典、使历代读者、受众能够受到情感兴发，从而历久弥新，跨越千载而不衰的作品，又恰恰撰写出了当时人民的呼声、情感和诉求的，通过"小我"表现出了"大我"。而且，人民的生活是文艺创作取之不尽、用之不竭的源泉，这个观点，毛泽东同志的《在延安文艺座谈会上的讲话》已经作出了精彩的表述："一切种类的文学艺术究竟是从何而来的呢？作为观念形态的文艺作品，都是一定的社会生活在人类头脑中反映的产物。革命的文艺，则是人民生活在革命作家头脑中的反映的产物。人民生活中本来存在着文学艺术原料的矿藏，这是自然形态的东西，是粗糙的东西，但也是最生动、最丰富、最基本的东西；在这点上说，它们使一切文学艺术相形见绌，它们是一切文学艺术的取之不尽、用之不竭的唯一的源泉。"[1]毛泽东同志的这个论述，成为《在延安文艺座谈会上的讲话》的重要理论观点，也是马克思主义文艺理论的重要发展。文艺作品的源泉从何而来？就在于人民生活。毛泽东强调这是文艺唯一的源泉，而非源泉之一。如果文学家艺术家只有自己一己之情绪，而与人民生活、人民的情感无所关联，甚至格格不入，那么，这样的文艺作品是不可能感染人、激动人的，也就不可能有它的生命力所在。时隔72年，习近平同志再度强调这个问题，把人民与文艺的关系提到最根本的地位，无疑是对延安文艺座谈会精神的继承与发扬。

但是，问题不仅仅在于今天这个"讲话"是72年前的"讲话"的继承或重提，而是习近平同志在看似同样的命题中注入了新的内涵，使之有了新

---

① 毛泽东：《在延安文艺座谈会上的讲话》，见《毛泽东选集》，人民出版社1968年版，第817页。

的活力。习近平同志强调："人民是文艺创作的源头活水，一旦离开人民，文艺就会变成无根的浮萍、无病的呻吟、无魂的躯壳。能不能创作出优秀作品，最根本的是取决于是否能为人民抒写、为人民抒情、为人民抒怀。要虚心向人民学习，向生活学习，从人民的伟大实践和丰富多彩的生活中汲取营养，不断进行生活和艺术的积累，不断进行美的发现和美的创造。要始终把人民的冷暖、人民的幸福放在心中，把人民的喜怒哀乐倾注在自己的笔端，讴歌奋斗人生，刻画最美人物，坚定人们对美好生活的憧憬和信心。"在继承和发扬了毛泽东延安文艺座谈会讲话精神的同时，习近平同志的这段论述表述出新的历史条件下的新的美学内涵。延安文艺座谈会提出"人民生活是文艺唯一的源泉"的观点是在全民族进行艰苦卓绝的抗战的背景之下，号召文学家艺术家讴歌人民的伟大斗争，而在当今时代，改革开放使中国国力空前强大，商品经济环绕着我们的生活，而很多人为了自己的"小我"而忘却"大我"，为了"孔方兄"而辜负了人民的期望，致使低俗的东西、庸滥的东西冒充艺术品而大行其道。这些东西远远不是什么美的事物，而是污染人们心灵的东西。习近平同志认为，人民的伟大实践和丰富多彩的生活是真正美的事物的蕴含，是审美活动最为重要的对象。向人民学习，向生活学习，一方面是党对文艺工作的指导原则，一方面也是具有创新性的审美创造原则。

艺术创作是体现艺术家之所以为艺术家的最重要的活动方式。进行艺术创作，先行活动就是以创造性的方式进行审美活动，在自然物和社会生活中发现美的存在。一般认为，审美活动是审美主体对特定的审美对象的发现与契合，审美对象是某个特定的事物。而习近平同志的讲话蕴含着这样的观念：美作为对象是在人民的生活之中，在人民的实践之中。这种美的对象是整体性的，是活生生的。"美是生活"，这是很久以前俄国民主主义思想家车尔尼雪夫斯基最有代表性的美学命题，在当时是非常进步的美学理念；从美学角度看，习近平同志的讲话的观点固然有着"美是生活"的历史渊源，但更具有鲜明的时代色彩。

如果说文学家和艺术家的个体的内在世界是一个"小我"，而这个"小我"不应该是封闭的，也不应该是与人民的生活和情感相隔绝的，恰恰相反，文学家和艺术家的"小我"应该映现人民这个"大我"。从这个意义上说，真正的文艺审美的创造主体——那个隐含着的主体恰恰应该是：人民。

二　人民是文艺审美的鉴赏主体

文艺作品的创造、制作，一定是有其接受者、欣赏者的。尤其是当今社会，自说自话、没有对象的艺术即便是有，也是微乎其微的。按马克思关于"艺术生产"的理论来看，艺术生产和艺术消费是互动的两个方面。马克思在《政治经济学批判导言》中提出"艺术生产"的概念："就某些艺术形式，例如史诗来说，甚至谁都承认：当艺术生产一旦作为艺术生产出现，它们就再不能以那种在世界史上划时代的、古典的形式创造出来；因此，在艺术本身的领域内，某些有重大意义的艺术形式只有在艺术发展的不发达阶段上才是可能的。"① 这是马克思关于"艺术生产"这个命题提出的由来。同是在《政治经济学批判导言》中，在"艺术生产"提出的前面，马克思明确揭示了生产与消费的辩证关系："消费直接也是生产，正如自然界中的元素和化学物质的消费是植物的生产一样。……生产媒介着消费，它创造出消费的材料，没有生产，消费就没有对象。但是消费也媒介着生产，因为正是消费替产品创造了主体，产品对这个主体才是产品。产品在消费中才得到最后完成。"② 这里所阐明的生产与消费的辩证关系，正对应着后面所说的"艺术生产"。艺术生产和艺术消费，也同样遵循着这种规律。艺术生产也正是创造着消费艺术品的主体。鉴赏和批评，都属于艺术消费的范畴。

鉴赏与批评，对于艺术生产、文艺创作而言，都是非常重要的。没有鉴赏与批评，创作也就没有了动力。因此，在文艺美学的领域里，对鉴赏与批评（或统称为"接受"）一向都是颇为重视的。对于艺术品而言，鉴赏者和批评家也是审美主体，尽管这是与创作的主体颇有不同。相当多的文艺理论、文艺美学著作，都把鉴赏和批评作为重要的单元加以论述。习近平同志《在文艺工作座谈会上的讲话》对于鉴赏和批评的问题同样是以人民作为出发点的，然而却作出了具有创造性理论内涵的美学表述："要把满足人民精神文化需求作为文艺和文艺工作的出发点和落脚点，把人民作为文艺表现的主体，把人民作为文艺审美的鉴赏家和评判者。"在笔者的理解中，这是一个重要的、具有重大创新意义的美学命题。"把人民作为文艺审美的鉴赏家

---

① ［德］马克思：《政治经济学导言》，见《马克思恩格斯选集》第 2 卷，中共中央马克思恩格斯列宁斯大林著作编译局编译，人民出版社 1966 年版，第 223 页。

② 同上书，第 205 页。

和评判者"，这个提法超越了以往在美学上关于接受和鉴赏的观念与表述。从接受的角度，真正把人民作为主体，这是前所未有的，表达出在党的文艺事业的立场上，对于人民的主体地位的充分尊重。

人民是真正的鉴赏家，人民是权威的评判者，这在文艺美学领域里，从来没有这样的高度和定位。一般而言，鉴赏和评判（也可以说就是"文艺批评"）的主体都是个人，都是个体的，现在习近平同志的讲话将"人民"这种复数的、整体的概念称为主体，意味着什么？这意味着总书记从"文艺为人民"这个总的立场出发，谆谆告诫艺术家要高度重视人民作为鉴赏家和评判者的水准和功能。

如接受美学所喻示的那样，文学家在创作过程中，自觉的或无意的，都有一个预期的、暗含着的读者，接受美学的代表人物之一伊瑟尔称之为"隐含读者"（Implied Reader）。隐含读者在很大程度上决定了作品的话语方式、结构方式，体现了文本潜在意义的预先构成作用，也体现了读者通过阅读对这种潜在性的发现。说得直白一点，也就是作家心目中自己的作品究竟是为哪一类人而写的。这类读者有什么样的兴趣，有什么样的审美需要，是俗是雅，是文是野，在作家心目中是大致有数的。不仅是文学作品，其他类型的艺术品又何尝不如此。譬如现代传媒中的栏目策划，究竟是以哪类人为收视群体，策划者完全是心中有数的。"超级女声"和养生类节目在策划时，策划者就是针对着不同的群体的。这里要明确指出的是，一些低俗的节目或读物，在其编导者和作者的心目中对于人民的鉴赏水平、审美趣味和评判标准都出现了严重的误判。在他们的眼里和心里，广大的受众、观众或读者，都是喜欢那些浅薄的娱乐、感官的满足，为了市场效益，为了金钱欲望，把文艺当成了市场的奴隶，所谓的"作品"也沾满了铜臭气。这些人其实是以自己的浅薄无聊来揣度广大的受众，用俗话来评价这类人，是"以小人之心，度君子之腹"。这类东西其实是称不上什么艺术的，但确实又在大众传媒中占有不小的份额。这些人心目中的"人民"似乎都是对那些粗俗搞笑和刺激感官的东西趋之若鹜、津津乐道的受众。我说这是"误判"，已经是很留面子的了。这类东西其实是出自于猥琐、阴暗的心理。他们制造出的那些东西，通过无聊的语言或动作，有时候博得人们一笑，却实在无法给人以美的感受，反之却是给文艺空间带来了污染。

人民是个历史性的范畴。今日之人民的文化水准、价值观念和审美能力，与数十年前（遑论更远的年代）是不可同日而语的。人民是历史的创造者，是社会生活的主体，是不断发展、不断提升精神境界的广大群体。那些颓废的、负能量的东西，是与真正的人民生活所背道而驰的。可以肯定地认为，今日之人民，其学历层次、文化修养和审美水平，与旧日相比，提高的幅度是不可以道里计的。人民现今的审美趣味、审美理想，是更加丰富多彩的，同时也是更加超越和升华的。他们当然需要美的享受，需要活生生的、直觉的美的形象，但也需要真善美以新颖的形式呈现出来。文艺如果一味表现那些浅薄无聊的"娱乐至死"，无非是将人的灵魂拉向阴暗。而文学艺术在其禀赋中就有着引人向上的理想蕴含。习近平同志强调："追求真善美是文艺的永恒价值，艺术的最高境界就是让人动心，让人们的灵魂经受洗礼，让人们发现自然的美、生活的美、心灵的美。我们要通过文艺作品传递真善美，传递向上向善的价值观，引导人们增强道德判断力和道德荣誉感，向往和追求讲道德、尊道德、守道德的生活。只要中华民族一代接着一代追求真善美的道德境界，我们的民族就永远健康向上，永远充满希望。"习近平同志所指出的这种文艺的永恒价值，其实也正是人民生活的应然状态或者说是一种理想状态。但这种状态其实就在人民的生活之中。最讲真善美的，正是我们的人民。

人民作为文艺审美的鉴赏家，这是我们的文艺接受的一个重要的新的观念，也是有其特定的理论内涵。对于文艺事业来说，没有鉴赏也就没有创作。鉴赏与批评是催生作品艺术生命的最为重要的环节。

这里先说鉴赏。无论是文学创作，还是其他艺术门类的创作，都是面向自己的读者、受众，他们就是鉴赏者。鉴赏是审美享受的产生过程，没有鉴赏，也就没有艺术生产。对于文艺创作来说，最可怕的就是没有鉴赏者的参与。假使一个作品问世而无人鉴赏，那么这个作品无论作者如何以为有空前绝后的成就，其实不过是胎死腹中而已。

就一般意义而言，鉴赏应该是个体的行为。真正的审美感受，应该是在个体的鉴赏中产生的。但是，习近平同志提出的"把人民作为文艺审美的鉴赏家"，又是一个令人耳目一新的美学命题。尽管其意义并非全然是在美学的范围内，而是有着政治上的深远考虑，但这仍能从美学上得到领悟和启发。"人民"是一个集合体，是一个复数，也是无数个体性的鉴赏的共同体。从具体的鉴赏而言，说人民是文艺审美的鉴赏家，是对当前文艺审美的理论描述，但它是使文艺鉴赏得到高度升华的美学预期。个体的鉴赏当然会体现出审美趣味的差异性，正所谓"说到趣味无争辩"。这不仅在审美中是允许的，而且是常态的和健康的。但是，以人民作为鉴赏家进行美学预期，这就为鉴赏注入了共同美的尺度。鉴赏中的个体性差异，并不排斥寓于个体性的美学通则，或者说是寓于个性中的共性审美尺度。人民作为鉴赏家的提法并不是要消解鉴赏的个体性差异，而是在理论上凝聚和明晰文艺审美中的健康的、积极的、向上的共性审美尺度。伟大的实践、健康的生活和核心价值观就寓于人民之中。人民作为鉴赏家，是最有资格的。

把人民作为文艺审美的鉴赏家，这主要还是对艺术家的创作提出的内在要求。如前所述，文学家艺术家在进行创作时都有自己的隐含读者或预期受众，这个隐含读者或预期受众是什么群体，是什么类型，直接关系到作品的品位和走向。作者如果能以"把人民作为文艺审美的鉴赏家和评判者"这个理念作为创作的前设，真正尊重人民作为鉴赏与批评的"行家里手"，就会倾注最大的热情，以锐意创新的态度来对待创作，从而创造出艺术精品，也就是如习近平同志所说的"精益求精搞创作，把最好的精神食粮奉献给人民"。如果不能把人民作为文艺审美的鉴赏家和评判者，对人民的鉴赏水平和审美能力估计过低，形成错位和误判，甚至揣摩人民大众的审美趣味就是喜欢那些低俗的东西、搞笑的东西，那种以奇形怪状的动作和无聊搞笑的语言取悦受众，在很大程度上就是把人民群众的欣赏水平和审美趣味想象得非常之低。为什么会产生那些抄袭模仿、千篇一律的问题？为什么会存在着机械化生产、快餐式消费的问题？其原因也就在于此。

把人民作为文艺审美的鉴赏家，是将那些无聊的低俗的东西排除在外的，也是把那些一哄而上、抄袭模仿的东西排除在外的。这些东西不足以称之为艺术。文艺审美是对艺术美的鉴赏和分享，是审美活动中最为重要的部分。文学家、艺术家如果有对艺术的追求，有对艺术的执着，有对文艺精品的创造欲望，就要真正把人民作为文艺审美的鉴赏家，这是一个很高的定位，这其实更是对艺术家的定位。能否满足作为鉴赏家的人民的审美需求，是作品成败的关键。

三 把人民作为文艺审美的评判者主体

习近平同志在讲话中不仅把人民当作文艺审美的鉴赏家，还看成文艺审美的评判者，这其实也是对艺术家而言的。评判也就是文艺批评，这似乎带有些专业的味道。其实真正的评判还是在人民中间。评判更带有对于价值的针对性。评判与鉴赏是密切相关的，没有鉴赏，评判也就无从谈起，而鉴赏本身也就包含着感性的评判。在艺术创作中，审美价值的创造是其最为核心的意义，即使其他事物中包含着的审美价值并非处于首要地位，但是在艺术作品中，审美价值的追求与创造，就是首要的。艺术作品中当然也含有其他类型的价值，如认识价值、宗教价值、教育价值、民俗价值等，但既然是艺术作品，这些价值都要通过审美价值才能实现和发挥作用。缺少审美价值的作品，尤其是缺少创造特性的审美价值，其他的价值都会大打折扣或难以显现。价值的获取和彰显，关键的活动在于评价。没有评价，就没有价值的产生。评价表现为人们对价值客体的态度，如著名学者李德顺先生对价值评价的概括："评价表明在主客体之间一定的价值关系中，客体是否能够或已经使主体的需要和愿望得到满足，客体是否适合主体的需要或已使主体意识到这种适合。因此，评价有两种基本结果，肯定和否定。主体的满意、满足、接受等表示，是肯定的评价；不满意、不满足、拒斥等表示，是否定的评价。在复杂的客体和复杂的关系中，或者在价值关系的历时变化中，肯定和否定常常以相互并存、相互渗透、相互交叉和转化的面貌表现出来。"① 这就是评价的本质。对于价值活动，评价是不可或缺的。对此学术界通常的认识是，审美关系是一种价值关系，审美活动是一种价值活动，这已得到人们的认同。审美价值的获取和被揭示，是一定要通过评价才能得以实现的。习近平同志所说的评判，其实也就是审美评价的问题。在艺术活动中，评价或批评都要以鉴赏为基础，但又是鉴赏的升华状态，是对作品中的审美价值的定性考量。习近平同志称人民是文艺审美的评判者，而没有称为批评家，可能是因为后者有更浓厚的专业色彩，而前者更多的是直观的方式。然而，在审美活动中，评判尽管无须像理论家、批评家那样以逻辑思维来论证，但它的价值属性则是非常突出的。把人民作为文艺审美的评判者，首先是人民掌握着对文学艺术最根本的审美标准，因为审美评价必须是以审美标准作为依据。评价活动往往是由个体的形式进行的，但审美标准却应该是社会的。在人民那里，有着最为根本的标准。习近平同志说："社会主义文艺，从本质上讲，就是人民的文艺。文艺要反映好人民的心声，就要坚持为人民服务、为社会主义服务这个根本方向。这是党对文艺战线提出的一项基本要求，也是决定我国文艺事业前途命运的关键。要把满足人民精神文化需要作为文艺和文艺工作的出发点和落脚点。"这是党对文艺事业的要求，其实也是人民对文艺的根本标准。

随着历史条件的变迁，人民的生活也发生了翻天覆地的变化，物质条件得到极大的提高，现代化程度与日俱增。人民对于文艺的需要，对于审美的

---

① 李德顺：《价值论》，中国人民大学出版社 1987 年版，第 245 页。

需要也有了相当大的变化。与以往相比，人民的感知能力也是远非旧时代所能比拟的。在这种情形下，人民的审美需要愈加丰富，愈加强烈，同时也就愈加具有当代性的特征。正如马克思所指出的："人的需要的丰富性，从而生产的某种新的方式的某种新的对象在社会主义的前提下具有何等的意义：人的本质力量的新显现和人的存在的新的充实。"① 人民的审美需要，也就是人民作为评判者的标准。真正地尊重人民作为评判者，就是要深入体察人民的审美需要，并用自己的思想精深、艺术精湛、制作精良的作品使人民得到真正的审美享受。习近平同志还颇为具体地指出："随着人民生活水平不断提高，人民对包括文艺作品在内的文化产品的质量、品位、风格等的要求也更高了。文学、戏剧、电影、电视、音乐、舞蹈、美术、摄影、书法、曲艺、杂技以及民间文艺、群众文艺等各领域都要跟上时代发展、把握人民需求，以充沛的激情、生动的笔触、优美的旋律、感人的形象创作生产出人民喜闻乐见的优秀作品，让人民精神文化生活不断迈上新台阶。"这里从新的历史条件出发，揭示了人民对精神文化和审美的时代性需要，能够满足人民的这种需要，才敢说是具有时代性的审美价值。艺术作品是否具有审美价值，具有什么样的审美价值，所具有的价值究竟是大是小？这些问题都取决于作品在何种程度上满足了审美主体的审美需要。评判是针对价值而言的，审美评判（或评价、批评）的功能，就是对作品的审美价值的认可和彰显。把人民作为文艺审美的评判者，这当然意味着对人民在审美活动中的地位和作用的肯定与尊重，更重要的是对艺术家自身的目标和取向的提升！人民是艺术的审美标准的掌握者，对于文艺审美，人民是最有话语权的。我们说"人民"，主要的不在于数量的最大化，而在于人民代表了历史前进的方向，代表时代的发展趋势，也代表了审美的"向上一路"。其实，需要也好，价值也好，是有正负之分的。正面的需要的满足使主体得到鲜活的能量，得到创造的力量，得到有益于社会的动力；反之，负面的需要，如吸毒者对毒品的需要，盗窃犯对作案工具的需要，对这种负面的需要的满足，只能产生负价值，使主体堕落，对社会造成危害。而真正的文艺审美，是满足人民的正面需要，产生的是正价值，是为社会提供正能量的。人民的审美需要得到满足，产生的是积极的、向上的，创造历史的动力。作为文艺审美的评判者，人民在艺术作品中所把握的、所汲取的，是真善美的融合。西方的一位美学家这样说过："公众的艺术评价最终总是对的，批评家的任务只是使这个

---

① ［德］马克思：《1844 年经济学哲学手稿》，刘丕坤译，人民出版社 1979 年版，第 85 页。

'最终'尽快到来。"① 批评家对于作品是专业的水准和语言来判断其价值所在，而对"人民作为评判者"的理解，可以从这句话得到一点启发。作为个体的批评家，是要以公众或人民的艺术评价作为自己的依据的。仅凭个人的好恶而不顾人民的审美感受，所作出的判断和定性，很难是中肯的。批评家的个体和人民作为文艺审美的评判者，在逻辑上如何成立？马克思的相关论述可以给我们以理论的支撑，马克思如是说："因此，如果说人是一个特殊的个体，并且正是他的特殊性使他成为一个个体和现实的、单个的社会存在物，那么，同样地他也是总体、观念的总体，可以被思考和被感知的社会之主体的、自为的存在，正如在现实中，他既作为社会直观和对这种存在的现实享受而存在，又作为属人的生命表现的总体而存在一样。"② 以之理解批评家的个体和人民作为评判者，是再恰当不过了。

对于一个真正的艺术家而言，把人民作为文艺审美的评判者，是创作文艺精品的自我要求，是创造最佳的审美价值的标尺，也是"立言"以产生经典的追求。真正的艺术家（之所以这样说，是将那些"混迹"于文艺场的庸滥制造者排除在外），当然是追求作品能够成为精品和经典的。如杜甫所说的"为人性僻耽佳句，语不惊人死不休"，这种对艺术的至高追求，对于艺术家而言是题中应有之义！懂得人民是文艺审美的评判者这个道理，感觉到人民的眼光像明月一样洞烛自己的作品，把作品的价值交付给人民去考量，去检验，才能真正创造出艺术精品；反之，模仿抄袭，千篇一律，低估了人民的鉴赏与评判的能力，也使自己的作品不可能登上大雅之堂！

艺术的消费，文化的消费，不同于一般的物质消费，尽管作品也是带有物性的，但却并未随着消费而消亡，反之，愈是消费则愈是增值！《诗三百》也好，《牡丹亭》也好，无数的艺术精品，经典之作，都是历千载而不衰，在千百年的人们的审美鉴赏中生成了更多更好的审美价值。经典也就由此而生。在这里，尤为真切地见出人民作为文艺审美的评判者的伟大功用！

四 人民与文艺审美：美学理论的升华

习近平同志《在文艺工作座谈会上的讲话》，当然不是专门的美学理论研究，而是党在现阶段对文艺工作的指导方针。学习这个讲话，是全党全国

---

① ［英］H. A. 梅内尔：《审美价值的本性》，刘敏译，商务印书馆 2001 年版，第 11 页。
② ［德］马克思：《1844 年经济学哲学手稿》，刘丕坤译，人民出版社 1979 年版，第 76 页。

人民的政治任务。正如习近平同志所指出的那样，文艺是时代前进的号角，最能代表一个时代的风貌，最能引领一个时代的风气。实现两个一百年的奋斗目标，实现中华民族伟大复兴的中国梦，文艺的作用不可替代，文艺工作者大有可为。总书记在这里是把文艺作为治国理政的宏伟事业加以论述的，但是并不妨碍我们从美学理论的角度，对总书记的讲话加以认识，也许可以强化对讲话精神的理解，同时，也可把讲话精神落实到社会科学尤其是美学研究之中。

　　系统的、自觉的美学学科体系，从德国古典哲学时期开始，迄今已有数百年的历史。全球化、电子传媒、后现代等时代环境，对于美学理论产生了强烈的冲击。尤其是后现代哲学和美学观念对传统美学的颠覆，使美学理论受到了严重的挑战。在新的历史条件下，面对新的文化现象，面对美学的危机，应该如何应对？是放弃对于美学的理论建设，还是恪守传统的美学观念而不化？这也是美学理论学者的困惑。在我看来，消解和放弃美学理论的倾向是不足取的，愈是面对纷繁复杂的文化现象，愈是需要美学理论的观照；恪守传统的美学观念，不能与时俱进，也很难诠释当下的审美现象，也就无从谈起对于审美活动的导向与引领。如何发展美学理论，建构美学理论，实事求是地把握当下的审美现实，是值得我们认真研究的课题。

　　在政治上作为对我国文艺事业的指导作用之外，习近平同志的讲话也从美学理论方面给我们以深刻的启示。文艺事业以人民为根本，把文艺事业与人民紧紧联系在一起，这是贯穿讲话的一条红线。从美学和文艺理论的角度看，这与之前"人民性"是有传承的关系的；而将人民和文艺审美的关系作为美学思想加以考量的话，又可以视为美学的一个新的理论增长点。

　　人类的审美活动，不止于文学艺术，对于其他的活动，也可以从审美的角度进行观照。诸如自然景物、社会事物，可能都蕴藏着某种审美属性，可以对其进行审美活动。然而，最能体现审美活动的特征和本质的，当属文学艺术的活动和作品。在物质生活水平日益提高、精神生活不断丰富的今天，文艺审美更是成为人民生活的重要部分。人民与文艺审美的关系也越加密切，成为当今社会文化最受关注的部分。

　　当代的文艺审美与传统的审美颇有不同之处，也因其媒介的不同而具有了新的美学属性。电子传媒提供给人们的图像审美，与传统的造型艺术和文学审美，在审美经验方面造成了明显的差异，同时，也因视觉文化成为文化的主要模式，审美主体和客体的关系发生了很大变化。

　　审美本应该是个体化的，或者说欣赏者的审美体验是最重要的过程。人民作为文艺审美的主体，是美学领域的颇具新意的命题。对于艺术家而言，把人民作为文艺审美的鉴赏家和评判者，这是提出了创新性的美学原则。人民既是文艺表现的主体，又是文艺审美的鉴赏家和评判者，这样就把文艺和人民的关系作了美学化的概括。按着一般的美学理论来看，文艺审美应该是个体的方式，才能真正进入体验过程；单个的个体当然不等于"人民"；而将人民作为文艺审美的鉴赏家和评判者的命题，无疑是大大提高了对艺术创作的美学要求。人民是总体，总体寓于个体之中。人民在某种意义上是一个带有理想化色彩的概念，它代表着历史发展的方向，呈现着一个民族的美好品质，洋溢着现实生活的芬芳气息。文艺为人民抒写，为人民抒情，为人民抒怀。而我们力倡的社会主义核心价值观，其实就是可以理解为人民的核心价值观。在我们中国的大地上唱响的社会主义核心价值观，也正是中国人民应然的生活形态。所以，习近平同志说："广大文艺工作者要高扬社会主义核心价值观的旗帜，把社会主义核心价值观生动活泼、活灵活现地体现在文艺创作之中，用栩栩如生的作品形象告诉人们什么是应该肯定和赞扬的，什么是必须反对和否定的，做到春风化雨、润物无声。要把爱国主义作为文艺创作的主旋律，引导人民树立和坚持正确的历史观、民族观、国家观、文化观，增强做中国人的骨气和底气。"核心价值就是人民的价值，这也是文艺工作和审美的最大价值。审美关系是一种价值关系，我们的文艺审美，就是要发现和发扬这种价值。

在德国古典哲学时期，伟大的哲学家康德，在他的美学体系中，提出的首要的审美原则就是"审美无利害"。康德把它作为审美和非审美的分水岭。康德在《判断力批判》中提出重要的美学命题之一便是："那规定鉴赏判断的快感是没有任何利害关系的。"又说："每个人必须承认，一个关于美的判断，只要夹杂着极少的利害感在里面，就会有偏爱而不是纯粹的欣赏判断了。人必须完全不对这事物的存在有偏爱，而是在这方面纯然淡漠，以便在欣赏中，能够做个评判者。"① 康德提出的"审美无利害"的美学命题，在传统美学中一向被作为审美的金科玉律，也是不可逾越的雷池。而在当下消费主义盛行、视觉图像充斥的时代，康德的审美定律遭到了严重的质疑和挑战。如果完全按着的康德的铁律来判定，那么，无论在文艺领域，还是其他领域，审美将不复存在；而如果消弭了这个界限，审美的超越也同样不复存在。这是一个两难的境地，也是一个美学的悖论！习近平同志关于人民和

① ［德］康德:《判断力批判》，宗白华译，商务印书馆 1964 年版，第 41 页。

文艺审美关系的论述，对我们理解这个问题可以提供一个方向性的思路。审美与非审美的标准仍然是要有的，否则也就没有了审美的超越感。但是，如果绝对地把利害感排除在审美之外，当下的审美事物就会都被过滤掉。我们不妨这样理解：个体的、物质的、直接的利害感是与审美相妨碍的，如果在主体和客体之间夹杂着这些因素，就难以进入审美状态；而对人民是有利的，是有价值的，是真善美的，恰恰是真正的文艺审美所必须具备的。习近平同志所说的"好的文艺作品就应该像蓝天上的阳光、春季里的清风一样，能够启迪心灵、陶冶人生，能够扫除颓废萎靡之风"，这是对于人民的大利，是最佳最美的价值，岂能排除在审美之外？对于人民有利的，正是我们的文艺审美必要条件！

学习、领会、理解、落实习近平总书记在文艺座谈会的讲话，是全党、全军和全国人民的政治任务，更是文艺界和理论界的内在需要。作为社会主义中国的文艺工作者，作为一个理论工作者，主动地、深入地把习近平同志的讲话精神内化到思想观念中去，是搞好文艺工作、提升理论研究的最好动力。从美学的角度对习近平同志《在文艺工作座谈会上的讲话》所作的理解，也许不乏误解和偏颇之见，但是在美学观念上却得到了启悟。

文艺精品的历时增值与生成要素*

以"思想精深、艺术精湛、制作精良"为标准，创造出具有历久弥新的魅力的文艺精品，这是文艺工作者的使命！只有精品，才有成为经典的可能。习近平总书记《在文艺工作座谈会上的讲话》中明确指出："文艺不能在市场经济的大潮中迷失方向，不能在为什么人的问题发生偏差，否则文艺就没有生命力。"习近平同志进而告诫说："低俗不是通俗，欲望不代表希望，单纯感官娱乐不等于精神快乐。文艺不能当市场的奴隶，不要沾满了铜臭气。"这对当下的文艺领域有鲜明的针对性。

文艺创作应该取法乎上，而不应该仅仅为了经济利益取悦于低俗，这本来是文艺创作的题中应有之义。但有些人只顾眼前的"市场效益"，而忘却了自己作为文艺工作者的责任，这是一种自甘堕落。伟大诗人杜甫曾言："文章千古事"，这是真正的文学家、艺术家所秉持的价值立场。精品是要经得起时间考验的，要有穿越时空而愈增其审美价值的潜质。文艺精品并非只是小众的，并非与大众的审美趣味相对立，恰恰相反，是要满足为数甚众的人民的审美需要。"当市场奴隶"其实难以进入真正的艺术范畴，不过是千方百计地制造感官上的刺激而获取一时的经济效益。习近平同志讲话中强化了"文艺审美"的概念，这是给当下的文艺事业提出了更高的艺术标准。

在我看来，文艺精品当然是不能依附于市场的，但作为精品，应该是经典生成的基础，它依然意味着接受群体的最大化。习近平同志《在文艺工作座谈会上的讲话》中提出："要把满足人民精神文化需求作为文艺和文艺工作的出发点和落脚点，把人民作为文艺表现的主体，把人民作为文艺审美的鉴赏家和评判者，把为人民服务作为文艺工作者的天职。"这段非常明白晓畅的论述，可以使我们对文艺精品的问题有更为深刻的认识。满足人民的精神文化需求，当然就不是小众和分众的事，而应该是大众化。进而言之，

* 本文刊于《福建论坛》2015 年第 4 期。

大众化决不意味着庸俗化或低俗化，更不意味着降低艺术标准。人民是一个历史性的范畴，今天的人民，其整体上的学历层次、知识结构、审美修养、认识水平，比以往高出许多。把人民当作真正的鉴赏家和评判者，这对文学艺术创作来说，是一个非常高的要求。如果认为人民只需要那种无聊搞笑的东西，那只能说明作者本身的浅薄无知。这也正是很多文艺工作者的误区所在。如果你是一个有着真正的艺术理想的作者，就会尊重人民作为鉴赏家和评判者的存在。你如果以创造文艺精品为宗旨，就要懂得能够赋予你的作品以文艺精品地位的，不是权势，不是金钱，而是人民的审美评价。

精品是要经得住时间的检验，同时更要经得起人民的考验。文艺不做市场的奴隶，不等于说不要市场。文艺精品是不能回避市场的。我在这里还提出一个看法，就是市场还有一时之市场和长久之市场的区别。精品不仅要有一定的市场份额，而且应该不断积淀未来的市场份额。既然是文艺精品，就不能只是拥有当下的市场，一定也会拥有未来的市场。试想一下：无论是《三国演义》，还是《红楼梦》，无论是《哈姆雷特》，还是《复活》，都不仅拥有当时的市场，而且拥有此后许多年代的市场。精品必定是穿越时空而具有不断增值的艺术魅力的。

什么样的作品可以具有这样的穿越时空而又不断增值的艺术魅力呢？我认为至少有这样几个方面的因素：一是必须蕴含着真善美的普世价值观；二是具有与人们的情感密切相关的人物性格或人格魅力；三是具有独特个性的艺术语言表达形式。

能够成为文艺精品，甚至经过时间的沙汰而为中外文化史、文学史或艺术史经典，一定是有着真善美的共同价值取向。从中外历史上留存下来的文艺作品，产生于不同的时代、不同的民族、不同的地域，但能够成为世界文明宝库中的艺术瑰宝，能够越千年而不衰，为不同国度、不同民族、不同时代的人们所喜爱、所珍视，必然是体现着真善美于一体的价值观，必然是映射着创作主体那种民胞物与的博大胸怀。所谓"真"，不仅是摹写现实之真，更重要的是作家的艺术情感之真。如屈原的《离骚》、左思的《咏史》，西方文艺中如巴尔扎克的小说、莎士比亚的戏剧、湖畔诗人的诗歌等。有些经典之作，看似并非摹写现实一路，却因表现了社会本质之真而越受到人们的高度推崇，如毕加索的《格尔尼卡》、卡夫卡的《变形记》等。真善美高度融合的价值取向，更重要的表现于作者的情怀与品格。彰显正义、悲天悯人的情怀才能创造出真正的精品。伟大诗人杜甫的作品堪称中国诗史上的经典，清代诗论家叶燮的评价最有代表性，其中说："我谓作诗者，亦必先有诗之基焉。诗之基，其人胸襟是也。有胸襟，然后能载其性情、智慧、聪明、才辨以出，随遇发生，随生即盛。千古诗人推杜甫。其诗随所遇之人之境之事之物，无处不发其思君王、忧祸乱、悲时日、念友朋、吊古人、怀远道，凡欢愉、幽愁、离合、今昔之感，一一触类而起，因遇得题，因题达情，因情敷句，皆因甫有其胸襟以为基。"① 可以说揭示了真善美高度融合的价值观在主体方面的体现。

　　成为文艺精品，应该有着与人们的情感密切相关的人物性格或者是受到人们高度推崇的人格魅力。文艺作品表现主体的审美情感，而又生发于人们的日常情感。由日常情感生发出审美情感。如果与人们的日常情感无关，只是表现狭小的"自我"，是难以得到人们的认同。真正能够表现人们的情感体验，哪怕是历经千年，都会唤起人们的情感认同，从而走向经典。如《诗经》中《桃夭》篇的"桃之夭夭，灼灼其华，之子于归，宜其室家"，表现新婚的热烈喜庆；《伯兮》篇中"自伯之东，首如飞蓬。岂无膏沐，谁适为容？"表现思妇对征夫的怀念；李商隐《无题》中"身无彩凤双飞翼，心有灵犀一点通"，表现爱情的相知，都是通过作品表现了人们日常情感中那些共同的东西。叙事性的作品，从接受的角度而言，人们对经典之作的喜爱与认同，更多的是对作品中的主要人物的人格魅力和超凡品行的推崇。如中国悲剧《窦娥冤》中窦娥的善良与抗争，小说《三国演义》中诸葛亮的智慧、关羽的忠勇，《悲惨世界》的冉·阿让历尽艰辛的复仇之路，当代中国电视剧《闯关东》中的朱开山的大气，《亮剑》中李云龙的铁血军人的气概，都是因为人物的性格品行受到人们的高度推崇，才使人们更多地关注他们的命运。作品中主要人物的人格魅力，对于叙事性的作品来说，对作品人物的人格认同，也许是关注其情节的前提。

　　文艺精品不仅要有上述因素，更重要的是艺术形式的创造性和个性化，而这又源自于文学家、艺术家的长期艺术训练。成为艺术精品的作品当然不能只凭借内容，很多作品恰恰是因了艺术形式的独特与超绝而使内容得以承载。内容和形式是无法分开的。精品的创造并非可以从一时的心血来潮中获取，在艺术家来说，要以炉火纯青的艺术语言加以表现。中国古代杰出的文论家刘勰所指出的"暨乎篇成，半折心始"② 就是因为诗人的语言能力的限

---

① （清）叶燮：《原诗·内篇》下，见霍松林、杜维沫校注《原诗·一瓢诗话·说诗晬语》，人民文学出版社 1979 年版，第 17 页。

② 范文澜：《文心雕龙注》，人民文学出版社 1962 年版，第 494 页。

制所致，所谓"言征实而难巧"也。我以为在文学艺术创作中，艺术家的艺术语言能力是第一要著，这要经过多年的训练才能达到出神入化的程度。美国哲学家古德曼有《艺术语言》一书，作者在"引言"中说："在我的书名中，'语言'严格地讲，应当代之以'符号体系'。"这话对笔者是很有启示的。笔者对艺术语言有这样的界定："艺术语言是指在各种艺术门类的创作中所使用的符号体系，它是艺术家的艺术构思得以生成和作品得以产生的物质化媒介。"[1] 不同的艺术门类有不同的艺术语言，进而言之，即便同一门类的艺术家，其艺术语言也是有着各自不同的特殊性的。同是画家的吴冠中和林风眠，他们的艺术语言都是有着自己的个性的。

习近平同志倡导文艺要出精品，对于艺术家有庄重的期许。这也是推动艺术家们创造"高峰"的契机所在。如果眼睛老是盯着钱袋，是不可能成为一个真正的艺术家的。"静下心来，精益求精搞创作"，这是艺术家的本分，也是艺术家的使命！精品必待艺术家自身的德行修养和艺术训练才能呼之而出。

---

[1] 张晶：《艺术语言作为审美创造的媒介功能》，《文艺理论研究》2011 年第 1 期。

视觉文化

视觉文化时代文学何为*

从人类对世界的把握方式来说，目前已进入一个视觉文化时代。视觉图像无所不在地包围着我们，使我们不知不觉地从以文学为主要的审美方式转变为以视像为主要的审美方式。后现代主义的思想家们甚至认为后现代文化也就是视觉文化，如尼古拉·米尔佐夫所说的现代主义的主要特征产生了后现代文化，当文化成为视觉性之时，该文化最具后现代特征。著名美学家艾尔雅维茨也断言道："无论我们喜欢与否，我们自身在当今都已处于视觉成为社会现实主导形式的社会。"① 视觉文化作为当今整个世界的文化形态，已经得到更多人的认可。大众传媒是以视觉为其传播渠道的，按照周宪的说法是当代文化正在从"语言主因型"向"图像主因型"转变。丹尼尔·贝尔对于当今世界的视觉文化有着一个颇为明晰的概括，他说："目前居'统治'地位的是视觉观念。声音和景象，尤其是后者，组织了美学，统率了观众。在一个大众社会里，这几乎是不可避免的。"②

时下盛行的文化研究，其主要的观念在于在目前的电子媒介取代了印刷媒介而居主导地位，以影视、广告等为代表的视像夺得了王冠，而文学则已成为"明日黄花"，风光不再。艾尔雅维茨指出："图像的显著优势，或曰'图画转向'，有助于解释近年来在哲学与一般理论上的'语言学转向'。此外，这种优势似乎也暗示出某种其他内容：词语钝化。人们常说，宗教改革不仅引起了图像的世俗化，而且也使它们在社会上处于优势地位。然而，现代主义本身基本上说还是依赖于意识形态的、政治的和文学的话语。在后现代主义中，文学迅速地游移至后台，而中心舞台则被视觉文化的靓丽辉光所

---

* 本文刊于《求是学刊》2005年第3期。

① ［斯洛文尼亚］艾尔雅维茨：《图像时代》，胡菊兰、张云鹏译，吉林人民出版社2003年版，第25页。

② ［美］丹尼尔·贝尔：《资本主义文化矛盾》，赵一凡译，三联书店1989年版，第154页。

普照。此外，这个中心舞台变得不仅仅是个舞台，而是整个世界：在公共空间，这种审美化无处不在。"① 国内的文化研究学者，也往往是对自己以前立命安身的文学理论持不以为然的态度，而以大量存在于日常生活的广告、时装、杂志等文化现象为其主要的研究对象。也有人干脆认为现在是"文学的终结"时代了。总之，似乎视觉文化是与文学互不搭界的，甚至是两不相容的。而正是在这个问题上，我要阐明自己的观点：在我看来，把视觉文化和文学截分两橛的看法是一种错觉或者说是误区！我们要正确判断目前视觉文化的发展趋势从而提倡一种健康的、升华的导向，文学在视觉文化中应该具有更为深刻的、更为重要的作用。

视觉文化作为一种时代的文化症候，其实有着深刻的商品经济的背景，大量的视像消费，正是后工业时代的逻辑发展。这也正是博德里亚提出"符号政治经济学"的前提所在。通俗地理解，博德里亚理论中的"符号"是视像化的。博氏结合麦克卢汉的媒介理论和当时兴起的消费社会的思想认为，当下的资本主义已经从生产时代走向了消费时代，走向了符号的再生产时代，这也是马克思意义上的生产终结的时代。这个时代已经是符号社会，是符号控制一切的社会，一切都按照符码的模式来再生产而已。可以认为，充斥在我们身边眼前的各种视像，来去匆匆，飘浮不定，其实在它们的背后，是利润的无形巨手在操控着。勒斐伏尔提出了"让日常生活成为艺术品"的口号，费瑟斯通在他的《消费文化与后现代主义》中，大篇幅阐述了"日常生活的审美呈现"这样一个时代性的命题，国内的文化研究学者也将广告、时装、大众传媒、名车靓女及许多市井文化现象概而名之为"日常生活的审美化"。但是，我们不免有这样的疑问：难道这就是我们的审美生活的全部？美学"飞入寻常百姓家"当然是一件好事，但是，我们的美学理论如果只是停留在这样的层次上，仅仅是对令人眼花缭乱的视像的说明，是否有些肤浅了？

后现代文化的浅表化、碎片式、去除中心等特征在当下的视像丛围中显得格外扎眼。在无所不在的各类视像中，真实的现实在很多情况下都被充盈于眼球的视像所遮蔽、所切割了。对于这种现象的定量分析当然是很难做到的，但从感觉来说，大多数的视像是缺少意义和深度的。试想一下，商场里琳琅满目的展示无疑是可以满足人们的视觉快感的，但情人节、父亲节、端

---

① ［斯洛文尼亚］艾尔雅维茨：《图像时代》，胡菊兰、张云鹏译，吉林人民出版社 2003 年版，第 34 页。

午节等各种节日里商场五光十色的视像除了引诱人们的眼球之外还有什么含义？电视广告除了对于品牌的宣传又有多少真实性可言？人们感到了视觉的充盈，而细想一下，当这些视像摄去了我们大多数时间的同时，意义的匮乏则是一种客观的存在。我们不禁要问：视觉文化就只能如此吗？我们的审美生活只能停留在这个水平线上吗？

我们是在全球化的语境和中国传统文化的交汇点上，视觉文化虽然是由西方的理论家概括出来的，在中国的当下语境中也颇能体现出这种趋势。如果把日常生活中消费主义所津津乐道的视像景观都称之为"审美化"的话，那也只能算是审美的一个层面，而且是很浅表的一个层面。换一种说法，可以称之为"亚审美"或"泛审美"。而以视像的充盈来"挤兑"文学，则不但是浅薄的，而且恰恰是对视觉文化自身的戕害。人们的审美需要是多层次的，审美主体的趣味、水准和境界也是多层次的，如果仅以那些虚假而无意义的图像来吸引人们的眼球，那么，这种视觉文化的内涵也未免浅薄了些！

从共时性来看，中国人融入全球化的语境，虽然现在还很难说是消费社会，但是后现代的一些观念和视觉文化的趋势是与西方相通相融的，这是一个事实；但是，中国人自有自己的独特的审美需求和审美趣味，这也是无可避讳的事实。以象形文字为其艺术语言的中国文学，与视像有着内在的相通之处。中国古典诗歌的意境美、蕴藉性，对视像的创造有直接的补益。中国的叙事文学如章回小说，其情节之曲折，环环相扣，以及人物命运的未知性，都是中国人的审美习惯所延续下来的。适应于中国受众的视觉文化中的审美因子，不是排斥文学的，反倒是要依靠于文学的。视觉文化（以电视艺术为例）能否具有隽永的意味、精美的形式以及吸引人心的魅力，在相当大的程度上是要依重于文学的。目下视像制作中的浮泛、碎片化，恰恰是因了文学的"缺席"，其实是因为从业人员文学素质的低下所致。

在电视的诸类节目中，最有观众缘或者说收视率最高的恐怕是电视剧。电视剧吸引人的重要原因，是它的故事性或者说是叙事品格。这种叙事品格无疑是归属于文学的。从中国人的欣赏习惯而论，情节的曲折、审美感受的惊奇以及人物命运的未知性，是最为能够引发人们的审美兴趣的。而这正是与中国的小说传统有着非常深厚的渊源关系。中国的电视连续剧的结构模式在某种意义上是脱胎于古代的章回小说的。对于中国的电视受众来说，真正能够锁住频道的艺术类节目，主要还是电视剧，而且是长篇连续剧。为什么电视剧的规模一般都在20集之上？就是因为只有这样几十集的容量才能充分展开故事情节的曲折与复杂。仅仅靠视觉艺术本身是根本做不到这一点的，它必须求助于文学的叙事结构和叙述方式。

视觉文化能不能具有长久的艺术魅力？从电视艺术的实践来看，语言和人物性格是其中的关键，而这必须凭借文学。如室内轻喜剧《编辑部的故事》、《我爱我家》等之所以令人百看不厌，令人忍俊不禁，语言的幽默与隽永是其成功的奥妙。盘点最受观众欢迎且最有艺术含量的电视剧，或是文学名著的改编，如《西游记》、《三国演义》、《水浒传》、《红楼梦》等；或是有很好的当代文学作品作为剧本的基础，如近期播出的《历史的天空》、《有泪尽情流》等电视连续剧，都是以很好的文学文本作为胚胎的。

在中国人的审美兴趣来说，图像之美与其意境感有非常重要的关系。无论是电影，还是电视的画面，无论是刊物上的彩页，还是广告图像，画面的意境感是其艺术魅力的主要因素。这种意境感，是与中国古典诗歌有着与生俱来的内在因缘的。

视像的创造与欣赏，虽然是当下的、直观的，却不可能是与语言文字完全脱离的，反之却是密切配合的。图像的魅力，相当大的程度上是需要文学语言的穿透的。从对视觉作品的欣赏角度来看，人们习惯于从整体上进行把握，也即是许多图像连结为一个结构。从符号学的角度来看，艺术品以其独特的面目形成了一个完整的艺术符号，视觉艺术的整体性是显而易见的。苏珊·朗格指出了视觉艺术的这种整体感，她说："如果一个艺术家要将'有意味的形式'（运用贝尔的名言）抽象出来，他就必须从一个具体的形体之中去抽象，而这个具体的形体也就会进而变成这种意味的主要符号；这样一来，他就必须运用强有力的手段去加强和突出这个表现性的形式（使得作品成为符号的形式），这就是说，使这个形式揭示出来，使我们能够看到它，不是在多次重复出现的事物中看到它，而是在同一个事物中，即在同一个有机统一的空间单位中看到它。"① 从对视觉作品的欣赏角度看，人们习惯于从整体上来把握，也即是许多图像连结为一个结构。同时，人们也乐于期待后面的变化，以其不可预知的惊奇感作为审美快感的由头。创作者依循于这个规律，用许多的画面来完成这个整体性结构，而这单纯靠视觉思维是远远不够的，必须通过文学思维进行运作。没有文学思维，是无法实现这种功用的。

视觉文化的积极发展与健康提升，应该更多地吸取文学的乳汁。我们在

---

① ［美］苏珊·朗格：《艺术问题》，滕守尧、朱疆源译，中国社会科学出版社 1983 年版，第 32 页。

面对无所不在的视像时，当然不必取一种抵制或排斥的心态，而应该将视觉审美纳入到新的文艺学格局之中。文学之于视像也非异己的、消解的，恰恰是建构性的，它是使视觉文化走向深度、去除碎片化的最重要的因素。如果对文学采取一种排斥的态度，视觉文化必然会走向更为浅表、更为零碎的形态。而以文学作为视觉文化的内涵或灵魂，才是使中华民族文化走向更高审美境界的良谋。

"身体"的凸显：美学转向的哲学缘起[*]

　　在当前的学术话语中，"身体"是一个日益凸显、频率渐高的话题。在关于消费社会和视觉文化的著述中，"身体"成为重要的关注对象，如博德里亚的名著《消费社会》中，即有"最美的消费品：身体"这样非常醒目的一节。西方学者在进行文化研究时也对"身体"本身的研究非常重视。在美学领域中，"身体"也成为一个异军突起的命题。这些理论现象是很应该得到我们关注的，同时，我也认为，这是一个特别值得研究的课题。

　　关于"身体"的论述，其实有多层面、多角度的含义和阐释。"身体"这个概念本身所指，当然不是模糊的，但它在何种意义上被使用和建构，毋宁说就是一种"家族相似"了。比如，在文学创作领域中的"身体写作"，突出的乃是人的肉体的欲望，虽然它和我们所要阐明的东西有密切的关联，但并非是一个层面的问题。而我们在美学层面上对"身体"的理解，则是关乎美学转向的一种路径。

　　当代的审美活动与日常生活广泛联系甚至融为一体的现实，在很大程度上是与人的身体有关的。谈论"日常生活审美化"，不仅无法回避"身体"，而且在某种意义上，是其起因所在。人们的审美需要，在相当多的时候是与身体的功能和欲求难以分割的。今天的"审美"在一个颇为广阔的涵盖面上，已与康德所说的"审美无利害"、鲍桑葵所说的"审美静观"以及中国美学中的"澄怀味象"相去甚远，而是化入到人们的日常生活的各个方面。而这个所谓"日常生活"，究其实质，更多的是人的身体（包括感官）的享受需要。这种"享受"不仅是物质的，也有很多是精神的、心灵的。在当代的意义上，这是包含在身体之内的，而非与"身体"截然两分的。

　　西方哲学对主体的阐释是精神性的，这是理性主义的传统。主体本来应该是身心的一体化，但长久以来的哲学理念，是以主体为纯思的形态。笛卡

　　* 本文刊于《北方论丛》2005 年第 5 期。

尔的"我思故我在"，更是以这种精神的"思"为主体的代名词。在某种意义上，笛卡尔主义对美学的影响是至为深远的。美学本来是"感性之学"，在这一点上，被称之为"美学之父"的鲍姆嘉通，在其为美学大厦所著的奠基之作《美学》中，已说得颇为清楚。在《美学》的"导论"中，鲍氏说："美学作为自由艺术的理论、低级认识论、美的思维的艺术和理性类似的思维的艺术是感性认识的科学。"① 但是，鲍氏所说的"感性"，是指主体对于对象的感性认识，如其所言："美学的目的是感性认识本身的完善（完善感性认识）。而这完善也就是美。"② 鲍氏是没有将身体的因素考虑在内的，这并非是疏忽，而是德国哲学的理性主义传统所在。他说："根据由它的基本意义而得出的名称，感性认识是指，在严格的逻辑分辨界限以下的，表象的总和。"③ 当代美国的哲学家舒斯特曼指出了鲍姆嘉通对于身体的忽略，他说："鲍姆嘉通将美学定义为感性认识的科学且旨在感性认识的完善。而感觉当然属于身体并深深地受身体条件的影响。因此，我们的感性认识依赖于身体怎样感觉和运行，依赖于身体的所欲、所为和所受。然而，鲍姆嘉通拒绝将身体的研究和完善包括在他的美学项目中。在它囊括的众多知识领域中，从神学到古代神话，就是没有提及任何像生理学和人相学之类的东西。在鲍姆嘉通展望的审美经验的广阔范围中，没有荐举明显的身体练习。相反，他似乎更热心地劝阻强健的身体训练，明确地抨击它为所谓的'凶猛运动'，将它等同于其他臆想的肉体邪恶，如'性欲''淫荡'和'纵欲'。"④ 舒斯特曼的批评是很客观的。

　　近代哲学中对身体的完善和发展作为人的根本路径是马克思。他在《1844年经济学哲学手稿》中，全面地表述了这种观点，他说："人直接地是自然存在物。作为自然存在物，而且是是有生命的自然存在物，人一方面赋有自然力、生命力，是能动的自然存在物；这些力量是作为秉赋和能力、作为情欲在他身上存在的；另一方面，作为自然的、有形体的、感性的、对象性的存在物，人和动植物一样，是受动的、受制约的和受限制的存在物，也就是说，他的情欲的对象是作为不依赖于他的对象而在他之外存在着的，但这些对象是他的需要的对象；这是表现和证实他的本质力量所必要的、重

---

① ［美］鲍姆嘉通：《美学》，王旭晓译，文化艺术出版社1987年版，第13页。
② 同上书，第18页。
③ 同上。
④ ［美］舒斯特曼：《实用主义美学》，彭锋译，商务印书馆2002年版，第352页。

要的对象。说人是有形体的、赋有自然力的、生命的、现实的、感性的、对象性的存在物，这就等于说，人有现实的、感性的对象作为自己的本质、自己的生命表现的对象；或者等于说，人只有凭借现实的、感性的对象才能表现自己的生命。"① 马克思这里所阐述的观点，是与康德、鲍姆嘉通不同的。他所说的"人是有形体的、赋有自然力的、有生命的、现实的、感性的对象性的存在物"，就是指人的活生生的身体。所谓"现实的对象"，并非是一种"认识"对象，而是人的自然力、生命力的内在需求。马克思所说的"人的本质力量"并非是抽象的，而是由人的自然的、感性的需要所生发的。但是，人的全面发展，人的本质力量的对象化，并不仅仅是"受动的、受制约的和受限制的存在物"，而还有着"按着美的规律来建造"的品格。那么，人的审美活动就成为非常重要的、基本的、属人的活动。人的全面发展过程中，审美活动不仅仅表现为"感性认识"，也不仅仅像动植物那么似的受动性为限，而是人的身体的各种官能的不断完善。如马克思所说："通过人并且为了人而对人的本质和人的生活、对对象化了人和属人的创造物感性的占有，不应当仅仅被理解为对物的直接的、片面的享受，不应当仅仅被理解为享有、拥有。人以一种全面的方式，也就是说，作为一个完整的人，把自己的全面的本质据为己有。人同世界的任何一种属人的关系——视觉、听觉、嗅觉、味觉、触觉、思维、直观、感觉、愿望、活动、爱——总之，他的个体的一切官能，正像那些在形式上直接作为社会器官而存在的器官一样，通过自己的对象性的关系，亦即通过自己同对象的关系，而对对象的占有。对属人的现实的占有，属人的现实同对象的关系，是属人的现实的实际上的实现；是人的能动和人的受动，因为按人的含义来理解的受动，是人的一种自我享受。"② 用马克思的话语来说，人既是受动的，也是能动的，受动就是人的自然属性对人的限制；而能动，则是从人的这种自然属性出发，而通过人的身体的感官的能力的不断完善提高而得到的一种"自我享受"。马克思对观念和意识的理解，都不是脱离人的个体的身体而抽象存在的，而是和人的"生命表现"融为一体的。因而他认为："因此，如果说人是一个特殊的个体，并且正是他的特殊性使他成为一个个体和现实的、单个的社会存在物，那么，同样地他也是总体、观念的总体、可以被思考和被感知的社会之主体的、自为的存在，正如在现实中，他既是作为社会存在的直观和对

① ［德］马克思：《1844年经济学哲学手稿》，刘丕坤译，人民出版社1979年版，第120页。
② 同上书，第77页。

这种存在的现实享受而存在，又作为属人的生命表现的总体而存在一样。"①
马克思在这里是非常重视人的身体在人的全面发展中的作用的。

　　20世纪哲学对于人的身体最为关注的莫过于现象学。胡塞尔的基本概念"意向性"，也正是摆脱了纯粹意识的产物。"意向"的发出者并非是抽象的主体，而是活动着的身体。胡塞尔在其论著中论述感知，并将感知落实到身体之中。胡塞尔说："身体自身的特征在于它是感知的身体。我们把它纯粹看作是一个主观运动的、并且是在感知行为中主观运动着的身体。"②
而著名的现象学家梅洛—庞蒂则是将身体问题阐述得最为系统、最为深刻的。他的《知觉现象学》最为全面地论述了身体和意识的关系。梅洛—庞蒂彻底颠覆了笛卡尔以来的身心二元论，而赋予身体以主体的地位。他所言说的"身体"当然是肉身化的，但绝不是抽空了意识的肉体，而是包含着精神、意识的，有灵气的、"现象的身体"（关于这个问题，杨大春教授的近著《感性的诗学：梅洛—庞蒂与法国哲学主流》一书，作了全面的阐析，读者可以参看）。梅洛—庞蒂对于知觉和意识的论述都是以运动着的身体作为基础的。如其所指出，意向性的产生，并非是"认识的主体"所致，而是身体的主体。梅洛—庞蒂说："物体的统一性是意向的。但是——我们就要在这里得出结论——这不是概念的统一性。我们不是通过精神检查，而是当双眼不再分别起作用，而是被一种目光当作一个单一器官使用时，才从复视转到单一物体。不是认识的主体进行综合，而是身体进行综合，在这个时候，身体摆脱其离散状态，聚集起来，尽一切手段朝向其运动的一个唯一的终结，而一种唯一的意向则通过协同作用的现象显现在身体中。"③ 主体对外界的认识是通过综合来完成的，而主体在梅洛—庞蒂来看，不是认识的主体，而是身体的主体。意识的表达也是身体的重要功能，人对世界的把握也是以身体的统一性来实现的。梅洛—庞蒂说："靠着身体图式的概念，身体的统一性不仅能以一种新的方式来描述，而且感官的统一性和物体的统一性也能通过身体图式的概念来描述。我的身体是表达现象的场所，更确切地说，是表达现象的现实性本身，例如，在我的身体中，视觉体验和听觉体验是相互蕴涵的，它们的表达意义以被感知世界的前断言统一性为基础，并因此以言语表达以被感知和纯概念性意义为基础。我的身体是所有物体的共通

　　① ［德］马克思：《1844年经济学哲学手稿》，刘丕坤译，人民出版社1979年版，第76页。
　　② ［德］胡塞尔：《生活世界现象学》，张廷国译，上海译文出版社2002年版，第58页。
　　③ ［法］梅洛—庞蒂：《知觉现象学》，姜志辉译，商务印书馆2001年版，第297页。

结构，至少对被感知的世界而言，我的身体是我的'理解力'的一般工具。"① 他的意思是说，人的理解力并不仅仅是精神的，而是以身体为其工具的。

在当代的审美经验研究中，知觉是最受关注的。知觉一方面起自感性的观照，一方面又是以主体的特殊综合方式来把握对象，同时，知觉还联结着理性思维。著名美学家阿恩海姆强调视知觉是与思维不可分割的，他认为："视觉乃是思维的一种最基本的工具。"② 而梅洛—庞蒂则从身体的运动和时间性上来阐析知觉的性质，指出："我们把被感知世界的综合交给身体，而身体不是一种纯粹的直接材料，不是一种被动接受的东西。然而，在我们看来，知觉综合是一种时间综合，在知觉方面的主体性不是别的，就是时间性，就是能使我们把它的不透明性和历史性交给知觉的主体的东西。"③ 梅洛—庞蒂对于主体理论的贡献是巨大的，在哲学领域，他以令人信服的深刻论述，揭示了主体不是那种抽象的、精神实体性的存在，而是就在人的身体之中。它是物性的存在，也是灵性的寄寓。

现象学家对于身体的阐扬，对于当代美学来说是有广泛影响的，同时，也是与当代的文化现实相呼应的。对于身体的高度重视已然是现阶段文化和审美的重要症候。一般来说，当然也非什么坏事，而且也带来了审美活动的普遍性和切身性。舒斯特曼颇为郑重地提出了"身体美学"的命题，而且作为"一个学科提议"，可见，关于身体的美学研究日益凸显出来了。"身体"命题的高扬，对于哲学研究的意义是非同小可的，因为它是改变身心二元论的一个象征。而从美学角度来说，虽然我们无法确定是从哪一天为界，但是，当今的审美活动在最大的普遍性意义上，是与"身体"有着不解之缘的。"审美"不再高踞于象牙塔上，也不再是一定要"心斋坐忘"式的"静观"，而是以视像的形式处处满足着人们的愉悦感。但是，我们又不能不提醒的是，以"身体"为基点的审美活动，应该是身心的高度和谐，生命感的勃发，以及"按着美的规律来建造"的形式追求，而那种以此为名而向单纯的肉欲的下沉，则不是我们希望的。

① ［法］梅洛—庞蒂：《知觉现象学》，姜志辉译，商务印书馆2001年版，第300页。
② ［德］阿恩海姆：《视觉思维》，滕守尧译，四川人民出版社1998年版，第24页。
③ 同上书，第303页。

图像的审美价值考察[*]

一

作为我们这个时代的标志，图像在社会生活中的普遍存在已是一个客观的事实。图像在人们的生活中呈现出日益强化的趋势，这样也使人们处在更为泛化的艺术氛围之中。所谓"日常生活审美化"的命题，其关键就在于图像或影像所据有的主导地位。海德格尔敏锐地指出："根本上世界成为图像，这样一回事情标志着现代之本质。"① 所谓"世界成为图像"即指人们以图像化的方式来构造我们的"生活世界"；在很大程度上，"审美化"可以说就是"图像化"。这使我们对图像的性质产生了更多美学方面的思考。无疑地，图像本身蕴含了丰富的审美价值，但同时，也有很多非审美价值的存在，甚至是负面的价值。因此，从价值论的角度对图像加以考量，有益于对当代以图像为其突出标志的当代审美现实有更为理性的认识。

这里，我们所说的"图像"（包括视像、影像等）指的是凭借当代的大众传媒，通过电子等高科技手段大批复制生产出来的虚拟性形象。这样说是为了将当今时代成为标志性的审美元素的图像，和以往时代艺术家创作出来的视觉艺术作品区别开来。很明显，图像有着后者所无法取代的直观性、虚拟性和逼真性。图像在当代社会的无所不在，有着深刻的社会文化的原因。本文主要从审美价值的角度分析图像对我们来说意义何在？得失如何？论及图像自然无法离开当前的文化特征，尤其是"日常生活审美化"的普遍性症候；不过，我们把关注点聚焦于图像自身的价值论分析与评价。

---

* 本文刊于《文学评论》2006 年第 4 期。

① 孙周兴选编：《海德格尔选集》，上海三联书店 1996 年版，第 899 页。

二

在美学的范围里，价值论美学在很大程度上可视为当代美学的一个重要转向，它使审美活动中主客体双方相互作用的关系得到了明确的揭示，而逸出了认识论美学的框架，同时，也使审美主体的作用得到了强化。所谓价值，就是客体和主体需要之间的一种特定的（肯定或否定）关系。马克思曾指出："'价值'这个普遍的概念是人们对待满足他们需要的外界物的关系中产生的。"[①] 价值在审美关系中可以说是根本的属性，因为审美关系并非仅仅是审美主客体哪一方面占据主导地位，而是在彼此的相互作用中所产生的。正如苏联美学家斯托洛维奇所说："人的审美关系历来是价值关系，没有价值论的态度，要认识它原则上是不可能的。"[②] 在审美关系中主体的评价性有着非常突出的地位。当然，这种评价是以审美体验而不是以科学认识为基点。我们之所以从价值论的角度来谈论图像，也是因为由此我们得到了一种进行审美评价的权力。

审美需要是审美价值产生的必要条件，这是毫无疑问的。作为人的审美心理的重要因素，审美需要在人类社会生活实践中产生，它具有相对独立的品格和发展史；而社会生活的变迁，必然明显地引起人们的审美需要的变化和发展。一般说来，人的需要有三个层次，即生存需要、享受需要和发展需要。从人类的三种需要都可以萌发、产生审美的需要。绝对排斥审美需要的生理基础是片面的。当然，作为一种高层次的需要，审美需要主要属于精神性的享受和发展需要。从当前的审美实践来说，这种观点是颇为中肯的。消费社会中人们的审美需要无疑是具有新的时代特征的。"日常生活审美化"作为一种社会学和美学的趋势，深刻地说明了人们的日常生活需要与审美需要的合流。对此，当代西方的著名思想家詹明信、博德里亚、费瑟斯通在对后现代主义社会和消费文化的论述中都作了充分的讨论。

图像在人们的审美需要及其满足（有一大部分属于替代性的满足）方面的功能是不可取代的。在消费社会的文化背景中，人们对于日常生活的需

---

① ［德］马克思、恩格斯：《马克思恩格斯全集》第 19 卷，中共中央编译局译，人民出版社 1964 年版，第 406 页。

② ［苏］列·斯托洛维奇：《审美价值的本质》，凌继尧译，中国社会科学出版社 1984 年版，第 20 页。

要和以往有明显的不同。以往的日常生活的需要基本上是衣食住行等条件，当然也包括财富的积累，而现在人们的日常生活更多地还包括由符号和镜像印证的场域与身份的区隔。与此同时，人们的快感渴望也由以往较为单纯的生理层面变而为带有艺术和审美因素掺杂其中。电子媒介手段和数字化的艺术在这里起了重要的作用。

消费社会的文化系统，图像成为覆盖一切的东西，也因此具有了意识形态的性质。作为博德里亚的理论先导，居伊·德波称消费社会为"景观社会"，他说："在现代生产无所不在的社会中，生活本身展示为许多景象（spectacles）的高度聚积。直接存在的一切全都转化为一个表象。"① 德波所说的"景象"，就是我们所说的图像。他认为消费社会本身已经被景象所充满，而且形成了一个抽象的系统，生活于是融化于景象之中。这就意味着，在景观社会里，物的使用价值已经消解了，交换价值本身呈现为交换的直接理由；由于大众传媒的作用，交换价值本身又被传媒所产生的图像所吸收，消费成了图像消费的过程。博德里亚则进一步认为，在消费社会中交换是发生在符号、形象和信息的层面上，他根据"符号—交换—价值"来理解当代世界，从而将商品的发展建立在符号逻辑中。商品形式被符号形式所遮盖。所谓"符号"，在某种意义上可以视为图像化的符号。博德里亚用商品的符号价值取代使用价值，在很大程度上使人警醒于当代社会突出的文化特征。

在我们的生活中，大众传媒用电子科技手段每天都把难以计数的图像（影像）呈现在人们的眼前，形塑了我们对于世界的新的观看方式、把握方式和理解方式。正是在这个意义上，海德格尔说："从本质上看来，世界图像并非意指一幅关于世界的图像，而是指世界被把握为图像了。"② 我们所说的"图像"，是以电子科技为其主要生产手段的，其突出的特征是仿真性、动态性和批量性。显然，"图像"是一个"家族相似"的、广义的概念，这个大家族中的各种图像，其实也是有着很大差异的。比如，电影、电视剧中的图像、电子游戏、网络中的图像、广告中的图像和纸文本中的图像，其特质和给人们的审美感受都有各自的特点。这些像都是电子科技乃至数字技术的产物，与以往的绘画、雕塑等造型艺术相比，其共同之处在于其

① ［法］居伊·德波：《景象的社会》，见陶东风、金元浦、高丙中主编《文化研究》第3辑，天津社会科学院出版社2002年版，第59页。

② 孙周兴选编：《海德格尔选集》，上海三联书店1996年版，第899页。

虚拟的超真实感。文学作品的形象性是要靠审美主体对文字阅读后的想象而产生内视性的审美空间，绘画、雕塑等造型艺术，虽然给人以直观，但它们都带有艺术家的明显印痕，体现出强烈的形式表现能力，却难以使人产生置身于真实的空间之内的审美感受。相对来说，我们所谈论的"图像"就不同了，它们以电子科技所创造的类于高度真实的世界，往往使我们置身其间，而忘却了真正的现实世界的存在。这便是博德里亚所说的"超真实"："影像不再能让人想象现实，因为它就是现实。影像也不再能让人幻想实在的东西，因为它就是其虚拟的实在。"①　其实，我们在面对传统的造型艺术作品时是进入艺术家的特定的艺术世界，那些艺术形象带有创作主体的强烈色彩；而当我们面对大众传媒所制作的图像时，则如同进入了一个非常真实的世界之中，似乎无须经过艺术家的折射。

三

　　作为审美对象的图像的大量存在，使我们对审美快感的含义不能不作重新的反思。如果图像作为审美对象能够成立的话，康德式的"审美无利害"的铁律似乎在今天的审美现实中很难奏效。康德在《判断力批判》中提出了"那规定鉴赏判断的快感是没有任何利害关系的"著名命题，将审美快感与利害关系严格地剥离开来，他认为"一个关于美的判断，只要夹杂着极少的利害感在里面，就会有偏爱而不是纯粹的欣赏判断了"②。康德的这种"审美无利害"的思想在审美理论领域长期占据主导地位，成为审美与非审美的主要分野。这种观点在后来的桑塔耶那、迪基等美学家那里受到了严重的挑战。当今的审美活动与图像之间的不解之缘，将审美经验的问题再一次提到了我们面前。

　　关于图像，博德里亚们更多地是从社会学的意义上做了诠解，但尚未从美学的层面进行剖判。我们对图像的美学认识，却要以前者作为论述的出发点。图像的大量涌现一是电子媒介的产物，二是带着消费文化的明显胎记。如果说康德美学的"审美无利害"命题，是将脱离人的生理欲念的"静观"作为审美态度的标志，它的前提，是将审美主体设定为摆脱日常生活和生理欲念的纯粹精神的主体。那么当今的图像欣赏与消费，却无论如何也不可能

---

① ［法］让·博德里亚：《完美的罪行》，王为民译，商务印书馆 2000 年版，第 8 页。

② ［德］康德：《判断力批判》，宗白华译，商务印书馆 1964 版，第 41 页。

摆脱或剥离日常生活。"日常生活审美化"恰恰是和图像（或影像）联袂而行的。在消费性的社会文化氛围之中，更多的图像既是艺术的、审美的，又是消费的、生活的。图像在相当大的程度上消弭了纯粹的审美和日常生活乃至于欲望之间的界限，这也是后现代主义重要特征之一。正如费瑟斯通所言："如果我们来检讨后现代主义的定义，我们就会发现，它强调了艺术与日常生活之间界限的消解、高雅文化与大众通俗文化之间明确分野的消失、总体性的风格混杂及戏谑式的符号混合。"① 图像作为当今社会文化的重要角色，它给人们的审美活动和审美经验带来的变化，理应得到当代美学的主动关注。费瑟斯通认为"日常生活的审美呈现"的一个重要含义"是指充斥于当代社会日常生活之经纬的迅捷的符号与影像之流"②。当代社会的图像（影像）制作，大多数是与经济运作密切相关的。广告图像在这方面最为明显，电影、电视的图像也是这样。而人们对图像的欣赏与接受其实是无法也不想再去以"静观"的审美态度对待之。很多的图像都起着唤起人的欲望的作用。刊物封面的美人像，时尚服装的模特照，甚至很多与性别无关的器物的广告，也都要出之以美人的图像，这显然是为了通过欲望的召唤来实现其商业目的。图像还在很多场合唤起消费的欲望，使人们从中得到快感。图像在很多时候是作为交换价值的符号表征出现的，它也是作为人们满足自己区隔身份的需要的符号出现的。这正如英国学者西莉亚·卢瑞所说的："许多马克思主义者指出相关的一点是，现代社会对商品的崇拜在包装、宣传和广告活动中，受到有策略的操纵。据说，通过包装、宣传和广告，商品与专门设计的面具相适应，这些面具一方面是为控制事物间的可能关系，另一方面是为满足人类愿望、需求和情感。例如，阿多诺（Adorno）谈到，当交换价值的优势已设法忘却了商品最初的使用价值，商品是怎样间接的或代替的使用价值的。商品变得自由地获得许多文化联想和幻想：这就是所谓的商品美学的基础。"③ 这里所说的"面具"，其实也就是图像化的外观。商品带着这样的面具，使其使用价值退居其后，能够引发人们的许多文化联想和幻想，其实也就获得了人们的审美兴趣。人们对于这类图像无须也不必采取审美静观的态度进行观赏，而是和自己的日常生活经验、快感及欲

---

① ［英］迈克·费瑟斯通：《消费文化与后现代主义》，刘精明译，译林出版社 2000 年版，第94 页。

② 同上书，第 98 页。

③ ［英］西莉亚·卢瑞：《消费文化》，张萍译，南京大学出版社 2003 年版，第 33 页。

望密切关联在一起体验这些图像。这些图像不必再以现实世界为参照物，而是以符号的方式超真实地替代了现实世界。博德里亚以很晦涩的语言道出了这类图像与现实的关系："它遮蔽和颠倒根本现实；它遮蔽着根本现实的缺席。它与现实没有任何关系：它是它自身的影像。"① 仔细品味，博德里亚的话还真是很能道出这类图像的本质的。这个符号的世界在很大程度上替代了现实世界，它们的高清晰度的虚拟使人们投入其中，乐此不疲。博德里亚曾论述高清晰度的虚拟说："在这里，完全是幻觉，有一种迷人之处，与其说是美感的或戏剧的，不如说是具体的和物质的，这是因为现实主义的夜晚和江河已被删除。"② 在这种情形中，图像和我们的关系，是一种彼此的融入，而无法是毫无利害感的静观。

四

那么，作为电影或电视剧中的具有更多的艺术含量和审美性质的图像，对我们的审美经验来说又是怎样的情况呢？或者问：当代影视艺术的图像和传统的造型艺术及文学创作中的艺术形象相比，在审美经验上产生着怎样的不同呢？我的看法是：面对传统的造型艺术所创造的艺术形象，我们是可以采取审美静观的态度来观赏之的，审美主客体之间是可以也应该有一定的心理距离的。而当代的影视艺术中的图像是以真人表演的逼真性或数字化科技手段创造出来的虚拟性却又在十分逼真的空间里来牵引人们的视线的。电影或电视剧以其图像叙事为其基本特点，没有故事的作品很难有观众缘。中国的电视连续剧更是以叙事的完整性、曲折性和连续性获得了大众强烈的审美兴趣。电影或电视剧叙事和人们的生活经验有着内在的同构性。人们生活中的情感、命运和记忆的完整性，都在电影和电视剧中得到了映现。美国著名哲学家杜威最重要的美学命题就是"艺术即经验"。在他看来，人们对经验的心理需求是完整性，因此他强调"一个经验"。

日常生活的经验往往是不完整的，艺术创作无它，就是要使日常生活的经验完整化。杜威对审美的认识正是与康德等人的"审美无利害"的观念大相径庭的，他认为审美经验不过是日常经验的完整化。而在这"一个经验"之中，情感的丰富性，形式的多样性及与生活的连续性都在其中了。

① ［法］让·博德里亚：《生产之镜》，仰海峰译，中央编译出版社2005年版，第193页。
② ［法］让·博德里亚：《完美的罪行》，王为民译，商务印书馆2000年版，第33页。

杜威说:"我们应在哪儿找到这样一个经验的说明? 不是在分类的账目中,也不是在关于经济学、社会学或者人事心理学的论文中,而是在戏剧和小说中。它的性质与含义只是通过艺术才表现出来,这是因为存在着一种经验的统一,它只能表现为一个经验。"① 杜威对艺术的这种看法对于影视艺术中的图像叙事是一种能够切中实质的说明,在我们对影视图像叙事的审美理解中,有助于看到它的特出之处。叙事的文学作品如小说、剧本等也以其故事的曲折、经验的完整以及情感的丰富给我们以充分的审美感受,但它们还是有待于读者的想象而形成内在的视像的连续运动,从而提供观念化的审美空间;影视作品的图像叙事,其实是以相关的文学创作为其基因的,好的影视艺术作品,大多数都是基于好的文学剧本或小说原作。但是,影视作品的图像叙事,以其无数动态的画面或图像演绎着一个完整的生活经验,当然也可说是故事。这些图像是不断变换的、稍纵即逝的,以其实时实地的感受,镜像式地印证着我们的生活经验。图像的动态性、连续性,使我们的审美感知充满了一种新奇感的追求。我们也就在图像的变动连续中不断地获得"惊颤"的审美感受。如果说传统的造型艺术形象,可以使人在静观默想中品味它的光晕,而电影或电视剧却不给你这样的机会,也无法采取一种凝神观照的态度,而是在一种与生活经验相关或出乎意外的情境中不断获得如同被击中般的惊颤效果。对此,本雅明有过非常客观的比较:"人们可以把电影在上面放映的幕布(电视剧播放的荧屏亦如是——笔者按)与绘画驻足于其中的画面进行一下比较。幕布上的形象活动,而画布上形象则是凝固不动的,因此,后者使观赏者凝神观照。面对画布,观赏者就沉浸于他的联想活动中;而面对电影银幕,观赏者却不会沉浸于他的联想中。观赏者很难对电影画面进行思索,当他意欲进行这种思索时,银幕画面就已经变掉了。电影银幕的画面既不能像一幅画那样,也不能像有些现实事物那样被固定住。观照这些画面的人所要进行的联想活动立即被这些画面的变动打乱了,基于此,就产生了电影的惊颤效果,这种效果像所有,惊颤效果一样也都不得由被升华的镇定来把握。"② 本雅明对电影给观众带来的"惊颤"的审美心理的揭示,对于说明电影和电视剧的图像叙事所产生的审美经验而言,是有相当深刻的参照意义的。

----

① [美]杜威:《艺术即经验》,高建平译,商务印书馆 2005 年版,第 46 页。

② [德]瓦尔特·本雅明:《机械复制时代的艺术作品》,王才勇译,中国城市出版社 2002 年版,第 61 页。

　　在价值美学论中，审美主客体的关系是最为重要的范畴，而关于图像的审美经验，是必须从这个角度加以认识的。斯托洛维奇指出："价值形成中客体和主体的关系问题——这是价值论的中心问题之一。"① 对于图像的审美价值理解，自然也离不开这个维度。图像带来的是审美主客体的某种新的关系，同时，也使审美主客体各自都发生了以往所未曾有过的历史性变化。

　　消费社会中的审美主体，其审美活动多是在大众文化的系统中进行的。而作为审美主体的人，也远远超越了以往的范围，进行审美活动的场域，也大大不同于切断了与日常生活联系的特殊情境，而在与日常生活相掺杂的情境之中。这时的审美主体，已经不再是在"虚静"状态下"不食人间烟火"的静态观照，而是以身体和心灵的欲求与对象互动的美感生成。消费社会的背景，也使得审美活动产生了更为活跃、更为主动的性质，审美经验的获得，于是不再仅仅是少数具有高度审美修养的人的事情，而成为极为广泛的人群的日常生活的有机因素。比如广义地说，人的身体（尤其是女性）不仅是主体的不可剥离的要素，也是作为美的"图像"的观照客体。博德里亚认为最美的消费品是身体，他曾对此有相当全面的论述："在消费的全套装备中，有一种比其他一切都更美丽、更珍贵、更光彩夺目的物品——它比负载了全部内涵的汽车还要负载了更沉重的内涵。这便是身体。在经历了一千年的清教传统之后，对它作为身体和性解放符号的'重新发现'，它（特别是女性身体，应该研究一下这是为什么）在广告、时尚、大众文化中的完全出场——人们给它套上的卫生保健学、营养学、医疗学的光环，时时萦绕心头的对青春、美貌、阳刚/阴柔之气的追求，以及附带的护理、饮食制度、健身实践和包裹着它的快感神话——今天的一切都证明身体变成了救赎物品。"② 作为对身体这种美的图像的观赏者和参与者，在当今社会是再普遍不过的了。美国的美学家舒斯特曼正式地倡导"身体美学"的概念，并将其定义为"对一个人的身体——作为感觉审美欣赏及创造性的自我塑造场所——经验和作用的批判的、改善的研究"③。试想一下：以身体作为美的图像而进行的观赏和改善活动，又如何可能摆脱快感和欲念的介入而呈现为纯粹的审美观照呢！事实上，在今天的审美实践中，审美的语境是相当的

---

　　① ［苏］列·斯托洛维奇：《审美价值的本质》，凌继尧译，中国社会科学出版社1984年版，第24页。

　　② ［法］让·博德里亚：《消费社会》，刘成富译，南京大学出版社2001年版，第139页

　　③ ［美］理查德·舒斯特曼：《实用主义美学》，彭锋译，商务印书馆2002年版，第354页。

广泛和丰富的，而且，快感和欲念似乎注定成为美感的孪生兄弟。审美经验也渗透在人们的日常生活的不同层面。

图像审美使审美主体的审美感知能力有了时代性的变化与提高。通过大量的图像化的审美活动，当今我们的视觉审美能力和听觉审美能力都产生了深刻的变异。对于"人的全面发展"这样一个马克思主义美学命题而言，无疑这是一大幸事！马克思说过这样一番具有重要美学价值的话："对私有财产的积极的扬弃，也就是说，通过人并且为了人而对人的本质和人的生活，对对象化了的人和属人的创造物的感性的占有，不应当仅仅被理解为对物的直接的、片面的享受，不应当仅仅被理解为享有、拥有。人以一种全面的方式，也就是说，作为一个完整的人，把自己的全面本质据为己有。人同世界的任何一种属人的关系——视觉、听觉、嗅觉、触觉、思维、直观、感觉、愿望、活动、爱——总之，他的个体的一切官能，正象那些在形式上直接作为社会的器官而存在的器官一样亦即通过自己同对象的关系，是属人的现实的实际上的实现。是人的能动和人的受动。因为按人的含义来理解的受动，是人的一种自我享受。"① 马克思的这段论述和我们的话题最有联系的意思是，人的全面的本质的丰富和占有，最重要的是属人的感官的充分的发展。尤其是视觉和听觉作为人的感官是最具审美性质的。马克思的名言"人的本质的力量的对象化"，并非泛泛之论，而是具体到每一种感官独特的"本质力量"，如他所说："对象如何成为他的对象，这取决于对象的性质以及与其相适应的本质力量的性质；因为正是这种关系的规定性造成了一种特殊的、现实的肯定方式，眼睛对对象的感受和耳朵不同，而眼睛的对象不同于耳朵的对象。"② 图像相对的人的本质力量是视觉的，视觉作为人的审美最主要的方式，具有独特的本质。这使得我们今天善于观赏和把握图像的能力空前有大大的提高。数字技术的运用，使之可以在似乎非常真实的空间中构造出任何的图像，使文学中那种"思接千载"、"视通万里"的超越现实的想象，直观地呈现在人的眼前，而且"真实"得天衣无缝，如好莱坞大片所创造的影像空间。这使我们的视觉不仅止于对外在的客观物象的把握，而且大大发展了眼睛的审美构形能力。其他如在图像的连续转换中直观内涵的能力，对图像的色彩形式的鉴赏能力、对声画配合的感受与评价能力，等等，这就造就了当今时代的图像审美中主体视觉对世界的全方位的穿

① ［德］马克思：《1844年经济学哲学手稿》，刘丕坤译，人民出版社1979年版，第77页。
② 同上。

透力和把握能力。美国著名学者米歇尔教授的这样一段论述应该对我们理解审美视觉发展颇具启发意义的，他说："无论图像转向是什么，我们都应该明白，它不是向幼稚的模仿论、表征的复制或对应理论的回归，也不是一种关于图像的'在场'的玄学的死灰复燃；它更应该是对图像的一种后语言学、后符号学的再发现，把图像当作视觉性、机器、体制、话语、身体和喻形性（figurality）之间的一种复杂的相互作用。"① 米歇尔从深层的意义上揭示了图像审美对视觉能力全面的提高，从更为积极的角度来肯定了作为审美主体在视觉行为中所展示的能力。

从审美客体的角度来看，图像作为审美对象也产生了前所未有的新质。图像是以电子技术机械复制的产物，与传统的造型艺术由艺术大师亲手创作的艺术经典作品那种"独一无二"的珍贵性来比，无疑它没有原作和赝品的区别，它都是可以大批量地复制的，无论是电影的拷贝，还是电视剧的光盘，都不具备那种原真性。本雅明于此的论述是切中实质的，他说："即使是最完美的艺术复制品中也会缺少一种成分：艺术品的即时即地性，即它在问世地点的独一无二性。"② 这种即时即地性被本雅明称之为"原真性"，他认为机械复制时代的艺术作品（如摄影、电影和电视剧等）所遗落的是传统造型艺术珍品所具有的"光韵"。但与那些模仿艺术珍品的手工复制品相比，它则显示出独特的价值所在。本雅明称传统艺术珍品的主要价值是"膜拜价值"，相对来说，机械复制的艺术品的主要价值可称为"展示价值"。当然，本雅明所论和我们所说的问题也许并非全是一回事，但图像作为"机械复制时代的艺术作品"的核心元素，则是无可怀疑的。相比较之下，传统造型艺术中的艺术形象，也是要表现事物的发展过程的，但它只能靠某一时刻的"定格"来表现。莱辛在其美学名著《拉奥孔》中在比较诗画的不同表现形式时指出绘画表现事物动态时有一广为人知的论述："绘画在它的同时并列的构图里，只能运用动作中的某一顷刻，所以就要选择最富于孕育性的那一顷刻，使得前前后后都可以从这一顷刻中得到最清楚的理解。"③ 的确，名画《马拉之死》不正是通过马拉的被杀死的画面使人们联想到事件的前前后后吗？当代的影视剧图像则用不着我们去想象推测，而是

① ［美］托马斯·米歇尔：《图像转向》，见陶东风、金元浦、高丙中主编《文化研究》第3辑，天津社会科学院出版社2002年版，第17页。

② ［美］瓦尔特·本雅明：《机械复制时代的艺术作品》，王才勇译，中国城市出版社2002年版，第8页。

③ ［德］莱辛：《拉奥孔》，朱光潜译，人民文学出版社1979年版，第83页。

通过图像的连续呈现而展示事件过程及人物的命运。这种动态的连续的图像叙事，要吸引更多的人的审美兴趣，则需要以画面的强烈的冲击力和事件连续发展中的曲折跌宕及人物情感表现的复杂多变来实现其价值存在。

从现象学的立场上，这类连续不断的图像，每一次呈现给主体，都是主体和客体的意向性交流。但作为一个完整的节目，必然是将这个节目的所有图像都观看之后才能获得整体的美感和意义的。这就形成了一个连续的视域。现象学的开创者胡塞尔曾论述过这样的感知过程："每一个感知，或者从意向相关项方面说，对象的每一个个别角度都指向一种连续性，即可能的新感知的多种连续。"① 从一个视域的过程来看，正在呈现给主体的目光的图像，表现为一种"充盈"，反之，则是处在"空乏"状态。胡塞尔论述说："在从一个符号意向到相应直观的过渡中，我们不仅只体验到一种单纯的上升，就像在从一个苍白的图像或一个单纯的草图向一个完全活生生的绘画过渡中所体验的那样。……表象的充盈则是从属于它本身的那些规定性之总和，借助于这些规定性，它将它的对象以类比的方式当下化，或者将它本身的那些规定性被给予的来把握。因而这种充盈是各个表象所具有的与质性和质料相并列的一个特征因素；当然，它在直观表象那里是一个实证的组成部分，而在符号表象那里则是一个缺失。表象越是'清楚'，它的'活力'越强，它所达到的图像性阶段越高，呈现在眼前的充盈也就越丰富。"② 胡塞尔讲的"表象"，未必和我们说的"图像"是一回事，但是其间仍然有内在的联系，我们可以借鉴这种思路。正在呈现于我们眼前的图像有着"充盈"的特点，这是一种"感性的灿烂"（杜夫海纳语）；而已然过去的图像和尚未到来的图像则是处在一种空乏状态之中。那么，整个视域的审美过程就是在充盈和空乏的转换之间。这在文字作品的审美和传统造型艺术的审美之中都并不明显，却非常适用于连续呈现而形成一个完整视域的图像审美过程。正在眼前的图像，对于主体的感知来说，是一种具有强烈冲击作用的"充盈"状态，但在其间又蕴含了整体的背景。它充满着审美的活力，放射着感性的光彩，却又将理性的精灵融化于整体的理解之中。我们在观赏一些影视剧的经典镜头时尤其深刻地感受到了这点。

---

① ［德］胡塞尔：《生活世界现象学》，倪良康、张廷国译，上海译文出版社 2002 年版，第 50 页。

② ［德］胡塞尔：《逻辑研究》第二卷第二部分，倪梁康译，上海译文出版社 1999 年版，第 75 页。

　　从图像来说，主体对于客体的审美活动具有突出的感性直观特征。正如斯托洛维奇所指出的，审美价值的最基本的层面首在于感性现实，"审美价值的感性现实——这是形成对象的外部形式，它的大小、颜色、亮度、表面特征或声响的自然性质。"① 这种感性直观的方式，也是面对以往的造型艺术的审美方式，但我们现在面对图像时却很少有古典化的"澄怀味象"，而是多与日常生活场景杂处中的流观泛览。

　　价值论中的一个重要问题是评价问题。在审美价值论中的审美评价也是不能回避的。审美评价是审美价值的反映，它是一种主体性的活动，随着主体的审美需要和审美心理结构的不同而不同。在审美评价中，审美趣味、审美标准和审美理想，都融化于审美主体的情感体验中发挥着作用。

　　在对图像的审美过程中，审美评价当然是存在的，而且应该得到强化，只不过是更具备着即时直观的特点，对一般的观赏者而言，更少一些理性反思的环节。对某类电视节目的喜爱或反感，被某类广告所吸引，而对另一类广告无动于衷，等等，都是审美评价的表现。在对图像的审美活动中，审美评价一般是以即时直观的形式进行的，图像以快捷的变化呈现其感性的形式和理性的内涵，我们对它们的评价很少有反思的时间，而是在对图像的当下观照中即刻作出判断。审美趣味在这里就承担着审美评价的职能。斯托洛维奇指出："审美趣味——这是根据快感或不快感（'喜欢'—'不喜欢'）而以有区别的评价感知各种审美属性的能力。"② 如果说我们在阅读文学作品时要通过对文字描述的艺术形象进行整体的内视性构形，在我们面对传统造型艺术时会对艺术家的形式技巧的个性因素进行理解和欣赏，那么在面对目不暇接、疾驰而过的图像时，我们会在瞬间不由自主地由审美趣味表达出对这样的图像喜欢与否。审美评价也就蕴含其中了。当然，审美评价还有多种形式，乃至于理性的反思等，但对图像最直接、最基本的审美评价在此决定了后面的取向。

　　我们从美学的维度来理解图像，这其实只是其中的一维，图像作为视觉文化时代的主要角色，所担负的文化使命是多维的。有相当多的图像，制作者的初衷不在于给人以艺术的、审美的享受，而在于或经济，或政治，或伦理，或其他。审美的价值只是附加的，可有可无的。我们这里只是以审美价

① ［苏］列·斯托洛维奇：《审美价值的本质》，凌继尧译，中国社会科学出版社1984年版，第61页。
② 同上书，第146页。

值的维度来诠解图像，但是，即便从审美价值的角度来考察，消费社会的图像制作也是相当驳杂的，除了那些能够体现出时代特征的积极价值之外，也还有着现在看来是消极的或者说是负面的价值。很多图像带着消费时代无法规避的商业气息，因为它们是资本运营的产物。尽管这与图像本身并非一回事，但又不能不深刻地影响着图像制作的格调品味。那些与作品主旨无关的感官刺激的图像，无非是借图像的直接冲击人们眼球的特点来达到商业的目的。比如影视剧中游离于情节的床上戏，还有那些和产品的性质无关的美女图像，等等，都通过欲望的刺激而达到其目的。博德里亚曾揭示出消费社会文化的"媚俗"倾向："当代物品中的一个主要的、带有摆设的范畴，便是媚俗。……媚俗随处可见，不管是在人造花朵中还是在浪漫摄影中。它自己宁愿把自己定义为伪物品，即定义为模拟、复制、仿制品，定义为真实的含义的缺乏和符号、寓物参照、不协调内涵的过剩，定义为对细节的歌颂并被细节填满。"① 在消费文化中，媚俗是一个最主要的痼疾所在。它对图像的制作所起的消极作用是最为普遍的，也是最为降低其美学品格的因素。

　　由电子技术所大量复制生产出来的图像，广泛而快捷地被人们消费着。无数的图像来去匆匆地呈现给观赏者的眼睛，对图像的大众化的需求促使了图像的粗制滥造，现在的图像制作多数都是快速运作的结果，艺术家的那种苦心孤诣的创作精神能够见到的已然不多。图像在很多场合下显现它的平面性、无深度。詹明信指出："一种崭新的平面而无深度的感觉，正是后现代文化的第一个、也是最明显的特征。说穿了这种全新的表面感，也就是给人以那样的感觉——表面、缺乏内涵、无深度。"② 历史感、深层意蕴的匮乏，是以图像为审美对象的消费文化的普遍感觉。日常生活中到处都有图像的存在与呈现，因此，无论你是否情愿，"日常生活审美化"都成了当今的审美现实的普遍化特征，这个命题的倡行，一方面是得自于西方思想家的灵感，一方面也是当前社会的文化现象的概括，也算是"春江水暖鸭先知"吧。但是，我们不妨仔细想想，似乎是生活充满了艺术和审美的气氛，实际上却由于深度感、历史感和整体感的缺乏，而导致了审美经验的浅表化和审美知觉的"缺席"。由于图像的缺少深度和碎片化，也由于审美过程的短促性，大大减少了主体的审美体验的机会。在当前这种消费社会的语境中，审美活

---

① ［法］让·博德里亚：《消费社会》，刘成富译，南京大学出版社2001年版，第114页。

② ［美］弗雷德里克·詹明信：《晚期资本主义文化逻辑》，张旭东译，三联书店1997年版，第440页。

动中的体验性被大大打了折扣。关键是在这一代与图像共生的青少年的审美感知中，审美体验这个重要环节很多时候是付之阙如的。

与此相关的是，审美过程中意义的弱化和审美判断的缺乏。审美自然应该采取感性的方式，但在这种感性的方式里并不排除理性的内涵和力量。进一步来看，也许理性的作用恰恰是应该作为图像的灵魂而涵容于其中的，只不过不是采取逻辑思维的路径而是化在感性的愉悦之中而已。要对审美对象作出正确的审美评价和判断，没有理性的力量是不行的。而在对图像的审美评价中，高尚的审美理想重要的问题是意义的弱化。其实，我们这个国度的图像制作的艺术层面，应该是以中华传统文化作为根基，图像与文字的姻缘是相当深厚的。很多优秀的影视剧作品，都是根据文学经典改编而成，其间多有图像的创造因素，但其内在的精魂还在经典之中。而新一代的青少年可说是与图像共生，通读文学经典者甚少。在他们对图像的理解中，意义的弱化，就是不可避免的了。

图像（影像、视像）在很大程度上成了我们这个时代的文化标志，也是"日常生活审美化"的表征。它们是无处不在的，对于图像的审美，在当代的审美生活中是最为普遍的。要对这个现象视而不见，我们的美学研究岂不是落入"刻舟求剑"的尴尬境地？我们对于图像审美也应该充分重视其时代意义，通过学理性的研究真正认识其对美学的推进作用；同样，我们的关注和研究也不能一味迎合，理性的态度是非常必要的。审美的泛化不妨视为文化的时代演进，但在"飞入寻常百姓家"的同时，美学是否有点浅表化的危险？我们应该葆有美学的批判权利，以思想的深度来把握我们这个时代的审美现实。

图像的审美价值与传媒艺术功能剖判[*]

一 图像作为视觉艺术的基本元素

作为我们这个时代的标志，图像在社会生活中的普遍存在已是一个客观的事实，无须多加议论。因而，我们这个时代被很多学者称之为"图像时代"或"视觉文化时代"。图像在人们的生活中呈现出日益强化的趋势，这样也使人们处在更为泛化的艺术氛围之中。所谓"日常生活审美化"的命题，其关键就在于图像或云影像所据有的主导地位。海德格尔敏锐地指出："根本上世界成为图像，这样一回事情标志着现代之本质。"[①] 所谓"世界成为图像"也即指人们以图像化的方式来构造我们的"生活世界"。

我们所说的"图像"（包括视像、影像等说法）指凭借当代的大众传媒，通过电子等高科技手段大批复制生产出来的虚拟性形象。这样说是为了将在当今时代成为标志性的审美元素的图像，和以往时代的艺术家用手亲自创作出来的视觉艺术作品区别开来。很明显，图像有着后者所无法取代的直观性、虚拟性和逼真性。图像作为当代大众传媒的最为基本的元素，是传媒的艺术语言。

在美学的范围里，价值论美学在很大程度上可以视为当代美学的一个重要转向，它使审美活动中主客体双方相互作用的关系得到了明确的揭示，而逸出了认识论美学的框架，同时，也使审美主体的作用得到了强化。所谓价值，就是客体和主体需要之间的一种特定的（肯定或否定）关系。马克思主义为价值论学说奠定了非常坚实的基础。马克思本人就曾为价值下过非常科学的界说："'价值'这个普遍的概念是人们对待满足他们需要的外界物

---

* 本文刊于《传媒与文艺》，人民文学出版社 2006 年版，第 230—245 页。

① 孙周兴选编：《海德格尔选集》，上海三联书店 1996 年版，第 899 页。

的关系中产生的。"① 非常深刻地道出了价值的本质属性。价值在审美关系中可以说是根本的属性，因为审美关系并非仅仅是审美主客体哪一方面占据主导地位，而是在彼此的相互作用中所产生的。正如苏联著名美学家斯托洛维奇所说："人的审美关系历来是价值关系，没有价值论的态度，要认识它原则上是不可能的。"② 而更为重要的又在于在审美关系中主体的评价性有着非常突出的地位。当然这种评价是以审美体验为其基点的，而不是以科学认识为基点。我们之所以从价值论的角度来谈论图像，也是因为由此我们得到了一种进行审美评价的权力。

图像在人们的审美需要及其满足（有一大部分属于替代性的满足）方面的功能是无可取代的。在消费社会的文化背景中，人们对于日常生活的需要和以往是有相当明显的不同的。如果说以往的日常生活的需要基本上是衣食住行等条件，当然也包括财富的积累，而现在人们的日常生活除此之外还更多地包括着由符号和镜像印证的场域与身份的区隔。与此同时，人们的快感渴望也由以往较为单纯的生理层面变为带有艺术和审美因素参杂其中。电子媒介手段和数字化的艺术在这里起了全方位的作用。

在我们的生活中，大众传媒用电子科技手段每天都把难以计数的图像（影像）呈现给人们的眼前，图像成为更多的人难以离开的"伴侣"。这种情形，形成了我们对于世界的新的观看方式、把握方式和理解方式。也是在这个意义上，海德格尔才说："从本质上看来，世界图像并非意指一幅关于世界的图像，而是指世界被把握为图像了。"③ 我们所意谓的"图像"，是以电子科技为其主要的生产手段的，其突出的特征是其仿真性、动态性和批量性。严格来说，"图像"只能是一个"家族相似"的、广义的概念，这个大家族中的各种图像，其实也是有着很大差异的。比如，电影、电视剧中的图像，电子游戏、网络中的图像，广告中的图像和纸文本中的图像，其特质和给人们的审美感受都有各自的特点。这些图像都是电子科技乃至数字技术的产物，与以往的绘画、雕塑等造型艺术相比，共同之处在于其虚拟的超真实感。文学作品的形象性是要靠审美主体对文字阅读后的想象而产生内视性的审美空间，绘画、雕塑等造型艺术，虽然给人以直观，但它们都带有艺术家

① ［德］马克思、恩格斯：《马克思恩格斯全集》第19卷，中共中央编译局译，人民出版社1964年版，第406页。

② ［苏］列·斯托洛维奇：《审美价值的本质》，凌继尧译，中国社会科学出版社1984年版，第20页。

③ 孙周兴：《海德格尔选集》，上海三联书店1996年版，第899页。

的明显印痕，体现出强烈的形式表现能力，却难以使人产生置身于真实的空间之内的审美感受。相对来说，我们所谈论的"图像"就不同了，它们以电子科技所创造的类于高度真实的世界，往往使我们置身于其间，而忘却了真正的现实世界的存在。这便是博德里亚所说的"超真实"。博德里亚说："影像不再能让人想象现实，因为它就是现实。影像也不再能让人幻想实在的东西，因为它就是其虚拟的实在。"① 其实，我们在面对传统的造型艺术作品时是进入艺术家的特定的艺术世界，那些艺术形象带有创作主体的强烈色彩；而当我们面对大众传媒所制作的图像时，则如同进入了一个非常真实的世界之中，似乎无须经过艺术家的折射。

　　作为审美对象，图像的大量存在，使我们对审美快感的含义不能不作重新的反思。经典美学对于审美经验的界定在图像审美中遇到了颠覆性的障碍，如果图像作为审美对象能够成立的话，康德式的"审美无利害"的铁律似乎在今天的审美现实中很难奏效。康德在《判断力批判》中提出了"那规定鉴赏判断的快感是没有任何利害关系的"著名命题，将审美快感与利害关系严格地剥离开来，他认为"一个关于美的判断，只要夹杂着极少的利害感在里面，就会有偏爱而不是纯粹的欣赏判断了。"② 康德称满足感官需要的生理快感为"快适"，并把它和审美快感加以严格的区分。康德的这种"审美无利害"的思想在审美理论领域长期占据主导地位，成为审美与非审美的主要分野。这种观点在后来的桑塔耶那、迪基等美学家那里受到了严重的挑战，动摇了这种理论的根基。当今的审美活动与图像之间的不解之缘，将审美经验的问题再一次提到了我们面前，使我们对此无法回避。这样也好，我们就是要从美学的角度对它进行较为客观的阐释，以便能够有一个尝试的建构。

二　传媒文艺具有整合统领其他艺术样式的地位与功能

　　传媒文艺，指大众传媒系统中以电视传播方式为载体的文艺创作、作品与接受的总称。其中，它所包含的样式是多种多样的，如电视剧、电视音乐、电视舞蹈、电视戏曲、电视散文、相声、小品、综艺晚会等多种形式。传统的艺术形式，进入大众传媒系统，得到了最大化的传播效果，同时，也

　　① ［法］让·博德里亚：《完美的罪行》，王为民译，商务印书馆2002年版，第8页。
　　② ［德］康德：《判断力批判》，宗白华译，商务印书馆1964年版，第41页。

必然产生与原来的效果不尽相同的变异。这种变异是统一于传媒文艺的总体性质的。传媒文艺是以图像和声音为其最基本的元素的。如电视舞蹈，突出了电视传播适合于舞蹈的某些方面，使得欣赏者在欣赏过程中得到了一种特殊的审美感受。诚如有的研究者所指出的："电视图像只适合于传播运动速度相对较慢的舞蹈。从舞蹈基本技巧来看，黄豆豆不逊于杨丽萍，但是他快速的动作变换在电视画面中却成了缺点，使荧屏前的观众无法领略到其中的美。而杨丽萍的成功在于其舞蹈动作变换是舒缓的，恰恰适合于电视传播，她用修长的手臂模拟的孔雀是局部的细节动作，最适合于由电视传播和美化。所以，电视摄像机对杨丽萍细节性慢节奏的舞蹈——《孔雀舞》作了加法，而对黄豆豆整体气势与细节性结合的快节奏舞蹈——《醉鼓》、《龙腾虎跃》作了减法。"① 这个分析是揭示了电视舞蹈的独特审美规律的。再如电视音乐。音乐是最为典型的听觉艺术，以优美的旋律打动人的心灵。电视音乐却通过画面来表现那些美妙的歌声和乐曲所供人想象的内容。MTV等艺术样式的成熟与发展，使以往只是诉诸听觉的那些宛妙的旋律，借助视觉图像的翅膀飞得更高更远。文学在传媒时代的地位似乎颇为黯淡，视觉文化作为一种时代的症候，使文学在艺术畛域中的王者地位受到了严重的挑战，许多文学理论家对此都忧心忡忡。但在我看来，文学恰恰是在传媒时代更为出神入化地发挥了它的作用，无所不在地通过传媒艺术的图像而映入人们的眼帘，也浸入人们的心灵。文学就其艺术特质来说，便是内在的视像之美。无论是叙事还是抒情，打动人的美感力量在于创造了呈现于人的心灵屏幕的内在视像。中国古代著名的文艺理论家刘勰在其《文心雕龙·神思》篇中所说的"窥意象而运斤"，这里所说的"意象"，就是作家内心孕化出的内在视像。作者在创作时是这样，读者在接受时也是将文字在头脑中转换成一幅幅画面。这也是文学作为一种艺术的语言文字与其他的语言文字最重要的区别。著名现象学美学家英加登在分析"文学的艺术作品"的基本结构时指出其有这样几个层次：一是语词层次；二是意群层次；三是图式化外观层次；四是在句子投射的意向事态中描绘的客体层次。② 其中的"图式化外观层次"，在我看来是文学作品与其他类型的文字相区别的根本特征。正

---

① 耿文婷：《中国的狂欢节—春节联欢晚会审美文化透视》，文化艺术出版社 2003 年版，第145 页。

② ［波］罗曼·英加登：《对文学的艺术作品的认识》，陈燕谷、晓未译，中国文联出版公司1988 年版，第 10 页。

是因为这样的特征，文学才与传媒有着内在的一致性。文学的内在视像之美，通过大众传媒得到外显，成为活生生地呈现在人们眼前的视像。

对于纳入大众传媒系列中的各个艺术门类来说，传媒文艺成为一种整合的力量，具有覆盖和统领的地位，也使视觉化的特征贯通了这些艺术门类。

三　图像对于人的审美感知的全面提高

图像审美使审美主体的审美感知能力有了时代性的变化与提高。通过大量的图像化的审美活动，当今我们的视觉审美能力和听觉审美能力都产生了深刻的变异。对于人的全面发展这样一个马克思主义美学命题而言，这无疑是一大幸事！马克思说过这样一番具有重要美学价值的话，他说："对私有财产的积极的扬弃，也就是说，通过人并且为了人而对人的本质和人的生活，对对象化了的人和属人的创造物的感性的占有，不应当仅仅被理解为对物的直接的、片面的享受，不应当仅仅被理解为享有、拥有。人以一种全面的方式，也就是说，作为一个完整的人，把自己的全面本质据为己有。人同世界的任何一种属人的关系——视觉、听觉、嗅觉、触觉、思维、直观、感觉、愿望、活动、爱——总之，他的个体的一切官能，正像那些在形式上直接作为社会的器官而存在的器官一样亦即通过自己同对象的关系，是属人的现实的实际上的实现。是人的能动和人的受动。因为按人的含义来理解的受动，是人的一种自我享受。"① 马克思的这段论述和我们的话题最有联系的意思是，人的全面的本质的丰富和占有，最重要的是属人的感官的充分的发展。尤其是视觉和听觉作为人的感官是最具审美性质的。马克思的名言"人的本质的力量的对象化"，并非泛泛之论，而是具体到每一种感官独特的"本质力量"，如他所说："对象如何对他说来成为他的对象，这取决于对象的性质以及与其相适应的本质力量的性质；因为正是这种关系的规定性造成了一种特殊的、现实的肯定方式，眼睛对对象的感受和耳朵不同，而眼睛的对象不同于耳朵的对象。每一种本质力量的独特性，恰恰是这种本质力量的独特的本质，因而也是它的对象化之独特方式，它的对象性的、现实的、活生生的存在的方式，因此，人不仅在思维中，而且以全部感觉在对象世界中肯定自己。"② 图像相对的人的本质力量是视觉的，视觉作为人的审

① ［德］马克思：《1844 年经济学哲学手稿》，刘丕坤译，人民出版社 1979 年版，第 77 页。
② 同上书，第 79 页。

美最主要的方式，具有独特的本质。这使得我们今天善于观赏和把握图像的能力于前有大大的提高。数字技术的运用，使之可以在似乎非常真实的空间中构造出任何的图像，使文学中那种"思接千载"、"视通万里"的超越现实的想象，直观地呈现在人的眼前，而且"真实"得天衣无缝，如好莱坞大片所创造的影像空间。这使我们的视觉不仅止于对外在的客观物象的把握，而且大大发展了眼睛的审美构形能力。其他如在图像的连续转换中直观内涵的能力，对图像的色彩形式的鉴赏能力、对声画配合的感受与评价能力，等等，这就造就了当今时代的图像审美中主体的视觉对世界的全方位的穿透力和把握能力。美国著名学者托马斯·米歇尔教授的这样一段论述应该是对我们理解审美视觉发展颇具启发意义的，他说："因而，无论图像转向是什么，我们都应该明白，它不是向幼稚的模仿论、表征的复制或对应理论的回归，也不是一种关于图像的'在场'的玄学的死灰复燃；它更应该是对图像的一种后语言学、后符号学的再发现，把图像当作视觉性（visuality）、机器（apparatus）、体制、话语、身体和喻形性（figurality）之间的一种复杂的相互作用。我们的认识是，观看行为（spectatorship）（观看、注视、浏览，以及观察、监视与视觉快感的实践）可能与阅读的诸种形式（解密、解码、阐释等）是同等深奥的问题，而基于文本性的模式恐怕难以充分阐释经验或'视觉识读能力'。"① 米歇尔从深层的意义上揭示了图像审美对视觉能力全面的提高，从更为积极的角度来肯定了作为审美主体在视觉行为中所展示的能力。

事实上，传媒艺术的图像生产，不仅是对视觉审美能力的提升，而且使人的感知觉得到了综合的贯通。视觉与听觉，还有其他的感官，都在传媒的整合力量下，形成了一个整体的感受。这或许可以用钱锺书先生所说的"通感"加以理解。区别在于钱锺书先生的"通感"还侧重于人的内在感知，而在电子科技生产出来的图像与音响，则给人以非常真切的外在综合感受，图像画面和声音节奏融合在一起，使人的审美感知能力得到了全方位的升华。

从审美客体的角度来看，图像作为审美对象也产生了前所未有的新质。图像是以电子技术机械复制的产物，与传统的造型艺术由艺术大师亲手创作的艺术经典作品那种"独一无二"的珍贵性来比，无疑它没有原作和赝品

① ［美］托马斯·米歇尔：《图像转向》，见陶东风、金元浦、高丙中主编《文化研究》第3辑，天津社会科学院出版社2002年版，第17页。

的区别，它都是可以大批量地复制的，无论是电影的拷贝，还是电视剧的光盘，都不具备那种原真性。本雅明于此的论述是切中实质的，他说："即使最完美的艺术复制品中也会缺少一种成分：艺术品的即时即地性，即它在问世地点的独一无二性。"① 这种即时即地性被本雅明称之为"原真性"，他认为机械复制时代的艺术作品（如摄影、电影和电视剧等）所遗落的是传统造型艺术珍品所具有的"光韵"。但与那些模仿艺术珍品的手工复制品相比，它则显示出独特的价值所在。本雅明称传统艺术珍品的主要价值是"膜拜价值"，相对来说，机械复制的艺术品的主要价值可称为"展示价值"。当然，本雅明所论和我们所说的问题也许并非全是一回事，但图像作为"机械复制时代的艺术作品"的核心元素，则是无可怀疑的。图像作为审美客体，以其高清晰度的展示，表现了传统造型艺术所难以逼真表现的一些情境、状态，如人物的某些特殊表情，同时，它们的动态性、连续性和空间特征，使我们凭借观念中的想象就可以直击人物命运和事件的变化与结局。试想一下：传统造型艺术中的艺术形象，也是要表现事物的发展过程的，但它只能靠某一时刻的"定格"来表现。莱辛在其美学名著《拉奥孔》中在比较诗画的不同表现形式时指出绘画表现事物动态时有一广为人知的论述："绘画在它的同时并列的构图里，只能运用动作中的某一顷刻，所以就要选择最富于孕育性的那一顷刻，使得前前后后都可以从这一顷刻中得到最清楚的理解。"② 莱辛说得是相当有道理的。我们想想，名画《马拉之死》不正是通过马拉的被杀死的画面使人们联想到事件的前前后后吗？当代的影视剧图像则用不着我们去想象推测，而是通过图像的连续呈现而展示事件过程及人物的命运。这种动态的连续的图像叙事，要吸引更多的人的审美兴趣，则需要以画面的强烈的冲击力和事件连续发展中的曲折跌宕及人物情感表现的复杂多变来实现其价值存在。

　　从图像来说，主体对于客体的审美活动具有突出的感性直观特征。正如斯托洛维奇所指出的，审美价值的最基本的层面首在于感性现实，"审美价值的感性现实——这是形成对象的外部形式、它的大小、颜色、亮度、表面特征或声响的自然性质"③。这种感性直观的方式，也是面对以往的造型艺

---

　　① ［德］本雅明：《机械复制时代的艺术作品》，王才勇译，中国城市出版社 2002 年版，第7—8 页。

　　② ［德］莱辛：《拉奥孔》，朱光潜译，人民文学出版社 1979 年版，第 83 页。

　　③ ［苏］列·斯托洛维奇：《审美价值的本质》，凌继尧译，中国社会科学出版社 1984 年版，第 61 页。

术的审美方式，但我们现在面对图像时却很少有古典化的"澄怀味象"（南朝宗炳《画山水序》中语），而是多与日常生活场景杂处中的流观泛览。以大众传媒的代表电视为例。作为审美过程的具体环节，每一次面对单个的图像都是一个观看行为，而电视节目（或电视剧）是以难以胜数的图像（镜头）的不断变换，连续向前发展的，而且速度非常之快。作为审美主体的受众，自然是没有时间对图像进行凝神观照，而体现出相当的被动性，但这种状态使主体形成了快速接受和把握图像的感性美质的习惯与能力。

价值论中的一个重要问题是评价问题。在审美价值论中的审美评价也是不能回避的。价值是客体和主体需要之间的客观关系，其结果是主客体的一致，即客体满足了主体的需要，价值本身具有明显的客观性。评价是价值在意识中的反映，带有明显的主观性。评价的对象不是客体的实体性属性，而是客体的价值属性，或客体与主体需要的关系。评价与认识有内在的联系，但却不是一回事，甚至有相当大的区别。认识是以认知的形式反映客体的，而评价则是以意识的认识、情感、意志等诸种形式，反映客体与主体的需要关系。审美评价是审美价值的反映，它是一种主体性的活动，随着主体的审美需要和审美心理结构的不同而不同。斯托洛维奇对审美评价有颇为精到的论述，他认为："正因为审美关系的客体带有价值性，所以这种关系不可能不是评价的。像已经指出的那样，评价不创造价值，但是价值必定要通过评价才能被掌握。"① 审美评价无须以认知或抽象的方式进行，而是在情感体验和审美直觉的过程中进行的。在审美评价中，审美趣味、审美标准和审美理想，都融化于审美主体的情感体验中发挥着作用。

在对图像的审美过程中，审美评价当然是存在的，而且应该得到强化，只不过是更具备着即时直观的特点，对一般的观赏者而言，更少一些理性反思的环节。对某类电视节目的喜爱或反感，被某类广告所吸引，而对另一类广告无动于衷，等等，都是审美评价的表现。在对图像的审美活动中，审美评价一般是以即时直观的形式进行的，图像以快捷的变化呈现其感性的形式和理性的内涵，我们对它们的评价很少有反思的时间，而是在对图像的当下观照中即刻做出判断。审美趣味在这里就承担着审美评价的职能。斯托洛维奇指出："审美趣味——这是根据快感或不快感（'喜欢'—'不喜欢'）而以有区别的评价感知各种审美属性的能力。首先，审美趣味被评定为区分

---

① ［苏］列·斯托洛维奇：《审美价值的本质》，凌继尧译，中国社会科学出版社1984年版，第146页。

现实和艺术中美和丑的能力。但是，审美趣味也能区分审美和非审美（例如，区分喜和原始笑料），能揭示悲和喜这样的审美属性在其深浅程度不同的千姿百态中的存在。……趣味评价在很大程度上是直觉的。它在情感上发生于理性的审美判断之先。审美趣味使人可能在无论作出什么样的理性分析和解释之前，就根据现象的外部特征猜测它的审美属性的性质。"① 如果说，我们在阅读文学作品时要通过对文字描述的艺术形象进行整体的内视性构形，在我们面对传统造型艺术时会对艺术家的形式技巧的个性因素进行理解和欣赏，而在面对目不暇接、疾驰而过的图像时，我们会在瞬间不由自主地由审美趣味表达出对这样的图像喜欢与否。审美评价也就蕴含其中了。当然，审美评价还有多种形式，乃至于理性的反思等，但对图像最直接、最基本的审美评价在此决定了后面的取向。

四 传媒艺术的图像充溢的负面价值

我们从美学的维度来理解图像，这其实只是其中的一维，图像作为视觉文化时代的主要角色，所担负的文化使命是多维的。有相当多的图像，制作者的初衷不在于给人以艺术的、审美的享受，而在于或经济，或政治，或伦理，或其他。审美的价值只是附加的，可有可无的。我们这里则只是以审美价值的维度来诠解图像，至于其他，则非我这篇小文讨论的范围。而即便是从审美价值的角度来考察，消费社会的图像制作也是相当驳杂的，除了那些能够体现出时代特征的积极价值之外，也还有着现在看来是消极的或者说是负面的价值。很多图像带着消费时代无法规避的商业气息，因为它们是资本运营的产物。尽管这与图像本身并非一回事，但又不能不深刻地影响着图像制作的格调品味。那些与作品主旨无关的感官刺激的图像，无非是借图像直接冲击人们眼球的特点来达到商业的目的。比如影视剧中游离于情节的床上戏，还有那些和产品的性质无关的美女图像，等等，都通过欲望的刺激而达到其目的。博德里亚曾揭示出消费社会文化的"媚俗"倾向："当代物品中的一个主要的、带有摆设的范畴，便是媚俗。……媚俗随处可见，不管是在人造花朵中还是在浪漫摄影中。它自己宁愿把自己定义为伪物品，即定义为模拟、复制、仿制品、定义为真实的含义的缺乏和符号、寓物参照、不协调

---

① ［苏］列·斯托洛维奇：《审美价值的本质》，凌继尧译，中国社会科学出版社1984年版，第146页。

内涵的过剩，定义为对细节的歌颂并被细节填满。媚俗是一个文化范畴。"①
在消费文化中，媚俗是一个最主要的痼疾所在。它对图像的制作所起的消极
作用是最为普遍的，也是最为降低其美学品格的因素。

由电子技术所大量复制生产出来的图像，广泛而快捷地被人们消费着。
无数的图像匆匆来去地呈现给观赏者的眼睛，对图像的大众化的需求促使了
图像的粗制滥造，现在的图像制作多数都是快速运作的结果，艺术家的那种
苦心孤诣的创作精神能够见到的已然不多，而且，图像也更多地体现出后现
代文化的碎片化和表层化的性质。图像在很多场合下显现它的平面性、无深
度。詹明信指出："一种崭新的平面而无深度的感觉，正是后现代文化的第
一个、也是最明显的特征。说穿了这种全新的表面感，也就是给人以那样的
感觉——表面、缺乏内涵、无深度。"② 历史感、深层意蕴的匮乏，是以图
像为审美对象的消费文化的普遍感觉。日常生活中到处都有图像的存在与呈
现，因此，无论你是否情愿，"日常生活审美化"（不管这个命题有没有那
么确切）都成了当今的审美现实的普遍化特征，这个命题的倡行，一方面
是得自于西方思想家的灵感，一方面也是当前社会的文化现象的概括，也算
是"春江水暖鸭先知"吧。但是，我们不妨仔细想想，似乎是在生活充满
了艺术和审美的气氛，而实际上却由于深度感、历史感和整体感的缺乏，而
导致了审美经验的浅表化和审美知觉的"缺席"。由于图像的缺少深度和碎
片化，也由于审美过程的短促性，大大减少了主体的审美体验的机会。在当
前这种消费社会的语境中，审美活动中的体验性被大大打了折扣。关键是在
这一代与图像共生的青少年的审美感知中，审美体验这个重要环节很多时候
是付之阙如的。

与此相关的是，审美过程中意义的弱化和审美判断的缺乏。审美自然应
该感性的方式，但在这种感性的方式里并不排除理性的内涵和力量。进一步
来看，也许理性的作用恰恰是应该作为图像的灵魂而涵容于其中的，只不过
不是采取逻辑思维的路径而是化在感性的愉悦之中而已。宋人严羽论诗曾
说："诗有别材，非关书也；诗有别趣，非关理也。然非多读书，多穷理，
则不能极其致。"③ 这段话既强调了诗歌作为审美创造的感性方式，同时又

① ［法］让·博德里亚：《消费社会》，刘成富译，南京大学出版社 2001 年版，第 114 页。
② ［美］弗雷德里克·詹明信：《晚期资本主义的文化逻辑》，张旭东译，三联书店 1997 年版，第 440 页。
③ 郭绍虞：《沧浪诗话校释》，人民文学出版社 1961 年版，第 26 页。

指出了要使诗歌创作臻于"极致",恰恰又要读书穷理,揭示了审美创造中感性和理性的辩证关系。要对审美对象作出正确的审美评价和判断,没有理性的力量是不行的。而在对图像的审美评价中,高尚的审美理想是十分必要的。目前这种普遍化的图像文化,一个重要的问题是意义的弱化。其实,我们这个国度的图像制作的艺术层面,应该是以中华传统文化作为根基,图像与文字的姻缘是相当深厚的。很多优秀的影视剧作品,都是根据文学经典改编而成,其间多有图像的创造因素,但其内在的精魂还在经典之中。而新一代的青少年可说是与图像共生,通读文学经典者甚少。比如,对《红楼梦》、《三国演义》等的了解,也都是来自于影视作品。在他们对图像的理解中,意义的弱化,就是不可避免的了。

抽象能力是人的一种最为重要的能力,不会抽象,也就丧失了人的超越品格。人之所以能够超越动物而构建出属人的世界,关键在于人有着远远高于动物的抽象能力。文字在这方面担负着最为重要的功能。但是,大众传媒的图像无处不在地充溢着人们的眼睛,也遮蔽着人们的思维,久而久之,造成了人的抽象能力的退化,这已经是一个客观存在的趋势。

"图像时代"文艺学的突破之维[*]

一

说我们这个当下的时代是一个图像时代，也许未必是完全科学的，但从某种意义来说又概括了它的特征所在。这个说法固然是来自于20世纪西方后半期的思想家们对于后现代文化影响下的社会文化现实的一种概括，但是，我们的当下状况，又何尝不是被大量的图像所围绕着。这个事实用不着再多加论证。其实，关于"图像"，关于视觉文化，国内已有许多学者有所论述。我这里要谈的是与之相关的文艺学的学科发展问题。目前的文艺理论界有两个讨论的话题：一是关于"文学理论的边界"的讨论，二是"当代文艺学学科反思"的讨论。这二者之间似乎谈的不是一回事，其实都是谈当前的全球化文化语境下我国的文学理论或文艺学学科应该如何应对的问题。因为我们的文艺学的传统的研究范围是以文学为对象的。"图像时代"或"图像社会"的概念，并非是在文学领域中提出的，而是由西方的一些后现代的理论家从文化学、社会学乃至于政治经济学的角度提出来的，牵扯到非常复杂的背景；但是都落到了美学层面上。西方的论述消费社会的理论家如德波尔、博德里亚或费瑟斯通，都将大众文化中的消费行为和人们的审美活动密切联系起来。德国美学家韦尔施明确揭示了日常的物质生活和大众传媒中的审美化，韦尔施指出："在表面的审美化中，一统天下的是最肤浅的审美价值：不计目的的快感、娱乐和享受。这一生气勃勃的潮流，在今天远远超越了日常个别事物的审美掩盖，超越了事物的时尚化和满载着经验的生活环境。它与日俱增地支配着我们的文化总体形式。经验和娱乐近年来成了文化的指南。……日常生活与微电子生产过程的交互作用，导致我们的意

　　* 本文刊于《湖南文理学院学报》2009年第1期。

识、以及我们对于现实的整体把握的一种审美化。……社会现实自从主要是经传媒、特别是经电视传媒来传递和塑造以来，也经历着剧烈的非现实化和审美化过程。"① 我国阐扬"日常生活审美化"的学者，也是从文化研究的角度来提出问题的。作为原来的核心的审美方式的文学，遭到了严重的挑战。文学理论在这种境遇中应该何以自处？文艺学的学科内涵和外延应该如何界定？这就成了文艺学学者们无法回避的严肃课题。

我无意于就争论的各方意见表述自己的态度，但拟从这个问题的学理层面提出自己的看法。关于"文学理论的边界"，当然是要面对文学的当下状况加以变动的。文学不可能是一个孤立于社会文化转型的自律系统，它的理论研究必须面对当下的文化环境。文学理论在今天尤其应该具有它的开放性和移动性，这是用不着遮掩的。但是在图像成为无所不在的文化存在的今天，文学是不是就退出了"历史舞台"？文学理论是不是就可以弃置不顾或者说就没有拓展的余地了？文化研究是不是可以取代文学本身的研究了？这些问题是应该得到认真思考与回答的。我觉得现在学术界关于以"日常生活审美化"为代表的讨论，敏锐地反映了当下的审美生活的现实，把握了社会文化转型的本质与核心；但是它并没有回答文学理论如何改进和发展的问题，而这个问题是不可回避的。无须更多去论证的事实是，即便是视觉文化已成为时代的主导趋势，图像的审美方式已成为主要的审美方式，文学也仍然有着它无法取代的重要作用和功能。在人们所公认的文艺学的学科内涵没有彻底改变之前，从后现代的文化理论出发来谈论文艺学的学科建设，而不涉及文学理论的内部突破，是不可能真正实现文艺学的重建的。

在我看来，文艺学的学科前景应该是建设性的，应该是有着学理的延伸的。仅仅从社会学或文化学的立场上来谈视觉文化，解决不了文艺学的内在发展问题。而文艺学正该承担起理清文学和图像审美之间关系的历史性任务。我以为体现并建构文学和图像联姻，非文艺学莫属。文艺学的研究对象，应该包括文学本身及以文学为基础的视觉文化的审美现象。

图像时代的到来，无论在西方，还是在中国，都是一种客观存在的势头，深刻的经济的、社会的原因，已经得到一些著名的西方思想家的揭示。德波尔、博德里亚、詹姆逊等都对这种现象作了独具慧眼的分析。图像时代是与后现代文化的特征密切联系着的。到处都以各种形式呈现的图像，并不

---

① ［德］沃尔夫冈·韦尔施：《重构美学》，陆扬、张岩冰译，上海译文出版社 2002 年版，第7—9 页。

能全然满足我们的审美需要，而很多图像未必具有审美的性质。詹姆逊认为："可以说，一种崭新的平面而无深度的感觉，正是后现代文化第一个、也是最明显的特征。说穿了这种全新表面感，也就是给人那样的感觉——表面、缺乏内涵、无深度，这几乎可说是一切后现代主义文化形式最基本的特征。"① 我们现在触目所及的图像，也大致有着这样的平面化、缺乏深度的特征。

泛化在我们的日常生活中的图像，其实是商品经济借助于电子传媒的技术手段大行其道的产物，这也许并非是文艺学需要更多关注的对象。西方的后现代思想家们已经从消费经济的角度来揭示了图像的本质。德波尔把充满视觉诱惑的社会称之为"景观社会"，正如贝斯特概括的德波尔的观点说："德波尔仿效《资本论》开篇的句子说：'在现代生产条件下，生活本身成了景观的一个庞大的堆积。'这个景观社会仍然是一个商品社会，它在生产中被确立，但最终在一个更高更抽象的水平中重组。"这种景观社会，如其所描绘的："黄页目录让消费者进入商品的天堂，许多公司开始用图片和广告在市场上买卖他们的货物，创造出一个用影像提供快乐、奢华和卓越梦想的社会。"② 博德里亚更是从生产出发来解析消费社会，他在早期曾著有《符号政治经济学批判》一书，提出了符号政治经济学的理论框架，作为批判现代资本主义社会的理论基础。在博德里亚看来，物质生产在消费社会中，已经被媒介生产所取代。在媒介生产中，符号的差异关系以及被符号差异关系所生产出来的意象，构成了主导内容。在博德里亚的思考中，符号编码体现为消费社会的运行机制。通过对大众媒介的分析，博德里亚认为，我们进入的是一个通过符号编码而复制出来的世界，这时的世界与符号的边界不再存在，这是符号的"内爆"，造就的是一种"超真实"的世界。博德里亚等人从经济学和社会文化学的角度对图像社会所做的批判是深刻的，他们也提出了在消费社会中图像的美学维度，如博德里亚将"媚俗"作为一个当代的美学范畴。但是应该看到，我们如果仅仅是模仿着博德里亚们的思路和口气来谈论当前我国的文学艺术现实，来争论文艺学的学科建设应该取一个怎样的方向，那是远远不够的。以后现代主义的文化理论作为底色也是无

---

① 〔美〕弗雷德里克·詹明信：《晚期资本主义的文化逻辑》，陈清侨等译，三联书店1997年版，第440页。

② 〔美〕斯蒂芬·贝斯特、道格拉斯·科尔纳：《后现代转向》，陈刚译，南京大学出版社2002年版，第109页。

法在核心地带展开文艺学的讨论的。日常生活中环绕在我们身边的这些图像，如到处都有的广告牌，商场里为了促销的各色形象，杂志上的美女图片，还有大量的电视节目，等等，使我们的生活似乎都艺术化、美学化了，也不妨视为当今审美生活的一种现实，而它们其实只是审美的泛化。在这个泛化的过程中，美学和艺术却遭到了空前的解构。韦尔施如此描述这种"浅表审美化"的情形："审美化最明显地见于都市空间中，过去的几年里，城市空间中的几乎一切都在整容翻新。购物场所被装点得格调不凡，时髦又充满生气。这股潮流长久以来不仅改变了城市的中心，而且影响了市郊和乡野。……在表面的审美化中，一统天下的是最肤浅的审美价值，不计目的的快感、娱乐和享受。"① 韦尔施也明确地指出："这类日常生活的审美化，大都服务于经济的目的。"② 在我看来，这种情形当然是目前社会的审美生活的一个普遍的现象，但它们不能代表美学的全部，当然也不是文艺学建构所主要阐释的问题。而文艺学要努力关注并应提出自己理论主张的一个重要方面，应该是文学在图像时代的功能和作用、文学与视觉文化的关系等问题。

二

　　文学的审美方式在当下的审美生活中的功能与意义。图像的审美虽然在今天的审美生活中占有了相当大的比重，但它不可能"包打天下"。图像的审美是直接的视觉呈现，文学的审美则是以文字符号转化为内在的人物、情境的内在视像。我们现在所说的"图像"，其实是非常复杂的，有各种情况。大多数的图像是处在人的日常生活的状态下，相对而言是一种被动的接受。视觉图像的呈现多数是浅表化的、无深意的、稍纵即逝的，但又是鲜明的、看上去非常真实的。图像审美更多的渠道是传媒，最主要的当然是电视。电视影像也在更多的板块里趋于审美化，给人以更能耸动视觉的图像美感。但是，电视图像的审美，仍然是被动的。而文学作品的审美方式，则有着更多的主动性。面对文学文本，人们可以自由地选择阅读的时间、地点，可以反复玩味，可以沉吟遐想，可以在头脑中自由地勾勒由文字描绘的情景。文学作品的主要样式，如小说、散文、纪实文学、诗歌等，仍然是现今

　　① ［德］沃尔夫冈·韦尔施：《重构美学》，陆扬、张岩冰译，上海译文出版社 2002 年版，第6页。
　　② 同上书，第7页。

时代一部分人最为重要的审美方式。一般的浅表层次的图像审美，不能满足很多有着文学的审美需要的人的要求。想象是审美心理的一个非常重要的因素，离开了想象的审美，也就缺少了应有的韵味，只能做表层的瞬间映现，而无法扩展其中的审美空间。在蕴含想象、创造想象的审美机制中，文学是首当其冲的。缺少文学性的图像审美，在这方面是承担不了这份责任的。

从视觉文化的审美因子本身来说，文学性也是其中非常重要的因素。蒸发了文学性的图像，很可能是零碎的、浅表的、互不相干的，是碎片的拼凑。换言之，对于图像审美来说，其内在的文学性是非常重要的。仅仅醉心于画面的美感而缺乏内在的意蕴或相当的叙事结构及文学语言的配合，这在图像审美中属于浅表层次的一类。图像审美并不是视觉文化的全部，视觉文化的审美因子，不应是排斥文学性的，反倒是要依靠文学性的。图像审美能否具有隽永的意味、精美的形式以及吸引人心的魅力，在很大程度上是依重于文学的。以电视为例。电视节目中最具有审美性质的当属电视剧、综艺晚会等类。在中国的电视剧里，人物性格、人物命运、人物语言、故事情节对于观众来说是最有审美兴趣的。尤其是电视连续剧，一般都在 20 集以上，之所以能够吸引观众一集一集地看下去，其关键的因素在于电视剧情节的曲折跌宕及人物命运际遇的变化。这种因素当然不是仅靠视像的，而恰恰是必不可少的文学因素。其实，中国的电视剧深深植根于中华民族文学的传统之中，中国古典小说的那种鲜明的人物性格、一波三折的故事情节，在电视剧中是处处存在的，也是电视剧艺术成功的原因所在。再如综艺晚会等类文艺节目，主持人的串场词及相声、小品的文学脚本乃至于歌曲的歌词等文学因素，都是非常重要的。以观众最为喜欢的小品为例。真正能够成为精品的小品节目，都是以深刻而幽默的文学脚本为其基础的，反之，如果没有好的文学脚本，即使是非常优秀的演员也难有好的小品。

从中国人的审美兴趣来说，图像之美与其意境感有内在的关系。无论是电影电视镜头，还是广告的画面，抑或是刊物上的彩页，图像的意境感是吸引人们的注意力的重要因素。具有较高审美价值的画面，会给人留下难忘的印象，也具有更多的含蕴，这是超越于那种即见即忘的一般图像的。中国古典文学尤其是诗歌，是最重视意境感的创造的，这已经成为中国人的一种审美潜意识，积淀在心理结构之中。从对图像的欣赏角度来看，人们还是以具有整体性、连续性的图像系列为其审美的方向所在，而对那些碎片化的东西是只以满足视觉快感为目的的。所谓整体性，指图像本身具有独立的完整的意义，是一个自成一体的符号。它也可能是单独的图像，也可能是一系列图像的合成。关于这一点，苏珊·朗格最为强调艺术符号的整体性，她说："艺术品作为一个整体来说，就是情感的意象。对于这种意象，我们可以称之为艺术符号。这种符号是一种单一的有机结构体，其中的每一个成份都不能离开这个结构体而独立地存在，所在单个的成份就不能单独地去表现某种情感。——因此，艺术符号是一种单一的符号，它的意味并不是各个部分的意义相加而成。"[①] 朗格的这种理论对于图像的审美对象而言，是颇为中肯的。连续性也是图像审美的一种内在追求，这是与整体性相联系的。从人的审美心理来看，对于未知的东西的期待，是暗含在审美过程之中的。单独的图像在大多数时候很难满足这种期待。以图像的连续呈现来预示未知、回答未知乃至再产生新的未知，这是图像审美在其深层意义的优长。

视觉和听觉都是最主要的审美功能，这一点，已是许多美学家都已经论述过的了。听觉美感和视觉美感的完美结合，是现今大众传媒的一个重要特点。脱离声音的图像在电视或电影中是很少存在的。声音和画面相互融合，相互诠释，有机地结合在一起。而与画面配合的声音有音乐，更多的是语言。语言中的文学性是其重要因素。

在图像审美中，文学性成为图像的内涵或意义，起着不可小觑的作用。无视这一点，图像就会流于浅表化和碎片化。在当今这样一个以大众传媒为主角的图像时代，文学似乎更多地隐身化地存在了，这是一个事实；但是，文学并没有终结，也不可能终结。文学本身也借助于图像而得到了广泛的传播。优秀的电视艺术作品有很多是文学经典的改编，而文学经典也以图像的翅膀飞向了千家万户。文学和图像的这种关系，应该是文艺学研究的一个重要课题，也是当代的文艺学建设的一个重要维度。

---

① ［美］苏珊·朗格：《艺术问题》，滕守尧、朱疆源译，中国社会科学出版社1983年版，第130页。

视像的深度与现象学的本质直观[*]

一

图像（视像、影像）的审美、视觉文化等，在我们这个时代成为最突出的现象，这也是后现代文化的一个表征。之所以图像是后现代文化的题中应有之义，"去中心""无深度"等是其相关的主要因素。后现代文化中的平面化、无深度、缺乏内涵，恰恰是借当前视觉文化这个载体，泛溢在我们这个地球上的。或者说，萦绕在周围的这些供给我们的眼睛以快乐的视像，而它们多是平面的或无深度的。恰如美国著名思想家詹明信所指出的："我们必须说明的是，现代主义高峰时期所产生的文化毕竟跟后现代时期的文化大不相同。譬如说，将梵高笔下的鞋跟华荷竹的鞋放在一起，我们毕竟就看到了两个截然不同的世界。可以说，一种崭新的平面而无深度的感觉，正是后现代文化第一个也是最明显的特征。说穿了这种全新的表面感，也就给人那样的感觉——表面、缺乏内涵、无深度。这几乎可说是一切后现代主义文化形式的最基本的特征。"① 詹明信无疑是一语中的地指出这种特征。这种平面化和无深度性，则在相当大的程度上体现于当前的视觉文化之中了。

但是，我们对于这种平面化、无深度的状况，除了认同与描述就无可作为了吗？或者说，我们对于后现代文化难道就只有追随而不能批判与建构吗？我们现在对后现代主义的文化有难以胜数的论著，但它们基本上是以描述和介绍为主，而疏于批判与建构。当代社会的文化现实深受后现代主义思想的浸润，而更多的是默认图像方式对于深度的缺失。学者们似乎充分地看

———————

　　* 本文刊于《现代传播》2013 年第 3 期。

　　① ［美］弗雷德里克·詹明信：《晚期资本主义的文化逻辑》，陈清侨等译，三联书店 1997 年版，第 400 页。

到了图像在消费时代所充当的满足人们快感的一面，认为视像的消费与生产开启人的快感的高潮。当我们把视像与快感和欲望相联系的同时，也就把它和深度感作了割离。

我们是否可以认为，视像本身就是不需要和不具备深度的呢？我以为这种看法是未加分析研究的，也是颇为武断的。视像在给人以官能的快感方面确实给人带来了极大的便捷和直接性，电子媒体所复制的图像（影像、视像），可以使人在逼真的幻觉中满足欲望，甚至出现了仿真的世界，这都是可见的事实；但视像又不见得就是平面化的或者缺少深度的。这方面现象学给我们的回答有很有说服力的启示。

二

现象学并非一般的形而上学的哲学思辨，而是以对视知觉的细致研究来提出其基本观念的。现象学的诸位大师，在现象学的许多经典著作中，都是将视知觉作为问题的出发点来谈的。比如胡塞尔的现象学理论的一个基本概念"本质直观"，就寓含着通过视觉观看的方式来把握对象本质的意义。胡塞尔认为，一切知识的，特别是现象学洞察的最后检验就是直观（anschauung）。"直观"这个词，在德文中就是"观看"的意思。关于"本质直观"，按著名现象学研究学者倪梁康先生在《胡塞尔现象学概念通释》中的解释是："'直观'概念在胡塞尔现象学具有中心意义。从研究方法的角度来看，'直观'作为意识行为本身也是现象学研究应依据的最终基础；从研究对象的角度来看，'直观'作为意识行为本身也是现象学研究的重要课题。胡塞尔的方法要求将所有抽象的哲学概念都回溯到它们在直观之中的原初源泉上去。他坚信，'直观'对于人的认识来说是最后的根据，或者说，'最终的教益'。当胡塞尔在传统的笛卡尔真理意义上的提出真理就是明见性时，他所指的就是'直观的明见'或'明见的直观'，即一种能够直接原本把握到实事本身的明见性；也就是说，这种明见性的最主要特征应当是直观，即一种'直接地把握到'；而在'直接地把握到'这个表述中显然包含着'无前设性'、'无成见性'、'面对事实本身'（亦即无间隔性）等等意义。因此胡塞尔所提出的著名现象学口号，亦即现象学所应遵循的'一切原则之原则'，或'第一方法原则'，就在于'每一个原本给予的直观都有一个合法的认识源泉将所有那些在直观中原本地（可以说在其切身的真实性中），展示给我们的东西就当作它们自身所给予的那样来加以接受，但也只是在其自身给予的范围内加以接受'。这个意义，现象学首先是一门直观的并在直观的基础上进行描述分析的现象学。"① 可以说，本质直观的方法是唯一一种贯穿于胡塞尔整个哲学生涯中的方法。从根本上说，现象学应当是一种建立在直观本质基础上的严格的哲学方法。

与本质直观密切关联的是胡塞尔的另一概念即明见性。明见性（亦称为"明证性"）根据"面对事实本身"这样的现象学的标志性口号，即是现象学研究在方法上所要求的那种方式，它意味着在原则上不可能有其他方式的科学论证或抽象或以作为向现象的回溯。"明见性"是以对对象的真实样态为尺度的，它是真理的相关项；但是，另一方面，它又是以身体的感知为其保证的。明见性在现象学中意味着原初的观看，同时也是意向性体验的特征。胡塞尔对于明见性有着较为深刻而明晰的说明："在最广义上，明见性就标志着意向生活（与在别的方面拥有意识不同，它可以是先天地'空乏的'、前意谓的、间接的、非本真的）一种普遍的原始现象，标志着一件事情、一个事态、一种普遍性、一种评价等等的自身显现、自身体现、自身给予的极其卓越的意识方式。并且是在'自身是在那里的''直接直观的''原初'的终极样式中被给予的意识方式。对于自我来说，这就意味着：它并不是以空乏的前意谓的方式含混地去意指某物，而是存在于某物本身中，观看它本身、谛视它本身、洞见它本身。"② 在本质直观的方法论中，"明见性"是一个举足轻重的概念，它意味着在"直观"的"观看"中就包含着真理的因素。明见性是与真理相关的，是在直观中洞见的真理。对胡塞尔来说，"明见性"首先是直观的，是对"事态"的直接观照，但同时它又不是单纯的外在感知，而是对"真理"的涵容。真理与感知的对象在这里是"相即"的，也即没有任何中介，不需要进行抽象的。

明见性和现象学最为基本的概念意向性是否相抵牾呢？答案则是相反，明见性恰恰可以说明意向性的直观本质，同时也揭明了意向性的过程是以感知的明晰和充盈为其特色的。作为现象学的最基本的概念，意向性指的是意识的意向性，即是说：所有意识都是关于某物的意识。这种意识意味着某个意识的发出，有着关涉对象的能动性，而且，它还可以得到直接的指明和描述。意向性既不存在于内部主体之中，也不存在于外部客体之中，而是整个具体的主客体关系本身。意向活动本身就是直观的。正如著名现象学家斯皮

---

① 倪良康：《胡塞尔现象学概念通释》，三联书店 1999 年版，第 39 页。
② ［德］胡塞尔：《笛卡尔式的沉思》，张廷国译，中国城市出版社 2002 年版，第 77 页。

格伯格对此所作的言简意赅的概括："意向是任何一种活动的这样一种特征，它不仅使活动反映对象，而且还（a）用将一个丰满的对象呈现给我们意识的方式解释预先给予的材料，（b）确立数个意向活动相关物的同一性；（c）把意向的直观充实的各个不同阶段连接起来，（d）构成被意指的对象。"① 意向性是不能脱离感知的前提的，或者说，感知是意向性最可靠的渠道。知觉在现象学中具有非同小可的增位，不在此列是因为意向体验本身就是以知觉为其途径的。在这里，胡塞尔的"悬搁"或"加括号"正为了意向体验的知觉纯粹性。在意向体验中，意向对象以其明晰和充盈的映射于主体的知觉，而其周围的、相关的东西，则都被悬置起来。倪良康先生解释说："'现象学的悬搁'不同于'怀疑的悬搁'，后者将所有被给予之物都贴上可疑的标签，而前者只是对被给予之物的存在与非存在不帮任何执态。"② 其实，胡塞尔在这种悬搁或"置入括号"时已经包含了这个意思。"悬搁"有效地保证了意向体验的知觉可靠性。胡塞尔指出："我们在充分具体性中考察意识体验，在此具体性中，意识体验呈现于它们的具体关联体中——体验流中，而且它们按照自己的本质彼此结合成此具体关联体。于是很明显，属于我们的反思目光可达到的此意识流的每一体验，都有其自己的、可直观把握的本质，一种'内容'它可按其自性被考察。我们应当考虑，通过排除一切不存在于这个我思思维的自身固有范围内的东西来把握和普遍地说明在其纯自性中的这个我思思维的固有内容。我们也应该说明这个意识统一体，这个统一体是纯粹为属于我思思维本身的东西所要求的，即为无此统一性它们就不能存在的东西所必然要求的。"③ 胡塞尔强调了主体的体验性，并在广义上重新阐释了笛卡尔的"我思"，事实上，胡塞尔是将知觉作为意向性的最为有效的方式的。

　　与此相连并且相互印证的，还有胡塞尔关于感知的深刻论述。作为直观的最基本的形式，感知在现象学中有着非常基础的和明确的"身份"。所谓"感知"，更无须作玄而又玄的理解与阐释。感知就是以活生生的身体的视听器官去把握世界。视觉感知尤其是现象学感知的最主要的因素。而图像，则是感知的产物，这也是没有疑问的。胡塞尔将感知作了外感知和内感知的

　　① ［美］斯皮格伯格：《现象学运动》，王炳文、张金言译，商务印书馆1995年版，第158页。

　　② 倪良康：《胡塞尔现象学概念通释》，三联书店1999年版，第128页。

　　③ ［德］胡塞尔：《纯粹现象学通论》，李幼蒸译，商务印书馆1992年版，第102页。

区分，而外感知正是以视觉的直接观照为其主要形式的。胡塞尔现象学在这方面有虽显繁琐却很能说明问题的论述。在胡塞尔现象学中，感知是直观的最基本的形式。如果说感知不足包容直观的话，而直观却可以包容感知，而且是以感知为其基石的。在直观中，有感知和想象两个要素，而感知是更为根本的，由感知和想象共同构成直观。

关于视像，现象学中的"映射"概念，也是相当重要的。在某种意义上说，视像是映射的产物，或者说没有主体对客体的映射，也就不会有视像的产生与存在，胡塞尔的感知现象学中有一个非常重要的概念就是"映射"。所谓"映射"，指事物对主体的意向性呈现，它意味着物理事物在单面的显现变化中的被给予方式。"映射"作为体验区别于被映射之物本身，即区别于作为感知对象的同一事物。"映射"这个概念寓含了感知中的角度，这在视觉中是最可说明问题的。主体的每一次观视都有了一个特定的角度，也就是说只能从一个面上看到对象。一个被感官所感知的对象在映射中被给予我们，也就是说，只有在这个对象在角度中显现给我们时，它才能为我们所意识到。胡塞尔说："我们首先要注意的是，任何一个空间对象都必定是在一个角度上，在一个角度的映射中显现出来。这种角度或这种在其中每个空间对象都必然显现出来的透视性映射，始终只是单方面地使该对象得以显现。无论我们如何完整地感知一个事物，它永远不会在感知中全面地展现它所拥有的以及感官事物性地构成它自身的那些特征。这里不可避免地要谈到对象所具有的、被现实感知到的这些和那些面。每一个透视、每一个被个别映射持续进行的连续性都只提供了各个面。"[1] 胡塞尔已经把映射的角度性和片面性都说得相当清楚了。每一次透视，都只能是观照对象的一个面，如欲看到其他的面，就要改换角度，就要让身体和感官运动。

本质直观何以可能？换言之，本质直观有无现实的操作意义？我们认为对于视像研究而言，这是一个值得发掘的问题，搞得好的话，可以有很大的收获和发现。既然视像是我们这个时代的主要感知方式，那么，我们有必要将视像的审美功能搞清楚。在我看来，胡塞尔所提出的"直观"理论，恰恰为我们提供了这种钥匙。胡塞尔将直观分为"个体直观"和"普遍直观"两种，而本质直观的实现，正是从"个体直观"到"普遍直观"的过渡与转换之途。胡塞尔将直观分为了"个体直观"和"普遍直观"两种类型，

---

① ［德］胡塞尔：《生活世界现象学》，倪梁康、张廷国译，上海译文出版社 2002 年版，第46 页。

这种区分，在我看来是对近代哲学传统的重大突破。"个体直观"，即是通常意义上的直观，是将认识的基础置于主体的纯粹的直观感知上，而普遍直观则是以直观的方式达到把握事物的本质的方法。从直观而言，"个体直观"也称为"感性直观"，而普遍直观也称为"范畴直观"。个体直观或云感性直观，其实也就是个体的感性感知，胡塞尔为此把个体感知和范畴的感知，作了明确的区分，他说："就每一个感知而言都意味着，它对其对象进行自身的或直接的把握。但是，感知可以是狭义的感知，也可以是广义的感知，或者说，'直接'被把握的对象可以是一个观念的对象，也可以是一个范畴的对象，换言之，它可以是一个实在的对象，也可以是一个观念的对象，随这里的情况变化，这种直接的把握也就有不同的意义和特征。我们可以将感性的或实在的对象描述为可能直观的最底层对象，将范畴的或观念的对象描述为较高层次上的对象。"① 感性直观无论是作为主体，还是作为行为，都是单数的或者说是个体的，它是对于对象的最直接的把握。而普遍直观，也即"范畴直观"，它所感知的不是感性对象，而是那些根据范畴的含义因素而在综合性的行为进行中构造出自身的"事态"。胡塞尔在《逻辑研究》中所说的"范畴直观"实际上包含了两种类型：狭义的范畴直观是对范畴形式的直观，它可以是与经验混合的直观，也可以是纯粹范畴的分析研究的直观；而广义的范畴直观则是普遍直观，它不仅包括对形式范畴，也包括对质料范畴的直观。在《纯粹现象学的观念》第一卷中，胡塞尔也将广义的范畴直观称作"本质直观"，而在其后的现象学研究中，范畴直观不再是专门的论题，取而代之的是更为广泛的"本质直观"的概念。

现在有一个问题值得追问：从个体直观或者说感性直观到普遍直观或者说本质直观的途径是什么？是不是可以认为：普遍的对象是以某种方式"隐藏在"个体对象之中呢？胡塞尔断言，普遍之物并不藏在它们之中。但是我们能够以个体对象的直观为出发点，转变自己的目光，使它朝向观念对象。胡塞尔开始时认为，本质直观是以若干个体直观的目光转向为连接的。通过目光的转向，人们可以从一种直观过渡到另一种直观。因此，胡塞尔在《纯粹现象学和现象学哲学的观念》第一卷之前都坚持认为，本质直观必须以一个或几个个体直观为基础。而至其在 1927 年夏所作的"现象学的心理学"的讲座之后，本质直观的理论经历了一个重要变化，"变更"成为一个

---

① ［德］胡塞尔：《逻辑研究》第 2 卷第 2 部分，倪梁康译，上海译文出版社 1999 年版，第146 页。

通过想象来摆脱事实的关键步骤。他已放弃了原来的观点，即认为可以通过目光的转向而从一个个体的直观过渡到一个本质直观上去；他的新主张则是：为了进行本质直观，仅仅依据一个个体直观是不够的，因为既然要进行变更，我们就必须要有几个个体直观，否则'变更'我们就必须有几个个体直观，否则变更就无从谈起。①

三

　　视像与语言相比，是不是就一定会缺少深度呢？或者说平面化、"缺少深度"真的就是视像的"专利"吗？在目前的研究中，美学家似乎充分地看到了视像在消费时代所充当的满足人们快感的一面，认为视像的消费与生产开启了人的快感的高潮。视像和快感之间形成了一致性的关系，而且，幻象和实在之间的界限被混淆了，正如英国著名后现代思想家费瑟斯通所述："近来，鲍德里亚又把逻辑推演得更远，并以此来注意媒体为我们提供的无止尽的、令人神迷的影像与今天之超负荷信息。所以'电视就是世界'。在《仿真》一书中，鲍德里亚论断说，在这样的超现实中，实在与影像被混淆了，美学的神奇诱惑到处存在，因此，一种无目的的模仿，徘徊在每件事物之上，包括技术上模拟、声名难定的审美愉悦。对鲍德里亚来说，艺术不再是单独的、孤立的现实，它进入了生产与再生产的过程，因而一切事物，即使是日常事物或者平庸的现实，都可归之于艺术之记号下，从而都可以成为审美的。现实的终结及艺术的终结，便使我们跨进了一种超现实状态。"②从西方到中国，有些学者提出了"日常生活审美化"的命题，这在相当大的程度上指认了当前的视像作为审美的普泛化的现象。我们把视像与快感、欲望相联系的同时，也把它和深度感做了割离。但是能否认为，视像本身就是不需要和不具有深度的？我认为这种看法是失之于武断的。视像在给人以官能的快感方面确实是给人带来了极大的便捷和直接性，电子媒体所复制的影像，可以使人在逼真的幻觉中满足欲望，甚至提供了仿真的世界，这都是可见的事实；但视像又不见得就是平面化的或者缺少深度的。这方面现象学

---

　　①　此处观点，参照了倪梁康先生《现象学及其效应》（三联书店 1994 年版）中"本质直观及其形成与发展"一节，在此深致谢忱！

　　②　[英] 费瑟斯通：《消费文化与后现代主义》，刘精明译，译林出版社 2000 年版，第100 页。

给我们的回答有很深的启示意义。

从现象学角度看到的深度，不同于我们一般的对文艺作品思想深度的看法，或许也可能认为，这不同于我们颇具借鉴作用的。在现象学中，深度不是可以通过归纳和演绎的方法可以获取的东西，亦不是通过推理和抽象得到的间接认识，而是在直接的视觉观照中所感受到的。它就存在于感性之中。著名现象学美学家杜夫海纳就这个问题作了颇为独到的分析。杜夫海纳指出艺术品的深度属于感觉，尤其是审美感觉。或者说，深度绝不是外在于作品的感性形式的。他认为，正是通过深度，感觉才有别于普通的印象。关于审美对象的深度，杜夫海纳是从主体的把握方式上来进行思考的，这不同于那种用分析的方法来寻求获得深度，而认为通向作品的最后途径是感觉。而杜夫海纳是以现象学中对时间性的重视来联系于对象的深度。什么是对象的深度？不见得就是那种"隐蔽的东西或不自主的东西"，杜夫海纳告诫说："必须注意，不要把有深度的东西和隐蔽的东西或不自主的东西等量齐观，即不要把有深度东西与过去的东西或无意识的东西等量齐观。在这个问题上，有关深度的心理学设下的陷阱和它提供的真理一样多。'过去'的确似乎是深度的保证。……但带有这种深度的东西在这里或许不是作为过去的过去，而是某种知觉在向我们展示我们的过去的见证时，我们把自己连结到这个过去以及把自己等同于我的曾经之所是的经验。这是三重经验，首先，我们和自身形成一个整体，不管时间上的分散，我们都是统一的。其次，根据与《空手旅行家》相反的经验，我们确信自己的实体地位，而压在我们身上的这个过去的重量并不把我们沉没在自在之中，因为我们的过去的整体性不是物的一种实证性，而是对存在的一种肯定。最后，我们感到时间在无情流逝，同时又感到我们身上有某种东西是不受时间侵害的，因为我们的过去不但没有消灭，而且与我们也不陌生。这样，我们体验到内在性的含义，从而我们有了深度，即我们所具有的、把我们相连结以及在时间方面逃脱时间并通过忠于回忆和展望面对时间的这种能力。但过去不是由于它自身才有深度的，它甚至不使我们感动，因为真正感动我们的是过去和现在在我身上的汇合，也许还有这生活奇巧可能为我安排的这种汇合的突然性和意外性。所以深度就存在于我们对过去的使用之中。"① 杜夫海纳在这里所说的"时间性"，不是客观的时间性，而是人的存在的，不是作为外延的时间性，而是

---

① ［法］米·杜夫海纳：《审美经验现象学》，韩树站译，文化艺术出版社1992年版，第439页。

作为内涵的时间性。他所说的"过去"，也不是客观上已经流逝的"过去"，而是在现在的一瞬时所呈现于主体自身的"过去"。也就是把我们自己放在某一方位，使自己的整个存在都有感觉，使自身集中起来并介入进去。这种深度不是通过分析的途径可以得到的，而是贯穿于感觉之中。在审美感觉中的深度则更为本质化。在杜夫海纳看来，审美感觉提供一些深度的标志。

关于审美对象的深度，杜夫海纳认为它要与"遥远"和"隐蔽"这样两个概念相区分。时间或空间上的遥远未必是深度，异国情调和古香古色都不是深度的保证。他又明确指出"审美深度更不是隐蔽"①，那么，审美对象的深度到底体现在哪里呢？杜夫海纳认为"奇异性"恰恰是深度的一个重要标志，或者说它要使审美主体感觉惊奇，才能构成深度。杜夫海纳说："深度之所以常常含有某种奇异性，那是因为它只有使我们离开原有的生活环境，摆脱构成表面的我的那些习惯，把我们放置在一个要求新目光的新世界面前才是深度。当审美对象不能使我们感到惊奇、使我们发生变化时，我们就不能完全把它看成审美对象。它对我们来说，还只像一个实用对象。"②杜夫海纳不仅将惊奇感视为深度的保证和标志，而且也认为这是审美与实用的分野所在。他认为只有对象使我们产生了惊奇感，使我们进入一个新的世界，这才算是有了深度。对于实用的对象或日常生活状态而言，惊奇感是任意的或是偶然的，而就审美对象来说，它却似乎应该是必然的。笔者曾对"审美惊奇"作为一个范畴加以建构，指出："惊奇是一种审美发现，在惊奇中，本来是片断的、零碎的感受都被接通为一个整体，观赏者的心灵受到了强烈的撼动，而作为审美对象的作品里潜藏着、幽闭着的意蕴，突然被敞亮了出来。观赏者处在发现的激动之中。也许，没有惊奇就没有发现，也就没有美的属性的呈现，没有崇高和悲剧的震撼灵魂，没有喜剧和滑稽的油然而生。"③这里将惊奇在审美中的作用作了描述，与杜夫海纳关于深度与惊奇关系的论述是相通的。

艺术品中的深度并不是凭借理性的分析可以得到的，也许不是思索的结果。那么，它又是如何为我们所获得的呢？按照杜夫海纳的观点，还是凭借审美主体的感知。因此他认为，"审美对象的奇异性要求我们更好地就其自

---

① ［法］米·杜夫海纳：《审美经验现象学》，韩树站译，文化艺术出版社1992年版，第447页。

② 同上书，第448页。

③ 张晶：《审美之思》，北京广播学院出版社2002年版，第197页。

身进行感知。这种奇异性不会消失，因为奇异是深度的一个方面，而不是思考可以使之消灭的一种特质，像思考在那些认为可感知事物只不过是降级的可理解事物的哲学中可以把模糊的东西变为清晰的东西一样。奇异性不但是表示我们的认识有缺陷，还表示对象的一种积极属性。如果这种属性受到排除，它的性质也就被歪曲了。奇异也不能用隐蔽来解释，因为审美对象不隐藏任何东西：作品的全部意义都在那里，如果有什么神秘的话，那也是在光天化日下的神秘"①。杜夫海纳的这段论述对我们来说也是颇有启示意义的，它旨在说明，作为审美对象的深度也好，本质直观也好，并非凭借理性思考可以获致，而是感知的产物。这也许正是现象学美学的独特之处。

我们想要表达的关于视像的深度问题，其实和现象学哲学有很大的距离，如欲正面解决，并非易事，需要下大力气才有可能；而现象学哲学的"本质直观"给我们以某种思维的向度，在其视觉的观视性方面是可以相通的，而且从感性直观到范畴直观的途径的观点，其思理的方向无疑是正确的。杜夫海纳关于审美对象的深度的阐述也有理论说服力。现象学哲学其实一直是从最基本的感知层面给出答案的，视像审美的研究，似乎也不宜停留在思辨的方式上。视像当然是直观的，而从现象学看来，在直观的同时即可领悟到对象的本质。它也许只是瞬间的互相介入，却可以通过主体的意向体验和灵省得到视像的充盈及审美的深度感。这并非是完全难以理解的事情。

---

① ［法］米·杜夫海纳：《审美经验现象学》，韩树站译，文化艺术出版社 1992 年版，第449 页。

文艺美学与艺术美学

人文社会科学研究中的创新意识[*]

　　人文社会科学在整个民族文化的结构中究竟是一个什么角色？或者说在国计民生中起着什么样的作用？这个问题看似大而无当，其实是我们应该从超越具体学科的深层意义上思考的。

　　在我看来，人文社会科学的功用更深层地体现于"无用之用"，是在于人文素质和思维能力的开发与提升。人文社会科学和自然科学如同车之两轮、鸟之双翼，对于一个民族来说，是缺一不可的。建设创新型国家，也意味着整体民族思维水平的提高。"自主创新"在科学技术上意味着不依赖于外来技术，加强原始创新、集成创新和引进消化吸收再创新，而这从根本上来说，最关键的就是创新精神和创新思维能力的培养！离开了创新精神和创新思维能力，"自主创新"便成了一句空话。而激发整个民族的创新精神，提升其创新能力，这样的历史使命更多地落在了人文社会科学工作者的肩上。

　　发达国家的历史和现状都证明了这样一种事实：一个民族在科学技术走在前列、不断地创造出前所未有的自然科学成果的同时，往往在人文社会科学领域中也是善于不断提出不同于前人和他人的思想的。思想的创新能力是整体性的。18世纪以来的西方在自然科学和人文社会科学方面的创造性成果都足以说明这一点。而我们今天要走中国特色的自主创新之路，建设创新型国家，人文社会科学学者不能辞其责，而是扮演着首当其冲的角色。我们必须有这种角色意识。从现在起就应该自觉地担负起增强人民群众的创新精神、开发和提升其创新性思维的历史使命。

　　要担负起这种责任，首先必须反思我们自身的创新精神和创新思维能力如何。我们国家拥有世界上数量最为庞大的人文社会科学研究队伍，但是，我们的学术成果所体现的思想前沿性含量和原创性含量都是远远不够的，其

　　* 本文刊于《光明日报》2006年5月23日。

具体的表现主要在于：一是重复性选题、重复性套路非常之多，这在传统的文史哲领域表现得尤为明显；二是在研究方法和思维方面更多地依傍于西方的人文和社会科学流派，食洋不化的现象比比皆是，要不就是陷入相沿成习的旧有模式；三是就目前的研究现状来看，停留于个案的描述性的研究为多，而在资料基础上体悟出新的研究思路和抽象出新的理论命题的能力较差，明显地显现出研究主体在思维的创新能力方面的不足；等等。创新型国家的建设，一个非常重要的问题在于大批具有创新精神的优秀人才的出现，而这种人才的主要标志在于具备很强的创新性思维能力。人文社会科学工作者在更大的广度与深度上担负着这个任务。那么，作为人文社会科学学者自身的创新性思维能力，就显得尤其重要。

人文社会科学学者如何提升自己的创新思维能力？这其实是一个非常艰苦的过程。现在的问题是各种现实利益的诱惑和评估体系的制约，使得人们往往要在一个相对不高的思维层面上尽快地"制造"出数量很多的研究成果，这种"成果"其实有很多是打了引号的。我主张哪怕暂时少出些成果，也要自觉地在思维能力的层面上培养锻炼自己。我们现在的研究人员普遍缺少思维的原创力，而基本上使思维滞留于事实描述层面。包括一些理论话题，也缺少纵向的提升，而更多的是横向的挪移。当然，我说的思维的原创力，绝不是脱离文献资料的玄想，而恰恰是在已有的文献基础上的构形与抽象。在创新思维中，构形能力是重要的、基本的能力。无论是自然科学的发明，还是人文社会科学的创造，构形都是最基本的环节。所谓"构形"，我以为就是在原有的物质和思想的材料基础上，在观念中构建新事物的图形的过程。人文社会科学研究，也需有一个先在的构形过程。从具体的材料中抽象出新的命题，这是创新思维不可缺少的途径。抽象一是需要提炼的操作程序，二是需要主体的整合，这也就是康德在《纯粹理性批判》中所说的"悟性"。

创新并不排斥借鉴。他山之石，其实是为了攻玉。创新是站在巨人的肩上把人类的思想与文化向前推进一步。柏拉图也好，孔子也好，都是我们今天发展的基石。创新不是摒弃人类的思想文化遗产，恰恰是传承人类的思想文化火炬！我们要从 20 世纪的西方思想中走出来，更要从中国古代的哲学与思想中走出来，我们能够而且必须开创人类 21 世纪的思想纪元！

数字化语境中文艺学的观念转换[*]

当文学艺术与数字化发生深刻的联系，文艺学研究是否还能坚守原来的疆界？在数字化语境中产生的文艺观念和命题，能否进入当代文艺学体系之中？作为文艺学研究者，面对这些问题如不能作出自己的思考，必将在理论上落入尴尬的境地。

数字化即"比特"化，比特是"信息的DNA"，虽然它只是计算机二进制转化和处理后的"0"和"1"的字符串，没有颜色、尺寸和重量，却能以光速传播。媒介的数字化使人感受到前所未有的时空形态，并产生了前所未有的审美关系。网络、数字化的电视以及相关数字化艺术，使我们对于一些重要的审美理念，如虚拟和真实、主体和客体、创作和接受等都要进行重新考量。

当代的文艺学所指涉的内涵不应该仅止于文学理论，而文学本身也不能仅限于以往的传统文学体裁。现在很多学者都在忧虑文学在当今大众传媒环境中的"边缘化"处境，以至有人提出电信时代"文学的终结"的说法；一些学者用泛化的文化研究来取代文艺学自身的学理性研究，在某种程度上也源于对文艺学的悲观态度。笔者认为，文艺学对大众传媒语境中文学的命运不必如此悲观，文学在今天的数字化艺术时代不仅没有"诸神退位"，反而通过电视艺术、网络媒体大行其道。文学的内涵与外延在今天这样一个高科技支撑生活世界的时代，难道还要永远恪守以往的疆界吗？今天我们还要以古体诗、五言律诗、七言绝句等作为文学的"正宗"吗？同理，电视剧本、歌词、情景喜剧剧本等，难道不可以作为文艺学研究的对象吗？在笔者看来，在当今的传媒时代，传媒作为一种巨大的文化力量，作为文学和其他艺术门类新的传播载体，使文学与艺术门类的内在相通性得以大大彰显，文艺学需要将其纳入到自己的研究范围之中。

---

* 本文刊于《河北学刊》2007年第2期。

　　数字化带来了视觉文化对人们的生活和审美的全方位浸染。而我们所说的"图像时代"或视觉文化时代，与以往的视觉艺术所不同的是，它不再仅仅属于少数艺术家、精神贵族或特定的艺术环境，大众在自己的日常生活中随处随时可以感受得到。数字化电视以及网络对这一变化承担了非常重要的作用。正如米尔佐夫所指出的："这些图像并非源于一种媒介或产生于某一个学术界明确划分的地方。视觉文化把我们的注意力引离结构完善的、正式的观看场所，如影院和艺术画廊，而引向日常生活中视觉经验的中心。"①图像是数字化传播的最基本的元素，而且是数字化的优势所在。数字化使图像得到了空前的发展，并以连续的形式使文学的叙事功能得到更为令人惊讶的展现。文学的描写与叙事，是作者在头脑中先创造出内在的视像，然后付诸文本传达，其接受过程则是读者通过文字阅读在头脑中展现出内在视像，从而进入审美阶段。这在现象学美学家英加登那里称之为"图式化外观"。文学的审美状态是以潜在的状态呈现出来的。英加登指出："文学作品是一个多层次的构成。它包括 1. 语词声音和语音构成以及一个更高级现象的层次；2. 意群层次：句子意义和全部句群意义的层次；3. 图式化外观层次，作品描绘的各种对象通过这些外观呈现出来；4. 在句子投射的意向事态中描绘的客体层次。"②这个"图式化外观"层次，通过文字在欣赏者头脑中转化而来，并有待于欣赏者的理解和转化；数字化则使图像比以往视觉艺术的形象来得更为"真实"和精细。即如尼葛洛庞帝在《数字化生存》中所说的"从个别的像素（pixel）中产生连续图像的道理，和我们所熟悉的物质世界的现象非常类似，只不过其过程更为精细而已"③。如果说，传统艺术样式的造型是以艺术家的风格和艺术表现为其价值的话，那么，数字艺术却以高品质、高清晰度的画面比真实更加真实。而现在这种以数字化成像的视觉文化元素对我们来说是比比皆是的。文学与视觉文化的关系，在我们今天的文艺学建构中，是必须得到深切关注的，尤其是视觉文化中的艺术维度，从我的直观感觉，是与文学的思维和表现、文学的抒情与叙事，有着非常重要的内在联系的。从审美意义上来说，文学作品所创造的是一种内在的视像，都要通过文字描写出一种内在于人们的视像或者说是画面，这种视像

① ［美］尼古拉·米尔佐夫：《什么是视觉文化?》，见陶东风、金元浦、高丙中主编《文化研究》第3辑，天津社会科学院出版社2002年版，第6页。

② ［波］罗曼·英加登：《对文学的艺术作品的认识》，陈燕谷、晓未译，中国文联出版公司1988年版，第10页。

③ ［美］尼古拉·尼葛洛庞帝：《数字化生存》，胡泳等译，海南出版社1997年版，第25页。

或画面又是连续的、完整的。如小说要通过描绘一系列发展着的、活动着的内在视像而形成丰满复杂的人物形象和一波三折的故事情节。诗歌则要创造更富意蕴的内在视像。人们在欣赏文学作品时是通过文字描写而以内在视像为真正的审美对象的。宋人严羽对盛唐诗的称道说的正是说诗歌的内在视像的完整性，其云："盛唐诸人惟在兴趣，羚羊挂角，无迹可求。故其妙处，玲珑透彻，不可凑泊；如空中之音，相中之色，水中之月，镜中之象，言有尽而意无穷。"① 符号论美学家苏珊·朗格认为，各门艺术都有自己的基本幻象，词语只是创造这种幻象的材料。她说："诗是由词语构成的，然而词语乃是诗人从前人承袭下来的，而不是诗人的创造物，或者说，它仅仅是诗人用来创造诗的材料。作为艺术品的诗是否出现，主要取决于诗人运用这些材料的特殊方式。……诗的语言基本上又不是一种通讯性语言。语言是诗的材料，便用这种材料构成的东西又不同于普通的语言材料构成的东西；因为诗从根本上说来就不同于普通的会话语言，诗人用语言创造出来的东西是一种关于事件、人物、情感反应、经验、地点和生活状况的幻象。"② 这里所说的幻象也就是我所说的"内在视像"。数字化的图像生产，从艺术的角度要具有审美价值，要有"意味"，是必须与文学的审美思维联袂而行的，但它又可以使文学的那种内在的视像非常清晰地呈现出来。

图像生产要超越于无深度和无意义的浅薄，必须依托于文学的思理。当然不能指望每天泛滥于我们周围的大量图像都具有审美意蕴，但如何在这种数字化的语境下创造出一些具有时代特征的艺术精品，这是文艺学的题中应有之义。从近年的创作实践来看，真正成为艺术精品的作品，都具有良好的文学基础。优秀电视连续剧如《历史的天空》、《亮剑》等，都是先有好的同名小说在前。若干好的情景喜剧如《我爱我家》、《编辑部的故事》、《闲人马大姐》等，也都是剧本的文学性强，有真正的幽默感。由单个的图像而连缀为一个连续剧或者是 MTV，文学的创作思理是不可缺少的。刘勰称文学创作的思维范畴为"神思"："古人云：形在江海之上，心存魏阙之下，神思之谓也。文之思也，其神远矣！故寂然凝虑，思接千载；悄焉动容，视通万里，吟咏之间，吐纳珠玉之声，眉睫之前，卷舒风云之色，其思理之致

---

① 郭绍虞：《沧浪诗话校释》，人民文学出版社 1961 年版，第 26 页。
② ［美］苏珊·朗格：《艺术问题》，滕守尧、朱疆源译，中国社会科学出版社 1983 年版，第 139—142 页。

乎。故思理之妙，神与物游。"① 其内涵包含了文学创作的准备阶段、创作冲动的发生机制、艺术构思的基本性质、创作灵感的发生状态、审美意象的产生过程以及作品的艺术传达阶段等。文学的"神思"在大众传媒的载体中得到了最大化的实现。文学的内在视像，作为区别于其他类型文字的根本特征，恰恰是与当代传媒的图像化、视觉化和数字化有着内在的联系。一个传媒艺术品的创造，是以图像为其元素，但绝不会是图像的堆积，而是以文学的思理作为其内在的创作依据。要提高图像生产的艺术品位和审美价值含量，则必以更多地借鉴文学的创作思维和艺术经验。

数字艺术的虚拟性质，使文艺学中的真实观受到严重挑战。数字艺术的空间和影像都是虚拟的，却似乎比外在的客观真实更真实。博德里亚称之为"仿真"或"类像"。正如美国学者戴德里安对博德里亚的"仿真"所作的诠释："这种纪实拍摄术强有力地运用了最先进的视觉技术，用质量最低的图像产生最高的对现实的表征。"② 这种虚拟，不再是对现实的模仿，不再是现实的"镜子"，却以其比客观生活更具视觉魅力和"真实感"，编织一个虚幻而又使人沉溺其中的世界。博德里亚揭示了其中的本质，他说："这种虚拟的基本概念，就是高清晰度。影像的虚拟，还有时间的虚拟（实时），音乐的虚拟（高保真），性的虚拟（淫画），思维的虚拟（人工智能），语言的虚拟（数字语言），身体的虚拟（遗传基因码和染色体组）。到处，高清晰度都标志着越过所有正常决定通向一种实用的——确切地说是'决定性'的——公式，通向一个参照元素的实体越来越少的世界。"③ 虚拟的空间已不是以现实世界为其摹本，却使人感觉如同真实的存在。"它只是狂热地使一幅画不再是一幅画，也正是这个夺走了现实世界的一维。"④ 数字艺术的这种虚拟的真实感，造成了现实和影像之间关系的颠倒，也使文艺学中生活真实与艺术真实关系的命题被严重消解。正如周宪所指出的："仿像的生产必然导致现实和影像之间关系的颠倒。因为仿像无须原本，所以仿像最终可以依据自身的影像逻辑来制作，即制作出现实中没有的却又比现实物象更加真实的影像，于是现实和影像之间的界限被消解了，两者的依从关系被彻底颠倒了。人们不再是通过真实之物来理解这个世界，而是通过影像

---

① 范文澜：《文心雕龙注》，人民文学出版社 1962 年版，第 493 页。

② 见 ［美］道格拉斯·凯尔纳《波德里亚：一个批判性的读本》，陈维振等译，江苏人民出版社 2005 年版，第 274 页。

③ ［法］让·波德里亚：《完美的罪行》，王为民译，商务印书馆 2002 年版，第 32 页。

④ 同上书，第 33 页。

来理解和解释这个世界。影像的极度真实取代了日常现实，我们的思想和生活越来越明显地受到影像的制约甚至控制。"① 周宪的这种分析是相当透辟的，这也正是我们的文艺学理论需要认真思考的问题。在数字艺术中，这种虚拟的真实对我们的生活究竟有何种影响？这种虚拟真实与客观生活的真实究竟有没有关系？如果有，又是通过怎样的中介产生的？艺术创作中的虚拟真实的思维特点又是怎样的？这些问题有待于深入的、有科学根据的研究。因为在传统的文艺学的艺术真实和生活真实关系的经典命题中，后者很难解释这种以数字化技术前提下的艺术真实的。在笔者看来，数字艺术的虚拟真实是当今艺术创作中的一个突出现象，应该加以认真思考，可以从技术层面来理解其与现实的关系，但虚拟真实与客观现实仍然存有的关系，应该予以客观的认识与说明。

关于数字艺术的交互主体性（主体间性）问题，就审美关系来说，文学理论是以审美主客体进行分析的。无论是在创作阶段抑或是欣赏过程，都是"主客二分"的思维方式。数字艺术在相当大的程度上改变了主客二分的思维方式，而是以其超文本的本质特征打破了单一的主体性。其动态的、交互性媒体形成了创作中的交互主体性。这在网络文学中最为典型。如在互联网上的小说、诗歌、剧本等，读者既可以阅读，也可以改写，即可以成为作者。这是现象学理论中的交互主体性（主体间性）的最佳例证，当代文艺学不能不关注和解释这些现象。总之，数字化给这个时代带来的冲击和变化超乎我们的想象，除了新兴的艺术样式如网络文学、网络游戏等，传统的艺术样式也在越来越大的范围里以数字化技术为传播方式，因而也有了数字艺术的共通之处。文艺学面对当前这些新的文艺现像，应当作出积极的反应并上升到学理的层面，以适应数字化语境中理念的转换。

① 周宪：《中国当代审美文化研究》，北京大学出版社1997年版，第132—133页。

文学研究的创新思维：以主体视角为聚光点的整合[*]

　　时下的文学研究面临着许多的问题与困惑，也暴露出一些制约文学研究向更高境界发展的症候。从当前文学研究的实际情况出发，我以为要从深层上来研究文学研究的创新问题。从事文学研究的学者在不断增加，各个大学里（从综合大学到师范大学，从艺术类院校到理工类大学）都有文学类的教师群体，社会科学院从中央到地方都有文学研究所，而且文学类的博士点还在继续增加，文学学科各专业的博士生和博士后的数量剧增。但是，纵览现在的研究成果，具有能够体现时代气象的精品是相当少的。从20世纪80年代中期到末期的方法论热潮早已过去，但却给今天的文学研究留下了许多深层的创新因子；我们这些"博导"，对于今日的文学研究新人的培养，应该是负有重要责任的，如何激活新一代学者的创造精神，培养他们的创造性思维路径，这是一个需要煞费苦心来研究的问题。

　　在文学研究的圈子里，不时地爆出某某学者抄袭他人成果的丑闻，这当然是等而下之的。而从大多数研究者的成果看，缺少新意，在陈陈相因的模式中转换一下研究对象，则是常见的。因为研究模式的趋同，即使是对于研究者自己来说，研究对象有所变换，但是给人的感觉仍是缺少新意；而对于整个文学研究领域而言，选题重复现象就比比皆是了。以古代文学或古代文论而言，研究对象或资源是无法再生的，而现在的研究者的数量要远远大于古代那些有重要的文学与美学价值的作家作品。这仅仅是一个低层面的说法，我要表达的意思是：仅仅在研究对象上以"填补空白"的思路和追求从事研究工作，"创新"的机缘会越来越少了。目前在博士论文选题和出版社的编辑选题这两个问题上体现得颇为明显。有些对象似乎问津的人并不多，但是我们要看看对象本身的文学价值或美学价值如何。并不是前人缺少

---

　　* 本文刊于《内蒙古师范大学学报》2007年第4期。

这种"慧眼"，之所以问津者少，而恰恰是经过时间沙汰的结果，也说明了前人的一种价值判断尺度。而今天由于研究者之夥，而将前人弃之不顾的东西奉若至宝，这只能说明研究素质的下降而已。

20世纪的后20年，文学研究深受西方哲学美学等观念和方法的激荡和浸润，在研究方法和文学观念上都有了重要的转向，对于文学研究的创新而言，起到的作用是相当大的，也为我们今天再次推动文学创新，打下了重要的基础。无论是文艺学，还是古代文学、现当代文学等，很多学者都借用西方的哲学、美学、心理学的方法来研究古代文学或现当代文学，形成了一次大的研究范式的转换，这对文学研究的创新起到了非常重要的催化作用。西方20世纪以来的一些主要的思潮和方法对于我们的文学研究的冲击是相当大的，也使我们的研究产生了别样的景观。这自然是文学研究的时代性变迁。但是，时至今日，我们如果还是停留在这样一个层面就显得不够了。西方的哲学、美学、心理学等观念和方法借用来解决中国文学的问题，给我们带来了很多新的视角，形成了一些独特的景观，但是存在着不少并不理想的地方。最为关键的是：尽管研究对象是我们中国的，但却给人以拾人牙慧之感。

文学研究的创新可说是非常紧迫的了，最重要的则是研究思维的创新。如果说上一个时代创新是受到外界的政治和意识形态的压力，那么，现在阻碍我们进行创新的却是我们内在的思维模式的陈旧化。创新的最大敌人是我们自己。打破研究思维的僵局，培养思维的冲力，这是进行文学研究创新的先在条件。我们对文学研究后劲的培养，应该着眼于此。

文学研究的创新在于以主体视角为聚光点的整合。如果只是按照个案研究的既定模式或者西方的某种研究方法和批评方法来阐释中国文学的研究对象，那么我们还没有进入自主创新的阶段；而我们的文学研究已经没有这样的时间了，那将是一种无休止的低层面循环！其实，我们的民族文学遗产中有相当丰富的创新资源，这是我们必须认识到的，很多资源并非是我们未尝接触或不曾阐释过的，恰恰是可以从中国文化的大量典籍中提炼出新的东西。在我看来，文学研究有着更大的创新空间，因为文学研究的对象是异常丰富的、纷纭复杂的作家作品和文学思潮、文艺现象，尤其是以文本为其研究的依据。以古代文学为例，那些作品是作家彼时彼地千变万化的情感、情绪和意志的形式化表现，其内涵是活生生的，也是连通着人的各种审美感知的。我们可以通过理性思维的提升、整合及形塑，将古代作家众多个案创作，呈现为多种层面、多种角度的研究模型。文学创作尤其是作为中国古代文学的正宗的诗词等艺术样式，因其多姿多彩和鸢飞鱼跃的生命活力，与社会科学的其他学科相比，在研究中创新的可能和变体更多，因而，如何发挥这种优势，则成为文学研究学者的重要课题。但是，我们并不主张文学研究过于主观或随意性过强，还是应以一定的学理为其操作规则的。

创新思维与学术规范并不是矛盾的。学术规范本身，其灵魂的东西正是创新。但是，创新是在现有的学术规范的框架中被认同的，如果不顾学术规范的轨道而"信口开河"，很难说是真正的创新。现在的文学研究中出现的一些失范现象，比如说抄袭他人的成果，恰恰是最为缺少创新的自信的表现。学术规范自然是带有历史性的，也就是说随着时迁世移而产生着变化的，但它又是学术场域中应该共同遵守的规则。你的创新要得到学术圈的认可，是要在现行的学术规范的框架中提出的。

从目前的古代文学和古代文论研究来看，以主体视角为聚光点的整合，是较有操作价值的方式。我绝不否认材料仍然大有可以开掘的余地，而且文献的发现与整理，在我们这行来说，永远是理论建树的基础。但是，材料的发现其实是随着研究视野的延伸而渐次浮出"水面"的。即如注重文献考据的乾嘉学派，其材料的搜集与整理也同样是因了研究方法的变革而别开生面的。主体的独特视角，是材料整合的灵魂。我在一篇曾经发表的文章中提出了"审美构形能力"的命题，其实不仅是审美创造，学术研究又何尝不需要"构形"！将诸多的材料以自己的主体视角照亮，这其实正是文学研究创新的重要内涵。

中国古代美学之于中国当代的文艺学学理建构[*]

若干年前理论界有一场关于"古代文论的现代转换"的讨论，现在想来也还有进一步推阐的空间。因为在我们的文艺学和美学的学理建构中，我们时常都会遇到这样的困惑：面对中华几千年的文论与美学遗产，我们如何用好这个非常丰厚的资源？在当代文艺学的发展路径上，古代文论与美学能够起到什么样的作用？我觉得以往的关于"古代文论的现代转换"这个命题提出的立场，主要还是立足于中国古代文论界的，其初衷在于如何葆有古代文论在当代的生命力和话语权。但是，我感到从这样的角度来讨论虽然对文艺学的建设提供了重要的借鉴，但是多少有些隔膜，有些游离。给人的感觉似乎是古代文论或美学是在当代学术领域中在找出路。其实，如果转换一下思路，或者变换一下理论立足点，即从中国当代文艺学的建构中来看待古代文论与美学的丰厚价值，反而觉得中国古代文论与美学思想充满不可或缺的活力。也即是说，以当代中国文艺学建设作为出发点和着力点，或许能够更为深切地发掘出中国古代文论与美学的当代价值。

一 当今的"文艺学"指向什么？

在当代文艺学和古代文论、美学之间能否有一个具有现实意义的通道？有一个充满活力的中介？这是问题的关键所在。如果要用古代文论或美学的概念、范畴来涵盖或取代当代文艺学，那当然是不可能的。在文艺学和美学的理论框架中专门分出一块来"摆放"古代文论美学，也是一种作法，但主要是出于理论的考虑，我以为还可以有更富于实践意义的途径，即在当代文艺学的研究对象中找到中国古代文论或美学的活跃因子，进行分析探求，

* 本文刊于《文艺理论研究》2007 年第 4 期。

揭示其间的规律。这就不能不涉及当代文艺学的研究对象及范围问题。

　　文艺学的原有含义主要是文学理论，这是从苏联的文艺学体系中相沿而来的。说到文艺学这个学科性质，即指文学理论的体系。而到 20 世纪末期这段时间里，关于文艺学的学科性质发生了相当广泛的争论，或者说文艺学的内涵已有了很大的变化。因此文学理论界有"扩容"的说法。这里不想对这个问题做更多的论说，但我认为文艺学的研究对象和范围的变化，是一个历史性的现象，是客观存在的发展趋势。我不赞同以泛泛的文化研究来取消文艺学原有的文学理论的研究传统，其理由是在大众传媒的重围之中，文学也并未消亡。而文学的存在方式，则有了相当大的变化。如果仅仅是以以往传统的文学样式如：小说、散文、诗歌才是文学，那么，文学的地盘确乎在很大程度上被大众传媒所挤占。但是，纵观当今的审美现实，文学应该包容进更多的样式在其中，如：电视剧本、电视剧歌词、晚会的串连词、广告文案、小品剧本等。这些都是与传媒有着不可分割的关系的。文学理论的"扩容"我以为不应是以泛泛的"文化研究"所取代，因为如果将缺少边界的文化事象作为对象来作为文学理论的内涵，那么，文学将不复成为文学，文学理论的边界就会漫漶不清。但是，在我看来，文学在当今时代并未失去她的独特魅力和不可取代的功能，反倒是通过传媒的载体而大行其道了。如果对文学的这种当代特征估计不足，那么，不仅是文学本身受到致命的侵害，而且，也会使传媒的艺术品格大为降低。传媒的艺术性是与其文学内核密不可分的。真正有分量的电视剧，如果没有一个非常坚实的文学作品为基础是不可思议的。当今时代，文学与传媒的关系是无法剥离的。在传媒的整合之下，文学与其他艺术门类的关系要比任何时候都更为密切，而且产生了一些新的样式，这是文学理论所应该关注的，并且加以认真研究的；而同时文艺学的研究对象也应与以往有所不同，除了文学之外，其他一些艺术门类及其与文学的关系，也应是文艺学的题中应有之义。

　　从中国当代的文艺学建设来看，无论是西方文论还是中国古代的文论，都是非常宝贵的资源。但是，我们都不能将这种资源代替中国自己的文艺学体系。无疑地，需要我们自己在中国人的哲学与文化土壤中结合现代化进程，运用我们自己的眼光来融合西方美学与中国美学的资源，而形成自己的理论话语。现在我们在这方面还显得远远不够。仅是从中国古代美学的情况看，就大有前景。

二 中介因素的提出

中国古代美学和文论的资源是相当丰富的，也是活在我们今天的文艺现象之中的。今日之文艺学在吸纳古代美学方面除了原来的"现代转换"之一途，我认为如果从当代文艺学的实际情况出发，可以从中国古代美学思想中提取出相当丰富的、活生生的成分，进入文艺学的理论框架之中。而其前提则是不拘守于文学理论自身的概念或命题，而是从当代的文艺创作与接受中发现中国古代文学艺术中的一些活的审美观念因子，对其进行分析，探讨其间能够在今天的艺术中延续与生长的原因。

要使当代的文艺学学理建设充分吸纳中国古代美学的要素，并使之具有更为深切的、内在的民族特色，我以为是要找到中介环节的。中介的寻求与打通，这是当代文艺学与古代美学联系的关键之处。中介环节当然可能不止一个，学者们可以得到不同的结论，这都是具有很高学术价值的；但从我的观点来看，主要的中介在于当代的文学艺术创作现状体现出的中国美学因素。我们以前主要是将眼光盯在古代文论、美学理论与当代文艺学理论之间的关系上，而未能从当代艺术实践的状况中来进行解析。我的理论前提是：当代的文艺学的研究范围或曰边界，不仅是文学理论和创作，而且还包括在传媒的整合之下，与文学互相连通的其他艺术门类。文艺学不仅是学理性建构，还有关于艺术生产方面的研究以及艺术批评，而后二者最后也会以理论的形式沉积于学理建构之中。我之所以这样认识文艺学的研究对象和范围问题，并不仅是简单的"扩容"和"边界移动"，而是基于对当今的文学艺术关系所发生的重要变化。在我看来，在当今的传媒时代，传媒作为一种巨大的文化力量，作为文学与其他艺术门类的新的传播载体，使文学与各种艺术门类的内在相通性得以大大的彰显，而作为最能体现高科技媒体的电视，将其视觉文化的同化功能贯通于、散发于诸种艺术门类之中。当今的传媒方式其实是视听一体化的，音像的完美结合是传媒的首要优势。比如：音乐这种在以前是纯然的听觉艺术，现在却在大众传媒中与视觉联姻。MTV 等艺术样式的成熟与发展，使以往只是诉诸听觉的那些美妙的旋律，借着视觉图像的翅膀飞得更高更远。再如舞蹈本来就是呈现给人们视觉观赏的形体艺术，通过电视这种传媒方式，则是更为强化了一些细部和舞者的内心情感通过镜头表现得更具有视觉的冲击力。文学创作的本性之一便是内在的视觉之美，无论是叙事还是抒情，打动人的美感力量在于创造了呈现于人的心灵屏幕的内在视像之美。作者在创作时是这样，读者在接受时也是将文字转化为一幅幅画面。这也是文学作为一种艺术的语言文字与其他的语言文字的最重要的区别。著名现象学美学家英加登在分析"文学的艺术作品"的基本结构时指出其有这样几个层次：一是语词层次，二是意群层次，三是图式化外观层次，四是在句子投射的意向事态中描绘的客体层次。其中的"图式化外观层次"在我看来是文学作品与其他类型的文字相区别的根本特征。正是因为这样的特征，文学才与传媒有着内在的一致性，文学的内在视像之美，通过大众传媒得到外显，成为活生生地呈现在人们眼前的视像。如果说传统的艺术门类如绘画与文学有某种相通性，如苏轼所谓"诗中有画，画中有诗"，其中的联系也在于文学创作有其内在的视像之美；但是文学的动态描写和绘画的静态特征仍是区别二者的关键之处。这一点，德国美学家莱辛在他的《拉奥孔》中已有精彩之论。而在今天，传媒作为艺术的共同载体和传播方式，却将文学的内在视像之美与其动态描写特征得以最大化和最强化的发挥。文学创作在其思理上可以最大限度打破时空阈限，以连续的动态的描写来实现人们在审美接受中的惊奇之感。如《文心雕龙》中用"神思"来概括文学创作的艺术思维，其中说："古人云：'形在江海之上，心存魏阙之下。'神思之谓也。文之思也，其神远矣！故寂然凝虑，思接千载；悄焉动容，视通万里；吟咏之间，吐纳珠玉之声；眉睫之前，卷舒风云之色：其思理之致乎！"[①] 刘勰非常客观也非常天才地揭示了文学创作思维的突破时空局限的特征。这一点，在文学创作的各个样式里都是运用自如的。其他传统的艺术门类，在这方面比起文学来都相形见绌。当代的电视却可以借助于高科技的手段，将不同时空的场景以逼真的视觉方式呈现给受众，文学的"神思"在大众传媒的载体中得到了最大化的实现。文学的内在视像，作为区别于其他类型的文字的根本特征，恰恰是在与当代传媒的图像化、视觉化有着内在的、根本的联系。审美的价值在于感性呈现，其他的意义都要通过这种感性呈现而传达的。

当代传媒将感性的视觉化提到前所未有的程度，以至于"视觉文化"成为整个时代的文化模式。这也印证了海德格尔的名言："从本质上看，世界图象并非意指一幅关于世界的图象，而是指世界被把握为图象了。"[②] 在传媒的整合力量下，各个艺术门类都程度不同地被视觉化了，文学的内视性

---

① 范文澜：《文心雕龙注》，人民文学出版社 1962 年版，第 493 页。

② 孙周兴选编：《海德格尔选集》，上海三联书店 1996 年版，第 899 页。

质则是更为全面地借助传媒而衍化为外在的图像。传媒艺术也是更多地以文学的艺术思维方式为其内在灵魂，而将其优势发挥到淋漓尽致、出神入化的境界。

中国当代的艺术创作，在相当大的程度上是植根于民族美学传统之中的。这也是因为中国美学的独特品格所致。中国古代美学虽然有渊深的哲学基础，但与西方美学仍有很明显的不同。西方美学家多是哲学家，他们的美学思想是其哲学思想的重要部分，往往是以其哲学为其逻辑起点而演绎出来的。他们的美学思想具有鲜明的体系性和逻辑建构；中国古代的美学观念、范畴，更多地是出于艺术家、作家的艺术体验，从创作中来者居多。同时，看似散在状态的中国美学思想，其实是有着相当强的体系性、凝聚性和延展性的。它们融汇在各个艺术门类的创作理念之中，甚至可贯通多种艺术门类，比如"虚实相生"这样的美学命题，无论是在中国的绘画、书法，还是在诗歌、戏曲、小说、散文等艺术样式中都在艺术家的创作思维中发挥着重要作用。再如意境也是如此，在文学和其他艺术样式中都是标志着至高的境界的价值尺度。中国美学思想更多的不是以思想家的个人体系的形态存在，但却在时代的长流中不断更新而又不断凝聚的生命力。这种品格直至今日都还鲜活地呈现在当代中国的美学理论和艺术创作之中。

中国美学思想与艺术创作实践的这种天然的血缘联系，使得我们今天的艺术创作也鲜明地体现着中国美学的民族特色。传统的力量不仅在创作主体一方与生俱来地发散在创作过程中，而且，也深深地植根于作为鉴赏者的接受主体的审美意识里。人们的欣赏习惯和审美心理，不可避免地刻着中华民族的烙印。这是一种审美的"集体无意识"。它们是存在于创作构想抑或艺术欣赏的审美知觉形式中的。正如荣格所指出的："集体无意识概念既不是思辨的，也不是哲学的，它是一种经验质料。"① 在中国人的美学观念中，这种集体无意识的性质似乎更为突出。"大团圆结局"在中国人的创作和欣赏中都是一种由来已久的情结，也成为一种审美心理的模式，在我们今天电视剧的创作与欣赏中都起着相当普遍的重要作用。无论何种变局，似乎还都是以"大团圆"的收束为最得欣赏者之心的。含蓄蕴藉，空处留白，无论是在国画、书法，还是民族音乐，都还是深受推崇的美学品位。

正因为中国美学观念多是从艺术实践的土壤中生长出来的，因而，它们凝聚着更为丰富的艺术含量，更为深沉的民族底蕴，更具悟性的理论品格。

---

① ［瑞士］荣格：《心理学与文学》，冯川等译，三联书店1987年版，第96页。

反过来，中国的艺术家或作家，也都曾深深地浸染在中华美学传统的长河里。当今的作家和艺术家，有着日趋明显的学者化倾向，出身于学院的作家艺术家往往得到更高程度的认可，他们所受的理论熏陶恰好又与其创作实践水乳交融地共生共长。无论是在艺术院校还是在综合院校，美学理论都是必要的课程和必须的修养。如大学的中文专业、哲学专业等，都以美学作为必修课，艺术院校更是把文艺美学作为基本理论。以传媒相关的各专业来说，其本科教育、研究生教育，都以美学理论（包括中国古典美学）作为基本的理论课程。如中国传媒大学的各个艺术类专业，都要把美学概论、艺术概论和文学概论作为必修课来学习。电影学院、美术学院、音乐学院、戏剧学院等艺术院校，都把美学理论作为重要的知识体系要求学生掌握。这就使当今的艺术创作主体具备了较为普遍的美学观念。中国美学与艺术实践有最大的兼容性，因而，也就使得艺术家在创作时非常自如甚至是无意识地运用中国传统的美学理念进行创作。

三　中华美学思想的特质何在？

与此密切相关的是，中华美学思想是以一些基本的美学范畴或命题的形式存在和呈现的，它们往往是与中华民族的艺术传统共生和绵延的。作为艺术家的审美创造主体，在成为艺术家之前和其艺术的成熟过程中，必然是对其所从事的艺术门类的传统的长时期的习染和修炼方能臻其妙境，而这个过程就是对这个门类的美学观念长期吸濡并经过自己的艺术体验而内化的过程。中国画论中的"气韵生动"、"传神写照"、"以形写神"等美学命题，都是深深融化在画家的学画过程和艺术实践之中的，中国画的独特风貌与这样的理念颇为相关。诗歌创作中的"情景交融"的命题，也是最为普泛化地濡染着中国诗人。这样的美学观念并非全是无意识地潜藏在创作活动之中的，而在相当多的时候成为艺术家的自觉审美追求。中国古典美学范畴或命题，虽然与西方美学的逻辑论证形式颇有不同，但并不能因此而否认它的抽象程度。如刘勰所说的"神与物游"，司空图所说的"超以象外，得其环中"，严羽所说的"言有尽而意无穷"等，都具有高度的抽象品格，但同时又是从别具会心的艺术实践中得出来的。中国美学观念有着明显的与艺术创作实践一体化的特性。这种特性在当今的艺术实践包括传媒的艺术理念中都还有着强劲的生命力和渗透力。如"传神"的艺术观念，在小说创作中或是电视剧人物创作中都是非常重要的创作理念。在历史题材的电影创作中，重要历史人物也更多地依据"传神"的思想进行塑造。再如中国画中有"简"的美学要求，这在当代中国画和雕塑中都仍然是一个非常重要的原则。意境是中国美学中一个相当普遍的元范畴，这在当今的电影、电视、舞台艺术、绘画甚至声乐创作中都是努力追求的一个审美价值目标。只是现在的艺术作品中的意境之美，更多的是通过高科技手段而呈现出更为令人感到惊颤的效果，而且更具有动态的性质。这些都昭示着中国美学的生命活力。

中国美学理论长期被认为是缺少体系性、思辨性，而更多体验的、感悟的直观的性质。这在某种角度来说，不是不可以成立的。但是这种判断直接影响到我们对中国美学的当代价值的体认。诚然，中国美学思想在大多数情况下远非西方美学那样有着严密的逻辑体系，是某位哲学家的哲学体系的一部分，除了像《乐记》、《文心雕龙》、《沧浪诗话》这样颇成系统的艺术理论著作外，往往是以评论的样态出现的。还有很多是散见于书信、序跋乃至题款等形式之中。但却可以肯定地说，中国美学思想是有着自己的体系的，而且是一种整体的体系。西方的思想家往往是每个人都有自己的体系，而不同的思想家的核心范畴与命题，有深刻的特殊性和独立性，互相之间是相去甚远的；而中国美学的范畴和命题，虽然也有人首先提出，但却是在长期的文学艺术创作实践和理论批评中不断地发展、不断地淘汰，也不断地整合，因此，中国美学范畴往往历久弥新，有着强健的生命力和生长力。如感兴、妙悟、神韵、意境等等，都是在千百年的生成与运化中被评论家或艺术家反复使用、踵事增华的。这些范畴与命题，从其初始提出，迄于当今，其内涵有着相当大的变化，但总的来说是益加丰富、益加深刻、益加富有理论价值了。或许不同的批评家、理论家、艺术家在使用同一个范畴或命题进行艺术批评时并不预先界定，也未必多加阐释，其内蕴也许存在着相当的分歧；但其总体上却成为这一范畴或命题在发展流变中的有机因素。中国美学思想的根基是扎在丰富而又源远流长的艺术创作实践中的，时代的因子在艺术作品中是得到了分明的体现的。一方面艺术理论与批评会产生出具有时代意义的新的范畴与命题，另一方面，原有的范畴和命题，也会在新的背景和时代土壤里延续乃至变异。这是与西方的美学观念的存在方式有很大差别，而体现出生生不息的绵延性。

再看看"直观感悟"的说法。西方的美学以思辨与抽象著称，往往是作为某位思想家庞大哲学体系中的一部分，从其整个的哲学体系中演绎出其美学理论来，其逻辑性是相当强的。但是，中国的美学思想大多数是蕴藏在具体的艺术批评中的，其作者也多数是文学家或艺术家，其美学思想具有直观或体验的特征是在情理之中的。但如果认为中国美学思想都缺少抽象品格，那却未必符合中国美学的客观实际。中国美学的一些元范畴或命题，具有高度的抽象性，同时包含了多方面的内涵。如"神"、"物"等范畴，都是抽象程度非常高的。但是，它们的抽象方式，往往不是形式逻辑的抽象，而是通过审美的思理抽象出来的。审美思理的抽象可称为"审美抽象"，是与逻辑抽象不同的抽象方式。也许有人会怀疑审美抽象的存在，但我从若干年的研究中得到的结论是，审美抽象是艺术创作和艺术理论批评的一种主要的思维方式。审美抽象，是审美主体在对客体进行直觉观照的同时所做的从个案形象到普遍价值的概括与提升。审美抽象与逻辑抽象的共同之处在于：都是从具体事物上升到普遍的意义，人类对事物的认识与把握，必然是要以抽象作为一种主要的思维操作方式的。但是。逻辑思维的抽象是以语言概念为工具，通过舍弃对象的偶然的、感性的、枝节的因素，以概念的形式抽取出对象中主要的、必然的、一般的属性与关系，审美抽象则是主体通过知觉的途径，以感性直观的方式使对象中的普遍意义呈现出来。从中国美学的实践来看，审美抽象可以有两种形态，一种是作品的形态，另一种是观念的形态。前者是从审美主体的知觉建构，概括提升为艺术符号，如杜甫诗中的"感时花溅泪，恨别鸟惊心"，苏轼的"人生到处知何似？应似飞鸿踏雪泥"，绘画里的枯木怪石、梅竹兰菊。后者则是从审美主体的创作与欣赏经验概括为观念形态，如"澄怀味象"、"神与物游"等等。而从中国美学的发展史来看，这两种形态，都是从审美抽象中得来，有着共生性。但是，这种观念形态无论是对创作者还是欣赏者、批评者而言，都是非常重要的。一个美学传统，如果没有观念形态的存留与生长，是很难在一个民族的记忆和审美意识中得到持存和发展的。

中国古典美学与当代的文艺学建设关系密切，而且应该是水乳交融的。我们要认识其间的中介是什么。如果没有这个意识，它们之间的隔膜是不可避免的。我们如能看到当代艺术实践与作品这个中介，把握跳跃着的中国美学的脉搏，梳理当今在传媒的整合之下各个艺术门类的普遍性的美学理念，就会凸显出中国美学的强劲传统。当然，对于其间的得失消长进行价值批判，是颇为重要的，目的还是在于更好地发展作为先进文化的重要内容的当代中国的文学艺术创作。

文艺学的处境与进境[*]

几年前关于文艺学的边界的论争，虽然现在已不再是集矢的焦点，但是问题并未得到全面的解决，也不可能得到全面的解决。文艺学原本就是文学理论，就是讲文学的本质与规律，但是，较早的文艺理论教科书，由于意识形态的绝对控制，其基本观点都是一样的。陶东风批评文艺学教科书中的本质主义思维方式说："受本质主义思维方式的影响，学科体制化的文学理论知识生产和传授体系，特别是'文学理论'教科书，总是把文学视为一种具有'普遍规律'、'固定本质'的实体，它不是在特定的语境中提出并讨论文学理论的具体问题，而是先验地假定了'问题'及其答案，并相信只要掌握了正确、科学的广漠，就可以一劳永逸地把握这种'普遍规律'、'固有本质'，从而生产出普遍有效的文艺学的'绝对真理'。在它看来，似乎'文学'已经定型且不存在内部差异、矛盾的实体，从中可以概括出所谓放之四海而皆准的'一般规律'或'本质特点'，这个意义上的文学与文学理论实际上只是一个虚构的神话，这个意义上的所谓'规律'实际上也只是人为地虚构的'规律'。"① 话说得虽然颇为尖刻，但却果真道出了传统的文艺学理论的痼疾所在。文学是在不断发展的，创作之树也是常青的，层出不穷的新作也是难以用一些文艺学的定律来限定的。而从 20 世纪 90 年代以来问世的若干文艺学教科书已经融进了 20 世纪西方文艺学的重要方法论与命题，显示出了文艺学的内在变化。而现在文学和大众传媒的关系日益密切，一方面大众传媒在很大程度上以视觉图像的审美方式，取代了文学阅读，一方面大众传媒又以文学的修辞和叙事来提高自身的品位。日常生活中审美表象的泛化，也在相当普遍的层面上拓宽了人们的审美途径。无处不在的互联网与文学的结缘，也使原来意义上的文学创作或接受，产生了深刻的

* 本文刊于《社会科学辑刊》2008 年第 4 期。

① 陶东风：《文学理论基本问题》第 3 版，北京大学出版社 2006 年版，第 5 页。

改变。文艺学如果拘守原来的立场而无视当今文学的存在状态，则是很难对当代的文学艺术作出令人信服的说明，也就会更加远离现在的审美现实了。

　　文艺学研究已经不能拘守原来的疆界，但是文艺学在当今的学术功能不能被其他学科诸如文化研究所取代。当代社会人们文化意识高涨，而且具有了明显的后现代色彩，是因为人们在当代发达社会里的消费超越了纯粹的实用功能而注重文化符号的功能，人们在日常生活中对文化的自觉，带上了普遍的审美色彩。如果说在印刷文化作为文化模式主流时，文学成为主要的审美方式，而在当今的视觉文化时代，具有符号性质的视觉图像以及日常生活中的文化事象，则成为审美的主要对象，文学的审美活动已在很大程度上泛化于其中了。文艺学专业的很多学者，尤其是中青年学者，把文化研究作为文艺学的主要内容，所以文艺学的基础理论研究，在很大程度上是被文化研究解构了。

　　文艺学的基础性学理研究是不可以废弃的。文化研究是作为对全球化的消费文化现实的理论回应，有深刻的时代因素，也有厚重的学术基础，而且在国内也有相当多的优秀学者在文化研究上做出了令人惊叹的成绩，但是，我们也应该看到，文化研究不能取代文艺学。从世界范围的学术潮流来看，文学理论现在是很难离开文化研究的方法和背景的，但它又有着自身的独立性和学理系统。从我国的学术传统来说，以文学理论为其内涵的文艺学，尽管正在发生着相当大的变化，但是，文学这个研究对象是不应该废弃的。文化研究中的大多文化事象给人的审美感受其实是颇为浅表的，或者说是以满足人们的快感为主要的目的。与以文学作品为对象的审美感受相比，缺少含蕴与反思，而停留在表层的快感上。正如德国美学家韦尔施对此作出的批评："在表面的审美化中，一统天下的是最肤浅的审美价值：不计目的的快感、娱乐和享受。这一生气勃勃的潮流，在今天远远超越了日常个别事物的审美掩盖，超越了事物的时尚化和满载着经验的生活环境。它与日俱增地支配着我们的文化总体形式。经验和娱乐近年来成了文化的指南。一个日益扩张的节庆文化和娱乐，侍奉着一个休闲和经验的社会。审美化的一些太为突兀的分支，以及现实赤裸裸的化妆打扮，固然可以博得一笑，但是触及作为总体的文化，它可不再是好笑的事情。"① 韦尔施的言辞颇为尖刻，但却又是切中要害。文化研究所涉及的那些无边无际的文化事象，给人的审美感受更多的是浅表的快感。而对于文学的关注，在文化研究范围内是引不起什么

---

① ［德］沃尔夫冈·韦尔施：《重构美学》，陆扬等译，上海译文出版社 2002 年版，第 7 页。

兴趣的。

现在，以文字为艺术语言的文学创作，受到视觉图像的挤压确是事实，当下的社会被称为"图像社会"、"景观社会"，都是说人们以视觉直观为审美的主要方式。但这并不能说明文学就要宣告"终结"了，文学研究就不能存在了；文学并不是以文字作为唯一的载体，在印刷文化成为主导的文化模式之前或之后，文学都是存在着并发展着的。在视觉文化时代，文学与图像有很大的矛盾，以印刷文字为载体的文学经典受到了冷落，而另一方面，文学却在更为广阔的范围内，与大众传媒的各种样式融为一体，使大众传媒有了更好的语言表述、叙事结构和审美品位。如电影、电视剧、广告、综艺晚会等等，都不可能脱离文学的滋养，有的传媒样式，其实是以文学为其灵魂或根基的。可以认为，文学在当今的图像环绕的生态环境中，是以新的样态存在着。文学研究不仅不能废弃，而且要从当前的现实出发，研究文学在现阶段的变异及其与大众传媒各种样式的内在关系。从这个意义上说，文艺学要研究文学的本体规律和审美特征，除了文艺学，没有其他的学科可以担当，这个功能是当仁不让的；同时，在文学之外，与大众传媒中与文学有着内在联系的各种样式及其关系，都应该进入文艺学的研究范围。文艺学不宜拘守原有的疆界，不宜被动地处在文化研究的笼罩之下，而应该积极地建构其在大众传媒环境中的学理框架。

文艺学与文化研究是一种互补关系，但却无法彼此替代。文艺学还是要以文学研究为其核心内涵的。现阶段的文学发展与变异，不仅不应被漠视忽略，而且应该得到更多的深入研究。童庆炳先生在数年前明确提出："我们必须给出一个文学不会终结的过得硬的理由。这理由就在文学自身中。在审美文化中文学有属于自己的独特审美场域。这种审美场域是别的审美文化无法取代的。"① 我是非常赞赏童先生的这个观点的。文学是与人类共生的，人类不亡，文学不死！文学是有着属于自己的独特的审美场域，这种审美场域，目下又作为内核使大众传媒的各种样式产生了更为丰富的韵味，有了更为隽永的美感。

文艺学又应该正视文学所处的文化生态环境，在当今时代，要摆脱大众传媒的环绕来孤立地研究文学，是无法回答现实问题的，也是难以使文艺学走出困境的。现在的文学研究已不能不顾及与文学密切相关的传媒艺术。在我看来，文艺学不仅要研究传统的文学样式，研究它们新的美学趋向；还要

---

① 童庆炳：《文艺学边界三题》，《文学评论》2004 年第 6 期。

将一些与文学有着深刻的内在关系的传媒艺术样式纳入进来，研究它们与文学之间的关系。还要研究传统的文学样式及其艺术规律、美学范畴对传媒艺术的影响，如章回小说的叙事艺术对电视剧创作的深刻影响，等等。传媒艺术基本上都是以视觉图像作为表现工具的，这也是大众文化的特征。而其中最能牵动人们的情感、给人以较有内涵的美感的是以文学为灵魂的东西。文学虽然是以文字为其艺术语言，而它的审美特质却在于它的内视性。这也正是文学与其他非审美的文字的根本区别。我称之为"内在视像"，"是指作家通过文学语言在文学作品中所描绘的可以呈现于读者头脑中的具有内在视觉效果的艺术形象。作为文学审美活动而言，这是实现其审美功能的最为关键的一个环节，也是判断其是否具有审美特征的文学作品的重要标志。甚至可以说，这种内在视像，对于读者来说，是真正的审美对象，至少是审美对象的核心要素"①。刘勰在《文心雕龙》中描述内在的创作过程时说："窥意象而运斤"②，这个"意象"，其实就是呈现在作家心中的"内在视像"，也就是英加登在《对文学的艺术作品的认识》中剖解出的最重要的层次"图式化外观"。③当下用电子技术产生的图像，恰恰可以非常直观、逼真地将作家的内在视像外化，直接呈现在受众眼前。而文学作品提供的内在视像，对于传媒艺术来说，至关重要。经典文学名著改编而成的影视剧，就最明显地证实了这一点。

　　文学作品的审美要素，无外乎这样几方面：一是语言美感；二是情感兴发；三是叙事魅力；四是审美境界。前二者是文学作品都必须具备的，第三方面是叙事类作品必备的，而第四个方面是抒情类作品必备的。任何的文学佳作，都以语言美感为其首要的审美特征。语言美感并不一定就是华美，而是指作品语言的独创性、内视性等。情感兴发是文学的基本审美功能，文学作品无论是叙事类还是抒情类，其在审美功能上，首先是对读者的情感的唤起。英国美学家赫伯恩曾有专文论述情感唤起，认为"在美学中情感唤起也应该占有一席之地"④。对于文学创作来说，情感唤起是实现其审美效果的第一要著。叙事魅力更是文学的长项。喜欢听一波三折的故事是人的天性。文学的叙事功能，是其他艺术门类所无法比拟的，同样也是它们必须依

　　① 张晶：《中国古典诗词的内在视像之美》，《社会科学战线》2007年第2期。
　　② 范文澜：《文心雕龙注》，人民文学出版社1958年版，第493页。
　　③ ［波］罗曼·英加登：《对文学的艺术作品的认识》，陈燕谷、晓未译，中国文联出版公司1988年版，第10页。
　　④ ［美］李普曼：《当代美学》，邓鹏译，光明日报出版社1986年版，第322页。

靠文学以实现的。现在的传媒艺术不可能只凭着图像获得人们的青睐。如果
没有文学叙事，而只是靠来去匆匆的视觉图像，是无法吸引人们的。审美境
界对于文学作品是非常必要的。如果说叙事类作品要求的审美境界是整体
的、隐形的，而对于抒情性作品来说，则是要呈现于读者的耳目之中的。文
学的这种境界追求，在传媒艺术中也被大大加以发挥，如很多电视剧的片头
画面，都能体现境界感。

　　文艺学面临危机，更面临突破。文学在当代的文化生活中仍然占有重要
的份额，是整个社会文化的内在骨架。倡导人性之真善美，召唤历史理性，
弘扬民族精神，基本上是由文学发端。传媒艺术如果要超越浅层的耳目快
感，在直观美感中使人得到某种升华，就不能脱离与文学的姻亲！文艺学在
当今之时，既有突破的可能，又有提升的进境！

在文学与艺术的融通中拓进文艺美学[*]

在当代美学的格局中，文艺美学理应占有更为重要的地位，发挥更具主流意义的功用。在中国美学理论框架中，文艺美学成为异军突起的分支，在很大程度上使世界美学格局呈现出重要的变化，而且令当代美学有了一个在学理上提升的坚实基础。如果说"日常生活审美化"这类颇具浓厚文化研究性质的论题，是对美学学理的解构，那么，文艺美学则使美学在艺术的沃土中不断长高。而传媒艺术与文学的姻媾，是文艺美学向前推进的主要动力。

美学的泛化与浅化，是当今时代触目可见的现象与趋势。当代的日常生活与审美有着不可分离的密切关系，以至于艺术的色彩和审美的标签似乎无处不在。消费社会的五光十色，更加增添了"日常生活审美化"作为当代美学一个强势观念的力度，似乎人们也都因之而成为"审美"的专家。且看费瑟斯通所描述的情形："在这个审美化的商品世界中，百货商场、有轨电车、火车、街道、林立的建筑物及所有陈列的商品，还有那些穿梭于这些空间中的熙攘人群，都唤起了人们如今半数已被遗忘的梦想，有如来往人群的好奇与记忆，经常受到来自与背景分离的、变化的景象所刺激，并通过解读那些物品外表所散化的气息，产生了某些神秘的联想。就这样，大城市中的日常生活具有了审美的意义。"① 这种现象的确给消费社会环境中的日常生活带来了普泛的审美色彩，也使日常生活和审美的界限越加模糊。对于当代美学来说，这当然应该是值得关注和研究的。但这种现象也恰恰导致了审美的泛化和浅化。审美对于一般人来说，更多的是休闲、娱乐和时尚；对于商人而言，成为利润的工具或营销的策略。审美流于表面化和缺少意义，正

---

* 本文刊于《北方论丛》2009 年第 1 期。

① ［英］迈克·费瑟斯通：《消费文化与后现代主义》，刘精明译，译林出版社 2000 年版，第 34 页。

是当代的"审美"通病。德国著名美学家韦尔施表示了这种忧虑："在表面的审美化中，一统天下的是最肤浅的审美价值：不计目的的快感、娱乐和享受。这一生气勃勃的潮流，在今天远远超越了日常个别事物的审美掩盖，超越了事物时尚化和满载着经验的生活环境。它与日俱增地支配着我们的文化总体形式。经验和娱乐近年来成了文化的指南。一个日益扩张的节庆文化和娱乐，侍奉着一个休闲和经验的社会。审美化的一些太为突兀的分支，以及现实赤裸裸的化妆打扮固然可以博得一笑，但是触及作为总体的文化，它可不再是好笑的事情。"① 韦尔施所指出的这种趋势，对于美学的学理研究来说，同样不是什么好事情！如果以"日常生活审美化"作为代表这种趋势的总体概念，固然可以概括当代在消费文化和后现代语境下的较为普遍的审美状况，相关的讨论，在学术界成为焦点话题，然而，却很难说对于美学理论本身有怎样的长进或发展；反倒是在相当大的程度上起着解构的作用。

美学当然不止于"日常生活审美化"，我们也不应该给年轻学子留下这样的印象：经典美学的大厦业已坍塌，"日常生活审美化"成了当代美学的理论主流。这是一种误导。对于当代美学而言，传统的美学理论很难对当代的审美经验（尤其是大众传媒给人们带来的新的审美经验）做出更为令人信服的解释，但这不意味着美学理论的断裂和枯竭。五光十色却又是浮光掠影的"审美"现实本身，所产生的大半是娱乐的快感和利润的快感，又有几人能对此进行理性的审视和学理的建构？

在笔者看来，美学理论当然不能停留在传统美学的命题上，必须突破现有的框架，但又须是对传统美学的延伸，对于当代审美经验的科学诠释，对于当代社会的审美价值观念的深度引领。美学学理的发展还是应该以当代艺术为主要切入点。尽管在后现代主义的影响下，生活和艺术相互渗入，但笔者认为，它们仍然是不可混淆的。艺术作为美学研究的主要对象和生长基础，无论是以往，还是现在，都是美学的学科性质决定的。而发展文艺美学，在很大程度上是美学突破的重要途径所在。中国的美学学者近年来对于文艺美学所作出的理论建树，对于美学的学理提升所做出的贡献是非常重要的。这一点，无须在此深论。笔者以为，深化文艺美学的研究，无论是对文艺学还是对美学来说，都是最为可行的出路。

传统的美学理论之所以对当代的审美现实难以做出令人信服的解释，在相当大的程度上是因为我们现在面对的艺术形态与传统的艺术形态有了很大

----

① ［德］沃尔夫冈·韦尔施：《重构美学》，陆扬等译，上海译文出版社2002年版，第6页。

不同。这种不同，带来的是人们的审美经验的深刻变化。面对不同的审美对象，是会产生不同的审美经验的，而对审美经验，笔者并不主张在很肤浅、很表层的意义上来指称它，这意味着审美经验的消解，詹姆逊的论述揭示了这种情形："在一个如此多地由视觉和我们自己的影像所主宰的文化中，审美经验的概念既太少又太多：因为从那个意义上说，审美经验随处即是，并且广泛地渗透到了社会与日常生活中。便正是这种文化的扩散（在更大，更宏伟的意义上说）使个人艺术作品的观念成为问题，也使审美判断的前提变得不甚恰当。"① 所谓"太多"，是说现在到处都是肤浅的、似是而非的"审美"；而所谓"太少"，则是说真正的、有独特意蕴的审美经验，是颇为缺乏的。"日常生活审美化"的普遍存在，与目前的到处可见的图像充斥是有直接关系的。作为大众传媒的图像，有很多是具有艺术性质的，也有很多是非艺术性质的。这里，对于大众传媒中的艺术分析，其情形恐怕并不是单纯的、明晰的，而是复杂的、复合的。笔者更倾向于以一种艺术的立场来认识大众传媒。在大众传媒中，有很多的艺术类型，当然还有很多是非艺术的东西，或者说是与日常生活难以剥离的东西。但是，分析大众传媒的艺术品性，将其作为当代美学学理建构的研究资源，不失为美学发展的一种途径。

传媒艺术，不是某一种艺术门类的名称，而是指在电子科技制作和传输的条件下，在大众传媒序列里艺术因素的概括。就目前情况而言，最主要和最成熟的还是以电视传播方式为载体的艺术创作、作品和接受。传媒艺术所包含的样式是多种多样的，如电视剧、电视综艺晚会、电视音乐、电视舞蹈、电视戏曲、相声、小品、广告等。传媒艺术是在与传统艺术相比较中提出来的。之所以将这些种类概括称之为传媒艺术，是因为它们都是以高科技的电子图像来制作和传播的。作为与传统艺术相区别的总体概念，传媒艺术有着一种整合的力量，具有覆盖和统领的地位，也使"图像化"的特征，贯通了这些艺术种类。笔者在 2006 年北京文艺论坛上指出："我们所说的'图像'（包括视像、影像等说法）指凭借当代的大众传媒，通过电子等高科技手段大批复制生产出来的虚拟性形象。这样说为了在当今时代成为标志性的审美元素的图像，和以往时代的艺术家用手亲自创作出来的视觉艺术作品区别开来。很明显，图像有着后者所无法取代的直观性、虚拟性和逼真

① ［美］弗雷德里克·詹姆逊：《文化转向》，胡亚敏译，中国社会科学出版社 2000 年版，第 98 页。

性。图像作为当代大众传媒的最为基本的元素，是传媒的艺术语言。"① 与传统艺术相比，传媒艺术给我们颇为不同的审美经验，从而在此基础上，有着新的美学学理建构的可能性。

传媒艺术以视觉图像为其基元，视觉文化在很大程度上成为我们这个时代的文化模式。似乎文学的命运已经式微，希利斯·米勒教授竟然发出了"在全球化时代文学研究还会继续存在吗？"的疑问。他借用德里达的话说："电信时代的变化不仅仅是改变，而且会确定无疑地导致文学、哲学、精神分析学，甚至情书的终结。"② 这使人感到，在视觉文化的冲击下，文学已经没有生存的余地。在我国的学术界，也有相当多的一部分文艺学学者，放弃了文学研究，而是以"日常生活审美化"等文化研究的论题，充填和取代了文艺学的领地。或者更直白地说，很多文艺学学者已经改弦更张，以文化研究为主业了。

关于"文艺学"的问题，也许现在还难以得出成熟的结论，笔者以为，可以从文艺美学这个新的维度上来讨论，似乎可以避免逻辑上或学理上的尴尬。文艺美学现在还远未达到成熟的地步，唯其如此，对它的探讨才更有自由的空间，才有深入的驱动力；回过头来，对于文艺学的定位，可能会提供更成熟的理论资源。

不言而喻，文艺美学是从美学的角度来把握艺术的，而我们面对的艺术现实，更有当代意义的，毋宁说是传媒艺术。从面向未来的意义上看，那种将文学与视觉文化相对立的观念是不足为法的，因为它并不符合当下的审美事实。崇尚图像而摒斥文学的意识何其浅薄，没有文学作为运思之具和语言表现，图像就只能是不可理喻的、杂乱无章的。传媒图像的逼真性和现实感，可以给我们以视觉的惊喜，但其艺术的运思及内在的叙事，是博得人们欲罢不能的迷恋的原因。传媒艺术难道仅仅是一堆无联系、无逻辑、无语言美感的图像吗？我们可以笃定地回答："不是，当然不是！"

文学不是"如今有谁堪摘"的"明日黄花"，而是贯通传媒艺术的共同要素。甚至可以说，艺术对文学的渴求，更甚于以往任何时代。这大概不是一厢情愿的自我陶醉，而是传媒艺术面向未来的良谋！比之传统艺术诸门类对文学的借重，传媒艺术是有过之而无不及的。对于文学的摒斥与蒙昧，对

① 张晶：《传媒与文艺》，人民文学出版社 2007 年版，第 230 页。
② ［美］J. 希利斯·米勒：《土著与数码冲浪者——米勒中国讲演集》，陈永国译，吉林人民出版社 2004 年版，第 93 页。

于传媒艺术来说，或许是最大的灾难与病害；传媒艺术的良性发展，必然有待于文学质素在其中的内化与增强。

对文学艺术的理解，笔者倾向于将文学看作是艺术之一种，而且是主要的一种。现象学美学家英加登将我们所理解的文学称为"文学的艺术作品"，细想一下，还是很确切的。文学是语言艺术，是艺术的主要品类。苏联著名美学家波斯彼洛夫就反复强调文学作为语言艺术的性质："艺术，首先是语言艺术，在认识生活的社会历史特殊性以后，就把它们在作品中再现出来。"① "语言艺术作品，其他艺术作品也一样，只有当它们的独特的艺术内容在生动而又形象的艺术形式中得到最完美的表现时，才具有它的特有的美。"② 这种理解是笔者所深深赞许的。文学与今日的传媒艺术最为相通之处，便在于文学的内在视像性质。传媒艺术是以图像为其基本元素的，而文学的内在视像性质，对于传媒艺术来说，则是最重要的基础和资源。关于"内在视像"，笔者做过这样的概括："是指作家通过文学语言在文学作品中所描绘的可以呈现给读者头脑中的具有内在视觉效果的艺术形象，作为文学审美活动而言，这是实现其审美功能的最为关键的一个环节，也是判断其是否具有审美特征的文学作品的重要标志。甚至可以说，这种内在视像，对于读者来说，是真正的审美对象，至少是审美对象的核心要素。"③ 笔者对文学的审美属性的最根本的认识便首在于这种"内在视像"。无论是叙事性作品，抑或是抒情性作品，都是在作家或读者头脑中呈现为内在视像的。而传媒艺术中对于文学的生发，如电视剧，都是将用语言描绘出的"内在视像"以图像化的方式加以表现。由小说改编的电视剧，就须是以作品中的内在视像作为编剧的基础，转化成活生生的电子图像。

再则是语言美感。文学是语言艺术，其基本的审美属性之一，便是语言美感。无论是何种文学作品，语言美感应该是其存在和传播的主要条件。"语言美感"并非意指语言的华丽，而是说作品中文学语言表意的恰切、表情的动人心魄和意味的隽永等因素。魏晋南北朝时期著名诗论家钟嵘说："干之以风力，润之以丹采，使味之者无极，闻之者动心，是诗之至也。"④ 意谓文学语言既要有内在的风骨，又要有外在的丹采，同时，要能使读者感

---

① ［苏］波斯彼洛夫：《文学原理》，王忠琪等译，三联书店1985年版，第58页。
② 同上书，第66页。
③ 张晶：《中国古典诗词的内在视像之美》，《社会科学战线》2007年第2期。
④ （南朝·梁）钟嵘：《诗品》，中华书局1991年版，第11页。

到强烈的情感震撼和"无极余味"。刘勰说："圣贤书辞，总称文章，非采而何？"① 其赞语云："言以文远，诚哉斯验。心术既形，英华乃赡"②，都是认为文学创作必须是以语言美感为根本要素的。

　　再就是关于文学的审美构形问题，这对传媒艺术艺术魅力的整体提升，有至关重要的意义。相对于日常生活来说，艺术创作是以独特的艺术语言创造出有个性的完整的结构。笔者对审美构形能力有这样的界定："审美构形能力指的是什么呢？是指审美主体在进行审美创造时在头脑中将杂多的材料构成一个'完形'的心理能力。这个'完形'是新质的、独特的、整一的，也是充满主体精神的。在文学和艺术的创作中，这种构形能力显得尤为重要；在审美接受中，这种能力也非常必要的。"③ 日常生活经验是杂乱无章的，甚至是无始无终的，而在艺术创作中，作品的结构、人物和情节等，都应该是完满和整一的。如美国著名哲学家杜威所说："它的性质与含义只是通过艺术才表现出来，这是因为存在着一种经验的统一，它只能表现为一个经验。"④ 杜威还称其是具有"使一个经验变得完满和整一的审美性质"⑤。对于艺术创作来说，审美构形是在头脑中进行的，而文学的审美构形是最主要的，也是最具活力的。文学是通过语言进行内在的构形，具有最大的自由度和表现功能。无论是叙事性的创作，还是抒情性创作，没有构形就不可能有作为审美直观的对象呈现。歌德曾这样深刻地指出构形在审美创造中的功能："艺术早在其成为美之前，就已经是构形的了。然而在那时就已经是真实而伟大的艺术，往往比美的艺术本身更真实、更伟大些。原因是，人有一种构形的本性，一旦他的生存变得安定之后，这种本性立刻就活跃起来。"⑥ 传媒艺术是以图像为其艺术语言来叙事或抒情，其艺术品性和对欣赏者的吸引力，绝不是图像的杂乱堆砌，而是完整而独特地表现一个有机的结构。文学的构形思维，在其中起了至关重要的作用。电视剧等门类，尤其是如此。当代杰出的哲学家卡西尔认为："艺术确实是表现的，但是如果没有构形，它就不可能表现。"⑦ 文学和传媒艺术皆然。如果认为美学不应该中断发展，

---

①　范文澜：《文心雕龙注》，人民文学出版社 1962 年版，第 537 页。

②　同上书，第 539 页。

③　张晶：《论审美构形能力》，《社会科学战线》2005 年第 4 期。

④　[美] 杜威：《艺术即经验》，高建平译，商务印书馆 2005 年版，第 46 页。

⑤　同上书，第 42 页。

⑥　[英] 鲍桑葵：《美学三讲》，周煦良译，上海译文出版社 1983 年版，第 59 页。

⑦　[德] 卡西尔：《人论》，甘阳译，上海译文出版社 1985 年版，第 180 页。

文艺美学会从艺术实践和理论的美学观照中提供更新的基础。对于一般美学而言，文艺美学更具有艺术的针对性，也更会深入到门类艺术的美学特征和属性中去。它不像一般美学那样，要在自然现象、社会现象和艺术现象的共通点上来找到审美的一般规律，而可以心无旁骛地以艺术作为其研究的对象；艺术本身也会为其提供美学思考的具体路径。对于自然事物和社会事物来说，所谓审美，也许都是附加的，其本来的目的性并非在于审美；艺术创作及鉴赏则不同，其初衷和过程都是以审美为其专门的和首要的。在这个过程中，审美主体是充满主动和自觉的审美创造意识的；欣赏和接受中的审美主体，则是以对艺术品的审美快感的获得为唯一目的的。

在后现代的驳杂声音里，日常生活似乎与艺术绞缠不清，也难以泾渭分明。消解艺术与日常生活之间的界限，正是我们这个时代的文化症候。费瑟斯通指出："在此，有一种双向的运动过程。首先是对艺术作品的直接挑战，渴望消解艺术的灵气、击碎艺术的神圣光环，并挑战艺术作品在博物馆与学术界中受人尊敬的地位。其次是与之相反的过程，即认为艺术可以出现在任何地方、任何事物上。大众文化中的琐碎之物，下贱的消费商品，都可能是艺术。"① 在笔者看来，这对美学的深化及学理的提升，真的是没有什么益处的。随便什么人都可以"审美"为时尚，其实对"审美"的理解非常浅薄。文艺美学的学科思考，可以使我们在不同艺术门类的有机体中来比较和联系它们之间的关系和审美特征，从而使美学发展有着可以凭借的可靠基础。泛泛谈论生活表层和消费环境中的审美，其实是会使美学走向泛化和浅化的。而我们对文艺美学的期待，则是希望其能将美学引向深入。

笔者提出的"传媒艺术"，也是有特定的含义在其中的。"传媒"当然是一个非常复杂的概念，它的大众文化性质决定了它的复杂性和多层性。"传媒艺术"作为一个与传统艺术相对应的概念，一方面是强调它的电子传播方式，另一方面，则隐含了它的消费文化的背景。与其说将"传媒"作为艺术的形态，毋宁说是要以艺术的尺度来分析和把握传媒。这种"艺术的尺度"其实是一种美学观念。说得直白一点，是要从传媒的艺术格局中，找到美学的新途径，而不是使美学成了流沙！

文艺美学在相对独立的发展之中，也许是更多地处在艺术的语境而较少受到大众文化或消费文化的消解的。很明显，它不同于传统的文艺学的观念

---

① ［英］迈克·费瑟斯通：《消费文化与后现代主义》，刘精明译，译林出版社 2000 年版，第 96 页。

体系，而强化了美学在艺术领域中的贯穿力度，具有很强的时代色彩，在自身学理建构层面呈现出美学的方法论传统，而又自然而然地跳出了传统文艺学的模式，不妨视为文艺学教学变革的可行策略。而仅是在传统文艺学内部谋求变局的若干教材，总是使人感到"小脚解放"的别扭！文艺美学以现在的初具规模之理论形态，可以在文艺学教学改革中承担更重要的角色。在现行阶段，笔者觉得她是颇为合适的。

面对同样的文化现实，尤其是大众传媒，从不同的角度，以不同的尺度，进行各自的透视分析，会得出不同的理论观念，文化研究自然可以发挥其独特的作用和广泛影响；而艺术的角度可以通向美学的进境。传媒艺术自身的美学创造规律和接受规律，都有待于学理性的揭示。当代大众传媒技术的、效果的总体特征，也有待于说明。这又是文艺美学自身突破的向度。现在看来，文艺美学自身已然存在着不足以回答传媒艺术的审美规律的问题，她的提升的出路，也许正在于斯！而从美学学理的发展和突破来看，是要从这里汲取资源的。

文艺美学虽然在美学的领域中还是很新的存在，但其对艺术门类的分析，尚未将传媒艺术纳入其中，因此难以形成突破的路径。笔者认为，对传媒艺术的类型学和美学的分析，正是文艺美学向前突进的角度。传媒艺术是时代性艺术的总称，它的美学特征是应该得到客观和深入探究的。文艺美学不仅可以，而且应该将传媒艺术作为研究对象，同时，科学地说明传媒艺术在技术上、传播方式上和思维方式上的特征，从而使美学的分析具有客观的基础和令人信服的理由。传媒艺术所依凭的电子技术及图像画面，会使人产生新审美经验，也会产生新审美价值观念，这都是文艺美学所应关注的问题。

传媒艺术倘若不以文学为意，甚或排斥文学的介入，只能降低传媒艺术的艺术性，使其流入到纷繁而杂乱的图像堆积之中，这不是传媒艺术应走的道路。事实上，传媒艺术的发展道路已经证实了这点。好的传媒艺术品，都是有着深厚的文学底蕴，且更多地按着文学运思的方式进行。深厚的文学修养，对于传媒艺术工作者来说，是必备的条件。从建设性的意义来看，文学和传媒艺术是必须融合的，而且是可以融合的，这对文学的传播以及传媒艺术的整体提升，都是长久的战略。文艺美学是要在这个基础上提高和突破的。文艺美学不能忽视文学的审美属性的研究，但是，应该将其与其他艺术门类审美属性贯通起来加以理解。而传媒艺术作为当代艺术的基本表征，与文学的关系尤为值得思考。传媒艺术之所以能作为当代艺术的总体概念，究其内蕴，文学所承担的功能是使传媒艺术成为整体的主要因素。这似乎有些令人费解，而寻绎起来，却觉得有着深层的可能。对于文学与传媒艺术的关系，如能作出与时推移的回答，自然可以见出新的审美活动的特征所在。那么，文艺美学的发展与突破，就不必是有意为之的，而恰恰是顺理成章的事情。

文学的审美特性与视觉文化的提升[*]

视觉审美与文艺学处境

视觉审美在当下这个时代已经成为主要的审美方式，这在美学和文化研究的领域中似乎已成为基本共识，关于视觉文化和图像的话语，在美学和文艺学研究中成为强势，为这个领域开辟了迥异于传统的景观。视觉文化及图像作为学术话语的升温，具有强烈的时代气息，我们在理解和阐释它们时既要顾及其历史的渊源，更要反思其现实的社会因素。在很大的程度上，我们现在所津津乐道的"视觉文化"或是"图像"，是以电子传输技术为其基本条件、以"消费社会"的理念为其氛围的。它极大地改变了原有的审美观照方式，与经典美学所描述的审美经验也大相径庭。而在这样一个视觉文化成为主要文化模式的当今，图像似乎也成了最主要的审美对象，作为通常被理解为以印刷为其传播手段的文学，其命运也好像到了式微的地步。美国学者米勒教授关于"电信时代文学的终结"的论断，是有着普遍的代表性的。尽管此论一出，在中国大陆受到了强烈的质疑和指责，但是，传统意义上的文学失去了以往在审美领域的尊贵地位，则确乎是可见的事实。在研究的层面，文艺学学科队伍中大批学者放弃了文学理论的研究，而以文化研究、媒体研究作为研究重心。这也正是米勒所指出的："文学行将消亡的最显著征兆之一，就是全世界的文学系的年轻教员，都在大批离开文学研究，转向理论、文化研究、后殖民研究、媒体（电影、电视等）研究、大众文化研究、女性研究、黑人研究等。他们写作、教学的方式常常接近社会科学，而不是传统意义上的人文学科。他们在写作和教学中常常把文学边缘化或者忽视文学。虽然他们中很多人都受过旧式的文学史训练，以及对经典文本的细读训

* 本文刊于《江海学刊》2010 年第 1 期。

练，情况却仍然如此。"① 文学理论界的现状可以说被米勒不幸言中了！以研究文学理论为己任的文艺学（苏联和中国原来的"文艺学"的含义如此）界有相当大的一部分人早已掉头不顾文学，从事一般性的文化研究或其他的时尚话题，转而又要把这些东西作为文艺学的主要内容，甚至认为这就是文艺学！

在我看来，文艺学在现时阶段突破原有的边界，而关注以图像为审美要素的影视艺术，还有传媒文化的相关问题，这是完全必要的，而且也是文艺学发展方向所在。在这里，文艺学和美学应该进一步融合，其实也就是文艺美学的路数所在。以往的文艺学以文学理论为其研究对象，这是历史的既成事实；文艺学这个框架，名正言顺地可以接受或容纳现在的文学艺术的发展，从而加以学理化的建构。而如果以文化研究或其他学科的内容来替代或置换文艺学的研究对象，则我以为是不必要的，这会使文艺学"大厦将倾"、"夷为平地"。看看文艺学的学科现状，就知道这种担忧未必是杞人忧天。文艺学本身鲜有学理性的研究进展，而文艺学的很多学者则以文化研究、媒体批评等作为文艺学的主要对象，相关论著可谓汗牛充栋，而青年学子们（博士生、硕士生及青年教师等）则是向风追慕，论文选题多有与文学颇不搭界的。

我并非是站在保守的立场上来"捍卫"文艺学的传统疆界，但却不愿意看到文艺学被文化学或社会学消弭或取代的"前景"，我是有这种危机感的。当然，谁也没有理由干涉学者的研究自由，况且，很多学者在这方面的研究确实是大大超越了以往传统的文艺学研究的水准。其实，当今的文艺学也果真不可能脱离文化学和社会学的思考角度，因为当今的文学艺术现象，是无法脱离大众传媒的，而大众传媒是紧紧地同社会的、文化的乃至经济的因素结合在一起的。文化学和社会学等对文艺学的渗透几乎是不可避免的，从积极的方面来看，文艺学对文化学和社会学等学科的借重，不仅是无可厚非的，而且是具有时代的战略意义的。或许可以认为，当今的文艺学学者，如果对文化学、社会学或后现代主义哲学等无所知晓的话，就不可能对文艺学有新的贡献，只能抱残守缺，无所建树。但是，要是以牺牲文学研究为代价，用文化研究完全取代了对文学理论的深化和当代建构，或者把文化研究和文学理论对立起来，竟至使文学理论在文艺学中"敛手反如宾"，处在可

---

① ［美］希利斯·米勒：《文学死了吗?》，秦立彦译，广西师范大学出版社 2007 年版，第18 页。

有可无的尴尬境地，那么，文艺学的命运危矣殆矣！

文学与图像的艺术贯通

　　与以往的文学样态相比，当今的文学发生了深刻的变化，其中最显明的情形就是：以大众传媒为推动因素，文学与其他艺术门类的融合度要比传统的文学高得多。在传统的文学和其他艺术门类关系中，因为不同质的"艺术语言"使之具有了不同的审美特性，它们之间虽然也是彼此渗透，但却无妨在形态上的明显区别，即著名美学家苏珊·朗格所说的"基本幻象"。我在这里对文学的基本认知是从它的艺术性来着眼的，或者说是将文学作为艺术之一类。我们所谈论的是最具有审美价值的文字作品，现象学美学家英加登称之为"文学的艺术作品"。如其所言："'文学作品'首先指美文学作品。……美文学作品根据它们独特的基本结构和特殊造诣，自认为是'艺术作品'，而且能够使读者理解一种特殊的审美对象。"① 传统艺术虽与文学同样有着不解之缘，但从作为主要的艺术种类的造型艺术来看，因其静态的观照方式和艺术语言的明显差异，无论学者和艺术家们怎样强调它们之间的共通性和一致性，如说"诗中有画"、"画中有诗"之类，但与今天相比，我们不能不看到，时下在传媒框架里，文学与其他艺术门类之间尤其是和电视艺术之间的关系要密切得多。而且，文学体裁和样式也发生着时代性的变化，以往曾经是如日中天的诗歌，现在只能退居边缘了；而电视剧文学创作，却有着越来越重要的功能。当然，有些样式作为文学的类型尚未得到认可，也并未进入文学理论的教程之中，但事实上在传媒艺术的领域里文学的内涵和贯通力却是非常重要的，如综艺晚会中的语言类节目，其成功的主要因素是其文学脚本的创作。在这里，由于大众传媒的统合作用，文学的类型化已不像以往那么明显，甚至有些模糊不清，代之而起的是文学的图像化呈现和贯通性的审美功能。这不仅是文学的变异，而且也是传媒艺术的重要审美属性。

　　我曾从整合的层面将传媒艺术和传统艺术做了大的方面的区分。所谓"传媒艺术"，是一个涵盖面颇为广泛的概念，指的是在大众传媒序列中以电视传播方式为主要载体的艺术创作、作品和接受的总称。其实，它包含的

---

　　① ［波］罗曼·英加登：《对文学的艺术作品的认识》，陈燕谷、晓未译，中国文联出版公司1988年版，第5页。

具体样式又是多种多样的，如电视剧、电视音乐、综艺晚会等。与传统艺术的区别关键在于，传媒艺术是以图像化的电子传播方式与受众见面的，传统艺术的样式进入传媒序列，也就具有了传媒艺术的特征，比如传统艺术中的歌曲，进入传媒艺术的序列，演化为MTV，歌曲的内容已由图像和音乐的完美结合来传达了。传媒艺术的一个最基本的元素，应该就是运用电子技术所制作的图像，大众传媒最大的普及性，催生了视觉文化在文化模式上的主导地位，而图像作为最主要的元素，直接刺激了人们的审美方式的转换。正如美国思想家詹姆逊所指出的那样："因为在我们这个时代，技术与传媒真正承担着认识论的功能：自此，文化生产领域发生了变革，传统形式让位于各种综合的媒体实验，摄影、电影和电视开始渗透和移入视觉艺术作品（和其他艺术形式），正产生出各种各样的高技术的混合物，包括从器具到电脑艺术。"① 这道出了视觉文化的普遍性和复杂性。正因如此，米尔佐夫教授径直将后现代文化与视觉文化几乎等同起来，他说："不同的视觉媒体一直是被分开来研究的，而如今则需要视觉的后现代全球化当作日常生活来加以解释。包括艺术史、电影、媒体研究和社会学在内的不同学科的批评家们都已经开始把这个正在浮现的领域称为视觉文化。视觉文化与视觉性事件有关，消费者借助于视觉技术在这些事件中寻求信息、意义或快感。……换句话说，创造了后现代性的，正是文化的视觉危机，而不是其文本性。印刷文化当然不会消亡，但是对于视觉及其效果的迷恋（它已成为现代主义的标记）却孕生了一种后现代文化，越是视觉性的文化就越是后现代的。"② 这是对目前的视觉文化的后现代性质的重要判断，我以为是大致不差的

我们所说的"图像"并非泛指，与传统的意谓要划开一道界限。在几年前的一篇文章中我已对此作了界定："我们所说的'图像'指的是凭借当代的大众传媒，通过电子等高科技手段大批复制出来的虚拟性形象。这样说是为了将当今时代成为标志性的审美元素的图像，和以往时代艺术家创作出来的视觉艺术作品区别开来。"③ 到现在我还没有改变这种认识，表述的准确与否可以讨论，我想彰显的是图像特定的当代意义所在。泛论"图像时代"及视觉文化已无多少独到的价值，我的初衷是要将图像问题纳入艺术

---

① ［美］弗里德里克·詹姆逊：《文化转向》，胡亚敏等译，中国社会科学出版社2000年版，第107页。

② ［美］尼古拉斯·米尔佐夫：《视觉文化导论》，倪伟译，江苏人民出版社2006年版，第3页。

③ 张晶：《图像的审美价值考察》，《文学评论》2006年第4期。

和审美的框架中来寻求其建构的机理。图像在视觉文化占有主导地位的社会文化氛围中是到处充斥的，它是机械复制的，随处可见的，被用作各种用途，其中有审美的，有娱乐的，更有相当多的是消费的。在海德格尔看来，世界的图像化是现代的一个基本标志。如其所言："倘我们深思现代，我们就是在追问现代的世界图像。……世界图像并非从一个以前的中世纪的世界图像演变为一个现代的世界图像；毋宁说，根本上世界成为图像，这样一回事情标志着现代之本质。"① 海德格尔的意思是，图像并非仅指图像作为客体，而是作为存在主体把握世界的一种方式。"世界之成为图像，与人在存在者范围内成为主体是同一个过程。"② 因此，图像的性质就不是单一的，而是各种各样的。而我们所谈论的，主要是在传媒艺术中使人产生审美经验的图像。

从艺术品的角度来考察，在传媒艺术中的图像不应该也不可能是只有视觉快感而没有意义连接和显现。图像使人尽享视觉的盛宴，眼下成为美学领域里热门话题的"日常生活审美化"，其实质可以认为是在大众传媒的参与下，大量符号化的图像成为人们的日常生活不可或缺的内容，但是有一点可以明确指出，日常生活的"审美化"和艺术品的审美并非一回事。日常生活是无休无止的"流"，即便按"审美化"的理论可以使存在主体产生相应的审美经验，但这种经验，恕我直言几乎都是不完整的，万花筒般的，鲜有一个完整的结构；而充斥日常生活的视觉图像，虽然也是一种"超真实"的幻象，也许给人带来的快感一点也不比艺术品差，而正因其存在主体的日常生活是一个变动不居的"流"，这些"万花筒"式的图像，无法也没必要形成一个完整的结构；艺术品则不然，它必须有着内在的完整结构。传媒艺术亦然。在大众传媒中有很多节目是缺少完整性的，因之也就难以称为"传媒艺术"，而可以称作"传媒艺术"的当然也要具有艺术品的这一品格。无论是一部电视剧，还是一个小品，一部MTV，都应该有着内在的完整结构。如果以符号学的眼光来看，一个艺术品是一个整体性的符号，无论它有多大的空间或长度。苏珊·朗格认为："艺术品作为一个整体来说，就是情感的意象。对于这种意象，我们可以称之为艺术符号。这种艺术符号是一种单一的有机结构体，其中的每一个成分都不能离开这个结构体而独立地存

① 孙周兴选编：《海德格尔选集》，上海三联书店1996年版，第899页。
② 同上。

在，所以单个的成分就不能单独地去表现某种情感。"① 从这个意义上来说，单个的图像不能单独成为一个艺术符号，而只能是如朗格所说的"艺术中的符号"，即是这个整体中的一个成分。离开了艺术品的整体，单纯的图像是不可能作为艺术存在的。

传媒中的图像，如果是无意义的堆积，那么，无论它们是何等的逼真，何等的撩人眼目，都无法成为真正的艺术品。从艺术的角度要求，在传媒系统中的图像必须是作为整体性的元素被赋予意义的，仅仅是图像而缺少意义，虽然直观，却无法使人产生兴趣。20 世纪杰出的思想家卡西尔对于艺术创作非常重视整体性和秩序："企图根据从人类经验的无秩序无统一的领域——催眠状态、梦幻状态、迷醉状态中——抽取得来的相似性来解释艺术的所有美学理论，都没有抓住主要之点。一个伟大的抒情诗人有力量使得我们最为朦胧的情感具有确定的形态，这之所以可能，仅仅是由于他的作品虽然是在处理一个表面上看来不合理性的无法表达的题材，但是却具有条理分明的安排和清楚有力的表达。甚至在最狂放不羁的艺术创造之中，我们也决不会看到'令人陶醉的幻想的混乱状态'、'人类本性的原始混沌'。浪漫主义作家们所提出的这种艺术定义，是一种语词矛盾的说法。每一件艺术作品都有一个直观的结构，而这就意味着一种理性的品格。每一个别的成分都必须被看成是一个综合整体的组成部分。……科学在思想中给予我们以秩序；道德在行动中给予我们以秩序；艺术则在对可见、可触、可听的外观之把握中给予我们以秩序。"② 视觉图像绝不止于感知，应该是负载意义的，而作为艺术品的审美，是对完整的结构的观照。而我认为，艺术审美在对不同的艺术形式的直观欣赏中，贯穿着对未知因素的求索渴望和惊奇感的不断产生。而前者主要体现为叙事结构在艺术中的魅力，后者则是艺术品激发欣赏者进入审美状态的最重要原因之一。

文学的审美特性

不以文字的形式而呈现为图像的方式的传媒艺术，并不意味着文学的"缺席"。文学对于传媒来说是至关重要的支撑。这从文学的几个重要的审

---

① ［美］苏珊·朗格：《艺术问题》，滕守尧、朱疆源译，中国社会科学出版社 1983 年版，第129 页。

② ［德］卡西尔：《人论》，甘阳译，上海译文出版社 1985 年版，第 213 页。

美特性上可以得到揭示。其中最主要的当是文学的内在视像性质。我认为内在视像的普遍存在是文学的基本特质。何谓"内在视像"？在几年前的一篇拙文中，我这样加以说明："是指作家通过文学语言在文学作品中所描绘的、可以呈现于读者头脑中的具有内在视觉效果的艺术形象。作为文学审美活动而言，这是实现其审美功能的最为关键的一个环节，也是判断其是否具有审美价值的文学作品的重要标志。甚至可以说，这种内在视像，对于读者来说，是真正的审美对象，至少是审美对象的核心要素。"① 文学创作所用的思维工具和表达工具就是语言文字，但是作为艺术品的文学创作是与哲学或科学等的语言文字有重要区别的，区别不在于语言文字的不同，而在于文学是用语言文字来描绘艺术境界、人物形象和讲述故事等。人们在阅读了文学作品时所面对的审美对象其实并非文字本身，而是读者在阅读时通过文字的描绘，在头脑里产生的意境、形象或人物动作、事件发展等，我统而称之为"内在视像"。诗词中如杜甫的《月夜》："今夜鄜州月，闺中只独看。遥怜小儿女，未解忆长安。香雾云鬟湿，清辉玉臂寒。何时倚虚幌，双照泪痕干。"人们读了这首诗，头脑中便会和诗人一起呈现出家中妻儿思念他的情景。② 读了孟浩然的《临洞庭上张丞相》："八月湖水平，涵虚混太清。气蒸云梦泽，波撼岳阳城。欲济无舟楫，端居耻圣明。坐观垂钓者，徒有羡鱼情。"读者头脑中便呈现出洞庭湖烟波浩渺的景象。北宋诗人梅尧臣便认为好诗应该："必能状难写之景如在目前，含不尽之意见于言外，然后为至矣。"③ 小说创作或其他叙事类作品更是如此。小说或其他叙事类作品，如剧本等，也通过文字刻画出人物形象和故事情节，形成矛盾冲突，读者是通过阅读在头脑中产生活动的画面，人物形象在头脑中活跃起来，所谓"栩栩如生"。对于文学的审美过程来说，外在的文字可以认为并非真正的审美对象，真正的审美对象则是作品内蕴着的意境、画面、人物形象和场景等，这些都具有内在的视像性质，而这正是传媒艺术（尤其是电影和电视剧）的最重要的基础和资源。用现象学美学家英加登的概念，称之为文学作品中的"图式化外观"层面。如其所言："同它的具体化相对照，文学作品本身是一个图式化构成。这就是说，它的某些层次，特别是被再现的客体层次和外观层次，包含着若干'不定点'。这些不定点在具体中部分地消除了。文

---

① 张晶：《中国古典诗词的内在视像之美》，《社会科学战线》2007 年第 2 期。
② 张晶：《回忆与诗词审美意象》，《江海学刊》2000 年第 6 期。
③ （宋）欧阳修：《六一诗话》，见（清）何文焕《历代诗话》，中华书局 1981 年版。

学作品的具体化仍然是图式化的，但其程度较作品本身要有所减低。"① 英加登这里指出，文学作品的"图式化外观"存在于作品和欣赏两个方面。这种"图式化外观"是由作家的文字描绘所内蕴的，它必须在读者的欣赏过程中产生于头脑，但又是根据作品中的描写，在头脑中呈现的。传媒艺术在以文学作品为其蓝本进行创作时，编剧、导演乃至演员，对于人物的刻画、情节的设置、矛盾的产生和解决、故事的进程等，是依据文学作品所提供的"图式化外观"的。依据中国古典名著改编的长篇电视连续剧《西游记》、《三国演义》等，是最能说明问题的。其他根据文学作品进行创作的电影和电视剧如《林海雪原》、《青春之歌》、《历史的天空》、《亮剑》、《暗算》、《我是太阳》等，也是在小说的基础上进行再度创作的，文学作品在读者阅读时所产生的"内在视像"，正是这些影视作品的前提。即便不是源自小说，而是专门作为影视剧的文学剧本，也同样是文学的典型样式，它们可能更为直接地、自觉地勾勒动态的"内在视像"，以作为导演和演员在拍摄和表演时的依据。内在视像的存在在文学作品中是普遍的，也是可以作为其根本的审美特征的。

文学的审美运思。运思是文学创作的根本特质之一。与其他的艺术门类相比，文学的运思是最重要的，也是最自觉的。运思指诗人、作家以语言文字为工具，创造出作品的整体境界和整体叙事结构的思维方式及过程。它可以神驰万里，跨越时空，却要以一个完整的结构呈现给世人。文学作为艺术，不可能只是模仿，而是要创造出一个独立自足的整体。卡西尔认为："即使最彻底的模仿说也不想把艺术品限制在对实在的纯粹机械的复写上。所有的模仿说都不得不在某种程度上为艺术家的创造性留出余地。"② 这种创造我也称之为"审美构形"。相对于其他艺术来说，文学的运思功能是最为本质化，也是最为突出的。其间的原因并不难理解，因为人们的思维工具就是语言。形构文学作品的思维方式当然不同于逻辑思维，而被称为"形象思维"，与其他的艺术门类的思维有深刻的相通之处；但是作为艺术思维的共性，语言起着非常普遍的作用。陆机在《文赋》中精彩地描述了文学运思的特征："其始也，皆收视反听，耽思傍讯，精骛八极，心游万仞。其致也，情曈昽而弥鲜，物昭晰而互进。倾群言之沥液，漱六艺之芳润，浮天

---

①　［波］罗曼·英加登：《对文学的艺术作品的认识》，陈燕谷、晓未译，中国文联出版公司1988年版，第12页。

②　［德］卡西尔：《人论》，甘阳译，上海译文出版社1985年版，第177页。

渊以安流，濯下泉而潜浸。于是沉辞怫悦，若游鱼衔钩而出重渊之深；浮藻
联翩，若翰鸟缨缴而坠曾云之峻。收百世之阙文，采千载之遗韵。谢朝华于
已披，启夕秀于未振。观古今于须臾，抚四海于一瞬。"陆机指出了艺术形
象在运思中的形成过程，揭示了文学运思"精骛八极，心游万仞"的超越
时空的特征，并且主张文学创作一定要有个性化的创新。刘勰则以"神思"
为文学运思的范畴，将其作为创作论的首篇，其中云："古人云：'形在江
海之上，心存魏阙之下'，神思之谓也。文之思也，其神远矣！故寂然凝
虑，思接千载；悄焉动容，视通万里。吟咏之间，吐纳珠玉之声；眉睫之
前，卷舒风云之色。其思理之致乎！故思理为妙，神与物游。神居胸臆，而
志气统其关键。物沿耳目，而辞令管其枢机。枢机方通，则物无隐貌，关键
将塞，则神有遁心。是以陶钧文思，贵在虚静，疏瀹五脏，澡雪精神，积学
以储宝，酌理以富才，研阅以穷照，驯致以怿辞；然后使玄解之宰，寻声律
而定墨；独照之匠，窥意象而运斤。此盖驭文之首术，谋篇之大端也。"①
刘勰是将"神思"也即文学运思作为文学创作的第一要素的。我在对各家
之于"神思"的阐释之比照分析后曾概括性地指出"神思"即文学运思的
性质："神思是中国古典美学中关于艺术创作思维的核心范畴，其内涵包括
了文学创作的准备阶段，创作冲动的发生机制、艺术构思的基本性质、创作
灵感的发生状态、审美意象的产生过程以及作品的艺术传达阶段等。神思具
有自由性、超越性、直觉性和创造性等特点，是一个动态的运思过程和思维
方式，而非静止的概念。"② 作为重要的补充，我这里再进一步指出，"神
思"是以语言作为内在的思维工具来进行文学运思的。"辞令管其枢机"，
这才是运思的关键。传媒艺术中的图像要成为好的艺术品，则必须是有着内
在的运思的，这一点，无论自觉与否，都是在借助文学的运思方式。单纯地
强调视觉效果，使图像处在无序的拼凑状态，不可能产生好的艺术品。

与此密切相关的便是文学的语言美感。文学的基本元素是语言，如果语
言缺少创造力，缺少美感，就很难成为好的作品。在我看来，语言美感应该
成为判断文学作品审美价值高下的基本尺度。在文学作品中，如果语言平
庸、芜杂、缺少个性，是不可能具有艺术魅力的。这里所云"语言美感"，
是一个较为广义的概念，而非局限于辞藻的华丽炫美。"语言是存在的家"，
海德格尔的命题是意味深长的。文学作为人类生存状况的审美表达，当然是

① 范文澜：《文心雕龙注》，人民文学出版社 1978 年版，第 493 页。
② 张晶：《神思：艺术的精灵》，百花洲文艺出版社 2003 年版，第 9 页。

以语言为生存基础的。海德格尔多次谈的一个命题就是："词语破碎处，无物可存在。"不妨从正面来理解为，构筑艺术的统一结构，一定是以语言为其纽带的。海德格尔还反复申说这样一个思想，即：诗与思是"近邻"，而它们的媒介就是语言。如其所说："这里要紧的是，在那种与有关词语的诗意经验的近邻关系中为一种有关语言的运思经验找到一个可能性。"① 这里关系到对我所说的对"语言美感"的理解。"语言美感"所包含的内涵，应该有这样几个方面：作品中语言的张力，如宋人严羽所说的"如空中之音，相中之色，水中之月，镜中之象，言有尽而意无穷"②；或清人王夫之所说的"墨气四射，四表无穷，无字处皆其意也"③。这在中国古典诗论中是非常普遍的审美价值要求，也是文学语言的重要特质之一；另则是文学语言的兴发情感的功能，也就是中国古代诗论中讲的"兴"。"兴"的意思本来就是兴发情感，如刘勰所云："起情故兴体以立。"④ 文学作品的魅力和审美功能，应该是使人受到情感上感染，使之投入其情境之中；三是作品语言表意的确切和个性化特征。在我看来，这些大致是文学的语言美感的主要含义。文学本身就是以语言为其"艺术语言"的，语言美感是文学的基本要素。这一点，也许尚未得到本体上的论述，也缺少系统的研究，但实际上好的作品，尤其是能够传世的经典之作，都是语言美感的典范之作。

视觉文化的提升之维

视觉文化在当今已非令人感到生疏的概念，适合于视觉文化的普遍存在乃至于成为最重要的文化模式，关于视觉文化的研究论著也是屡见不鲜。但我以为，文化研究与后现代主义和消费文化的广泛流行互为表里，在很大程度上，更多的是符号或影像的消费，后现代文化也突出地体现为视觉文化的方式。正是由于视觉文化的普遍化，或者说是漶漫无边际，也就造成了审美上的浅表化。图像的无所不在同时也呈现为大量图像的无意义化，缺少深度。尽管一些理论家以视觉的思维功能来反拨语言是思维的唯一工具的传统理念，而实际上视觉文化的氛围使越来越多的人远离人类理应益加提高的思

---

① ［德］海德格尔：《在通向语言的途中》，孙周兴译，商务印书馆 2004 年版，第 179 页。

② 郭绍虞：《沧浪诗话校释》，人民文学出版社 1961 年版，第 26 页。

③ （清）王夫之：《姜斋诗话》卷 2，人民文学出版社 1962 年版，第 162 页。

④ 范文澜：《文心雕龙注》，人民文学出版社 1958 年版，第 601 页。

考能力，而习惯于漫无目的也漫无思想地被动观看。我们认为，视觉文化发展到现在这个阶段，应该考虑其内涵的提升与思考的互动。其实，文学因素的回归，不失为一个积极的策略。

就其有效渠道和方式而言，本来就有天然的血肉联系的文学与传媒艺术，可以成为视觉文化提升的突破方向。传媒艺术要有更高的社会评价和价值追求，更多地向文学汲取营养，使图像的艺术生产有更好的内在统一性，这不仅是必要的，而且是可行的。文学创作本身对内在视像之美（包括意境、人物形象、情节等）的强化和自觉推敲，会给传媒艺术带来无尽的珍贵资源，而传媒艺术家（编剧、导演、演员等）从文学作品中得到更深的熏陶滋养，会使传媒艺术品产生更为令人惊奇的审美效应和更为隽永的韵味。在传媒艺术的创作中加强审美运思，形成更为巧妙的、更为灵动的内在结构，会使图像之间的关系更为密切，更能产生深刻的意蕴，也有更多的看点。从传媒作品的语言质量来看，现在的问题相当之多，粗糙、低俗、平庸的语言普遍存在；当然，现在的文学作品中也同样存在这种倾向；如何向经典的优秀的文学作品学习，增强作品的语言美感，虽然不是一朝一夕之事，却是可以日见其效的。

由这样的一些向度加以深化，对于视觉文化的发展和提高，是有重要的推动作用的。如果说"图像转向"已成为目前的文化现实，那么，对于人们的审美状况，还有很多令人忧虑之处。美学理论本身也是需要在新的历史条件下发展和建设的。传媒艺术似乎应该成为美学思考的聚焦点，将我们所能见到的文学的审美特性和图像的艺术生产联系起来，是相得益彰的事情！

当代文学艺术中的审美现代性因素[*]

"审美"对于国人来说，本来就是现代性的一个突出症候。相对于理论界的"美学热"而言，人们"生活世界"中的审美意识、审美现象的大幅度提升，是在很晚近的这二三十年中，或者说是在新时期之后。这一方面，是与当代西方社会普遍的审美化趋势有着密切的和深层的联系，而且更是中国改革开放以来人们思想观念变革的积极成果。对于大多数中国人来说，可以将"改革开放"作为一个大致的分水岭，前此，大多数中国人只是为了生计而奔波忙碌，"审美"是遥不可及或者说相当陌生的事情；而近些年来，由于中国人的生活状态发生了天翻地覆的变化，国家经济实力和物质基础变得非常雄厚，加之人们的学历层次的提高，人们的审美意识得到了突出的强化，审美已不是少数人的"雅趣"，而是大多数人不可缺少的精神生态。"审美化"在当今的文学艺术和日常生活中都已是普遍性的存在，同时也具有明显的自觉性质和反思状态。在这中间，通过大多数人的审美的自觉和实践，凸显了人的主体意识。如果说20世纪五六十年代的美学讨论还主要发生在美学家们之间，而到新时期以后的"美学热"则并非是前者的简单重复，而是产生在相当普遍的国人心里。也是通过美学的普及，人们对于主体的地位予以从未有过的高度重视。这在文学艺术创作及其社会影响中是有目共睹的。从哲学、美学和文艺理论等领域在20世纪八九十年代的热点论争，可以得到很深的感受。马克思《1844年哲学经济学手稿》在当代中国学术界产生的热烈反响，关于席勒《美育书简》人本主义美学思想所受到的高度重视，对于"异化"的讨论，关于文学的主体性问题等等，都展示了当代思想界对于人的主体意识的高度自觉。哈贝马斯认为："首先，黑格尔发现，主体性乃是现代的原则。"^② 而人的主体性的突出标志还在于审

　　* 本文刊于《北方论丛》2010年第2期。

　　② ［德］哈贝马斯：《现代性的哲学话语》，曹卫东等译，译林出版社2004年版，第19页。

美意识的普遍增强。审美不再是少数人的"专利"，而是普通人生活不可缺少的因素。审美的普遍自觉，是与人的主体觉醒有着深刻关联的。我们常把"日常生活审美化"与后现代主义思潮联系起来，其实审美在当代的升腾，恰恰是现代性的重要表征。

正如德国美学家韦尔施所指出的那样："审美并不局限于一块领地，而是成为一种潜在的普遍类型，这是现代性的动力使然，是其合法性的方方面面的差异化和自主化使然。几乎可以预期的是，紧随而至的这种自主化将会发展成为绝对论。除了其他的原因以外，审美的这一实际上的处境，起因于现代性事实上的发展。"① 韦尔施在这里建立起审美与现代性的关系。韦尔施所说的主要的还是审美与现代性的客观联系，或者说是一种不得已的机缘，而在外看来，现代性体现，更多的是在于人们审美观念的普遍化生成及其反思的性质。

作为现代性的表征的审美自觉，除了在日常生活领域的各种审美事象之外，在文学艺术的创作中，也是有着鲜明的体现的。如果说更早的文学艺术是以反映社会生活为宗旨，政治标准第一，艺术标准第二，成了铁的定律；而近年来的艺术则相当普遍地重视作品的审美价值，并且在很多时候是将其作为创作的首选追求取向。在理论领域里审美价值论在很大程度上取代了认识论的哲学基础，不仅出现了许多关审美价值方面的著述，而且关于"审美价值"的命题远远超越了形象反映成为频率极高的"关键词"。在艺术诸门类的创作中，对于审美价值的重视和凸显，以及"按着美的规律来塑造"的观念得到普遍的认同，使得作品充溢着美的表象，这也成为一种当代艺术的潮流。电影电视这样具有充分的视觉性质的艺术于此非常突出，再如传统的民族戏曲，在舞台布景和唱腔设计等方面，都非常重视美感的强化。尤其是舞台布景，一改以往的简单与写意，而用电子技术手段将其设计得美丽炫目，使人在欣赏戏曲时同样对于舞台布景产生强烈的审美效果。

对于审美的反思与自觉，还表现为对形式之美的高度重视。如果说过去关于文学艺术创作中内容和形式的关系作为一个重要的问题，形式是一定要服从于内容的；虽然也说内容和形式是一种辩证关系，形式也有相对的独立性，但它是建立在对内容的表现与服务的前提下的。近些年来形式本身的价值和地位得到了前所未有的重视，西方的形式主义文论和美学在中国得到了

---

① [德]沃尔夫冈·韦尔施：《重构美学》，陆扬、张岩冰译，上海译文出版社 2002 年版，第 51 页。

最广泛的流行，克莱夫·贝尔关于艺术是"有意味的形式"在文学理论和美学界成为尽人皆知的命题。过去人们谈论形式有很多顾忌，因为很容易被扣上"形式主义"的帽子，如果被指认为"形式主义"，虽然算不上什么政治问题，但也被弄得"灰溜溜"的。现在对于形式本身的重视是名正言顺的，也是经过了深刻的反思的。艺术创作中的形式因素得到了突出的彰显。这也是审美现代性的一个表征。

艺术的自律性受到普遍的高扬，而像过去文学艺术理论中强调文学艺术受制于政治和社会，或者将外界的因素视为艺术产生的根本动因，可称为"他律"论。关于"自律性"，著名的西方马克思主义思想家阿多诺指出："毋庸置疑，艺术在获得自由解放之前较之其后，从某种意义上说是一种更为直接的社会事物。自律性，即艺术日前独立于社会的特性，乃是资产阶级自由意识的一种功能，它继而有赖于一定的社会结构。"[1]　"他律"与"自律"本来也应该是相反相成的关系，而在现代性的语境中，因为对于"他律"论的某种厌弃和拒绝，自律性在文学艺术的创作和理论中，都得到广泛的认同。因之，自律性对于文学艺术的审美现代性来说，就不是可有可无的东西，而是体现了历史感的头等重要意识。"自律"与"他律"并非我们传统的文学艺术理论中所有的，而是在当代文学艺术界的观念发生重大变革后产生的概念。"自律"当然是相对"他律"而言的，"他律"其实也就是我国文艺理论中文艺听命于政治，只重视文艺的社会功能、而不重视文艺的内在规律的理论传统。对于"自律"的张扬，其实在很大程度上是对"他律"论的否定。美国学者贝斯特和凯尔纳认为："现代主义的一个主要特征是它对艺术自治的信念，包括艺术家为了把目光集中到美学手段自身，积极地把艺术从社会意识形态中剥离出来。坚持'为艺术而艺术'和艺术自治最终把美学目标从再现和模仿现实转到对艺术的形式方面的关注。"[2]　这种分析，其实也很适合中国当下的文学艺术中审美现代性的表现。正如周宪教授所言："我们有理由把艺术与其他社会文化领域的分化作为现代艺术的标志，把自律性当做现代艺术的关键特征。这就意味着，现代艺术与传统艺术有一个显著的区分：艺术从生活实践逐渐脱节的独立自足领域。——在我看来，自律性是审美现代性的关键，正是因为艺术具有了自主的特质，它才构

---

① ［法］阿多诺：《美学理论》，陈慧等译，四川人民出版社 1998 年版，第 385 页。

② ［美］斯蒂芬·贝斯特、道格拉斯·凯尔纳：《后现代转向》，陈钢译，南京大学出版社 2002 年版，第 160 页。

成了与现代社会和文化的特殊的张力关系，才塑造了现代艺术的独特风貌，才形成了审美性的诸多层面。"① 在当代中国的文学艺术中所发生的极为深刻的变化，就是对艺术自身规律和审美特征的阐发和讨论，而摆脱以前那种政治功利性的直接羁绊，展开的是一个审美的世界。

　　艺术自律的理念，在相当大的程度上成为文学艺术挣脱附庸地位的强劲动力，也大大地鼓励了艺术家的创造性冲动。在成为政治的和道德或宗教的附庸的艺术中，艺术家和欣赏者的感觉相对于现代主义的创作来说，都显得麻木不仁，因为它要听命于外在的律令。而现代性则是要通过艺术的自律来打破这种麻木，从而激活人们的审美感知。马尔库塞称之为"新感性"。"新感性"包含着的重要内容便是新的艺术感受，"形式，是艺术感受的成果。该艺术感受打破了无意识、'虚假的'、'自发的'、无人过问的习以为常性。这种习以为常性作用于每一实践领域，包括政治实践，它表现为一种直接意识的自发性，但却是一种反对感性的社会操纵的经验。艺术感受，正是要打碎这种直接性。这种直接性事实上是历史的产物，也就是说，它是由现存社会灌注的经验的媒介物，它自身却积淀为一个自足的、封闭的、'自发的'体系。"② 马尔库塞的"新感性"是与"艺术自律"密切相关的。文学艺术中的审美现代性的一个更为突出的表征是对令人震惊的审美效果的追求和实现。这在当今的艺术创作中体现得非常普遍。从理论的范围来讲，惊奇感作为审美心理的要素是很早就受到美学家的注意的，如意大利文艺复兴时期的马佐尼认为诗的目的在于使人产生惊奇感："作为理性的功能，诗的目的在于产生惊奇感。"③ 英国文艺理论家爱迪生也将审美的快感和惊奇感联系起来："凡是新的不平常的东西能在想象中引起一种乐趣，因为这种东西使心灵感到一种愉快的惊奇，满足它的好奇心，使它得到原来不曾有过的一种观念。……这就是这个因素使一个怪物也显得有迷人的魔力，使自然的缺陷也能引起我们的快感，也就是这个因素要求事物就变化多彩。"④ 20 世纪著名戏剧家布莱希特在戏剧美学中提出了"间离化"（Veremdugffkt，也译为"间离效果"、"陌生化效果"）的概念，其目的就在于使戏剧的观众感

　　① 周宪：《审美现代性批判》，商务印书馆 2005 年版，第 223 页。
　　② ［美］马尔库塞：《审美之维》，李小兵译，广西师范大学出版社 2002 年版，第 111 页。
　　③ ［意］马佐尼：《〈神曲〉的辩护》，见北京大学哲学系美学教研室《西方美学家论美和美感》，商务印书馆 1980 年版，第 74 页。
　　④ ［英］爱迪生：《论洛克的巧智的定义》，见北京大学哲学系美学教研室《西方美学家论美和美感》，商务印书馆 1980 年版，第 97 页。

到"吃惊"，"它首先意味着简单地剥去这一事件或人物性格中理所当然的、众所周知的和显而易见的东西，从而制造出对它的惊愕和新奇感。"① 他还在《戏剧小工具篇》中强调指出："戏剧必须使观众惊异，而这就要借助于技巧，把熟悉的事物变为陌生。"② 可见，惊奇感在文学艺术的审美中是不可或缺的。西方马克思主义思想家本雅明认为现代艺术与传统艺术相区别的就在于"惊颤效果"，如对电影的论述中，他指出："人们可以把电影在上面放映的幕布和绘画驻足于其中的画面进行一下比较。面对画布，观赏者会就沉浸于他的联想活动中；而面对电影银幕，观赏者却不会沉浸于他的联想活动中。观赏者很难对电影画面进行思索，当他意欲进行这种思索时，银幕画面就已变掉了。电影银幕的画面既不能像一幅画那样，也不能像有些现实事物那样被固定住。观照这些画面的人所要进行的联想活动立即就被这些画面的变动打乱了，基于此，就产生了电影的惊颤效果，这种效果像所有惊颤效果一样也都被升华的镇定来把握。"③ 本雅明所说的"惊颤效果"先是从电影这样的现代艺术门类与传统的绘画所产生的不同审美效应来说的，对于后者，他称之为"韵味"。

"惊颤效果"和"韵味"，是区分电影艺术和传统绘画艺术的审美效果的关键性概念。其实，本雅明所说的"惊颤效果"不止于电影，而是现代艺术给人们带来的一种基本的审美经验。波德莱尔是人们公认的能够代表现代主义艺术倾向的现代诗人，他关于现代性的经典言论"现代性就是过渡、短暂、偶然，就是艺术的一半，另一半是永恒和不变。"④ 被认为是审美现代性的基本表述。本雅明则对波德莱尔的诗歌的现代性作了系统的论述，其《发达资本主义时代的抒情诗人》一书就是对波德莱尔创作的正面评价。本雅明指出："波德莱尔就把惊颤经验放在了他艺术创造的中心。"⑤ 同时，在本雅明看来，"惊颤效果"不仅是波德莱尔诗歌的核心审美特征，而且也是

---

① ［德］布莱希特：《布莱希特论戏剧》，引自蒋孔阳、朱立元《西方美学通史》第6卷，上海文艺出版社2006年版，第793页。

② ［德］布莱希特：《戏剧小工具篇》，见朱立元主编《法兰克福学派思想论稿》，复旦大学出版社1997年版，第99页。

③ ［德］本雅明：《机械复制时代的艺术作品》，王才勇译，中国城市出版社2002年版，第61页。

④ ［法］波德莱尔：《波德莱尔美学论文选》，郭宏安译，人民文学出版社1987版，第485页。

⑤ ［德］本雅明：《发达资本主义时代的抒情诗人》，王才勇译，江苏人民出版社2005年版，第117页。

审美现代性的基本要素之一。因而本雅明概括说："他标明了现代主义轰动所具有的代价：光韵在惊颤体验中的消失。他为认可这个消散而付出了高价，但这是他的诗的法则。"① 在我们近年来的文学艺术创作中，追求令人"惊颤"的效果成为一种普遍的价值取向。影视作品中的许多情节和影像镜头、画面，都是自觉地追求一种令人惊奇的效果的。以视觉的震撼力成为大片经典的《满城尽带黄金甲》、《十面埋伏》等，被称为是"奇观电影"；而电视连续剧、戏曲、MTV、综艺晚会等属于大众传媒的艺术模式，也都有许多使人感到非常惊讶的语言或画面。传媒艺术是以视觉图像作为审美要素的，接连不断地创造出令人惊奇的效果，是非常必要的。现代主义在造型艺术方面也通过变形等艺术手段创造出具有强烈的视觉冲击力的"惊颤"之作，毕加索就是突出的例子。在中国大陆的艺术氛围中，绘画、雕塑等到处可见不同于日常所见的奇特造型。我曾将"审美惊奇"作为一个审美心理的重要范畴加以论述，其实，它有着更为明显的现代性因素。

---

① ［德］本雅明：《发达资本主义时代的抒情诗人》，王才勇译，江苏人民出版社 2005 年版，第 162 页。

为艺术美学立义[*]

一

艺术美学，作为艺术学理论的一个分支，应该重新得到彰显并且予以建构。

任何范畴或命题被推向历史的高点，从而具有强烈的放射性，都是有着历史性的契机的。艺术美学再度得以升华，并非仅是主观的作为，更是客观的趋势使然。国家学科结构的调整，艺术学科从文学的门类中分离出来而成为独立的学科门类，这是具有划时代意义的。这意味着艺术学科不必再被包裹在文学门类的园囿之中，而获得了空前发展的良机。艺术的独立不仅是学科的，而且是学术的。在学科上的发展是一种规模的扩大，在学术上的提升则是学理的深化。随着艺术学理论成为一级学科，艺术学学理的建设就要得到高度重视和深入研究。笔者认为，艺术美学的问题是要在艺术学理论的维度中得到重视与建构的。

因其如此，本文将"艺术美学"作为一个命题或论域，其意不在学科，而在学术。也就是说，这一理念并不是在学科建设的框架里探讨艺术美学能否成为一个"二级学科"之类，而是在学术思考的纵深向度上提出来的。

艺术美学，顾名思义就是以艺术为研究对象的美学学理，它可以视为美学的一个分支，也可以视为艺术学理论的一个分支。现在的困难是要说清楚艺术美学和文艺美学的关系，而这个问题其实是笔者给自己设定的一个难题。文艺美学作为美学和文艺学的一个交叉学科，现在已经较为成熟，较为稳定，"文艺美学"由中国学者提出，已有三十余年的历史，而且在学科上已经得到了很大程度的认可。20 世纪 70 年代由台湾学者王梦鸥写出第一部

---

　　* 本文刊于《现代传播》2011 年第 9 期。

《文艺美学》的专著；80 年代初期由胡经之先生倡导文艺美学的学科；若干著名文艺学美学学者如周来祥、王世德、杜书瀛、曾繁仁等，都有文艺美学的专著行世。国家教育部还在山东大学设立了文艺美学研究中心，举办了多次有关文艺美学的国际学术研讨会，编选若干辑《文艺美学研究》的学术专辑，催生了一大批文艺美学的论著。也就是说，文艺美学的定位，已经为学科内部所公认。那么，艺术美学在何种意义和多大程度上有提出的必要呢？

　　笔者的回答未必令读者和学者满意，但我还要强为之说。艺术美学的提出，是基于艺术学发展和提升的客观形势，同时，也作为艺术学学科的理论制高点。"艺术美学"和"文艺美学"这两个概念交叉最多，但仍然是有着可以区别的地方的。文艺美学的母体，一个是美学，另一个是文艺学，或将其归属于美学，或将其归属于文艺学，都有其相当充分的理由。文艺学在传统的意识里，是文学理论，这是从苏联沿袭过来的学科性质。这些年文艺学内部发展了深刻的变化，无论人们对文艺学的"扩容"或"边界移动"有何种看法，但文艺学现在包含了艺术和文化研究的内涵，这已经是既成的事实。文艺美学的对象则包含了文学与艺术，这是人们所认同的。但有一个现象需要揭明，就是我们原来的艺术理论，更多地是来自于文学理论的模式，这也是渊源有自的。新中国成立后高等院校使用的文艺理论教科书，如《文艺学概论》、《文艺学引论》等，其实都是文学理论。作为中国语言文学一级学科下面的二级学科的"文艺学"，也是文学理论的教学与研究。与以往的文艺学相比，今天的文艺学发生了重要的变化，其研究主体的素养与知识谱系，也与以往的学者有明显的不同，研究范围有明显的迁移，但其深层其实是有着"两层皮"的。20 世纪末到 21 世纪初，文艺学加入了许多其他的内容，但在学理上并未融入。如现在进入文艺学的文化研究，其实和原来的文学理论是并不搭界的。文化研究在阐释当代的社会文化现象时是具有普遍效果的；而当它进入文艺学内部时，却根本没有做好准备，因此，也就并未在学理上对文艺学有明显的贡献。近年来的文艺学似乎因了文化研究的介入而有了一阵阵的热闹景象，掀起了一次次的论争，但对文学艺术创作的内在建构，却实在是"言不及义"了。

　　文艺美学在很大程度上使文艺学的学科性质及理论模型得到改观，它将各门类艺术和文学置于一起进行审美方面的研究，使文艺学真的像"文艺学"了。从这个意义上看，文艺美学放在文艺学下面成为文艺学的分支，可谓是顺理成章的。文艺美学又通过美学的方法、范畴和视角，强化了文学与艺术的通约性（或云共同性），使我们在作为文艺学教师或学者的身份时，不止是以文学为其考虑的范围或对象，而且还将艺术的审美问题考虑进去。文艺美学始终是将文学与艺术的审美共性置于首位的，使之具有足够的抽象高度；而且文艺美学在其架构中，更多地是有意无意地徘徊于以往的《文艺学概论》的影子里，或者说更多地是以文学的审美特征为主。

这里面有一个悖论或者称之为"二律背反"，即：文学与艺术的审美共性及二者的审美差异。文学与艺术之间是有着深层的相通性或者是审美共性的，因此，一直以来，文学和艺术才相提并论，在学科体制中艺术才被归为文学门类。文学与艺术都是创造性的，而且都是以审美价值的创造为旨归。文学是以文字作为媒介来进行写作，从表面的形态看，它和那些其他类型的文字并无什么区别，如：科学著作、实用说明、公文写作、哲学著作等，从现有的技术条件看，文学作品及其他类型的文字作品都是以印刷形式存在的。仅从形式上看是无法区别开文学与非文学的本质特征的。著名的现象学美学家罗曼·英加登对我们通常所称的"文学作品"有一个看似啰唆的说法，叫作"文学的艺术作品"，其实正是强调文学的艺术属性，并将其与一般的文字相区别。在他的名著《对文学的艺术作品的认识》中，明确揭示了"文学的艺术作品"相对于一般文字的特性所在，他谈到其理论出发点是："我们所求助的不是特定文学作品的个别特性，而是文学的艺术作品本质上必需的结构。"① 在这部著作中，英加登又明确地指出："与科学著作中占主要地位的作为真正的判断句的句子相对照，在文学的艺术作品中陈述句不是真正的判断而只是拟判断，它们的功能在于仅仅赋予再现客体一种现实的外观而又不把它们当成真正的现实。"② 另外一点，也是至关重要："如果一部文学作品是具有肯定价值的艺术作品，那么它的每一个层次都具有特殊性质。它们是两种价值性质：具有艺术价值的性质和具有审美价值的性质。"③ "文学的艺术作品"也即我们所说的"文学作品"，是以文字来再现客体以"现实的外观"的，用英加登的话说是"图式化外观"。"文学的艺术作品"是必须具有艺术价值和审美价值的，否则它便无法同其他的文字样式相区别。文学作品必须是具有艺术的属性的，这就是它的形象性、情感

---

① ［波］罗曼·英加登：《对文学的艺术作品的认识》，陈燕谷等译，中国文联出版公司1988年版，第6页。

② 同上书，第11页。

③ 同上。

性和统一性也就是说，文学作品是要创造出艺术形象的，文学作品中的形象又是要以情感的力量来感染读者的，作品又是一个完整的结构。

艺术本身便是一个笼统的概念，各门类艺术之间的差异相当之大。诸如一部长篇电视连续剧和一幅小的扇面画或一支小夜曲，它们之间的不同，简直是不可以道里计的。笔者宁可相信艺术这个概念是一种"家族相似"。而艺术各门类之间之所以用这个概念加以涵盖，当然也并非是没有理由的。尽管不同门类艺术之间的差异很大，但它们之间毕竟还是有着一些共同的特征。千百年来对于不同门类的艺术以"艺术"统称之，并不是无根的浮谈。艺术以直观的形式诉诸人们的视觉听觉乃至其他的感觉，使人感到审美的愉悦，因此，黑格尔对于艺术作品有这样的规定："艺术作品作为诉之于人的感官的、从感性世界吸取源泉的作品。"①黑格尔还从情感之美的角度来规定艺术作品的情感是"审美情感"，他说："艺术作品之所以为艺术作品，既然不在它一般能引起情感（因为这个目的是艺术作品和雄辩术、历史写作、宗教宣扬等等所共同的，没有什么区别），而在它是美的，所以过去就有些人想到替美找出一种特别的审美的情感，还要找出一种特别的审美的感官。后来不久人们就看出：这样一种感官并不是生来就很确定的盲目的本能，单靠这本能是不能辨别出美的。所以人们又说这种审美的感官需要文化修养，把这种有修养的美感叫做趣味或鉴赏力。这种鉴赏力虽然要借修养才能了解美，发见美，却仍应是直接的情感。"②从某种意义上说，黑格尔的这些说法，可以视为艺术的共同的审美特征。与其他类型的活动相比，艺术活动最为集中、最为自觉地以审美价值的创造为目的，以给人以审美享受为旨归。其他的目的都是附加的，都是融于其中的。

二

"文学艺术"，文学与艺术相提并论，有这样两点意味：其一，文学艺术是相近的类，但并非同一之物，如果同一，何必别称？其二，文学是有着与作为统称的"艺术"的不同审美特征的，而非单指文学同各个门类的具体的审美特征的不同。文学有着自己的艺术属性，这是可以认同的了，但是，文学又有着与艺术相区别的审美特征，这是要在本文里有一个概要的说

---

① ［德］黑格尔：《美学》第 1 卷，朱光潜译，商务印书馆 1979 年版，第 42 页。
② 同上书，第 42 页。

明的，也许这个说明还嫌粗略。

　　文学必欲创造形象，但文学的媒介是文字而非如其他艺术那种物质化的媒介。文字可以外化思想意念，也被称为"思想的物质外壳"，但它与其他艺术门类的媒介相比，那就显得抽象多了。那文学又是靠什么来创造形象和让人们感受到形象呢？那就是要用语言文字来描述或勾勒出内在的视像。笔者曾不止在一篇文章里把"内在视像"作为文学的基本特征，对于所谓"内在视像"，也曾作过这样的表述："是指作家通过文学语言在文学作品中所描绘的、可以呈现于读者头脑中的具有内在视觉效果的艺术形象。作为文学审美活动而言，这是实现其审美功能的最为关键的一个环节，也是判断其是否具有审美价值的文学作品的重要标志。甚至可以说，这种内在视像，对于读者来说，是真正的审美对象，至少是审美对象的核心要素。"① 文学之所以区别于一般文字，或者文学区别于艺术，端赖于兹。文学并不仅仅就只有"内在视像"，还有许多思想观念的表述、情感的倾诉、义理的传达等，但"内在视像"的有无或优劣，是其基本特征所在。

　　艺术之所以有强烈的审美魅力，当然不在于所谓的"内在视像"，而是以其独特的"艺术语言"、带有强烈个人风格的艺术形式，创造出直接诉诸人们的视觉或听觉乃至其他感觉的直观艺术形象，直抵人们的灵府。艺术是以自然的外表呈现形象，但它绝不在模仿，而是一种创造的能力显现。歌德曾以对艺术的激情指出了艺术的特点："艺术并不打算在深度和广度上与自然竞争，它停留在自然现象的表面；但是它有着自己的深度，自己的力量。它借助于在这些表面现象中的见出合规律性的性格、尽善尽美的和谐一致、登峰造极的美、雍容华贵的气氛、达到顶点的激情，从而将这些现象的最强烈的瞬间定形化。"② 艺术活动，使审美价值成为人们最心仪的东西而与其他价值不再混淆，并以直观的物性的形式，留存在时空之中。苏联著名美学家斯托洛维奇在论述艺术价值时说："艺术活动的产生，是因为必须把审美关系从其他关系中分离出来，使之凝聚和客体化。"③ 我们是可以从中得到对艺术的本质性认知的。

　　艺术的这种创造的性质，是体现在作品的直观形式中的。在每种艺术门

---

① 张晶：《中国古典诗词的内在视像之美》，《社会科学战线》2007 年第 2 期。
② 见［德］卡西尔《人论》，甘阳译，上海译文出版社 1985 年版，第 186 页。
③ ［苏］列·斯托洛维奇：《审美价值的本质》，凌继尧译，中国社会科学出版社 1984 年版，第 164 页。

类里，都有一种区别于其他门类的基本直观形式；而在每一个真正的艺术家那里，也都有着属于他自己的独特的直观形式。这种直观形式，并非对自然的模仿，而是以自然外表的样态，表现出对于技艺的极限的挑战。英国美学家赫伯特·里德对形式的阐释我认为是特别准确的，他说："艺术品的形式也正是指作品本身的形状、各部分的排列及其可见性。一旦有了形状，有了两个以上的部分的组合，也就有了形式。当然，我们每谈及一件艺术品的形式时，往往是指一种特殊的形式，即一种以某种方式能够打动我们的形式。"① 艺术品的形式，并非自然造作或模仿的产物，而是艺术家的精心创造的结果。在这里我们要着重指出，艺术品的形式是艺术家以其精湛的技艺所发挥的极致，这是以往的艺术理论所忽略的地方。克罗齐的"直觉即表现"的著名美学命题，对于艺术形式的创造，尤其是不适用的作为成功的、乃至于超越时空而成为经典的艺术品，无论是贝多芬的那些著名的交响乐，还是施特劳斯的圆舞曲；无论是达·芬奇的《最后的晚餐》，还是德拉克洛瓦的《自由引导人民》，都绝非率易之作，在某种程度上都是艺术形式的挑战极限。在笔者看来，艺术创造，形式的创造性，形式的个性化以及形式的魅力，其意义是远远超过是否反映现实的尺度的。

三

声称要为艺术美学立义，那么它的研究内容是什么？它和文艺美学要加以区别的地方何在？这是本文不能不涉及的问题。也许我在这里所谈还过于粗略，但不能没有大致的指向在笔者心目中，文艺美学因为与文艺学的"血缘关系"，应该更近于文艺学的系统，也更多地考虑文学的审美特性；那么，艺术美学应该是更近于艺术学的传统，而更多地考虑"艺术"的审美特性。

艺术作为一种特殊的审美活动，它的创作发生，它的作品存在，它的审美接受，都有着与其他的审美活动并不完全一致的规律和审美经验，艺术美学要研究艺术的审美活动的特殊性。

艺术美学作为一个特殊的论域，研究不同的艺术样式、种类各自的审美特征。同在艺术的大框架里，不同的艺术种类有各自不同的形式特征，有不同的艺术语言，形成不同的艺术形态，它们是不可替代的。艺术美学要切入

---

① ［英］赫伯特·里德：《艺术的真谛》，王柯平译，辽宁人民出版社 1987 年版，第 17 页。

这些艺术种类的内部，从审美角度探寻它们的内在机制。艺术美学不仅要研究各门艺术共同的审美规律，更要研究某一艺术种类独具的美学规律，这也就是在文艺美学中所说的部门艺术美学，如绘画美学、音乐美学、舞蹈美学、电影美学、书法美学等。

艺术的审美价值，也是艺术美学关注的重要问题。审美价值是近年来美学研究的异军突起的领域。以往的文学理论也好，艺术理论也好，都是被捆绑在一般认识论甚至机械唯物论的基础之上，这种情况在三十年来的文艺领域受到了强烈的质疑，价值论填充了这个空间。审美价值是价值中重要的一类，是在人们的活动中所产生的。早在马克思那里，就已经奠定了价值学的哲学基础，马克思说："价值这个普遍的概念是从人们对待满足他们需要的外界物的关系中产生的。"[①]"表示物的对人有用或使人愉快等等的属性。"[②]审美价值近年来的受重视程度远远超过其他价值，而成为学术界的重要现象一些论述审美价值的著作，如黄海澄的《艺术价值论》，敏泽、党圣元的《文学价值论》，黄凯锋的《价值论视野中的美学》，杜书瀛的《价值美学》，等等，都形成了价值论的理论浪峰，具有强烈的冲击力艺术创作，最主要的目的就是创造审美价值。审美价值并不一定就产生于艺术活动之中，在对自然对象的审美和对社会事物的审美中，都能产生审美价值；而艺术活动的审美所产生的价值因而也就有了特殊的性质。艺术美学应从功能方面研究艺术活动中产生的价值的特殊性。

艺术美学更应该关注不同种类的艺术的"艺术语言"问题。这是因了不同种类艺术的差异而引发我们思考的。在这里笔者愿意引述美国著名美学家苏珊·朗格的论述来作为这个问题的逻辑前提，她认为："首先将每一门艺术看成是一种独立的领域，然后分别找出每一门艺术都创造了什么，创造每一门艺术所遵循的原理是什么，它们各自涉及的范围和使用的材料是什么等等。……每一门艺术都会创造出一种完全不同于其他艺术的独特经验，每一门艺术创造的都是一种独特的基本创造物——可塑性艺术创造的是一种纯粹的视觉空间，音乐创造的是一种纯粹的听觉时间，舞蹈创造的是一种相互作用的力场，等等。每一种艺术在构造自己的最终创造物或作品时，都有自己独特的创造原则；每一种艺术都有自己的独特的材料，如乐音之于音

---

① ［德］马克思、恩格斯：《马克思恩格斯全集》第 34 卷，中共中央编译局译，人民出版社1972 年版，第 163 页。

② 同上。

乐、彩色之于绘画，等等。"① 苏珊·朗格着眼于不同种类的艺术的差异性，每一门艺术都有自己的本质特征，而这种本质特征，是与它们各自不同"艺术语言"直接相关的。

所谓"艺术语言"，不是我们的日常语言，也不是常说的"语言文字"的语言，而是指不同种类的艺术所使用的不同的材质的符号体系。笔者在有关论著中曾作过这样的界说："艺术语言是指在各种艺术门类的创作中所使用的符号体系，它是艺术家的艺术构思得以生成和作品得以产生的物质化媒介。在艺术品的创作中，艺术语言的存在和发生作用，不是个别的、偶然的，而是普遍的、系统性的。不同的艺术门类，自然是有着面目各异的艺术语言序列，即便是同一艺术门类，也因了艺术家的个性差异而呈现出不同的艺术语言。"② 这是迄今并未改变的对艺术语言的阐释。

值得提请学者们注意的是，无论是文艺美学还是艺术美学的视域中，艺术语言都是不可付之阙如的。在目前的文艺美学的论著中，关于艺术语言，是无人提及的，这其实是一个必须弥补的缺憾。目前已有的几种较为成熟的文艺美学著作，主要是以创作"作品"欣赏为基本框架的，一读之下，启发甚大；但因为没有艺术语言作为连接，从作家艺术家的构思，到艺术表现这个环节就很难说清。笔者在这里既然提出艺术美学的问题，就觉得艺术语言是必须补足的。笔者认为，至少在三个方面，艺术语言是最为关键的东西：一是艺术创作中的构思到外化的过程，艺术语言是最根本的媒介；二是不同种类的艺术，其间的差异是以艺术语言为其根本标志的；三是艺术品的流传和经典化，艺术语言为其根本凝结物。

对于不同的艺术种类来说，艺术语言是其所以不同的根本依据，也就是说，艺术种类之间的差异，最关键的便是艺术语言的差异。艺术语言是以艺术创造的材料为基本元素的，但又不只是这些，它还是一个系统的存在。苏珊·朗格的下列论述可以支持笔者的观点，她说："每一门艺术都有自己的基本幻象，这种幻象不是艺术家从现实世界中找到的，也不是人们在日常生活中使用的，而是被艺术家创造出来的。艺术家在现实世界中所能找到的只是艺术创造所使用的种种材料——色彩、声音、字眼、乐音等等，而艺术家用这些材料创造出来的却是一种以虚幻的维度构成的'形式'。"③ 苏珊·朗

① ［美］苏珊·朗格：《艺术问题》，滕守尧、朱疆源译，中国社会科学出版社1983年版，第74页。
② 张晶：《艺术语言作为审美创造的媒介功能》，《文艺理论研究》2011年第1期。
③ ［美］苏珊·朗格：《艺术问题》，滕守尧、朱疆源译，中国社会科学出版社1983年版，第76页。

格所说的"幻象"，与笔者这里说的"艺术语言"并非一回事，但却是可以联系起来考虑的。不同的艺术门类，所用的材料之不同是最为明显的，它也是艺术语言最为外在的表征，但材料不是艺术语言的全部。美国著名社会分析家奥尔德里奇对于"材料"和"媒介"的区分，有助于我们对艺术语言的这种理解，他认为："即使基本的艺术材料（器具）也不是艺术的媒介。……当然，在创作的过程中，材料本身对于艺术家来说是物质性事物，而不是物理客体。艺术家并没有对它们进行观察。确切地说，艺术家首先是领悟每种材料要素——颜色、声音、结构——的特质，然后使这些材料和谐地结合起来，以构成一种合成的调子（composite tonality），这就是艺术作品的成形的媒介。"① 奥氏所说的"媒介"，其实就是我们所说的"艺术语言"。

　　一般以为，艺术创作时的内在构思是用一般的语言进行的，而到实施了外化的表现阶段或者说是艺术品的物化阶段，才使用属于本门类的艺术语言来进行的。笔者提出"艺术语言"的问题，意义恰在于改变这种误解。在笔者看来，艺术创作之所以在艺术家那里发生，并非是"上级命令"或"组织安排"的产物，——这种东西曾经有过，"文革"时期的"艺术创作"多有此类，但那绝非真正的艺术创作。真正的艺术家，本身就是长期受到某一门类的艺术语言的浸染，而形成了内化的艺术语言系统的。易言之，艺术语言是与艺术家终生相伴的。艺术家在观察外在世界时，便是以特定的艺术语言为工具的。黑格尔以画家为例，谈及于此，他说："颜色感应该是艺术家所特有的一种品质，是他们所特有的掌握色调和就色调构思的一种能力，所以也是再现的想象力和创造力的一个基本因素。艺术家凭色调的这种主体性（注：即上文的"颜色感"）去看他的世界，而同时这种主体性仍不失其为创造性的；正是由于具有这种主体性，画家所绘出的色彩的千变万化并不是出于单纯的任意性和对某一种不符合自然规律的着色方式的癖好，而是出于事物的本质。"② 这种"主体性"，也就是对艺术语言的禀赋。奥尔德里奇也这样认为："在某种意义上，艺术家是用他的艺术器具（材料；基本的和第二位的）来体验事物的。因此，受过训练的画家的眼睛与受过训练的摄影师的眼睛看事物的方式完全不同。摄影师通过摄影机和胶卷来观看，而画家则用画笔和颜料观看。这意味着每一个人只要掌握了他的器

---

① ［美］奥尔德里奇：《艺术哲学》，程孟辉译，中国社会科学出版社 1986 年版，第 56 页。
② ［德］黑格尔：《美学》第 3 卷上册，朱光潜译，商务印书馆 1979 年版，第 282 页。

具，他就甚至可以把原型物看作在完工了的艺术作品媒介中显示出来的东西。"① 黑格尔和奥尔德里奇都指出艺术家在艺术创造的发生阶段，都是以内在的艺术语言来感受、把握外在世界，从而产生创作冲动，并通过这种内在的艺术语言来进行独特的审美构形。从内在的艺术构思，到作品的物化完成，其间的关系就可以用艺术语言说清楚了。艺术创作中的由内到外，艺术语言担负着最为重要的媒介功能。刘勰曾指出这样的过程："夫情动而言形，理发而文见，盖沿隐以至显，因内而符外者也。"② 这个说法看似简单，其实把握了艺术创作的最主要的一个路径，就是从内在构思到外在表现，而且指出了后者是依据于前者。

艺术语言的特征是带有物性的（这一点下面还要谈到），而所谓内在的艺术语言，即艺术家在以之观察、把握外在世界，进行构思时，它是观念性的，又如何具有"物性"呢？笔者称这种内在艺术语言是以材料感为其特质的。这样就解决了由内在的构思到外在的物化表现何以是同一套艺术语言的问题。

不同种类的艺术，有着不同的艺术语言，这是不同种类赖以区分的标志。美国著名实用主义哲学家杜威，对于艺术语言的阐述恰好说明了这一点，他说："由于艺术对象是表现性的，它们是某种语言。更确切地说，它们是许多种语言。每一门艺术都有自己的媒介，而这种媒介特别适合于某一种交流。每一种媒介都表述某种用任何其他的方式都不能这么好，这么完整地表达的东西。日常生活的需要赋予一种交流，即说话，以实际上最重要的地位。不幸的是，这一事实给予大众一种印象，即表现在建筑、雕塑、绘画，以及音乐中的意义可以被翻译为语词，这些意义在翻译后纵有损失，也不会很大。实际上，每一种艺术都有自己的语言方式，不能在用另一种语言传达其意义时还保持原样。"③ 杜威明确肯定了艺术语言的作用，并揭示了艺术语言对于特定的艺术种类的标志性。杜威还颇具深意地指出，通常认为用一般的"语词"来翻译艺术品的意义，是很难奏效的，势必会损失艺术品的最深层、最重要的审美意味。在这种情形下，属于不同种类的特定的艺术语言，就是至关重要的。同时，它也标志着不同的艺术种类的分野，呈现出此一种类艺术的特殊审美形态。

---

① ［美］奥尔德里奇：《艺术哲学》，程孟辉译，中国社会科学出版社 1986 年版，第 86 页。
② 范文澜：《文心雕龙注》，人民文学出版社 1962 年版，第 505 页。
③ ［美］杜威：《艺术即经验》，高建平译，商务印书馆 2005 年版，第 106 页。

艺术品之所以能够流传下去，能够穿越时空，能够被时人或后人所欣赏或膜拜，并且在流传过程中得以经典化，其重要原因就在于艺术品是以其带有物性的艺术语言存在的。大量的作品，可能在面世后很快就风流云散了，甚至是刚一出来，就如同死亡，无人问津，这恰恰是因为作品缺少好的艺术语言。没有物化形态，就不会有艺术品；艺术品的存在与被欣赏，关键在于艺术语言的物化性质。艺术语言不等同创作时所用的材料，但它又是以材料为其元素和物质基础的。

艺术美学的提出，是为了艺术学理论的全面开展和深化，不意味着否定其他。艺术学理论获得了独立发展的重要契机，而且具有了提升的空间，那么，能否使其有一个长足的发展趋势，能否出现令人满意的成果，关键还要看研究主体的理论素质和学术理想。真正卓越的研究成就，怎么可能产生在红尘奔竞或名利喧嚣之中？我们的学术生态环境，一方面是宽松而自由的，另一方面又是浮华而喧嚷的。盛世的宽松与自由，给我们以巨大的动力和勇气；摒弃浮华和喧嚣，沉潜进学术的深处，才能有不愧于时代的思想建树！

在文化繁荣的历史性契机中提升哲学
社会科学研究的质量[*]

　　《中共中央关于深化文化体制改革推动社会文化大发展大繁荣若干重大问题的决定》（下简称《决定》），是中华民族又一次腾飞的重要契机，也是我们从事文学艺术研究事业的根本指南。《决定》阐述了充分认识推进文化改革发展的重要性和紧迫性，提出了主动地推动社会主义文化大发展大繁荣的历史任务，并且明确了关于推进文化改革发展的重大举措。这对于艺术学的学科建设和学术研究来说，是具有深刻的指导意义的。《决定》并非是哪一个中央领导人心血来潮的产物，而是我党对新的历史时期国家发展的战略任务的基本思路。深化文化体制改革，推动社会主义文化大发展大繁荣，并非是主观的意愿，而是中国走到现阶段所面临的全局性的重大课题。对于我国的人文科学而言，是全面提高质量的重要契机，也是一个突出的任务。

　　在《决定》提出的举措中，繁荣哲学社会科学是其中非常重要的一个部分。《决定》指出："坚持和发展中国特色社会主义，必须大力发展哲学社会科学，使之更好发挥认识世界、传承文明、创新理论、咨政育人、服务社会的重要功能。要巩固发展马克思主义理论学科，坚持基础研究和应用研究并重，传统学科和新兴学科、交叉学科并重，结合我国实际和时代特点，建设具有中国特色、中国风格、中国气派的哲学社会科学。坚持以重大现实问题为主攻方向，加强对全局性、战略性、前瞻性问题研究，加快哲学社会科学成果转化，更好地服务经济社会发展。实施哲学科学创新工程，发挥国家哲学社会科学示范作用，推进学科体系、学术观点、科研方法创新，重点扶持中国特色社会主义实践的研究项目，着力推出代表国家水准、具有世界影响、经得起实践和历史检验的优秀成果。整合哲学社会科学力量，建设一批社会科学研究基地和国家重点实验室，建设一批具有专业优势的思想库，

---

　　* 本文刊于《现代传播》2012 年第 1 期。

加强哲学社会科学信息化建设。"这段论述，集中体现了《决定》对于我国当前哲学社会科学研究的基本要求，值得我们深入思考、认真领会。通过对六中全会精神的贯彻落实，全面提升我国哲学社会科学的品位和质量，使之更好地担负起在社会主义文化大发展大繁荣的伟大进程中的历史使命。

中国可以说是哲学社会科学的第一大国，拥有数量最多、阵容最大的哲学社会科学研究人员，同样，也产出数量最多的哲学社会科学成果；但是我们绝不敢说我国是哲学社会科学研究的强国，因为与这庞大的研究队伍和成果数量相比，真正的创新价值却远逊于此。《决定》从正面对哲学社会科学提出了时代性的要求，在我看来，这是具有很强的针对性的，也是实事求是的。《决定》中对繁荣哲学社会科学的论述是一个基本要求，比照于此，我们的哲学社会科学研究存在着明显的问题，应该从认识层面和操作层面予以解决，至少应该得到大幅度的改观。

我们的哲学社会科学研究存在的主要问题有哪些呢？也许是这篇小文中无法得到全面梳理的。而从我的感受中至少有这样几个方面：

一是以个人功利目的为诱因的浮躁与重复，致使哲学社会科学整体水平明显下降。我国从事哲学社会科学研究工作的教学与科研人员数量极为庞大，其中数量最多的是在高等院校从事教学工作兼作哲学社会科学研究的。近年来，我感受到，在哲学社会科学研究过程中所显露出的强烈的个人功利色彩，在中青年教师和学者中是颇为普遍的。所谓"个人功利目的"主要指的是职称评审及一系列相关的荣誉。教师（或研究人员）要评上副教授、教授、博士生导师等职称或头衔，很难以真正的学术判断力来辨识其学术水平高下优劣（目前的情况下确实难以操作），只能以在核心刊物发表的文章数量（都是有具体的数目要求的）为规定的标准。硕士、博士研究生要获得学位，也都有在核心刊物上发表文章数量的要求。要当教授、当博导等，就要达到在核心刊物上发表文章的数量要求。除此之外，都只能是"参考"。这个"指挥棒"是相当灵验的，于是，大家为了达到评职称等目的，眼睛紧紧盯着核心刊物，而职能部门为了管理的方便，把这个因素作为评职称的"铁门槛"，只要是核心刊物上发表的，什么都算数，比如会议综述之类；而在非核心刊物上发表的，哪怕是多有分量的学术论文，也不能作数。在这种机制之下，现在的学术论文，虽然没有具体的量化统计，但可以肯定地说，有相当大的比重是出于这种目的来写作和发表的。常常听一些教师说自己"核心刊物还差几篇"。为了达到这个标准，不计代价，不择手段，就不足为怪了。浮躁成了这个时代学术的标志，为了达到目的，凑足篇数，抄袭和作假就防不胜防。学术著作出版的情况同样堪忧。出版体制的企业化，图书出版的商品化，使学术著作的出版在大多数出版社那里只是钱的问题，书号即是商品，学术质量的标准则是次要的。因此，当下学术著作的质量参差不齐，泥沙俱下，有的被人们视为"文字垃圾"。社会环境的诱惑，也使很多人丧失学术理想，而把教授和博导等当作终极目标，达到目的便去当官或获取利益，发表论文、出版著作只是作为其"敲门砖"而已。出于这样的目的，他们的所谓"学术研究"，又焉能不浮躁？又如何能有创新？数量的大幅度增加和质量的严重下滑，成为哲学社会科学研究领域的事实！

学术研究基本功欠缺，理论思维能力弱化，是当下哲学社会科学研究领域存在的普遍现象。高等院校、科研院所的教学科研岗位，基本上都要求具有博士学位。而由于现在哲学社会科学学科的博士数量过多，真正能够达到博士水准者只是其中一小部分，有很多人并不具备博士的资质就戴上了博士帽子。笔者在近年的博士学位论文评议中所见到的质量问题比比皆是，或是基本的文字功夫都不过关，或是思维层次浅薄，或是停止于材料堆砌而不懂得论证，诸如此类。即便是对此类论文下了"修改后答辩"的断语，也不可能挡住所有博士论文的质量问题，事实上存在着博士论文的相当面积的不达标现象。这样的博士充实到哲学社会科学研究队伍中来，无疑使整体的研究质量呈现下滑的态势。现在从事哲学社会科学研究的人，大多数并没有得到严格的学术训练，也很少在经典的哲学和人文科学著作上下过硬工夫，本身也没有多少这方面的意识，因此学术基本功是较为欠缺的。

这种情形已经表现在哲学社会科学研究中。发表或出版的学术成果很多是为了发表而发表，并不具有现实的关联度，或者说是不具有时代意义，平面的、一般性的罗列较多，体现出很强的理论思维能力者较少。一些刊物以收取版面费的方式刊载这种层次的论文，结果大大降低了刊物的质量，一期刊物找不到几篇有重要学术价值的文章，而大多数是为了评职称或为博士毕业的"文字"。我看到某所211大学的一期学报上竟然刊载了110多篇文章，目录密密麻麻，字号也非常之小，大多数都是一块版面两块版面，而且没什么像样的论题。这样的学术刊物可说是"自毁长城"，这当然是较为极端的例子，但我们的哲学社会科学"成果"统计中这样的东西占了相当的比重，岂不可怕！

选题重复，思维模式、思想方法难脱旧习，缺少创新价值，也是当下哲学社会科学研究中的突出现象。学术研究，贵在创新，而创新并非可以随意获得，关键在于思维方式要能够突破那些僵化的模式。我们的哲学社会科学研究，存在着大量的重复性劳动成果，选题的重复则更为突出，这当然不是说具体的题目"撞车"，而是在研究思路上的雷同，给人以千人一面的感觉。创新的敌人不是外在的，恰恰是自己头脑中的僵化思维模式。从我国现阶段性的社会文化环境来说，其实是特别鼓励科技和学术创新的。但从哲学社会科学领域来看，真正具有创新价值的成果其实是少之又少的。很多学者都自称自己的研究成果是"填补空白"，或是"填补国内空白"，或是"填补世界空白"，其实可能只是在具体的研究对象上，找出一些并不具有普遍意义的东西来研究。对于所谓"填补空白"，一定要慎重对待，越是宣称"填补空白"者，可能就越是了无新意。找到一点别人不太注意的东西就如获至宝，其实内里所掩藏着的往往是研究思路的僵化陈旧。正是由于研究者在思想方法上、在问题的普遍价值上无创新可言，所以才将全副精力放在寻找"空白"上。似乎只有他才独具慧眼，别人都是沧海遗珠。其实，在传统文史哲领域中的所谓"空白"，很多都是前人认为没什么重要价值的东西。因为思维方式上的陈旧僵化，难以有"新天下人耳目"的研究成果，于是便到处寻找那些角落里的东西并标之以"空白"，这认为这是不足取的做法。我们很多同志之所以绞尽脑汁也没有新的思维，完全不是因为有什么客观的压力，而是自身理论创新素质的缺失。追寻其间原因，我以为从大学乃至中学教育开始，我们的教育体制都偏于模式化而少创造性的培养。学生的头脑中所存留的多半是那些教材的框架，如在汉语言文学专业中的文学史或文学概论的教学模式，使学生的思维深陷其中。现在的博士生学习，很少有对文史哲经典著作的深入钻研，而这些原典是最富有创造性的。

学术不端的现象屡禁不止，抄袭剽窃者时有所见，学术伦理意识淡漠。对此无须做更多的引证，有些人为了达到目的不择手段，抄袭剽窃别人的学术成果，由此引发的公案也是不断发生。有的成名人物也是通过这种手段起家。更为令人担忧的是，年轻一代的学子，颇有一些人竟以抄袭为理所当然，对此毫无愧疚感。

《决定》对哲学社会科学的发展提出了目标要求，"着力推出代表国家水准、具有世界影响、经得起实践和历史检验的优秀成果"。这是时代、民族赋予我们的历史使命，也是作为哲学社会科学工作者的担当！然而，如果哲学社会科学研究队伍的素质不能得到全面提高，目标便会落空。一个国家、一个民族的哲学社会科学成就，是其文化的精核，文化大发展大繁荣是必须将哲学社会科学提升到一个崭新的境界的。我国新时期以来的哲学社会科学无论在观念上还是在方法上都发生了重大的变化，思想解放运动催生了学术研究的新潮。一大批重要的哲学社会科学成果带着时代气息应运而生。20 世纪八九十年代的"方法论热"影响了一代学人，中国的哲学社会科学研究呈现出健康发展的势头。而本文中所指出的问题，对于提升哲学社会科学的质量、使之匹配于博大精深的中华文化，是无形的障碍。高素质的哲学社会科学研究队伍，是繁荣发展哲学社会科学的关键。客观地说，我们的队伍数量庞大甚至是臃肿，但却有相当一部分是不具备一个真正的人文学者的素质的。要从深化文化体制改革的角度来看哲学社会科学的繁荣与提升，我认为有些问题要从根本上抓起，那就是从年轻一代学人开始，严格要求，建立一套切实可行的机制对学术成果进行规范，对哲学社会科学的研究生培养，更要注重质量，进行学术伦理教育，对抄袭剽窃他人学术成果者一定要严肃处理，创造一个良好的学术研究环境。学术刊物和出版社应有更为严格的审稿制度，将那些不符合学术标准、缺少创新的"成果"拒之门外。目前的哲学社会科学成果数量惊人，但是创新因子却颇显不足。因此，在哲学社会科学研究中必须倡导创新的价值观念，以创新为荣，以陈腐为耻。

十七届六中全会的《决定》对于文化体制改革和文化大发展大繁荣提出了明确的要求，哲学社会科学研究是其中的重要部分，在我的理解中，这是代表着民族文化的品位和精髓的。作为一个哲学社会科学工作者，对于六中全会精神是特别欢欣鼓舞的，文化的春天业已到来，哲学社会科学必将臻于一个更高的境界。我们都身在其中，不能当旁观者，而是要用自己的高品位的研究成果回馈时代，回馈祖国。

文艺美学的当代建构及其意义*

　　文艺美学是近年来美学研究的一个重要增长点，也是能够体现美学最新发展的领域。文艺美学由中国学者首倡，因之有"文艺美学诞生在中国"之说。我宁愿将文艺美学视作美学的一个分支学科，因为它是美学合乎逻辑的发展与转化，显示了美学的时代性进程。相比于文化研究，或许文艺美学对于美学的发展是建设性的，是可以从理论上回答当下的审美现实的。进而言之，文艺美学之于当前的美学理论来说，其功能不仅在于解释当前的文化的和审美的现实，更重要的，是通过时代性的建构，剖判当代审美文化的种种现象，揭示其间的不同走向，并且引领当代社会的审美文化提升到更高的境界。建构才是当务之急，比解释更有意义。

一

　　文艺美学与一般美学的关系，从研究对象来说是后者的分支学科，这一点是不难说明白的。这里借用著名美学家、文艺美学的创始人之一周来祥教授的论述可以得到清楚的阐释："它是美学的一个分支学科，它是整个美学学科辩证发展过程的一个中间环节。美学主要研究美与审美的一般规律，它主要包括审美活动、审美关系、审美对象、审美意识和艺术等具体内容，它以美的本质作为逻辑起点，以美与审美相统一的典型形态的艺术作为逻辑终点。而文艺美学则以美学的逻辑终点作为自己的逻辑起点。艺术在美学中是作为美和审美的理想形态，作为审美关系的集中体现来研究的，其目的是为了把美和审美的本质及其规律更充分更鲜明地展示起来。它只是审美对象之一，美学除了研究艺术，还研究自然美、社会美。而在文艺美学中则不同，艺术是文艺美学研究的惟一对象，在这个意义上，文艺美学是承美学而发展

　　* 本文刊于《安徽大学学报》（哲学社会科学版）2012 年第 2 期。

的，它要以美学的逻辑终点，作为自己的逻辑起点，它要以美学揭示的一般审美规律，作为自己的基础，去进一步研究艺术的特殊规律。"① 关于文艺美学的学科性质与定位，学者们有各种观点，除了上引周先生的观点之外，还有学者主张文艺美学是美学与文艺学的中介学科，也有人认为是艺术哲学，或是美学与文艺学之边缘学科等等。从美学的发展来看，我认为文艺美学是美学理论在当代的发展与延伸，具有明显的现代性。虽然有学者认为文艺美学是文艺学的一个分支，我则认为，从传统的文艺学观念来看，文艺美学和"文艺学"是有较大距离的。传统的文艺学其实就是文学理论或者说是"文学学"，所谓"文艺理论"无一例外都是文学理论。这是从苏联的学科体系延续下来的。而文艺美学的内涵当然不只是文学理论，而是从美学的角度来研究文学与艺术的审美特征和审美规律。文艺美学和文艺学有着深刻的内在因缘，但对后者又有着重要的超越。将文学与艺术一并纳入美学的观照之下，这是文艺美学在研究对象上的一个重要特征。胡经之先生在倡导文艺美学之初，便主张将文学与艺术一体化地进行美学研究，他在那篇成为文艺美学的发轫之作的《文艺美学及其他》的著名论文中指出："文学艺术是一种审美活动，是审美活动的独特形式，如果我们把文学艺术作为相对独立的社会审美现象来考察它的整体，我们就会发现，文学艺术至少有三个不同层次的审美规律：一，文学艺术同一切审美活动共有的普遍审美规律；二，文学艺术区别于其他审美活动而独具的审美规律；三，文学艺术的不同样式、种类、体裁之间相互区别的更为特殊的个别规律。"② 胡经之先生所倡导的"文艺美学"，一直都是将文学和艺术放在一起作为文艺美学的研究对象的。周来祥先生则将文艺美学与以往文艺学的文艺社会学的特性相区别，强调它的美学属性。周先生也是将文学和艺术作为文艺美学的研究对象，指出："这门新学科要研究文学艺术的审美规律，与文艺理论靠得很近，事实上文艺理论对它的发展也有很大的影响。但它是美学科学，是普通美学的一个分支，而不是文艺理论的一个分支。"③ 周先生较早出版的《文学艺术的审美特征和美学规律》，在书名上就非常明确地概括了文艺美学的研究对象，该书的全称是《文学艺术的审美特征和美学规律——文艺美学原理》，其义自明。杜书瀛先生也认为："与一般美学相比，文艺美学的对象范围要

---

① 周来祥：《文艺美学》，人民文学出版社 2003 年版，第 13 页。
② 胡经之：《美学向导》，北京大学出版社 1982 年版，第 40 页。
③ 周来祥：《文学艺术的审美特征和美学规律》，贵州人民出版社 1984 年版，第 2 页。

小得多，它集中研究文学艺术领域中的审美活动规律。"① 可以看到，将文学艺术的审美特征和审美规律作为文艺美学的研究对象，是诸家对文艺美学学科性质的共见。

我想把这个问题的阐述向前推进一步。将文学与艺术连在一起来作为文艺美学的研究对象。那么，文学和艺术是一种怎样的关系？一般性的理解，文学、艺术并称，是将其作为不同的两个事物并列的。而从诸文艺美学名家的认识而言，作为文艺美学的研究对象，是在"审美"的框架里，更为看重文学和各个艺术门类所具有的艺术美的共性的。对于文学而言，也是更为凸显其艺术的特质的。第一位以"文艺美学"为其著作名称的台湾学者王梦鸥先生指出："我们所谓艺术，一向还没有个较深刻而扼要的定义。有之，就是最近韦礼克与华伦在其《文学论》中所说的：'艺术是一种服务于特定的审美目的下之符号系统或符号的构成物。这里所谓符号，当然是指一切艺术品所应用的符号，如声音、色彩、线条、语言、文字，以及运动姿势等等。'倘依此定义来看，则所谓文学也者，不过是服务于特定的'审美目的'下之文字系统或文字的构成物而已。它之不同于其他艺术，在于所用的符号不同，但它所以成为艺术品之一，则因同是服务于审美目的。是故，以文学所具之艺术特质言，重要的即在这审美目的。"② 关于王梦鸥先生这部《文艺美学》，学术界知道该书书名者并不少，但真正见过、读过者并不多。大陆的文艺美学学者的一般看法是，王氏《文艺美学》虽然首开端绪，但是此后并无大陆学者把文艺美学作为一个学科来构建的架构，因此，它也难以被认定为文艺美学的真正"开山"。我未曾对王氏的《文艺美学》有过深入研读，但我从此书里这段话中可以明确读懂这样的意思：文学与其他艺术门类是有所不同的，因为它们所使用的符号系统不同，但是，文学又因其与其他艺术一样，都是服务于特定的"审美目的"，因而也同样具有"艺术特质。"王梦鸥的观点与韦勒克和沃伦的《文学理论》中对文学的根本认识是一脉相承的，后者在其开篇处即说："文学是创造性的，是一种艺术。"③而文学之所以具有"艺术的属性"，关键在于它们都是以审美为目的的。这个问题在现在看来，似乎并无多少新意，但从文艺美学作为学科开创的意义而言，那就非同小可。从研究范围来看，以往的"文艺学"，只是文学理

---

① 杜书瀛：《文艺美学原理》，社会科学文献出版社 1998 年版，第 9 页。
② 王梦鸥：《文艺美学》，远行出版社 1976 年版，第 131 页。
③ ［美］韦勒克、沃伦：《文学理论》，刘象愚等译，三联书店 1984 年版，第 1 页。

论，而艺术研究方面的艺术理论，其学理框架主要是模仿"文学概论"的。那么，真正将文学和艺术打通，并从审美的角度进行建构，这是"文艺美学"才开始的。将文学和艺术打通起来，在美学的发展中是一个重要的契机！这其实并不仅仅是研究范围的问题，也是美学理论的进一步提升。从审美的角度来认识文学的艺术属性，是将文学从政治的仆役地位下解放出来的重要途径，也是美学应对现实问题的深刻依据。

这是文艺美学一个基本的立足点，对于文艺美学有建构之功的几位著名学者，都是将文学与艺术的共通审美规律作为基本研究对象的，也就是将文学的性质作为艺术之一类来认识的。如胡经之先生所说："文艺美学，当然有着自己的研究对象。文学艺术，作为一种独特的社会现象，包括美文学和鲁迅所说的广义的美术，乃是人类审美和创美活动一种集中而特殊的形态，自有其审美特性和创美规律。文艺美学的对象，就是研究文学艺术的审美特性和创美规律。文学艺术当然和其他审美活动有着共同性，但又有自己的特殊性。各个艺术部类（电影、戏剧、文学、音乐、舞蹈等等），则又有自己的个别性。文艺美学的研究重心，乃是放在文学艺术的审美特性和创美规律这一层面，兼及其他两个层面。"① 胡经之先生在这里很明确地将文学视作艺术的一个重要部类，他主张文艺美学的研究对象，就是文学艺术的审美特性和创美规律。周来祥先生一方面将"文学艺术的审美特征和美学规律"作为"文艺美学原理"的正标题，同时又指出："文艺美学是研究艺术与艺术活动的审美特性和独特的美学规律的科学。"② 那也是将文学作为艺术之一类的。杜书瀛先生也这样认为："文艺美学主要研究艺术（所有艺术门类）的审美性质和规律，这对于一般的美学原理来说，固然具有特殊性，但是，不同的艺术门类又各有自己特殊的审美性质和规律，文学不同于戏剧，电影不同于音乐，舞蹈不同于建筑，等等，因此，文艺美学所揭示的规律对于各种不同的艺术来说，又具有共同性和普遍性。"③ 其中的意蕴，文学作为艺术之一类是无疑的。在这些年来关于文艺美学的论著中，这种观点是普遍性的，这也是文艺美学的一个基本立场。

强调文学的艺术性质，揭示文学与艺术的共通性一面，对于美学理论来

---

① 胡经之：《发展文艺美学》，见《文艺美学研究》第1辑，山东大学出版社2002年版，第27页。

② 周来祥：《文学艺术的审美特征和美学规律》，贵州人民出版社1984年版，第4页。

③ 杜书瀛：《文艺美学原理》，社会科学文献出版社1998年版，第14页。

说，有怎样的意义呢？

对于美学理论而言，强调上述观点，可以大大丰富和深化美学理论中关于艺术美的论域。艺术一直是美学最为关注的对象，在很大程度上也是美学得以生长的基础，但是缺少对文学的美学思考，艺术美的论述是相对贫乏的，也是深度不足的。其实，我们可以看到，单纯谈论文学的审美性和艺术的审美性的论著并不匮乏，而在深度融合的层面来谈艺术美者，在美学理论中就鲜有所见了。与其他艺术门类相比，文学在审美上最为突出的三个特点：一是想象的美感。文学是以文字为媒介的，但它是用文字描绘出一幅幅内在的视像或图景，人们通过阅读欣赏而在自己的头脑中形成活跃的画面，如古人所说的"状难写之景，如在目前"①，文学的魅力恰恰是可以通过想象获得美感。二是关于主体情感的表达。审美当然是一种情感活动，艺术创造当然都是情感的表现，但文学是最能够透彻、细微地表现主体情感的。三是作品结构的统一性。这对于文学创作来说是非常重要的，无论文字表层给人的印象如何，作为一篇具有艺术性的作品来说，必然有一个内在的完整结构，这也是接受者的期待，其他种类的艺术亦是如此。

二

文艺美学的建构，充分发挥了美学的现代性特征，也可以理性地回答有关文学的命运问题，同时，对于艺术创造的品位提升，对于视觉文化的良性发展，都大有益处。总之，文艺美学是可以回答现实的审美问题的。当然，我们的目标不止于解释，而在于建构，然而，客观地回答当下文学艺术中存在的问题，是建构的基础。

在视觉文化大行其道的时代，文学的命运究竟如何，这是文艺理论界特别关心的问题。前几年有关文艺学的"边界移动"或"扩容"的争论，可以说是这种危机感的表征。关于文学在当下的时代命运，有一种"终结"的说法，也就是认为，在图像时代，文学已经走到了穷途末路，如美国著名学者希利斯·米勒教授在中国发表的《全球化时代文学研究还会继续存在吗？》，引起了学术界的轩然大波。米勒教授援引了德里达的名作《明信片》中的一段话，说明文学在"电信时代"存在的危机："在特定的电信技术王国中（从这个意义上说，政治影响倒在其次），整个的所谓文学的时代（即

---

① （宋）欧阳修：《六一诗话》，人民文学出版社 1962 年版，第 9 页。

使不是全部）将不复存在。哲学、精神分析学都在劫难逃，甚至连情书也不能幸免。"① 米勒是著名的文学研究学者，数十年从事文学理论的研究而不辍，他对文学及文学研究的处境是非常敏感的。其实德里达也是如此。无论是德里达还是米勒，都是在当下的电子科技高度发达的情况下感受到了文学的窘境，而为文学的命运忧心忡忡。米勒很明确地说："事实上，如果德里达是对的。而且我相信他是对的。那么，新的电信时代正在通过改变文学存在的前提和共生因素（concomitants）而把它引向终结。"② 米勒对文学命运的看法，在中国大陆学者中引起了颇为广泛的强烈反响，不少著名的文艺学学者发表文章反对这种观点。但是，在电视、互联网等电子传媒无所不在的形势下，传统的文学形态受到空前的挤压，这是毋庸置疑的现实。视觉文化成为这个时代的文化主流，图像和音响，时时都充斥着我们的眼睛和耳朵，从审美方式看，的确和原来那种以文学欣赏为主体的情形迥然不同了。不能不承认，当代人的审美，是以视听一体的图像方式为主体了。这一点，用不着多少论证，因为它是一个无法回避的现实。

在学科研究的领域里，文艺学的教学与科研人员（教授或研究员），很多人逃离了传统的文学理论，转到了文化研究上面，回头又将 ethical 文化研究带入文艺学的学科范围之中，即为"扩容"。文化研究涉及的范围非常之广，甚至可说是无所不包，如娱乐、美容、身体、城市环境、女性批评、消费社会、交通工具，等等，只是没了文学的一席之地。文化研究对当代的学术研究已经做出了很大贡献，描述和把握当代社会已经发生的和正在发生的种种文化现象，也是当代美学所要关注的对象。米勒还指出了文化研究的盛行态势，他说："全球化的第四种影响是所谓的文化研究迅速兴起（我认为是有争议的）。据说，正是在对被认为已经在解构主义里死去的形式主义批评的反应中，80 年代中期或更早一些，出现了一种对外在批评的回摆，对一种新的意欲使文学政治化和重新历史化的回摆，以便使这种研究具有社会作用，使它成为一种解放妇女、少数民族和在后殖民、后理论（post - theoretical）时期一度被殖民化的那些人的工具、'文化'、'历史'、'语境'和'媒体'、'性别'、'阶级'和'种族'、'自我'和'道德力量'、'多语言主义'、'多元文化主义'和'全球化'，这些现在已经以不同的混合形

---

① ［美］J. 希利斯·米勒：《全球化时代文学研究还会继续存在吗？》，林国荣译，《文学评论》2001 年第 1 期。

② 同上。

式变成新历史主义、新范式主义、文化研究、通俗文化研究、电影和媒体研究、妇女研究和性别研究，同性恋研究，各种'少数话语'研究，以及后现代主义研究等等的标示语。这个单子决不是同质的。我们今天所称的'文化研究'是异质性的，是不同机构实践的一个有些不定形的空间。……一种新的或更新了的兴趣，在传记和自传、通俗文学、电影、电视、广告、与语言文化相对的视觉文化，以及在统治话语内部'少数话语'的性质和作用等方面都得到了发展。"① 由米勒的描述可以看出，文化研究所涉及的内容非常庞杂，它其实是和当代盛行的后现代主义思想密切联系的，本身就是众语喧哗的。它的理论工具，主要是社会学的，对文化研究做出巨大贡献的布迪厄、波德里亚、费瑟斯通等人，基本上是从社会学的角度来阐释当代文化现象。文化研究对于美学来说是一种异己的"他者"，无法实现美学的延伸与新的建构。

当代的审美现实是令人感到颇为尴尬的。与以往相比，似乎现在的审美机缘千百倍地增长，炫目的图像、动听的声音在我们的生活中比比皆是，无论长幼，不分贤愚，"咸与审美"。五光十色的光波流光溢彩，购物、娱乐、休闲、健身、居所、出行，如此等等，都以"审美"为标榜。但是，如果静下来想一下的话，这种"审美"究竟有多少真正的美感？有什么样的文化含量？又有怎样的意义？个性化的创造又在哪里？波德里亚称之为"媚俗"和"模拟美学"。关于"媚俗"，波德里亚指出："媚俗和摆设一样，在这里指的是一个范畴，尽管这一范畴很难加以限定，但不应将其与这些或那些真实的物品混淆起来。媚俗随处可见，不管是在一件物品还是在一个大套间的图纸上，不管是在人造花朵还是在浪漫摄影中。"②"模拟美学"是和"媚俗"密切相关的。波德里亚又说："和关于美以及独创性的美学相对，媚俗提出了其模拟美学：它在世界各地再生产那些比原件更大或更小的物品，仿制材料，笨拙地仿效各种形式或胡乱地将它们组合起来，重现自己没有经历过的式样。就这一切而言，它与摆设在技术层面上是同质的：摆设同样也是技术的滑稽模仿、无用功能的赘生、缺乏实际操作意义的对功能的持续模拟。这种模拟美学是与社会赋予媚俗的功能深刻相关的。"③ 在当代的

---

① ［美］J. 希利斯·米勒：《土著与数码冲浪者——米勒中国演讲集》，陈永国译，吉林人民出版社 2004 年版，第 115 页。

② ［法］让·博德里亚：《消费社会》，刘成富等译，南京大学出版社 2000 年版，第 114 页。

③ 同上书，第 116 页。

审美现实中，这是最为突出的症候。一些有见识的美学家对此表示了深为忧虑的看法，如韦尔施在他的美学名著《重构美学》中开篇就透彻地指斥当下的审美实际上处在一种明显的浅表状态，而且，他在该书中还正面提出了"日常生活审美化"这样著名的美学命题，只是这位美学家在谈到它时并非是在正面的角度来论说的。韦尔施指出："在表面的审美化中，一统天下的是最肤浅的审美价值：不计目的的快感、娱乐和享受。这一生气勃勃的潮流，在今天远远超越了日常个别事物的审美掩盖，超越了事物的时尚化和满载着经验的生活环境。它与日俱增地支配着我们的文化总体形式，经验和娱乐近年来成了文化的指南，一个日益扩张的节庆文化和娱乐，侍奉着一个休闲和经验的社会。审美化的一些太为突兀的分支，以及现实赤裸裸的化妆打扮固然可以博得一笑，但是触及作为总体的文化，它可不再是好笑的事情。"① 韦尔施所指出的审美现实，是在我们当前的社会里相当普遍的，看上去流光溢彩，却多是停留在表层，它们更多是凌乱的、缺少意义深度的视觉图像，这也是文化研究所关注的现象。美国著名学者詹姆逊也揭示了这种泛审美的文化状态："当下的后现代时期似乎也正经历着一次对审美的普遍回归，同时，具有悖论意义的是，现代艺术中的那些超美学的观点似乎已经使人们对它完全失去了信任，并且在新的后现代的支配下，各种各样令人眼花缭乱的风格和混杂物充塞着消费社会。"② 后现代文化对于当今的审美造成了深刻的冲击，文学与非文学、艺术与非艺术，都混杂在一处，无数高清晰度的电子图像纷然杂陈在眼前，又时时萦绕着你的身边，说它是审美的，它又不知所云；说它不是审美的，它又吸引着你的眼球。消费文化增添了千百倍的审美幻觉，却又使人感到前所未有的肤浅。

这是文化的现实，也是审美的现实。我们并不是全然站在传统美学的立场上来进行针砭的，但是，将这些消费文化的现象等同于审美，取代了审美，对于美学来说，未必是幸事。美学不能只是抽象地争辩美的本质问题，而是要关注与解决现实中的审美经验。但我并不认为美学就是要俯就于或是听命于当下的文化现实。从美学的学理化建构角度来说，那些消费社会的文化现象，对于美学的增长与提升来说，是没有什么必然联系的，甚至是不相干的。

---

　　① ［德］沃尔夫冈·韦尔施：《重构美学》，陆扬等译，上海译文出版社 2002 年版，第 6 页。
　　② ［美］弗雷德里克·詹姆逊：《文化转向》，胡亚敏等译，中国社会科学出版社 2000 年版，第 97 页。

三

我从来都不认为只有文化研究可以为美学增加一点当代的气息，否则就只能是维持传统的美学观念。这样说并不意味着美学就是关在象牙塔里与世无涉的纯然思辨，相反，美学应该从更深刻的层面来阐释当下所面临的审美现象。

用传统的美学理念来解释现在的审美现象，似乎显得颇有隔膜，显得力不从心，因为一般的美学原理所揭示的是人类在面对自然、社会和艺术现象时共有的审美机理。而在对于审美的问题上，提出判断审美与非审美的标准，最为权威的是德国古典哲学时期的康德。一向以来，康德在其美学经典《判断力批判》中所提出的四大命题中的第一个"审美是无利害的"①，成为判断审美与非审美的金科玉律。而当下的审美现象已经无法以此来区分，在这样一个商品经济和视觉文化共谋的时代，如果把与功利和欲望有关系的东西剥离出去的话，审美恐怕也就所剩无几了。西方美学中的"心理距离"说，一直都是和"审美无利害"的命题桴鼓相应的，或者说是它的心理学注脚。而从现代艺术到后现代艺术，都向这种"距离"说发起了严重的挑战，而且显得力道十足，正如丹尼尔·贝尔所作的描述："在新的空间概念上，有一种固有的距离的消蚀。不仅新型的现代运输手段压缩了自然距离，引起了对旅游、对见大世面的视觉快乐的新的重视，而且这些新艺术的各种技巧（主要是电影和现代绘画）缩小了观察者与视觉经验之间的心理与审美距离。立体主义强调同步性……这都是要强化感情的直接性，把观众拉入行动，而不是让他观照经验。这也是电影的基本原则。电影利用蒙太奇的手法，在'调节'感情方面，比其他任何当代艺术走得更远。因为它刻意地选择形象，更变视觉角度，并控制镜头长度和构图的'共鸣性'。现代性的主要特征——按照新奇、轰动、同步、冲击来组织社会和审美反应——因而在视觉艺术中找到了主要的表现。"② 丹尼尔·贝尔这里还主要是指出电影和现代绘画对于以往"静观"的审美经验的摧毁，对心理距离的消解。到了后现代的视觉文化里，心理距离更是消逝得无影无踪。真实和虚拟无法划

---

① ［德］康德：《判断力批判》，宗白华译，商务印书馆1962年版，第42页。
② ［美］丹尼尔·贝尔：《资本主义文化矛盾》，赵一凡译，江苏人民出版社2007年版，第155页。

清界限，心理距离当然也就无从说起。再如当代视觉的审美文化与"无利害"的相背，与人们的欲望的密切互动，都远远超出了传统美学所能接受的地步。丹尼尔·贝尔对此也有深刻揭示，他说："群众娱乐一直是视觉的。然而，当代生活中有两个突出的方面必须强调视觉成分。其一，现代世界是一个城市世界，大城市生活和限定刺激与社交能力的方式，为人们看见（不是读到和听见）和想看见的事物提供了大量优越的机会。其二，就是当代倾向的性质，它包括渴望行动（与观照相反），追求新奇，贪图轰动。而最能满足这些迫切欲望的莫过于艺术中的视觉成分了。"①

美学面对这样一个令人眼花缭乱的现实，似乎显得无所适从，如何将美学理论导向能够有力解释当下的审美现象，这是美学学者应该考虑的重要问题。很明显，文化研究是无力也无心承担这份责任的。这些年来国内的美学界也提出了若干不同的美学理论，如后实践美学、语言论美学、存在论美学等，都从不同的角度使美学得以发展，但在解释当下最为普遍的审美现象这个问题上，并无具有针对性的回答。我则以为文艺美学存在着这样的潜力。文艺美学在一定程度上可以弥补这种不足，可以使美学得到当代的学理性延伸。

文艺美学以文学和艺术的审美特征和审美规律为研究对象，这个看起来并不令人惊奇的问题，却是跨越了不平凡的历程才得到的。传统的"文艺学"仅以文学理论为其内容，苏联的文艺理论体系，长期以来都是中国文艺理论的桎梏；而原有的艺术理论框架，也都是文学理论的"克隆"。文艺美学自其问世时起便以文学艺术的审美经验为自己的基点。而当下的文学和艺术又是处在一种怎样的状态？文艺美学自身也是要发展的。虽然它还只有几十年的历史，却同样遇到了问题。因为在今天的传媒时代，艺术的形态和传播媒介都发生了重要的变化，文学和艺术的关系又显得非常敏感。文艺美学要面对和解释这种新的艺术现实，就能把美学的发展置于一个令人信服的定位上。

四

艺术素来是美学最为关注的领域，很多美学家直接将自己的美学著作称

---

① ［美］丹尼尔·贝尔：《资本主义文化矛盾》，赵一凡译，江苏人民出版社 2007 年版，第154 页。

为"艺术哲学"，如谢林、奥尔德里奇等。黑格尔则明确认为艺术美是高于其他美的领域的，他的三卷本《美学》，也主要是研究艺术美的。那么，文艺美学与一般美学是否在研究对象上夹缠不清呢？

我认为还是可以说清楚的。一般美学具有更多哲学性质，更具思辨层次；文艺美学则更重文学艺术的审美经验，更关注文学艺术的内在形式规律。文艺美学还易于被人看作是部门美学的平面集合，其实也不然。所谓"部门美学"，指具体的艺术门类的审美特征或规律，如绘画美学、音乐美学、舞蹈美学、电影美学、诗歌美学、雕塑美学等。实际上，文艺美学不能被部门美学所取代，因为部门美学更加侧重的是具体的艺术形式的审美特征而无须顾及其他，如绘画美学专门研究绘画的构图、线条、色彩等绘画因素的审美性质。文艺美学则在各艺术门类之中抽取出属于自身的普遍的审美特征与规律，它可以回答美学在今天应该如何应对大量新的审美现实的问题。

为了使我们的美学研究能够更好地回答当下的审美现实，我为现在电子传播条件下的艺术起了一个统称——"传媒艺术"。传媒艺术并非哪一类艺术，而是针对现在的艺术时代特征而进行的概括，与其对应的可以是"传统艺术"。传媒艺术与传统艺术的区别当然并不绝对，有些传统艺术形式，现在恰恰是借助电子传媒而存活乃至光大，东北的"二人转"即是。但并不是原来的艺术只要借助电子传媒就是传媒艺术的含义了，传媒艺术是当今时代的艺术指向。我在《传媒艺术的审美属性》一文中曾这样认为："传媒艺术不是某一种艺术门类的名称，而是指在电子科技传输的条件下，在大众传媒序列里艺术因素的概括。就目前情况看，最主要和最成熟的还是以电视传播方式为载体的艺术创作、作品与接受。如：电视剧、电视音乐、电视舞蹈、电视戏曲、电视散文、相声小品、综艺晚会、电视广告等多种形式。"①今天看来，这种认识还是较为浅显的，缺少对其时代特征的深刻反思。传媒艺术就是大众传媒中的艺术因子，看似简单，其实我是为了区别于大众传媒中的那些非艺术因子。大众传媒使艺术有了更为强劲的传播手段，也有了有别于传统艺术的魅力；同时，艺术对于大众传媒来说也是不可缺少的精华。在很大程度上，大众传媒是要特别依赖于艺术的。艺术本身所散发着的美感，对于大众传媒来说，是内在的精核，是统合的力量，是召唤人的吸引力。并不仅是大众传媒在某种意义上成全了艺术，更重要的是，艺术是对大众传媒的救赎。

---

① 张晶：《传媒艺术的审美属性》，《现代传播》2009年第1期。

　　艺术本身就是审美价值的集中体现，艺术品被创造出来，在艺术家这边，就是审美感受的不得不然；在欣赏者那边，则是最为美好的享受。难道只有那些低俗之物才是享受？我相信在当代社会里，靠低俗的东西来"享受"的人，不可能是主流。为人们的审美提供享受的，最多的便是艺术品了。审美享受不是受制于外在的压力，不是刻意地求取，而是在心神飞越中得到身心的愉悦。艺术当然无须和大众传媒相抵触，相反地，正可以为大众传媒提高名望，聚拢人气。现在的传媒艺术其实是大众传媒真正的精彩之处，更深入地认识传媒艺术的审美特征，使传媒艺术的创作规律更为彰显，打造数量多多的精品，可以让大众传媒有更高的价值认可。这其实也是文艺美学所要研究的重要课题。文学在传媒艺术中的功用由此而必然彰显。

　　传媒艺术得天独厚之处在于电子图像的呈现与传播，而作为艺术的资质，形式的精美、结构的完整、人物形象的鲜明、情节的曲折等等，在传媒各类节目中仍是能够判定其是否可以称为"艺术"的标准。这些东西并非绝对，而且在不同的节目中有不同的体现，而相当一部分节目因为缺少了这类因素，是不具备"艺术"的品位的。如果抛开了这些因素，大众传媒决然不会有现在的地位。杂乱无章的图像连缀，是不会对人产生很大的吸引力的。传媒艺术自身，如果没有文学的介入，是无法具备艺术的资格的。电影自不必说，电视剧也尤以其剧本的优劣而决定其成败。许多文学经典被改编后被搬上屏幕，正是因其文学基础是具有千年不灭的永恒魅力的。有些经典还一而再、再而三地被改编为电视剧，如《三国演义》、《红楼梦》、《水浒传》等。新中国成立后的一大批红色经典也都被改编为电视剧，如《铁道游击队》、《红岩》、《平原枪声》、《吕梁英雄传》等。当代一批颇受人们钟爱的电视剧如：《历史的天空》、《亮剑》、《暗算》、《风声》、《潜伏》、《血色浪漫》、《激情燃烧的岁月》、《孽债》等，都是从现在的优秀小说作品中改编而成的。如果没有那些优秀的文学创作，电视剧的成功是不能设想的。传媒艺术中的其他种类，如小品，能否得到成功，关键也在于剧本的水平。文学与其他艺术门类的相通之处，或者径直说对于现在的传媒艺术起到重要的支撑作用的是什么因素？我曾在以往的文章中提出过这样三点：一是文学创作的内在视像性质；二是文学的审美运思；三是文学的语言美感。这三个方面算不得特别全面，却是针对着文学与传媒艺术的内在联系的。我认为文学（与一般的文字相区别，尤其是与科学的或哲学的著作等相区别）的基本特质在于用文字创造出无数在读者头脑中产生的内在视像。从美学的意义上说，我们一般面对文学作品还不能说是审美，只有在读了作品后在心灵里产生了那种生动的情景时，才真正进入了审美阶段。审美对象是要以这种直观为标志的。读了作品却因各种原因而有障碍，不能在头脑中形成活生生的情景，那就还算不得审美。宋人严羽的名言"盛唐诸人唯在兴趣，羚羊挂角，无迹可求。故其妙处透彻玲珑，不可凑泊。如空中之音，相中之色，水中之月，言有尽而意无穷"① 也是这个意思。叙事性作品也是使读者一读之下，在头脑中产生栩栩如生的人物形象、故事发展等变化着的内在视像。正因为有了这种内在视像，阅读文学作品才是一件令人愉悦的赏心乐事，根本无须外在的强制。审美运思在我看来是文学自身的一大特点，同时也是文学能够帮助或支撑一些其他艺术的主要属性。与其他的艺术门类相比，文学的运思是最重要的，也是最自觉的。运思指诗人、作家以语言文字为工具，创造出作品的整体境界和整体的叙事结构的思维方式及过程。中国古代卓越的文论家刘勰称这种运思为"神思"，《文心雕龙》的《神思》篇是其创作论的第一篇，刘勰认为"神思"是"驭文之首术，谋篇之大端"，是作品成败的关键所在。学者们对于"神思"都高度重视，有人认为是构思，有人认为是灵感，我则认为"神思"是从创作冲动的发生到艺术表现的艺术思维全过程，在拙著《神思：艺术的精灵》② 中曾有明确的表述。讲"审美运思"，一是指文学与其他文字写作的不同思维特点，二是强调它的动态性和统一性。文学作品的创作思维当然是动态的，"运思"只是揭明和强调而已；统一性或完整性，是必须得到认真对待的。生活经验可以是无限纷繁、无始无终的，但要成为艺术品，就必须撷取其中令作家感动的断片而赋予完整的结构，这就是杜威所说的"一个经验"。如果要进行艺术创作，你所写的却又是支离破碎、无首无尾，那就和你作为作家的初衷背道而驰了。强调"完整"绝不意味着主张文学作品都有一个一望可知、了无悬念的结局，而是认为艺术品要有一个属于作家自己的内在结构，无论你是在如何客观地描写社会生活本身，但实际上真正的作家必然有自己的独特角度，作品的统一性和完整性，源自于作家的主体视角。作品结构的统一性和完整性绝不是排除创作中的偶然性和细节的波澜，只有必然而无偶然的作品是不好看的。黑格尔在谈到这个问题时曾主张将必然性隐藏在偶然性后面，我认为对创作者来说是大有启示意义的。不同的艺术样式，都需要审美运思，但是特点不同，和文学的关联度也不同。中国画的艺术风格、品位往往与文学有深刻的

---

① 郭绍虞：《沧浪诗话校释》，人民文学出版社 1961 年版，第 26 页。
② 张晶：《神思：艺术的精灵》，百花洲文艺出版社 2006 年版。

关系，很多画作的主题都来自于诗词。王维作为唐代画家并不显赫于本朝而在宋代却大行其道，"画中有诗"是其中的重要原因。在现代传媒中，有没有这种借助于文学的审美运思是大不一样的。那些低俗浅薄、无内容可言的东西，是难以称得上"艺术"的。作品意境的令人震撼和情节的起伏跌宕，不断给人们创造出审美惊奇，这也是运思的结果。如果一部电视剧情节平庸无奇，又怎么能"连续"得下去呢！再就是语言美感。文学以语言为其工具或说是"艺术语言"，如果语言粗糙毫无美感可言，是无法成为优秀作品的，甚至也难称其为"作品"。这个问题对于传媒艺术的诸多节目形态同样重要，无论是电视剧，还是小品、综艺晚会等，语言都是其成功的最基本的要素。语言美感的提出，并非指的是语言的华美绮靡，而是指作品中的语言具有最大的兴发受众感情的魅力。我认为关于作品的语言美感，大致可以有三方面的理解：一是文学语言所具有的必要张力，也就是我们常说的"弦外之音"与"韵外之致"。二是兴发受众情感的魅力。"赋比兴"是中国先秦时代最早提出的诗歌基本表现方法，而"兴"则是最为根本的，因为兴的最本质的含义就是唤起人的情感。所谓"兴者，起也"，"起情故兴体以立"①，刘勰的界定，揭示了兴的本质。无论是文学创作还是传媒艺术，语言能否兴发或唤起人们的情感，是非常重要的。三是个性化特征。语言是否具有个性，是作品能否行之久远的要素。对于传媒艺术来说，特别需要借助文学的这三个方面的优势来使自己具有较高的艺术含量。

文艺美学要面对这样的一些审美现实，从中揭示电子媒介中的文学与艺术的关系。目前已有的关于文艺美学的论著为文艺美学奠定了一个轮廓清晰的基础，却并没有对大众传媒语境中的艺术审美问题作出现实的回答。所以，文艺美学的理论应该得到进一步建构，这种建构在原来的基础上应该跃升一步，可是，它的思维向度和理论资源应该做怎样的调整？

五

文艺美学的提出者是中国学者，如杜书瀛教授所说的"文艺美学诞生在中国"。文艺美学虽然有着中国化的背景，但是很明显，文艺美学要解决的是当代社会生活中的审美现实问题，而不应该仅仅是站在中国的角度，因为，倘若仅此，表面上是强化了文艺美学的中国化色彩，而实际上，则是使

---

① 范文澜：《文心雕龙注》，人民文学出版社 1962 年版，第 601 页。

文艺美学大大降低了自己的品级。

从中国古代的文艺理论中来探求其资源，这是中国的文艺美学学者们很早就注意并且实际做的。如胡经之先生在写作他的代表性著作《文艺美学》的同时，就已编纂了三大卷的《中国古典美学丛编》，对中国古典美学资料作了全面的梳理。周来祥先生的《文学艺术的审美特征和美学规律》，也大量地以中国古代文艺理论作为例证。近年来关于"古代文论的现代转换"的讨论，也表达了中国文论学者对于以古代文论介入当代美学的强烈诉求。文艺美学与中国古代文论有天然的"亲缘"当是可以肯定的。然而，时至今日如果还停留在一般性的引证和联系的层面上，对古代文论的资源引入虽然非常重要，却难以真正提升文艺美学的当代品格。但是，我绝不是忽略古代文论作为文艺美学的资源的作用，恰恰相反，我认为在中国古代的美学资料中可以找到文艺美学的建构向度。这同样源于对于古代的文学和其他艺术之间关系的认识。我主张将文学和其他艺术门类的联系进一步打通来看，将文学理论和其他门类的艺术理论进行一体化认识，因而，我时常使用的概念是"中国古代文艺理论"而非"古代文论"，因为在正常情况下，后者仅是指中国古代的文学理论，而非兼指文学与艺术的理论。看似并不复杂的问题，其实是关系到文艺美学的研究对象和学理观念。将文学和其他艺术的审美特征打通起来研究，这是不同于单纯的文学研究的，也不同于单纯的艺术研究，而是特别关注于文学与艺术相通的审美机理。中国古代的文艺理论，在这方面其实是相当普遍的。所谓"诗中有画，画中有诗"、"书画同源"，即其例也。文学与艺术的相通在美学上会得到方法论的启示。

对于中国古代文艺理论，学者们多有论述它的经验性质，这当然没有问题。古代文艺理论的作者们，多是作家和艺术家，他们的理论表述，是对于文学艺术创作经验、体会的升华，因而具有鲜活的审美经验性质。除一部分系统的理论著述之外，其形态是多种多样的，如诗话、词话、曲话、序跋、书信、论诗诗、题画诗等，作者本身往往都是著名的诗人、词人、画家、戏曲家等，我们现在作为文艺理论来认识的资料，在当时可能就是作者不经意间交流的体会。即便是非常系统的理论著述，如《文心雕龙》《林泉高致》《诗薮》《原诗》等，作者本身其实也都有非常丰富的创作经验，只是其创作声名被其理论所掩而已，所以认为中国古代文艺理论具有经验的性质，是并不枉然的。文艺美学以文学艺术的审美经验为其研究对象，这是具有代表性的。西方近代美学经历了从本体论到经验论的转换，这一倾向已在学术界成为共识。如英国著名美学家李斯托威尔的名著《近代美学史评述》中就曾深刻地指出了这种倾向。美国大哲学家杜威，将艺术归结为经验，因而有《艺术即经验》这部名著。中国文艺美学学者们当然谙熟美学界的这种变化，同时又对中国古代的文艺理论的经验性特征比较认同，因而，在文艺美学的构建中以古代文艺理论为重要资源，正是得心应手的。与此相关的，认为中国古代文艺理论是直觉的、感悟的观点也是相当普遍的，这与对其经验性质的认知是密切相关的。在我看来，这种认识当然是客观的、颇有道理的，但并不全面，甚至是不深刻的。我这么说的理由在于，这种认识对于中华民族的思维特质和水平知之不多。中国古代的文艺理论，看起来有着感悟的、经验的特征，其实，它又是有着深厚的中华民族的哲学基础的，也体现着民族思维特质。概而言之，既重视经验层面，又具有抽象性质，经验与抽象的融合，可以认为是中国古代文艺理论的特质。从抽象的角度来看，古代文艺理论的抽象程度其实并不输于西方的哲学美学。我这样说，也许某些人会觉得瞠目结舌，其实这是很客观的。只要我们不是全然以西方的形式逻辑为衡量尺度，这种看法就会得到认同。比如"物"这样一个在魏晋南北朝时期重要的美学范畴，普遍地呈现在有关的文论、诗论、画论中，它不仅指自然事物，而且也包括社会事物。如钟嵘在《诗品序》开篇处所说的"气之动物，物之感人，故摇荡性情，形诸舞咏"①。后面所举，既有因四季变化带来的景物之变，又有诸多社会事物使人们产生的心灵波动。这里的"物"，其抽象程度，就高于西方的"物质"范畴了。这样的例子非常多。

　　中国古代文艺理论的抽象，不同于形式逻辑的抽象思维方式，而是一种审美抽象。关于审美抽象，我曾有专文予以论述。② 在我看来，审美过程中是不可能没有抽象的思维方式的，但它不等同于逻辑思维的抽象，而是有着特殊的概括与提升路径，并使审美活动获得意义的基本思维方式。为了与逻辑思维的抽象相区别，我名之为"审美抽象"。我对审美抽象和逻辑抽象作了概括性的比较，由此指出审美抽象的性质所在，文中所说："审美抽象，是审美主体在对客体进行直觉观照的同时所做的从个案形象到普遍价值的概括与提升。审美抽象与逻辑思维的抽象的共同之处在于：都是从具体事物上升到普遍的意义，人类对事物的认识与把握，必然要以抽象作为一种主要的思维操作方式的。但是，逻辑思维的抽象是以语言概念为其工具，通过舍弃对象的偶然的、感性的、枝节的因素，以概念的形式抽出对象主要的、必要

---

① 陈延杰：《诗品注》，人民文学出版社1961年版，第1页。
② 张晶：《论审美抽象》，《哲学研究》2007年第8期。

的、一般的属性和关系。审美抽象则是主体通过知觉的途径，以感性直观的方式使对象中的普遍意义呈现出来，在艺术创作领域中则是以符号的形式得以持存。"在我看来，审美抽象对于艺术创作和艺术理论都是重要的思维方式。这个问题似乎与形象思维的概念交叉，其实所指全然不是一个问题。"审美抽象"作为在艺术方面的重要思维方式，侧重揭示的是在审美的途径中所升华的意义空间。艺术的相关方面的考察又使我认为，审美抽象可以导致两种形态：一是艺术品的产生，二是艺术理论的生成。在中国古代的艺术理论中，这两种形态的关系至为密切。

　　与文艺美学的建构相关的，中国古代文艺理论所生成的范畴或命题，与西方的美学理论相比，具有独特的品相。西方的美学理论，往往出自一些大哲学家的严密理论体系，是其中不可分割的重要部分。因此，一些重要的美学命题的论证，是颇为缜密的，往往具有严格的逻辑性质。而中国古代文艺理论中的范畴与命题，却是在艺术实践的审美经验基础上通过审美抽象的途径提出的，具有完整性和自明性的特点。所谓完整性是指一个命题以简洁的语言形式表述一个完整的思想；所谓"自明性"，是指无须繁琐论证，便可理解其中内涵。如魏晋时期的画家宗炳所提出的"澄怀味象"（《画山水序》），谢赫所说的"气韵生动"（《古画品录》），唐代张璪所说的"外师造化，中得心源"（《历代名画记》），宋人严羽所说的"言有尽而意无穷"（《沧浪诗话·诗辨》），都具有这里所说的完整性与自明性。与西方美学相比，其特点是明显的，也是文艺美学在建构过程中值得参考的。

　　有很多人认为，中国古代文艺理论因为其直观和感悟的特点而缺少体系，它是零散的、处于自在状态的。这也是用西方的体系形态来衡量中国古代文艺理论的结果。其实，它恰恰是有着源远流长的体系的。它的体系不以个人的形式出现，而是以范畴作为核心，历经千百年而不衰，如"形神"、"气"、"意境"等都是如此。它是流动的，而非固定的。

　　文艺美学的建构，吸收大量的中国古代文艺理论为其资源，这当然是题中应有之义，但如果仅止于此的话，就还是停留在原来的水平上，并未将问题向前推进。从事古代文论和文学的学者，特别看重其研究对象的价值，提出"古代文论的现代转换"，我们可以感受到他们深层的价值诉求。把古代文艺理论作为文艺美学的资源，在文艺美学的研究中已经深受重视，但如果能将经验与抽象相结合的思维方式作为文艺美学的建构中的重要参照，则更有裨益。

　　文艺美学可以认为是美学的当代形态，从中国古代文艺理论中汲取资源，是正确的路向，但不能取代对西方现代美学的借鉴。美学不能脱离艺术现实，或者说是不能停止其自身的学理性建设的步伐。文艺美学的建构，一是要对文学艺术的现实状态作出反应，二是要与美学的最新发展取得共识。对于中国古代文艺理论的吸收，不能直接等同于文艺美学的建构，而必须以足够的理性高度进行分析，从而使文艺美学得以有新的超越。

对于当前的审美文化现象，文艺美学所要做的，不仅是客观地、令人信服地解释这些现象，虽然这非常重要，文化研究在这方面成绩斐然，而且是有其独到的理论支撑的，但是，面对消费文化带来的种种问题，我们只是跟在后面解释是不够的，还应该有所作为。中共中央十七届六中全会所作出的"深化文化体制改革，推动社会主义文化大发展大繁荣"的决定，是要提高全民族的文化素质，并非仅是量的增长。美学理论工作者的使命不应该仅仅停留在解释，而应该在这样的契机中有所建树。文艺美学应该在文化现实中建构，一味抱怨和盲目乐观都是廉价的和不足取的。建构是理性的，也是学理的发展，它不仅要解释现有审美现象，更要引领人们提升自己的审美层次。

当代文艺美学视点对"妙悟"说的理解[*]

一

当代的文艺美学，尽管还没有一个统一的模式，但经过了几十年的发展，可以认为是相对成熟了，那么多的论文、专著摆在那里，使你无法闭着眼睛否认它的存在。而且，在中国的学术界范围来说，是对传统的美学学理的重大突破，又是对美学的深化与发展。文艺学这些年来的状况，一大部分学者去作文化研究了，也有一部分人在作文艺美学，都是对传统的文艺学的突破。对于美学本身而言，文艺美学撤除了哲学美学与文学艺术之间的"隔离层"，而从艺术的审美经验层面，生发出许多具体鲜活的美学思想；对于文艺学而言，文艺美学冲破了以往文艺学仅以文学为研究对象的格局，而致力于将文学和艺术进行一体化的研究。所以，文艺美学的发展，无论是对美学还是对文艺学来说，都是一个历史性的进步。

"文艺美学诞生在中国"，这是著名学者杜书瀛先生提出来的命题。这个命题反映了文艺美学发生发展的客观情况。"文艺美学"由中国学者提出并加以深入的理论建构，这是中国美学界对世界美学做出的重大贡献。我们应该看到，文艺美学之所以能在中国的学术界得到系统的升华，成为当代美学最具生命力的重要分支，其深层原因，在于文艺美学深厚的民族性根基。我一直认为，中国古代的文艺理论是当代的文艺美学在学理建构上最重要的来源。或者可以认为，文艺美学的生命力，很大程度上来自于中国古代文艺理论之中。

那么，找出宋人严羽《沧浪诗话》中的"妙悟"说，是否老调重弹呢？我以为并非如此。"妙悟"说虽然已被连篇累牍地阐释过了，似乎难有新意

---

* 本文刊于《解放军艺术学院学报》2013 年第 1 期。

可言，但如果置之于文艺美学的视域下，是可以得到鲜活的启示的。"妙悟"说是严羽"以禅喻诗"的产物，但它是严羽以禅学的术语概念来表达诗歌创作那种丰富深刻的审美经验的。"妙悟"在禅学里是一个非常重要的问题，禅宗经典如《坛经》反复申说的便是对于自身蕴含着的佛性的顿悟，因为只有体悟了佛性、获得了佛性，才是禅修的目标。"悟"的基本含义是指，在佛教修习过程中，通过主观内省，对于佛教真谛的彻底体认与把握，与真如佛性合而为一。在禅宗又特指众生自性中潜含的佛性，通过内省工夫，得以顿然间的显发与实现。"悟"的主要品格在于，作为把握真理的方式，是直觉观照而非逻辑思辨。佛教术语也称悟为"极照"或"湛然常照"等，是一种观照性体认。禅宗突出地摒弃名言概念的作用，"以心传心，不立文字"，是禅宗立派最为响亮的口号。悟的过程不以名言概念为元素，不以逻辑思维为构架，而是一种直觉领悟。"妙悟"是悟中之最上者，禅家也称"妙觉"。悟有顿渐之别，南宗禅（以慧能为代表）是以"顿悟"为其理论宗旨的，以此别于北宗禅（以神秀为代表）的渐悟。妙悟是一种境界，其实现方式是以顿悟而致的。禅宗典籍中说："其顿也，如屈身之臂顷，旋登妙觉。"[①] 这对理解严羽的妙悟说是非常重要的。

　　文艺美学是以文学和艺术为研究对象，描述文学艺术的审美活动的特征与规律。文艺美学的开创者之一胡经之先生提出，文学艺术至少有三个不同层次的审美规律，一是文学艺术同一切审美活动共有的普遍审美规律，二是文学艺术区别于其他审美活动而独具的审美规律，三是文学艺术的不同样式、种类、体裁之间相互区别的更为特殊的个别规律。[②] 文艺美学所关注的包含文学艺术创作的审美思维特征，艺术品的形式审美特征以及欣赏者对艺术品接受过程的审美特征。现有的文艺美学论著，也大都以这三部分为文艺美学的结构支架。现行的文艺美学体系，基本上是以此作为基本内容的。然而，这三个环节之间是有着密切的关联和一致性的。以美学的理论视角来贯通这三个部分之间的关系，应该是文艺美学得以深入的切入点。严羽的"妙悟"说，正是在这个方面给我们提供了独特的理论资源。

---

　　① （唐）神会：《大乘顿教颂》，见石峻等《中国佛教思想资料选编》第 2 卷第 4 册，中华书局 1983 年版，第 103 页。

　　② 胡经之：《文艺美学》，北京大学出版社 1999 年版，第 12 页。

二

　　"妙悟"在严羽的诗学中是诗禅相通的关键所在，也是中国古代美学的重要范畴之一，之所以"重要"，是因为它所揭示的是文学艺术创作不同于其他活动的独特审美规律。严羽是紧扣诗歌的特性而言的，《诗辨》篇中说："大抵禅道惟在妙悟，诗道亦在妙悟。且孟襄阳学力下韩退之远甚，其诗独出于退之之上者，一味妙悟而已。惟悟乃为当行，乃为本色。"① 严羽讲的十分明确，他之所以"借禅以为喻"、"论诗如论禅"，其中最为关键的便在于"妙悟"。严羽是以"妙悟"为诗歌与其他文体区别的关键，如在《答出继叔临安吴景仙书》中所说："本意但欲说得诗透彻，初无意于为文，其合文人儒者之言与否，不问也。"② 可见，严羽是有着自觉的辨体意识的。既然"妙悟"是专对诗学而言的，那又如何具有艺术审美的普遍性的品格？这是我们从文艺美学的角度来谈论"妙悟"所应该有所揭明的。

　　"妙悟"超越语言局限，其实也即是超越主客体的对立而获得充满创造性的审美愉悦。严羽在《诗辨》篇中的名言，也是引发诸多争议的"所谓不涉理路，不落言筌者，上也"，即是指诗歌创作思维的那种不以逻辑思维为理路，不以语言外壳为局限的灵妙状态。当时的其他诗论家多有"以禅喻诗"者，所论也多描述出"妙悟"的灵妙与神秘。如龚相的《学诗诗》："学诗浑似学参禅，语可安排意莫传。会意即超声律界，不须炼石补青天。""学诗浑似学参禅，几许搜肠觅句联。欲识少陵奇绝处，初无言句与人传。"③ 赵蕃《学诗诗》中说："学诗浑似学参禅，束缚宁论句与联。四海九州何历历，千秋万岁孰传传。"④ 戴复古《论诗十绝》中有："欲参诗律似参禅，妙趣不由文字传。个里关心稍有悟，发为言句自超然。"⑤ 这些都指明了诗中之"妙悟"是超越语言的直觉性思维。

　　文艺美学的现有框架，一般都是将创作活动和作品分开来讲的，然而实际上是可以将它们打通了进行理论建构的。严羽的"妙悟"说，则正是将诗歌创作中的直觉性思维过程和作品的审美境界，都置于"妙悟"的内涵

---

① 郭绍虞：《沧浪诗话校释》，人民文学出版社 1983 年版，第 12 页。
② 同上书，第 251 页。
③ （宋）魏庆之：《诗人玉屑》，上海古籍出版社 1978 年版，第 9 页。
④ 同上书，第 8 页。
⑤ 郭绍虞等：《万首论诗绝句》第 1 册，人民文学出版社 1991 年版，第 120 页。

之中的。在佛教中，"妙悟"不仅指把握"终极真理"的直觉体验过程，还往往指主体与终极真理融为一体时"大彻大悟"的境界。如南北朝时佛学大师竺道生说："夫真理自然，悟亦冥符，真则无差，悟岂容易？不易之体，为湛然常照，但从迷乖之，事未在我耳。苟能涉求，便返迷归极，归极得本。……般泥洹者，正名云灭，取其义训，自复多方。今此经明常，使伏其迷，其迷永伏，然后得悟。悟则众迷斯灭，以之归名其为常说乎？"① 文学家兼佛学家谢灵运也说："至夫一悟，万滞同尽耳。"② 神会禅师有更为明确的表述："豁然晓悟，自见法性本来空寂，慧利明了，通达无碍。证此之时，万缘俱绝，恒沙妄念，一时都尽。"③ 这里的"悟"，都不是指代体认真理的过程，而分明是形容悟之后的境界。《沧浪诗话》中的"妙悟"也不仅是超越逻辑思维的独特审美思维方式，也同时描述了诗歌佳作的审美境界："盛唐诸人惟在兴趣，羚羊挂角，无迹可求。故其妙处透彻玲珑，不可凑泊，如空中之音，相中之色，水中之月，镜中之象，言有尽而意无穷。"④ 这段著名的诗学言论，曾引发了很多争议和批评，认为这是严羽对王孟一派平淡空灵风格的偏嗜，如清人许印芳批评道："严氏虽以知识为主，犹病识量不足，辟见未化，名为学盛唐、准李杜，实则偏嗜王孟冲淡空灵一派，故念经诗惟妙惟肖在兴趣，于古人通讽喻、尽忠孝、因美刺、寓劝惩之本义，全不理会，并举文字才学议论而空之。"⑤ 这其实是一种误解。严羽在这里是表述了一种在他看来最为理想的诗歌审美境界，也是严羽最为心仪的诗歌审美价值标准。"羚羊挂角"是禅宗常用的比喻，说明佛理有待于"妙悟"，而不能寻章摘句，《五灯会元》卷七中有雪峰义存禅师所说："师谓众曰：吾若东道西道，汝则寻言逐句；吾若羚羊挂角，汝向什么处扪摸。"⑥《景德传灯录》卷十七中道膺禅师说："如好猎狗，只解寻得有踪迹底；忽遇羚羊挂角，莫道踪迹，气亦不识。"⑦ 寻言摘句，是禅家所不屑于为的，因其只是表层的逻辑关系。而羚羊挂角则是言语道绝、返照自心的禅悟方式。"凑

① （东晋）竺道生：《大般涅槃经集解》，见石峻等《中国佛教思想资料选编》第1卷，中华书局1981年版，第212页。

② （东晋）谢灵运：《与诸道人辨宗论》，见石峻等《中国佛教思想资料选编》第1卷，中华书局1981年版，第220页。

③ 杨曾文编校：《神会和尚禅语录》，中华书局1996年版，第92页。

④ 郭绍虞：《沧浪诗话校释》，人民文学出版社1983年版，第26页。

⑤ 同上书，第272页。

⑥ （南宋）普济：《五灯会元》中册，中华书局1984年版，第386页。

⑦ （宋）道元：《景德传灯录》，成都古籍书店2000年版，第324页。

泊"也是禅宗的话头，意思是聚合、聚结。《续传灯录》中"湛堂智深禅师"条中说："盖为地水火风，因缘和合。暂时凑泊，不可错认为已有。"①严羽借这些话头标举了他的诗歌审美价值观，好的作品应该有一种超越于各要素之上的整体美，而非诗中各要素之间的机械拼凑。诗歌的审美境界的另一个特征在于它的幻象性质。严羽"妙悟"说里用来形容唐诗胜境的"空中之音，相中之色，水中之月，镜中之象"，正是形象地显示这种审美境界是生发于诗的语言形式，而又超越于语言形式的"幻象"性质。这类"镜花水月"的喻象，都是出自于佛教经典，用来比喻万法之虚幻。如："一切法皆虚妄见，如梦如焰，所起影像，如水中月，如镜中象。"②"菩萨观诸有情，如幻师观所幻事，如观水中月，观镜中象，观芭蕉心。"③ 佛教大乘中观学派用这些说明世界是"假有性空"的观念。大乘佛学对"空"的理解，并非空无一物，而是"假有性空"。它并不否认现象的存在，而认为在现象中寓含着的本质却是空的。大乘佛学的经典反复宣传这种观念，如《金刚经》所说："凡所有相，皆是虚妄。"禅宗最为推崇的经典《维摩诘经》中多处用类似的比喻来说明万法和人生的虚幻性质，如说："是身如泡，不得久立。""是身如焰，从渴爱生。""是身如芭蕉，中无有坚。""是身如幻，从颠倒起。""是身如梦，为虚妄见。"不一而足。这正是严羽《沧浪诗话》中"镜花水月"所本。严羽以这些大乘佛学常见的喻象来描述唐诗的境界，其实是表达他的诗歌审美价值尺度。他认为这样的作品才是真正的佳作，因为这样的诗歌，有着整体性的不可分拆开来的审美境界，而且这种审美境界有着镜花水月般的幻象性质。与之相反的，也是严羽所深为反感的，是另一类诗，即"近代诸公乃作奇特解会，遂以文字为诗，以才学为诗，以议论为诗。夫岂不工，终非古人之诗也。盖于一唱三叹之音，有所歉焉。且其作多务使事，不问兴致；用字必有来历，押韵必有出处，读之反复终篇，不知着到何在。其末流之甚者，叫噪怒张，殊乖忠厚之风，殆以骂詈为诗。诗而至此，可谓一厄也"④。其所指是很明确的，当然是宋诗中苏黄一派诗风。

---

① （明）居顶：《续传灯录》，见《永乐北藏》整理委员会整理《永乐北藏》第196册，线装书局影印大明正统五年版，第788页。

② （后秦）鸠摩罗什译，道生等注译：《维摩诘经今译》，中国社会科学出版社1994年版，第124页。

③ 《说无垢称经·观有情品》，见"永乐北藏"整理委员会整理《永乐北藏》第38册，线装书局影印大明正统五年版，第135页。

④ 郭绍虞：《沧浪诗话校释》，人民文学出版社1983年版，第26页。

我们这里无暇去讨论"唐宋诗优劣"这样的古代文学领域中的命题，而是指出这类诗风是与严羽的诗歌审美价值观念相去甚远的。

对于当代的文艺美学来说，创作论与作品论是分而论之的，那么能否以某些命题将其打通开来，可以认为是文艺美学向前发展的一个路向。严羽的"妙悟"说为我们提供了深刻的参照。"妙悟"在严羽这里，可以认为是将创作论、作品论和鉴赏论融而贯通的。其中最具标志性意义的当是其作品论中那种"镜花水月"般的境界。严羽且认为这种境界并非可以凭空而得，而是要靠学诗中的"悟入"方可获致。在严氏诗学中，创作论和作品论的内在关联是可以清晰把握的。钱锺书先生评价严羽"妙悟"说的一段话值得仔细品味，其言："沧浪别开生面，如骊珠之先探，等犀角之独觉，在学诗时工夫之外，另拈出成诗后之境界，妙悟而外，尚有神韵。不仅以学诗之事，比诸学禅之事，并以诗成有神，言尽而味无穷之妙，比于禅理之超绝语言文字。"① 其实，钱先生已经揭示出"妙悟"作为诗学命题，包含了创作论（"学诗时工夫"）、作品论（"成诗后之境界"）和鉴赏论（"言尽而味无穷之妙"）这前后贯通的三个部分。而这三个部分，是内在地连属为一体的。

三

"妙悟"作为诗歌创作论，一般被理解为豁然贯通的灵机，带有一种神秘的色彩。前面涉及的那些"以禅喻诗"的学诗诗，都有这样的意蕴。严羽的"妙悟"，则是指学诗者对诗歌的审美特征和独特规律的领悟。这个学诗的"妙悟"过程，是一个由理性到直觉、由知识到审美的过程，妙悟作为学诗工夫，包含着这样的特征，一是"入门须正，立志须高"，取法至高至正的诗歌境界作为目标；二是其成熟阶段是顿悟状态。《诗辨》篇开始就讲的学诗的"妙悟"："夫学诗者以识为主：入门须正，立志须高；以汉魏晋盛唐为师，不作与开元天宝以下人物。若自退屈，即有下劣诗魔入其肺腑之间。由立志之不高也。行有未至，可加工力；路头一差，愈骛愈远；由入门之不正也。故曰：学其上，仅得其中；学其中，斯为下矣。又曰：见过于师，仅堪传授；见与师齐，减师半德也。工夫须从上做下，不可从下做上。先须熟读《楚辞》，朝夕讽咏以为之本；及读《古诗十九首》、乐府四篇；

---

① 钱锺书：《谈艺录》，中华书局1984年版，第258页。

李陵、苏武、汉魏五言皆须熟读，即以李杜二集枕籍观之，如今人之治经，然后博取盛唐名家，酝酿胸中，久之自然悟入。虽学之不至，亦不失为正路。此乃从顶𩕳上做来，谓之向上一路，谓之直截根源，谓之顿门，谓之单刀直入也。"① 这就是"妙悟"说在创作论方面的内涵。这里面没有多少神秘意味，而是通过对经典作品的涵咏领悟来整体上把握诗歌创作的特殊规律的。严羽继而用禅学来比拟诗学说："禅家者流，乘有大小，宗有南北，道有邪正；学者须从最上乘，具正法眼，悟第一义。若小乘禅，声闻辟支果，皆非正也。论诗如论禅：汉魏晋与盛唐之诗，则第一义也。大历以还之诗，则小乘禅也，已落第二义矣。"② 佛学中的"第一义"，即是究竟之真理，即最上乘。严羽通过具体的学习内容，强调从最上乘入手，具正法眼。因而，"悟第一义"，其实是"妙悟"的基本含义之一，主要体现于学诗工夫。这个过程在严羽的诗学中并没有多少神秘色彩，而是从理性进入直觉状态的描述。这也是严羽对诗学的重要贡献。在诗学创作论中，讲到诗歌创作灵感状态的颇有其人，如陆机《文赋》中的"若夫应感之会，通塞之纪，来不可遏，去不可止。藏若影灭，行犹响起。方天机之骏利，夫何纷而不理?"③ 刘勰所说的"文之思也，其神远矣! 故寂然凝虑，思接千载；悄焉动容，视通万里；吟咏之间，吐纳珠玉之声；眉睫之前，卷舒风云之色。其思理之致乎!"④ 这些论述，在创作论中是非常经典的，都是出色地描述了创作构思阶段的那种"天机骏利"的状态。但是，中国古代诗论，在严羽之前，系统地研究从学诗入手最后达到"入神"之境者，鲜可见到。严羽以其深刻的审美经验和诗学修养，将创作论延伸到学诗过程。开始时并非顿然开悟，而是刻苦自励的"熟读"、"熟参"阶段，而这个阶段却是以诗歌经典的形式、风格、境界等进行融会贯通的领悟的，也即他所说的"博取盛唐名家，酝酿胸中，久之自然悟入"。经过不断的"入门须正，立志须高"的积淀和领悟，达到的是"直截根源，谓之顿门，谓之单刀直入"的高级审美直觉。这里面的描述对于学诗者来说，是客观的，也是较有操作性的，不能以神秘主义视之。

说到直觉，我们首先想到的是西方著名美学家克罗齐的美学观念："直

---

① 郭绍虞：《沧浪诗话校释》，人民文学出版社 1983 年版，第 1 页。
② 同上书，第 2 页。
③ 张少康：《文赋通释》，人民文学出版社 2002 年版，第 241 页。
④ 范文澜：《文心雕龙注》，人民文学出版社 1958 年版，第 493 页。

觉即表现",这个命题影响深远,也广受诟病。克罗齐的美学观念之所以遭到人们的批评,主要是因为它忽略了艺术家的艺术表现过程。直觉是一个心理学的概念,对于艺术的审美来说,是至关重要的。朱光潜先生曾对直觉作过明快的阐释,他说:"无论是艺术或是自然,如果一件事物叫你觉得美,它一定能在你心眼中现出一种具体的境界,或是一幅新鲜的图画,而这种境界或图画必定在霎时中霸占住你的意识全部,使你聚精会神地观赏它,领略它,以至于把它以外一切事物都暂时忘却。这种经验就是形象的直觉。"①朱光潜用明白晓畅的语言揭示了直觉的性质,而且主要是审美的直觉。克罗齐直接将直觉和表现等同起来,主张有了直觉就完成了艺术表现,这当然是很偏颇的。克罗齐认为:"直觉是表现,而且只是表现(没有多于表现的,却也没有少于表现的)。"②"每一个直觉或表象同时也是表现。"③直接把直觉和审美、直觉和艺术等同起来,这是有很明显的问题的。对于艺术传达的视而不见,是其症结所在。然而,如果认真考察克罗齐的美学观念,可以看到,它还是有着独特的价值所在的。克罗齐对于直觉在审美或艺术中的功能和性质,有着建设性的阐释,他区分了直觉和感受,赋予直觉以更高的评价:"在直觉界线以下的是感受,或无形式的物质。"④感受是无形式的,反之,直觉则是心灵赋予事物以形式的。这是一种创造。直觉不仅是在与传达相区别的意义上存在,而且也是在与概念化相对而存在,在这个意义上,克罗齐认为艺术品应该是完整的直觉品,他还将艺术品和哲学论著加以比较:"一个艺术作品尽管满是哲学的概念,这些概念尽管可以在一部哲学论著里的还更丰富,更深刻,而一部哲学论著也尽管有极丰富的描写与直觉品;但是那艺术作品尽管有那些概念,它的完整效果仍是一个直觉品的;那哲学论著尽管有那些直觉品,它的完整效果也仍是一个概念的。"⑤克罗齐还主张艺术中的直觉应该有着最为突出的性质,就是它的整一性。克罗齐说:"表现即心灵的活动这个看法还有一个附带的结论,就是艺术作品的不可分性。每个表现品都是一个整一的表现品。心灵的活动就是融化杂多印象于一个有机整体的那种任用。这道理是人们常想说出的,例如'艺术作品须有整一

---

① 朱光潜:《文艺心理学》,安徽教育出版社1996年版,第13页。
② [意]克罗齐:《美学原理·美学纲要》,朱光潜译,外国文学出版社1983年版,第18页。
③ 同上书,第11页。
④ 同上书,第14页。
⑤ 同上书,第8页。

性'，'艺术须寓变化于整一'之类肯定语。表现即综合杂多为整一。"① 从克罗齐的观点看来，"表现"也即直觉。直觉便是作为一个整体出现的。而这也正是直觉作为主体的能力的体现。克罗齐认为直觉比感受更高级的理由，这是重要的一个。感受是被动的，而直觉则具有主动创造的能量。直觉决非如惯常所理解的那样是抽象的、混沌的，而是在此同时便赋予了对象以内在的形式。我把这种内在的形式赋予称之为"审美构形"，并将其与想象等审美心理环节相区别。直觉在面对对象时能够瞬间构形，在艺术领域内，其实是艺术家多年艺术修养而致。克罗齐仍然是在此意义上再次区分了直觉和感受："每一个真直觉或表象，就还只是感受和自然的事实。心灵只有借造作、赋形、表现才能直觉。"② 我们不应将克罗齐的"直觉"作空洞抽象的理解，而要看到其丰富的内涵。严羽的"妙悟"，在很大程度上是可以与这种直觉相通的。

妙悟作为思维方式是顿悟式的，这一点没有问题；但这种顿悟，是否只有电光石火般的灵感或直觉而没有具体的内容和形式？严羽"妙悟"说并非如此。严羽提出的"熟读"、"熟参"不是空洞的、抽象的，而是有着许多具体的内容、形式和风格因素的。在《诗评》篇中，严羽对许多具体的诗人和诗作所作的批评，既有审美的，也有内容的；既有形式的，也有风格的。如其说"建安之作，全在气象，不可寻枝摘叶"③，是一种审美的角度；"唐人好诗，多是征戍、迁谪、行旅、离别之作，往往能感动激发人意"④，显然是从内容上评价唐诗的。"子美不能为太白之飘逸，太白不能为子美之沉郁。太白《梦游天姥吟》、《远别离》等，子美不能道；子美《北征》、《兵车行》、《垂老别》等，太白不能作"⑤，又是从风格角度讲的。"对句好可得，结句好难得，发句好尤难得"⑥，"下字贵响，造语贵圆"⑦，又是从形式角度讲的。这些都是严羽"妙悟"的产物。诗歌创作是以文字描述出审美意象，其与禅学可以相通的"妙悟"在于诗的整体意境在头脑中的顿然呈现，但也要看到，二者又有很大的差异。禅悟的对象是佛性，是虚空之

① ［意］克罗齐：《美学原理·美学纲要》，朱光潜译，外国文学出版社 1983 年版，第 27 页。
② 同上书，第 15 页。
③ 郭绍虞：《沧浪诗话校释》，人民文学出版社 1983 年版，第 158 页。
④ 同上书，第 130 页。
⑤ 同上书，第 168 页。
⑥ 同上书，第 112 页。
⑦ 同上书，第 118 页。

理，禅宗有很多的公案，禅宗教义称"不立文字，直指本心"，而如《五灯会元》中那么多的公案又都是以文字留存下来的，因此颇有人质疑禅宗的自相矛盾。然而，认真想一下，禅宗的公案虽以文字存在，但公案中的文字却多是不合逻辑的，其实只是接引之句，目的在于阻断或引发你的思维，而达到返观自悟的目的。诗却不同。诗歌是以文字为创造审美意象的基础，读者必须是从诗歌的文字中引发或吟味出镜花水月般的意境。因此，"诗道妙悟"不能止于玄虚，流于抽象，必当在文字修养上下大功夫。明代诗论家胡应麟是深为服膺严羽"妙悟"说的，他的诗论经典《诗薮》中多是阐发严羽的妙悟思想，下面这段话指出禅悟和诗悟的不同非常值得重视，胡应麟说："严氏以禅喻诗，旨哉！禅则一悟之后，万法皆空，棒喝怒呵，无非至理；诗则一悟之后，万象冥会，呻吟咳唾，动触天真。然禅必深造而后能悟，诗虽悟后，仍须深造。自昔瑰奇之士，往往有识窥上乘，业阻半途者。"① 胡应麟分析得颇为精彩深刻。禅得妙悟之后，即是万法皆空的境界，无须落实到任何实体之中；诗得妙悟之后，则仍须在诗歌语言上不断深造，方能成为优秀的诗人，否则便会"识窥上乘，业阻半途"。严羽论诗最受人误解之在于"诗有别材，非关书也；诗有别趣，非关理也"一段议论，攻之者认为其是虚无缥缈，神秘主义，其实后面紧接着的"然非多读书，多穷理，则不能极其至"，更为重要，那种别材别趣之诗，是要将"读书穷理"妙悟而得才能转化而成的。

最令我们花费心力的是妙悟中"学诗工夫"与"成诗境界"之间的贯通。谈论严羽妙悟说对当代文艺美学的价值可能主要在于此。严羽倡导的"妙悟"在作品论上最典型、最上乘的便是"盛唐诸公之诗"，其"妙处透彻玲珑，不可凑泊"，即是浑然一体的审美境界。如前所述，在创作论上，妙悟的含义便在于学诗者要"从上乘，具正法眼，悟第一义"，而这种目标的典范就是盛唐之诗。还有一个意思在里面需要抉而出之，就是盛唐之诗本身也是经历了"妙悟"过程的产物。《诗辨》篇中说："惟悟乃为当行，乃为本色。然悟有浅深，有分限，有透彻之悟，有但得一知半解之悟。汉魏尚矣，不假悟也。谢灵运至盛唐诸公，透彻之悟也；他虽有悟者，皆非第一义也。"② 在严羽的诗歌价值评价体系中，"妙悟"作为总的命题，包含着"第一义之悟"和"透彻之悟"两个层面。前者属"学诗工夫"，后者属

---

① （明）胡应麟：《诗薮》，上海古籍出版社1958年版，第25页。

② 郭绍虞：《沧浪诗话校释》，人民文学出版社1983年版，第12页。

"诗成后境界"。而前者之悟是为臻于后者。即如著名文论家郭绍虞先生所言："大抵沧浪以禅喻诗之旨，不外妙悟。沧浪自言：'禅道惟在妙悟，诗道亦在妙悟'。这就是诗禅相通之处，所以可以用作比喻。不过触类旁通，所悟的可不止一端，因此即以诗禅相喻，亦可生出种种歧义。不仅如此，即就沧浪所谓妙悟而言，亦可别为二义。一是第一义之悟，即沧浪所谓'学者须从最上乘，具正法眼，悟第一义'之说。又一是透彻之悟，即沧浪所谓'有透彻之悟，有但得一知半解之悟'之说。"① 郭绍虞先生的分析是我所特别服膺的，我在前些年对严羽《沧浪诗话》的研究中就将"妙悟"分为这两个层面。这里要指出，"透彻之悟"所代表的是最能体现严羽诗歌价值标准的诗歌境界，也即"盛唐诸人惟在兴趣"的那段表述。严羽对于盛唐以来的诗歌发展史作了严格的甄别与批评："国初（宋初）之诗尚沿袭唐人：王黄州学白乐天，杨文公刘中山学李商隐，盛文肃学韦苏州，欧阳公学韩退之研古诗，梅圣俞学唐人平淡处。至东坡山谷始出己意以为诗，唐人之风变矣。山谷用工尤为深刻，其后法席盛行，海内称为江西宗派。近世赵紫芝翁灵舒辈，独喜贾岛姚合之诗，稍稍复就清苦之风；江湖诗人多效其体，一时自谓之唐宗；不知止入声闻、辟支之果，岂盛唐诸公大乘正法眼者哉！嗟乎！正法眼之无传久矣。唐诗之说未唱，唐诗之道或有时而明也。今既唱其体曰唐诗矣，则学者谓唐诗诚止于是耳，得非诗道之重不幸邪！故予不自量度，辄定诗之宗旨，且借禅以为喻，推原汉魏以来，而截然谓当以盛唐为法，（后舍汉、魏而独言盛唐者，谓唐律之体备也。）虽获罪于世之君子，不辞也。"② 严羽在这里明确标举盛唐之诗，作为其诗歌价值的理想形态，而对其他阶段的诗人和作品都作了程度不同的批评，颇有些极端，我们且先不去管它；在严羽心目中，唯有"盛唐诸人之诗"才是最为理想的诗歌形态。值得注意的是，严羽在"论诗如论禅"划了一个大的界限："汉魏晋盛唐之诗，则第一义也"；"大历以还之诗，则小乘禅也，已落第二义矣"，认为汉魏晋之诗和盛唐之诗都属于"第一义"，当然是一流的。同属于"第一义"，但是又有很大区别。严羽认为："汉魏尚矣，不假悟也。谢灵运至盛唐诸公，透彻之悟也。他虽有悟者，皆非第一义也。"③ 区别在于，汉魏之诗虽然也被严羽视为"第一义"，但它却是不经由"妙悟"的途径的，

---

① 郭绍虞：《沧浪诗话校释》，人民文学出版社 1983 年版，第 20 页。
② 同上书，第 27 页。
③ 同上书，第 12 页。

"假"是凭借之意；而真正通过"妙悟"而臻于极致的是盛唐诸人之诗。既然"不假悟也"，那严羽又因何推崇汉魏之诗也是"第一义"？答案在于，汉魏之诗有着与生俱来的自然浑成的气象与境界。严羽评之曰："汉盛魏古诗，气象混沌，难以句摘。"① "建安之作，全在气象，不可寻枝摘叶。"② "汉魏之诗，词理意兴，无迹可求。"③ 对于同时代诗人高下的判定，如对陶谢，严羽评之曰："晋以后方有佳句，如渊明'采菊东篱下，悠然见南山'，谢灵运'池塘生春草'之类。谢之所以不及陶者，康乐之诗精工，渊明之诗质而自然耳。"④ 评蔡文姬诗："《胡笳十八拍》混然天成，绝无痕迹，如蔡文姬肺肝间流出。"⑤ 严羽对诸多诗人的评价是否允当姑且不论，但他的标准是非常清楚的。"盛唐诸人之诗"同样是无迹求的境界，但与汉魏之诗的不同在于，它们是经过了自觉"妙悟"历程的产物。"熟读"、"熟参"都是"妙悟"的过程。"熟读"也好，"熟参"也好，都不是理性认知，而是浸润、吟味、酝酿之类的直觉把握。用严羽的话说就是"博取盛唐名家，酝酿胸中，久之自然悟入"。妙悟作为诗学命题给人以某种神秘感，但其过程却是不断的进境。恰如钱锺书先生所说："夫悟而曰妙，未必一蹴即至也；乃博采而有所通，力索而有所入也。学道学诗，非悟不进。"⑥ 我这里更要指出的是，按严羽的思路，盛唐诸人之诗的透彻之悟的境界，是通过学诗时"悟第一义"的妙悟过程方能臻至的。在学诗（包括学习前人之诗和自己作诗）中不断取法第一义的佳作，诗人自己也就"下笔如有神"了。当然，这其中还有一个禀赋的问题，恕不在此处探究。"妙悟"从创作上要达到的是："诗之极致有一，曰入神。诗而入神，至矣，尽矣，蔑以加矣！"⑦ 这也就是盛唐诸人之诗的那种透彻之悟的境界了。

　　妙悟说不仅是创作论和作品论的，还是鉴赏论的。严羽所说的"空中之音，相中之色，水中之月，镜中之象，言有尽而意无穷"，是通过读者的吟咏欣赏才能获得的审美境界。镜花水月，有语言本体和其所生幻象之分。相中之色，镜中之象，是指读者阅读和吟味诗人所创造的语言形式时所产生

　　① 郭绍虞：《沧浪诗话校释》，人民文学出版社1983年版，第151页。
　　② 同上书，第158页。
　　③ 同上书，第148页。
　　④ 同上书，第151页。
　　⑤ 同上书，第189页。
　　⑥ 钱锺书：《谈艺录》，中华书局1984年版，第98页。
　　⑦ 郭绍虞：《沧浪诗话校释》，人民文学出版社1983年版，第8页。

效果。如果没有诗人创造的语言形式，读者也就无从产生幻象与境界；而如没有读者的介入与"妙悟"，诗中文字也只能死于纸面。在读者而言，能否"妙悟"，也是关键。《诗辨》篇中所说的"学诗者"的"熟读"与"熟参"的过程，同样也是作为读者的妙悟过程。"学诗者"首先是作为读者来品味诗歌佳作之妙。当然，学诗者会更为自觉地参悟作诗的方法，然而，这个过程中首先是以读者的角度来感受诗作之美的。

从鉴赏的角度看，"妙悟"体现为对诗人的风格的直觉把握。这不是理性分析的，而是直观判断的。如严羽所说："辨家数如辨苍白，方可言诗。"①"家数"即是诗的风格传统，苍白，即绿色和白色之别。严羽认为工夫到家的读者，对于诗作，一读之下，便知其风格所属，不须逻辑分析。严氏又说："大历以前，分明别是一副言语；晚唐，分明别是一副言语；本朝诸公，分明别是一副言语。如此见，方许具一只眼。"②"唐人与本朝人诗，未论工拙，直是气象不同。"③ 都是在直觉的妙悟中所得到的判断。这是要在长时间的诗歌熏陶中才能具有的眼光，而在当下阅读时是不须分析、而须妙悟的。

文艺美学具有明显的现代性意义，对于美学的理论发展来说，是具有重要的建设性价值的。纵观当代的美学研究，文艺美学并非仅是美学的某一流派、某一分支，我认为它是可以代表美学的发展态势的。正因为如此，从中国的情形来看，文艺美学可以视为美学发展的一个历史性的阶段。之所以文艺美学能够在中国高等院校的学科框架中成为一个部分，成为很多学校的学科方向之一，当然在于它的生命力和学理性。文艺美学和中国的古代文艺理论，有着天然的血缘联系，当然这二者之间是不能画等号的，同时，古代的文艺理论也不简单地只是文艺美学的资料而已。如何从文艺美学向上提升的思考中来发现中国古代文艺理论的活的价值，这是和一般的角度有区别的。严羽的"妙悟"说可以作为一个个案，对文艺美学的内在结构的进一步突破有重要的借鉴作用，与此同时，"妙悟"说自身也就呈现出更有理论价值的面目。

① 郭绍虞：《沧浪诗话校释》，人民文学出版社 1983 年版，第 136 页。
② 同上书，第 139 页。
③ 同上书，第 144 页。

中国文艺美学的学科特性与理论渊源[*]

文艺美学是迄今为止文艺学中最年轻的一门学科，也是唯一一个由中国学者创立的学科。最早正式使用"文艺美学"范畴的是中国台湾学者王梦鸥1971年出版的《文艺美学》一书，至今已有四十余年的历史。这期间，文艺美学与当代中国文学艺术协同发展，逐渐走向学科成熟。

一 文艺美学学科诞生与发展的历史与逻辑必然性

人类文明社会步入现代消费时代之后，康德所标举的纯审美、无功利的高雅文艺"飞入寻常百姓家"，平民化、娱乐化、日常化、图像化、通俗化成为当代中国文艺的突出特点，文艺失去了往昔的"光晕"而嬗变为众多商业化的消费品之一。对此，文艺研究应当如何应对？怎样在学科的交叉中实现理论融合、方法互补，从而构建既有中西文艺的宽阔视域，又能阐释中国当代文艺发展新问题；既能切合文艺自身的发展规律，同时又具有鲜明时代特征的新的理论学科，便成为历史的必然抉择。由此可见，作为文艺研究新的学科增长点的文艺美学在新时期获得蓬勃发展，自有其历史与逻辑的必然性。从其理论渊源上看，文学理论与美学研究由观念和方法的借鉴、互补与综合创新而走向融合，成为文艺美学这一新学科产生的必然结果。同时，当代中国文艺的新特点、新态势等社会文化历史现状也迫切需要一种更为切合文艺实践并能应答新问题的理论出现。从自身理论嬗变的轨迹看，这是文艺研究诸多理论观念与方法走向融合发展趋势的必然结局；从外部社会环境看，文艺实践呼唤更具针对性的理论学科以解决当前的现实问题。

首先，文艺美学的诞生迎合了文学理论与美学等学科走向融合的发展趋势。以往的文艺研究主要集中于文学理论与美学这两个学科，如果说文学理

---

   * 本文刊于《河北学刊》2013年第2期，与杨杰教授合作。

论较为偏重于探讨文艺与外部世界的关系，那么，美学则相对关注于探讨文艺内在的审美关系。因此，文学理论与美学在观念和方法上都存在取长补短的空间，故优势互补与综合创新成为二者不断发展的必然趋势，20 世纪文艺研究的演变轨迹也印证了这一结论。这种历史与逻辑发展的必然性要求我们，只有运用辩证思维的方法，对以往的文艺研究范式和理论研究成果进行重新审视、辨识、转换及吸收，以在辩证的分析和综合中提炼出可以回答所研究问题的理论观点，才能建构起同历史进程和历史走向相一致，与时代精神相符合的当代文艺美学的学科体系框架。

从世界范围来看，20 世纪逐渐显示出文艺研究走向文艺理论与美学融合的态势。由凸显"社会——政治"维度而相对忽视文艺自身审美特点的倾向趋向一浪高过一浪的极力张扬"审美性"的文艺思潮，但文艺理论始终徘徊于"美学的观点"与"历史的观点"两极之间，难以真正做到将"美学的观点"与"历史的观点"辩证统一地作为文艺研究的科学方法论。然而，正是 20 世纪以来不断涌现的偏于文学"自律性"的形式主义、文本主义等理论所表现出的轻视文艺研究中历史维度的自我封闭的局限，才出现了理论界再次审视政治、经济、文化、历史与现实维度的"回归历史"的呼声。

综观文艺与文艺理论发展的轨迹，对文本语言、结构等形式方面的关注与对社会历史的青睐常常成为文艺研究天平的两端，对前者的过分偏爱往往容易导致对观念的、社会历史和意识形态的不同程度的贬斥，而对后者的极度张扬又可能造成对文艺性（审美性特征）的某种忽视。因此，当文艺批评中重视社会历史"背景"的研究占主导地位时，对此不足予以纠正的重形式的研究模式将取而代之。同样，当侧重社会历史研究的文艺理论被压抑时，它总是等待着形式主义步入其逻辑尽头而东山再起。所以，当下要求重新恢复对社会历史和意识形态进行审视的呼声渐起，"回归历史"的文艺研究模式重新勃兴。只不过，他们所宣扬的"历史"已不同于传统史观心目中的历史，而是对形式主义文艺批评和旧历史主义批评的双重否定。①

可见，将以往的历史的方法与审美的方法进行综合、借鉴、互补是当前文艺研究发展的趋势，而美学与文艺研究的融合、互补成为当前对文艺研究的历史要求，这也正是文艺美学诞生的逻辑必然性。

其次，文艺美学学科的诞生有其鲜明的社会历史背景，是时代发展的产

---

① Frank Lentricchia, *After the New Criticism*, The University of Chicago Press, 1980, Pxiv.

物。新时期以来，拨乱反正，解放思想，文艺与政治的关系得以重新调整，无论是文艺创作实践还是文艺理论研究都开始走向多元化。西方各种哲学思潮、文艺理论和美学思想涌入中国大陆，从文艺观念到研究方法都给人目不暇接之感，这促进了中国文艺研究的迅猛发展，为文艺研究的进一步深化奠定了坚实基础，也为文艺美学的诞生提供了有力支撑。

信息时代的到来为文艺发展提供了广阔的空间。电子媒介与现代传播几乎颠覆了文艺固有的存在与传播模式，丰富了文艺研究的方法与途径。人们通常认为，文艺创作（文艺生产）与文艺欣赏（文艺消费）构成了文艺活动的完整过程。其实，由文艺文本到文艺受众消费还有一个非常重要的中介环节，即我们过去相对忽视的文艺传播。现代传媒促进了文艺的充足发展，不仅"生产"了文艺活动的"生产者"，而且为艺术生产提供了可资借鉴的运作方式，包括文艺在内的文化产品成为可以规模化生产的特殊形态的商品，文艺融入经济的、商品的因素而具有了新活力，这为其再发展提供了"造血"机制，为文艺的可持续发展提供了强有力的经济保障和推动力。文化艺术与产业融汇为一体，艺术的生成已衍化为社会大机器生产中的一个组成部分，文艺活动从生产到消费均受到市场经济运行法则的制约，纳入了市场交换的运行轨道。为了能够经受住市场竞争的"严格检验"，文化艺术的一切都须预先被设计好，"甚至是作为上市销售的商品被创造出来的"①，于是，经济效益、发行量、票房收入等因素成为新的文艺追逐的驱动力。

由于文艺在今天的多元化发展下呈现诸多新现象、新问题、新动态，要求文艺理论须突破以往较为单一的划界式研究范式，代之以全景式、复合式、多视角、多层次的探索，文艺美学作为文艺研究的新学科应运而生。它能够更为准确地"触摸"文艺，更为深刻、科学地揭示文艺发展的特征与规律，这是文艺美学在当代中国产生和发展的历史与逻辑必然性所在。

二　当代中国文艺美学的学科特性

自文艺美学诞生，关于其学科属性的论争便众说纷纭，论者们在不同的方面和层面阐释文艺美学的特征，有力地深化了这一问题研究。概括地说，关于文艺美学的学科定位有三种代表性的观点，即从属说、交叉说和独立学

---

① ［美］詹姆逊：《后现代主义与文化理论》，唐小兵译，北京大学出版社 1977 年版，第 88 页。

科说。

"从属"说观点认为，文艺美学不过是从属于文艺学或美学学科范畴的一门亚学科。在中国的学科分类目录上，文艺美学位于文艺学之下的子目录，国内许多高校硕士和博士研究生招生目录也沿用这一分类方式。有的学者认为，从学科研究的视角看，文艺美学与美学侧重于探讨诸如美的规律等美学基本问题。基本原理的形而上定位不同，它以文艺活动为特定的研究对象和范围，试图将哲学层面的基本理论与文艺实践活动相结合。周来祥认为，文艺美学不仅是美学学科的一个重要组成部分，是其链条中一个不可或缺的逻辑环节，相对于美学学科的整体性、普遍性而言，文艺美学是部分的、特殊的。然而，相对于具体的文艺门类而言，文艺美学又是整体的、一般的，具体文艺门类又成为部分的、特殊的。可见，文艺美学是承上启下地处于美学学科之中的。

"交叉"说观点认为，文艺美学是文艺学与美学学科的"交集"部分，文艺美学是文艺学与美学研究相交叉的重合部分。胡经之认为，文艺美学是"美学与诗学"的交叉，其研究对象是文艺的审美特性与创美规律，是审美和创造美活动的一种集中而特殊的形态，有其审美特性和创造美的特性，"文艺美学应该全面研究艺术活动（不仅是艺术生产，也包括艺术欣赏）中不同层次'美的规律'及其相互联结相应地，也应研究艺术作品中不同层次（普遍、特殊、个别）的审美价值的相互联结。这就不仅需要把文学艺术和非艺术的产物作比较，而且将不同形态艺术（文学、绘画、音乐、戏剧、电影等）作比较，在比较中探索异同，找出普遍、特殊、个别的不同层次的性质，作出综合的研究。"① 钱中文说，在对文艺现象的阐述中，有纯美的研究，也有专注于文艺理论的研究，同时出于实践的需要，也出现了一种既非纯粹的美学理论研究、亦非纯粹的文学理论研究，而是介于两者之间，形成一个新的学术领域——文艺美学。由此可见，简单地将文艺美学视作美学或者文艺学的一个分支学科的思维观点是不恰当的。②

有的学者认为，文艺美学是新兴的独立学科，是在已有的文艺学、美学以及部门美学等众多学科综合、互补基础上的"转换生成"，具有多学科、跨学科、超学科以及视域宽阔的特点。文艺学与美学以及其他相邻学科研究

---

① 胡经之：《文艺美学》，北京大学出版社1989年版，第11页。
② 见谭好哲《论文艺美学的学科交叉性与综合性》，载《文艺美学研究》第1辑，山东大学出版社2002年版，第88—90页。

的发展轨迹呈现出交叉互补和融合创新的态势。其中较为明显的是，一方面，文艺学研究走向了美学化，表现为文艺学在坚持文艺与外部世界关系探讨的同时，借鉴美学理论的优势对文学进行审美性研究；另一方面，美学研究也走向了文艺理论化，表现为美学理论不仅着力于对自身体系的建构，还将研究的视角扩展到更为广阔的社会生活空间，从而使美学理论自身更具鲜活的生命力和实践品格。文艺学研究的美学化与美学研究的文艺学化这一双向互反性的建构以及对其他学科研究成果的吸收、借鉴，恰恰吻合了当今文艺研究的整合互补与综合创新的发展趋势，为中国当代文艺研究提供了新的观念与新的研究方法和视角，在"文艺学—美学"这一交叉与融合的更为广阔的研究视野——文艺美学中，我们对文艺特性获得了全新和更为深刻的把握、界定及阐释。文艺学研究的美学化与美学研究的文艺学化态势之间双向逆反互补性的延伸、拓展和融合、渗透，构建了文艺美学独特的学科理论构架，揭示了文艺学理论与美学理论在文艺研究领域的内在沟通性和互补性。文艺美学是以在场的形式并以文艺学理论与美学理论隐形的、不在场的方式作为学科资源和组成因素而支撑及存在的，在对以往的艺术哲学、部门艺术美学等学科形态的肯定性否定中建构起来的新的学科形态。文艺美学是融合了人类主体长期的审美与艺术活动实践经验，融汇了包括文学与美学等诸多学科特点及审美规律在内的，并广泛地汲取当代各种文艺最新研究成果而形成的一种具有复合结构特征的现代学科。因此，若要较为准确地把握并揭示文艺美学的特点与内在规定性，应将文艺美学以及文学与美学等其他形态的理论研究纳入人类活动的实践——精神的整体结构视野中加以考察和比较，从而对文艺美学作为独立学科而存在的基本规律作出更为科学的认识，并借以阐释当代文艺发展的新问题、新特点。[1]

　　由于文艺美学具有独特的学科内涵，因此，责无旁贷地成为 21 世纪文艺研究领域新的学科增长点。很多学者已经认识到这一点。有的学者认为，文艺美学独立的学术品格和学科特性表现在五个方面：一是新视角，既关注形而上的哲学层面的逻辑起点，也聚焦在文艺实践的美学视角的探讨；二是新方法，文艺美学借鉴已有的相关学科的方法论，予以综合互补，力争做到形而上与形而下相统一；三是新的资源，文艺美学具有丰富的学术资源，既包括西方理论、中国当代成果，也包括中国古代文论、美学的优秀遗产以及各类艺术部门的成果；四是新体系，文艺美学以美的艺术为核心范畴，以历

---

① 马龙潜：《什么是文艺美学》，见《文艺美学研究》第 1 辑，山东大学出版社 2002 年版。

时性与共时性两条维度作为研究工作的坐标，将纵向的对文艺发展的历史、今天和未来的梳理与横向的创作、文本、接受等共时态的研讨相结合，从而搭建起崭新的学科体系；五是新精神，作为新世纪的文艺美学研究，具有一种融人文主义、科学主义与中华民族精神于一体的时代精神。① 应该说，这个概括较为客观而准确地揭示了文艺美学独特的学科特性。

三　文艺美学学科建构与中国古典诗学理论渊源

文艺美学是在综合和借鉴已有诸多学科研究成果基础上产生的、以文艺为特定研究对象域的独立的学科。因此，已有的学科及其研究成果便成为其存在与发展的强有力的理论资源。这其中，美学、文艺学与部门美学提供了主要支撑，而部门美学、文艺学的诸多资源得益于中国古典诗学。故在一定程度上讲，中国古代诗学更与当代文艺美学具有某种渊源关系。关于文艺美学与文艺学、美学的关系问题，学术界投入了极大的热情且研究成果显著。本文拟着重阐释中国古典诗学在构建当代文艺美学过程中的独特地位和作用。

中国古代诗学具有西方美学所不具有的独特学养。美学学科在西方长期被称为艺术哲学，许多哲学家对美学理论的钟爱主要在于构架其庞大的哲学体系，并由此奠定了美学与哲学之间的依附关系，奠定了文艺研究坚实的哲学基础。但是，西方美学也有其自身难以克服的局限性，即"长于抽象而精于分类"②，往往沉溺于抽象的逻辑推演，注重形而上的思辨，而对具体文艺门类各自的具体特征以及审美创造与审美接受的体验和探讨相对薄弱。尽管鲍姆嘉通将美学界定为"感性学"，认为美学是以美的方式去思维的艺术，是美的艺术的理论，之后的美学家也都强调各种艺术活动、艺术现象是其研究的主要组成部分，黑格尔曾说他的"这些演讲是讨论美学的；它的对象就是广大的美的领域，说得更精确一点，它的范围就是艺术，或则毋宁说，就是美的艺术"③，但实际上，西方学术传统历来重视理性抽象，偏于在哲学层面上演绎审美与艺术之间的逻辑运行关系，对文艺实践、艺术现象的关注较为薄弱。源于此，中国学者创立文艺美学学科的初衷是期望"建构一门区别于

---

① 曾繁仁：《中国文艺美学学科的产生及其发展》，见《文艺美学研究》第 1 辑，山东大学出版社 2002 年版。

② （清）王国维：《王国维文集》第 3 卷，中国文史出版社 1997 年版，第 40 页。

③ ［德］黑格尔：《美学》第 1 卷，朱光潜译，商务印书馆 1979 年版，第 3 页。

一般美学或艺术哲学的新学科。在他们看来，如果美学仅仅停留在争论美是客观的还是主观的这样的抽象水平上，并不能解决艺术实践这样的复杂问题；美学必须解释审美活动的奥秘"。① 因此，相比于西方美学传统，中国古代诗学关注艺术活动与审美人生，重感性、重体悟、重心理，长于针对具体艺术门类规律进行艺术分析和鉴赏的特点，可以满足文艺美学学科建构的需要。如此一来，文艺美学既可以从西方美学传统中获得形而上的抽象思辨和缜密的理论演绎，又可以从中国古代诗学中借鉴审美体验式的感性，将理论建构与艺术实践紧密结合起来，从而全面推动文艺美学的学科发展。

中国古代诗学为当代文艺美学学科建构提供理论支撑和学术资源的意义主要表现在两个方面：一是重视对主体情感抒发的揭示；二是关注具体艺术门类规律的研究。

西方美学研究注重美与真的统一，往往从客体的角度审视美的问题，试图揭示美的本质内涵，在文艺研究中则重视文艺与外部世界客体之间的关系，因此，模仿说、再现论成为古希腊诗学的主旋律，哲学与社会学成为他们进行文艺研究的平台。在研究方法方面，西方美学讲究缜密的逻辑推演，追寻诸如文艺的本质、美的本质等形而上问题的探讨；中国古典诗学则更为重视社会生活现实，重视对主体自身的关注，美学与伦理学的结合相对更加密切，在美学领域则是追求美与善的辩证统一，重视文艺与人的道德情操、人生境界、社会价值等诸多范畴之间关系的解析，在文艺研究方面则偏于对主体情感、主体心理体验的探究，多是感悟式抒发，虽缺乏西方那种条分缕析式的严密逻辑构架，但不乏独到的画龙点睛式的真知灼见。

善与美的融合，揭示了人文精神与艺术精神的内在沟通性，在中国古典诗学中则体现为儒家思想与道家观念，因为"中国只有儒、道两家思想，由现实生活的反省，迫近于主宰具体生命的心或性，由心性潜德的显发以转化生命中的夹杂，而将其提升，将其纯化，由此而落实于现实生活之上，以端正它的方向，奠定人生价值的基础。所以只有儒、道两家思想，才有人格修养的意义。……它的作用，不止于是文学艺术的根基，但也可以成为文学艺术的根基"②。儒、道思想奠定了中国古典诗学的传统，影响到后世的一代又一代文人墨客。先秦的诸子既是哲学家，又是伦理学家，这决定了其对诗学的研究牢固地扎根于哲学与伦理学相结合的土壤之中，更多地将对诗学

---

① 陈定家：《文艺美研究概况》，见《中国美学年鉴2002》，河南人民出版社2003年版，第158页。
② 徐复观：《中国艺术精神》，春风文艺出版社1984年版，第179页。

的评价与文艺的社会功能和人生修养融为一体，强调文艺净化社会风气和陶冶人们的性情，孔子所说的"兴于《诗》，立于礼，成于乐"①，是强调文艺对个人修养的重要作用。先秦倡导"天人合一"，认为"最高、最广意义的'天人合一'就是主体融入客体，或客体融入主体，坚持根本同一。泯除一切显著差别，从而达到个人与宇宙不二的状态"②。儒家思想以中庸之道为核心，以"客体融入主体"的方式实现"天人合一"，突出强调"克己复礼"，以周礼的宗法道德准则规范人的行为、约束人的情感，修身养性，实现社会的"天下有道"，于是，天道便融为人道。儒学倡导人的意志与情感"伦理与心理的和谐统一"。在文学艺术研究方面，不追求对文艺本质的探讨，而是着眼于文艺社会功利作用的研究，希望文艺担当起为社会政治服务、发挥其道德教化的作用。譬如，孔子强调"乐教"——乐与仁的统一，"即是艺术与道德，在其最深处的根底中，同时也即是在最高的境界中，会得到自然而然的融合统一；因而道德充实了艺术的内容，艺术也助长安定了道德的力量"③。孔子认为《关雎》"乐而不淫，哀而不伤"，强调了"中和"思想。道家推崇"以人合天"，认为"人法地，地法天，天法道，道法自然"④，提倡以"心斋"、"坐忘"，实现对现实社会的超越，回归自然、回归人生。可见，儒家与道家的观念尽管在表现形式上有差异，但其实质却有一定共同之处，即两者都以关注现实人生为初衷和目的，并不像西方那样热衷于探究客观真理。

中国古代文艺思想更重视对主体意志表现和情感抒发的研究，即使在强调对客观世界的再现时也深深地注入了主体的情感意志等主观成分，而不是追求对客体再现的逼真性研究。叶朗曾指出，学术界一般认为《诗经》的"兴""观"、"群"、"怨"表现了文艺的社会功能，但除此之外，还有一个更为重要的方面，那就是它揭示了文艺活动过程中的审美心理。赋、比、兴这三种表达方式揭示了诗歌中形象与情感之间的互动组合，是以审美视角对《易传》提出的"立象以尽意"命题的进一步深化阐释，它突出了形象在文艺活动中不可缺少的重要性。⑤ 庄子对"神"这一范畴的运用，深刻地揭示了审美创造的自由特性。庄子通过对"庖丁解牛"、"佝偻承蜩"等寓言故

---

① 杨伯峻、杨逢彬：《论语译注》，岳麓书社 2009 年版，第 93 页。

② 金岳霖：《中国哲学》，载《哲学研究》1985 年第 9 期。

③ 徐复观：《中国艺术精神》，春风文艺出版社 1987 年版，第 15 页。

④ 李存山注译：《老子》，中州古籍出版社 2008 年版，第 79 页。

⑤ 叶朗：《中国美学史大纲》，上海人民出版社 1985 年版，第 89 页。

事的阐述，试图揭示人们社会实践活动中所达到"得心应手"、"游刃有余"的主客体统一和谐状态其实就是审美自由的境地，由此认为，艺术家若要创造艺术美必以自身主体具备审美自由境界为前提条件。反之，自身的局限性就会严重制约文艺创作主体，如同"井蛙不可以语于海者，拘于虚也；夏虫不可以语于冰者，笃于时也；曲士不可以语于道者，疏于教也"①。因此，"人类这种最高的精神活动，艺术境界与哲理境界，是诞生于一个最自由最充沛的深心的自我，真力弥漫，万象在旁，掉臂游行，超越自在，需要空间，供他活动。"②

　　鲁迅曾说："曹丕的一个时代，可以说是文艺自觉的时代，或如近代所说，是为艺术而艺术的一派。"③ 的确，魏晋时代是中国文艺觉醒的时代，是文艺脱离哲学、伦理学而独立发展的开端，在中国文艺和文艺研究中具有里程碑的意义。魏晋玄学崇尚《老子》《庄子》和《周易》，社会的漂泊动荡使当时人们颠沛流离而处于焦虑不安的境地，玄学的兴起迎合了人们寻求心理寄托的需求，但是，玄学的尚空谈之风又难以使人直面社会现实，于是逐渐式微，被佛学取而代之。佛学之所以获得人们的接受，正是因为其生死轮回说可以给予苦难者以精神慰藉。这种多元化的思想为文艺创作与文艺研究提供了较为宽松的自由精神空间。因此，对文艺创作主体精神研究的重视成为魏晋时代的重要贡献之一。如果说儒家较为看重人的思想道德的话，魏晋转向审美视角，强调文艺的审美观照能力。刘勰《文心雕龙·神思》篇对文艺创作活动中的艺术想象与审美构思作了较深入的研究，他认为，文艺创造活动离不开主客体双方：在主体方面，"贵在虚静"，这是人的生理与心理都达到最佳状况的前提；从客体角度讲，有外在对象的激发。同时，刘勰还阐述了神思的特点——创造性的心理活动，它来源于感性经验，但又超越于经验而进入"观古今于须臾，抚四海于一瞬"的"精骛八极，心游万仞"的境地，这一活动与形象密切相连。当然，艺术家若达到"神思"，还需"积学以储宝，酌理以富才，研阅以穷照，驯致以绎辞"④ 般的磨砺。

　　唐代张璪"外师造化，中得心源"⑤ 的观点，准确地揭示了文艺活动中主客体之间的互动性特征。张彦远的《历代名画记》则描述了审美欣赏时

---

① （清）王先谦：《庄子集解》，上海书店1985年版，第214页。
② 宗白华：《美学散步》，上海人民出版社1981年版，第81页。
③ 鲁迅：《而已集》，人民出版社1958年版，第80页。
④ 范文澜：《文心雕龙注》，人民文学出版社1958年版，第493页。
⑤ （唐）张彦远：《历代名画记》，上海人民美术出版社1964年版，第201页。

的心理活动："凝思遐想，妙悟自得，物我两忘，离形去智。"① 在这里，表面看是谈绘画欣赏时的情形，其实，审美构思何尝不是如此？更值得一提的是，作为中国古典诗学重要范畴的"意境"在唐代初步形成。由先秦的"象"到魏晋南北朝的"意象"，再发展到唐代的"意境"，其中不仅或隐或显地闪现着"道"的光芒，而且逐步深入地揭示了文艺创作时主体创造性思维活动的特征。"意象"内涵的不断充实与丰富为"意境"范畴的诞生奠定了坚实的学理基础，在这个逐步转化的过程中，王昌龄、皎然和司空图的著述关于"境"、"格"等概念的出现起到了重要的递承作用，有力地推进了对"意境"问题的研究。王昌龄的《诗格》将"境"分作"物境"、"情境"和"意境"三类，是从审美客体的角度进行的分类研究；而他对诗格的分类——生思、感思和取思——则从艺术创作主体的视角探讨了审美活动中"境"与"思"的不同碰撞情形，强调艺术创造是"境"与"思"协同的结果；皎然的研究将"境"与"情"的关系界定为因境而生情；司空图的《二十四诗品》通过对二十四诗品的梳理，概括出意境的基本内涵，即意境蕴含着丰富的"道"的精神，体现了宇宙世界的本体以及生命的韵律。宋代严羽的"兴趣说"与"妙悟说"突出了文艺活动主体的审美感兴与审美意象之间的重要联系，将审美构思中的"情"与"理"予以区分。

明清时期，较为全面地梳理、归纳、总结了中国古代的文艺思想。祝允明提出的"身与事接而境生，境与身接而情生"② 的命题与王履的"吾师心，心师目，目师华山"在明代产生了深远影响，祝允明将艺术创作主体的多种因素纳入研究视野综合辨析，再次强调了文艺主体与社会生活密切相连。明代的思想解放使得文学观发生重大转向，李贽的"童心说"、汤显祖的"唯情说"以及袁氏兄弟的"性灵说"都推崇文艺对主体情感的抒发与表达，这是对流传已久的"温柔敦厚"传统美学思想的挑战。

清代更是中国文艺思想梳理、规整的时期，对以往的众多文艺理论问题作了较全面的总结。王夫之在充分总结前人已有研究成果的基础上提出了"情景"说和"现量"说，建立起一个以诗歌审美意象为轴心的艺术理论体系。"情景说"坚持审美意象是"情"与"景"的内在构成，绝非一般性的简单拼合；"现量说"借用古印度因明学术用语，论述了"境"与"心"

---

① （唐）张彦远：《历代名画记》，上海人民美术出版社 1964 年版，第 41 页。

② 北京大学哲学系美学教研室：《中国美学史资料选编》下册，中华书局 1981 年版，第 197 页。

的关系，强调审美意象直接产生于审美观照这一基本规律。由此，王夫之揭示了诗歌意象的整体性、真实性、多义性和独创性等特点。① 清代另一位重要文艺理论家叶燮构建了极富"近代、现代意味"的理论体系，"不但全面，系统，深刻，而且将文学观与宇宙观合一"②，他较为全面地论述了文艺活动中的主客体特点，认为从审美客体的视角看，文艺是对"理"、"事"、"情"的反映，坚持了唯物反映论的艺术本源观念，但他并非要求文艺机械地反映"理""事""情"，而是通过审美意象来实现，从而将文艺活动的第一客体（"理"、"事"、"情"）与第二客体（审美意象）之间的辩证关系剖析出来："惟不可名言之理，不可施见之事，不可径达之情，则幽眇以为理，想象以为事，惝恍以为情，方为理至、事至、情至之语。"③ 从审美主体的角度，叶燮突出了创作者的"才"、"胆"、"识"、"力"等诸多因素，并阐释了它们之间的辩证关系，进而从审美主体与作品方面提出了人品与诗品的关系。

近代大学问家王国维学贯中西，既是中国古代诗学的集大成者，又开启了中国现代文艺美学，同时还是中国比较诗学的鼻祖，其学术成果是当代文艺美学研究不可忽视的宝贵学养。

中国古代诗学对具体艺术门类及其重要范畴的阐述为当代文艺美学研究提供了丰富的学术资源。中国古代文艺美学在具体艺术门类研究方面取得显著成绩，同时也蕴含了博大精深的中华文明精髓。

中国古代文艺追求"意境"，而意境恰恰蕴含了"道"与"器"、"无"与"有"等诸多范畴之间的辩证统一。宗白华《中国艺术意境之诞生》一文在论述"道"与"意境"密切关系时指出，中国哲学境界与艺术境界具有某种高度的一致性——"'道'具象于'艺'，灿烂的'艺'赋予'道'以形象和生命，'道'给予'艺'以深度和灵魂"，老庄哲学中的"道"所内含的虚实观不仅成为创造"意境"范畴的重要基础支撑，而且对后世诸如画论、书法等艺术门类研究中的虚与实关系奠定了思想基础。他认为，老子讲的"道"是"无"与"有"、"无限"与"有限"的辩证统一，其状态是若有若无；庄子哲学进一步认为揭示"道"的"玄珠"可以用有形与无

---

① 叶朗：《中国美学史大纲》，上海人民出版社1985年版，第451—478页。
② 金克木：《谈清诗》，《读书》1984年第9期。
③ 霍松林、杜维沫校注：《原诗·一瓢诗话·说诗晬语》，人民文学出版社1979年版，第32页。

形、虚与实相统一的"象罔"描述更为准确，"非无非有，不皦不昧，这正是艺术形象的象征作用。'象'是镜相，'罔'是虚幻，艺术家创造虚幻的镜相以象征宇宙人生的真际。真理闪耀于艺术形相里，玄珠的皪于象罔里。"① 荀子充分肯定"乐"的社会功能，他认为"礼"与"乐"具有彼此不可替代的社会作用，而非之前对"乐"的否定。"乐也者，和之不可变者也；礼也者，理之不可易者也。乐和同，礼别异。礼乐之统，管乎人心矣。""君子乐得其道……故乐者，所以道乐也；金石丝竹，所以道德也。乐行而民乡方矣。故乐者，治人之盛者也。"② 之后的《乐记》对儒家音乐美学思想作了较为系统的归纳，尤其是对荀子"乐和同，礼辨异"的命题做了进一步阐发，认为礼乐相济有利于社会的和谐统治。同时，《乐记》还对音乐的产生及社会功能等问题作了探讨，认为从客体角度讲，音乐是由自然之声逐渐上升为审美之音的；从主体角度讲，音乐是客体作用于主体而使主体萌发的情感表达需要的结果。而音乐的社会功能，则是"声音之道与政通"——"治世之音安以乐，其政和；乱世之音怨以怒，其政乖；亡国之音哀以怨，其民困。声音之道，与政通矣"③。

在魏晋时代，顾恺之提出"传神写照"的命题，宗炳提出"澄怀味象"的命题，这些不仅是对绘画艺术研究具有重要意义，对其他艺术门类的创作与研究也有借鉴意义。顾恺之认为人物画的传神之笔不在于"四体妍蚩"，而在于点睛之笔。同样，人物刻画的关键是描绘出他的风韵所在，因此，最能展现绘画人物个性与情趣特征的是传神之笔。宗炳提出的"圣人含道映物，贤者澄怀味象"④，实质上是区分了不同的主客体关系："圣人含道映物"是指深谙"道"之内涵的主体走向客体，"贤者澄怀味象"是指为艺术创作中所形成的特定的审美关系——客体作用于主体（贤者）而使主体"澄怀味象"，即获得审美愉悦。当然，若想获得审美愉悦必然要以形成审美关系为前提，而审美关系的形成依赖于主体与客体以及二者之间特定的对象性关系，主体若成为审美主体就要"澄怀"（虚静空明），客体若成为主体的对象必须有"象"，而"象"又必须是蕴含"道"的"象"。这一点与黑格尔的"美是理念的感性显现"有着某种契合性，只有承载"道"的

---

① 宗白华：《美学散步》，上海人民出版社 1981 年版，第 80—81 页。
② （清）王先谦：《荀子集解》下册，中华书局 1988 年版，第 382 页。
③ 王云五、朱经农主编：《礼记·乐记》，商务印书馆 1947 年版，第 84 页。
④ （南朝·宋）宗炳：《画山水序·叙画》，人民美术出版社 1985 年版，第 1 页。

"象"才能成为审美的对象——美，"味象"本身就是"观道"的过程。宗炳"味"与"象"互动的观念是魏晋时代艺术观的典型代表。

唐代张彦远的《历代名画记》和荆浩的《笔法记》中的画论都倡导绘画"同自然之妙有"。以水墨替代青绿，是唐代绘画的一个显著变化，因为水墨的颜色正好是自然本色，与"道"一样本真素朴。宋元时代的郭熙的《林泉高致》和苏轼的有关题跋等都对书画艺术作了富有见地的论述。郭熙强调，艺术家的创作审美意象必须"身即山川而取之"，以"林泉之心"（审美情怀）去亲近山水自然，这种观照不是走马观花式的浅尝辄止，更不是浮光掠影般的简单复制，而是既要多视角凝视、辨析，又要善于深入挖掘，"穷其要妙"，正所谓"千里之山，不能尽奇；万里之水，岂能尽秀？"① 郭熙仍然延续"外得造化，中得心源"的思想，强调山水画的意象是主客体互动交融的结果；在谈到山水画的意境时，郭熙用"远"这一范畴予以概括总结，提出了"三远"说，推进了绘画理论研究。苏轼的"胸中之竹"之说更是流传甚广，"眼中之竹——胸中之竹——手中之竹"非常形象地揭示了文艺创作的客体主体化与主体客体化双向建构的过程。黄庭坚认为"韵"是书画作品的最高审美境界，这正是黄休复推崇的"逸品"的精髓所在。

明代祝允明充分肯定了"韵"，同时又辩证地分析了与"韵"与"象"的关系，指出"象"与"韵"是统一的，不可因过分追求"韵"而忽视"象"在文艺创作中的重要作用。这一主张得到清人郑板桥的支持。清代石涛的《画语录》理论化、系统化地将中国绘画艺术理论提升到一个新的高度，他提出的"一画者，众有之本，万象之根"的观点，与道家哲学思想一脉相承。郑板桥论竹，更是世人皆知，其揭示的丰富而深刻的内涵同样适用于其他文艺创作规律。

如果说之前的诗、画等艺术门类得到比较充分的关注和研究的话，那么，小说、戏剧理论研究则在明清获得长足发展。艺术实践在深层上决定了艺术理论研究，明清时代的小说、戏剧创作空前繁荣，这就为相关领域的理论探讨奠定了坚实的基础，提供了广阔的发展空间。金圣叹、毛宗岗、张竹坡、脂砚斋等诸多名家对小说的真实性、虚构性想象、典型人物塑造等问题都作了较为深入浅出的阐释，较为深刻地总结了极具民族化、通俗化的中国

① （北宋）郭熙：《林泉高致》，见俞剑华编《中国古代画论类编》，人民美术出版社 1957 年版，第 637 页。

小说发展规律，在今天仍具有不可忽视的借鉴价值。同样，戏剧创作的繁荣也为戏剧理论兴盛提供了历史条件。李渔、李开先、徐渭、王世贞、汤显祖、沈璟等对戏剧的真实性、通俗化以及剧本、演员和舞台演出等问题作了较深入的探讨，提出了很多富有见地的观点，对促进当代文艺美学和戏剧艺术的发展，具有深远影响。

文艺美学的当代性理论转折[*]

一

经历了数十年的发展历程，文艺美学在美学领域里已臻成熟，成为不可忽视的美学理论分支。文艺美学诞生在中国，但却对美学理论的当代形态产生着世界性的影响。或者说，文艺美学的学理性建树使美学超越了"本质"的追问，而进入经验的分析。关于文艺美学的学科定位、内涵与外延等基本问题，学术界有不同的理解和阐述，或许这也是当前文艺美学的争议所在。将文艺美学纳入学科体系的框架中进行建构，已经有十几部专著和数以百计的论文，但是仍然大有阐释的余地在。对于文艺美学的研究对象和范围，有关专家给出了自己的答案。与传统的文艺学相比，文艺美学将文学与艺术都纳入自身的研究范围。这个看似并不新鲜的观点，却寓含着深刻的变化。传统的文艺学其实是文学理论，研究的对象是文学的性质、特征等。无论是学科体制还是学术成果，文艺学基本上都是以研究文学为鹄的的。这是从苏联那里继承过来的。新中国成立后17年的许多《文艺学概论》、《文艺学引论》等都是文学理论的教程，与文学概论无异，其中并不包括文学之外的各门类艺术。关于艺术的理论，一般又有艺术概论，其基本框架与文学理论颇为相似。文艺美学的出现则是将文学和艺术的审美规律及其特征打通起来进行研究，其意义绝非文学与艺术的简单叠加。如较早在大陆学界提倡文艺美学的胡经之先生，在他那篇著名的《文艺美学及其他》的论文中就说："文艺美学还是得到了独立发展，成为一门研究文学艺术的审美特性和规律

* 本文刊于《解放军艺术学院学报》2014年第1期。

的学科。"① 杜书瀛先生作为文艺美学的重要倡导者也明确地将文艺美学与一般美学加以区别："与一般美学相比，文艺美学的对象范围要小得多，它集中研究文学艺术领域中的审美活动规律。它所得出的结论、所总结出来的规律也主要适用于文学艺术领域，而不适用或不完全适用于其他领域（日常生活、生产劳动、科学技术）中的审美活动。"② 曾繁仁先生则将文艺美学的研究对象确定为文学艺术的审美经验。不难看出，文艺美学研究的诸位名家都是将文学和艺术作为文艺美学的研究范围的。这一点已成为共识，同时也构成文艺美学的学科基础。

文艺美学之于文学研究，是使中国学界发生重大变化和转折的主要驱动力，同时也是颇具当代性色彩的变革。我们原有的文艺学也即文学理论，虽然也有关于文学创作的审美功能的论述，但在其整个体系之中只是微弱的一部分，文学的本质属性，被推定为从属于政治，文学本身的审美属性遭到了最大的遮蔽。因而，原有的文艺学理论更多的是文艺社会学的角度，在某种意义上可称为"他律"。随着思想解放运动的开展，人们对于以文学为政治"婢女"的理论体系越加不满，转而倡导文学的内在审美属性及审美价值，文艺美学在这种背景下应运而生。这既是符合文学的内在本质的，又是呼应了时代的剧烈变迁的。文艺美学对于文学的考量已大不同于原有的文艺学理论体系，是将文学的审美属性作为首要的、根本的性质加以阐释的。

文艺美学将文学和艺术进行一体化的研究，既有理论的渊源，又有客观的基础，其共通之处便在于审美价值的生产与艺术美感的享受。文学与其他类型的文字之所以有所不同，不在于媒介的区别，而在于整体上的艺术美感。我们则倾向于将文学作为艺术之一类加以审美的通约化理解，当然也是文艺美学这种走向。黑格尔的巨著《美学》，于此正是为我们导夫先路。这个问题似乎无须太多的阐述，但有学者对此加以质疑。我则认为文艺美学作为学理的成立，非常重要的一点便在于文学自身的艺术性质，这也正是文学区别于其他类型的文字的关键之处。韦勒克和沃伦的名著《文学理论》开宗明义就说："文学是创造性的，是一种艺术。"③ 著名现象学美学家英加登把我们一般认定的文学称之为"文学的艺术作品"，当然是将文学纳入艺术

---

① 胡经之：《文艺美学及其他》，见文艺美学丛书编委会《美学向导》，北京大学出版社 1982 年版，第 36 页。

② 杜书瀛：《文艺美学原理》，社会科学文献出版社 1998 年版，第 9 页。

③ ［美］韦勒克、沃伦《文学理论》，刘象愚等译，三联书店 1984 年版，第 1 页。

的版图之中。较早提出"文艺美学"概念的台湾学者王梦鸥先生有这样的阐述:"我们所谓艺术,一向还没有较深刻而扼要的定义。有之,就是最近韦礼克与华伦(即韦勒克与沃伦——笔者注)在其《文学论》中所说的:'艺术是一种服务于特定的审美目的下之符号系统的构成物。'这里所谓'符号',当然是指一切艺术品所应用的符号声音、色彩、线条、语言、文字,以及运动姿势等等。倘依此定义来看,则所谓文学者,不过是服务于特定的'审美目的'下之文字系统或文字的构成物而已。它之不同于其他艺术,在于所用的符号不同,但它所以成为艺术品之一,则因同是服务于审美目的。是故,以文学所具之艺术特质而言,重要的即在这审美目的。反之,凡不具备这审美目的,或不合于审美目的,纵使有个文字系统或构成,终究不能算作艺术的文学。"① 很多人会认为,王梦鸥先生只是提出了"文艺美学"这个名称,而没有建立文艺美学的体系,这是以大陆学界的文艺美学框架的眼光来看的。我以为王梦鸥先生的《文艺美学》值得深入读解。文艺美学作为一个新的学科之开启,从学理意义上来说,王梦鸥先生的这部著作也是无可替代的。即从这段论述来看,就是与以往的文学理论有相当大的不同,或说改变了路向。当然,其所受韦勒克和沃伦的《文学理论》这部经典著作的影响是非常深刻的。王梦鸥对于"艺术"的界定是以韦勒克、沃伦的"艺术是一种服务于特定的审美目的之符号系统或符号的构成物"为其理论原点的,而由此认定文学是服务于特定的审美目的之下的文字系统或文字构成物。这也指出了文学乃是艺术之一类。然而,文学又不同于其他门类艺术,它具有鲜明的特殊性质,以往的文学理论,与文艺美学相比,其突出之处在于其社会学和认识论的角度,文艺美学则将文学艺术的审美目的置于首位。在这个总的前提下,文学与艺术是一体性的,而不同于非审美的文字系统。文学自身所具有的艺术属性,文学与其他艺术门类在审美方面的内在相通性以及文学艺术新的审美现象,都应该是文艺美学的研究对象。

二

审美价值的凸现,是文艺美学研究最能体现其当代意义的特征,同时,也鲜明地体现了文艺美学在理论上的当代性转折。审美价值的张扬不仅是体现在文艺美学的专论之中,而且也呈现于相关的美学论著。以往的文艺学是

---

① 王梦鸥:《文艺美学》,台北远行出版社1976年版,第131页。

以认识论为其哲学基础的，而价值论的转向恰与文艺美学形成了合力。强调艺术的审美价值的创造，是文艺美学的主要的理论取向。于此，王梦鸥先生在其《文艺美学》中也提出价值问题，他说："我们感谢美学家苦心孤诣地测量艺术之审美目的，而替世人精神生活另辟一个'美的世界'。现在我们要折衷他们的意见，假定这个世界既不专属于客观方面，亦不专属于主观方面，而是在主观与客观的某种关系上，而这关系又以主观的感情为其重要条件；是则这里需作两方面的说明：一为主客的关系情形，一为支持这关系的感情性质。"① 王梦鸥所说的"主客的关系"，正是一种价值关系，而所说的"感情性质"，则属于审美。于是，他又接着指出："所谓主客的关系，在理论上，只是精神的连续作用，或可谓是一种特殊认识的判断作用，不过普通主观所加于客观的认识判断，其目的是在那事实的是非真伪，而这里的意识判断，其目的却只限于客观的价值如何。换言之，在审美中，主观不能改变客观的事实，但却能改变其价值，而且要求价值的获得。说得更精确些，审美所要求的价值，不是以主观的意欲为主，而要求获得客观之实用的价值；它是以感情为主，仅求其满足感的价值。为求满足感情价值，它还可以随意改变客观的事实。"② 王梦鸥对于审美价值的这种解说，未必都是严谨的，审美价值即是满足人的感情价值，在理论上并不一定周延，但他是将以此作为"文学美"的性质的，当然这也是其文艺美学的某种意义上的起点。苏联以系统论述审美价值著称的杰出美学家列·斯托洛维奇对审美价值和艺术的关系作了深刻的分析，他一方面指出审美与艺术的交叉性，以及艺术是多方面现象；另一方面，则认为在艺术的世界中，各种意义都要聚焦在审美之下。他说："艺术价值不是独特的自身闭锁的世界。艺术可以具有许多意义：功利意义（特别是实用艺术、工业品艺术设计和建筑）和科学认识意义、政治意义和伦理意义。但是如果这些意义不交融在艺术的审美冶炉中，如果它们同艺术的审美意义折衷地共存并处而不有机地纳入其中，那么作品可能是不坏的直观教具，或者是有用的物品，但是永远不能上升到真正艺术的高度。审美的和非审美的辩证法——对于艺术是外部的而不是内部的矛盾。艺术价值把审美和非审美交融在一起，因而是审美价值的特殊形式。"③ 斯托

---

① 王梦鸥：《文艺美学》，台北远行出版社 1976 年版，第 141 页。
② 同上书，第 141 页。
③ ［苏］列·斯托洛维奇：《审美价值的本质》，凌继尧译，中国社会科学出版社 1984 年版，第 167 页。

洛维奇认为在艺术创作中包含着多方面的价值，但它们应该是由审美价值统筹着的，否则就无法成为真正的艺术品，因而艺术价值是审美价值的特殊形式。在他的另一部著作中，斯托洛维奇进一步指出："当然，艺术作品可以具有'第二性'价值——功利价值、道德价值、政治价值，等等。但是，只有在存在着作品的'第一性'价值——审美——艺术价值时，这才有可能。艺术活动产生于把审美关系从其他活动中划分出来、使它凝聚和客观化的需要。在艺术价值中，非审美被改铸成审美，因此，艺术价值本身是一种特殊的审美价值。"① 斯氏把艺术中的审美价值径直称之为"第一性"的，把其他各种非审美的价值称之为"第二性"的，这与前述的观点是完全一致的，即是认为，在艺术活动中，审美价值的创造是核心的，其他价值的存在是从属的，是被融化在审美价值之中的。胡经之先生在建构文艺美学的过程中，对于艺术的审美价值作了尤为深刻的开掘，他这样阐述说："艺术审美价值，宽泛地讲，指导人在艺术创作活动中，以作品的形式客观地反映了世界的审美价值财富，并且概括了主体对世界审美关系所形成的精神价值。另一方面，还包括人在通过艺术审美（欣赏）所获得的审美体验（二度体验）中，不断形成的新的审美趣味和审美心理结构，也就是对人的审美塑造——最高的审美价值。"② 胡经之的文艺美学建构中，艺术的审美价值成为其重要的理论命题，而且，他是将审美价值体认为对人的审美塑造，也即人的灵魂的铸造。他又把这个观点明确概括为："艺术审美价值的本质特征在于：艺术具有审美超越性，它使人不在现实生活中沉沦，而是坚定地超拔出来，达到人格心灵的净化。艺术以其不断的创新，为人类开拓出一片澄澈的境界，实现完美创造的图景。艺术是由真而求美的进程。它将真理置入艺术作品的同时，对个体和整个人类重新加以塑造。艺术的审美价值存在于艺术创造和人格塑造的双重创造之中。"③ 同为文艺美学学者，杜书瀛先生的文艺美学，就更为鲜明地贯穿了审美价值思想，他主编的《文艺美学原理》一书，就是以审美价值的创造为主线来展开的。书中第二章"文艺创作为审美价值的生产活动"，揭示了文艺创作的目的性即是生产审美价值，第三章"审美价值生产的基本类型"，则将传统美学中若干基本的美学范畴纳入了价值生产的类型体系之中。杜先生还有《价值美学》的专著和《审美价

---

① ［苏］列·斯托洛维奇：《艺术活动的功能》，凌继尧译，学林出版社2008年版，第35页。

② 胡经之：《文艺美学论》，华中师范大学出版社2006年版，第45页。

③ 同上书，第49页。

值论纲》的4万字长文，足见审美价值理论在其文艺美学体系中的重要地位。与传统的文艺学相比，审美价值理论在文艺美学中得到了前所未有的高度重视。文艺美学以文学艺术创作和欣赏中的审美活动为关注的起点，而审美活动是审美主客体的交流与统一的动态过程，这是与传统的文艺学的认识论框架大不一样的。而审美活动是一种价值活动，审美价值是审美主体和客体的交流互动而产生的，是客体对主体审美需要的满足。正如胡经之先生所说："文学艺术是审美活动和现象的独特形态，不同于其他审美活动和现象。文艺的本质，是审美的，但又不是一般的审美价值，而是特殊的审美价值——艺术价值。"① 揭示了其间的内在逻辑关系，也说明了审美价值问题在文艺美学中作为基本要素的重要意义。

<h1 style="text-align:center">三</h1>

　　对于艺术媒介（符号体系）的研究在文艺美学中得以凸显，也可视为文艺美学的理论转折之一。传统的文艺学理论虽然也讲艺术表现，却并未从艺术语言、艺术媒介和艺术符号等方面进行研究。当代的文艺美学论著在这方面进行了开掘与彰显。王梦鸥先生的文艺美学，就是从服务于特定的审美目的的符号系统来认定文学是艺术之一类的，同时，也是因了符号系统的差异，而揭示了文学特征的。杜书瀛先生是以"媒介"来指谓艺术的表现符号系统的，在其《文艺美学原理》中指出："媒介构成艺术作品的肌理。它指文学中的语言文字，音乐中的声音，绘画里的线条、色彩，舞蹈的形体语言等等。没有媒介便不足以称艺术。"② 媒介其实就是文学艺术创作时赖以物化的符号系统，黑格尔、杜威、鲍桑葵和奥尔德里奇都对媒介问题有很多论述。笔者有《艺术媒介论》的专文，曾对"艺术媒介"有过这样的表述："何谓艺术媒介？是指艺术家在艺术创作中凭借特定的物质性材料，将内在的艺术构思外化为独创性的艺术品的符号体系。"③ 在关于艺术媒介的问题上，符号论哲学及美学对于文艺美学的影响是十分深刻的。20世纪西方杰出的思想家卡西尔及其弟子苏珊·朗格从符号论的角度揭示了艺术中的媒介功能，如卡西尔在批判克罗齐的"直觉即表现"理论的基础上指出："克罗

---

① 胡经之：《文艺美学》，北京大学出版社1999年版，第12页。
② 杜书瀛：《文艺美学原理》，社会科学文献出版社1998年版，第192页。
③ 张晶：《艺术媒介论》，《文艺研究》2011年第12期。

齐的哲学乃是一个强调艺术品的纯精神特性的精神哲学。但是在他的理论中，全部的精神活力只是被包含在并耗费在直觉的形成上。当这个过程完成时，艺术创造也就完成了。随后唯一的事情就是外在的复写，这种复写对于直觉的传达是必要的，但就其本质而言则是无意义的。但是，对一个伟大的画家，一个伟大的音乐家，或一个伟大的诗人来说，色彩、线条、韵律和语词不只是他技术手段的一个部分。它们是创造过程本身的必要要素。"① 克罗齐把直觉的地位置于艺术创作的首位，而有意地忽略艺术表现的媒介，卡西尔持相反的态度，他认为艺术媒介的作用在各门类的艺术创作绝非可有可无，而是具有本体性质的。因此，卡西尔认为："但是，具有这种虚构的力量和普遍的活跃的力量，还仅仅只是处在艺术的前厅。艺术家不仅必须感受事物的'内在的意义'和它们的道德生命，他还必须给他的感情以外形。艺术想象的最高最独特的力量表现在这后一种活动中。外形化意味着不只是体现在看得见或摸得着的某种特殊的物质媒介如粘土、青铜、大理石中，而是体现在激发美感的形式中：韵律、色调、线条和布局以及具有立体感的造型。在艺术品中，正是这些形式的结构、平衡和秩序感染了我们。每一种艺术都有它自己的独特的方言，这种方言是不会混淆不可互换的。"② 卡西尔所说的属于特定艺术门类的"方言"，其实正是我们所说的媒介。卡西尔认为头脑中的虚构力量还只是艺术创作的"前厅"，远非创作本身。艺术家在创作中必须对自己的情感进行赋形。"外形"在这里并非名词，而是动词，即"外形化"。粘土、青铜、大理石等只是物质性的材料，真正的媒介是凭借这些材料而产生的结构。英国学者鲍桑葵是具有世界影响的美学家，他是完全不同意克罗齐那种以直觉为表现的观念的。对于艺术创造，鲍桑葵主张媒介恰是艺术品得以创造出来的根本动因，也是激发艺术家的审美愉悦的基本要素，他说："因为这是一件无比重要的事实。我们刚才看到，任何艺人都对自己的媒介感到特殊的愉快，而且赏识自己媒介的特殊能力。这种愉快和能力感当然并不仅仅在他实际进行操作时才有的。他的受魅惑的想象就生活在他的媒介的能力里；他靠媒介来思索，来感受；媒介是他的审美想象的特殊身体，而他的审美想象则是媒介的唯一特殊灵魂。"③ 鲍桑葵认为艺术家是凭借媒介来感受世界，来产生创作冲动的，同时，媒介也是触动和燃烧

---

① ［德］卡西尔：《人论》，甘阳译，上海译文出版社1985年版，第181页。
② 同上书，第196页。
③ ［英］鲍桑葵：《美学三讲》，周煦良译，上海译文出版社1983年版，第31页。

创作欲望的东西，鲍桑葵以之作为美学的基本问题，他描述了不同门类的艺术媒介对艺术家来说所产生的效果和快感："为什么艺术家在木刻上，在泥塑上，在铁画上，制出不同的图案，或把同一图案处理得不一样呢？如果你能够把这个问题回答得彻底，我相信你就探得艺术分类和情感转变为审美体现的秘密了；一句话，你就是探得美的秘密了！……当你将这些图案实现在媒介里面，而且显得很合适，或者被你采用得很成功时，那么这些图案就一一成了你处理泥土或熟铁或木头或烧融玻璃时体现你整个身心愉快和兴趣的一个特殊方面了。它在你的手里活了起来，而且它的生命长成为，或者毋宁说魔术似地涌现为形状；而且这些形状是它，并包括你在里面，好像在想望的，并觉得是避免不了的。对媒介所具有的情感；对在媒介里能做出什么样合适的东西，或者在别的媒介里做不好的东西，诸如此类的感觉；以及这样做时所感到的情趣——这些，我认为，是探讨美学基本问题的真正线索。"①鲍桑葵把艺术媒介的功能提高到前所未有的高度，认为它是美学的基本问题，而且在他看来媒介是不同门类艺术之所以区分的依据所在。

美国著名哲学家奥尔德里奇也非常重视媒介在艺术中的作用，他认为艺术的表现，正是通过媒介进行的。如其所说："艺术作品如果没有任何内容，那就是形式的；而没有内容就无异于没有题材，因为内容就是在作品媒介中表现出来的题材。但是，它含有媒介，这种媒介是以一种使作品的创作风格处于显要位置的抽象方式表达出来的。"②奥尔德里奇以《艺术哲学》为其代表性著作，而我则认为，他的"艺术哲学"与我们所主张的文艺美学是相通的，所论述的问题基本上是一致的。更值得我们注意的是，奥尔德里奇把"媒介"和"材料"作了区分，他认为："即使基本的艺术材料（器具）也不是艺术的媒介，弦、颜料或石头，即使在被工匠为了艺术家的使用而准备好以后，也还不是艺术的媒介。不仅如此，甚至当艺术家在使用弦、颜料或石头时，或者在艺术家完工的作品中赋予它们的最终样式中，它们也还不是媒介。在这种最终的状态中，基本的艺术材料已被艺术家制作成一种物质事物——艺术作品——它有特殊的构思，以便让人们把它当作审美客体来领悟。当然，在创作的过程中，材料本身对于艺术家来说是物质性事物而不是物理客体。艺术家并没有对它们进行观察。确切地说，艺术家首先是领悟每种材料要素——颜色、声音、结构的特质，然后使这些材料和谐地

---

① ［英］鲍桑葵：《美学三讲》，周煦良译，上海译文出版社 1983 年版，第 30 页。
② ［美］奥尔德里奇：《艺术哲学》，程孟辉译，中国社会科学出版社 1986 年版，第 74 页。

结合起来，以构成一种和谐的调子（Composite Tonality）。这就是艺术作品的成形的媒介，艺术家用这种媒介向领悟者展示作品的内容。严格地说，艺术家没有制作媒介，而只是用媒介或者说用基本材料要素的调子的特质来创作，在这个基本意义上，这些特质就是艺术家的媒介。"① 奥尔德里奇对于媒介的研究对我们是有很大的启示意义的。媒介以材料为基础，但却不等于材料，而是一个整体的符号系统。关于媒介，应该是文艺美学研究的题中应有之义。我们则认为任何的艺术创作都有一个由内在构思到外在表现的过程，这个过程并非是内外分开的，而是内外联通的，而联通的依据便在于艺术媒介。媒介必然是具有物性的，艺术家之所以能创造出客观存在的艺术品，没有物性化的媒介是不可想象的。而这种媒介是在艺术家的头脑中就已然存在的，或者说艺术家在构思阶段就是凭借着这种媒介的。明白这一点，在文艺美学的研究中是非常重要的。在艺术头脑中的构思是以观念化的形态呈现的，那么，这种媒介的物性又如何理解？我们称之为"材料感"。我们的相关论述是这样的："媒介具有明显的物性，这是因其是以艺术材料或内在的材料感为其元素而决定的。对于媒介的认识，是为了更为深入地洞悉艺术创作的内在奥秘。艺术家的内在创作冲动、灵感和审美想象，乃至到构形阶段，这些内在的艺术思维活动都不应该以一般的语言来进行，而是凭借此一门类的特殊媒介来进行的。因而，媒介是有很强的主体色彩的，黑格尔正是在这个意义称之为'主体性'。另一方面，媒介又直接关乎到作品的物性存在，在其内在构思过程中，是以材料感为元素的，在艺术作品的外在传达阶段，则是以材料为其物性的前提的。而媒介是贯穿内在构思与外在传达的整体联结。"② 如果要对艺术创作的内在思理探寻奥秘，这是一个关键性的问题。作家艺术家在其内在产生创作冲动和进行构思时就不是用一般的语言，而是凭借独特的艺术媒介来进行。作家艺术家在感受世界、获得审美感兴时就是通过独特的艺术媒介的。

四

　　文艺美学在理论上的另一个转折，在于对于审美经验的重视与研究。从对美的本质的形而上学的抽象追问，到对人的审美经验的集中关注，这本来

---

① ［美］奥尔德里奇：《艺术哲学》，程孟辉译，中国社会科学出版社 1986 年版，第 55 页。
② 张晶：《艺术媒介论》，《文艺研究》2011 年第 12 期。

就是现代以来美学转向的基本走势，而文艺美学的产生契机或学科的合理性，正在于人们对于美的本质的抽象争论的厌倦，对艺术的审美经验的重视。英国美学家李斯托威尔谈到近代美学的转向时明确揭示道："整个近代的思想界，不管它有多少派别，多少分歧，却至少有一点是共同的。这一点，也使得近代的思想界鲜明地不同于它在上一个世纪的前驱。这一点，就是近代思想界所采用的方法。因为这种方法不是从关于存在的最后本性那种模糊的臆测出发，不是从形而上学的那种脆弱而又争论不休的某些假设出发，不是从任何种类先天信仰出发，而是从人类实际的美感经验出发的，而美感经验又是从人类对艺术和自然的普遍欣赏中，从艺术家生动的创造活动中，以及从各种美的艺术和实用艺术长期而又变化多端的历史演变中表现出来的。这主要是一种归纳的、严格说来是经验的方法，是费希纳所大胆开创的'从下而上'的方法。这一方法，伸开双臂接受经验所能提供的全部事实，不管这些事实看起来多么微不足道。这一方法目前支配着美学的广阔领域。"① 李斯托威尔在 20 世纪前半叶所写的这部美学名著中所指出的这种趋向，不仅为这多半个世纪的美学历程所证实，而且迄今亦是方兴未艾。当代美学的很多重要经典著作，都是以论述人的审美经验尤其是艺术审美经验来推进美学发展的。如杜威的《艺术即经验》、玛克斯·德索的《美学与艺术理论》、桑塔耶纳的《美感》、托马斯·门罗的《走向科学的美学》、鲍桑葵的《美学三讲》、杜夫海纳的《审美经验现象学》等，都是以研究审美经验为其基点的。"文艺美学诞生在中国"，这是有着深厚的民族文化和思维的土壤的。中国的传统文艺理论与西方相比，缺少的是思辨的美的本质的论述，而饱含诗人和艺术家的诗论、书论、画论和乐论等都是丰富的审美经验的结晶体。中国的文艺美学，正是在这样的基础之上诞生和成长的。文艺美学不应再停留在对美学的本质的抽象争论上，如果是那样，文艺美学也不会有任何的生命力。文艺美学是以文学艺术的审美经验为其研究对象的。这一点，成为曾繁仁先生的文艺美学体系的逻辑起点。曾繁仁先生提出将文学艺术的审美经验作为文艺美学学科的研究对象，其原因，一是同当代哲学与美学的转型密切相关，二是十分切合中国古代的文艺美学传统。曾繁仁先生指出："以文学艺术的审美经验作为文艺美学学科的出发点，实际上是对当代美学与文艺学学科的一种改造。长期以来，我国美学与文艺学学科都在一种传统认识论哲学的指导之下，将美学与文艺学的任务确定为对美与文艺本质

---

① ［英］李斯托威尔：《近代美学史评述》，蒋孔阳译，安徽教育出版社 2007 年版，第 2 页。

的认识。这就在一定程度上忽视了审美与文艺的情感与生命体验的特性，将其同科学相混淆，而且忽视其作为人的存在的重要方式，将其降低为浅层次的认识。以文学、艺术的审美经验作为理论出发点就既包含了审美和文艺的情感与生命体验的特点，同时又包含了它的由'此在'走向'存在'之生命与历史之深意。这是对传统的本质主义与认识论美学的一种反拨，也是对审美与文艺真正本源的一种回归，必将引起美学与文艺学学科的重要变革。"① 曾先生在这里揭示了文学艺术的审美经验在文艺美学的基础性地位，同时也以历史性的眼光指出其与传统的文艺学之间的差异，这在某种意义上是对文艺美学发展的一种反思。

视觉文化成为主导性的文化模式之后，对于人们的审美活动产生了强烈的冲击，人们在以图像的方式来把握世界的同时，也使自己的审美经验发生了重要的变化。文艺美学研究文学艺术的审美经验，就必须对此有清楚的认识和理解。既然是作为超越传统的文艺学的新兴学科，就应该责无旁贷地把握与反思当前的文学艺术的新的审美经验。关于"读图时代"，关于"视觉文化"，相关的论著已有许多，并非是本文所要讨论的重心所在；但是，在这种新的审美方式产生的新的审美经验，却是文艺美学研究所不能不关注的。正如美国著名学者詹姆逊所指出的那样："在一个如此多地由视觉和我们自己的影像主宰的文化中，审美经验的概念既太少又太多，因为从那个意义上说，审美经验随处即是，并且广泛地渗透到了社会和日常生活中。但正是这种文化的扩散（在更大、更宏伟的意义上说）使个人艺术作品的观念成为问题，也使审美判断的前提变得不甚恰当。"② 詹姆逊颇为准确抓住审美经验这个问题指证了视觉文化给我们这个时代带来的审美变化，现在人们面对电子影像的审美经验已经很难用传统美学中的"心理距离"等纯粹的审美经验来描述，而更多的是一种视觉快感。西方马克思主义的代表人物本雅明曾以"惊颤效果"来概括受众观赏电影的审美经验："电影银幕的画面既不能像一幅画那样，也不能像有些现实事物那样被固定住，观照这些画面的人所要进行的联想活动立即被这些画面的变动打乱了，基于此，就产生了电影的惊颤效果，这种效果像所有惊颤效果一样也由被升华的镇定来把

① 曾繁仁：《文艺美学教程》，高等教育出版社 2005 年版，第 9 页。
② ［美］詹姆逊：《文化转向》，胡亚敏等译，中国社会科学出版社 2000 年版，第 98 页。

握。"① 电影电视之间当然也还有很大不同，但作为视觉影像，它们与传统的艺术如绘画、雕塑等有着图像审美的共同之处，本雅明对于后者的审美效果用"韵味"来加以概括。电视艺术是与日常生活关系非常密切的艺术形式，无论是在家庭环境中，还是其他的环境中，电视影像都陪伴着我们。惊颤效果对于电视艺术来说，也是能够引人注目的关键。

视觉文化成为这个时代的文化症候，这已经是不言自明的现实。从审美的角度来看，似乎成为最为普遍的现象。"日常生活审美化"，可以在文化的层面上说明美学面临的变化，而且，消费与影像的合流也更形成了审美泛化。德国著名美学家韦尔施对这种审美现实有过这样的批判，他指出："在这个首要的、突出的层面上，审美化意味着用审美因素来装扮现实，用审美眼光来给现实裹上一层糖衣。但是，我们不能忽略这个事实，这就是迄今为止我们只是从艺术当中抽取了最肤浅的成分，然后用一种粗滥的形式把它表征出来。美的整体充其量变成了漂亮，崇高降格成了滑稽。"② 韦尔施以一位严肃的美学家的立场，对当下的审美现实作了整体上的估计和批判，他认为现在的审美都是浅表化的，如果说是艺术，也是艺术之中最粗滥的东西。韦尔施忧心忡忡地指出："在表现的审美化中，一统天下的是最肤浅的审美价值：不计目的的快感、娱乐和享受。这一生气勃勃的潮流，在今天远远超越了经验的生活环境。它与日俱增地支配着我们的文化总体形式，经验和娱乐近年来成了文化的指南。一个日益扩张的节庆文化和娱乐，侍奉着一个休闲和经验的社会。审美化的一些太为突兀的分支以及现实赤裸裸的化妆打扮固然可以博得一笑，但是触及作为总体的文化，它可不再是好笑的事情。"③ 韦尔施的批判是有力的，也是非常值得我们深思的。视觉文化作为大众文化对于我们这个时代带来了许多华而不实的东西。但是，面对视觉文化对于人们的审美经验带来的冲击，我们似乎还应该有更为深入的更具有理性的分析，因为文艺美学应该具有这种历史的担当。文艺美学既然是当代的美学生长点，对于当下的审美现实理应有所阐释。其中非常重要的一个问题，在于文学与图像的关系。因为在许多学者眼里，视觉文化的大行其道，挤占了文学在审美中的主导地位，从而放逐了文学。这是与当代审美密切相关的重要

① ［德］本雅明：《机械复制时代的艺术作品》，王才勇译，中国城市出版社2002年版，第61页。
② ［德］沃尔夫冈·韦尔施：《重构美学》，陆扬、张岩冰译，上海译文出版社2002年版，第5页。
③ 同上书，第6页。

问题。如何认识视觉文化与文学的关系，是文艺美学应该回答的问题。记得
20世纪之初，美国的一位著名学者希利斯·米勒以"全球化时代文学研究
还会继续存在吗"的惊人发问表达了这种忧虑。米勒本来是在文学研究领
域颇有建树的学者，却对视觉文化时代的文学处境表达如此悲观的看法。他
通过德里达的《明信片》一书中的论述，将这个问题呈现在人们的面前。
德里达说："在特定的电信技术王国中（从这个意义说，政治影响倒在其
次），整个的所谓文学的时代（即使不是全部）将不复存在。哲学、精神分
析都在劫难逃，甚至连情书也不能幸免。"① 米勒并非是站在轻视文学的立
场上来提出这种看法的，恰恰相反，他是一个对文学非常钟情的学者，但
是，他对文学的命运表达的这种担忧，也许并非是他的一己之见。他明确表
述了这种判断："那么，文学研究又会怎么样呢？它还会继续存在吗？文学
研究的时代已经过去了。再也不会出现这样一个时代——为了文学自身的目
的，撇开理论的或者政治方面的思考而单纯去研究文学。那样做不合时宜。
我非常怀疑文学研究是否还会逢时，或者还会不会有繁荣的时期。"② 米勒
的这种忧虑在中国引起了若干著名文艺理论家的强烈质疑，并发表了一批措
辞激烈的文章加以反驳。我们认为：产生对于文学的这种强烈的危机意识，
源自于对于文学和图像关系的根本认识，还有文学与印刷文化的关系等。米
勒之所以对于文学有这样的生死存亡的危机意识，重要一点在于他把文学和
印刷文化绑在一起，如他说："印刷机渐渐让位于电影、电视和因特网，这
种变化以越来越快的速度发生着，所有那些曾经比较稳固的界限也日渐模糊
起来。"③ 在米勒的一系列论述中，他对文学终结的论断似乎一直是与印刷
时代的式微相联系的。在《文学死了吗》一书中，第一章"什么是文学"
即有"印刷时代的终结"一节，言下之意在于印刷时代终结等于文学的衰
亡。其中说："此外，技术变革以及随之而来的新媒体的发展，正使现代意
义的文学逐渐死亡。我们都知道这些新媒体是什么：广播、电影、电视、录
像以及互联网，很快还要有普遍的无线录像。"他又说："印刷的书会长时
间内维持其文化力量，但它统治的时代显然正在结束。新媒体正在日益取代

---

① ［美］希利斯·米勒：《全球化时代文学研究还会继续存在吗?》，林国荣译，《文学评论》
2001年第1期。

② 同上。

③ 同上。

它。"① 在米勒的理论中，是把印刷文化与文学等同起来的。他认为印刷文化已被新媒体所取代，那么文学也就消亡了。这个逻辑其实是难以成立的。文学与印刷文化虽然关系密切，但并非可以等同。文学的兴衰固然可以有印刷文化的原因，但决不因它的衰退而死亡。

文学和视觉文化的对立，是导致这种悲观的观念的主要因素。文学与视觉文化有冲突有矛盾，这是客观的存在，它们又有互补共济的地方，而且后者在当代文化中应该是主导的趋势。既以视觉文化作为一种全球化的文化形态，并且是具有主导地位的，那就不可想象它仅靠浅表的、缺乏意义的零乱图像支撑。事实上，通过大量有意义的图像来表达思想与社会意识形态，才是视觉文化的主要部分。那些只会引人眼球的图像堆积，在视觉文化中只能是从属的和边缘的东西。真正具有魅力的视觉艺术，其实是离不开文学的支撑功能的。文学为视觉艺术提供人物形象的塑造和有深度、有个性的语言，还有叙事的情节、结构乃至细节。无法想象没有叙事结构、细节的视觉艺术，也无法想象没有语言的图像堆积可以吸引人们的观赏。

文学经历了数千年的积淀，创造了无数人类文化的瑰宝，同时，也积累了无比丰富的表达经验。文学在其发展历程中，发生了许多形态的变化，中国文论所谓"通变"，很重要的就是文体的转型。当代的文学形态与传统的文学形态已经有了很大的变化，而如果据此否认文学的存在，那将是非常不明智的事情。文学的存在形态在历史沿革中已发生了许多重要的变化，以前一些主流的文学样式如古近体诗，现在早已淡出文学的核心场域，而伴随着科技发展出现的新的文学样式，如电影文学、电视剧文学等成为文学的主要角色。对于文学的研究，对此不应该采取漠视的态度。

文艺美学既以文学艺术的审美特征与审美规律为研究对象，就不能不关注文学与艺术这些年来发生的重要变化。作为美学领域中的一个新分支学科，学理上文艺美学就应该担负起使美学得到延伸和提升的历史责任，并能解释当代的新的审美现象。我们曾提出传媒艺术这样一个整合性的概念："传媒艺术不是某一种艺术门类的名称，而是指在电子科技传输的条件下，在大众传媒序列里艺术因素的概括！大众传媒本身具有电子科技传输的根本特性，具有强劲的整合力量。在传媒艺术的序列里，有些是同在传媒内部生长起来的，如电视剧、电视广告、电视娱乐节目等；有些借助传媒力量成为

---

① ［美］希利斯·米勒：《文学死了吗》，秦立彦译，广西师范大学出版社 2007 年版，第17 页。

时尚的、地位突出的艺术样式，如电视综艺晚会、电视小品等；有些本来是传统的艺术样式，如京剧和其他戏曲种类，舞蹈、杂技、曲艺等，通过大众传媒而获得了新的生命力，同时，也产生了深刻的变异。"①"传媒艺术"是与"传统艺术"对等的，有着很多新的审美属性，因而也就使欣赏者产生了新的审美体验。传媒艺术与文学也并非彼此对立排斥的关系，而是以文学为底蕴和语言表现，它们之间形成了新型的关系。文艺美学对于文学艺术的审美特征及规律的研究，应该探索和揭示传媒艺术所呈现的新的审美特征，并将其所引发的审美经验的特殊性纳入研究视野之中。

---

① 张晶：《传媒艺术的审美属性》，《现代传播》2009 年第 1 期。

通律论艺术观对当代艺术学理论的建设性意义

——以李心峰的《开放的艺术》为重心 *

艺术学从文学的门类中分出来成为独立的学科门类，这不仅意味着艺术作为学科地位的提升，更标志着关于艺术本质的认识得到前所未有的升华。在艺术学门类的框架中，艺术学理论（或称"一般艺术学"）作为艺术门类下面的一级学科，也可以视为艺术学在理论建设上的最为重要的发展契机。

作为当代艺术学理论的开拓者和奠基人之一的李心峰先生，从20世纪八九十年代开始，便致力于艺术学理论的系统建构。在20世纪末，李心峰撰写出版的《元艺术学》、《现代艺术学导论》等著作，毫无疑问是艺术学理论的奠基之作。作为学科内涵的"文艺学"，其实就是文学理论，近些年来关于"文艺学"的内涵与外延也发生了变化，似乎是包含了文学和艺术在内，而艺术学只是作为"文艺学"的附庸被笼罩在文艺学旗下的。而李心峰的《元艺术学》则率先树起了艺术学的大旗，为艺术学的学科发表了"独立宣言"。而李心峰新近出版的艺术学理论著作《开放的艺术——走向通律论的艺术学》（中国文联出版社2014年版），则是以其"通律论"的艺术学核心理念为艺术学的理论发展提供了更具建设性的思路与模型，给作为"一级学科"的艺术学理论的原理性建构，拓展出更为宽广、更为辩证的理论基石。

一

通律论艺术观有鲜明的针对性和时代性，为解决艺术本质问题提出了新的理论道路。对此，李心峰先生有着明确的理论自觉，把它置于这样的高

* 本文刊于《艺术百家》2015年第2期。

度："我想突出强调的是：关于艺术世界的他律、自律乃至泛律以及我们将要提出的'通律'诸说，是一个有关艺术学的根本道路的问题。这里所谓的'根本道路'，乃是人们对思考艺术世界各种问题一以贯之的根本途径的选择，意味着人们建构艺术学体系、解决艺术学各种问题的基本的立足点和出发点，即人们作为研究艺术学中一切问题之前提的最基本的艺术观念。"① 关于艺术的存在、形态与发展的原因与动力，之前有"他律"、"自律"这样两种对立的认识方式，也有试图超越他律与自律的泛律说。李心峰提出了"通律"论，以在辩证思维的立场上扬弃了他律和自律的封闭性，同时也克服了泛律论的抽象性，为艺术的本质和动力问题展开了一条宽阔而坚实的道路。

　　何谓通律论？李心峰阐述道："所谓通律论，就是说，艺术在确立了自身独特的价值领域的前提下，应该始终与外部世界建立一种互相交流、沟通的开放性联系，使艺术在与环境的开放性联系中不断地与环境交换物质与信息，从而始终保持自身系统的生机与活力。"② 当然，李心峰在这里所阐述的通律观念还是颇为概括和原则性的，还很难看出它是如何在具体的理论环节中如何超越他律、自律和泛律的。不过，李心峰在20世纪90年代的艺术学专著《元艺术学》和这部《开放的艺术》中，又在几个方面揭示了通律论的主要内容：首先，它坚持艺术具有自己特有的价值领域和独特发展规律的观点，维护艺术的"自我"的自主地位。它主张，艺术首先必须是一个自立的主体。只有确立了它不受他物支配的主体地位，才谈得上它对外部环境的开放和交流。假如它丧失了自我，为别的事物所占有，异化为他物，那么，它就只能作为他物的一分子在他物内部相互作用，而不能以"自我"的地位与"他物"沟通与交流。李心峰所倾力倡导的通律论，前提是维护这种艺术的独立价值的。其次，通律论强调艺术不要使自我封闭起来，而要向外部世界开放，与之形成一种永远充满生机活力的沟通与交流关系，从自然、人生的人文意蕴和种种文化价值，从历时性的历史，从具体的意味中为艺术的能指系统引进无限丰富、活跃的所指蕴含。通律论认为，艺术只有在通即开放、交流的存在状态下，艺术的内部世界与外部世界的鸿沟才能得以填塞，艺术内在动力才会被外部力量的刺激所激活，并将外部信息、能量转译成自己的语言、符码，按自身的转化生成方式建构新的艺术世界，从而推

---

① 李心峰：《开放的艺术》，中国文联出版社2014年版，第86页。
② 同上书，第99页。

动艺术自身的发展。通律论一个非常明显的针对性，就是对于自律论那种封闭艺术自我、阻碍艺术发展的倾向提出来的。再次，通律论主张艺术世界对外部世界的开放，艺术特殊价值领域的开放，是通过艺术主体的艺术创造实践活动的中介而完成的。通律论在李心峰的艺术理论体系中是非常重要的基础观念，在很多年前即已提出，在他的《元艺术学》中已有系统的阐述，但因为艺术学的基础理论在整体上并未取得相应的学科地位，故而也未得到学术界的广泛关注；而在他的新出版的《开放的艺术》和《艺术学论集》中再度彰显，在我看来，对于艺术学理论的基础建设来说，就是尤为值得我们更多地思考与借鉴的了。

艺术的动力学因素最重要的是什么？艺术的价值论阐释又是怎样的？艺术的存在方式又是如何？这些问题在艺术学的基本理论中的重要意义不言而喻。从艺术学的历史上看，自律和他律都是这些问题的答案。它们都有各自的合理性，在艺术学发展史上扮演过非常重要的角色；它们又都有着明显的偏颇，需要在新的历史高度上得到重新的审视与超越。所谓"他律"或"自律"，都并非只是某家的理论，而是在艺术的根本问题上的一类立场。关于艺术的"他律"，那种把艺术作为政治附庸的观点是最为极端的，也是在中国文艺理论的发展中长期占有统治地位的，但其实这只是它的极端形态，在中外艺术理论史上还有很多把艺术的动力因素和价值领域归结为外部世界的，都可能归之为他律。可以这样予以概括：凡是强调艺术的运动和发展只是依赖于艺术世界之外的其他种种因素的推动才能完成，或主张为了人生其他价值而创造艺术，或认为艺术融合在其他价值领域之中，不存在艺术独自领域的学说或理论趋向，都属于他律论的范畴。他律论强调了艺术与外部世界的联系，看到了自然的、社会的种种因素对艺术的影响，但是它只是把艺术作为别的价值的载体或表现工具，否认或忽略了艺术自身的本体地位，也无视艺术自身的审美规律。李心峰将艺术的他律说归纳为三种类型：一是在动力学解释上，用文学、艺术以外的因素说明文学和艺术的发展及演化。其中又有两种不同的情况：一种是用某种自然环境因素，如气候、风土、地理条件、人种因素等来解释艺术的变化和艺术风貌；另一种是用社会的精神、文化因素乃至经济、政治因素来解释艺术发展的规律性。二是在价值论上将艺术作为负载人类其他价值的工具的学说，即广义的"载道说"。三是将艺术的存在混同于其他领域的存在，否认艺术独立性的理论。

自律论则是以艺术自身的形式或审美的因素作为艺术自身存在的依据和动力，而否认艺术与外部因素的关联。如俄国形式主义文论、英美新批评等，都是典型的自律论。在自律论者看来，艺术是独立自足的，有自身的特点。艺术理论应是艺术的理论。因此，他们认为在艺术作品分析中，没有必要去关注文学艺术以外的、精神文化的、社会的事实。他们将文学艺术的历史发展规律性诉之于艺术形式内部的因素的推动。李心峰也将自律论分为三种类型，一种是用艺术自身内在因素解释艺术演化规律的学说；二是坚持艺术仅仅为了满足人们脱离了人类其他一切价值领域的所谓纯艺术或纯审美的价值需要的学说；三是坚持认为艺术拥有一个独立自足的、封闭的小宇宙的理论。

　　很明显，自律与他律是关于艺术动力、价值领域及存在方式的两极的认识，在艺术学史上，它们都有其提出的历史条件和合理性，但又都有其偏颇之处。李心峰对自律论与他律论作了辩证的分析，同时也指出其问题的症结。他认为，就自律论确立了艺术价值的独立性与特殊性，把艺术发展的根本动力求之于艺术内部因素这一点来说，这是完全应给予肯定的合理内核，而且是来之不易的艺术自觉的产物。而从负面的效应来看，心峰先生指出，这种理论的失误却在于把艺术价值封闭在一个自足的狭小天地里，阻隔了艺术与人类其他价值领域的联系，从而不是强化了艺术在整个人生中的意义，反倒大大削弱了它的功能。它不仅不能促进艺术的繁荣，增强它的生命活力，反而由于中断了艺术与外部环境的物质与信息的交流，使它陷入一种萎缩、沉寂、没有生机的窘境。对于他律论，心峰先生也同样肯定其对艺术发展的积极功能，同时也指出其弊端所在，他认为，他律说强调了艺术与外部世界的联系，其理论视野是宽阔的，对艺术的解释是丰富多样的，这显示了它的价值所在。而从另一方面来看，他律论所理解的艺术与外部世界的联系也不是一种开放性的交流、传通、互动的关系，而只是把艺术作为别的价值的载体和表现工具，作为别的系统中的一个环节和要素来考察的，其思维格局也拘囿在某种自我封闭的系统之中，只不过把这个封闭系统的核心由艺术移到了别的价值（如政治、经济、道德、信仰、认知等）上罢了。别的价值在他律论里完全占有了艺术，剥夺艺术的领域，从而使艺术完全丧失了自我。对于自律论和他律论，李心峰都从辩证思维的高度，批判其执于一偏的倾向性，指出其症结所在。

二

　　李心峰的通律论还对力图超越自律与他律的"泛律"论加以辨析与讨

论，指出其矫正自律与他律的偏激的初衷，并揭示其不足之处。泛律性由德语圈国家的美学家们提出，他们明确提出审美意识的泛律性（pantonomie）概念，以超越和矫正自律与他律的偏激。20 世纪 70 年代，日本著名美学家、前日本艺术大学校长山本正男在东方的美学界是首倡泛律性的，他认为，面向泛律性的意识的志向是正在从自律与他律的混沌状态中逐渐明显地显露出来的一种值得注目的面向新的明天的趋向。山本正男所倡导的泛律论的理论内涵有哪些呢？第一，它是对那种把人的各种价值从人的生存的广阔、丰富的领域中游离出来、极端分化的自律化思潮的严肃反省；第二，这种泛律性并不意味着各种具体价值领域的崩溃，不是对艺术自身价值的放弃，而是在生存的整体性中把自己作为独立的文化功能产生出来。第三，这种泛律性以"文化的各种价值的融合"为基本标志，因此，山本正男认为艺术的泛律性"倒不如说应该称之为人生的整体功能性"。第四，这种艺术的泛律性乃是东方尤其是东亚（中国和日本）传统艺术的基本品格。另一位日本学者、日本民族艺术学会会长木村重信从民族艺术学角度，也对艺术的泛律性作了明确的倡导，并把泛律性称为超越他律与自律的"第三条道路"。木村重信对泛律论的倡导是有着寻找超越他律与自律的自觉理论意识的，对此他指出："在艺术研究中，只有寻求艺术自律性和重视艺术他律性这两种立场吗？在这里，我们感到了民族艺术学独自的领域和与其相应的新的方法论的必要性，从某种意义上说，这也就是第三条道路。它不寻求艺术的特殊的、个别的价值，而是追求其综合性的价值，即把艺术在与总体性的生命的联系中加以把握，在艺术与各种文化现象的关系中加以重新探讨。它不寻求自己支配的自律性，而是去探寻在再生之中把个别化了的各个文化领域统一起来的泛律性。"①

李心峰对于泛律说有更多的认可，认为泛律说是在一个正确的方向上寻求解决艺术的根本问题。但是，他对泛律说所提出的解决问题的方案并不感到满足，因此，又指出其局限性所在："首先，泛律性的基本理论要点在于各种文化价值的融合统一这种整体功能性。这使它最终无法摆脱理论上的乌托邦色彩。因为，所谓人生的整体价值，文化的整体功能只是种理论的抽象，而现实中的价值则是具体的。让千姿百态、丰富具体的艺术活动全都要以这种无法予以具体规定的'整体功能'为归结点，那么，艺术的价值取向将无所附丽。——其次，泛律说的立足点不是放在艺术独特价值上，而是

---

① ［日］木村重信：《何谓民族艺术学》，李心峰译，《民族艺术》1989 年第 2 期。

放在人生的整体价值上，这必然导致牺牲艺术独特价值的逻辑结果，使它为了整体而失去部分，为了一般而失去特殊，为了意义、所指、历史而牺牲符号、能指、结构，为了内容而失去形式，从而又回到他律论的路上。"① 应该说，李心峰的这种分析是颇为深入的，也是为他自己提出通律论奠定了一个更结实的基础。

看来超越他律与自律的局限，并非个别理论家的目标，而是一种时代性的趋势。解决这个问题，要找到二者的症结所在，同时也要找到沟通二者的中介环节。若干学者为了解决这个问题，作出了有益的努力，如著名文艺理论家陶东风教授就发表有《超越他律与自律》的论文，这篇文章在很大程度上抓住了问题的要害所在，就探寻将艺术外部因素转化为艺术的内部结构的中介环节。陶东风把这个中介环节确认为艺术的审美心理结构。李心峰在肯定陶东风解决这个问题的取得的进展的同时，并不同意将陶东风将理论支点建立在艺术的审美心理学上。李心峰的通律论把这个中介环节确认为艺术主体的创造实践活动。在他看来，主体的审美心理结构可以包含在艺术创造实践活动之中，但仅是这种审美心理结构还嫌不够，还并不充分。李心峰对此辨析道："艺术主体不只是心理的主体，而是包括心理的主体在内的实践的主体。审美心理结构只能在主体的意识中通过同化与顺应的双向运动过程建构意识状态的审美意象，还不足以将这种审美意象物化为艺术的存在形态。因此，审美心理结构只能提供填塞自律与他律鸿沟的可能性，而不能使它变为现实。"李心峰在这种辨析的基础之上再次阐明他的通律论观念："要真正承担起沟通艺术内部世界与外部世界的联系的桥梁作用，还必须通过艺术传达的物化活动将艺术主体的审美意象转化为客体化的艺术作品，这样才能真正解决他律与自律的矛盾。"② 由此，李心峰有针对性地提出他的通律论艺术观："我认为，不是审美心理结构，而是开放的艺术主体，开放的主体的艺术创造实践，才是沟通艺术内部与外部联系的中介环节。与此相应，我认为，解决他律与自律的矛盾的理论支点不应建立在审美心理学上，而应建立在开放的艺术实践论，也即开放的艺术主体论上，这也是通律论的基本看法。"（同上）关于通律论的艺术观，这可以说是最为核心、最为凝练的概括。李心峰之所以把自己这本著作的书名题为"开放的艺术"，又加上一个副标题"走向通律论的艺术学"，可见，这是他关于艺术本体的终

---

① 李心峰：《开放的艺术》，中国文联出版社 2014 年版，第 96 页。

② 同上书，第 84 页。

极观点。作为一位艺术学家，李心峰多年来的思考都汇集到这个凝结点上。

李心峰还从功能论的角度来颇为系统地申足了他的通律论艺术观，在《艺术功能的独立性与开放性》一文中，作者对艺术功能问题概括为两种倾向，一是试图用某一种似乎专属于艺术的特殊功能进行概括的，诸如娱乐，或审美，或精神的解放，或个性的培养等；二是尽力使它复杂化、多样化。从现代美学和艺术学的一些代表性人物的有关著述中，可以看到现代艺术的功能理论是趋向于复杂化的。如鲍列夫《美学》中列举了艺术的九项功能，斯托洛维奇《审美价值的本质》把艺术的功能分为十四种，卡冈在《艺术的社会功用》一书中，把艺术的功能区别为艺术创作的功用和艺术作品的功用两大类，其中关于艺术创作的功用就分为四个方面：1. 认识功用；2. 评价功用；3. 改造功用；4. 交际功用。李心峰将艺术功能问题的本质与目的联系起来加以考虑，认为艺术是一种特殊的精神生产，以创造审美价值来满足人们的审美需要为主要目的。同时，它还可以审美价值凝聚、折射人类的其他价值，进而以满足人类其他需要作为自己附属性的目的。这样的艺术本质观所产生的对艺术功能的认识，李心峰作了相应的界说，艺术以实现审美目的为自己特有的功能，以完成其他目的为自己附属性的或曰一般性的功能。相对于艺术的审美功能而言，艺术的其他功能都可以称之为非审美的功能或实用的功能。关于艺术功能方面的矛盾，李心峰归结为艺术的审美功能和实用功能的矛盾。他又从艺术功能的侧面进一步申足通律论，也即强调艺术功能的独立性与开放性的统一。关于艺术功能的独立性，李心峰作了颇为充分的论述，他指出："最基本的前提是：必须首先确立艺术功能的独立性。就是说，艺术的功能，应该是一个有自身质的规定性、自成体系的系统，它不依别的功能而存在，具有自身特有的结构、层次、要素，有专属于自身系统而为其他系统所不具备的特殊内容。就艺术而言，专门以满足人的审美需要为自己的主要目的，的确是人类艺术生产活动所特有的功能。尽管人的其他生产活动领域包括人的精神生产和物质生产，都时常要考虑到审美的因素和效果。而在艺术之外，则没有任何一种人类生产活动是专门以审美需要的满足为主要的、特殊的目的和功能的。"① 艺术功能的独立性，意味着艺术之所以为艺术的自身规定性是不可忽略的，也是不能湮没在其他功能中的。这也是通律论的要义之一。另一方面，艺术的功能除了坚持自己的独立性之外，还必须有其开放性的功能存在，如果仅是强调功能的独立性而无

---

① 李心峰：《开放的艺术》，中国文联出版社 2014 年版，第 108—109 页。

视其开放性的功能，则艺术必然会在封闭的环境中枯萎，而无法产生发展与
活力。

所谓艺术功能的开放性，是以艺术的存在系统对环境的开放，艺术的审
美价值对非审美价值领域的开放为基础的，也是由它决定的。艺术功能的独
立性与开放性，是互相依存的，是互为前提的。李心峰颇为辩证地阐述了艺
术功能独立性与开放性的这种关系："艺术要想既充分维护自身价值与功能
的独立性与特殊性，又避免走入封闭、萎缩的歧途，就必须与它的环境、与
广阔的人生、与社会生活的各个领域和层面，始终保持一种健康、正常的开
放性联系，与生活的广阔海洋、人生的大千世界沟通与交流，在与环境不断
交换物质与信息的过程中，保持自身系统的活力和优化结构状态。"① 在作
者看来，正常的健康的开放，恰恰是保持艺术自身独立性的前提下进行的，
他认为，这里所谓健康、正常的开放性联系，是指始终保持艺术的价值、功
能的系统质而不为他物所异化、合并的开放与交流。应该说，这种对于环境
的健康、正常的开放与交流，就艺术的功能系统而言，绝不是可有可无的，
更不是有害无益的，而是必不可少的，极为重要的。它是艺术功能维护自身
独立性、特殊性并保持旺盛生命力的根本的动力机制。这里作者阐发的，正
是其通律论的展开，是从艺术功能角度所作的理论建构。

三

李心峰对于艺术本质问题所建构的通律论，其哲学基础和方法论支持是
什么呢？易言之，这种通律论艺术观有没有自觉的哲学根基呢？读了他的
《开放的艺术》之后，给我的强烈印象是，李心峰的通律论艺术观是建立在
马克思主义的艺术生产理论这个哲学基础之上的，而且，作者还综合运用了
黑格尔的辩证思维方法、马克思主义美学价值观和早些年为中国学者所广泛
熟悉的系统论。正是通过辩证思维的逻辑分析，作者把艺术的本质界定为
"艺术生产"，并以此为逻辑凝结点，描述了关于艺术本质的综合的属性，
指出："所谓艺术是一种特殊的精神生产。作为一种生产，它是一种感性
的、客观的、有目的的、对象化的、能够创造美的价值的实践；作为一种精
神生产，它具有认识反映性、能动性和历史具体性（表现为意识形态性）；
作为一种特殊的精神生产，它以满足人们的审美需要为自己的特殊目的，以

---

① 李心峰：《开放的艺术》，中国文联出版社 2014 年版，第 112 页。

现实的审美价值为自己的特殊对象，以审美意识和实践心理因素的有机统一为艺术创造主体的特殊心理结构。其中，审美意识处于核心的地位，它是审美认识（感性与理性的特殊结合）与审美情感的有机统一，而以审美情感为中心和中介。"① 正是从马克思主义关于艺术生产的思想中，李心峰以辩证思维的分析，得出了上述关于艺术本质的界定。而又从艺术的功能与价值角度，以系统论的方法，提出了他的通律论艺术观，即在坚持艺术自身的独特的价值领域的前提下，应该始终与外部世界建立一种互相交流沟通的开放性联系。这种通律论的艺术观，在哲学基础上和逻辑辨析上都是一以贯之和顺理成章的。

在马克思主义艺术生产理论的框架中，艺术生产作为一种"生产"，首先是与一般生产有着共同的规定性；作为一种精神生产，又有着与一般精神生产的共同规定性；而作为一种特殊的精神生产，艺术生产又有着一种特殊精神生产的特殊规定性。这三种"规定性"，在对艺术本质的分析中是缺一不可的。李心峰把艺术本质问题放在了这个出发点上。关于艺术生产与一般生产的共同规定性是什么呢？是人的实践活动。在马克思主义看来，所谓实践活动，主要是一种感性的、客观的活动，同时也是有目的、有意识的活动，这也就具有了对象化的属性。这虽然在今天看来是属于马克思主义的一般性理论，但在以往的艺术本质论研究中是不被重视的。李心峰在这里强调了艺术生产与一般生产的"生产的、创造的意义"；而作为一种精神生产，艺术生产与一般精神生产的共同规定性是它们的认识反映性与能动性的并存；而作为一种特殊的精神生产，马克思主义经典作家没有忽略艺术的特性，而是提出了"艺术是掌握世界的一种特殊方式"的命题。李心峰从审美价值属性的角度来阐述了艺术生产的特殊性，从主体的角度来看，则包括审美认识和审美情感。那么，在关于艺术与其他价值领域的关系问题上，李心峰主张，审美和艺术以现实的审美价值为自己的特殊对象，并不排斥现实的其他因素，如现实的真和伦理道德价值等等。但是，作者又强调，现实中的这些因素必须融汇到审美因素之中，才能成为审美和艺术的对象，构成艺术作品的有机组成部分，成为它的血肉，而不能以一种异在的形式进入艺术之中。在这里，苏联著名美学家斯托洛维奇审美价值学说成为其有机成分，也正是在这里，艺术生产的特殊规定性通向了通律论艺术观。

关于艺术与意识形态的关系问题，这是一个非常敏感的理论问题，也是

---

① 李心峰：《开放的艺术》，中国文联出版社 2014 年版，第 64 页。

一个存在着相当大的分歧的问题。在马克思主义美学和文论的范围内来阐发艺术本质，似乎很难绕开或摆脱这个问题。李心峰不赞成那种把意识形态看成是艺术的唯一本质属性的观点，但也不同意那种"准意识形态"的说法，而明确指出，意识形态是艺术的本质属性之一，他又在后面加了一个强调的括弧："注意：之一绝不是唯一。"这也是和作者本人关于艺术本质问题是多样性的统一这样的认识相一致的。这与他的通律论艺术观都有着内在的逻辑关系。

李心峰早年读硕时是师从于著名文艺理论家林焕平先生，到中国艺术研究院工作后，又在著名马克思主义文艺理论家陆梅林先生指导下从事研究，并与陆先生有非常默契的合作，他的博士导师又是著名的马克思主义文艺理论家董学文教授，因此，一直是深受马克思主义的哲学方法、美学思想的浸染熏陶的。而我在心峰的有关论著中所看到的，不是对马克思主义的机械理解和一般套用，而是通过与 20 世纪的哲学、心理学一些重要的思想成果如价值论、系统论等的对话，以辩证思维的方法，抽丝剥茧般地导出了自己的艺术观。从其中所感受到的哲学基础是相当深厚且有历史感的。

四

作为新近出版的艺术学著作，《开放的艺术——走向通律论的艺术学》，在我看来，最为核心的观念就是李心峰所主张的通律论。尽管书中有多侧面多维度的艺术学理论建构，但是通律论又是贯穿于其中的一条理论主线。其实，他的通律论思想在较早的《元艺术学》等书中早有系统阐发，这两部新出的艺术学著作，则是从不同的角度对其加以重申和强化。作者自己对文集的命名可以说明的是，对于自己提出的"通律论"，一是"不改初衷"，二是"情有独钟"。而从我的角度来看，通律论的再度提出，有其历史性的价值及当下性的意义。我觉得李心峰在此前所倡导的通律论，理当得到学术界的更强的回应，哪怕是批评和抨击的声音也是我们想听到的。自律、他律、泛律、通律，都有其存在价值，也都有其历史的局限。当然我这也是一般性的道理，没作什么具体的分析。只是感受到李心峰作为一个责任感使命感很强的艺术理论家，为艺术学理论贡献了自己的一种学术主张，为艺术学理论的历史性轨迹添上了一个新的段落。李心峰也不是为了自己提出的通律论，一概否定了自律、他律和泛律等艺术学的本体观点，而是在批判的基础上所作的扬弃。相对于自律和他律而言，通律论是颇具辩证思维的。

　　说实话，心峰的这两部新书，我并没有全部读完，我这里也不是给这两本书写书评，更多的是对通律论的理论敏感导致我写了此文。艺术学升为门类，艺术学理论成为一级学科，无论怎么说都是艺术学发展的大好契机。艺术学理论应该有属于自己的理论体系才是。但是从那么多年文艺学理论框架的笼罩中走出来，是艺术学理论的自身发展的要求，也是一个并不轻松的过程。李心峰作为艺术学原理的开拓者是很早就起步了的，他还没到如王朝闻、陆梅林那一代学者的年资，但他的艺术学理论已是很早就成就了自己体系的。就这点而言，我对心峰在艺术学方面所取得的成就是肃然起敬的。而在艺术学理论成为一级学科的今天，特别需要如李心峰此前所做的理论开拓工作。这样的学者能多一些，艺术学理论才能有与一级学科相匹配的建树。原理的建构工作是需要不同寻常的才具和勇气的。有几种甚至多种不同的观念、不同的结构的艺术学原理，于艺术学理论的学科建设非但不是坏事，反倒是繁荣的标志。对于晚近建立起来的艺术学理论学科而言，以艺术的独立性为基础、为前提的艺术学原理的建设，首先就要从艺术学的本体地位、功能和规律出发，建构起艺术学区别于文艺学等学科理论的体系。这是艺术学之所以自立于学科之林的必然逻辑，也是时代的呼唤。在这一点，李心峰虽然批判了自律说的封闭性，却又高度认同其确立艺术价值的独立性，认为这是应该予以肯定的合理内核。泛律说虽然被视为超越自律与他律的"第三条道路"，但在其追求综合性价值的观念，却又往往是以牺牲艺术的特殊规律、本体价值为代价的。这一点，是李心峰所着重指出的。应该说，这种认识在今天值得我们高度重视。艺术与社会的交流，这在我们现在的艺术学理论建设中也是题中应有之义。从学科的立场出发，那种把艺术仅仅局限在艺术形式、不考虑表现社会生活的艺术观，当然是非常偏颇的，也是无法真正建构起艺术学理论大厦的。从我们国家当下的艺术学现实来看，纯粹的自律或纯粹的他律，都只能是历史的存在；适合中国国情的艺术学原理的建构，必须是矗立于一个宽阔而坚实的地基之上。通律的艺术观，应该是最值得我们吸收和借鉴的理论成果。

　　艺术创作的实践也印证了通律的艺术观。孤芳自赏、自说自话的形式实验，是难以成为艺术宝库的经典的，而且也无法行之久远。有些看似难以理解的作品，如某些现代派或荒诞的小说、戏剧，恰恰是以特殊的形式，曲折地透射出人类命运或时代心理，如《格尔尼卡》、《等待戈多》、《变形记》之类。面对今天的艺术欣赏者，艺术形式自身的创新、艺术语言的创造性运用，看似"自律"的东西，是今天的艺术作品所必备的。习近平同志《在文艺工作座谈会上的讲话》中，强调"要把人民作为真正的鉴赏家和评判者"，这不是对艺术创作降低审美要求，反之恰恰是一个相当高的艺术内部规律的标准。"人民"也是一个历史性的范畴，较之以往，今天的"人民"，其艺术鉴赏能力和审美眼光不知要高出了多少倍！艺术创作必须表现人民的生活，必须吐纳时代的气息，这也就是通律论所说的"开放的艺术"。无论何种艺术，如果只表现"小我"，而不表现人民的"大我"，就必然和社会生活相隔绝，也就成了无源之水、无本之木。艺术也就没有了创作题材，没有了创作动力。艺术向人们提供审美的愉悦，创造审美价值，这是艺术的特有功能，也是其他的人类活动所无法取代的。而能够使人们感受到审美愉悦的，能够兴发人们的审美情感的，能够使人们升华到审美境界的，是和人们的日常生活的喜怒哀乐息息相通的。即便是历史的题材，即便是超现实的题材，如中国古代小说《西游记》或者《聊斋志异》这样的超现实的作品，也一定是会与人们在现实中的情感体验相通的。艺术家要想成就艺术的杰作，乃至于经受时间的考验成为经典，必须向人们的社会生活和情感世界汲取"源头活水"，才能够生生不息。习近平同志《在文艺工作座谈会上的讲话》中提出"要把人民作为文艺审美的表现主体"，是一个具有重要理论意义的美学命题，对我们的艺术学理论和艺术创作都有长远的指导意义。通律论艺术观所说的交流与开放，指艺术与外部世界的关系，可说是符合艺术发展与提升的时代要求的。

通律论艺术观是李心峰艺术理论的灵魂，是其理论的精髓。在艺术学界，他的通律论艺术观树起了一面理论旗帜，为时下的艺术学理论开创了一个聚光点。因为我对心峰的通律论艺术观产生了很强的理论兴趣，在阅读其艺术学的前后几部著作过程中也产生了某种不满足的感觉。通律论无疑是李心峰在艺术的根本问题上的根本观念，但读了他的那些表述得颇为准确、相当明晰的理论话语，虽然觉得在其逻辑推演的结论中有着很强的逻辑力量，也有较为充分的说服力，却似乎缺少具体感而产生的密度。通律论艺术观是在一个宽广的、正确的路径上来思考和把握艺术世界的，而我也冀望心峰会在通律论的进一步理论建树中更多一些结实的具体感。当然，其他学者同样可以在同一角度或别的角度向前推进。现在应该是艺术学理论向纵深发展的时候了。

中国古代文艺理论对文艺美学的建构意义 *

本文的旨归在于揭示中国古代文艺理论的现实价值。现实价值在这里指的是中国古代文艺理论对我们当今的文艺美学、审美文化等相关领域的意义，是相对于我们这个时代的理论需要度而言的，仅仅在古典的层面上谈论它是谈不到价值的，在文艺美学的建构过程中，中国古代文艺理论成为具有强劲生命力的重要资源。那么，古代文艺理论又是如何进入文艺美学的，这是值得我们加以深度考察的。

一 古代文艺理论并非古代文论

本文的论域并非"古代文论"而是"古代文艺理论"，这并非是一种简化，而是不同的概念。"古代文论"的研究范围主要是古代的文学理论，而"古代文艺理论"则是包含了文学在内的多个艺术门类的理论资源。这二者是有历史渊源的，却又有着很大的区别。这种区别是有着重要的时代因素的。以前的"文艺学"，指的是文学理论体系，而"文艺美学"的崛起，所关涉的决不仅仅是文学，还包括其他艺术门类。文艺美学之于文艺学而言，远非仅是研究范围的扩大，更重要的是体现了对于文学和艺术的美学观照及其现代性。文艺美学和文艺学有着深刻的内在因缘，但又有着重要的超越。无疑，文艺美学作为一个学科的创建，将文学和艺术一并纳入美学的观照之下，这是文艺美学在研究对象上的一个特征。胡经之先生在倡导文艺美学之初，便主张将文学与艺术一体化地进行美学研究，他在那篇成为文艺美学的发轫之作的《文艺美学及其他》中指出："文学艺术是一种审美活动，是审美活动的独特形式，如果我们把文学艺术作为相对独立的社会审美现象来考察它的整体，我们就会发现，文学艺术至少有三个不同层次的审美规律，

* 本文系国家社科基金项目"中国古代文艺理论对文艺美学的建构意义"的阶段性成果。

一、文学艺术同一切审美活动共有的普遍审美规律；二、文学艺术区别于其他审美活动而独具的审美规律；三、文学艺术的不同样式、种类、体裁之间相互区别的更为特殊的个别规律。"① 胡经之先生所倡导之"文艺美学"，一直都是将文学和艺术放在一起作为文艺美学的研究对象的。周来祥先生则将文艺美学与以往文艺学的文艺社会学的特性相区别，强调它的美学属性。周先生也是将文学和艺术都作为文艺美学的研究对象，指出："这门新学科要研究文学艺术的审美规律，与文艺理论靠得很近，事实上文艺理论对它的发展也有很大的影响。但它是美学科学，是普通美学的一个分支，而不是文艺理论的一个分支。"② 然而，周来祥先生是更为重视文学艺术的"艺术美"性质的，也就是他更是将文学纳入"艺术美"的序列的。因此，他认为，"假如说，一般美学研究各种审美活动的共同规律，那么文艺美学则是在此共同规律的基础上，对艺术美独特的规律进行探讨。它不同于生活、实践中审美活动的研究，也不同于其他审美活动，审美形态的特性与规律的研究；这种独特性，就是文艺美学建立为一门特殊学科的根据之所在"③。周来祥也是将文学与艺术一体化的，而且是将文学作为艺术美来考虑的。另一位热心倡导文艺美学的著名学者杜书瀛先生，也是将文学和艺术一体化作为文艺美学的研究对象的，他说："我们认为文艺美学有自己特定的、独立的对象；一般美学（也称总体美学或元美学）可以包括但不能代替或取消文艺美学。如果说一般美学是研究人类生活中这一特定审美活动的一般规律，那么，文艺美学则主要是研究人类生活中所有审美活动的特殊规律。大家知道，审美活动和科学技术活动中也有大量审美现象存在，文学艺术更是审美活动的专有领地。与一般美学相比，文艺美学的对象范围要小得多，它集中研究文学艺术领域中的审美活动规律。"④ 杜书瀛先生也是将文学与艺术一体化地作为文艺美学的研究对象的。但他更认为文艺美学主要是研究艺术的审美性质和规律的，把文学也作为艺术的一类，因而又说："文艺美学主要研究艺术（所有艺术门类）的审美性质和规律，这对于一般美学所揭示的规律来说固然有特殊性；但是，不同的艺术门类又各有自己的特殊的审美性质和规律，文学不同于戏剧，电影不同于音乐，舞蹈不同于建筑，等等，因

---

① 胡经之：《文艺美学及其他》，见《美学向导》，北京大学出版社 1982 年版，第 40 页。
② 周来祥：《文学艺术的审美特征和美学规律》，贵州人民出版社 1984 年版，第 2 页。
③ 同上。
④ 杜书瀛：《文艺美学原理》，社会科学文献出版社 1998 年版，第 11 页。

此，文艺美学所揭示的规律对于各种不同的艺术来说，又具有共同性和普遍性。"①

　　而在我看来，文艺美学以文学和艺术的审美特征和规律作为研究对象，并非仅是以往文艺学的研究范围的扩大，而是提升了其审美现代性。在新的历史条件下，在电子传媒的语境中，文学与艺术的融通，成为文艺美学要观照和思考的着力点。文学是有着艺术审美属性的，也就是说，它可以作为艺术之一类。关于这一点，波兰美学家英加登对我们是有重要的启示的。英加登有两部代表性的论著，一是《文学的艺术作品》，另一是《对文学的艺术作品的认识》。其实，英加登所说的"文学的艺术作品"，也就是我们所说的"文学作品"，也可以看成是与一般的、不以审美为主要功能的文字相区别的审美性文字，而且是结构完整的文字。这并非是翻译的原因，而是英加登非常明确的文学观念。在《对文学的艺术作品的认识》中，英加登指出："'文学作品'首先指美文学作品，尽管在以后的研究中，这个词也适用于包括科学著作在内的其他语言作品（笔者按：这也正是与"文学的艺术作品"相区别的文字）。美文学作品根据它们独特的基本结构和特殊造诣，自认为是'艺术作品'，而且能够使读者理解一种特殊的审美对象。"② 很明显，英加登对于"文学的艺术作品"，是以其艺术的审美属性为基本特征的。英加登所称的"文学的艺术作品"，指的是有成就的成功的佳作，在他看来，这样的作品具有两种价值性质："如果一部文学作品是具有肯定价值的艺术作品，那么它的每一个层次都具有特殊性质。它们是两种价值性质：具有艺术价值的性质和具有审美价值的性质。"③ 英加登还将文学的艺术作品与科学著作等文字相区别，非常有助于我们对文学的艺术属性的认识，他说："与科学著作中占主要地位的作为真正判断句子相对照，在文学的艺术作品中陈述句不是真正的判断而只是拟判断，它们的功能在于仅仅赋予再现客体一种现实的外观而又不把它们当成真正的现实。……文学的艺术作品中出现的拟判断仅仅构成使它们同科学著作相区别的一个特征，其他特征都依附于这一个。"④ 这就说明"文学的艺术作品"中的"拟判断"是其最为核心的特征，其他的文字描述都是围绕着它来进行的。

---

① 杜书瀛：《文艺美学原理》，社会科学文献出版社1998年版，第12页。
② ［波］罗曼·英加登：《对文学的艺术作品的认识》，陈燕谷、晓未译，中国文联出版公司1988版，第5页。
③ 同上书，第11页。
④ 同上。

正是在这个意义上，中国古代文艺理论和文艺美学有了共同的研究对象，相关而又不同的艺术门类之相通的审美问题，成为文艺美学产生的基础。

二　传媒时代文学和艺术的深度融合

关于文学在当下的时代命运，有一种"终结"的说法，即认为在图像时代，文学已经走到了穷途末路，如美国的米勒教授就发出了"在全球化时代文学研究还会存在吗？"的疑问。他借用德里达的话说："电信时代的变化不仅仅是改变，而且确定无疑地导致文学、哲学、精神分析学，甚至情书的终结。"[①] 这使人们感到，在视觉文化的冲击下，文学似乎已没有生存的余地。我对文学命运的看法，与此是大相径庭的。我认为文学是有着深厚的艺术气质的，在当今以传媒艺术为主要形态的情况下，文学非但没有结束它的历史使命，也就是说它没有所谓"终结"或消亡的理由，反倒是因其自身的特殊审美属性，而发挥着不可取代的作用。

文艺美学是从美学的角度来把握文学艺术的，这里文学和艺术已不再是单纯的并列，而应该是一种深度的融合。文学当然不应该消融在其他艺术门类之中，而是有着明显的特殊性的，并且在当代艺术的发展中，起着非常重要的辐射作用。而文艺美学如欲得到新的提升和开拓，是要将传媒艺术的问题纳入到思考范围之内的。

传媒艺术，并非某一种艺术门类的名称，而是在电子科技制作和传输的条件下，在大众传媒序列中艺术因素的概括性称谓。以我的个人观点而言，目前最为成熟、最为主要的还是以电视传播方式为载体的艺术创作、作品和接受。传媒艺术所包含的样式是多种多样的，如电视剧、电视综艺晚会、电视音乐、电视舞蹈、电视戏曲、小品、广告等。传媒艺术是在与传统艺术相对应的角度提出来的，之所以将这些种类概括为传媒艺术，是因为它们都是以高科技的电子图像来制作和传播的。作为与传统艺术相区别的总体概念，传媒艺术有着一种整合的力量，具有覆盖和统领的地位，也使"图像化"的特征贯通了这些艺术种类。之所以明确倡导"传媒艺术"这样的概念，正是因为考虑视觉文化作为一种时代性的文化模式，对于当代艺术的总体性

①　[美]米勒：《土著与数码冲浪者：米勒中国演讲集》，陈永国译，吉林人民出版社2004年版，第93页。

影响。"文化"是一个非常普泛的概念，"文化研究"也是如此。文化研究成为学术界的一种时尚，有其深刻的背景和动因，但也许正是因了它的普泛性，而缺少明确的研究对象，若干年前"日常生活审美化"的命题，在文化研究领域中更成为独领风骚的话题，这固然使美学和日常生活有了更为普遍的联系，但也使美学及审美受到了前所未有的消解。德国著名美学家韦尔施，曾指责当下的审美经验的肤浅："我们不能忽略这个事实，这就是迄今为止我们只是从艺术当中抽取了最肤浅的成分，然后用一种粗滥的形式把它表征出来。美的整体充其量变成了漂亮，崇高降格成了滑稽。"① 而美国的著名学者詹姆逊也深刻揭示这种美学上的浅薄走向，他认为，"我们很快就会明白，在一个如此多地由视觉和我们自己的影像所主宰的文化中，审美经验的概念既太少又太多；因为从那个意义上说，审美经验随处即是，并且广泛地渗透到了社会与日常生活中。但正是这种文化的扩散，使个人艺术作品的观念成为问题，也使审美判断的前提变得不甚恰当。"② 他们不约而同地指出了当下的文化形态，也就是充斥着影像的视觉文化对于美学的消解性影响。在我看来，这几年来的文化研究，尤其是"日常生活审美化"的大量论著，是对当代文化现象的客观表述，更多的体现了文化学和社会学的理论视角，而对美学理论的建设本身是没有很大的助益的。

但我并不是全然站在传统美学的立场上来针砭文化研究的，我认为文化研究紧紧把握了这个图像化的视觉文化造成的深刻社会变迁。我要看到的是由电子图像作为基本要素而贯通的传媒艺术的美学属性，从而将文艺美学延伸到此处，而不是停留在原有的层面；而我谈论古代文艺理论之于文艺美学的建构意义也是着眼于此，而非泛论古代文论的现代转换或价值呈现。也就是说，文艺美学虽然是一个美学中的"新生代"，但它也不能停留在以前的思路上，而是以美学建构的出发点来分析传媒艺术。文学的功能地位等问题，是要放在这里面一并考虑的。

关于文学在传媒时代的命运的悲观结论，也许有误读在其中，但似乎也是题词中应有之义。从描述的角度来看，米勒等学者的观点是颇有代表性的。应该说，在现象层面上，米勒的分析是相当客观的，也是具有历史性

---

① ［德］沃尔夫冈·韦尔施：《重构美学》，陆扬、张岩冰译，上海译文出版社 2002 年版，第 6 页。

② ［美］弗雷德里克·詹姆逊：《文化转向》，胡亚敏等译，中国社会科学出版社 2000 年版，第 99 页。

的，且看其论述的片段："印刷机渐渐让位于电影、电视和因特网，这种变化正以越来越快的速度发生着，所有那些曾经比较稳固的界限也日渐模糊起来。""再现与现实之间的对立也产生了动摇。所有那些电视、电影和因特网产生的大批的形象，以及机器变戏法一样产生出来的那么多的幽灵，打破了虚幻与现实之间的区别，正如它破坏了现在、过去和未来的分野。""最近，不同媒体之间的界限也日渐消逝。视觉形象、听觉组合（比如音乐），以及文字都不同地受到了0到1这一序列的数码化改变。像电视和电影、连接或配有音箱的电脑监视器不可避免地混合了视觉、听觉形象，还兼有文字解读能力。新的电信时代无可挽回地成了多媒体的综合应用。男人、女人和孩子个人的、排他的'一书在手，浑然忘忧'的读书行为，让位于'环视'和'环绕音响'这些现代化视听设备。"① 因此，米勒认为文学研究的命运已经难以继续存在，他说："文学研究又会怎么样呢？它还会继续存在吗？文学研究的时代已经过去了。再也不会出现这样一个时代——为了文学自身的目的，撇开理论的或者政治方面的思考而单纯去研究文学。那样做不合时宜。我非常怀疑文学研究是否还会逢时，或者还会不会有繁荣的时期。"② 这种对于电子图像的分析和对文学的悲慨，是符合当下视觉文化的实际的，而这又是一种殷忧。

米勒的这些看法，在中国大陆地区引发了一些理论学者的强烈反驳。著名文艺理论家童庆炳先生和钱中文先生都写了长文予以批评。而这种否定性的意见，其实同样是出于对文学命运的忧虑。看来是截然不同的两种观点，其实出自于同一种对文学命运的关切。我则认为，如果转换一种立场，不是从描述当下的文化情势出发，而是从建构立场出发，文学将在传媒艺术发展中发挥更为普遍、更为深刻的作用，文艺美学也可进入新的层面。文学对传媒艺术的价值与功能，一是在于传媒艺术的特殊审美属性，二是在于文学与传媒艺术相通的自身审美特征。

在当今的传媒时代，传媒作为一种巨大的文化力量，作为文学与各种艺术门类的新的传播载体，使文学与各种艺术的内在相通性得以大大的彰显。当今的传媒方式其实是视听一体化的，音像的完美结合是传媒的首要优势。而我所说的文学的审美特征，其实与传媒艺术有密切关系且发生着深刻的影

---

① ［美］希利斯·米勒：《土著与数码冲浪者：米勒中国演讲集》，陈永国译，吉林人民出版社2004年版，第101页。

② 同上书，第102页。

响。与以往的文学样态相比，当今的文学发生了深刻的变化，其中最显明的情形就是：以大众传媒为推动因素，文学与其他艺术门类的融合度要比传统的文学高得多。在传统的文学与其他艺术门类的关系中，因为不同质的"艺术语言"之间虽然也是彼此渗透，但却无妨其在形态上的明显区别。传统艺术虽与文学同样有着不解之缘，但从作为主要艺术种类的造型艺术来看，因其静态的观照方式和艺术语言的明显差异，无论学者和艺术家们怎样强调它们之间的共通性和一致性，如说"诗中有画，画中有诗"之类，但与今天相比，在传媒的框架里，文学与其他艺术门类之间尤其是和电视艺术之间的关系要紧密得多。而且，文学体裁和样式也发生着时代性的变化。以往曾经是如日中天的诗歌，现在只能是退居边缘了；而电视剧文学创作，却有着越来越重要的份额和地位。当然，有些样式作为文学的类型尚未得到认可，也并未进入文学理论的教程之中（应该说我们的文学理论教材是相当滞后于文学发展的实际状况的），但从当今的文学实践来看，原来文学的那种自足状态早已过去，代之而起的是文学与传媒艺术的联姻形态。这是当前文学理论所应面对的文学现实，是一种大文学的概念。由于传媒的统合作用，文学的类型化已不像以往那么明显，甚至有些模糊不清，而文学的图像化呈现和贯通性审美功能应该是文学理论的重要内容。

　　与此相关的是文学的审美特性。很多时候不以文字的形式而呈现为图像的方式，并不意味着文学的"缺席"。文学对传媒艺术来说，是至关重要的支撑。我所感悟的文学的审美特性，其实是与传媒艺术相通的主要内在途径，其中最为重要的是文学的内在视像性质。这不仅是文学审美价值的主要体现，而且是传媒艺术的基本支柱。如果认为传媒艺术只要有了图像就行了，那是天大的误解！传媒艺术所内含的情节、情思、语言魅力等等，都并非图像所能解决的，而是必须倚重于文学因素。

　　我认为内在视像的普遍存在是文学的基本审美特质。何谓内在视像？我尝试着这样说明：是指作家或诗人通过文学语言在作品中所描绘的、可以呈现在读者头脑中的具有内在视觉效果的艺术形象。作为文学的审美活动，这是实现其审美功能的最为关键的一个环节，也是判断其是否具有审美价值的文学作品的重要标志。可以认为，这种内在视像，对于读者来说，是真正的审美对象，至少是审美对象的核心要素。反过来说，如果作品不能在读者的阅读活动中形成完整而清晰的内在视像，那就很难说它是一个好的作品，甚至是算不上是一个真正的文学作品。文学创作所用的思维工具和表达工具就是语言文字，但是作为艺术品的文学创作和科学著作、公文写作等是有重要区别的，这个区别并不在于语言文字的不同，而在于文学是用语言文字来描绘艺术境界、勾勒人物形象和评述故事等，人们在阅读文学作品时所面对的审美对象，其实并非文字本身，而是读者在阅读时通过文字的描绘，在头脑中产生的意境、形象或人物动作、事件发展等。无论是叙事性作品，还是抒情性作品，都要在读者的阅读中产生活动着的内在视像。英加登称之为"图式化外观层次"。这在作品中与我所说的"内在视像"是重合的，内在视像更加强调"如在眼前"的图像化性质。英加登指出："外观层次在文学的艺术作品中发挥着极其重要的作用，特别是对于在具体化中构成审美价值方面有着重要的作用。——这些图式化外观就是知觉主体在作品中所体验到的东西，它们要求主体方面有一个具体的知觉或至少是一个生动的再现活动，如果它们要被实际地、具体地体验到的话。只有在它们被具体地体验到时，它们才能发挥其真正的功能，即使被感知到的对象呈现出来。"① 英加登是从现象学的角度来阐释作品的"图式化外观"的，它在欣赏者头脑中的呈现，是欣赏者（主体）意向性的产物。英加登在这里所作的分析，正是我们所提出的"内在视像"，它在创作时便已呈现在作者的头脑中了，而通过文字的描绘，又在欣赏者的头脑中"生动地再现"出来。传媒艺术在以文学作品为其蓝本进行创作时，编剧、导演乃至演员，对于人物的刻画，情节的设置、矛盾的产生和故事的进程等，是依据于文学作品所提供的"内在视像"的。故事情节、人物造型、人物语言、矛盾冲突等，都是在文学作品基础上产生的。依据中国古典名著改编的长篇电视剧《红楼梦》、《水浒传》、《三国演义》、《西游记》等，是最能说明问题的。其他根据文学作品改编创作的电影或电视剧如《林海雪原》、《暴风骤雨》、《芙蓉镇》、《历史的天空》、《亮剑》、《暗算》、《我是太阳》等，也是在小说的基础上进行再度创作的。即便不是源自于现成的小说，而是专门作为影视剧的文学剧本，也同样是文学的典型样式，作为编剧的作家，可以更为直接、自觉地创造动态的"内在视像"，以作为导演和演员在拍摄和表演时的依据。文学的内在视像性质，对于传媒艺术来说，是最为重要的支撑。如果没有了文学的内在视像，只是一些杂乱无章的图像，对于传媒艺术来说是不可思议的。

　　文学的审美运思也是文学创作的根本特质之一。与其他艺术门类相比，文学的运思是最重要的，也是最自觉的。运思是指诗人作家以语言文字为工

---

① ［波］罗曼·英加登：《对文学的艺术作品的认识》，陈燕谷、晓未译，中国文联出版公司1988年版，第56页。

具，构思出作品的整体境界和整体叙事结构的思维方式及过程。它可以神驰万里，跨越时空，却要以一个完整的结构呈现给世人。文学作为艺术，不可能只是模仿，而是要创造出一个独立自足的整体镜像。文学创作当然不能脱离社会生活，即便是到了今天，说"生活是创作的源泉"也是正确的。艺术的审美经验是与人们的日常生活经验不可分离的。美国著名哲学家杜威就十分反对那种将艺术经验和日常生活经验分裂开来的做法，而特别强调："从事写作艺术哲学的人，就被赋予了一个重要任务。这个任务是，恢复作为艺术品的经验的精致与强烈的形式，与普遍承认的构成经验的日常事件、活动，以及苦难之间的连续性。"① 然而，日常生活的经验是纷纭无序的，也是杂乱无章的，杜威又提出艺术经验是一个完整的经验，称之为"一个经验"。杜威说："我们应该在哪儿找到这样一个经验的说明，不是在分类账目中，也不是在关于经济学、社会学或者人事心理学的论文中，而是在戏剧和小说中。它的性质和含义只是通过艺术才表现出来，这是因为存在着一种经验的统一，它只能表现为一个经验。"② "一个经验"强调的是它的完整性，而从杂乱无章的生活经验，到完整的"一个经验"，就必须有一个创造的过程。这就必然要经过运思。运思当然不是逻辑思维的方式，但它其实并不排除内含着的逻辑力量。运思包含着想象、回忆或是虚构，但更为重要的是将这些因素组成为一个新的完整的结构的思致。运思的推动力是作家或诗人的审美情感，作品中呈现的完整的"一个经验"，其实是剥离或超越了日常生活的琐碎与纷杂，而是体现了"深刻的统一性"。我以为德国著名哲学家卡西尔的论述颇能说明相关的思想："伟大的抒情诗人——歌德、荷尔德林、华兹华斯、雪莱——的作品所给予我们的并不是诗人生活的乱七八糟支离破碎的片断。它们并非只是强烈感情的瞬间突发，而是昭示着一种深刻的统一性和连续性。另一方面，伟大的悲剧和喜剧作家们——欧里庇德斯、莎士比亚、塞万提斯、莫里哀——并不以与人生景象相脱离的孤立场景来使我们娱乐。这些孤立场景就其本身来看仅仅是短暂易逝的幻影。但是突然，我们开始在这些幻影背后看见并且面对着一个新的实在。"③ 运思就是要形成作品中创造性的"一个经验"。传媒艺术虽然以图像为基本的元素，但应该是构成有机的整体，这就必须有着内在的运思。无论自觉与否，都是在借助

---

① ［美］杜威：《艺术即经验》，高建平译，商务印书馆2005年版，第2页。
② 同上书，第45页。
③ ［德］卡西尔：《人论》，甘阳译，上海译文出版社1985年版，第186页。

文学的运思方式。单纯强调视觉效果，使图像处在无序的拼凑状态，不可能产生好的艺术品。

与此密切相关的还有文学的语言美感。在我看来，语言美感应该成为判断文学作品审美价值高下的基本尺度。在文学作品中，如果语言平庸、芜杂、缺少个性，不可能成为佳作。这里所谓"语言美感"，并不局限于辞藻的华丽炫美。文学作为人类生存状况的审美表达，是以语言为其生存基础的。海德格尔时常谈到的一个重要思想就是："词语破碎处，无物可存在。"也可以这样理解，构建艺术的统一的结构，一定是以语言为其纽带的。语言美感所包含的内涵，似乎应该这样几个方面：一是作品中语言的张力，二是文学语言兴发情感的功能。三是作品语言表意的确切和个性化特征。这些对于传媒艺术都是相当重要的。

文学的这几个基本的审美特征，对于传媒艺术来说，都是不可或缺的。传媒艺术是以电子时代的图像传播为其核心条件的，文学已经不再像以往那样以其原有的、独立的形式发挥着不可替代的作用；米勒教授对于这种现象并非如我们想象的那样是幸灾乐祸的态度，相反，他怀着与文学共命运的痛心看待这种景象的。如其说："不管我们多么希望情况不是如此，但事实是，在新的全球化的文化中，文学在旧式意义上的作用越来越小。这个事实尤其使我不安，因为我研究文学已经五十年了，而且计划继续下去。"[①] 而我则从"大文学"的角度对此阐述我的看法，认为文学在电子传媒时代发生着形态上的巨大变化，但是文学的本质和基本功能仍是最为重要的。米勒教授在文学的原有状态中提出了文学研究的三种价值，其言："第一，在新的全球化的文化中，不论现在文学作用日益消减的情境如何，文学在图书时代也是文化表现自己和构成自己的一种主要方式。那些不了解过去的一种必不可少的方式就是研究过去的文学，而不只是研究语言本身。""研究文学的第二个理由是：不论好坏，语言现在是而且将来仍然是我们交流的主要方式，不管意见是相同还是相左。文学研究仍将是理解修辞、比喻和讲述故事等等语言可能的必不可少的手段，因为这些语言的运用已经塑造了我们的生活。""第三个也许是最重要的理由是，对文学的深入研究——我指的是书页上实际研究——是达到正视我所说的陌生性或不可减少的其他人的一种必不可少的方式。'他性'不只是那些属于不同文化的人，而且也包括我们自

---

① ［美］希利斯·米勒：《土著与数码冲浪者：米勒中国演讲集》，陈永国译，吉林人民出版社 2004 年版，第 110 页。

己文化中的那些人。"① 我认为米勒所指出的文学研究（也可以看作是文学本身）这三个方面的价值，是根本的，也是客观存在的。

我则持一种动态的、与传媒艺术融通的大文学观念。当今的文学存在形式，已经不再拘泥于原来的纸文本印刷的形式，除了原有的这种基本样态之外，文学还以各种形式存在于传媒艺术的各种类型之中。电视剧、小品、综艺晚会等，其实都离不开文学的支撑。而我说的"传媒艺术"，并非是所有大众传媒的节目都可纳入其中，在我看来，传媒平台上的许多节目都不过是为了吸引眼球、打发时间的无聊之物。"传媒艺术"这个概念的成立，其内涵是指以大众传媒为其载体，具有相当高的审美价值和艺术品位的作品。那些令人眼花缭乱、无头无脑，语言杂乱、毫无深度可言的节目，是必须排除在外的。作为传媒艺术的作品，我以为至少要这样几个要素：一是有给人以令人惊奇的视听美感；二是要有深度的人文情怀和思想意蕴；三是要有完整的艺术结构。这些都属于能够称得上传媒艺术作品起码条件，而这些都离不开文学对传媒艺术的支撑。可以想见，如果没有了文学的支撑，传媒艺术将不复存在。如是，文艺美学的向前推进与提升，恰恰应该把这些问题考虑进去。

三　中西美学互释方能构建当代文艺美学

在这样一种前提下，文艺美学应该将文学的审美特征及与传媒艺术的融通纳入到研究视域之中，那么，中国古代文艺理论能够为之提供什么样的资源呢？

文艺美学在中国的提出，是有着深厚的历史原因和必然条件的。显然，文艺美学的研究对象，不是像以往的传统美学，将美的本质这样的本体论问题作为核心，而是将美学延伸到文学艺术的审美经验。这既是西方美学在晚近阶段的转向，同时又是中国古典美学的根本性质所在。文艺美学在很大程度上有着与同中国古代文艺理论的同根性。美学界本身从对美的本质问题的无休止的争论，转向对审美经验的重视与研究，正是美学领域晚近时期的重要变化，而这正与中国古代文艺理论彼此契合。曾繁仁先生的论述明确揭示了这一点："从国际上来看，美学与文艺学已经完成了由古典到现代的转

---

① ［美］米勒：《土著与数码的冲浪者：米勒中国演讲集》，陈永国译，吉林人民出版社2004年版，第114页。

型。其重要标志就是由对美的抽象哲学思考转到对文学艺术的更为实际的研究，然后再深入到理论的更深的层面，探讨美与艺术所蕴涵的深厚人文精神。随着我国美学由抽象思辨到艺术研究以及由哲学逻辑到人文精神的转变，也带来了对我国古代传统的优秀美学与文艺学遗产的关注。因为，我国古代美学与文艺学遗产极少抽象思辨的理论，更多的则是对具体文艺现象的体悟，而且极富人文精神。这些遗产完全可以作为新时期发展我国美学与文艺学的丰富思想资料加以改造、借鉴、利用。而这些丰富遗产本身也可以说就是我国古代形态的文艺美学。因此，文艺美学学科的产生也正好同我们改造借鉴我国传统的美学与文艺学遗产紧密衔接。"[1] 曾先生的观点是客观的，也是值得我们认真思考的，这里的论述恰好可以回答我们的问题。皮朝纲先生将中国古代文艺理论径直称之为"中国古代文艺美学"，并有《中国古代文艺美学概要》一书，他也认为："我国古代美学，包括哲学美学、心理学美学（审美心理学）、社会学美学（审美社会学）、文艺美学等内容，其中以文艺美学所占的比重最大。因为中国古代美学从哲学上直接探讨美的本质的论述（也就是对美的本质作哲学的思考的论述）并不多，许多有关美学和文艺理论的著作与论述，乃是文艺家和理论批评家对文艺创作和欣赏经验的总结，许多内容都涉及文艺的审美特征，涉及文艺创作和欣赏活动规律的美学特点，实际上都是文艺美学需要研究的问题。"[2] 这都是非常透彻的答案。

　　但是，人们又会有这样的疑问：中国古代文艺理论就是我们现在所说的文艺美学吗？二者能够等同起来吗？这当然不是！文艺美学虽然重视文学艺术的审美经验的研究，不等于这些审美经验本身，也不同于一般的综合与归纳，它具有中国特色和中国气派，但不能认为它就是中国古代文艺理论的重复。文艺美学是在以往的哲学美学基础上的延伸与推进，是将思辨与经验相结合的产物。世界美学史上的思想精华，都是文艺美学的理论基础。自上而下和自下而上的互动，是文艺美学的思维路径。正像有学者认为的那样，"使用文艺美学对古代美学思想加以整理，具有以下优势：（一）可以对古代的美学思想进行综合研究，使其更加系统，更加深入。（二）突出了中国古典美学对文艺审美特性和审美规律的重视。（三）从一个崭新的角度进行

---

　　① 曾繁仁：《中国文艺美学学科的产生及其发展》，《文艺美学研究》第 1 辑，山东大学出版社 2002 年版，第 71 页。

　　② 皮朝纲：《中国古代文艺美学概要》，四川省社会科学院出版社 1986 年版，第 1 页。

研究，使其有别于以往的中国古代文艺理论研究和中国古代文学批评研究。"① 从中国古代美学研究工作的角度来看，此处所言都是颇为中肯的；从文艺美学的立场上看，古代文艺理论的意义远不止于此。中国古代文艺理论中的很多范畴和命题，其实都是富有强盛的生命力的，而且在当代艺术创作中成为重要的审美趣味、审美理想，也是取法的标准。这是可以直接进入我们的文艺美学体系的，而这些中国古代文艺理论的范畴和命题，应该成为文艺美学的重要内容，也是有别于传统美学的。这样会使美学产生崭新的机理。

对于文艺美学的推进，不仅在于对中国古代文艺理论作为文艺美学资源的价值认可，也就是不要停留于一般的议论层面，而是要将中国古代文艺理论的美学内蕴加以深刻的阐发，使之得到理论的升华和美学的贯通。文艺美学的学科性质很大程度上在于对文学艺术相通的审美规律的概括，而中国古代文艺理论虽然出自于不同的艺术门类，如诗论、曲论，或画论、书论、乐论，但它们是可以互通的，对于艺术创作及欣赏有很大的普遍性。发掘出中国古代文艺理论中虽然出自于不同的艺术门类却有普遍的美学价值的范畴、命题，加以美学的辨析与升华，这对文艺美学来说，是非常重要的。我们的课题研究，其主要内涵也正在于此。

中西美学互释从而建立起文艺美学的新框架，可以使美学研究真正向前推进。要使文艺美学得到世界美学界的认可，纯粹是中国古代文艺理论的东西还是不够的，那就成了中国美学史而不是文艺美学了。如果用哲学界和美学界都已认可为经典的美学观念对中国文艺理论进行阐释，生发出新的意义，就可以使文艺美学具有真正的世界性，使美学理论提升到一个新的阶段。

---

① 陈伟、神慧：《文艺美学：具有中国特色的学科分支》，《文艺美学研究》第 1 辑，山东大学出版社 2002 年版，第 189 页。

艺术媒介与传媒艺术

文化视野中的"形态变异"

——评《中国文学在英国》*

著名的法国比较文学权威艾金伯勒在十一届国际比较文学年会上(1985·巴黎)曾以"比较文学在中国的复兴"为题发表了总结性的讲演,对比较文学在中国的发展寄予厚望。最近读到张弘先生的近著《中国文学在英国》一书,切实感到了我国比较文学扎实而稳健的拓进步履。

时至今日,比较文学已经不可能再囿于"欧洲中心论",而无视中国文学施之于西方的久远影响了。作为世界文学宝库中地位十分重要的中国文学瑰宝,数百年前便以其神奇的光彩辐射到了西方,所以,中国与西方的双向文学交流乃是世界文学研究中难以回避的课题。在这方面,作为北京大学、南京大学组织编著的《中国文学在国外丛书》之一种,《中国文学在英国》确实展示了颇为丰富的内容及研究方法的自觉更新。

《中国文学在英国》这样的选题,注定是属于影响研究的范畴的。选题的性质要求作者必须搜集、整理大量的有关英国文学界接受中国文学影响的资料,予以实证性的勾勒,方能使人们充实地览照这样一条独特的文学交流的长廊。在这方面,作者以相当艰苦的劳动,换来了令人欣慰的果实。"从1589年英国人乔治·普腾汉的《诗艺》介绍中国古典诗歌格律算起,中国文学传入英国至今足有四百年之久。"① 这四百年间的有关资料是相当繁富而散在的,而且大多数都是英文文献,只有靠作者的广泛搜求与精细剔抉,然后从历时性和共时性两种角度串成一串"珠玑"。本书作者在大量的文学接受史实中,深入分析在传播与接受过程中的形态变异,作者并不满足于实证性的事实介绍,没有停留于一般的"外缘"研究,而是力求通过比较文学的研究以探讨文学的本质与特性。这当然比一般的史实搜求、整理有更大

---

* 本文刊于《学术月刊》1996年第3期。

① 张弘:《中国文学在英国》,花城出版社1992年版,第1页。

的难度，但对比较文学本身来说，确乎是一种可喜的进展。在这个问题上，作者是有很自觉的理论意识的。书中指出："法国著名比较文学家艾田蒲教授说过：'比较不是目的。'我们同意这个观点，而且进一步认为，比较之目的在于把握文学的特性。需要说明的是，这并不一定是本体论的追求。关于文学的特性的说明，可以像通常那样是概念判断式的，也可以是现象描述式的。这种现象描述式的把握方法，不再急于解答'文学是什么'的传统问题，相反首先关注'文学是什么样的'。换句话说，关于文学的特性，完全可以从另一个角度，从文学的存在方式去把握。"① 这种理论意识对于比较文学的理论建设来说，是重要的前提，同时，作为方法论特征，也在全书的论述过程中得到了贯彻。作者在论述英国学术界对中国文学精品的译介时，多能在中西审美观念、价值体系的交融与碰撞中，探索其作品内在审美机制在传播过程中的种种错位，并从文学的文体特征等艺术视角加以细致剖析。如对霍克斯的楚辞研究②，对于翟理思的唐诗介绍，对于布吕昂特的词学译介，等等，皆是显例。这当然也是得益于作者那种深湛的中国古典文学修养，作者原来是从事中国古代文学教学、研究的，国学功力颇为不错，后又出国进修比较文学，这样的知识结构，自然能使这类选题做得较为得心应手而又颇为深入。作者自觉追求通过比较文学途径，来把握文学特性的意识，对于该书的成功还是起了统率作用的。

　　与之密切相关的是，在全书的体系建构中，作者力图用形态学方法以补充影响研究中传统的历史方法之不足。为此，作者在书中专辟了"余论：影响研究的形态学方法"一章申明这种理论观念。作者对于比较文学中法国学派代表人物基亚的历史方法进行了分析，指出："这是一种历史学的复生学的观点，注意研究的是传播与接受的发生过程，……这种历史学的不足之处，是专注于历史过程而忽略了形态研究，最大的谬误莫过于认为文学的传播等于从一国到另一国的简单搬迁。"③ 为了补此不足，作者力倡形态学方法，也就是注重比较传播过程里"文学形态的相同与不同之处"④。作者从比较文学大师们如梵·第根、巴登斯贝格、伽列等人的理论著述中理出了形态学的思路，并加以明确倡导，作为影响研究中与历史方法相对的新的方

① 张弘：《中国文学在英国》，花城出版社 1992 年版，第 351 页。
② 同上书，第 128—131 页。
③ 同上书，第 353 页。
④ 同上书，第 354 页。

法命题提出，这对比较文学的理论建设的独特意义是显而易见的。尽管作者还未能来得及具体细致地就比较文学中的形态学方法进行明确界定与阐述，但是作为一个方法命题的倡导，且有此书的实绩作为基础，对于使影响研究这种传统研究范围的拓进、使比较文学从内部换发新的生命力、恐怕是功不可没的。

然而，这部书并没有对"历史方法"弃而不顾，而是使之与形态学方法得以有机结合。前两章"朦胧中的光和影"、"从地平线走来"，就以历时性的思路描述了从17世纪英国人开始接受中国文学的历程，这两部分用大量的资料把握了动态的发展，使读者感受到了这种进程的轨迹。接下来第三章"诗之华——中国古典诗歌在英国"，第四章"诗之魂——中国古代诗人在英国"、第五章"东方的罗曼史——英国对于中国古代小说的译介"、第六章"在多重的帷幕后——英国对于中国戏剧文学的译介"等四章，是分别就诗歌、小说、戏剧这几大类体裁的精品在英国的传播与接受而作的评述。依我的理解，形态学方法最为集中地体现在上述几章之中。以文体分类进行论述，可以就文体的审美特征（外在的及内在的）进行具体的、内行的分析，更能以具体的方式描述出文学的特性——当然不是那种"文学是什么"式的抽象本体论命题，而是具体的文类所表现出的美学特征。这比"眉毛胡子一把抓"地将各种文体搅在一起谈，不仅线索更为清晰，而且更能把握文学的特质。各类文体合而言之为"文学"，有其共有的文学共性，但这种文学共性已是高度抽象化的了；各种体裁之间都有各自独特的、形式的、内在的审美特征，这是较为具体的。作者大概是从把握各类体裁的独特的美学规律的角度来使用"形态学方法"这个命题的吧？就本书的现有样态来看，作者颇为娴熟地以其对中国古典文学中诗歌、小说、戏剧等几类文体美学特征的理解与把握，分析了英国学者译介中国文学成果的得失。

作者通过大量具体论述，强调了"形态变异"的观念。作者有意识地吸纳了接受美学的合理因素并且内化到研究过程之中。他试图站在英国人的立脚点上，借英国人的目光来反观中国文学；又由于自己中国学者的文化积淀与视角，便处处审视出英国人在接受中国文学过程中的选择倾向。不同的文化传统，不同的价值观念，不同的审美意识……造就了英国人迥异于中国人的"接受屏幕"，因此，他们在译介中国文学时，便形成了与中国人的欣赏与评价之间的某种反差与错位。作者在全书写作中，是着意揭示这种"变异"关系的。譬如对于赋（作者将赋与诗放在一起论述），中国人大多不太感兴趣，除专门研究者外，很少有人读赋。但在英国，赋的研究与译介却甚受重视，而且研究方法也与中国学界习惯不同。作者重点介绍了克内契格斯的赋学研究成果，并指出："克内契格斯对汉赋形成的研究，很大成分上源于西方的修辞学传统。"① 作者归结为："中国文学批评一向重质轻文，作品的内容据首要地位，文学语言是附属的形式。赋恰恰讲究文学修辞，在夸张的形式下表达一点不多的意思，何况用今天的眼光看这形式这文学又都是死去的。西方的文学批评则恰好相反，相当重视文本的本身，以至于'质'反而被放在次要地位。特别二十世纪以后，语言文字相对独立的机制成了文学批评乃至哲学研究的焦点。在这种情况下，西方汉学家把注意力转向文学形式发达的赋，是不难理解的。无须奇怪，这里又一次见出中西文化的差异。"② 这正是作者对"形态变异"方法的进一步说明。再如，介绍戴维斯的陶渊明研究，指出其把陶渊明的诗歌理解为对存在意义的探寻，"与其说是对他历史本来面目的恢复，不如说是从西方现代观念出发的重新塑造"③。对于英国的《红楼梦》、《镜花缘》的翻译研究，对中国戏剧的译介，也都从"形态变异"的角度出发，指出传播过程中的某种选择与错位。

　　说到底，这种"形态变异"是根源于两种不同的文化传统的差异。不同的文化传统、人文环境乃至于自然环境，决定了不同民族人们审美观念、价值选择上的差异，何况又是中国与英国这样遥居地球东西两端的呢？但"差异"是与"共同性"相对而言的，没有共同性也就谈不上"差异"。不同民族之间的文学之所以可以彼此渗透交融，可以比较，正是因为人类的发展走着大致相同的历程，各民族的心理体验有许多共同之处。而且，古往今来，民族间的交往融通，无论是鲜花鼓乐式的或血火刀剑式的，从来都没有停止过。文学，又从来都是文化的精灵，因此，要真正地比较不同民族的文学之异同，就不能不对其民族文化的特质与发展，有较为深刻中肯的了解。《中国文学在英国》一书的特色之一，还在于作者对于中英两国之间的文化交往，对于英国的文化传统，都做了相当丰富的描述，并且又都是与英国人接受中国文学过程的直接文化渊源的揭示联系起来的。如第二章中对于英国传教士与外交官所起的文化媒介作用的详细介绍与辩证分析，便使对于文学传播的论述显得根基深厚，令人信服。

　　作为一部比较文学专著，本书在很多方面也还有待完善。我以为关于

① 张弘：《中国文学在英国》，花城出版社1992年版，第134页。
② 同上书，第140页。
③ 同上书，第167页。

"形态学方法"问题，目前书中的分析与建构还是较为粗糙，有待进一步精密化，这样，可以使比较文学的理论建设大大提高一步。形态学包含了各种文体的分野，但远不止于此。而且目前的艺术形态学的理论建树，可以作为比较文学的方法借鉴，使之更为科学化、细致化。

文学与传媒艺术[*]

一 引 言

在大众传媒成为社会文化的主导因素的今天，文学和文学理论的命运究属如何？这是近年来人们不得不面对的现实，也是人们不得不思考的问题。当美国的希利斯·米勒教授发出了"文学的终结"的惊世骇俗之语，理所当然地受到了国内一些著名文艺理论家的反驳，却又不能不使我们忧心于文学的命运与未来。视觉图像成为我们这个时代尤其是年轻人的主要审美方式，这是一个无法回避的事实。流溢于各种日常生活中的符号美感和浅表华彩，使"日常生活审美化"成了几欲取代文艺理论的核心观念。于是，"文艺学的边界"也就成了令人争论不已的问题。文学理论队伍中的很多学者，也将"文化研究"当成了自己的主业。文学似乎已经成了被人怜悯的"明日黄花"。但是，如果要坦然地面对这个时代的文学和文化状况，建设和谐的文化体系，内在地、客观地认识文学和传媒的关系是非常重要的，也可能是解决问题的理性出路。

如果以为在当今时代文学扮演了与以往时代截然不同的角色，直白地说是从"骄傲的公主"沦落到了"丑小鸭"，人们对这一问题的评价，或是出于对于文学命运的判断，或是出于对文学的怜悯和固守，我们觉得都还停留在"皮相"的层面。宣告文学命运的"终结"或怀疑她的存在的合理性，固然是夸张有余；悲壮地坚守文学的原有疆界，为文学今天的风光不再而痛心疾首，其实也是底气不足。我们的看法是：在大众传媒时代，文学借传媒艺术的风帆达于天下所能达之处，从未有今日这样传播之广；传媒艺术以文学为内蕴，为运思之具，得到了深刻的滋养。文学不同于传媒艺术，二者自

* 本文刊于《现代传播》2008 年第 2 期。

然不可混同，但是互补共济，却有美好的前景，事实上也是如此！

二　文学的属性与其形态变迁

当今电子传媒已成为媒介的主流，更多的人醉心于电视和网络的世界，传统意义上的文学，受到强有力的挑战，文学的生存和发展都似乎成了令人忧心忡忡的问题。雅克·德里达声称："在特定的电信技术王国中（从这个意义上说，政治影响倒在其次），整个的所谓文学的时代（即使不是全部）将不复存在。哲学、精神分析学都在劫难逃，甚至连情书也不能幸免……"① 这种可怖的预言，已经在我们这些从事文学研究的人的心头罩上了乌云，也引发了我们对文学命运的思考。在我们看来，文学并未因为电子传媒的大行其道而面临灭顶之灾，但却由此而产生了其存在形态的重要变化。

从米勒的方式来看，似乎文学的危机是与其赖以传播的印刷文化让位于视觉文化的产物，并且由此而打破了人的内心世界与外部世界之间的二分法。在某种意义上来说，这是颇有价值的看法。从我们这个时代回望，文学的传播方式，当然是以印刷业的普遍发达为前提的。在米勒看来，文学似乎是与印刷技术共生的，印刷文化的主导地位让位给电子传媒，文学也就走到了末路。米勒说："印刷技术使文学、情书、哲学、精神分析，以及民族独立国家的概念成为可能。新的电信时代正在产生新的形式来取代这一切。"② 如果从媒介的角度来看，这种观点是有客观依据的。文学作为主要的审美方式，在很大程度上是依托于印刷文化而发达的。但是，如果认为因为电子传媒的盛行而终结了文学的命运，并且连同文学研究的时代也成为了过去，就未免对于文学的本质特征及审美属性理解得过于偏狭与浅表化了。在这里，我们愿意用赞成的立场来引述现象学美学家罗曼·英加登的话："印刷品（被印刷的文本）不属于文学的艺术作品本身的要素，而仅仅构成它的物理基础。"③ 无论是印刷媒介，还是电子媒介，其实都是文学的载体而已。

我们所要指出的是，其一，印刷文化并非是电子传媒可以取代的，印刷

---

① ［美］希利斯·米勒：《全球化时代文学研究还会继续存在吗?》，国荣译，《文学评论》2000 年第 1 期。

② 同上。

③ ［波］罗曼·英加登：《对文学的艺术作品的认识》，陈燕谷、晓未译，中国文联出版公司 1988 年版，第 13 页。

作为传媒在今天依然起着重要的作用，人类文化的产品有相当大的部分还要以印刷品的方式传播与保存；即便同样是图像，通过印刷或是电子传媒，给人的感觉并非全然相同的；其二，文学的发生远远早于印刷术的发明，其生命也不会因为印刷文化的式微而"寿终正寝"。从文学的基本属性来看，文学是与人类情感的存在相始终的。在这个意义上，对于在电子传媒时代文学终结的断言，我们是持明确的否定态度的。电子传媒的广泛运用，使文学的存在形态发生了与传统的文学畛域殊异的变化，文学在当代的传媒中与其他艺术产生了更大的共生性，这是我们的认识；而如果认为文学的生命走到了尽头，那无论如何也是我们所不能苟同的。如同童庆炳先生所言："这里我们必须给出一个不会终结的过得硬的理由。这理由就在文学自身中。在审美文化中文学有属于自己的独特审美场域。这种审美场域是别的审美文化无法取代的。"① 这种审美场域，童先生的理解是："文学独特审美场域的奥秘，还在文学语言中。""这里所说的读者阅读欣赏的时候，所领会到的不是文字内所表达的意义，而是文字之外所流露出来的无穷无尽的意味。""惟有在文学所独具的这个审美场域中，文学的意义、意味的丰富性和再生性是其他的审美文化无法比拟的。"② 这也就揭示了文学的语言美感所具有的特殊优势，也使我们悟解文学能够永久存在的原因。

从文学的发生来看，文学可以推溯到文字产生之前的口头谣谚，也可以延展到后印刷文化的任何时代！因为文学是无法终结的。电子传媒可以产生更多的文学样式，可以改变文学与其他艺术门类的关系，也可以使文学得到更为直观的表演。原有的某些文学样式，在电子传媒时代淡化或边缘化，这是一个事实；但它并不能证明文学的没落与终结，倒是王国维在其《宋元戏曲史》中开宗明义的一句"一代有一代之文学"的名言，颇能道出当今时代的文学存在状态。传媒时代自有传媒时代的文学形态。

文学是以语言文字作为其特殊的"艺术语言"来表达人的情感和描绘客观情境。英加登称这种以审美价值为其主要价值的纯文学为"文学的艺术作品"，并说"文学作品首先指美文学作品"③，而作为"文学的艺术作品"，语言文字的形式美感及其独特的思维方式，是其他任何艺术门类和媒

① 童庆炳：《文艺学边界三题》，《文学评论》2004 年第 6 期。
② 同上。
③ 〔波〕罗曼·英加登：《对文学的艺术作品的认识》，陈燕谷、晓未译，中国文联出版公司1988 年版，第 5 页。

介都无法取而代之的。古人所谓"诗者，吟咏情性也"①。"情性"可以泛指人的情感，而"吟咏"则是指通过语言的音韵之美加以抒发和表达。这可以推而广之地表述文学的一般性特征。即便是叙事性的文学创作，也同样是要有语言的美感的。孔子所说的"言之无文，行而不远"② 便是对语言的美感要求。文学创作不是人们的自然语言，而是语言的审美化。无论是叙事性的语言，还是抒情性的语言，都是通过语言的修饰，使之产生美感。刘勰在《文心雕龙》的首篇《原道》中说："文之为德也大矣，与天地并生者，何哉？夫玄黄色杂，方圆体分，日月叠璧，以垂丽天之象；山川焕绮，以铺理地之形：此盖道之文也。仰观吐曜，俯察含章，高卑定位，故两仪既生矣。惟人参之，性灵所钟，是谓三才；为五行之秀，实天地之心。心生而言立，言立而文明，自然之道也。"③ 刘勰认为"文"作为"道"的外显，与"天文"、"地文"之美一样，是以语言美感而成为"五行之秀""天地之心"的。刘勰的《原道》篇，是关于文学本体论的深刻阐明，也揭示了文学是以语言美感来抒写情性的性质。《原道》篇又说："逮及商周，文胜其质，雅颂所被，英华日新。文王患忧，繇辞炳耀，符采复隐，精义坚深。重以公旦多才，振其徽烈，剬诗缉颂，斧藻群言。至夫子继圣，独秀前哲，镕钧六经，必金声而玉振；雕琢情性，组织辞令，木铎起而千里应，席珍流而万世响，写天地之辉光，晓生民之耳目矣。"④ 这是从史的意义上指出文学是语言美感的自觉。由此来看文学，则文学并无"终结"的理由。无论大众传媒如何盛行，视觉图像成为人们的普遍审美对象，语言美感的追求，并不因时代变迁而消弭，恰恰是因文化发展而深化。即便是今天这样的视觉文化成为主要的文化类型，文学也没有失去她的魅力，而是以更多的新样式展示着生命的光韵。

文学作为审美对象，其审美途径并非只是阅读，而是通过阅读，产生视觉和听觉的两类意象。这一点，恰恰又在传媒艺术中得到了最为现实的搬演。文学是通过语言文字为欣赏者创造出成为审美对象的内在视像，无论叙事或抒情者皆然。著名的现象学美学家杜夫海纳称之为"表演"。他所说的"表演"，其实就是根据作品的语言文字基础而在头脑中形成视听的审美意

① 郭绍虞：《沧浪诗话校释》，人民文学出版社 1961 年版，第 26 页。
② （元）虞集：《飞龙亭诗集序》，见李修生主编《全元文》第 26 册，凤凰出版社 2004 年版，第 102 页。
③ 范文澜：《文心雕龙注》，人民文学出版社 1962 年版，第 1 页。
④ 同上书，第 2 页。

象的过程。杜夫海纳说："作品正是要求表演才能把自己呈现为审美对象。所以我们这里讲的是真实性，而不是现实性。作品的现实性是指它根据表演与否而所是的东西；作品的真实性是指它想要成为而通过表演恰恰成为的东西：即审美对象。"① 在这个"表演"的过程中，视听美感是综合在一起的。刘勰在论"情采"时指出文学意象有三："一曰形文，五色是也"，"二曰声文，五音是也"，"三曰情文，五性是也"。"形文"和"声文"，都可以视为文学作品内在审美意象物质性的审美要素。"形文"主要构成视觉美感，"声文"主要构成听觉美感，"情文"乃是指交织着喜怒哀乐等情感变化的精神性机理。在刘勰看起来，意象的物化，不仅是以文字构形，将心中的视像传写出来，同时，还应该有和谐悦耳的声律，这是意象审美化的一个重要内容。换言之，刘勰认为意象的审美要素不是一维的，至少是形、声二维的。他在《文心雕龙·神思》篇中所说的"流连万象之际，沉吟视听之区"，正是揭示了意象的视、听二维性质。我们今天的传媒艺术是声画的综合体，视觉图像必须配合以声音美感。文学中的语言美感，对于传媒的视听美感而言，是非常重要的基础。

大众传媒艺术难道是扼杀文学命运的罪魁？因为大众传媒的盛行而使文学放逐于无家可归？我们当然不作如是观！但问题是对于文学在今天的存在形态要有一个新的观念。如果仅以传统的文学样式是否还是大受人们青睐作为尺度，那就只有慨叹文学的式微了。而如果以语言美感作为文学的根本属性，就不难看到文学在今天的文化舞台上大展身手。其实，问题不应该是这样的提法，因为文学压根就不存在终结的问题。但是，文学在以电子科技为技术条件的大众传媒时代变换了很多"身形"，也许在很大程度上不同于以往的传统形态了。其实，这对文学来说并非是"第一次"，自然也非"最后一次"。以中国古代而论，古近体诗曾经是人们最主要的审美方式，而从近代以来，它们早就退居其次了。小说在其初起被视为"旁门左道"，现在谁又能否认小说作为文学的主要样式的地位呢？传媒艺术的盛行给文学带来了巨大的变革，使文学的存在形态较之以往大有不同，传统的文学样式有些在人们的审美活动中淡出了，而一些新的文学样式又凸显出来，这些新的文学样式基本上都是与传媒艺术融合在一起的，但又不可以忽略它们的文学属性，如电视剧本、综艺晚会的解说词等，都可以视为新的文学样式。

---

① ［法］米·杜夫海纳：《审美经验现象学》，韩树站译，文化艺术出版社 1992 年版，第48 页。

三　传媒艺术与文学的审美运思

　　传媒艺术，指大众传媒系统中以电视传播方式为主要载体的艺术创作、作品与接受的总称。它所包括的样式是多种多样的，如电视剧、电视音乐、电视舞蹈、电视戏曲、电视散文、小品、综艺晚会、MTV，甚至广告也可以进入此列。这其中有相当一部分是传统的艺术形式借大众传媒以传播之，却由此而产生了不同于传统的该样式的艺术语言和表现效果的新质。比如MTV，传统的音乐主要是以旋律之美诉诸听觉，而MTV则是通过画面来表现那些美妙的歌声和乐曲所供人想象的内容。电视舞蹈，突出了电视传播适合于舞蹈的某些方面，使欣赏者在欣赏过程中得到一种特殊的审美享受。传媒艺术是以动态的图像和声音的有机结合为其基本元素的，各种艺术形式进入大众传媒系统，一方面得到了最大化的传播效果，另一方面也必然产生与原来的效果不尽相同的变异。这种变异是统一于传媒艺术的总体性质的。大众传媒成为当今时代最具能量的传播载体，同时，又有着整合统领其他艺术样式的重要功能。大众传媒无疑是以通过视觉直观来取得其最大化的审美诱惑的，当然与视觉图像相配合的音响也是其重要因素。视觉文化在当今的文化格局中占据了首屈一指的王者地位，以电子技术乃至数字化技术为其基础的大众传媒，自然是始作俑者。但是真正能够成为审美对象的图像，却不可能是纯然感性的和表层的，必然有着内在的意蕴和灵思，有着叙事的逻辑，也有着语言美感的框定。大众传媒不可能只是依靠无逻辑的图像来获得受众的，而是要以内在的灵思和叙事逻辑来结构图像。从这个方面来说，文学对于传媒艺术而言是须臾不可离开的。文学是必须运思的，而这种运思是以内在视像作为基本元素的。大众传媒在很多时候是以直观的图像来传达这种运思的，或者说大众传媒的图像表现是以文学的运思为其联结方式的。尽管时隔千余年，刘勰关于"神思"的论述，仍然是非常能够说明文学的运思性质的，其云："古人云：形在江海之上，心存魏阙之下，神思之谓也。文之思也，其神远矣！故寂然凝虑，思接千载，悄焉动容，视通万里。吟咏之间，吐纳珠玉之声，眉睫之前，卷舒风云之色，其思理之致乎！"这里讲的便是文学的运思过程与审美机制。文学之思有着充分的主体性特征，它必然地超越外在的客观现实的时空限制，而创造出"思接千载"、"视通万里"的审美时空。这种运思不是空的，而是以内在视像为其载体的，因此刘勰提出"故思理为妙，神与物游"。这个"物"，便是物象，其实是一种内在的视像。刘勰又在《神思》篇的"赞"中说："神用象通，情变所孕。"高度概括地揭示了"神思"是以"象"为运行载体的，也即我所说的"内在视像"。"情变所孕"则说明了文学运思的动力因素，就是情感变化的孕育。文学运思同样必须是以语言美感为其物质材料的。刘勰又指出了作家诗人是以具有美感力量的语言来使这种内在视像得以物化的，他说："是以陶钧文思，贵在虚静，疏瀹五藏，澡雪精神。积学以储宝，酌理以富才，研阅以穷照，驯致以怿辞；然后使玄解之宰，寻声律而定墨；独照之匠，窥意象而运斤，此盖驭文之首术，谋篇之大端。"① 所谓"定墨"，是以语言表达出来，成为作品。声律则是语言的音韵之美。

文学运思的功能更在于其个性化的艺术表现，而这也在于内在视像的与众不同，这也需要语言美感的卓异，因为运思的工具正在语言。刘勰在《情采》篇的赞语中所说："言以文远，诚哉斯验。心术既形，英华乃赡。"所为"心术既形"，其实就是内在视像的物化外显，这正是用具有美感的语言来表现之。不要误会，认为我们所说的"语言美感"只是语言的华美，"语言美感"指语言的情感力量与结构功能。给人以深刻的美感作品语言很可能是冲淡自然的，像谢灵运的"池塘生春草，园柳变鸣禽"，李白的"相看两不厌，唯有敬亭山"，如此等等。文辞之美，关键在于不同情感的有机构成，对于欣赏者产生情感上的感染与震撼。关于文学语言的情感性质，中西文论都有不少精彩论述。魏晋南北朝时期的著名诗论家钟嵘谈到诗的发生机制说："若乃春风春鸟，秋月秋蝉，夏云暑雨，冬月祁寒，斯四候之感诸诗者也。至于楚臣去境，汉妾辞宫，或骨横朔野，或魂逐飞蓬；或负戈外戍，杀气雄边；塞客衣单，孀闺泪尽；或士有解佩出朝，一去忘返；女有扬蛾入宠，再盼倾国。凡斯种种，感荡心灵，非陈诗何以展其义，非长歌何以骋其情？"② 英国著名浪漫主义诗人华兹华斯认为："一切好诗都是强烈情感的自然流露。"③ 这些都是很有代表性的。

语言的独特表现，于此是不可缺少的。南朝文论家萧子显说："属文之道，事出神思，感召无象，变化无穷。俱五声之音响，而出言异句，等万物

---

① 范文澜：《文心雕龙注》，人民文学出版社 1962 年版，第 493 页。

② （南朝·梁）钟嵘：《诗品序》，见（清）何文焕《历代诗话》，中华书局 1981 年版，第 3 页。

③ ［英］华兹华斯：《〈抒情歌谣集〉一八〇〇年版序言》，见伍蠡甫主编《西方文论选》下卷，上海译文出版社 1979 年版，第 5 页。

之情状，而下笔殊形。"① "无象"并非没有内在视像，恰恰是说"象"的"变化不穷"。语言的"异句"，是其独特的表现；而"内在视像"的奇妙，正在于"下笔殊形"。内在视像是文学与传媒艺术相通的基本要素。文学之所以融通于传媒艺术，或者说传媒艺术需要倚重于文学的，首先在于文学的内在视像。我们可以对美学的本质主义进行质疑甚至解构，但是，不能将审美降低到仅仅是表层直观的拼贴或快感的充斥。审美当然要给人以表象的愉悦，而同时更是情感的牵动与感荡。文学之所以不同于非审美的文字，就在于其能以表象的形式使人得到审美感受。我们知道，非审美的文字，如哲学的、科学的或公文的文字，是要以逻辑的力量，概念和推理的明确无误来获得其效果的，逻辑思维是其最基本的思维方式，情感的、表象的东西，在论著中是不能作为基本的要素的；我们在理解和掌握这类文字时以理性为主。而文学的审美创造及接受则不然，它们时时都在以内在的视像来兴发感染我们，无论是抒情的还是叙事的皆然。其实，文学所以使人得到美感，是因其传达了普遍的表象之美和情感认同。在审美过程中，这是不通过概念的方式而是通过表象的方式来获得的。康德对此所作的阐述，于今仍然是符合审美实际的。康德说："如果人只依概念来判断对象，那么，美的一切表象都消失了。那么也不会有法则可依据来强迫别人承认某一事物为美。至于一件衣服，一座房屋，一朵花是不是美，就不能用理由或原则来说服别人改变他的评判了。人要用自己眼睛来看那对象，好像他的愉快只系于感觉；但是，当人称这对象为美时，他又相信他自己会获得普遍赞同并且对每个人提出同意的要求；与此相反，每个人的感觉却只靠这位欣赏者和他的快感来决定了。从这里可以看出，在鉴赏判断里除掉这不经概念媒介的愉快方面的这种普遍赞同以外，就不设定着什么；这就是一个审美判断的可能性，能视为同时对于每个人都有效。"② 不经由概念的普遍有效，不是逻辑的，而是情感的，是共通的情感原则。康德明确地将审美与概念的普遍有效性区别开来，他因此又说："审美的、不基于任何概念的普遍有效性，是不能引申出逻辑的普遍有效性的；因为那种判断完全不涉及客体。"③ 康德认为表象才是审美的主要媒介，而概念则不是。康德所说的"表象"，当然有明显的心理学色彩，而我们将创作和欣赏中在主体头脑中出现的形象称为"内在视像"，主

① （南朝·梁）萧子显：《南齐书》卷52《文学传》，中华书局1975年版，第907页。

② ［德］康德：《判断力批判》，宗白华译，商务印书馆1964年版，第53页。

③ 同上书，第52页。

要是和外在的视像相对而言的，也是由作家或诗人的语言构造出来的。它是用以表现作家的情感而打动欣赏者的情感的。对此，著名美学家苏珊·朗格的表述是："艺术品是将情感呈现出来供人观赏的，是由情感转化成的可见的或可听的形式。这是运用符号的方式把情感转变成诉诸人的知觉的东西，而不是一种征兆性的东西或是一种诉诸推理能力。"①

四　传媒艺术美感的文学提升

传媒艺术要给人以美感，给人以情感的感染，不同的样式当然有不同的艺术语言，但它不应是无意义的表层图像的聚合，这是肯定的。传媒艺术给人以更多的直觉快感，给人以娱乐的享受，这是当下的事实，我们并没有觉得这有什么不好；但是，娱乐不等于无知的傻笑！如果将传媒艺术降低到逗人傻笑的地步，那还成其为"艺术"吗？事实上我们现在看到的有些媒体中的节目，就没有什么美感可言，也没有什么智慧可言，有些"有奖竞猜"，连小学生的知识水平都不如。这又岂是传媒艺术的题中应有之义！娱乐当然不是理性推导，但也不是要降低人的理性水平和智慧水准。就其应然而言，传媒艺术是要通过视听方式，以直观的途径，给人以美的享受，给人以快感，给人以情感的共鸣，给人以智慧的印证的。娱乐当然不在我们的否定之列，因为娱乐可以给我们带来身心的享受。娱乐是使原本紧张的身心得以缓释与松弛，从而产生快感。正如黑格尔所说的"审美是令人解放的"，在"令人解放"的审美文化中，娱乐和游戏不能不占有足够的份额。娱乐的需要，也是人的审美需要的主要成分。用席勒式的命题来说，娱乐可看作是一种"溶解性的美"。娱乐使人松弛，所产生的是一种"溶解性的美"。在他看来，人性的观念与美的一般概念都是直接来自理性，人性观念的圆满就是美。但是现实中的人与观念中的理想人不同，他受到各种限制。这些限制总的说来有两种：一是单个的力片面活动破坏了人的本质的和谐一致，造成一种紧张状态；另一种是两种基本的力的同时衰竭，造成一种松弛状态。人在经验中基本上是处于上述两种状态，因而美在经验中对人的作用也有两种：适用于前者的是溶解作用，以恢复和谐一致为目标；适用于后者的是振奋作用，以恢复力为目标。"溶解性的美"也有两种形式：一是以宁静的形

---

① ［美］苏珊·朗格：《艺术问题》，滕守尧、朱疆源译，中国社会科学出版社 1983 年版，第24 页。

式缓和粗野的生活，即以形式解除物质的统治；另一个是作为活生生的形象给抽象的形式加上感性的力，即以实在解除概念的统治。娱乐则是通过轻松和谐的快感，使人们在现实中的紧张得以"溶解"。席勒如是说："我曾经断言，溶解性的美适用于紧张的心情，振奋性的美适用于松弛的心情。——因此，片面地受法则控制的人，或曰精神紧张的人，须通过形式得以松弛，获得自由。"① 娱乐可以使人在松弛中得到美感，而非降低人的智慧及对美的鉴赏能力。

审美"飞入寻常百姓家"是当下的文化现实，人们对"日常生活审美化"也是津津乐道的，大众传媒于其中起的是推波助澜的作用，甚至是"始作俑者"的作用。我们没有责怪大众传媒的意思，但是，人们迷醉于那些无处不在的图像，并且施施然地称这就是"审美"了，这又不能不溯源于大众传媒。在人们"咸与审美"的今天，"审美"挂在几乎所有人的口头，而审美本身在很大程度上已被弄得浅薄不堪了！诚如鲍德里亚们所看到的，"在这样的超现实中，实在与影像被混淆了，美学的神奇诱惑到处存在，因此，一种无目的性的模仿，徘徊在每件事物之上，包括技术性模拟、声名难定的审美愉悦"。"艺术不再是单独的、孤立的现实，它进入了生产与再生产过程，而一切事物，即使是日常事物或者平庸的现实，都可归于艺术记号下，从而都可以成为审美的。"② 在这种情形下，审美的意义究竟还剩下了多少？德国美学家韦尔施很是担忧地说："在表面的审美化中，一统天下的是最肤浅的审美价值，不计目的的快感、娱乐和享受。这一生气勃勃的潮流，在今天远远超越了日常个别事物的审美掩盖，超越了事物的时尚化和满载着经验的生活环境。"③ 目前的大众传媒在很多情况下，具有詹明信（即詹姆逊，英文名 Fredric Jameson）所批评的后现代主义文化的特征，即缺少深度。在詹明信看来，"一种崭新的平面而无深度的感觉，正是后现代文化第一个、也是最明显的特征。说穿了这种全新的表面感，也就给人那样的感觉——表面、缺乏内涵、无深度"④。对于这样的"审美"现实，盲目

① ［德］席勒：《审美教育书简》，冯至、范大灿译，北京大学出版社1985年版，第79页、第89页。

② ［英］费瑟斯通：《消费文化与后现代主义》，刘精明译，译林出版社2000年版，第99页。

③ ［德］沃尔夫冈·韦尔施：《重构美学》，陆扬、张岩冰译，上海译文出版社2002年版，第6页。

④ ［美］詹明信：《晚期资本主义的文化逻辑》，陈清侨等译，三联书店1997年版，第440页。

的乐观并非完全可取，有所反思，有所批判，是非常必要的。我们无法也没有必要遏止图像的大批量的生产与复制，视觉文化的环境就是由此造成的。退是退不回去的，再者说也没有必要倒退，莫不如思考一下如何提升的办法。我们也不可能要求所有的图像生产都有深意蕴含，生产者的素质和生活的规模与速度使这种理想化的程度难以实现。但是传媒艺术呢？传媒艺术也是艺术，而且是当今时代最为强势的艺术。是艺术就要有艺术的品位、艺术的形式、艺术的高度、艺术的蕴涵。仅是杂乱无章的图像不是真正的传媒艺术。我们现在面临的文化现实，真正的艺术含量较为稀薄，"乱花渐欲迷人眼"的视觉对象较之有内涵有分量的艺术品要多得多。这是值得我们认真反思的，也是有必要救赎的。

　　传媒艺术不仅是图像呈现，还应该是有内在意蕴、有优美的艺术形式的视听一体化的创作产物。传媒艺术的很大一部分功能是使人得到娱乐，但是，娱乐难道等同于浅薄无聊吗！当然不是。对于一个有一定品位、有一定的审美能力的人来说，娱乐是感受到沁人肺腑的美的享受，而不是被人搔着腋窝发出的笑！即便是以引人发笑为目的的小品、相声情景喜剧等类节目，也是让人们在由衷的笑声中感悟到生活中的某种道理。在声画一体的传媒艺术中，语言美感（不是指华丽，而是表达意义的确切、智慧和精炼。）尤其是不可或缺的要素。如果没有语言美感和视觉图像的配合，是无法成其为传媒艺术的。文学的内在视像及语言美感，正是可以给传媒艺术提供非常丰富的资源。无论是叙事性的讲述，还是抒情性的画面，都需要作者以文学性的灵思来进行创造性思维活动，也都需要以具有相当的文学修养的语言来进行表达。本雅明用以概括"机械复制时代的艺术作品"的基本审美感受是"惊颤"（或译"震惊"），其发生机制仍在于作者的文学性灵思。作为传媒艺术的主角的电视剧，有相当大的一部分是从文学作品（主要是小说）改编过来的。正如早几年时盘剑先生所指出的那样；"改编文学名著便成为了中国电视剧创作的内容。迄今为止，《红楼梦》、《三国演义》、《水浒传》、《西游记》、《聊斋志异》、《儒林外史》等古典文学名著，《子夜》、《春蚕·秋收·残冬》、《家·春·秋》、《四世同堂》、《雷雨》、《围城》、《上海屋檐下》、《南行记》等现代文学名著，《蹉跎岁月》、《今夜有暴风雪》、《寻找回来的世界》、《上海的早晨》、《平凡的世界》等当代文学名著都已被搬上了电视屏幕。事实上，各个阶段电视剧创作的最高成就往往由改编作品所取得，而且在艺术总体水平或同类作品的平均水准，原创电视剧显然也不如改编自文学名著的电视剧高。几乎可以这样说，如果没有名著改编，中国电视

剧创作的质和量都不可能达到今天的水平和规模。"① 盘剑先生指出了我国
电视剧发展过程中的一个重要的事实，我们以为是合乎客观状况的。近些年
来一些引起广泛关注、有很高声誉的电视剧，也往往是小说改编而成的，如
《激情燃烧的岁月》、《历史的天空》、《亮剑》、《血色浪漫》等，都是从同
名小说改编来的。不仅如此，原创电视剧中的精品之作，如《我爱我家》、
《编辑部的故事》、《大明宫词》、《成吉思汗》、《贞观长歌》、《长征》等，
其剧本都有着很高的文学成就。文学叙事的人物性格、语言、细节、结构等
都在其间有着精湛的表现。从小说中改编的电视剧如《历史的天空》、《亮
剑》中的主要人物的性格、语言，乃至于情节，都是从原著中来的。

　　文学语言有着很大的想象空间，其艺术性的语言自身使之具有审美张
力。刘勰在《文心雕龙·隐秀》篇中说："是以文之英蕤，有秀有隐。隐也
者，文外之重旨者也；秀也者，篇中之独拔者也。隐以复义为工，秀以卓绝
为巧。斯乃旧章之懿绩，才情之嘉会也。夫隐之为体，义生文外，秘响傍
通，伏采潜发，譬爻象之变互体，川渎之韫珠玉也。""隐秀"是文学语言
的审美特征，隐是指言外之意，秀则是指文中的精彩卓绝之处。这二者正是
互补互生的。严羽论唐诗说："盛唐诸人惟在兴趣，羚羊挂角，无迹可求。
故其妙处透彻玲珑，不可凑泊，如空中之音，相中之色，水中之月，镜中之
象，言有尽而意无穷。"② 都是指文学语言的这种审美张力。这种审美张力，
又是与其在视像的性质相关联的。宋代诗人梅尧臣的名言颇能道出其中三
昧："诗家虽率意，而造语尤难。若意新语工，得前人所未道者，斯为善
也。必能状难写之景如在目前，含不尽之意见于言外，然后为至矣。"③ "状
难写之景如在目前"是其内在视像，"含不尽之意见于言外"是其审美张
力。根据文学创作而进行传媒艺术的再度创作，是将其中的内在视像转化为
直观的视觉图像。文学中的内在视像为传媒艺术如电视剧的编导和演员提供
了基本的根据，后者则要从文学作品的内在视像进行升发，从而形成电视屏
幕上展现的图像化叙事。语言的抽象功能是自不待言的，任何语言都是抽象
的产物。但是，语言的抽象又不仅仅是逻辑的抽象，而且还可以有审美的抽
象。作为具有艺术品格的文学，其审美抽象是对传媒艺术的意义生成有深

---

　　① 盘剑：《走向泛文学——论中国电视剧的文学化生存》，《文学评论》2002 年第 6 期。

　　② 郭绍虞：《沧浪诗话校释》，人民文学出版社 1961 年版，第 26 页。

　　③ （宋）欧阳修：《六一诗话》，见（清）何文焕《历代诗话》，中华书局 1981 年版，第
267 页。

刻影响的。我曾对于审美抽象有过专门的论述，而且将审美抽象和逻辑抽象做了如下的区分："审美抽象是指审美主体在对客体进行直觉观照时所作的从个案形象到普遍价值的概括与提升。审美抽象与逻辑思维抽象的不同之处在于：虽然它们都是从具体事物上升到普遍的意义，但逻辑思维的抽象是以语言概念为工具，通过舍弃对象的偶然的、感性的、枝节的因素，以概念的形式抽出对象主要的、必然的、一般的属性和关系；审美抽象则通过知觉的途径，以感性直观的方式使对象中的普遍意义呈现出来，在艺术创作领域中表现为符号的形式。逻辑抽象是在个别的和偶然的东西中发现一般的合乎规律的东西，用马克思的话说就是'完整的表象蒸发为抽象的规定'，它意味着舍弃对象的全部丰富具体的细节、特征和属性，这当然是和审美的、艺术创作与鉴赏的过程殊异的……审美抽象则是指在审美创造或审美鉴赏过程中通过审美知觉和符号化的形式直观地把握对象的本质特征，其思考重心在于审美活动在其感性的方式中所达到的思维高度及把握世界的深度。"[①] 作为艺术的文学当然不是纯然的感性直观，它必然负载着人的命运、人的情感和人的感悟。文学与那些非审美的文字不同，它不是以逻辑推导的思维方式来运思的，而是以内在视像为其元素来运思的，但它必然地会由内在视像的构建而生发出意义。诗歌、散文、小说和戏剧文学皆然。现象学美学家英加登对于艺术作品的文本层次作这样的剖面分析，他认为："文学作品是一个多层次的构成。它包括（1）语词声音和语音构成以及一个更高级现象的层次；（2）意群层次：句子意义和全部句群意义的层次；（3）图式化外观层次，作品描绘的各种对象通过这引起外观呈现出来；（4）在句子投射的意向事态中描绘的客体层次。"[②] 英加登在这里所说的第四个层次，其实就是整个作品的意义层面。文学创作在这方面的表达是较其他艺术门类有着更大的优势的，而且其他门类在某种程度上，也是植根于文学的这种性质的。文学创作不以理性思维为其运思方式，不等于其中都是感性的存在，在其审美化的存在形态中，文学是不乏理性的力量的。严羽论诗说："诗有别材，非关书也；诗有别趣，非关理也。……所谓不涉理路，不落言筌者，上也。"[③] 这段名言曾经引发了长久不息的争议，也招来了很多人的诟病。然而，严羽

---

① 张晶：《论审美抽象》，《哲学研究》2007 年第 8 期。

② ［波］罗曼·英加登：《对文学的艺术作品的认识》，陈燕谷、晓未译，中国文联出版公司1988 年版，第 10 页。

③ 郭绍虞：《沧浪诗话校释》，人民文学出版社 1961 年版，第 26 页。

在其间又说了"然非多读书，多穷理，则不能极其至"，"而古人未尝不读书，不穷理"。① 其实严羽是很辩证的，他没有否认诗中的理性因素。我认为诗中的理性因素不但是存在的，而且是题中应有之义，多年前我曾论述过诗中之"理"的审美化存在，其中有这样的表述："诗的功能并不止于表现人的情感，还在于诗人以具体的审美意象把不可替代的情感体验升华到哲理的层面。我们在古人的吟咏之中，不仅产生强烈的情感共鸣，而且，在更多的时候也得到灵智的省豁。许多传世的名篇，都在使人们'摇荡性情'的同时，更以十分警策的理性力量穿越时空的层积。"② 文学的语言通过其内在视像表达对人生的感悟，在整体的理性升华方面，可以使传媒艺术得到深层的滋养。

五　和谐文化建设需要文学与传媒艺术的深度融合

党的十七大对于文化建设有前所未有的重视，胡锦涛总书记所作的十七大报告以"推动社会主义文化大发展大繁荣"为题，专节阐述了文化建设问题，报告中指出："当今时代，文化越来越成为民族凝聚力和创造力的重要源泉，越来越成为综合国力竞争的重要因素，丰富精神文化生活越来越成为我国人民的热切愿望。要坚持社会主义先进文化前进方向，兴起社会主义文化建设新高潮，激发全民族文化创造活力，提高国家文化软实力，使人民基本文化权益得到更好保障，使社会主义文化生活更加丰富多彩，使人民精神风貌更加昂扬向上。"这是十七大对于当前的文化现状的高度概括和前瞻，同时，也是现阶段我国文化事业的基本指导思想。

社会主义和谐社会的建构，其基础工作侧重于建设和谐文化。和谐文化的内涵和外延是非常深远和广大的，这是由文化的属性决定的。要使人们处于一个和谐的文化环境之中，最重要的在于制度文化和价值观念文化。制度文化并非本文所论范围，也非作者能力所及；但是，价值观念文化就和本文的论题深有关联。按照十七大精神来说，建设社会主义核心价值体系，这当是价值观念文化的命脉所在。十七大报告标明了社会主义核心价值体系的要义："社会主义核心价值体系是社会主义意识形态的本质体现。要巩固马克思主义指导地位，坚持不懈地用马克思主义中国化最新成果武装全党，教育

---

① 　郭绍虞：《沧浪诗话校释》，人民文学出版社1961年版，第26页。

② 　张晶：《论中国古典诗歌中'理'的审美化存在》，《文学评论》2000年第5期。

人民，用中国特色社会主义共同理想凝聚力量，用以爱国主义为核心的民族精神和以改革创新为核心的时代精神鼓舞斗志，用社会主义荣辱观引领风尚，巩固全党全国各族人民团结奋斗的共同思想基础。大力推进理论创新，不断赋予当代中国马克思主义鲜明的实践特色民族特色、时代特色。"这是社会主义核心价值体系的集中表述，也是我们构建和谐文化的灵魂。社会主义核心价值体系并非悬置于学理范围的抽象概念，也不是仅供专家学者的研究对象，而是应该贯彻于我们的文化生活的各个方面，各个领域。社会主义核心价值体系必须具体化和大众化，要在理论和实践两个维度上全面展开。而在这个过程中，大众传媒是不可或缺的传播途径。

社会主义核心价值体系作为价值观念文化的灵魂，要贯彻落实到每个人的价值观念之中，审美途径在当前的文化现实中是起着非常重要的功能的。仅靠理论学习一途，在现在的环境下肯定是收效颇为有限的。更为有效的方法和渠道，是要在人们朝夕濡染的大众传媒获得润物无声的熏陶。建设和谐文化，本身便是贯彻社会主义核心价值体系的过程。尊重差异，包容多样，又有力地抵制各种错误和腐朽思想的影响。沟通和融合不同的文化形态和审美观念，如高雅艺术和通俗艺术之间的鸿沟，城市文化和乡村文化的分野，诸如此类。传媒艺术所能起到的作用是无可代替的。如一年一度的中央电视台春节联欢晚会，便是整个中华民族除夕夜的不可缺少的精神欢宴。那些在春晚上最受欢迎的小品、相声等充满娱乐性的节目，使人们在开怀大笑中感受到了我们民族的真善美，也在笑声中讽刺了生活中的假恶丑。那些活泼鲜美的舞蹈，如《进城》、《俏夕阳》等，使人们感受到向上的力量。电视剧在传媒艺术中所占的分量就更大了。近年来数量众多的家庭伦理片，如《大哥》、《家有九凤》、《继父》等，都使人们在欣赏中得到中华传统美德的润泽，而在心理上摒斥着人与人之间那种虚伪与自私的行为。《亮剑》和《大刀》、《狼毒花》、《刀锋：1937》等，都在痛快淋漓中使人提升了正义感和民族自豪感，让浩然正气充满胸臆。那些革命历史题材电视剧，如《井冈山》、《长征》、《朱德元帅》、《八路军》、《新四军》等，都使我们感受到那血与火的斗争岁月，老一代革命者艰苦卓绝的足迹和"革命理想高于天"的情怀。传媒艺术的各种样式，都在建设和谐文化中起着不可小觑的重要作用，在人们喜闻乐见的艺术形式和耳濡目染的传播环境中，塑造着人们的价值观，是不是用真善美的内涵和形式给人们，是我们这个时代文化建设的关键问题。文学在当下构建和谐文化的进程中承担着不可推卸的使命！对于我们这个人口众多的文化大国来说，优秀的文学创作不是太多了，而是嫌少了。从文学的刊物的数量和出版社的出版量来说，可以说是铺天盖地而来，但是真正能够在无数作品中脱颖而出，成为经得住时间考验的精品，还是少之又少。有很多作家直接进入电视剧创作的轨道，还有一些作家在写作时便时时考虑电视剧化，这未尝不是好事，使文学创作和传媒艺术有了直接的通道；但从另一方面来看，利益的驱动恐怕是其动因所在。在浮躁的心态下，却难以出精品。事情真是有点意思，恰恰是只想着专力写小说，并不想着如何改编电视剧的作家如徐贵祥、石钟山等，他们的作品如《历史的天空》、《激情燃烧的岁月》被拍成电视剧后却成了立得住的精品，成为人们喜爱的传媒艺术的典范之作，这其实正说明了文学之于传媒艺术的重要价值所在。徐贵祥最近有一次对解放军艺术学院学报编辑的谈话对我们很有启示，他认为"真正好的文学作品应该为影视创作提供取之不尽的营养"，他从自己的经验中看到，"真正好的文学作品，也应该能转化成其他的艺术形式。就是说文学具备的那些元素，经过一个过程都可以转换成影视语言，文学所追求的那个境界，也可以成为影视剧追求的境界"①。我们看到的还不止这些。优秀的文学作品，尤其是那些穿过历史的时空而成为文学经典的作品，为传媒艺术（如电影和电视剧）提供了层出不穷的创作资源，古典名著、现代文学名著、当代文学名著皆然。而其他传媒艺术样式，也是要有好的文学底本作为基础，才能真正具有更好的艺术品位。如小品就是这样。有好的演员而没有好的本子，也很难成为令人百看不厌的精品。另一方面，文学作品所刻画的人物性格，活生生的人物语言，在现在的情势下，仅靠文字阅读，影响面是很有限的，而借了影视语言的图像化塑造，便使他们活生生地映入人们的眼帘，如《历史的天空》中的姜大牙（姜必达）、《亮剑》中的李云龙、《刀锋：1937》中的郑树森等。这是传媒艺术的优势，我们又为何不用！建构和谐文化，激发全民族的文化创造活力，传媒艺术是审美的主渠道，文学与传媒的相互融合，对于提高人们的审美修养，使人在审美中通往向上一路，当是具有可行性和操作意义的。

文学不同于传媒艺术，却不是不相容的。把文学和传媒艺术视为互不相容，乃至因了大众传媒的兴起，文学就得"终结"，这就未免简单化了。文学不等同于印刷文化，即便是印刷文化退居其次也没有理由就宣告它的死亡或终结，这又是另外的问题。文学是与人类共存的，并未因为其传播手段的

① 唐韵、徐贵祥：《对话徐贵祥》，《解放军艺术学院学报》2007年第3期。

变化发展遗落了自身，新的文化背景和数字化、网络化的技术模式，使文学产生了形态的变化，这是一个必须面对的现实。这对文学来说没有什么不好。文学成了传媒艺术的资源，而传媒艺术又使文学以新的样态大行其道，这难道不是事实吗？

传媒艺术的审美属性[*]

一

与传统美学相比，当今的美学研究和审美思潮，都发生了非常深刻的变异。这种变异是与大众传媒在当今社会生活中的重要地位与功能密切相关的。大众传媒极大地冲击了原来的文化模式，催生了全球范围内视觉文化的主导地位，自然也形成了人们新的审美经验，因而，也就在相当大的程度上改变了美学的走向。

从艺术的维度来讲，大众传媒对于艺术的介入程度之深，使艺术的样态、传播方式和审美经验，都产生了与传统艺术不同的诸多差异。美学的主要对象是艺术，艺术创作也最多地体现了审美价值的诉求。美学在许多思想家那里被称之为"艺术哲学"，并非虚言。而当下美学把日常生活作为更加广泛的渗透目标和研究范围，"日常生活审美化"成了眼下美学界最重要的事件。日常生活和当下审美的界限越来越模糊不清，美学家们在日常生活中寻觅自己的研究领域和灵感，成为一种趋势。我们知道，大众传媒与人们的日常生活是非常贴近的，如果没有对人们的日常生活的全面进入，传媒也只能是"小众"，而不可能称其为"大众"。另一方面，大众传媒对于艺术的影响也是划时代的。电子科技使传媒形成了以往任何的艺术样式都不可同日而语的艺术形态，当然也就使美学研究不能不对其刮目相看。正如美国著名学者詹姆逊所分析的："现代艺术中的那些超美学的观点似乎已经使人们对它完全失去了信任，并且在新的后现代的支配下，各种各样令人眼花缭乱的风格和混杂物充塞着消费社会。而老的美学传统几乎拿不出足够的理论储备

---

* 本文刊于《现代传播》2009 年第 1 期。

来解释这些新作品，因为这些新作品吸纳了新的交流手段和控制论技术。"①
传媒当然不仅承担艺术的功能，但是，艺术却因传媒而导致了深刻的革命。
当代美学与日常生活的不解之缘掺杂了很多艺术因素，而我依然认为，客观
地推进美学理论，对于传媒艺术的考察是至关重要的环节。仅仅是以"日
常生活审美化"作为当代美学的里程碑，把美学思维的取向都放在日常生
活一极，这是很鲜明地体现了美学的转向，但却不足以令人信服地建构当代
美学的内在机理。美学以艺术为其土壤和研究对象，这就有了与传统美学对
话或论理的内在途径。如果摒弃了经典美学的传统而只招展"日常生活审
美化"的旗帜，那么这种断裂是难以得到理论界的信任的。无论日常生活
如何地颠覆了艺术殿堂，而艺术作为人的审美之维还是要当仁不让地成为美
学研究的主要角色。传媒艺术作为当代艺术的整合性概念，是在与传统艺术
相对举的意义上提出来的。它为目下的审美活动提供了最主要的对象和审美
经验。

二

如果说传统的艺术概念是一种如维特根斯坦所谓"家族相似"的话，
那么，今日的艺术，则更为明显地归趋于传媒这一时代性的总体框架。如果
将"传媒艺术"与传统艺术加以比较，传媒艺术不是某一种艺术门类的名
称，而是指在电子科技传输的条件下，在大众传媒序列里艺术因素的概括。
就目前情况看，最主要和最成熟的还是以电视传播方式为载体的艺术创作、
作品与接受，如电视剧、电视音乐、电视舞蹈、电视戏曲、电视散文、相声
小品、综艺晚会、电视广告等多种形式。应该指出，电视广告虽然有着明显
的经济因素在内，但从目前的广告形态来看，已经完全可以跻身于传媒艺术
之列了。

大众传媒本身具有电子科技传输的根本特性，具有强劲的整合力量。在
传媒艺术的序列里，有些是同在传媒内部生长起来的，如电视剧、电视广
告、电视娱乐类节目等；有些借助传媒力量成为时尚的、地位突出的艺术样
式，如电视综艺晚会、电视小品等；有些本来是传统的艺术样式，如京剧和
其他戏曲种类，舞蹈、杂技、曲艺等，通过大众传媒而获得了新的生命力，

---

① ［美］弗雷德里克·詹姆逊：《文化转向》，胡亚敏译，中国社会科学出版社 2000 年版，第
97 页。

同时，也产生了深刻的变异，中央电视台的名牌栏目《曲苑杂坛》业已家喻户晓，戏曲频道的受众也是大有人在。还有像音乐电视，更是传媒艺术的一个杰作，音乐本是最典型的听觉艺术，音乐电视却将宛妙的歌声或音乐，与具有很强的视觉冲击力的画面天衣无缝地配合起来，成为充满活力的一个新的艺术样式。因此，我认为传媒艺术大致可以视为我们这个时代最有代表性的艺术概称。而各种具体的艺术门类似乎都可以从传播的角度上得以涵盖。

如果广义一点说的话，传媒艺术还可以将一些新闻类、社会类节目中的叙事艺术，纪录片、专题片的创作艺术等包括进来，而这种包括也许是颇有价值的。这里指的是作为创作手法的艺术性质。现在，越来越多的非艺术类的栏目，如法治栏目、经济栏目等，都借鉴了文学的叙事方法，把事件或案件的情节讲述得起伏跌宕，注重细节表现，并设置诸多悬念，留待下次播出，这样使受众在收视这类节目时成为一种艺术观赏，产生了欲罢不能的审美心理。此类节目还时常看到编导在有意刻画人物性格，如侧重于表现一位成功人士的某一方面的性格特征。专题片、纪录片的创作，则具有更为明显的艺术气质。纪录片注重故事性和人物形象，专题片对于素材影像的视觉效果选择，解说词的艺术化等，都使大众传媒的这些形式具有了很强的艺术品格。

作为时代性的艺术概括，传媒艺术对于我们这个时代的文化模式——视觉文化来说是最主要的生成因素。正如人们所看到的那样，印刷文化在很大程度上已经将其主导地位让贤于视觉文化，丹尼尔·贝尔对此有深刻的揭示："目前居于统治地位的是视觉观念。声音和景象，尤其是后者，组织了美学，统率了观众。在一个大众社会里，这几乎是不可避免的。——我相信当代文化正在变成一种视觉文化，而不是一种印刷文化。这是千真万确的事实。"[①] 使得人们以视觉观看的方式来把握世界的普遍因素乃是图像。由电子科技所大量生产和复制的图像，以其借助于摄影机和摄像机所呈现的真实感，联翩不断地映入我们的眼帘，形成了我们以视觉直观的方式来观察与把握世界的习惯。海德格尔的名言："从本质上看来，世界图像并非意指一幅关于世界的图像，而是指世界被把握为图像了。"[②] 我们并非在一般的意义

---

① ［美］丹尼尔·贝尔：《资本主义文化矛盾》，赵一凡等译，三联书店 1989 年版，第 156 页。

② 孙周兴选编：《海德格尔选集》，上海三联书店 1996 年版，第 899 页。

上来谈论"图像"，而是框定在电子科技所生产、复制和传输的影像。我们以此作为一个特定的概念，以区别于传统艺术形式所创造的艺术形象。我曾在拙文《图像的审美价值考察》中作过明确的论述："这里，我们所说的'图像'（包括视像、影像等）指的是凭借当代的大众传媒，通过电子等高科技手段大批复制生产出来的虚拟性形象。这样说是为了将当今时代成为标志性的审美元素的图像，和以往时代艺术家创作出来的视觉艺术作品区别开来。"① 我们所说的"视觉文化"，正是由这样的"图像"作为其基本的构成因素的。这种由摄像机、摄影机等电子设备摄录出来并配有语言和音响的图像，在视觉文化中扮演着最主要的角色，也是最能显示视觉文化优势的。借助家庭电视机、交通工具电视机和公共屏幕的不间断的播放，使人们每天都置身于这些图像之间。与传统的艺术形象不同，这类图像给人以完全的真实感，这其实是博德里亚所说的"超真实"。如果诸君能够认同我对传媒艺术的上述界定的话，那么，传媒艺术就形成了与日常生活和艺术传统的复杂关系，从而也为我们提供了从传媒艺术的新的审美属性来认识美学发展的可能性。

　　首先来看传媒艺术与传统艺术的区别，这是就其"区别"而言，传媒艺术与传统艺术是不可能一刀两断或泾渭分明地区别开来的，传媒艺术本身就包含了太多的传统艺术的内容；但是，传媒艺术的时代性特征，又是我们说明新的审美方式的逻辑起点。

　　我们就艺术的形式因素来看审美主客体的关系变化。言其大略，传统艺术，尤其是造型艺术，艺术家的形式创造特征是显性的，是欣赏者所突出地感受到的。欣赏者在面对艺术品的时候，所感悟到的，所鉴赏的，首当其冲的是艺术家的形式创造能力和独特的艺术风格，艺术家对某一艺术门类艺术语言的运用是否奇妙，艺术家在此一门类中有何独特之处，这是欣赏者所关心的。传统艺术门类中的绘画、雕塑等，都是以直观的艺术形象为其审美对象的，这些艺术形象尽管是要和现实中的形象相似，但是"形似"并非艺术家的首要追求，也并非是艺术品的审美价值的完美体现。诗词和小说、散文等文学样式，从艺术性质来考察的话，其实是作家用独特的艺术语言来创造内在的视像，当人们阅读文学作品时，在头脑中产生了以作品中的文字所勾勒的内在视像，才真正进入审美过程。而诗词曲的作品审美价值，最重要的便是文学语言的创造力和表现力。"读书破万卷，下笔如有神"，杜甫所

---

① 张晶：《图像的审美价值考察》，《文学评论》2006 年第 4 期。

谓"神"，指的是诗歌语言的创造性和感染力，而非同现实生活的相似程度。中国戏曲固然是取材于历史或现实生活，但是作为戏曲艺术并不是看其在多大程度上模仿了生活本身，戏曲的情节往往取历史或文学经典之一个环节，如《捉放曹》、《空城计》、《四郎探母》等，情节其实是颇为简单的，关键在于唱腔设计和演员表现。人们对戏曲（如京剧、昆曲等）的热爱和审美享受，更为重要的是演员的扮相、唱、念、做、打的功夫，以及唱腔设计之美。西方文艺理论虽是"再现"说雄踞了古典艺术时代，但是人们对艺术的欣赏仍然在于形式的创造性。不同的绘画流派、诗歌流派、小说流派，卓有成就的作家或艺术家，都是体现为创造出了属于自己的形式和方法。黑格尔认为艺术是形式和内容的统一，但也重视艺术形式创造的因素。如他在《美学》中所说："但是艺术的这种形式的观念性特别引人入胜的并不是它的内容，而是心灵创造的快慰。艺术表现必须显得很自然，但是形式意义的诗或观念性的因素不能是生糙的自然，而是取消感性物质与外在情况的那种制作或创造。一种使人感到快乐的表现必须显得是由自然产生的，但同时又像是心灵的产品，产生时无须通过自然物产生时所须通过的手段。这种对象之所以使我们欢喜，不是因为它很自然，而是因为它制作得很自然。"① 黑格尔重视这种"制作得很自然"，并在制作下面标出了重点号，是从形式的角度提出问题的。这里简单的论述，我要说明的是，传统艺术中的作品，无论艺术家所创造出的是何等直观的艺术形象，人们面对这些艺术品，所赞赏、所惊叹的，并非如何惟妙惟肖地与现实生活相似，而是艺术家的艺术语言的创造力、审美构形的奇妙、风格的独创性等等，而艺术品所呈现给我们的，也首先是艺术家的这种独创的魅力，而非它在多大程度上吻合现实。

传媒艺术供我们观赏的图像是用电影摄影机、电视摄像机、照相机以及其他电子设备对于现实世界的真人或真实自然所摄录到的影像，它是在运动着的时空中被摄录，也在运动着的时空中被播放，因此，就显得异常真实。加之对人物语言和音响的录制，这种声音和画面的完美配合，无法不使人感到身临其境。电子科技所产生的这种真实感，是传统艺术所无法比拟的。即便是以数字化手段所合成的景象，也以同样真实的效果引人入彀，如《真实的谎言》、《泰坦尼克号》等都是如此。传媒艺术就是以这样的图像作为它的主要材质的。单个的图像也许还不足以造成传媒艺术既酷似现实又形塑

① ［德］黑格尔：《美学》第1卷，朱光潜译，商务印书馆1981年版，第210页。

现实的复杂关系，而在时空运动中按着逻辑线索连接为图像流的过程，则以其超真实的力量，形成了与传统艺术相比远使人更为信服的真实感，这也就是博德里亚所说的"超现实。"

如果说传统艺术以创作主体的形式创造魅力，征服着欣赏者，令其以对艺术品的笔补造化的形式创造能力，造成了对于审美对象的"心理距离"。单就艺术的角度而言，"心理距离"的产生，更在于欣赏者对作品表现对象的淡化和对形式创造的专注。正如"心理距离"说的提出者布洛着重揭示了"心理距离"与形式创造之间的直接关联，他说："距离标志着艺术创作过程中最重要的步骤，而且可以为通常被称为'艺术气质'这东西的一个显著特征。距离要求被视为'审美知觉'的主要特征之一，如果我们可以用这术语指一种对经验的特殊心理态度或看法，这种看法在种种艺术形式上都有丰富的表现。"① 在审美理论上的"观照"，也就是基于与审美对象之间的"心理距离"而持有的审美态度，对艺术品来说，则是对其形式创造的主体能力的玩味。如中国南北朝时期的诗论家钟嵘对于诗歌"赋、比、兴"的阐释，就是从这个方向上着眼的，其云："故诗有三义焉：一曰兴，二曰比，三曰赋。文已尽而意有余，兴也；因物喻志，比也；直书其事，寓言写物，赋也。宏斯三义，酌而用之，干之以风力，润之以丹彩，使味之者无极，闻之者动心，是诗之至也。"② "干之以风力，润之以丹彩"，是诗歌语言的艺术创造；"味之者无极，闻之者动心"，是对这种诗歌语言效果的吟味。古之论画者也是从笔墨来进行观赏和玩味。如晚唐张彦远论顾恺之画云："遍观众画，惟顾生画古贤得其妙理，对之令人终日不倦；凝神遐想，妙悟自然，物我两忘，离形去智，身固可使如槁木，心固可使如死灰，不亦臻于妙理哉！所谓画之道也。"③ 观赏者在顾恺之画前的观赏妙悟，完全是一种凝神观照，而所谓"画之道"，则是绘画技巧之高妙。

传媒艺术呈现给我们的图像，与传统艺术相比，主体的形式创造因素在欣赏者面前，已经淡化退居其后，扑面而来的便是运动时空中的活生生的人物与自然。电子科技的成像与传统艺术的形象在真实感上是不可同日而语的。这当然不是说电影和电视艺术家无所作为了，而是传统艺术的形象那种

---

① 北京大学哲学系美学教研室：《西方美学家论美和美感》，商务印书馆 1982 年版，第277 页。

② （南朝·梁）钟嵘：《诗品》，中华书局 1991 年版，第 10—11 页。

③ （唐）张彦远：《历代名画记》卷 2，上海人民美术出版社 1964 年版，第 40—41 页。

明显的技法层面被撤除了，代之以视觉的高清晰性和鲜明的色彩度。这是一种异常真实的感觉，也即"超真实"。博德里亚以颇为费解的话来谈及这种情形，他说："长久以来，电视和大众传媒都走出了它们大众传媒的空间，从内部包围'现实'的生活，正如病毒对于一个正常细胞所做的那样。不需要头盔或数字合成：是我们的愿望最终在世界上像在合成影像中一样活动我们都相信自己的感受器，这就是因为生活和其复制品（指大众传媒所制作的图像——笔者按）过于相近、时间和距离萎陷而产生了强烈的雾视效果。无论是远距离参与、电视直播的心理剧还是所有屏幕上的即时新闻，都是现实生活的同一个短路动作。"① 博德里亚在这里所揭示是传媒制作的图像的"虚拟性"，与现实情景的逼真相似，足以乱真，从而传媒与现实生活的距离与区别变得难以辨识。距离感的消解，审美主体对于对象的融入，在传媒艺术的审美过程中是普遍的。费瑟斯通在美学角度提出了这个问题，他说："距离消解有益于对那些被置于常规的审美对象之外的物体与体验进行观察。这种审美方式表明了与客体的直接融合，通过表达欲望来投入到直接的体验之中。的确，它具有解除情感控制的发展能力，它把审美主体本身裸露在客体能够表现出来的一切可能的直观感应面前。"② "距离消解"恰恰是与美学理论中的"心理距离"这一权威观念相反对的审美关系，这也正是传媒艺术所带给我们的。

如果说康德的"审美无利害"的经典命题恰好可以从传统艺术中欣赏者面对形式创造层面与现实生活的利害产生一种淡漠，而当代传媒艺术本来就潜藏着诱惑人们动机的生动图像，几乎是很难令人保持淡漠的。大众传媒里的图像在与语言及音响的配合下联翩映现，欣赏者无须对之吟味和感悟，也不给你这样的余地。你尽可以对传统艺术的杰作一唱三叹，凝神静观，而面对大众传媒的艺术图像时，则不能有这样的机会和静观的审美态度。电子科技所生产的图像，给我们以强烈的真实感和视觉上的冲击性，作为审美主体，我们有了更强烈的视觉真实感和体验感，我们如同身在其中，而且，传媒艺术还将最具有诱惑力的仿像，通过高清晰度的播映，直接呈现在我们的眼前，于是，我们无法再奢谈什么审美上的"心灵距离"。博德里亚还指出了这种具有"具体的和物质的"效果："在这里，完全是幻觉，有一种迷人

---

① ［法］让·博德里亚：《完美的罪行》，王为民译，商务印书馆 2002 年版，第 29 页。
② ［英］迈克·费瑟斯通：《消费文化与后现代主义》，刘精明译，译林出版社 2000 年版，第104 页。

之处，与其说是美感的或戏剧的，不如说是具体的和物质的。"① 传统艺术，从中国来看，那种诗歌给我们的"韵外之致"、"弦外之音"，那种"余味曲包"，绘画中的"气韵生动"、"传神写照"，也就是本雅明概括的"光韵"概念；而传媒艺术则是以"惊颤效果"作为审美的标志。本雅明对电影和绘画的比较是可以给我们以深刻启示的："人们可以把电影在上面放映的幕布与绘画驻足于其中的画布进行一下比较。幕布上的形象会活动，而画布上的形象则是凝固不动的，因此，后者使观赏者凝神观照。面对画布，观赏者就沉浸于他的联想活动中；而面对电影银幕，观赏者却不会沉浸于他的联想中。观赏者很难对电影画面进行思索，当他意欲进行这种思索时，银幕画面就已变掉了。电影银幕的画面既不能像一幅画那样，也不能像有些现实事物那样被固定住。观照这些画面的人所要进行的联想活动立即被这些画面的变动打乱了，基于此，就产生了电影的惊颤效果，这种效果像所有的惊颤效果一样也都得由被升华的镇定来把握。"② 本雅明在这里论述的虽是电影，但确实是特别切合传媒艺术的整体特征的。总的看来，传媒艺术是不给审美联想以机会和空间，而是以超真实的图像使我们得到充盈的体验感。

　　传统艺术的欣赏由于形式创造凸显于表层，也因了艺术语言的专业性因素，就大体来说是需要欣赏者有一定的艺术修养和某些专业性的知识的，如对京剧、对书法乃至对古典诗歌的欣赏，都是如此。因而，涉足于艺术鉴赏，那还是较为"小众"的事情。试想，如果对京剧的唱腔和流派特征都一无所知，能够领略到京剧的妙处吗？越是美妙的艺术作品，越是需要欣赏的知音，中国古代俞伯牙和钟子期的"高山流水"的凄美故事，说明了知音的难觅。刘勰对于艺术鉴赏的知音慨叹云："知音其难哉！音实难知，知实难逢，逢其知音，千载其一乎！"③ 又说："凡操千曲而后晓声，观千剑而后识器，故圆照之象，务先博观。"④ 都说明了艺术鉴赏是很需要艺术修养的。这种对艺术形式创造的"鉴赏判断"，自然是要超越与对象之间的欲念的。如康德所认为的："凡是我们把它和一个对象的存在之表象（译者按：即意识到该对象是实际存在着的事物）结合起来的快感，谓之利害关系。

---

① ［英］迈克·费瑟斯通：《消费文化与后现代主义》，刘精明译，译林出版社 2000 年版，第33 页。

② ［德］瓦尔特·本雅明：《机械复制时代的艺术作品》，王才勇译，中国城市出版社 2002 年版，第 61 页。

③ 范文澜：《文心雕龙注》，人民文学出版社 1962 年版，第 713 页。

④ 同上书，第 714 页。

因此，这种利害感是常常同时和欲望能力有关的，或是作为它的规定根据，或是作为和它的规定根据必然地连结着的因素。"① 康德说得非常明确，利害感是与欲望相关的，远离利害感自然也就是远离欲望，这在康德所认为的纯粹"鉴赏判断"中是题中应有之义，而这正意味着审美主体是从审美对象的形式创造进行鉴赏。康德于此也恰好有这样的表述："当刺激和撼动没有影响着一个鉴赏判断（尽管它们仍然和这对于美的愉快结合着），后者仅以形式的合目的性用为规定根据时，这才是一个纯粹的鉴赏判断。"② 这在说明对艺术创作的审美鉴赏时是适合的。面对艺术作品，我们所感受到的，领悟到的是艺术家那种超卓的艺术功力和与众不同的风格魅力，而非对其所创造的形象的欲望魅惑。

传媒艺术所代表的当代艺术状况却与此有着很大不同。传媒艺术不可能脱离人们的欲望而仅以形式之美来博得一些雅士的浅吟低唱。究其本质而言，传媒艺术基本上是属于大众文化的。传媒艺术处在我们这个电子化信息化的时代，其传播方式是最大程度地普及到每个家庭和每人的生活的各个角落，电视机、电脑、公共屏幕、网络等无处不在，它的发达是必然依赖为数极多的大众的审美趣味。而传媒艺术的生产者也是依靠最为普及的电子技术来制作大批量的视觉文化产品，来满足大众的审美需要和娱乐需求。而这一切，都理所当然地被纳入经济运作的框架之中。传媒艺术不可能只依靠曲高和寡的高雅之士的认可而生存，收视率和广告是媒体的生命之源；大众是以传媒艺术来充填工作之余的生活时空，将身心的快乐与传媒艺术所创造出的当代美感融为一体。传媒艺术的受众在对传媒艺术作品进行观赏时，有着与传媒艺术那种"凝神观照"的审美态度大有不同的心态，也不是在欣赏传统艺术时那种特定的空间和氛围之中，如音乐厅、实验小剧场、美术馆、博物馆等，而更多的是在非常生活化的时间和空间里。如家庭的客厅、购物中心的广告屏幕和公共汽车上，也就是说，传媒艺术与传统艺术在欣赏环境上就有着很大差别，后者基本是在专门的场所，而前者恰恰就是生活之流中的。这也带来欣赏心境的不同。传媒艺术本身也非独立地、封闭地呈现，而是与各类社会、文化的节目编排在一起的。这在广告的安排上尤为明显。观赏者很少也很难以充分的心理距离和无利害的审美态度来观赏传媒艺术，而是穿插在生活过程中以休闲的心态来加以观赏。几乎是全民化的受众作为审

① ［德］康德：《判断力批判》，宗白华译，商务印书馆1964年版，第40页。
② 同上书，第61页。

美主体，不可能像传统的艺术鉴赏者那样懂得艺术形式和艺术语言之美，而更多地是在带有很高的娱乐含量的节目中得到开心一笑，释放在工作中受到的压力。媒体与消费在当今就前所未有地紧密联系起来。传媒艺术就其总的方面来说，不仅不能与欲望保持距离，反而是通过欲望的魅惑，来实现媒体的利益最大化。传媒艺术以其超真实的仿像，使人们觉得那些屏幕上出现的豪华生活就在身边，觉得那些通过数字化处理而改变出来的美丽容貌，真是可以通过药物和美容实现的。现实和影像的差别似乎在人们视觉中已经不复存在，广告中层出不穷的新鲜器物以及享用它们而带来的匪夷所思的神奇效果，使人们心驰神往。英国著名学者费瑟斯通谈到消费文化的影像时说："在消费文化影像中，以及在独特的、直接产生广泛的身体刺激与审美快感的消费场所中，情感快乐与梦想、欲望都是大受欢迎的。"① 影像的观赏是当下一种最为普遍的审美方式，我们无法否认这种现实。而影像的仿真及与现实的互置，使受众在影像中得到欲望的张扬和娱乐的快感，如费瑟斯通所阐述的博德里亚的观点："从对生产的强调转向了对再生产的强调，也即转向了由消解了影像与实在之间区别的媒体无止境地一再复制出来的记号、影像和仿真的强调。——记号的过度生产和影像与仿真的再生产，导致了固定意义的丧失，并使实在以审美的方式呈现出来。大众就在这一系列无穷无尽、连篇累牍的记号、影像的万花筒面前，被搞得神魂颠倒，找不出其中任何固定的意义联系。"② 在当下这个时候，审美确实与消费有了不解之缘。要想把欲望在内的利害感排除在外，那可真是难乎其难了。

在这种消费与审美的结盟里，身体作为审美的对象和消费的对象，合二为一地得到了彰显。身体在当今的传媒艺术中成为非常突出的因素，这对当代审美活动的影响是至为深远的。

这首先是因为审美主体已经从那种遗落了肉身之后的精神主体转化为现在的身心合一的主体。在传统的美学观念中，由于理性主义的巨大影响，美学尽管是给感性划出了自己的领地，但仍然停留在一种抽象的观念上，无论是康德，还是黑格尔，都没有将血肉之躯的需要作为审美主体的因素考虑在内，而是将审美主体作为进行精神活动的抽象意识。而传媒艺术作为审美活动的进行，则无法再将肉身因素抽空，而坚持用纯精神的头脑作为审美主

---

① ［英］迈克·费瑟斯通：《消费文化与后现代主义》，刘精明译，译林出版社2000年版，第18页。

② 同上书，第21页。

体。在面对那些如同置身于其中的仿真图像时，作为审美主体的受众，无法只是纯精神的凝神观照，而以灵肉为一、身心融合的状态来感受对象。同时，身体作为审美的对象或消费的对象，都是当下审美的不可忽视的现象。博德里亚认为在消费文化中身体是最美的对象："在消费的全套装备中，有一种比其他一切都更美丽、更珍贵、更光彩夺目的物品——它比负载了全部内涵的汽车还要负载了更为沉重的内涵。这便是身体。在经历了一千年的清教徒传统之后，对它作为身体和性解放符号的'重新发现'，它（特别是女性身体，应该研究一下这是为什么）在广告、时尚、大众文化中的完全出场——人们给它套上的卫生保健学、营养学、医疗学的光环，时时萦绕心头的对青春、美貌、阳刚/阴柔之气的追求，以及附带的护理、饮食制度、健身实践和包裹着视神经的快感神话——今天的一切都证明身体变成了救赎物品。在这一心理和意识形态功能中它彻底取代了灵魂。"① 在传统美学中"身体"一直是缺席的。无论是西方的"审美无利害"，还是中国的"澄怀味象"，都是以纯粹的精神作审美主体的代称的。而在大众传媒主导文化的当今之时，身体作为最为重要的审美现象和对象之一，是一个自明的事实。在传媒艺术的范围里，广告、电视剧、娱乐类节目，身体（包括容貌）都成为人们最为关注的指向。在为数众多的广告之中，明星的身体呈现是其诱惑力的重要因素，而一些电视购物节目，更是将具有曲线美的女性身体作为吸引眼球的看点。MTV、电视舞蹈等节目，也都是尽其可能地展现演员的身体之美。身体在人们的审美经验中占有了从未有过的重要份额。美国著名美学家舒斯特曼提出了"身体美学"的学科提议，也可以看作是在后现代语境下顺理成章的产物，而且有着非常广泛的社会文化基础。身体有着在哲学领域中的理性和存在的规定性，这不是身体成为当代审美的重要内涵的依据，而在后现代文化中身体被高度重视的理由，更为突出的是其自身的欲望性质。我很赞同彭富春先生对于身体的理解："基于身体美的这种特性，身体美学不仅要求身体作为美学的主题之一，而且重申从身体的本性出发探讨身体和与之相关的审美现象。这首先要让身体成为身体自身。它不能再被分割，变为不同的美的领域中的一个碎片，而是要独立出来，显示为完整的有机的身体。其实要从身体自身来理解身体。因此我们不能只是从自然、社会和艺术等不同的角度来解释身体，而是从身体的角度来透视身体自身。最后

---

① ［法］让·博德里亚：《消费社会》，刘成富、全志钢译，南京大学出版社 2000 年版，第139 页。

以此为基础去观看身体在自然、社会和艺术中的相应的审美表现。"① 人的身体之所为身体，最重要的是它的肉体性，表现在于它的欲望。从消费社会的生态环境来看，身体成为重要的美学话题，成为普遍的审美对象和消费对象，就无法与欲望相剥离，也就难以再恪守康德为纯粹的审美所划定的铁律："一个关于美的判断，只要夹杂着极少的利害感在里面，就会有偏爱而不是纯粹的欣赏判断了。人必须完全不对这事物的存在存有偏爱，而是在这方面纯然淡漠，以便在欣赏中，能够做个评判者。"② 传媒艺术中普遍存在着的娱乐性质，在很大程度上是将官能的快感召回到审美的快感之中。审美而无快感，无论是传统的审美理论中，还是在当代的审美经验中，都是说不通的，但在传统的美学理论来看，似乎审美的快感只是精神的愉悦，而生理的快适是要被排除在审美经验之外的。审美的快感与一般的快感固然有着不可分离的关系，但它们是不能等同的。正如桑塔亚那所指出的那样："一切快感都是固有的和积极的价值，但决不是一切快感都是美感。快感确实是美感的要素，而且这要素就是我们所知所说的审美快感和其他快感的区别的根据，留意这种差异的程度，将是有益的。"③ 而现在的传媒艺术，却包含着大量满足人们的生理快感的信息，以其超真实的图像符号，一方面使人们的情感得到直接的震撼，一方面也在相当大的程度上，满足人们对享乐生活的欲求，并且生产出更多的、更为积极的欲望。因此，如果再以纯粹的、无欲望指向的标准来框定审美性质，那将不符合现代传媒艺术的审美实践。

关于娱乐快感在当代审美中的特殊意义。对于传统艺术来说，娱乐的功能当然是存在的，在其审美效果中，娱乐的价值是艺术的诸多功能之一，但决不会占有首要的甚或是重要的地位，在多数时候还是认识功能、教育功能等意识形态的工具而已。"寓教于乐"的命题，可以较为明确地说明这种情形。中国古代的文学艺术，在儒家思想的长期笼罩下，是将教化功能放在首位的。诗教如此，绘画、戏曲亦是如此。这一方面其实无须多加论证，不言自明。传媒艺术的大行其道，不事张扬却又深刻地改变了这种审美传统。快感成了人们最主要的审美需要，娱乐提供了最为普遍、广受欢迎的快感资源。这在传媒艺术中是不可或缺的。即便是在传媒业深受意识形态总体性质制约的中国，娱乐也照样成为传媒艺术最重要的元素，没有花样百出的娱乐

---

① 彭富春：《身体与身体美学》，《哲学研究》2004 年第 4 期。
② ［德］康德：《判断力批判》，宗白华译，商务印书馆 1964 年版，第 41 页。
③ ［美］桑塔亚那：《美感》，缪灵珠译，中国社会科学出版社 1982 年版，第 24 页。

节目和渐次提升的娱乐水平，就很难有收视率的创高。受众对于传媒艺术的审美期待，也是以娱乐快感为首选的。电视小品成为传媒艺术的长盛不衰的重要样式，当然是因为娱乐因素的集中体现。情景喜剧在传媒艺术的领域中，也是大受观众宠爱的样式。如《编辑部的故事》、《我爱我家》、《闲人马大姐》等，还有《炊事班的故事》、《武林外传》、《家有儿女》等，收视率都不断创新高。电视连续剧中也有颇多的娱乐因素，成为其受到人们青睐的重要原因。以前反映革命战争题材的小说或电影、现代京剧等（或称"红色经典"），现在有多种重新拍成了电视连续剧，在情节的充填和拉长过程中，也是大量加入娱乐性的要素，如《吕梁英雄传》、《沙家浜》、《林海雪原》、《小兵张嘎》、《敌后武工队》等。很多类似于轻喜剧的电视剧也是人气极盛，如《刘老根》、《乡村爱情》等。近年电影里的贺岁片的巨额票房价值，也主要是来源于冯小刚式的黑色幽默，如《手机》、《不见不散》、《甲方乙方》等。中央和地方电视台都有很多娱乐类栏目，如《非常 6 + 1》、《星光大道》、《快乐大本营》等，也都是红火异常。传媒艺术是与娱乐相生共舞的，而娱乐快感也就成为面对传媒艺术的最突出的审美经验。美国学者波兹曼敏锐地称当今为"娱乐业时代"，他指出："电视把娱乐本身变成了表现一切经历的形式。我们的电视使我们和这个世界保持着交流，但在这个过程中，电视一直保持着一成不变的笑脸。……娱乐是电视上所有话语的超意识形态。不管是什么内容，也不管采取什么视角，电视上的一切都是为了给我们提供娱乐。"① 这揭示了大众传媒的娱乐化趋势。中国的大众传媒尽管有意识形态的制约，但其娱乐品性还是相当普遍的。当代审美无法也不应该将娱乐排除在外，娱乐快感理所当然地成为传媒艺术使人们产生审美经验的重要成分。娱乐快感与崇高、悲剧乃至优美给人的心理体验是有很大不同的。它不是使人产生"陶冶"、"净化"或振奋等的心理体验，而是通过感觉的松弛以调整身心的状态。正如英国美学家梅内尔所说："娱乐使我们的舒适和愉快的直接感觉兴奋起来时，并不要求精神的努力。"② 传媒艺术充分发挥娱乐的功能，使人逐渐向全面、丰富的人生成。它所产生的是一种"溶解性的美"。（席勒语）娱乐是通过轻松和谐的快感，使人在现实中的紧张得以"溶解"。席勒作了这样的说明："我曾经断言，溶解性的美适用于紧张的心情，振奋性的美适用于松弛的心情。——因此，片面地受法则

---

① ［美］尼尔·波兹曼：《娱乐至死》，章艳译，广西师范大学出版社 2004 年版，第 114 页。
② ［英］H. A. 梅内尔：《审美价值的本性》，刘敏译，商务印书馆 2001 年版，第 40 页。

控制的人，或曰精神紧张的人，须通过形式得以松弛，获得自由。"① 娱乐，作为"溶解性的美"，正是使人们的紧张心情得以缓解，从而达到和谐的状态。当然，阐明传媒艺术的娱乐品性，指出它的审美经验类型，为娱乐在审美领域找到合法的而又合理的位置，并非赞同当前媒体娱乐类节目中的某些低俗化的倾向，对于那些为了迎合某些受众的低俗趣味而搞的那种庸俗无聊的东西，我们是绝不赞成的。因为这已经背离了娱乐的初衷，而走向了美的反面。

　　传统艺术（也包括文学）的欣赏，更多地是通过从作品的形式创造生发出的意味、意趣、情感。由对表层的形式因素和形象的品鉴，形成审美知觉，进而把握其意。文论中以象尽意的命题，是可以说明这种情况的。《周易·系辞》中所说的"圣人立象以尽意，设卦以尽情伪"，对于以后的文论影响至为深远。魏晋时期著名玄学家王弼进一步明确了言、象、意三者的关系，其云："夫象者，出意者也。言者，明象者也。尽意莫若象，尽象莫若言。言出于意，故可寻言以观象；象生于意，故可寻象以观意。意以象尽，象以言著。故言者所以明象，得象而忘言；象者所以存意，得意而忘象。"② 中国美学是以象外之意的获得为其价值标准的。如刘勰《文心雕龙·隐秀》篇所说"隐也者，文外之重旨也"，皎然《诗式》中所说"两重意以上，皆文外之旨"，等等，都是从诗歌所描写的语言形式之外，通过欣赏者头脑中的审美知觉来生成其意的。唐人司空图的名言："象外之象，景外之景，岂容易可谭哉？"③ 第一个"象"，第一个"景"，是通过语言所描绘的表层，也是其形式之美所在，而第二个"象"，第二个"景"，则是在前者基础上在头脑中生成的整体意境。中国画也是讲究意趣的，文人画中最主要的就是写意画，创作上是通过笔墨以"适意"，欣赏画作也应是"取其意气所到"（苏轼语）。画论中的"以形写神"、"虚实相生"、"计白当黑"等，都是以画面上的有形笔墨，触发欣赏者的审美知觉，而形成画内与画外融为一体的整体意境。西方现代美学也对审美知觉非常重视，主张艺术品是通过形式而生成，并诉诸审美知觉呈现给观赏者的。苏珊·朗格认为："一切艺术都是创造出来的表现人类情感的知觉形式。"④ 完形心理学美学尤为突出强调知

---

① ［德］席勒：《审美教育书简》，冯至、范大灿译，北京大学出版社1985年版，第89页。
② （三国）王弼：《周易略例·明象》，见《王弼集》，中华书局1980年版，第609页。
③ （唐）司空图：《与极浦书》，见周祖譔《隋唐五代文论选》，人民文学出版社1990年版，第351页。
④ ［美］苏珊·朗格：《艺术问题》，滕守尧、朱疆源译，中国社会科学出版社1985年版，第75页。

觉的作用，著名心理学家考夫卡指出："艺术品是作为一种结构感染人们的。这意味着它不是各组成部分的简单的集合，而是各部分互相依存的统一整体。"① 现象学美学更为看重知觉在文学和艺术中的积极的建构作用，这以罗曼·英加登为代表，他对"文学的艺术作品"有这样的说明："文学作品本身是一个图式化构成，这就是说，它的某些层次，特别是被再现的客体层次和外观层次，包含着若干'不定点'。这些不定点在具体化中部分地消除了。"② 我们可以看到，审美知觉在传统的艺术欣赏中是起着不可替代的作用的。审美知觉是从作品的形式层面感受到的一种完形，在这个过程中生成了一种意义。我们在欣赏画作、雕塑、书法等创作时，都从其形式的创造中生成了一个虚实相生的整体空间。美国著名美学家奥尔德里奇对于普通知觉和审美知觉做了深入的区别，并认为"对艺术的经验基本上是靠知觉完成的"。③ 奥尔德里奇称普通的知觉过程为"观察"，而称审美知觉为"领悟"，并认为"它所具有的印象给被领悟的物质性事物客观地灌注了活力"。

　　对传媒艺术的审美方式，主要是视觉与听觉的整合。其中当然有知觉在发挥着重要作用，但这种超真实仿像使人们很难以上面所说的审美知觉的方式来把握作品。传媒艺术的审美方式是以视觉为主的，因而图像与视觉成为现代大众传媒最关键的话语。在当下的文化研究中，视觉文化受到很多学者的高度重视，成为最具人气的研究课题。以视觉文化研究著称的米尔佐夫教授说："可视性之所以被看重，是因为当今人类的经验比过去任何时候都视觉化和具象化了。在许多方面工业化和后工业社会中的人们如今就生活在视觉文化中，这在一定程度上似乎可以将当下与过去区分开来。"④ 人们是将传媒与视觉文化密切联系起来的，但是，电子传媒制作出的图像所造成的视觉经验是与传统艺术的视觉经验有很大不同的。后者也是创造出可视性形象给人以美的感染，并通过它得到认知的效果，但是传统艺术所创造的形象，是无法呈现出当今电子科技所制作出来的超真实的图像审美效果的。由摄像机或摄影机拍摄、再加之以音响合成，通过电脑的数字化编辑所得到的图像，是视觉、听觉一体化的，给人以全新的审美感觉。它产生的影像非常强

---

　　① ［美］李普曼选编：《当代美学》，光明日报出版社 1986 年版，第 412 页。

　　② ［波］罗曼·英加登：《对文学的艺术作品的认识》，陈燕谷、晓未译，中国文联出版公司 1988 年版，第 12 页。

　　③ ［美］奥尔德里奇：《艺术哲学》，程孟辉译，中国社会科学出版社 1986 年版，第 10 页。

　　④ ［美］尼古拉·米尔佐夫：《什么是视觉文化?》，见陶东风、金元浦、高丙中主编《文化研究》第 3 辑，天津社会科学出版社 2002 年版，第 3 页。

烈地冲击着人的视听感官，而又瞬息变化，这就不同于以往的审美知觉所把握的内容，而是一种前所未有的审美感觉。而如阿恩海姆在《艺术与视知觉》里对视知觉的精彩分析，所针对的是绘画等静止的造型艺术，对于传媒艺术，则未必能予以恰当的说明。面对传媒艺术的音画同期而又迅即变幻的图像，新型的审美感觉是其最重要的审美经验，而知觉的作用则淡居其后了。就目前来看，还没有人能够对这样的感觉做出科学的理论说明。但它是应该在当今的美学研究中得到应有的重视和研究的。

三

"日常生活审美化"作为美学的新宠，使近年来的美学理论界和生活世界两极都为之倾倒，生活和艺术的界限也因之而渐次模糊。这中间传媒起了始作俑者的作用。日常生活中的现代消费观念、审美化倾向和休闲娱乐趋势，在相当大的程度上都因了传媒所生产的无所不在的华丽影像的拉动与导引，反之，日常生活中所涌现的欲望快感，又产生了更多的符号需求，进一步刺激着传媒的图像生产。如费瑟斯通所描述的："在这个审美化的商品世界中，百货商场、商业广场、有轨电车、火车、街道、林立的建筑物及所有陈列的商品，还有那些穿梭于这些空间中的熙攘人群，都唤起了人们如今半数已被遗忘的梦想，有如来往人群的好奇与记忆，经常受到来自与背景分离的、变化的景象所刺激，并通过解读那些物品外表所散化的气息，产生出了某些神秘的联想。就这样，大城市中的日常生活具有了审美的意义。新的工业化过程曾经为艺术走向工业提供了机会。并且，为生产一种具有新的审美情趣的城市景观，在广告、市场营销、工业设计和商业展览等领域中，各种职业也一直在不断地扩张。在二十世纪，照片影像的激增，大众传媒的增加，充分证实了本雅明所谈到的这些趋势。"① 在后现代的文化氛围和消费社会的生活方式中，大众传媒和媒体技术已经成为生活世界"审美化"的一种形式，高雅艺术与大众文化之间的界限经常处在模糊状态。"日常生活审美化"不仅成了生活领域的主导趋势，而且成了美学理论的主要论题。因此，在文化研究学者们的视野中，似乎美学与生活已经成了一个等式。但是，这种现象如果被学者们简单地加以体认，而不能通过科学的洞照加以内

---

① ［英］迈克·费瑟斯通：《消费文化与后现代主义》，刘精明译，译林出版社 2000 年版，第34 页。

在的剖判，对于美学这个经过了几个世纪的积累、早已成熟的学科而言，带来的可能是空前的解构，乃至于美学大厦的坍塌。这实在并非是什么美学的幸运，毋宁说导致美学消亡的危机！

"解铃还须系铃人"。消费社会的文化逻辑是与传媒息息相关的，而当代美学的建构，也必须对传媒的美学基因加以深入的探究，在新的审美经验基础上加以理论整合。传统的美学理论果真是难以解释当代大众传媒所产生的审美现实的，而仅仅用那些社会学家们的文化分析，是很难解决美学的内在学理建构的；现在的状况也许更为堪忧："日常生活审美化"似乎已经作为一道与经典美学断裂的巨壑，把绵延而来的美学山脉挡在遥远的对岸，而以这面充满诱惑的旗帜，张挂在人们的眉睫之前，未免使人一叶障目！美学如何与传统接续？又如何向前发展？当今的显赫美学家们似乎不屑也无暇来思考这些问题，文化研究学者们用了很多社会学家的理论来说明当下的审美现实，这当然是很能说明问题的，却明显地感到美学自身的缺席。

如果建设性地来考虑美学之所以为美学的问题，我以为传媒本身是一个不可逾越的对象。传媒与日常生活的关系益加密切，以至于传媒现实与日常现实之间难以划出一条截然的界限。但是，传媒并不能等同于日常生活，审美在日常生活中的呈现也不能取代美学研究。尽管艺术与生活在当下有太多的互渗，可是面对艺术的美学思考是不能没有的，也是不能替代的。传媒一方面将其逻辑渗入到日常生活的机理之中，另一方面，又最大程度地整合了艺术各门类之间的不同功能，并且使在电子技术条件下产生的新的艺术样式，释放出以往的艺术品所没有过的审美魅力。传媒与生活、传媒与艺术、生活与艺术，这三者之间的关系真是无法用一两句话说得清楚，需要认真地考察梳理。而在目前的理论格局中，我认为艺术的维度是必须得到高度重视和重新考量的。传媒艺术是指大众传媒中的艺术样式、艺术维度的概括指称，如果说经典美学的主要对象是传统艺术，那么，当代美学要得到学理的重构与升华，则必须全面考察传媒艺术的审美属性和受众作为审美主体的新鲜经验。仅仅从日常生活的角度来说明美学状况其实是远远不够的，它可以使"审美"成为时尚的装点，成为提高生活品位的核心因素，成为娱乐与快感的共谋，但是，它又何尝不是使美学大厦消解为流沙的缘起！日常生活当然有足够的理由得到哲学家、美学家和文化学者的重度关注和理论提升，我对这一点并无置疑；但是，要使美学不致消解而在学理上创新、延伸和向上提升，把目光和思维都放在日常生活上是不可能达到目的的。

无论多么地流光溢彩，无论何等地华美诗意，日常生活是一个无休止、无边界、多元散点的"流"，而艺术创作、艺术作品和艺术接受，则是一个完整的和新鲜的构成。传媒的艺术维度，也当作如是观。我们并不否认日常生活中可以获得地道的审美经验，尤其是面对眼下的生活世界；可是我们还是坚持认为，面对艺术（相对独立于日常生活的创作），人们会生成更为集中、更为深切也更为完整化的审美经验。传媒艺术也许仍然有着"家族相似"的性质，但大众传媒还是使之与传统艺术呈现出在审美上的差异。传媒艺术并不是与传统艺术绝缘，它是包容和整合了许多传统艺术的形式和审美特征的，甚至使若干在当代并不得到大众喜爱的样式得以激活。而传媒艺术由电子技术所制作的全新图像及其编辑合成方式，带来了人的感官上的审美革命，这是与传统艺术的绝大不同。通过对传媒艺术的审美属性的内在了解，而建构新的审美活动理论，这是美学可能突围的方向。

电子文化语境与文学类型化趋势[*]

在当代的电子文化语境下，文学的创作态势、文学的发展走向，都产生了与以往颇有不同的变化。其中一个重要的症候，便是文学类型化的凸显。

"文学类型化"或"类型化文学"是当代文学中的一个重要现象，近年来开始引起理论批评界的注意。在论述文学、文化类型化之前，有必要认识"类型"是什么。类型其实就是模式，但它作为一个文化研究的专业名词被广泛提及，却是在媒介批评中。英国媒介批评家利萨·泰勒和安德鲁·威利斯是这样论述类型的："类型不仅是一个重要的媒介分析工具，同时还和媒介生产互相联系。可以说，电影、电视、杂志和报纸行业或多或少地依靠类型运作。一些媒介公司和隶属某些类型的产品关系变得越来越紧密。"① 他们还认为，英国悍马电影公司在 20 世纪 50 年代末期开始青睐恐怖片，还和儿童漫画出版商汤普森关系密切，后来又与电视公司 Hat Trick 联合，而这个公司最为普遍的产品就是喜剧。② 利萨·泰勒和安德鲁·威利斯的论述指出了这样一个事实：今天的电影和电视文化其实就是类型化文化，电影和电视类型化既符合电影、电视作为文化工业一部分的商业属性，也与其能够给潜在的观众创造出极大的预期有关。纵观中国电影、电视事业的发展，也是在走一条逐渐类型化的道路，越成熟的电影和电视产业，似乎越来越商业化、越来越类型化。这在文学范围内，也呈现出与之同步的发展趋势。

类型化文学的大量出现确证了通俗文学的开始盛行，也与特定的电子文化语境有关。贺绍俊认为：类型化对当下写作的全方位渗透，是在大众文化的强势影响下开始的。③ 这一判断是非常准确的。杨鹏发表了《类型化：中

* 本文刊于《江西社会科学》2009 年第 2 期，与谭旭东博士合作。

① ［英］利萨·泰勒、安德鲁·威利斯：《媒介研究：文本、机构与受众》，吴靖、黄佩译，北京大学出版社 2005 年版，第 54 页。

② 同上书，第 54—55 页。

③ 贺绍俊：《大众文化影响下的当代文学现象》，《文艺研究》2005 年第 3 期。

国儿童文学的强大之路?》一文①，该文对中国儿童文学的类型化状况做了一个比较清晰的论述，虽然其中有些观点值得怀疑并且还可能会引起一些持"精英写作"或"纯文学写作"立场者的争议，但"文学类型化"确实已经成为一个现象，而且"类型化的文学"开始在中国原创文学里占有一定的比例。那么，到底什么是"类型化文学"呢? 为什么"类型化"是一种必然呢? 在《类型化: 中国儿童文学的强大之路?》一文中，杨鹏给出了一个"类型化文学"的大致定义，他在这方面已经有了比较成熟的思考，但也许是篇幅限制而没有仔细地分析其出现的文化背景和动因。如果我们仔细地分析文学类型化的背景和动因，就会发现它不但与文学传统有关联，与当代电子媒介文化也有关联。

　　首先，"类型化"在中国文学里早已出现，古代章回小说、民间演义、才子佳人的故事等就多为"类型化文学"，这些类型化文学作品有比较固定的叙事模式，有比较雷同的故事情节，有似曾相识的人物形象。类型化文学在古代的出现与民间叙事传统分不开，而民间叙事传统又和口传文学的特征是一致的，也与一代代人的日常生活的基本面貌不变有关。伯格就根据布伦纳和贝特尔海姆的观点假设了童话是一种"原始叙事"，一种"其他故事从中获取营养的基本故事"。他认为: "童话中的各种因素在经过派生和发挥之后，引发了大多数其他的通俗文化样式，例如侦探故事、科幻故事、恐怖故事和浪漫故事。"为了证明他的判断，他列举了以下一个经过缩写的典型的童话故事:

　　从前，很久很久以前，一个怪物——一个半人半鸟的东西——飞到一个王国，拐走了国王的女儿。怪物打算饿了的时候就吃掉这位公主。国王说谁能救他的女儿，他就把女儿嫁给谁。一个年轻的小伙子出发去寻找公主了。在漫游的过程中，他救了一只落入罗网的鸟，帮助了一位跌进沟里的老人。那位老人是个巫师，他给了小伙子一把魔剑和一块会飞的魔毯。那只鸟是只魔鸟，它可以找到任何人或任何东西。它飞过整个王国，找到了公主，然后飞回来，把她被囚禁的地点告诉了年轻人。年轻人跳上了魔毯，飞到怪物的城堡。怪物饿了，正准备吃掉可怜的公主。年轻人和怪物搏斗，用魔剑砍下了它的脑袋，然后他带着公主飞回了国王的王宫。国王见到女儿非常高兴，于是命令举行盛大的庆典。年轻人和公主结了婚，从此以后幸福地生活在一起。

① 杨鹏:《类型化: 中国儿童文学的强大之路》,《文艺报》2005 年 10 月。

伯格认为，这个简单的小故事里有很多不同的通俗文化样式的萌芽：

恐怖：怪动物

侦探：出发去寻找被绑架的公主

科幻：类似于火箭飞船的魔毯

动作冒险：与怪物搏斗

浪漫故事：与公主结婚

伯格最后认为："所有这些样式都从童话中获取元素，并将这些元素（以及有关的叙事特征）发展到一个相当的程度。"① 显然，伯格的论述是有说服力的，从心理学的角度看，童话故事作为童年的一种叙事，对成年期的叙事有潜移默化的影响。民间童话是人类社会的"童年叙事"，对于后来的叙事方式当然有着原型意义。

在类型化文学作品里，人物形象主要是"扁平人物"，而不是"圆形人物"，这可能也是中国古代演义小说、章回小说和民间故事大多不能成为"文学经典"，而仅仅被列为"俗文学"的缘故。在外国文学作品里，类型化也早已有之，不谈别的，光是童话故事里就基本上是类型化的。培利·诺德曼在分析儿童文学中"仙子故事"的特色时认为："一个典型的仙子故事从开头到结尾的进展，就是一种最基本的故事形态，在许多其他儿童故事中都可以看到：事件的发展可以让软弱的失败者和起先力量险胜的角色易位。失败者通常通过某种形式的魔法协助，而达到富有或具有社会影响的地位，而之前力量较大的角色，则死掉或变成局外人、失败者。"② 如果我们认真阅读民间童话中"灰姑娘"原型的童话，就不难理解培利·诺德曼发现了仙子故事的类型化特征。在《格林童话》这样以民间童话为基本原型的作品里，其人物和叙事就有明显的类型化、平面化的成分。俄国学者弗拉基米尔·普罗普曾经写过一本《民间故事形态学》，在这部叙事学著作里，普罗普分析了 100 个在俄罗斯流传的民间故事，他发现尽管这些民间故事有着千变万化的人物、千差万别的情节故事，但其中似乎存在着一些基本的、始终不变的元素。他提出了 7 种"行动范畴"，归纳出 6 个叙事单元，这 6 个叙事单元又具体划分为 31 种叙事单元。普罗普的这一形态学分析从侧面印证

---

① ［美］伯格：《通俗文化、媒介和日常生活中的叙事》，姚媛译，南京大学出版社 2002 年版，第 95—96 页。

② ［加］培利·诺德曼：《阅读儿童文学的乐趣》，刘凤芯译，天卫文化图书有限公司 2000 年版，第 286 页。

了民间童话里所包含的"类型化文学"的特征。由此我们也可以断定，文学"类型化"是与"大众"相适应的，民间童话本来就是大众化的、易于大众接受和口传的文学，类型化是其艺术的必然，也是其能变得易于流传的必需。

其次，"文学类型化"或"类型化文学"的出现与电视等大众媒体的影响有关。这首先涉及电视媒介对叙事学和叙事类型的影响，国内有学者指出："电视图像叙事真正创造、释放了'图像'叙事的威力与作用，以电视图像为代表的视觉文化强势阶段开始形成……以电视图像叙事为代表的视觉化叙事类型开始成为主导型的叙事类型，开始占据社会叙事格局的主流。电视叙事铺衍着社会的话语，构成了西方后现代现实典型而驳杂的叙事文本。"[1] 这一观点无疑不是主观想象的，萨拉·科兹洛夫说："在当今的美国社会里，电视也成为最主要的故事叙述者。"而且他还认为："大多数的电视节目——情景喜剧、动作系列片、卡通片、肥皂剧、小型系列片、供电视播放而制作的影片等等，都是叙述性文本。"[2] 伯格也认为电视是现代叙事文本的来源，他说："这种传媒有大量不同的样式，其中包括商业广告、新闻报道、纪录片、情节喜剧、动作冒险片、科幻片、肥皂剧、谈话节目、侦探片、医院节目、宗教节目和体育事件。所有这些样式都遵循某种惯例；即它们都是程式化的，都具有某种结构。在从童年到成年的社会化过程中，我们不断理解不同样式的特别惯例的本质。叙事样式有英雄、坏人、冲突和解决。它们在特定的时间段和特定的场所发生。节目样式的分类大体上告诉我们可以指望从中得到什么，尽管我们也许并不确切地知道会发生什么。"[3] 事实上，中国的电视节目大部分是类型化的，如肥皂剧、言情剧、卡通系列剧（包括动画片）都是类型化的艺术，甚至新闻节目和娱乐节目的叙事也大多为日常生活叙事，是市民化的。这些类型化的电视节目无疑影响着文学创作，电视叙事已经成为一种文学的"元叙事"。况且，今天的电视对社会方方面面有着足够的话语霸权。尼尔·波兹曼就认为：在电视时代，"我们的政治、宗教、新闻、体育、教育和商业都心甘情愿地成为娱乐的附庸，毫

---

① 于德山：《视觉文化与叙事转型》，《福建论坛》（人文社科版）2001年第3期。
② ［美］罗伯特：《重组话语频道》，麦永雄译，中国社会科学出版社2000年版，第45—46页。
③ ［美］伯格：《通俗文化、媒介和日常生活中的叙事》，姚媛译，南京大学出版社2002年版，第37页。

无怨言，甚至无声无息，其结果是我们成了一个娱乐至死的物种"①。电视文化的图像文化降低了大众对文字世界的解密能力，而且电视文化的娱乐化满足的是大众的消遣心理，而其消费性激发的是大众的消费欲望。因此，电视叙事的类型化和电视娱乐化和消费性也培养了大众对类型化艺术的消费习惯和审美心理，而这也促动了"文学的类型化"和"类型化文学"的出现。

再次，"类型化文学"的出现也与大众文化盛行及文化产业化、文学商品化有关。大众文化与高雅文化、精英文化的一个不同点就是：大众文化是流行性、模式化和类型化的，它以大量信息、流行的和模式化的文体、类型化的故事及日常氛围满足广大公众的愉悦需要，使社会公众获得感性愉悦，让他们安于现状，是大众文化的基本功能。② 过去，文学被当作纯粹的精神食粮，我们要求作品的人物或意象要代真者立言，文学因此成为社会种种内涵的象征。而现在，作家和出版商将文学作品的商品属性放在第一位，他首先考虑的不是作品有没有高度，看重的不是作品的精神价值，而是作品好不好销，即看重作品的商品价值。科技进步促动"文化工业"后，技术思维对人文学科进行了强势渗透，同时市场化手段开始完全左右文化生产。而文学生产市场化后，文学就可能像其他商品一样被大批量生产和机械复制。在这种情势下，作家和出版商一旦策划好一个选题，选定好一个题材，设定好一个模式，并且对其文学创作成品的商业利益有十足把握后，就会组织好一个工作室来创作，这样一来，类型化的文学就自然而生了。当代文学的类型化写作就是这样的，都和作家的商业化写作取向紧密结合。如20世纪80年代以"雪米莉"为名创作发表的系列消遣小说，90年代郑渊洁创作的成人化童话，就是最早顺应了文学读物生产与销售的市场化趋势的；还有，近些年来海岩的小说能够大批量生产，也是采取了类型化的写作方式，而这正好能满足他对畅销书市场最大利益的追求。

培利·诺德曼在论述意识形态中的儿童时，引述了美国学者金德尔的话："自从电视开始在美国家庭普及，这项大众传播媒介对于儿童步入叙事便扮演起相当重要的角色。"③ 这句话实际上告诉我们，电视媒介构成了童年叙事体验，因此电视叙事可能决定儿童对于故事的选择。而且，这种童年

---

① ［美］尼尔·波兹曼：《娱乐至死》，章艳译，广西师范大学出版社2005年版，第4页。

② 王一川：《文学理论讲演录》，广西师范大学出版社2004年版，第313页。

③ ［加］培利·诺德曼：《阅读儿童文学的乐趣》，刘凤芯译，天卫文化图书有限公司2000年版，第116页。

的叙事体验也将影响人成长以后的叙事及其对叙事的选择。而当前儿童文学也好，成人文学也好，其主要受众就那些在电子媒介时代成长起来的一代人，因此类型化文学之所以成为一个主要趋势，与其拥有受众有关。当然，电视叙事对童年叙事体验的改变也是电视媒介的意识形态的表现，这一问题以后将另文探讨，这里不再详述。

从以上几个方面看来，"类型化文学"是必然的，就当下小说和儿童文学而言，一部分作家走出经典创作的艺术象牙塔，而追逐文学产业化、商业化的浪潮，这不仅仅是作家主体自足自由性的体现，还包含了一种生存策略和时尚艺术定位。但需要警惕的是，"类型化"也可能是一个陷阱。如果作家强调过头，并对这种"娱乐化"写作过于看重，就可能给作家、给整个文学带来消极影响。

第一种可能的消极影响是，类型化写作可能使文学创作走向"模仿写作"。诚然，在这个消费时代，虽然不能简单将"大众文化"、"媒介文化"、"商业文化"与"文学的危机"联系在一起，但我们不得不承认，文学的场域已经发生了深刻变化：过去，"政治意识"与"文学性"是紧紧缠绕在一起的；而现在，"意识形态、市场、文学性三极之间的均衡，构筑了当代中国文学的场域"，因此，文学生产、流通和消费都在市场机制下运行。作家选择"类型化文学"的写作，在今天的文学场域里绝非咄咄怪事，但这并不是要我们取消艺术的高度。马尔库塞就反对资本主义的"艺术大众化"，反对那种完全商品化、庸俗化的艺术。他认为："艺术应该是一种否定的力量，其根本任务不是去赞美和维护现存社会，而是要打碎给定的语言和思想对人的精神和肉体的压制性统治。"① 马尔库塞的这一观点，应该引起我们的警醒，因为"类型化"的创作可能使作家失去独创能力，使我们的文学世界变成一个模仿的世界，这就像扬格所说："文学界不再是独立特行之士的结合，而是一锅大杂烩，乱七八糟一大群；出了一百部书，骨子里只不过是一部书。"② 如果真是这样，那么文学那天才、智慧、美好、高尚的神性就丢失了。

第二种可能的消极影响是，文学类型化写作可能导向一种完全的商业化写作。贺绍俊说："文化产业具有高度灵敏的嗅觉和对利益的洞察力，它能从文学作品元素中发现那些最有增值可能性的元素，将其类型化，迅速进行

---

① ［英］汤因比等：《艺术的未来》，王治河译，广西师范大学出版社 2002 年版，第 3 页。
② ［英］扬格：《试论独创性作品》，袁可嘉译，人民文学出版社 1997 年版，第 96 页。

再生产。而另一方面，类型化所包含的经济利益对于作家来说是一个巨大的诱惑，使得他们的创作有意无意地朝着类型化倾斜。"① 我们不能否定和制止"商业写作"，也没有权利去阻拦作家靠写作挣钱，但是文学的本体属性或精神要素决定了文学创作的"人本主义立场"。"人本主义立场"就是一种对人心世界关爱、护卫的人文主义立场，即作家在为读者写作时，固然是在自觉与不自觉之中用自我设定的文化或自身所认同的文化来规范和型塑读者，但也不能超脱读者的精神需要。虽然成人文学创作没有太多的思想限制，因为从法律角度来看，作家面对成人读者没有义务为他们的精神成长提供什么，成人读者也没有权利向成人作家要求什么精神高度，但文学创作毕竟有其自律性和提升人的精神世界的功能。特别对儿童文学创作而言，当作家面对儿童写作的时候，应该意识到他们有义务为儿童提供有精神高度的作品，而儿童读者也有权利要求作家给予他们美好的文学世界。从这个意义上来说，如果过分强调"类型化写作"，过于肯定复制性、同质性的"作坊制"创作方式的话，或者大家都来大批量生产"类型化文学"的话，文学创作就可能变得畸形，而且读者的多方面需要也就无法满足。

还需要强调的是："文化工业"也好，"类型化文学"也好，写作不仅是"高尚的娱乐"，而且是"美好的避难所"。文学如果抒写的不是理想的诗篇，建构的不是梦想的诗学，那么文学的存在本身就值得质疑。

---

① 贺绍俊：《大众文化影响下的当代文学现象》，《文艺研究》2005 年第 3 期。

中国古代文论之于大众传媒时代[*]

　　写下这个题目，难免令人感到突兀或者迷惑：按照时下的某种观念来看（可能还是颇有影响力的观点），在目前这样一个以大众传媒为文化主导的全球化时代，文学的存在都受到了怀疑，著名的解构主义哲学家希利斯·米勒断言："在特定的电信技术王国中，整个的所谓文学的时代将不复存在。哲学、精神分析学都在劫难逃，甚至连情书也不能幸免……"① 尽管这种惊世骇俗的观点引起了国内一些著名学者的批驳，但是，文学的生存状态及未来前景受到传媒的挤占，似乎也是一个更多论证的话题。我这里又掺和进来似乎更为遥远的中国古代文论问题，难免有风马牛不相及之嫌。

　　但这不是一个虚假的问题！近十年来关于"中国古代文论的现代转换"的讨论，其实是从事这个领域研究的学者们要在当代的文艺学格局中发出自己的声音。事实上立足于中国大陆的文学话语，无论你承认与否，在相当大的程度上都还是植根于中华文化传统之中的，都很难避免地有着中国文论底色的，没有必要有意撇开。但是，我这篇小文却是要能动地建构一种内在的关系，一种在客观基础上进行理性反思的认识。

　　德里达和米勒等人对于全球化时代的文学命运的断言，认为在电子科技发达的今天，文学注定是要结束自己生命的。"印刷机渐渐让位于电影、电视和因特网，这种变化正以越来越快的速度发生着。所有那些曾经比较稳固的界限也日渐模糊起来。"② 因此，"电信王国的种种变迁不仅是改变，而且会彻底导致文学、哲学、心理分析，甚至情书的终结。"③ 无论米勒教授们

---

　　* 本文刊于《清华大学学报》2009 年第 5 期。

　　① ［美］希利斯·米勒：《全球化时代文学研究还会继续存在吗?》，林国荣译，《文学评论》2000 年第 1 期。

　　② 同上。

　　③ ［美］希利斯·米勒：《全球化和新的电信时代文学研究的未来》，见易晓明编《土著与数码冲浪者——米勒中国演讲集》，陈永国译，吉林人民出版社 2004 年版，第 120 页。

有多少论证，我们都无法苟同这种断言，因为文学的存在并非仅仅是依赖于印刷机。现在的文学存在方式和样式，都发生了相当大的变化，这是一个不争的事实；但认为由于大众传媒成为主要的审美途径就因此而断送了文学的命运，这种观点并不符合事实。

从审美和艺术的角度看，大众传媒最基本的审美元素是图像，视觉文化成为基本的文化模式，这是没有疑义的。图像作为当代大众传媒最普遍的要素，其在艺术领域里扮演着前所未有的重要角色。我这里所说的"图像"，是有着特定的内涵。笔者曾为"图像"做过这样的界定："我们所说的'图像'（包括视像、影像等）指的是凭借当代的大众传媒，通过电子等高科技大批复制生产出来的虚拟性形象。这样说是为了将当今时代成为标志性的审美元素的图像，和以往时代艺术家创作出来的视觉艺术作品区别开来。"① 正是这些无所不在的图像，使人们的审美方式从对文学作品的阅读，在很大程度上变为对大众传媒图像的流观泛览，因而，也就认为文学行将退出历史舞台了。

其实，这是一种非常表层的看法。在大众传媒时代，文学恰恰承担着对于艺术各门类的更为重要的功能。作为艺术之属的文学，是以语言文字为其表达形式或云艺术语言的；但是它又与那些非艺术、非审美的文字如哲学的、科学的或应用的文字有着内在的区别。这种区别在于文学的审美特质是其内在视像。这正是文学与其他艺术门类相通的关键。何谓"内在视像"，笔者在一篇文章中曾做过这样的概括："是指作家通过文学语言在文学作品中所描绘的可以呈现于读者头脑中的具有内在视觉效果的艺术形象。作为文学审美活动而言，这是实现其审美功能的最为关键的一个环节，也是判断其是否具有审美特征的文学作品的重要标志。"② 文学的审美活动的进行与实现，最重要的便是内在视像在作家或读者头脑中呈现出来，活动起来。在大众传媒时代，许多传媒艺术作品之所以能够具有较深的艺术内涵，恰恰是产生于文学基础之上的。如古典文学名著改编的电视剧《西游记》、《三国演义》、《红楼梦》和《水浒传》等，可以说都是以原著提供的内在视像为其依据和基础的。其他电视剧往往也都是在小说创作基础上进行再度创作的，如《历史的天空》、《亮剑》、《血色浪漫》、《大校的女儿》，等等。传媒艺术是以图像和声音为其基本要素的，而传统的艺术形式，进入大众传媒系

---

① 张晶：《图像的审美价值考察》，《文学评论》2006年第4期。
② 张晶：《中国古典诗词的内在视像之美》，《社会科学战线》2007年第2期。

统，得到了最大化的传播效果。如通过电视播出的戏曲、交响乐、舞蹈、散文、诗歌等，通过传媒的力量而有了无数的受众。如果仅以传统的文学样式来看待文学的命运，似乎文学真是命途多舛了；但是，如果从文学样式新的存在形态来看，则未必然。文学的存在形态是随着时代而发展变化的。王国维的名言"一个时代有一个时代之文学"，对于大众传媒时代来说，更是具有现实的针对性了。古体诗词在古代曾是最受青睐的文学样式，到了现当代，它们只能退到边缘的地位，但文学并不因此而消退了她的魅力。在20世纪70年代末，朦胧诗曾使一代青年如醉如狂，而如今也只能成为"明日黄花"。在大众传媒的催生下，有些新的文学样式更多地在以传媒艺术的面目出现在世人面前。如电视剧剧本、歌词、综艺晚会的主持语、小品剧本、广告文案等，都应进入文学研究的视野，也就是说，都可视为新的文学样式。就今天的情形而言，传媒艺术具有整合其他艺术门类的功能。所谓传媒艺术，指大众传媒系统中以电视传播方式为载体的文艺创作、作品与接受的总称。其中它所包含的样式是多种多样的，如电视剧、电视音乐、电视舞蹈、电视戏曲、电视散文、相声、小品、综艺晚会等。传统的艺术形式，进入大众传媒系统，得到了最大化的传播效果，同时，也必然产生与原来的效果不尽相同的变异，这种变异是统一于传媒艺术的总体性质的。文学在传媒时代的地位似乎颇为黯淡，视觉文化作为一种时代症候，使文学在艺术畛域的王者地位受到了严重的挑战，对此许多文学理论家忧心忡忡。但在我看来，文学恰恰是在传媒时代更为出神入化地发挥了它的作用，无所不在地通过传媒艺术的图像而映入人们的眼帘，也浸入人们的心灵。

这些与古代文论有何相干？听来有些遥远，其实有着很深的联系。

与西方的文艺理论相比，中国古代文论也许是缺少逻辑演绎的，因为它们的路数很少是某位哲学家、思想家庞大的哲学体系的一个部分，如柏拉图、康德、黑格尔、叔本华那样；它们更多的是出自于作家、诗人的创作体验，充满了活生生的体验性。它们不是思辨的，但却是与具体的文学环境、作家心态息息相关的。有些文论著作是很有系统性的，如钟嵘的《诗品》、陆机的《文赋》、刘勰的《文心雕龙》、严羽的《沧浪诗话》、胡应麟的《诗薮》、李渔的《闲情偶寄》、叶燮的《原诗》，等等，但它们也是对于创作经验的升华，对于文体史的规律性发现，对于作品的审美属性的灼见。也即是说，这些不乏系统性和抽象品格的文论经典，也同样是植根于新鲜润泽的创作土壤之中的。如钟嵘在《诗品序》中对诗歌的审美功能的界说："故诗有三义焉：一曰兴，二曰比，三曰赋。文已尽而意有余，兴也；因物喻志，比也；直书其事，寓言写物，赋也。宏斯三义，酌而用之，干之以风力，润之以丹彩，使味之者无极，闻之者动心，是诗之至也。"① 这类论述，对诗的审美功能做了高度概括，但又深得创作实践之三昧。古代文论中更为大量的是对诗文、小说、戏曲的创作体会，或是对一个时代、一个流派或一个作家的创作风貌的概括或品鉴。如严羽论唐诗所云："唐人好诗，多是征戍、迁谪、行旅、离别之作，往往能感动人意"②，这是对一代之诗的概括。胡应麟论五言律云："五言律体，肇自齐梁，而极盛于唐。要其大端，亦有二格：陈、杜、沈、宋，典丽精工；王、孟、储、韦，清空闲远。此其概也"③，这是对一体之诗的概括。还有更多的是对文学创作经验的表述，如苏轼所说："吾文如万斛泉源，不择地皆可出，在平地滔滔汩汩，虽一日千里无难。及其与山石曲折，随物赋形而不可知也。所可知者，常行于所当行，常止于不可不止，如是而已矣。"④ 诸如此类。可以说，古代文论与文学创作之间的共生性、体验性，是其非常突出的特色，它们和具体的创作或鉴赏，有着深切的内在关联，或者说是从具体的艺术创作中提摄出来的。

中国古代文论的另一个值得重视的特性在于与其他艺术门类的相通性和共生性。应该看到，由于中国古代文论与创作实践的密切内在关联，因而具有了很强的审美性质，在审美接受和艺术鉴赏方面尤其如此。中国古代文论在艺术品鉴的实践与理论方面，都是非常突出的。对于作品的艺术风格及内在韵味的发而出之，在古代文论中比比皆是，这就使其充满了审美观照的意蕴。也因其如此，中国古代的艺术理论在这一点上，是有着明显的相通性的。甚至可以说，在各个门类的艺术论中，同样充满了实践品格，也就是从具体的艺术创作和鉴赏出发，而得到的理论升华。在某种意义上看，文学理论是其他门类艺术论的基本资源或母体。中国几种主要的艺术门类，如绘画、书法、戏曲等的理论，是与文论有着内在的一致性，或者说是有着同样的美学特性。绘画、书法等艺术，与文学的关系至为密切。中国古代的绘画，在相当大的程度上走着一条文学化的发展道路（可以参看潘天寿先生的《中国绘画史》这部名著）。苏轼论王维诗画的名言"味摩诘之诗，诗中有画。观摩诘之画，画中有诗"，说明了诗画的相通。苏轼更从艺术的普遍

---

① （南朝·梁）钟嵘：《诗品》，中华书局 1991 年版，第 10—11 页。
② 郭绍虞：《沧浪诗话校释》，人民文学出版社 1961 年版，第 198 页。
③ （明）胡应麟：《诗薮》，上海古籍出版社 1958 年版，第 58 页。
④ （宋）苏轼：《自评文》，见顾之川校点《苏轼文集》上，岳麓书社 2000 年版，第 207 页。

意义上说："诗画本一律，天工与清新。"① 大诗人黄庭坚也谈到书法与诗的相通之处，他论李白云："余评李白诗如黄帝张乐于洞庭之野，无首无尾，不主故常。非墨工槧人所可拟议。吾友黄介读《李杜优劣论》曰：论文政不当如此。余以为知言。及观其稿书，大类其诗，弥使人远想慨然。白在开元、至德间，不以能书传。今其行草殊不减古人，盖所谓不烦绳削而自合者欤！"② 此类说法甚多，都揭示了中国古代各种艺术门类的相通之处。而且，文学理论中的一些基本美学观念或范畴命题，也都在绘画、书法、戏曲、小说中普遍体现。如文论中的"虚静"、"神思"、"形神"、"意境"、"虚实相生"等，都是深入到各个艺术门类的创作理念中的。

中国当代的传媒艺术，有着深刻的民族文化和美学精神的渊源，这正是它可以在国人中大行其道的原因所在，也是我们要大加发扬的。中国的传媒艺术，要在中国人的文化心理中受到认同，才能有其旺盛的生命力。如优秀的电视剧创作，之所以受到千家万户的喜爱，更多的是在于其深得中国传统的章回小说的叙事策略之三昧，使人欲罢不能。而像 MTV、电视舞蹈和许多较具艺术品格的广告，都颇有意境之美。这些其实都有古代文论的美学观念化蕴于其中。也许编导者未必有这样的明确意识，即是将中国古代文论的一些观念渗透其中，但实际上在美学追求上，是深合中华传统艺术美学观念的。其实，现在从事传媒艺术如电影、电视剧的编剧、导演，大多数是深受中华传统美学的濡染，中国古代文论的一些重要的范畴命题，正因其与艺术创作实践的这样一种共生性和体验性，而活在当代的传媒艺术之中，成为深受大众喜闻乐见的重要因素。

这里指出了中国古代文论在当代的传媒艺术中有着生机与活力，用不着"自叹命薄"，这是一个基本的价值判断，对此，我并没有什么悲观的看法。我当然并非是对当代的西方消费文化观念的泛溢视而不见，审美的泛化乃是当今触得可见的潮流，而这种潮流所生成的美学事象更多的是浸入日常生活领域。正如德国美学家韦尔施所揭示的那样："在表面的审美化中，一统天下的是最肤浅审美价值：不计目的的快感、娱乐和享受。这一生气勃勃的潮流，在今天远远超越了日常个别事物的审美掩盖，超越了事物的时尚化和满载着经验的生活环境。它与日俱增地支配着我们的文化总体形式。经验和娱

---

① 李之亮：《苏轼文集编年笺注》，巴蜀书社 2011 年版，第 298 页。
② （宋）黄庭坚：《题李白诗草后》，见《黄庭坚全集》第 2 册，四川大学出版社 2001 年版，第 656 页。

乐近年来成了文化的指南。一个日益扩张的节庆文化和娱乐，侍奉着一个休闲和经验的社会。审美化的一些太为突兀的分支，以及现实赤裸裸的化妆打扮固然可以博得一笑，但是触及作为总体的文化，它可不再是好笑的事情。"① 韦尔施的忧虑是很有道理的，审美的泛化固然使我们这个时代处处流光溢彩，但是，"审美"如果仅仅停留在这个层面，我们将会失去奋然前行的意志和力量。传媒的能量广大无边，而如果以美学的大厦的坍塌为其代价，以深度审美的去而不返为其结局，那是我所不愿意看到的。

　　我还是希望深度审美的救赎！娱乐是人们所需要的，但它无论如何也不能作为人之为人的生活全部。悲剧与震撼，应该是美学的应有之义。中国的传媒艺术，应该承担这样的功能。缺少深度的审美，算不上真正的审美。那些日常生活到处炫人眼目的美感，当然是时代进步的标志，可是如果"暖风熏得游人醉"使人们筋骨尽酥，这种"审美化"也是可堪忧虑的！传媒艺术有责任，而且是责无旁贷，为我们审美注入生机，注入阳刚之气！古代文论是深深地植根于中国传统文化之中的，浑灏的、悲壮的、阳刚的气质在其中勃然而发。宋人严羽论李杜诗之"李杜诸公，如金翅擘海，香象渡河"②。那种悲壮的、阔大的、令人感奋不已的，当是我们审美体认的对象。中国文论不乏此种蕴含，发而出之，注入我们的传媒艺术，那是我们所为之击节再三的呵！

---

① ［德］沃尔夫冈·韦尔施：《重构美学》，陆扬等译，上海译文出版社2002年版，第7页。
② 郭绍虞：《沧浪诗话校释》，人民文学出版社1961年版，第177页。

艺术语言在创作思维中的生成作用[*]

无论在文学的还是在各类艺术的创作中，艺术语言的作用都是非常重要的。艺术语言指在特定的艺术门类创作中所凭借的符号，它是艺术家的艺术构思得以外化的物质性存在。艺术作品之所以从艺术家的头脑内在的构思走向现实的存在，艺术语言是唯一的生成途径。对于艺术语言的这种重要功能，或许在艺术理论中尚未得到应有的认识，而实际上在艺术生产的过程中，它是相当重要的一环。关于艺术语言问题，现有的研究都是在艺术创作的外在表现阶段；而我则主张，文学的和艺术的创作，从作家艺术家的兴发创作冲动，到在真正作为艺术传达的基础的审美构形，都是以艺术语言为其工具或载体的。我在这里所作的阐明，都是深入到艺术思维内部的透析。

一 艺术语言作为构思的工具

我们一般以为艺术构思与其外化的表现是不同的阶段，构思是以一般语言为其工具，而到艺术品的外化阶段，则是使用不同门类艺术的"语言"的，其实这是不符合艺术创作的实际的，也是不利于创作水平的提高的。不同的门类艺术当然有着不同的艺术语言，它的产生基础，无待乎人为的分野。因此，不同的门类艺术，其实只是一种"家庭相似"，恰恰因为它们都有着不同的艺术语言。中国古代文论家陆机所说的"宣物莫大于言，存形莫善于画"^①，大概可以视为文学与绘画的不同艺术语言。文学、音乐、绘画、雕塑、影视等等，在其产生之初，都是以其不同的艺术语言呈现给世人的。艺术语言也是创造的天性，如何超越于现实，使艺术作品创造出在现实之上的审美世界，艺术语言是其唯一的凭借。作为不同艺术的门类，其间的

---

　　* 本文刊于《艺术百家》2009 年第 6 期。

　　① （唐）张彦远：《历代名画记》，人民美术出版社 1963 年版，第 5 页。

差异，除了外在的形态不同，更在于内在的理解与把握方式的不同，在笔者的思考里，它们是从内在的思维层面开始了不同的把握方式的。如雕塑、绘画和建筑，同属于造型艺术，看上去所表达的艺术直觉空间是没有什么区别的，但是著名哲学家卡西尔恰恰是从内在思维的角度指出了其间的独特性，且看他的论述："语言的世界和艺术的世界可直接为我们提供作为逻辑概念的先决条件的这种逻辑结构性或这种'塑定形式'的证据。它们向我们显示了前进的其他路线，以及从属于逻辑概念以外的其他法则的排列方式。我们已经通过语言的例证对此作了说明，而这种情况也适用于各种艺术的有机本性。雕塑、绘画和建筑似乎不得不分割一个共同的对象。在这些艺术中所表达出来的似乎是涵盖一切的空间的'纯粹直觉'。然而，这三种艺术所涉及的空间却并非是'同一'种空间。因为，它们中的每一种都分别被一种独特的、唯一的理解方式和空间'观测'角度表达出来。"① 我特别注意的就是，卡西尔并非是从外在的意义上，而是从内在的角度对这几种艺术门类提出的分解依据。

如果认同于构思即是创造的话，那么，构思也只能是以不同的艺术语言来进行的。刘勰在《神思》中所说的"窥意象而运斤"，也就是以独特的艺术语言来表现的。从个人的情感而进入到审美情感，也便是艺术语言的明晰化过程。超越对现实的亦步亦趋，艺术语言带着艺术家进入一种特殊的发现，也即不同艺术品的独特发现。这正如卡西尔所揭示的"象所有其他的符号形式一样，艺术并不是对一个现成的即予的实在的单纯复写，它是导向对事物和人类生活得出客观见解的途径之一。它不是对实在的模仿，而是对实在的发现"②。我要说的是，文学艺术家对于外在世界的审美发现，并非仅凭眼睛和心灵，而是通过长期的艺术语言训练而形成的符号性敏感。文学家和音乐家，画家和雕塑家等，都是以自己独特的艺术语言向外发散，进而在头脑中形成新的知觉形式。这个过程，是从艺术家在创造冲动产生时便开始了的。苏珊·朗格称这种艺术语言的创造功能为不同艺术门类的基本幻象，她说："每一门艺术都有自己的基本幻象，这种幻象不是艺术家从现实世界中找到的，也不是人们在日常生活中使用的，而是被艺术家创造出来的。艺术家在现实世界中所能找到的只是艺术创造所使用的种种材料——色彩、声音、字眼、乐音等等，而艺术家用这些材料创造出来的却是一种虚幻

---

① ［德］卡西尔：《人文科学的逻辑》，沉晖等译，中国人民大学出版社 2004 年版，第 60 页。
② ［德］卡西尔：《人论》，甘阳译，上海译文出版社 1985 年版，第 182 页。

的维度构成的形式。"① 这种"幻象"理论正是建立在不同门类艺术的艺术语言基础之上，所谓"艺术创造所使用的种种材料——色彩、声音、字眼、乐音等等"，正是我这里所说的"艺术语言"。我在本文中提出的想法在这样的前提下与苏珊·朗格有所不同，苏珊·朗格认为它们是在艺术品的创造在进入物化的表现阶段才存在，在这之前尚未开始。如其所言："我之所以把这种幻象说成是'基本的'，并不是说这一幻象在开始创造艺术品之前就已经存在了，而是说艺术家从第一笔到最后一笔的整个创造过程都在创造着这个幻象。"② 而在我看来，文学家、艺术家在把握外在世界、产生创造冲动时便是以其不同的或者说独特的艺术语言为其工具的，也即是说，艺术家在构思阶段就是以不同门类艺术的艺术语言为其运思之具，而并非在头脑中先以观念化的形象进行构想，再以物化语言如色彩、旋律或文字等进行转换来使内在的构思变成物质化的艺术作品文本。中国古代文论于此即有相关的论述，陆机论文学创作的构思阶段云："其始也，皆收视反听，耽思傍讯，精骛八极，心游万仞。其致也，情瞳昽而弥鲜，物昭晰而互进。倾群言之沥液，漱六艺之芳润。浮天渊以安流，濯下泉而潜浸。于是沉辞怫悦，若游鱼衔钩而出重渊之深；浮藻联翩，若翰鸟缨缴而坠曾云之峻。收百世之阙文，采千载之余韵。谢朝华于已披，启夕秀于未振。观古今之须臾，抚四海于一瞬。"③ 这一段我们都不陌生的论述，从我看来，是以内在文辞创造物象。刘勰也在《情采》篇中谈道："若乃综述性灵，敷写器象，镂心鸟迹之中，织辞鱼网之上，其为彪炳，缛采名矣。"④ 这也是说通过文辞来表现情感，敷写心中之象，是从内心构思中就开始了的。

画论则多有谈及以绘画的特殊艺术语言，如笔墨、透视等，来构造临画前的内心之象。魏晋南北朝时期画家宗炳在《画山水序》中所说："且夫昆仑山之大，瞳子之小，迫目以寸，则其形莫睹，迥以数里，则可围于寸眸。诚由去之稍阔，则其见弥小。今张绢素以远映，则昆、阆之形，可围于方寸之内。竖划三寸，当千仞之高；横墨数尺，体百里之迥。是以观画图者，徒患类之不巧，不以制小而累其似，此自然之势。如是，则嵩、华之秀，玄、牝之灵，皆可得之于一图矣。"⑤ 宗炳这里是讲山水画家面对山水，以内在

---

① ［美］苏珊·朗格：《艺术问题》，滕守尧、朱疆源译，中国社会科学出版社 1983 年版，第 76 页。
② 同上。
③ （西晋）陆机：《文赋》，见（南朝·梁）萧统《文选》，商务印书馆 1936 年版，第 350 页。
④ 范文澜：《文心雕龙注》，人民文学出版社 1962 年版，第 537 页。
⑤ 沈子丞：《历代论画名著汇编》，文物出版社 1982 年版，第 14 页。

的笔墨之势来进行艺术构形的过程。唐代画论中的名言："外师造化，中得心源"（张璪语），前者是对自然造化的观察摄取；后者则是内心涌现的构形。唐人符载论画云："当其有事，已知夫遗去机巧，意冥玄化，而物在灵府，不在耳目。故得于心，应于手，孤姿绝状，触毫而出，气交冲漠，与神为徒。若忖短长于隘度，算妍蚩于陋目，凝觚舐墨，依违良久，乃绘物之赘疣，宁置于齿牙间哉?"① 是赞张璪之画松石，却道出了杰出画家的创作状态，所谓"得于心而应于手"，已是"孤姿绝状"的独特构形于内心产生。宋人宋迪叙画之生思云："汝先当求一败墙，张绢素讫，倚之败墙之上，朝夕观之。观之既久，隔素见败墙之上高平曲折，皆成山水之象。心存目想，高者为山，下者为水，坎者为谷，缺者为涧，显者为近，晦者为远，神领意造，恍然见其有人禽草木飞动往来之象，了然在目，则随意命笔，默以神会，自然境皆天就，不类人为，是谓活笔。"② 宋代画家董逌论画时说："论者谓丘壑成于胸中，既悟发之于画。故物无留迹，景随见生，殆以天合天者耶?"③ 是说在画的内在构思阶段，已是"丘壑成于胸中"的，也即是以笔墨摄取了外界的山水而了然于胸的。

　　书论中的有关论述也指出其内在的艺术语言在创作中的重要作用，如王羲之《题卫夫人〈笔阵图〉后》云："夫欲书者，先干研墨，凝神静思，预想字形大小、偃仰、平直、振动，令筋脉相连，意在笔前，然后作字。"④ 这里也是说在作书之前的"预想"，其所谓"字形大小、偃仰"等，是中国书法特有的艺术语言。元代书论家盛熙明也谈到："翰墨之妙通于神明，故必积学累功，心手相忘，当其挥运之际，自有成书胸中，乃能精神融会，悉寓于书。或迟或速，动合规矩，变化无常，而风神超逸……"⑤ 中国艺术理论中的这类论述，都说明了在艺术构思阶段，不同门类的艺术语言就是运思之具，而艺术语言在这个阶段的是非常活跃的，是充满内在的力量的，又是由不确定到基本确定的根本因素。板桥所说"胸有成竹"，恰恰是意谓着以

　　① （唐）符载：《观张员外画松石序》，引自俞剑华编《中国古代画论类编》，人民美术出版社1998年版，第20页。
　　② （宋）沈括：《梦溪笔谈》卷17《书画》，岳麓书社1998年版，第137页。
　　③ （宋）董逌：《广川画跋》卷5，见于安澜《画品丛书》，上海人民美术出版社1982年版，第238页。
　　④ （东晋）王羲之：《题卫夫人〈笔阵图〉后》，见（唐）张彦远《法书要录》，人民美术出版社1986年版，第7页。
　　⑤ （元）盛熙明：《法书考》，引自姜寿田《中国书法批评史》，中国美术学院出版社1997年版，第217页。

绘画语言形成的内在的稳定构形。

二　艺术语言与审美构形

　　以不同的艺术门类的艺术语言进行内在的构思，所创造的并不只是一些局部的意象，而是独特的内在意象，苏珊·朗格称之为"基本幻象"，如其所言："每一门艺术都有自己的基本幻象，这种幻象不是艺术家从现实世界中找到的，也不是人们在日常生活中使用的，而是被艺术家创造出来的。艺术家在现实世界中所能找到的只是艺术创造所能找到的只是艺术创造所使用的种种材料——色彩、声音、字眼、乐音等等，而艺术家用这些材料创造出来的却是一种以虚幻的维度构成的'形式'。"① 苏珊·朗格这种所说的"材料"，正是艺术语言，她认为每个艺术门类都是以其独特的"基本幻象"而与其他门类的艺术相区别的。或者说，在苏珊·朗格看来，一种艺术之所以不同于其他艺术，关键在于其基本幻象的不同。这种基本幻象是整体的，而不是局部的。这种基本幻象并非是和艺术语言处于隔膜的状态，而恰恰是由艺术语言构成的整体的形式。它并不仅是外在的，即物化过程中实现的，而是在头脑中构思层面上就以之进行创造的，苏珊·朗格所说的"虚幻的维度"，正谓于此。我在本文中强调的是艺术语言在艺术家进行艺术创造时的内在性，而且，我进一步强调艺术语言和苏珊·朗格所说的"基本幻象"的一致性，即认为基本幻象的产生，是以艺术语言为其要素的。这方面，我是不同意苏珊·朗格将二者对立起来的观点的，这也正是我将艺术语言的运用内在化顺理成章的论证。

　　艺术语言的内在运用，其功能主要不在于模仿，而在于构成新的艺术符号，从而创造出独特的直觉形象。卡西尔论述语言作为"艺术语言"来把握世界和呈现直觉来看，其云："通过语言这个中介，对象性实在的直觉才能首次透露给个体。……当他开始以此种语言思考和生活时，一个崭新的对象性直觉领域就向他开启了自己的门户。这时直觉不仅得以拓展，而且也变得更为明晰和确定了。于是，这一新的符号世界开始以新的方式整理、表述和组织经验和直觉的内容。"② 卡西尔在这里不是专论文学，却将文学的艺术语言的符号创造功能揭示出来了。卡西尔非常看重艺术家的内在构思时的

---

① ［美］苏珊·朗格：《艺术问题》，滕守尧、朱疆源译，中国社会科学出版社1983年版，第76页。
② ［德］卡西尔：《人文科学的逻辑》，沉晖等译，中国人民大学出版社2004年版，第56页。

创造因素，而不同意把艺术家与世界的关系看作是模仿或写实。他认为审美快感具有这样的动力作用，"快感本身不再是一种单纯的感受，而是成了一种功能。因为艺术家的眼睛不只是反应或复写感官印象的眼睛。它的能动性并不局限于接受或登录外部事物的印象或者以一种新的任意的方式把这些印象加以组合。一个伟大的画家或音乐家之所以伟大并不在于他对色彩和声音的敏感性，而在他从这种静态的材料中引发出动态的有生命的形式的力量。"① 这种思想对于我们来说，是有重要的启示意义的。尼尔森·古德曼在论述了内在地进行创造时是以各种类型的艺术语言为工具的："对象本身也不是预成的，而是由选取世界的方式产生的。一幅画的创作也对所要描绘的东西有所创造。对象及其诸方面都依赖于组织，而各种类型的记号则是组织的工具。"② 此处所说的"组织"，正是内在的构思。"各种类型的记号"，在我的理解里，恰恰就是不同门类的艺术语言。诗人或小说家，画家或音乐家，在与外在世界的接触契机中，便以其特有的艺术语言来形成了新的、独特的艺术幻象，从而为新的作品的诞生，酝酿出雏形。

　　这也便是我所阐扬的"审美构形"。我曾为"构形"作为这样的界说："构形作为人的一种基本的思维品格，有别于逻辑的、概念的思维形式，它的生成物不是概念、判断和推理，不是一个理论性的思想，而是一个创造性的表象。从文学艺术的范围来说，是以不同的艺术语言，在头脑中建构出新的表象。这是就其生成物而言的，构形本身则是一个过程，也是文学艺术的一个最重要的环节。"③ 构形是内在的，是观念形态的，但却已经是依凭于属于此种艺术的独特艺术语言了。如：诗人用相关的词语和意象来产生诗境，画家以色彩感或透视来构思画面，音乐家以旋律或乐音来创造新的乐曲，如此等等。刘勰在《文心雕龙》的《神思》篇的名言，就可以说明"辞令"作为文学创作的艺术语言的工具作用，其云："故思理为妙，神与物游。神居胸臆，而志气统其关键；物沿耳目，而辞令管其枢机。枢机方通，则物无隐貌；关键将塞，则神有遁心。"④ 在文学创作的感兴及构思阶段，"辞令"已经在起着关键的作用。

　　艺术语言在创作的审美构形中是最根本的依傍。构形是整体性的涌现，

----

① ［德］卡西尔：《人论》，甘阳译，上海译文出版社1985年版，第203页。
② ［美］尼尔森·古德曼：《艺术语言》，褚朔维译，光明日报出版社1990年版，第49页。
③ 张晶：《再论审美构形》，《文艺理论研究》2009年第2期。
④ 范文澜：《文心雕龙注》，人民文学出版社1962年版，第493页。

而且已然含有审美情感在内。因其构形的独特性，才始有艺术创造的独特性；这些源自于一个基本的艺术理念：艺术在创造过程中，并无所谓纯粹的模仿或再现对象，而是以审美知觉形成了与对象相关的内在结构。关于艺术创造的内在的审美构形，早在一个多世纪前，德国艺术家阿道夫·希尔德勃兰特已有明确的阐述，如说："为了获得这种独立性，艺术家必须把他的作品的模仿作用提到更高的层面上，他实现这一目的的方法我欲称为构形方法。……由这种构形的方式产生的形式问题，虽不是由自然直截了当地向我们提出的，但却是真正的艺术问题。构形过程把通过对自然的直接研究获得的素材转变为艺术的统一体。当我们讲到艺术的模仿特征时，我们所谈的是还没有按此种方式演进的素材。于是，通过构形的演进，雕塑和绘画摆脱了纯粹的自然主义范畴而进入真正的艺术领域。"① 这位雕刻家所说的虽然是造型艺术的构形，但却非常具有艺术的普遍意义，或者说是艺术创造普遍性问题，希尔德勃兰特自己也很清楚地将其作为艺术创造的根本之道。

卡西尔给了我们这样的昭示："美不能根据它的单纯的被感知而被定义为'被知觉'的，它必须根据心灵的能动性来定义，根据知觉活动的功能并以这种功能的一种独特的倾向来定义。它不是由被动的知觉构成，而是一种知觉化的方式和过程。但是这种过程的本性并不是纯粹主观的，相反，它乃是我们直观客观世界的条件之一。艺术家的眼光不是被动地接受和记录事物的印象，而是构造性的，并且只有靠着构造活动，我们才能发现自然事物的美。美感就是对各种形式的动态生命力物敏感性，而这种生命力只有靠我们自身中的一种相应的动态过程才可能把握。"② 审美构形就是这样的动态过程，它不可能是被动的反映或摹写，但也非纯主观的向壁虚构，而是以艺术家的审美知觉对于对象的动态构形。我很服膺大文学家歌德的这种对于"构形"的论述："艺术早在其成为美之前，就已经是构形的了，然而在那时候就已经是真实而伟大的艺术，往往比美的艺术本身更真实、更伟大些。原因是，人有一种构形的本性，一旦他的生存变得安定之后，这种本性立刻就活跃起来。"③ "构形"是指艺术头脑中将构思最后定型的阶段，它不是空洞的，也不是仅凭直觉的，是以相关的艺术语言为其媒介的。诗人的词语、

① ［德］阿道夫·希尔德勃兰特：《造型艺术中的形式问题》，潘耀昌等译，中国人民大学出版社2004年版，第19页。

② ［德］卡西尔：《人论》，甘阳译，上海译文出版社1985年版，第192页。

③ ［德］歌德：《论德国建筑》，引自［英］鲍桑葵《美学三讲》，周煦良译，上海译文出版社1983年版，第59页。

画家的线条感和笔墨意蕴，音乐家头脑中的旋律，等等。构形的材料或工具，是艺术家们各自特殊的艺术语言，在构形过程中，内在的艺术语言就成为最基本的要素。我觉得鲍桑葵对于媒介与构形之间的关系尤为重视，他说的便是内在的艺术语言作为媒介的作用："因为这是一件无比重要的事实。我们刚才看到，任何艺人都对自己的媒介感到特殊的愉快，而且赏识自己媒介的特殊能力。这种愉快和能力感当然并不仅仅在他实际进行操作时才有的。他的受魅惑的想象就生活在他的媒介的能力里；他靠媒介来思索，来感受；媒介是他的审美想象的特殊身体，而他的审美想象是媒介的唯一特殊灵魂。"① 在我看来，鲍桑葵的这段论述非常重要，将我在本文中要讲的核心意思说得非常清楚了。他之所谓"媒介"，就是我说的艺术语言，这在艺术家的审美构形中就是最基本的载体。

但是，艺术语言在审美创造的构形中还只是材质或载体，艺术家的构形是以艺术语言为其向外的触角，形成特殊的审美感知，从而生成作品在得到物化前的构形。卡西尔从审美知觉的角度谈到了这种情形："我们的审美知觉比起我们的普通感官知觉来更为多样化并且属于一个更为复杂的层次。在感官知觉中，我们总是满足于认识我们周围事物的一些共同不变的特征。审美经验则是无可比拟地丰富。它孕育着在普通感觉经验中永远不可能实现的无限的可能性。在艺术家的作品中，这些可能性成了现实性：它们被显露出来并且有了明确的形态。……这种对'现象'的最强烈瞬间的定形既不是对物理事物的模仿，也不只是强烈感情的流溢。它是对实在的再解释，不过不是靠概念而是靠直观，不是以思想为媒介而是以感性形式为媒介。"② 所谓"定形"过程中的感性媒介，主要是内在的艺术语言，它们既是构形的材质，又是构形的途径。就二者的不同而言，构形是在艺术构思的最后定形环节，是一种整体性的内在结构，艺术语言则是构形所凭借的工具、载体或条件；就其相通之处来说，则是无法离开的。构形中的艺术语言是相当活跃的，是变化着的，是富有生成的力量的。

三　化瞬间为永恒的艺术语言

外在的自然或社会，对于我们而言，是变动不居的，是有着内在的生命

---

① ［德］歌德：《论德国建筑》，引自［英］鲍桑葵《美学三讲》，周煦良译，上海译文出版社 1983 年版，第 31 页。

② ［德］卡西尔：《人论》，甘阳译，上海译文出版社 1985 年版，第 184 页。

力的显现的。以自然景物来说，看上去似乎只是客观的物象而已，其实是以勃勃的生机展示着宇宙的活力的。社会事物的种种世相，也是以变动不居的纷纭呈现给我们。我们的心灵时时受到召唤，我们的情感时时受到兴发，艺术家一方面有着无异于普通人的情感世界，一方面又有着以独特的审美形式将那些微妙的发现变成永恒的创造物的欲望。刘勰所说的"依微拟议"，就是要将对象的微妙表现出来。还有所谓的"诗者，持也，持人情性"，我的理解，就是要将人的那种瞬间的情感或情绪，通过感性的形式，成为不同时空的人都可以感受并受到兴发的东西。艺术家是不会满足于千篇一律的描写或塑造的，因为这是无法得到人们的情感兴发并受到人们的认同的。创造的奥秘在于新的审美构形。卡西尔对此又有他的论述："只要看一件真正伟大的艺术作品，艺术的这一基本特性就会和盘托出。每一件艺术作品都给我们留下这样的印象——我们接触到某种新颖的东西，某种我们从未领略过的东西。在这种场合中，世界似乎总是以某些新的方式和新的面貌展示于我们面前。……在世界文学的每一部史诗中，我们都面对某些迥然相异的东西。在那里，我们不会遇到某些对过去事件的单纯报导；相反，借助于这些史诗般的故事情节，我们表达出一种世界景观，在这一景观中，我们能够审视事件之总体以及那以崭新姿态出现的人类之总体。这一特性甚至公开出现在某些最为'主观'的艺术如抒情诗中。抒情诗似乎比任何一种专门的艺术都更受制于当下场合。抒情诗歌旨在捕捉跳跃的、唯一的、短暂的和一去不复返的主观感受。它萌发于一个单一的瞬间存在，并且从不顾及此一瞬间之外的存在。然而，在抒情诗中，或许首先是在这里我们可以找到某种'理想性'，亦即歌德所刻画的思维那种新颖、理想的方式和于暂时性中的永恒等特性的'理想性'，当其使自身沉湎于此一瞬间时，当其仅仅寻觅那耗尽于此一瞬间的全部情感和气氛时，这种观念就由此而为此一瞬间取得了久远性和永恒性。"[1] 这里撷取的卡西尔的话也许并不是为说明我们的问题而言，但它能够说明，诗歌艺术是将那种瞬间即逝的外在印象和主观感受，以新颖的形式使之成为永恒，成为穿越时间和空间而能令人们引起审美情感的东西。

在艺术品创造过程中的构形，是有着相当大的活跃程度的，或者说是艺术创新的最为关键的阶段。倘若构形的呆板与陈旧支配了这个艺术品的产生，那么，它就很难称其为真正的艺术品了，而毋宁说是一件匠气十足的东

① ［德］卡西尔：《人文科学的逻辑》，沉晖等译，中国人民大学出版社 2004 年版，第 80 页。

西。构形过程必须是生气勃勃的，是充满新鲜感的，是鲜活淋漓的，但它又是一个有机的整体，又是达到了稳定的、清晰的程度的。我之所以将构形与想象努力区别，就是想要搞清楚在"纷纭挥霍"的想象中，艺术品的最后定型是如何可能。我的表述是这样的："想象还是相对不够稳定的，较为模糊的，而构形则是在艺术作品在物化前最为明晰和定型的内在样态，它是以'媒介'为工具来构造的。"① 这里的表述也许很难说是已经成熟，但是，已经可以将二者划开一个界限了。这种构形实际上与外在世界相比，是并不一样的，因为它是经过艺术家以艺术语言创造出来的内在的统一体。在空间效果的双重作用中，我们获得了艺术将部分合成为整体的印象，于是我们理解了图画。艺术不同于大自然的一致性与统一性，艺术是唯一与独特的，是属于艺术家内在地创造出来的，它是带有明显的独特性的。因此，图画中的细节在我们心中产生一个统一整体的刺激因素，相互制约。生动的、生成着的内在统一性是构形的重要特征，而这一切都源自于艺术语言的主动寻求和渐次定位。在这种构形活动中，由主体所受到的感兴开始，艺术家便以具有充满冲动和生命感的艺术语言而寻求表现的形式，所谓"寻声律而定墨"、"传移模写"、"属采附声"等等皆是。王夫之在《姜斋诗话》中指出"以追光蹑影之笔，写通天尽人之怀"，艺术语言的内在化运思，不仅规定了不同门类的艺术的审美特征，而且还是艺术创作的个性、风格的内在依据，也是其动力所在。

不同的艺术门类，有着属于自己的基本艺术语言，用以构成不同门类的基本幻象，如文学、音乐、绘画、雕塑、书法、舞蹈等，都有属于自己的基本艺术语言，这是自不待言的。而接下来的一个层次，即便在同一个门类中，也有不同艺术样式之间的差异，如诗歌和小说、散文等不同；同是音乐，民乐和西洋乐不同，而同样在诗歌里，自由诗和格律诗不同，等等。真正成就艺术作品的个性的，还在于属于艺术家本人的艺术语言，这当然是符合其所创造的门类和样式的基本艺术语言的，但是，在每位真正的艺术家的创作中，又必然有着他自己独特的艺术语言，也即造就其独特风格的艺术语言，如同样是画家，吴冠中的艺术语言是不同于林风眠的；同是诗人，郭小川的是不同于贺敬之的；同是作曲家，谷建芬的是不同于徐沛东的，等等。

我之所以将艺术语言问题看成艺术创作思维的凭借和载体，是认为从艺术家的发展和艺术品的个性化形成中，艺术语言的作用是非常重要的。这个

---

① 张晶：《再论审美构形》，《文艺理论研究》2009 年第 2 期。

问题无论在文艺理论中还是在美学中，都还是一个并未引起人们关注的问题。人们对艺术语言的认识，大都是在艺术品的表现层面，而没有深化到艺术创作思维的层面。而对艺术思维的研究，我们虽然已有许多哲学、美学、心理学等层面的论著，但如果不能落实在艺术语言上，恐怕还很难触碰到创作思维最本质的东西。而目前有关对艺术语言的论述，还都是指向其创作的外在表现阶段，这当然是能够揭示艺术表现的媒介问题的。而我认为艺术语言绝不止于艺术品的外化阶段，而是作家、艺术家从产生审美感兴到审美构形的内在思维阶段都不可能缺少的，不同的作家或艺术家在艺术创造思维中是凭借着不同的艺术语言的。这里还只是提出了这个问题，真正的具体研究，还有很长的路要走。

电视艺术的审美文化尺度[*]

一 "审美文化"的内涵及电视作为审美途径

审美文化在当今的文化格局中无疑是举足轻重的成分，同时也是美学理论建设的重要支点。关于审美文化，已经产生了相当多的理论成果，这当然体现了我国学术事业的发展，但是，在对审美文化的理解上，诸多学者的看法还有许多歧义，因而，也就在所论及的对象上颇多漶漫之处。拙文并非要对审美文化的概念内涵进行清理，却是要从审美文化的立场上来思考电视艺术的价值取向。我以为这个问题的提出是具有较为深刻的意义的。其实，也就是想从这个角度来透视电视艺术的文化品性，同时，也是对审美文化这个范畴进行具有时代刻度的纵深开掘，而不至于停留在泛泛的层面。为此，还是要提出我对审美文化的内涵的理解，方可明确论述的前提所在。

关于审美文化，有的学者将其和通俗文化、大众文化等概念混同使用，以之作为在当代社会背景下，那些带有明显的消费色彩的、泛滥的、沉沦的文化现象，有的学者则将其泛化为历史文化中的审美层面的总体概念。我则以为，"审美文化"的内涵，虽然在时代性意义上与视觉文化、通俗文化、媒介文化、大众文化等有着现象上的交叉重叠，但它并非只是一个被动的指涉，而是一个具有明确价值目标的建构性范畴；同时，对于"审美文化"的泛化理解，也很难使其充分发挥特定的时代性功能，而停留在一般的学术研究层面上。我是将"审美文化"作为一个在相当一段历史时期内文化建设的总体性范畴加以阐释，认为它是可以担负起这样的文化使命的。对于"审美文化"的内涵，我曾作过这样的表述："就其广义而言，是人类文化的各个层面（物质的、精神的和制度的）呈现出来的审美因子，或者说是

＊ 本文刊于《现代传播》2010 年第 3 期。

人们以自觉的审美理想、审美价值观念所创造出的文化事象的总称，一般说来，审美文化具有感性化和符号化的特征；就其狭义而言，审美文化特指在大众传媒影响下，在社会文化的各个方面所呈现的具有审美价值的产品、倾向和行为。"① 在本文中的论述，主要是就其"狭义"揭示审美文化的现代性品格，并以之考量电视艺术的审美文化因素。

在美学或文化学的领域里，"审美文化"的概念可以说是渊源有自，据说是德国著名作家和美学家席勒在其美学经典著作《审美教育书简》最早提出了这个概念。而观察人类的文明史，审美文化的历史可以追溯到非常久远的年代，因此，我们现在看到学者们写出了"审美文化史"这样的多卷巨著。对于我们来说，要问这样一个问题：既然是一个由来已久的问题，为什么"审美文化"近些年会在学术界成为一个广泛为人关注，而且产生了许多理论成果的话题呢？又为什么它和视觉文化、媒介文化、大众文化、通俗文化等概念夹缠不清呢？又为什么它是在中国的语境中成为"热门"话题的呢？对于这些问题的思考与回答，可以使我们对审美文化在"中国当下"这样一个特定的时空范围得到更为明晰的理解。我可以尝试着这样进行概括性说明："审美文化"虽然是一个很早就出现的概念，它所指陈的文化事实也是久已存在的，但其成为中国学术界和文化界的理论热点，却是具有明显的现代性特征。这种现代性特征是我们研究审美文化的立足点。

审美文化和视觉文化、媒介文化等在现象层面上多有交叉重叠，是因其崛起于电子科技的大众传媒时代，大众传媒在相当大的程度上改变了我们的生活方式和文化模式。图像化的电子媒介，无所不在地介入我们的生活，我们对世界的认识、我们的感官体验、我们和外界的关系，在某种程度上是依赖于媒介的。所谓"视觉文化"也好，"媒介文化"也好，都意味着作为文化的普遍性存在。人们对世界的把握，已经从以往的以文字为主导方式改变为以直观的图像视觉方式为主导方式了。海德格尔的预见是切中了这种本质的，他说："现代的基本进程乃是对作为图像的世界的征服过程。"又认为："世界图像并非从一个以前的中世纪的世界图像演变为一个现代的世界图像；根本上世界成为图像，这样一回事情标志着现代之本质。"② 人们称当下这个时代的文化症候为"视觉文化"，当然是很有道理的。视觉在美学上

---

① 张晶：《审美文化的历史机遇》，《解放军艺术学院学报》2007年第3期。

② ［德］海德格尔：《世界图像的时代》，见孙周兴《海德格尔选集》，上海三联书店1996年版，第904页。

历来被认为是首要的感觉要素，也是人的全面发展在感性上的先导因素。电子传媒为视觉成为主要的审美方式和文化模式，提供了前所未有的便利与支撑。在这个问题上，电视又充当了最有决定意义的角色。电视在人类发展史上所起的革命性意义自不待言，而其对人们的审美方式的影响，是有待于认真地加以分析的。审美文化成为一个基本的理念，是和电视的作用密不可分的。从审美观照的角度来看，电视给人们呈现的视觉图像，是与传统艺术有明显的差别的，由此而形成了当下审美的不同特征和方式，并且使得"审美"的含义产生了深刻的变异。同样是直观，电视的图像和传统艺术创造出的形象是有很大区别的。传统艺术（如中国的国画、雕刻、书法等）所创造出的艺术形象是静态的，艺术家的风格和形式因素有着明显的主体性差异，人们对这些艺术品的欣赏是静观和品味，而人们审美的对象其实更多是作品的形式创造特点和风格特征，如中国画论中的"曹衣出水，吴带当风"①，正是人们在欣赏绘画作品时所感受到的技法和风格差异。对于艺术品的审美，需要相当的专业知识和文化修养。如果只是看作品和现实的相似度，那就不免落入浅陋一流了。苏轼所说的"论画以形似，见与儿童邻；论诗必此诗，定非知诗人"② 在中国古代美学中是有代表性的。技法、程式的创造性的重要，是远远大于同描写对象的相似度的。从审美的广度上来说，传统的审美基本上是"小众"的，而非大众的。电视则不然。电视的全民普及程度大于任何一种媒介，它对于人的生活的介入之广泛、之深入，也是前所未有的。对于大众来说，电视是最为经常、最为普遍的审美途径。可以认为，没有任何艺术形式或者媒介，能像电视这样贴近人们的生活空间，嵌入人们的家居和休闲时间之中。更为重要的是，电视以其高分辨率和高清晰度呈现给人们的视觉图像，其真实感是其他艺术门类所无法比拟的，它们是动态的，如同在真实的时空中正在发生一样。电视是以表现人的生活为主要内容，无论是艺术类的电视剧、综艺节目，或是社会类、法制类的节目，都是和人的生活息息相关的。对于电视的观看，是不太需要传统艺术那种专业的知识和文化修养的。这些都无疑造成了电视的大众文化性质。

在当下，电视也为人们提供最为集中、最为便捷的审美途径和条件。审美需要是人的基本需要之一，满足审美需要，获得审美享受，是人的基本权

---

① （宋）郭若虚：《图画见闻志》卷1《论曹吴体法》，人民美术出版社1963年版，第20页。

② （宋）苏轼：《书鄢陵王主簿所画折枝二首》，见王水照《苏轼选集》，上海古籍出版社1984年版，第188页。

利。随着时代的进步、生活水准的大幅度提高，在人们的生活中，审美需要已经不是可有可无的，而是普遍性的，是生活的重要部分。用不着量化地加以说明，可以认为，当前满足人们的审美需要的主要途径就是观看电视，而其他方式都是次要的。

　　审美是以"灿烂的感性"① 呈现给人的感官的，理性的因素是融合于其中的。电子技术将这种"灿烂的感性"发挥到极致。画面和声音的有机配合使得一些动人心弦的细节，通过直观的呈现得以放大，从而无须细加品味就能产生强烈的美感。杜夫海纳明确表示："美的对象首先刺激起感性，使它陶醉。因此，美的对象所表现的意义，既不受逻辑的检验，亦不受实践的检验，它所需要的只是被情感感觉到存在和迫切而已。"② 如果说审美的本质在于兴发人的情感，如刘勰对"兴"的阐释在于"起情"，"起情故兴体以立"③，英国美学家赫伯恩对于审美的基本解释就是"情感的唤起"。赫伯恩认为："我们应该强调，承认情感唤起的作用是与很早提到的艺术领域内的情感经验是一种积极活动而不是被动的情感灌注这一论断并行不悖的。"④ 传统艺术（包括文学）是通过对其形式创造要素的理解才能进入作品的情感世界的，尤其是文学作品，对欣赏者来说是要通过对作品的文字吸濡消化之后感受其内在视像。而电视则不需要这个过程，欣赏者面对直观的电视图像，马上就可以得到感情上的兴发与感染。就情感的兴发这个审美因素而言，电视比其他途径或方式，都更为广泛、更为直接。

　　经典美学对于审美与非审美的判断，首先是"审美无利害"的命题。这一点，在康德美学中是首当其冲的。康德的美学名著《判断力批判》是以此为第一命题来奠基审美这座大厦的，认为如果有些微的利害感，就很难称其为审美了。康德断言："一个关于美的判断，只要夹杂着极少的利害感在里面，就会有偏爱而不是纯粹的欣赏判断了。"⑤ 这种论断尽管有些绝对化，但在美学作为独立的学科这个意义上，其实是起了重要作用的。中国古典美学也有相类似的看法。如老子的"虚静"，庄子的"心斋""坐忘"，

①　［法］米盖尔·杜夫海纳：《美学与哲学》，孙非译，中国社会科学出版社 1985 年版，第26 页。

②　同上书，第 20 页。

③　范文澜：《文心雕龙注》，人民文学出版社 1962 年版，第 601 页。

④　［英］R. W. 赫伯恩：《情感与情感特质》，见［美］李普曼《当代美学》，邓鹏译，光明日报出版社 1986 年版，第 320 页。

⑤　［德］康德：《判断力批判》，宗白华译，商务印书馆 1964 年版，第 41 页。

宗炳的"澄怀味象",都是在讲摆脱日常功利纠缠的纯粹的审美心理。这对于传统艺术来说,是处在审美静观状态的必要条件。而电视图像则不然,对于视觉感官,它有足够的冲击力,对于现实生活,它有强烈的介入性。如果再以"无利害"作为审美的标尺,那就只有把电视排除于审美活动之外了。事实上这是不可能的。因为电视图像对于当代的审美来说,早已成为主角。动态转换中的电视图像以其画面的奇妙、意境的灵动、人物表情的"超真实"以及情境的戏剧化因素,而创造出新的审美机制,如果硬要否认其审美性质,那就近乎"缘木求鱼"般的荒唐了!

审美文化不同于视觉文化、媒介文化、大众文化等概念的被动描述性质,而兼有被动描述和主动建构两方面的内涵。它指涉了当代文化中审美因素普遍加强的现象,同时,也是我们对于文化建设的价值诉求。视觉文化、媒介文化和大众文化等,都有很多审美的因素,但也有很多非审美的东西;审美文化则是指其中审美因素的总称。审美本身在现阶段具有明显的感性化和符号化的性质,同时也还是人的全面发展的积极指向。马克思在《1844年经济学哲学手稿》中对于人的全面发展的描述,恰恰在今天开始现出了端倪。马克思指出了"属人的本质"也是"社会的人"的本质:"所以社会的人的感觉不同于非社会的人的感觉。只是由于属人的、客观地展开的丰富性,主体的、属人的感性的丰富性,即感受音乐的耳朵、感受形式美的眼睛,简言之,那些能感受人的快乐和确证自己是属人的本质力量的感觉,才或者发展起来,或者产生出来。因为不仅是五官感觉,而且是所谓的精神感觉、实践感觉(意志、爱等等)——总之,人的感觉、感觉的人类性——都只是由于相应的对象的存在,由于存在着人化了的自然界才产生出来的。五官感觉的形成是以往全部世界史的产物。"[①] 审美文化自然不能代表或囊括文化的全部,但却是人类解放自身的指向所在。电视不仅是当代电子科技的产物,也是人类现阶段审美文化的应运而生。我们不必苛责电视背负起人类文化的全部责任,而从传播媒介的意义上讲,它又有着无法取代的功能。文化的符号化成为一种进程,而电子成像又是当下符号的重要形式。审美成为新一轮的生活追逐,乃至潜移默化地进入了人生的多个侧面。其得其失,或成或毁,电视的作用都是无法忽略的。我们须正视这个现实,使电视在审美文化建设方面的功能在一个更高的境界上得以发挥。

对于人的现实生存来说,"日常生活审美化"是一件令人喜悦的好事。

---

① [德] 马克思:《1844年经济学哲学手稿》,刘丕坤译,人民出版社1979年版,第79页。

相对于那些以能吃上饱饭为目标的年代，我们的日常生活中充填了那么多审美的、艺术化的因素，赏心悦目的东西在我们的时间和空间里占有了更多的份额。这是在以往那些几乎谈不上什么审美的日子里所无法想见的，也是没有经历过那种日子的青年一代感受不到的。以电视为代表的视觉幻象之美，又在"日常生活审美化"里占有了很大的比重。在美学的学理层面，这种全球性的文化症候使美学家或许是喜忧参半，审美化艺术化在生活中的泛溢，与之俱来的便是它的浅表化，真正意义上的审美被"稀释"得难见踪影。德国美学家韦尔施明确地道出了这种忧虑："在表面的审美化中，一统天下的是最肤浅的审美价值：不计目的的快感、娱乐和享受。这一生气勃勃的潮流，在今天远远超越了日常个别事物的审美掩盖，超越了事物的时尚化和满载着经验的生活环境。它与日俱增地支配着我们的文化总体形式。经验和娱乐近年来成了文化的指南。一个日益扩张的节庆文化和娱乐，侍奉着一个休闲和经验的社会。审美化的一些太为突兀的分支，以及现实赤裸裸的化妆打扮固然可以博得一笑，但是触及作为总体的文化，它可不再是好笑的事情。"[①] 韦尔施揭示了当今社会文化的审美浅表化的普遍存在，认为其成为"总体的文化"是一件可堪忧虑的事情。现在的审美经验如詹姆逊所说既是太多，又是太少！詹姆逊对现在的审美有这样的估计："我们很快就会明白，在一个如此多的由视觉和我们自己的影像所主宰的文化中，审美经验的概念既太少又太多，因为从那个意义上说，审美经验随处即是，并且广泛地渗透到了社会与日常生活中。但正是这种文化的扩散（在更大、更宏伟的意义上说）使个人艺术作品的观念成为问题，也使审美判断的前提变得不甚恰当。"[②] 所谓"太多"，是说浅表层面的"审美经验"过于庸滥，到处都洋溢着看似很"艺术"的氛围，如同白居易诗中所说的"乱花渐欲迷人眼"；所谓"太少"，就是有深度、有意蕴的审美又是很少见的。"太多"和"太少"是一体两面的问题。因其前者太多，所以后者太少。由此我们还要联系到电视，因为在当下的诸种媒介里，电视是个"龙头老大"，在图像传播方面，电视是最为普及，也和我们的生活最为密切的；在意义层面，电视也是最为完整的；从图像传播的社会效果来看，电视也是最为广泛而且相对内容较为积极的。其他一些图像传播，有的是作为辅助手段出现，如综艺节

① ［德］沃尔夫冈·韦尔施：《重构美学》，陆扬等译，上海译文出版社2002年版，第6页。
② ［美］弗里德里克·詹姆逊：《文化转向》，胡亚敏译，中国社会科学出版社2000年版，第98页。

目和戏剧的舞台美术背景、教学用的电子课件等；有些是用于商业目的的手段，如电子屏幕上和购物中心的广告等；网络的媒介作用是电视所代替不了的，但是目前阶段的网络似乎较为芜杂且较为难于管理，文字上也过于随意，面对网络的鉴别能力就显得非常重要。电视的管理体制当然要成熟得多。声音和画面的有机配合虽然有电影在先，但在电视中的运用则成为最为基本的制作方式，也使其在真正成为人们最主要的审美方式的广度上超越了其他艺术形式。可以这样认为，仅称"视觉文化"难以道出我们这个时代的文化特征，其实应该是"视听一体"的文化。以电子科技手段制作的声画结合的电视节目，具有传统的艺术样式所难以企及的审美效果。

讲"审美无利害"很重要的一点，是要求审美主体在面对艺术品的时候摆脱感官欲念，这是传统的审美观念之基本规则。在康德的美学思想中，利害感是和欲望能力相关的，他断言："凡是我们把它和一个对象的存在之表象结合起来的快感，谓之利害关系。因此，这种利害感是常常同时和欲望能力有关的，或是作为它的规定根据。"①在传统意义上的审美之所以是可能的，一是审美的人是"小众"，是有一定相关知识和较为深厚的文化修养的人，他们较为懂得艺术、审美和现实生活的区别，不至于混为一谈；二是艺术品虽然在现实生活有反映与被反映的关系，但是横在艺术品和现实之间的，更重要的是艺术家的艺术才能、表现技巧和独特风格等因素；② 三是大多数艺术门类的艺术语言（包括造型艺术）是通过审美主体的静观和品味，在头脑中再现出整体的艺术幻象的，文学作为艺术的一类尤其是如此。即便是绘画或雕刻，也是静态的，它可以给人以直观的、逼真的形象，如西洋的油画，（蒙娜丽莎之类）算是最能使人感官兴奋的，但与影视图像的生香活色比起来，无乃是"小巫见大巫"了。如果承认面对电视图像是审美的话，感官的兴奋就很难排除在审美之外。如果不能否认面对影视图像的审美性质，就要承认审美的时代性变异。

其实，涉及图像化的审美无法脱离对于身体的影像审美，而这恰恰是当下的审美活动难以与感官欲望剥离的主要之点。现在通过电视或其他电子图像所呈现的人的身体，是以往任何艺术形式中所描绘的身体所不可同日而语的。高清晰度的身体影像，活生生地映现在人的眼前，岂是原来的那些绘画

---

① ［德］康德：《判断力批判》，宗白华译，商务印书馆1964年版，第40页。
② 关于这点，我在《传媒艺术的审美属性》一文中已有阐述，见《现代传播》2009年第2期。

和雕刻所能比得了的！无论是从艺术的编导，还是从商业的初衷，大众传媒中的身体影像，在现在这种情形下，是无法将其从审美领域中剔除的，反之，恰恰应该认真地考虑其在当代审美活动中的重要意义。波德里亚描述道："在消费的全套装备中，有一种比其他一切更美丽、更珍贵、更光彩夺目的物品——它比负载了全部内涵的汽车还要负载了更沉重的内涵。这便是身体。在经历了一千年的清教传统之后，对它作为身体和性解放符号的'重新发现'，它（特别是女性身体，应该研究一下这是为什么）在广告、时尚、大众文化中的完全出场——人们给它套上的卫生保健学、营养学、医疗学的光环，是萦绕心头的对青春、美貌、阳刚、阴柔之气的追求，以及附带的护理、饮食制度、健身实践和包裹着它的快感神话——今天的一切都证明身体变成了救赎物品。"① 波德里亚的论述在很大程度上道出了身体在当代审美中的重要性。美国哲学家舒斯特曼则将"身体美学"列入实用主义的美学体系，以之作为其中的重要部分，并且郑重其事地予以阐发，以此大大提高了身体在审美活动中的"合法身份"。

审美文化之所以与视觉文化、媒介文化、大众文化等文化范畴在有许多重叠的情况下还要加以区别，还在于审美本身的意义蕴含层面。审美当然不是逻辑思考，不是科学论证，更不是政治说教，审美的感性性质，是从一开始就规定了的；但是审美并非纯然的感官兴奋，它与一般的感官兴奋的差异，就在于审美是在感性的呈现中蕴含着意义。意义并不仅是政治的，更多的是文化的和人性的。中国古代诗学讲"诗者，持也，持人情性"②，能够使"性情"得以持存的作品，必然是具有文化的、人性的意义的。文学艺术史上能够成为经典的文学艺术作品，鲜有例外。停留在自然情感的层面上而不能升华到审美情感的层面，一是缺少形式的建构，二是意义的匮乏。这一点，苏珊·朗格在其名著《艺术问题》中已有明确的论述。朗格区分了人的自然情感和艺术的审美情感的不同："一个艺术家表现的是情感，但并不是像一个大发牢骚的政治家或是一个正在大哭或大笑的儿童所表现出来的情感。艺术家将那些在常人看来混乱不整的和隐蔽的现实变成了可见的形式，这就是将主观领域客观化的过程。但是，艺术家表现的决不是他自己的真实情感，而是他认识到的人类情感。"③ 海德格尔以荷尔德林的诗为例，

---

① ［法］让·波德里亚:《消费社会》，刘成富、全志钢译，南京大学出版社 2006 年版，第 99 页。
② 范文澜:《文心雕龙注》，人民文学出版社 1962 年版，第 65 页。
③ ［美］苏珊·朗格:《艺术问题》，滕守尧、朱疆源译，中国社会科学出版社 1983 年版，第 25 页。

讲诗的艺术价值在于创建和持存。审美文化问题在本文的论述中，要在这里得到突出的强调，那就是审美文化的意义层面。审美与其他意义有一致之处，就是最终要落到理性的区域，其不同之处在于，一是它要带着形式的或结构的完整性得以持存，二是它要始终以感性的光晕充盈在审美主体的心灵之中，三是比我们通常理解的意义更为广泛和持久，主要是文化的和人性的。比如《古诗十九首》是具有隽永的审美魅力的，恰恰是在其中蕴含着人性的意义。《清明上河图》是具有永远的审美价值的，其中就包含着文化的意义。西方的艺术经典也莫不如此。《亚当和夏娃》是美的杰作，文化和人性的意义也就包蕴其中。《最后的晚餐》同样如此。因而，审美的与其他感性方式相区别之处，主要在于上面所说的意义持存；审美的意义与其他理性方式相区别之处，主要在于它是以感性的魅力所包蕴的意义持存。

二　电视艺术的审美文化特性

以当前的审美观念来看，审美文化是能够集中体现当代审美特征的范畴，而电视又是最为适宜担当审美文化的内涵和使命的。在对电视与审美关系上我的看法起了一个很重要的变化：如果说以前总是用传统的美学观念来衡量电视，看它在多大程度上能符合这个框子，现在我觉得这样有点像古人说的"刻舟求剑"，不如通过当下的审美现实来重新建构美学学理，尤其是对于审美活动性质的再认识。电视在很大程度上会帮我们这个忙，因为它在当下的审美活动中是非常典型的，也是最能体现着我们这个时代的审美嬗变的。

电视作为传播媒介，并非都是艺术。新闻的、时政的、社会民生的很多信息，还有很多意识形态的导向，虽然也是图像化的传输方式，也是通过视觉的途径，最为广泛地传达给受众，但不能以艺术的和审美的角度来进行价值判断，或者说首要的不是艺术和审美。《新闻联播》、《焦点访谈》这类节目当然就不是。比如《焦点访谈》节目报道某个造纸厂倾泻污水，造成对周围生态环境的严重破坏，或者某个小煤窑违反规定私自开采造成重大矿难事故，这类节目虽然也是由摄像机拍摄下那种触目惊心的图像化的场面，但显然不能从艺术的和审美的角度来进行评价。除了它们的政治效应之外，自有新闻学、传播学的价值判断。我们要说的是电视艺术，或者说是以艺术价值和审美价值为其主要判断标准的节目类型。高鑫教授的界定是很周延的："电视艺术，是以电子技术为传播手段，以声画造型为传播方式，运用艺术的审美思维把握和表现客观世界，通过塑造鲜明的屏幕形象，达到以情感人为目的的屏幕艺术形态。"[1] 我们所说的电视艺术是较为广义的，除了一些电视本体所产生的艺术形式如电视剧、电视小品、MTV、电视综艺晚会等，都是较为典型的电视艺术，当然它们也还是与传统的艺术形式难以割裂的，如 MTV 是将音乐通过电视手段加以图像化的艺术表现。其他一些原有的艺术形式，因其通过电视进行拍摄和传输，如电视戏曲、电视散文等，也因其以电视为载体、为传播媒介，而具有了与电视艺术共有的某些审美特征。因而，电视艺术可以说是一个总体性的概念，较大的范围是指通过电视工作者组织、编导、拍摄的所有艺术形式。它们中的多数节目类型是传统的艺术形式，而由电视工作者以其艺术匠心，加以组织、导演和摄录而形成了一个艺术整体，并通过电视台进行播放。如《曲苑杂坛》等类节目，虽然是一些传统的艺术形式，如相声、魔术和杂技等，虽是较为松散的，但在电视艺术家的编导下，成为一个艺术整体。这些节目在进入电视艺术行列时，必然经过电视艺术家的精心处理，包括对节目的选择、主持人的语言连接、摄像处理与剪辑等，形成了一个具有电视艺术特点的整体，有了属于这个节目的灵魂。

　　电视艺术首先是以视听一体的动感图像给人以强烈的审美冲击的。电视艺术以人为核心，而真实的演员在高分辨率的清晰图像中显得尤其真实，或者用波德里亚的话说就是"超真实"。在电视剧里，活生生的人的种种情感情绪变化，通过摄像机的技术性处理，在镜头中显得不仅是非常"真实"，而且呈现给人们的图像是相当充盈的。这样产生的效果自然是远比一般的传统艺术强烈。如果说人们对自身的生活"身在此山中"的习焉不察，而在屏幕上出现的人物镜像却感到一种反观的兴奋。进入角色的演员本来就是导演选来切合人物特征的，加之表演的经验使得人物的情感得到了细致入微的表现和凸显。这是特别容易引起电视观众的情感投入的。声音和画面的有机配合，更使得观众（审美主体）进入情境之中。与画面形成一体化的有人物语言、音乐旋律和夸张的拟声，这些都通过电子技术而创造出浓郁的气氛，透射出浑然一体的艺术感染力，由不得你不被吸纳其中。符合人物个性的语言通过演员的有声表演直接拨动观众的心弦，而无须如文学作品那样以文字传达而在内心形成隐形的模拟。音画相融的图像呈现，省略了欣赏者的内心模拟和并不稳定的内在联想，而直接的影像呈现给人们的震撼和冲击是

---

[1]　高鑫：《高鑫文存》第 3 卷《电视艺术概论》，九州出版社 2008 年版，第 7 页。

非常突出的。它是有形的，也是相对稳定的。这一点，电影和电视有其同样的审美效应，在其广度和呈现的强度上甚至超过了舞台戏剧。

电视艺术与人们的日常生活有着相当广泛而密切的关系，这在电视剧中得到了十足的体现。电视剧以其连续的形式充分地表达着人们在日常生活的场景，更重要的是所表达的多是普通人感情。之所以有广泛的收视率，形成愈加看好的产业规模，在很大程度上是与普通人的生活场景、普通人的感情纠葛息息相关。那么多的家庭伦理剧、都市情感剧等都有很高的收视率，其原因多半缘自于此。乃至在历史题材的电视剧和红色经典改编的电视剧里，也都加入很多类于普通人的情感和行为方式，使得那些杰出的历史人物和英雄形象，有了儿女情长的一面，从而得到人们的认同。这和"日常生活审美化"的进路是一致的。"日常生活审美化"从某个方面来说，就是人们以审美的、艺术的色彩渗透到日常生活的各个方面，或者说是将日常生活与审美需要混杂在一起。尽管它使审美变得不再神圣，也用不着那样"不食人间烟火"，却是使我们的生活氛围，呈现了无处不在的审美色彩。人们对日常生活的审美需要，通过电视艺术得到普遍化的实现。在当下的文化现实中，人们有意无意地将日常生活和审美掺杂在一起，而最为普通、最为广泛的审美方式，莫过于在家居中与电视为伴。相对来说很多并没有多少艺术修养和文化知识的人，也能对电视剧或其他电视节目相当投入，这不能否认他们是在"审美"。而他们之所以和电视有着不解之缘，除了观看环境的日常化、家居化之外，还在于电视艺术（尤其是电视剧）更多地表现了普通人的情感世界、普通人的人生故事、普通人的生存状态。它是现在的文化现实，也是现在的审美现实。

电视艺术以"超真实"图像的连续呈现引发、调动着人们对未知的好奇和对事件进程的期待。这在对电视剧的观赏中是最为普遍的，也可以说是电视剧存在和发展的内在根据。人们对于"听故事"有着天然的兴致，甚至也可以说是人们骨子里的"天性"。这从中国古代的章回体小说大行其道就可以知其仿佛了。说书人的"欲知后事如何，且听下回分解"，赚得多少人如痴如醉！张国涛的博士论文《论电视剧的连续性》认真地研究了电视剧的"连续性"问题，也就是电视剧何以能够数十集地"连续"？这个问题其实是特别具有美学意义的，也是有着深厚的民族文化根基的，我相信是来自于人类天性的。回答这个问题，当然要从审美心理角度进行考察，而国人对故事的好奇心审美期待是普遍性的。电视艺术充分挖掘了这个潜能。引人入胜的情节叙事有着很强的魅力。一个成功的电视剧，在相当大的程度上在于情节的跌宕起伏，既在情理之中，又在意料之外。在某种意义上说，审美的魅力就在于叙事的魅力。哪怕是同一类型的作品，只要进入情境里面，人们便会对具体角色的人物命运开始关注，随着叙事情节的曲折而产生情感的波澜。审美中的情感不是一条直线，而恰恰是一条喜怒哀乐五味杂陈的曲线。高明的作者和导演通过对情节的节奏掌握来创造这条曲线。如果观赏者的情感不能得到这样的兴发，而只是单一的和平顺的，那么，审美效果就要大打折扣了。

艺术品要给人以审美知觉上的一体化或整体感。无论是叙事的还是抒情的，内在结构的整体性是艺术品的基本品格。西方的格式塔心理学和符号论美学都特别强调这一点。苏珊·朗格将"艺术符号"和"艺术中的符号"相区别，认为一个作品，无论多大篇幅，多大规模，都是作为一个完整的艺术符号存在。朗格指出："艺术品作为一个整体来说，就是情感的意象。对于这种意象，我们可以称之为艺术称号。这种艺术符号是一种单一的有机结构体，其中的每一个成分都不能离开这个结构体而独立地存在，所以单个的成分就不能单独地去表现某种情感。——在一件艺术品中，其成分问题和整体形象联系在一起组成一种全新的创造物。"① 在朗格看来，艺术品必定是一个有机的整体，而且其中应该有自己"独特的意义"。清代艺术家石涛在其《画语录》中所说的"一画"，其实也是指艺术品的完整性。这对电视艺术来说，也是一个起码的美学要求。一部电视剧，无论多少集，30 集也好，50 集也好，应该形成一个有着内在生命的整体。而有些电视系列剧，虽然可能是每集讲述一个故事，但在总体上，它是有一个突出的主题的，这也就是这类作品的整体性。其他电视艺术作品，如果不是叙事性的，也要在内在的构思上，在作品的各部分中贯穿一个灵魂，这也是一种整体性。这种整体性突出一种意义。电视艺术虽然是图像的动态呈现，但它们之间的连接不应该是无意义的叠加，或者凌乱的堆积，必须是以内在的意义连接的。仅仅是图像的呈现而缺少内在的连接线，缺少意义的贯穿，那是谈不上什么审美的。

电视艺术在图像或细节上，或人物语言上，使人产生惊奇感，这是审美的需要，也是能够产生经典作品的条件。惊奇感是进入审美状态的主要关口，没有惊奇感的产生，也就没有审美的进入。电视艺术是以视听一体的图

---

① ［美］苏珊·朗格：《艺术问题》，滕守尧、朱疆源译，中国社会科学出版社 1983 年版，第 129 页。

像呈现给人以惊奇感的。当然，这种惊奇感有的是画面上的，有的是人物语言上的，也有的是情节上的。只有在这些方面不断创造出"惊奇"，才能真正发挥最大的审美效能。如《亮剑》中李云龙指挥独立团，用土工作业挖壕接近日军山崎大队，突然将3600颗手榴弹一齐抛进敌人的工事，画面是非常令人震惊的。再如《潜伏》中余则成在机场与翠平相遇，不能说话，便低头弯背，两臂朝天，模仿母鸡打转，也是十分令人惊奇的。春晚小品《昨天今天明天》赵本山的最后一句是："我来时候的车票谁给我报了？"给人以惊奇的效果；舞蹈《俏夕阳》中那些白发大娘的模仿皮影戏的动作也是使人产生明显的惊奇之感的，审美快感也就由此而生。

关于娱乐。对于电视中的娱乐，人们众说纷纭的议论，褒贬不一，我在这里对娱乐作一点正面的学理层面的判断，我认为，"娱乐的需要，其实是人的审美需要的主要成分。娱乐是使人得到全面的丰富和发展的正当的和重要的途径之一"。① 在我看来，娱乐是审美文化的重要层面，应该是通过娱乐使人得到某种意义或意味。英国美学家梅内尔对于娱乐的价值分析我认为是客观的，他说："娱乐使我们的舒适和愉快的直接感觉兴奋起来时，并不要求精神的努力；好艺术则不会唤醒这种直接的感觉，而是像布莱克所说的，通过'唤起行为的能力'来扩展我们兴奋和舒适的感觉。"② 娱乐可以使人们不经过"精神的努力"而获得快感，从而得到审美享受。当然，娱乐固然可以是审美享受之一种，但绝非全部。这是我们在学术层面对娱乐的认识。娱乐本身要真正获得审美享受，还应该是在使人们得到快感的同时，留下一些意义或意味的。缺少意义或意味的娱乐，可能使人感到无聊。现在受人诟病的某些娱乐节目，问题不在娱乐本身，而在于娱乐节目里面意义的匮乏，甚至还有一些是带着负面东西的。

电视艺术以视听一体的图像呈现，给观众（审美主体）带来的这样一些审美上的变化，是当下文化的普遍存在，对于传统美学来说，也许是难以解释的，但又是客观的审美现实。

三　电视艺术的审美文化价值建构

关于"审美文化"这个范畴，虽然它有着与视觉文化、媒介文化、大

---

① 张晶：《娱乐：溶解性的美》，《社会科学》2002年第12期。

② ［英］H. A. 梅内尔：《审美价值的本性》，刘敏译，商务印书馆2001年版，第40页。

众文化等文化范畴的重合之处，但我更为强调的是其建设性的一面。审美文化，在我们这个社会，在我们这个时代，理应是一个具有更为重要的内涵的基本文化范畴。它不仅是一种文化的分类描述，而且要从审美的角度来建设文化的社会形态。这其中有对文化事象的观照，又有审美价值系统。审美文化中关于审美价值的体系是其不可缺少的内容。这就意味着要按着一种审美价值尺度来对文化进行评价和建设。对于现有的文化事象，我们应该以社会主义核心价值体系来进行评价，并且设立建设目标，而不应是采取随波逐流的态度。说得更清楚些，审美文化应该在文化内部起一个引导的作用。它不是外来的作用力，更非行政命令，而是通过美的力量来召唤、吸引人们对于文化的审美追求。在诸种文化形态之中，审美文化是最具超越性的。在很大程度上，它又是前瞻性的。它是一种应然的文化形态。在这方面，我更赞同聂振斌先生的概括，他说："要而言之，我们认为审美文化是人类发展到现时代所出现的一种高级形式，或曰人类文化发展的高级阶段，它把艺术与审美诸原则（超越性、愉悦性以及创造与欣赏相统一等）渗透到文化及社会生活各个领域，以丰富人的精神生活，使偏枯乃至异化的人性得以复归。"[①]在很多方面，审美文化是一种起着重要引领作用的价值形态。

审美文化当然可以面对相当多的文化现象，不限于艺术领域。日常生活、公共领域都可得到审美文化的呈现。但如果要通过审美文化来对美学理论有新的建树，恐怕还要把目光集中到艺术领域里来，因为艺术的首要任务是创造审美价值，使人们得到审美享受。其他的文化形态都没有这样集中。电视艺术在目前的艺术领域里所扮演的角色之重要已如前述，以审美文化为价值尺度，尚有大可提升之处。

作为一个系统的价值体系，电视艺术中应该有审美文化的全方位的自觉意识。尤其是作为审美创造主体的电视艺术工作者的自身审美文化素质有待于全面提高。电视艺术创造了许多辉煌，给我们带来了许多的欢乐，但它并非无懈可击。优秀的节目数量还远远不够，质量和品位芜杂的东西在屏幕上还时有可见。广电总局曾对一些低俗化的节目叫停，采取行政干预手段来遏制一些不良的东西，可见在业界这个问题还是很普遍、也很严重的。难道都是收视率惹的祸？我看更重要的还有一个制作者的审美修养和文化品位问题。人的问题才是最为根本的。

电视艺术在很大程度上是语言艺术。图像呈现和语言表现同样重要。现

---

①　聂振斌等：《艺术化生存》，四川人民出版社 1997 年版，第 530 页。

在有些电视节目语言粗糙，缺少语言美感，这固然与电视节目的大批量生产有关，来不及精雕细刻，但更重要的还是作者、编导的文化底蕴不足。电视作品中人物语言和电视字幕上的错别字比比皆是，几乎每次看电视都能抓到一条，破坏了电视艺术品的审美上的完整性，如同吃饭硌到了沙子。电视艺术与文学是息息相通的，而文学的基本审美特性在我看来语言美感是重要的一条。电视剧有很多是从文学作品生发出来的，经典名著改编、红色经典改编自不必说，现在的一些优秀电视剧作品，也有相当多的一部分是以优秀的小说为蓝本的，《历史的天空》《亮剑》《暗算》《高地》等都是如此。它们的语言都是很精到的，人物语言也多是出自小说之中。电视艺术多从文学作品中汲取营养是自我提升的良途。

从审美文化的角度对电视艺术发了这么多的议论，也许有大而无当之嫌。但因了我对电视的文化担当有这点想法，憋在心里不吐不快。我认为美学理论发展的文化资源还应该是在艺术领域，由艺术创作和欣赏提出一些新的美学观念。美学理论需要向前推进，当今的消费社会理念和后现代的文化给美学一下子充填了很多东西，我看这种情形使美学有点儿无所适从。艺术虽然与社会生活密切相关，但还不能混作一团。电视艺术在艺术学的范围中呈现了许多新的特征，也提出了许多新的问题，并使人们的审美状况有了明显的变化。它是可以为美学理论建设做一些新的贡献的。反之，从审美文化角度，也能够为电视艺术的发展与提升标明一些价值取向。

大众传媒在国家美育工程中的社会担当[*]

一

无论是对一个人还是对一个社会，美育即审美教育都是一个非常重要的问题。如欲造就一个美好而充满人性光辉的时代氛围，美育是必不可少的。如果说原来的美育主要是通过学校教育等途径加以施行，那么，当下的大众传媒则是扮演着远比学校教育更为有效、更为普遍的角色。如果说，视觉文化成为我们这个时代最为重要的文化症候，成为覆盖面最广的了解世界的方式，图像审美也成了取代文学审美的主要审美方式，大众传媒在其中的作用是唯此为大的；因此，对于社会性的美育工程而言，也应将大众传媒所担负的美育功能和责任，予以现实的审视。充分认识大众传媒所负载的美育功能，发挥其塑造"完整的人"的积极作用，是当代美学的主要任务之一。对于我们目前建设和谐社会的历史进程而言，美育力量会得到深刻的彰显。我们会看到，大众传媒无所不在地渗透于其中，已经拥有了大半江山。

美育是教育的重要组成部分，但又是非常特殊的部分。对于培养完美的人格，美育有着其他的教育方式所无法取代的作用。陶冶人们的高尚情操，美育是其最为重要之途径。正如蔡元培先生所指出："美育为近代教育之骨干，美育之实施，直以艺术为教育，培养美的创造及鉴赏的知识；而普及于社会。"① 美育与德育关系密切，但是它并不能由德育所取代。有一种将美育包含在德育中的见解，已经为蔡元培先生等否定，早在 1920 年，蔡元培先生就将美育与德育、智育、体育并列，且明确齐头并进："从前将美育包

  ＊ 本文刊于《现代传播》2010 年第 7 期。
  ① 蔡元培：《创办国立艺术大学之提案》，见《蔡元培美学文选》，北京大学出版社 1983 年版，第 169 页。

在德育里的。为什么审美教育会，要把他分出来呢？因为晚近人士，太把美育忽略了。按我国古时的礼乐二艺，有严肃优美的好处。西洋教育，亦很注重美感的。为要特别警醒社会起见，所以把美育特提出来，与体、智、德并为四育。"① 可见，美育在人生成长中有重要价值。与德育、智育、体育等主要教育方式相比，美育具有最为突出的自发性、主动性和愉悦性。

席勒最早提出"审美教育"的范畴，并在《审美教育书简》以"完整的人"为目标来阐发游戏观念。或者说，席勒的"审美教育"是与"游戏"密切联系着的，他说："我们知道，在人的一切状态中，正是游戏而且只有游戏才使人成为完整的人，使人的双重本性一下子发挥出来。"② 美育往往并不止于在学校里进行，而是有着普遍的社会性。在审美文化的功能愈发重要的今天，美育更是无所不在的。在大众传媒成为我们的生活之不可或缺的一部分的时代，美育的社会性、自发性及愉悦性，都更为明确地彰显出来。这种作用是学校教育所难以达到的。蔡元培先生当年非常重视学校之外的社会美育，指出："学生不是常在学校的，又有许多已离学校的人，不能不给他们一种美育的机会；所以又要有社会的美育。"③ 他指出，担负社会美育的有诸多机构，如美术馆、美术展览会、音乐会、剧院、影戏馆、历史博物馆、古物学陈列所、人类学博物馆等；同时，蔡元培还指出了环境的美育功能，如：第一是道路，第二是建筑，第三是公园，第四是名胜的布置，第五是古迹的保存等。这种社会美育，通过各种美的场合来陶养人的美感。从美育施行的角度来讲，是理性的建构，而从美育的受动者来说，则是自发的和愉悦的。

今日的大众传媒以非常明显的态势担负了当年蔡元培先生所说的社会美育的功能，同时，还远比传统的社会美育更为集中，更为抢眼，也更有吸引力和感染力。因而，大众传媒就更要注重自身的内涵和审美形式。

二

大众传媒在当今文化格局中具有强势的地位，同时，也具有整合各种艺

---

① 蔡元培：《创办国立艺术大学之提案》，见《蔡元培美学文选》，北京大学出版社1983年版，第106页。

② ［德］席勒：《审美教育书简》，张玉能译，译林出版社2009年版，第47页。

③ 蔡元培：《蔡元培美学文选》，北京大学出版社1983年版，第156页。

术形式而形成传媒艺术的功能。艺术从来都是美育最为直接的途径，而现在许多艺术都是通过大众传媒得到受众青睐的，有的艺术形式还是靠大众传媒红火起来的。东北的二人转，如果没有大众传媒的力量，是无法想象有今天这样的风头的。电视小品成为当代艺术的重要样式，也全赖大众传媒。

从审美的意义上说，以笔者愚见，所谓"大众传媒"，主要是电视，其次是网络，当然还有手机、通俗读物等，而从当前的视觉文化来说，最能体现高仿真图像的优势的，当然也还是要推电视。美育是要开发人们的艺术感觉的，而说到当代的艺术感觉，首先是面对视听一体的电子传播的图像。与传统艺术相比，它是如此逼真、如此鲜活，无论是人物还是场景，都是高清晰度的，也即波德里亚所说的"仿像"。大众传媒这种视觉和心理上给人的超真实的特征，使之在美育方面所发挥的作用远远大于传统的艺术形式。

与学校美育等美育途径相比，大众传媒具有十分明显的普适性。大众传媒（以电视为主）与人的生活的密切程度，远远高于或大于其他任何形式的美育途径。电视可以说是人们生活"一日不可无此君"的部分。每天电视都以大量的"超真实"的图像叙事进入我们的视域，以至于很难想象没有电视的日子我们该怎样打发时间。我们已然习惯于以电子图像的方式来了解世界和把握世界，正如海德格尔所说的"从本质上看来，世界图像并非意指一幅关于世界的图像，而是指世界被把握为图像了"①。电视传媒中有大量的活生生的美的因素存在着、活跃着，使之成为当代美育的最为主要的途径，当无疑问。学校美育等途径，与大众传媒的美育能量相比，现在看来还是较为单一和苍白的。也正因为如此，从美育的角度来认识大众传媒的功能和进行价值判断，就显得颇为重要了。

其他途径的美育方式，如文学阅读、美术馆、博物馆、音乐会等，一是有一定的条件限制，二是需要审美主体有相当的文化修养、审美积淀等。在印刷文化作为审美的主要方式的时代，文学的阅读成为美育的主要途径。以我的阅读经验来看，文学阅读不需要如音乐会、博物馆那样一些特定的条件，但是文学阅读的兴趣并不是非常普遍的，而且将小说、诗歌或美文的文字转化为审美对象，从而受到审美教育，是需要较为深厚的文学修养的。相比较来说，现在的大众传媒，从客观到主观，都无须太多的条件。无论在哪里，只要一部图像还算清晰的电视机，有还算健康的眼睛和耳朵，就可在稍

---

① ［德］海德格尔：《世界图像的时代》，见孙周兴选编《海德格尔选集》，上海三联书店1996年版，第899页。

有空闲时观赏到很多频道的电视节目。电视节目是以活生生的真人图像与声音给人以审美享受，虽然对于节目的理解，也有高下精粗之分，但是并不妨碍文化修养较差和审美趣味较俗的人群对节目的观赏。而大众传媒中传达出的影像和故事本身，就具有直接的审美质素。最早提出"审美教育"的大哲学家席勒曾经指出："游戏冲动的对象，用一种普通的概括来表示，可以叫做'活的形象'；这个概念用以表示现象的一切审美特性，总而言之，用以表示在最广的意义称为美的那种东西。"① 以席勒的思想来考察当代中国的大众传媒之美育通道，真是非常恰切的。当代的大众传媒，对美育而言最突出的，就是以"活的形象"来实现这种功能的。如果说不拘泥于席勒在《审美教育书简》中的特定含义，而是突出其仿像真实的特征，那么无疑，大众传媒中呈现给我们的，确实是最堪称"活的形象"的活生生的电子图像。它是充满着直观的生命感的。与其他任何艺术形式相比，电视等媒体使我们直观目睹的，正是这种最堪称"活的形象"的东西。

大众传媒有着相当普遍和非常浓厚的艺术气质，也带有我们这个时代最为突出的娱乐性和直观性。这是我们所谈论的大众传媒的美育功能的前提所在。笔者用"传媒艺术"这样的概念来概括大众传媒的艺术层面和艺术性质。正是大众传媒的这种艺术层面和艺术气质，使得大众传媒能够在最大限度上实现社会美育的作用，达成与学校美育互相裨补的效果。笔者曾这样概括"传媒艺术"，并且将其与传统艺术作为对待的概念来表述："所谓'传媒艺术'，是一个涵盖面颇为广泛的概念，指的是在大众传媒序列中以电视传播方式为主要载体的艺术创作、作品和接受的总称。其实，它包含的具体样式又是多种多样的，如电视剧、电视音乐、综艺晚会等。与传统艺术的区别关键在于，传媒艺术是以图像化的电子传播方式与受众见面的，……传媒艺术的一个最基本的元素，应该就是运用电子技术所制作的图像，大众传媒最大的普及性，催生了视觉文化在文化模式上的主导地位，而图像作为最基本的元素，直接刺激了人们的审美方式的转换。"② 在当下，我们不可低估大众传媒的艺术因素这一端，从业界来说，要强化传媒节目的艺术含量和运作力度；从研究来说，是要大大提高对它的关注度，那是因为，大众传媒中的艺术因素是真正使人们对其青睐的核心原因所在。如果说传统的美育方式还是需要施行者更多的理性安排，如当年的蔡元培先生大力倡导的"以美

---

① ［德］席勒：《审美教育书简》，张玉能译，译林出版社 2009 年版，第 45 页。

② 张晶：《文学的审美特性与视觉文化的提升》，《江海学刊》2010 年第 1 期。

育代宗教"；而大众传媒中的美育作用，则是根本不用着意去安排，特意去施为，而是在每天难以离开的与传媒共处中就悄然实现的。于此笔者想起了海德格尔对艺术与真理的关系之论颇为适合我们的论题："艺术作品以自己的方式开启存在者之存在。这种开启，也即解蔽，亦即存在者之真理，是在作品中发生的。在艺术作品中，存在者之真理自行设置入作品。艺术就是自行设置作品的真理。"① 虽然现在的大众传媒很难担得起海德格尔所说的这种"艺术"的品位，但"虽不能至，心向往之"，这种"自行"的主动却是其他媒介所无法相比的。怎么说在美术馆看画展、书展，在音乐厅欣赏交响乐，在剧场看京剧或芭蕾舞等审美的方式与看电视相比，也都还是"小众化"或精英化的，而在自己的生活空间里随心所欲地浏览电视，则是"大众"到不能再"大众"的程度了。

大众传媒中的艺术因素因其图像化及其视听一体性，得到了前所未有的发挥与"放大"。这种图像，不同以往的造型艺术那种以某个特殊的艺术门类，如绘画或雕塑等，是用形式化突出的艺术语言，艺术家的形式创造特征和风格是显性的，而其艺术幻象则同日常生活相比有着明显的"陌生化"性质；大众传媒则是以活生生的真人作为图像元素的，它是以现实运动方式和视听一体使人如同置身其中，先进的电子技术使图像高度清晰而又色彩逼真。这就使得大众传媒本身具有了前所未有的美感。作为一种新的艺术，"身体"成为特别突出的审美对象，而获得了远比以往的艺术更为真实、更具魅力的艺术价值。经过编导选择的真人的身体，以高清技术拍摄和播映而呈现了令人惊叹的绝佳效果，大大增强了传媒艺术的"抢眼度"。以至于美国的著名美学家理查德·舒斯特曼提出了"身体美学"的新命题，将其堂而皇之地列入其美学理论的重要部分。② 现象学美学对于审美和艺术，最为重视的便是感性，如杜夫海纳所言："艺术的特点就在于它的意义全部投入了感性之中；感性在表现意义时非但不逐渐减弱和消失；相反，它变得更加强烈、更加光芒四射。因此，艺术家是为突出感性而不是创造价值而工作的。"③ 传媒艺术的感性光辉是最为强烈的，也是最为直观的，它的真实感，它的清晰度，它的色彩斑斓，都是其他艺术门类所无法比拟的。大众传媒当然不止于艺术，但其中的艺术因素，却给视觉文化增添了无限的吸引力。人

① 孙周兴选编：《海德格尔选集》，上海三联书店1996年版，第259页。
② ［美］舒斯特曼：《实用主义美学》，彭锋译，商务印书馆2002年版，第268页。
③ ［法］杜夫海纳：《美学与哲学》，孙非译，中国社会科学出版社1985年版，第31页。

们对美的对象的喜爱，对传媒的青睐，最主要的还是在其艺术因素之中。那些直接激发人们情感的画面，那些富有生活质感而又出人意料的语言，那些波澜丛生、柳暗花明的叙事，都使人们在劳作和奔波之余大快朵颐。电子媒介使视觉文化占尽风情，而艺术因素又使大众传媒令人乐此不疲。试想一下，如果将艺术因素抽出去，大众传媒还能有如此引人入胜的生命力和魅惑性吗？这是当代审美的重心所在，也是美育的时代性质。我们当然并不否认传统艺术的审美品格，而我们也毫无遮掩地彰显当代传媒的审美光泽。用一句杜甫的话说，就算是"不薄今人爱古人"吧。还要强化明确的是，正因了传媒中的艺术因素，才真正提高了它的审美地位。如果其中的艺术缺席的话，传媒就很难在美学的领域中分得权益，更遑论"占尽风情"。

还要指出的是，大众传媒中的艺术因素所给予人们的审美方式是一种"非沉思"的直观，受众无须在"静观"后凝思，无须透过艺术家的形式个性来形成内在的审美对象，也无须在对作品的"言有尽而意无穷"的语言含蓄中捕捉其中的意蕴；面对活生生的荧屏图像，人们抛开其他，只是用无所旁顾的目光来直接观赏，传媒中的艺术画面，也同样是以无比充盈的图像直击受众，沉思和品茗的过程都已遭放逐，取而代之则是强度的直观。它是我们这个时代的审美特征，它与康德那种无利害感的"静观"大相径庭，却不能将其排斥在审美之外，相反地，它可以视为当代审美的最典型的、最突出的方式。当代美学家艾尔雅维茨论述图像时代说："在后现代主义中，文学迅速地游移至后台，而中心舞台则被视觉文化的靓丽辉光所普照。此外，这个中心舞台变得不仅仅是个舞台，而是整个世界：在公共空间，这种审美化无处不在。"① 这就是"活的形象"，也是直观的审美对象，或许，它并非是全然排除了主体与对象之间的利害关系的，或许，它是包含着某些欲望的目光的；但它正是当代审美知觉的典型形态。现象学美学这样描绘这种审美知觉："事实上，审美知觉是极端性的知觉，是那种只愿意作为知觉的知觉，它既不受想象力的诱惑，也不受理解力的诱惑。一般知觉一旦达到表象，就总想进行智力活动，它所寻求的是属于对象的某种真理，这可能引起实践，它还围绕对象，在对象与其他对象联系起来的种种关系中去寻求真理。而审美知觉寻求的是属于对象的真理，在感性中被直接给予的真理。"②

---

① ［斯］艾尔雅维茨：《图像时代》，胡菊兰、张云鹏译，吉林人民出版社 2003 年版，第34 页。

② ［法］杜夫海纳：《美学与哲学》，孙非译，中国社会科学出版社 1985 年版，第 53 页。

这也是直接的感性审美形态。

在大众传媒中"超真实"的图像与叙事的融合，是对以往的审美方式的重大突破，也是当下的传媒受众兴味最浓的审美需要所在。文学艺术中的叙事是人类审美活动中始终不减的欲求，或者说人们对于艺术的迷恋，在很大程度上是渴望于"故事"。看看那些依偎在大人身边，央求着父母或外婆把那些讲了许多遍的故事"再讲一遍"的孩童，便可知对故事的迷恋简直就是人类与生俱来的宿命，中国的也好，西方的也好，人们都是无法逸出其中的。哪怕是文化荒芜的年代，那些传世的叙事经典，都能给干涸的心灵以美好的甘泉。在以往来说，文学当然是叙事审美的最佳艺术形式，还记得那些年轻的夜晚，想放下手里的小说都欲罢不能，即便是在昏暗的油灯下，也是小说中的人物命运和事件的牵引，驱赶着苍茫的黑夜。对于戏剧和电影文学，人们也都是基于对叙事情节的追慕而沉潜于中。记得当年读《西厢记》《窦娥冤》《牡丹亭》等，也还是在故事情节的牵引下穿行于文本之中的。文学的叙事，是要靠读者发挥想象的。作家以文字讲述故事，描写人物形象，演绎事态发展的曲折进程；读者是读了这些文字之后在头脑中形成了人物性格和故事发展的脉络的。事件的发生、发展、高潮和结局，在读者的内心中得到了填充和具体化，虽是内在的，却又是跌宕起伏的画卷，引得人们兴味无穷。但是我们能够看到，文学的叙事是有待于读者的实现的，并无直观的画面可言。其他艺术形式如戏剧、戏曲等，也以故事情节为线索，但从细节和复杂性而言则无法与文学抗衡。大众传媒之所以能够引人入胜，其直观的、以真人表演的故事，既有丰富而曲折的细节，又有人物的活生生的表演，在当代的审美生活中，是最为普遍的，也是最能令人痴迷的。电视剧因此能成为如日中天的产业。一个稍好些的电视剧问世，就在许多电视台播出，甚或有的每个晚上播出四五集。有的刚刚播完一轮，马上又接着再播一轮。我们从此前《闯关东》《潜伏》《老大的幸福》的热播可见一斑。

三

美育的目的在于陶养人的情感，使之臻于美好而高尚。蔡元培先生对美育的定义则是"美育者，应用美学之理论于教育，以陶养感情为目的者也"①。又说："人人都有感情而并非都有伟大而高尚的行为，这由于感情推

---

① 蔡元培：《蔡元培美学文选》，北京大学出版社 1983 年版，第 174 页。

动力的薄弱。要转弱而为强，转薄而为厚，有待于陶养。陶养的工具，为美的对象；陶养的作用，叫作美育。"① 将对人的感情陶养，视为美育的核心任务。孔子当年提出著名的兴观群怨之说："小子何莫学夫《诗》？诗可以兴，可以观，可以群，可以怨，迩之事父，远之事君；多识于鸟兽草木之名。"② 学诗，当然是一种审美教育。在学诗中兴观群怨，是对于人的情感陶养。清代思想家王夫之称之为"四情"，他说："'诗可以兴，可以观，可以群，可以怨'，尽矣。……于所兴而可观，其兴也深；于所观而可兴，其观也审。以其群者而怨，怨愈不忘；以其怨者而群，群乃益挚。出于四情之外，以生起四情；游于四情之中，情无所窒。"③ 这是通过诗教的审美教育作用，达到人的情感的疏导与和谐。大众传媒对于受众的情感兴发，功能是颇为显效的。电视中的那些"煽情"的画面与语言，直接唤起人们的情感，使之如痴如醉，而不必经过头脑的过滤和思考的环节。这就使传媒更加增添了陶养受众情感的责任。

大众传媒具有这样的美育功能，这就使我们的国家美育工程不能不高度重视其作用，充分而正确地发挥之。大众传媒在美育事业上处于学校美育所难以达到的位置上，天长日久的浸染熏陶，直接关乎人们的道德情操和审美趣味。而大众传媒目前所存在的问题，恰恰是我们的美育所未能奏效之处，甚或是起着负面的作用。美育列入国家教育体系，在学校教育中构成重要的组成部分，其目的是培养受教育者的完美人格和高尚情操。然而仅仅是学校美育是远远不够的，在现阶段，大众传媒给予年轻人的影响，在相当大的程度上是不亚于学校的，甚至在很多时候要比学校教育更为广泛和深化。其实也不仅是年轻学生，成年人也同样有一个不断的人格塑造的过程，席勒称之为"完整的人"。马克思以人的全面发展为其人学思想的重要旨归，如其论述共产主义时就说："共产主义是以每个人的全面而自由的发展为基本原则的社会形式。"④ 在《1844 年经济学哲学手稿》中，马克思更为明确地指出："共产主义是私有财产即人的异化积极的扬弃，因而也是通过人并且为了人而对人的本质的真正占有；因此，它是人向作为社会的人即合乎人的本

---

① 蔡元培：《蔡元培美学文选》，北京大学出版社 1983 年版，第 220 页。
② 杨伯峻：《论语译注》，中华书局 1980 年版，第 185 页。
③ （清）王夫之：《姜斋诗话》卷 1，见戴鸿森《姜斋诗话笺注》，人民文学出版社 1981 年版，第 4 页。
④ ［德］马克思、恩格斯：《马克思恩格斯全集》第 23 卷，中共中央编译局译，人民出版社 1972 年版，第 649 页。

性的人的自身的复归，这种复归是彻底的、自觉的、保存了以往发展的全部丰富成果的。"① 这里所说的"人性的全面复归"或"具有人的本质的全部丰富性的人"②，都可以理解为我们的美育的目标所在。和谐社会的创建，其根本在于人际关系的和谐，而这又源于人的情感越加臻于美好和高尚。这正是美育所应担负的使命。仅仅是学校的美育是颇为有限的，一是受教育者主要是在校学生，只是社会群体的一小部分；二是接受美育的方式，还主要是有意为之的，在趣味性和主动性方面远不如大众传媒。大众传媒中的诸多节目形态，有着前所未有的广泛受众，如电视剧、电视音乐、综艺晚会、小品，还有以大众传媒为传播方式的艺术形式，如戏曲、歌舞及杂技等，都有非常广泛的收视群体。在传媒中以艺术的形式来表现人的命运或历史的变迁，以曲折跌宕的情节来表现人生百态，是吸引了无数人的。在这中间，彰显人性的善良美好，揭露那些假恶丑的心态与行为，是有着难以抗拒的魅力的。最近播出的电视连续剧《沂蒙》《老大的幸福》等，都是如此。

大众传媒与人们的日常生活交相融合，成为人们不可离开须臾的伙伴，人们也在大众传媒中反观到自己日常生活的镜像。人们对大众传媒之所以具有如此亲密的程度，正是因为传媒中的主角就是普通人自己．在那些碎片般的、无休止的流动影像中，人们看到的是熟悉的生活画面。而实际上，这种生活化的画面，不会是编导者无所用心、随手拈来的东西，而应该是按着某种意识形态导向、戏剧化的法则以及视觉审美的规律来进行整合、剪裁。人们还会在其中不时地感受到崇高的震撼。无论是在新闻资讯中还是在艺术类的节目中，都会以活动的图像方式接受某些崇高的洗礼。这一方面，米尔佐夫教授业已指出："虽然电视消遣总是与其他家庭活动结合在一起，但还是有某些时候电视提供了一种对于碎片化的后现代世界的集体经验。举例来说，……在电视上观看释放纳尔逊·曼德拉（Nelson Mandela）事件是有某种意义的，它提供了一种也许可称为电视崇高感的东西。某个在现实中很少有人亲眼目睹的事件似乎把我们带出了日常生活，尽管只是在片刻之间。"③ 这种"电视崇高感"在大众传媒的社会功能中，在国家施行美育的系统工程中，绝对是能够产生强烈审美效应和美育效果的"高光点"。它们以超真

---

① ［德］马克思：《1844 年经济学哲学手稿》，刘丕坤译，人民出版社 1979 年版，第 73 页。

② 同上书，第 73 页。

③ ［美］尼古拉斯·米尔佐夫：《视觉文化导论》，倪伟译，江苏人民出版社 2006 年版，第 124 页。

实的直观影像和令人肃然起敬的内涵，给人以强烈的震惊感。即便是新闻资讯类的影像，也同样给人以美的震撼。譬如：1998 年抗洪抢险中战士将洪水中的群众推到树上，而自己却因体力耗尽而被洪水卷走的场面；奥运会上中国运动员力克群雄登上冠军领奖台，仰望着徐徐上升的五星红旗热泪盈眶的场面；航天英雄翟志刚打开飞船的舱门在太空行走的场面，等等，都是以其直观的、高清晰的影像，给人以强烈的美感和震撼的。艺术类的节目，这种"电视崇高感"更是以其艺术的精致和影像的考究，而产生强烈的审美效果。如《亮剑》中骑兵连长战斗到最后一个人时，被日寇骑兵团团围住，他的一只胳膊已被敌人砍断，但仍然高举战刀向敌人冲锋；电视剧《长征》中毛泽东、周恩来等人和战士们挽着臂膀在狂风巨浪中艰难前进，等等，都是以精心创造的画面，给人以崇高的震撼的。著名西方马克思主义思想家本雅明曾揭示了机械复制时代的影视作品和传统艺术对欣赏者产生的不同感受，前者他称之为"惊颤效果"（Schock effect），后者则称为"光韵"或"韵味"。本雅明认为，"在对艺术作品的机械复制时代凋谢的东西就是艺术品的光韵。这是一个明显的过程，其意义远远走出了艺术领域之外。"[1] 这种特殊的而又是普遍的"惊颤效果"是由影视区别于传统艺术的特征决定的，本雅明认为："人们可以把电影在上面放映的幕布与绘画驻足于其中的画布进行一下比较。幕布上的形象会活动，而画布上的形象则是凝固不动的，因此，后者使观赏者凝神观照。面对画布，观赏者沉浸于他的联想活动中；而面对电影银幕，观赏者却不会沉浸于他的联想中。观赏者很难对电影画面进行思索，当他意欲进行这种思索时，银幕画面就已变掉了。电影银幕的画面既不能像一幅画那样，也不能像有些现实事物那样被固定住。观照这些画面的人所要进行的联想活动立即被这些画面的变动打乱了，基于此，就产生了电影的惊颤效果，这种效果像所有惊颤效果一样也都得由被升华的镇定来把握。"[2] 本雅明对电影的审美效应所作的分析，可以说是颇能道出实情的，而电视在这点确实又与电影是相近的。与传统艺术相比，电视也是以直观的画面给人以震惊感的。这种震惊并非仅是来自于影像本身，而是与影像一同呈现的意蕴，还有故事的令人称奇。崇高的内涵以影像的方式得以凸显，会给受众带来心灵和感官的震惊。它是与理论的教诲有相当不同的效果

---

① ［德］本雅明：《机械复制时代的艺术作品》，王才勇译，中国城市出版社 2002 年版，第10 页。

② 同上。

的，也是与文学作品中的描述有不同方式的震撼的。那么，我们不难看到，电视崇高感是带着感性的充盈使人们得到震撼的，它是在人们的主动的和美的感受中得到心灵的滋养的。恰如康德所说："必定也不仅是使他迷恋，而且同时还引起他的惊奇从而使他感动。享乐在他也是真诚的，而并不因此就来得更少一些。一切崇高的情操都要比优美那种令人眼花缭乱的媚力更加令人沉醉。他的幸福首先是满意而不是欢乐。他是坚定的。"① 那么，电视崇高感的美育作用也许是其他的艺术形式所难以比拟的。如何在电视艺术中使崇高感得到更好的突现，从而让受众在电子图像的直接呈现中得到心灵的洗礼，是值得关注的课题。

四

在当前大众传媒在社会文化唱主角的情势下，开发人的艺术感觉、提升人的审美趣味就显得非常重要。审美教育的主要功能之一便是开发人的艺术感觉，使之能够敏锐地感受和把握对象的美质，并和理性达到高度的和谐，从而进入一种审美的自由境界。现在的视觉文化及其技术支撑，可以说为人们的艺术感觉的发展和创造，提供了原来所没有的条件，也制作出相当一大批新天下人耳目的视听奇观；同时，也存在着一些明显的问题。感觉对于审美来说是至关重要的，美育在很大程度上是对艺术感觉的训练与开掘。艺术感觉关乎人性的丰富和全面发展，也是建构和谐社会的途径之一。艺术感觉决非那种粗糙的原始的感觉，是积淀了社会内涵和理性融会的，是积淀了理性和"全部世界史"的感觉，也是对于不同的艺术门类的独特的审美感觉，即是马克思所说的"感受音乐美的耳朵"和"感受形式美的眼睛"。大众传媒将种种艺术形式整合进自己的序列之中，或者说大多数人对艺术的了解和欣赏，是通过大众传媒的途径。能否真正开发人们的审美感觉，大众传媒是担负着主要责任的。而审美感觉的高下，直接关乎人对审美价值的判断力和人格完善。

再如审美趣味的培养，这在当代的文化建设中是一个非常值得重视的问题。虽然西方有"说到趣味无争辩"的谚语，但那是就审美趣味的多元取向而言的，而就趣味的品位及其价值功能而言，非但是有区别的，而且是要加意关注的。姚文放教授认为："人们的审美趣味仍然是可以争辩而且必须

---

① ［德］康德：《论优美感和崇高感》，何兆武译，商务印书馆 2001 年版，第 17—18 页。

争辩的，习惯上审美趣味也仍有好与坏、高雅与低俗、精致与粗放之分，这种区分之成为可能，是因为审美趣味虽然表现为感官的嗜好和兴味，但在其深层次却潜伏着认知力、理解力和判断力的作用，而且后者构成了前者的基础，支配着前者的价值取向。"① 审美趣味直接关系人的审美判断力，那在某种意义上就不仅是个人的事情，而且关乎整个社会的审美风尚，关乎一个社会的文化质量，也就关乎世道人心了。

　　大众传媒在审美风尚这方面所起的引领作用是不容忽视，甚至可以说是不可抗拒的。文化模式的转向，带来的是社会上普遍性的审美经验和审美趣味的变迁。大众传媒在这个过程中充当了"始作俑者"的角色。与传统的艺术相比，大众传媒中的艺术被大大地商业化了，它的直观性和它的浅表性，达成了一种共谋。正如史密斯所揭示的："电视实则发明了一种新型的剧作艺术，这种艺术是从电视商业的发明中演化而来的。这种剧作艺术总是向人们展示那些简单、易懂的世界形象。不管它让人们学习什么，都是一看就会，毫不费力。——结果，媒体艺术家只遵守一套新的标准，其创造性想象严格受到这种新标准的限制。"② 无论何种艺术形式，进入大众传媒序列后，都要遵从传媒的运行规律。对收视率的追求，造成了对真正的审美的某种解构。詹姆逊对后现代文化的批评可谓一针见血："可以说，一种崭新的平面而无深度的感觉，正是后现代文化第一个、也是最明显的特征。说穿了这种全新的表面感，也就是给人那样的感觉——表面、缺乏内涵、无深度。"③ 在某种意义上说，这也是大众传媒的某些特征。现在媒体的很多娱乐性节目，在趣味上的低俗是带有普遍性的。除了博得现场观众的哄然一笑，就再没有什么内涵，有的甚至只是恶搞而已。这是特别败坏人们的口味的，也是根本无助于受众的人格提升与完善的。

　　美育是我国创建和谐社会、进行社会主义精神文明建设的战略行动。德、智、体、美全面发展，是我国培养一代新人的教育方针。美育与德育关系至为密切，但是德育不能取代美育。著名美学家叶朗先生曾指出德育和美育的不同功能所在，他说："从社会功用来说，德育主要是着眼于调整和规范社会中人与人的关系，它要建立和维护一套社会伦理、社会秩序、社会规

---

① 姚文放：《美学文艺学本体论》，社会科学文献出版社 2002 年版，第 437 页。

② ［美］拉尔夫·史密斯：《艺术感觉与美育》，滕守尧译，四川人民出版社 1998 年版，第 27 页。

③ ［美］詹姆逊：《晚期资本主义的文化逻辑》，陈清侨译，三联书店 1997 年版，第 440 页。

范，避免在社会中出现人与人关系的失序、失范、失礼。美育主要是着眼于保持人（个体）本身的精神的平衡、和谐和健康。美育使人的情感得到解放和升华，使人的感性具有文明的内容，使人的理性与人的生命沟通，从而使人的感性和理性协调发展，塑造一种健全的人格。这一点在现代社会中显得越来越重要。美育也涉及人与人的关系，但美育是通过维护每个人精神的和谐，来维护人际关系的和谐，进一步达到人与整个大自然的和谐。"[①] 这就将美育与构建和谐社会的关系做了令人信服的说明与阐述。落实科学发展观，在人的精神层面，美育是一个系统工程，也是越来越受到党和政府高度重视的。曾繁仁教授曾指出新时期以来我国美育事业的四个里程碑：一是改革开放初期教育部成立艺术教育委员会，表明国家教育系统高层次高度关注美育事业；二是 1999 年 6 月国家召开第三次全国教育工作会议，颁布《全面推进素质教育的决定》，将美育正式列入素质教育的有机组成部分，表明美育正式列入国家教育方针；三是 2000 年教育部发布《学术艺术教育规程》，表明美育在一定程度上进入教育部的法规；四是 2006 年教育部颁布《全国普通高等学校公共艺术类课程指导方案》，表明艺术教育正式进入我国高等学校的课程体系。[②] 通过这个记述，不难看出美育在我国的教育发展中日益重要的地位和功能。而从美育方面来认识大众传媒所应担负的社会责任，这还是一个新的角度和新的意识。这个意识是必须树立的。建立和谐社会是我们的既定目标，美育所担负的作用无可取代。大众传媒对人们的精神生态影响至深至广，成为人们须臾不可离开的"伴侣"，当然应该有让人们得到愉悦的义务；而给人以健康美好的审美享受，更是大众传媒最为不可推卸的使命。二者难道是矛盾的吗？如何在大众传媒中施行美育工程，这是一个关系到每个人的心灵健康、人格完善的大课题，焉能不重视！

---

① 叶朗：《胸中之竹——走向现代之中国美学》，安徽教育出版社 1998 年版，第 337 页。
② 曾繁仁：《转型期的中国美学》，商务印书馆 2007 年版，第 211 页。

论电视崇高感及在传媒文化中的
历史性功能[*]

一

　　崇高感作为美学的基本范畴，是尽人皆知的。从朗吉努斯的《论崇高》发轫，崇高一直是美学最重要的部分而得到人们的高度认同。康德、席勒、伯克等著名的美学家都是将崇高作为美学的核心理念加以论述和阐发的。可是，时至今日，关于崇高却出现了极大的消解。大众传媒为了追求受众的最大化，将崇高作为收视率的对立面予以抛弃，而以一种意义缺失的娱乐充斥着荧屏。现在这个问题得到了高度重视，对于低俗的批判已是鼓聱四起。笔者以为现在对于各类传媒中低俗现象的批判，是恰逢其时的，也是具有明显的现实针对性的。本文则从正面进行立论，提出"电视崇高感"的命题，并加以学理化的申说，以使我们对于低俗化倾向的批判不止于政治上的含义，而且具有美学的深度。

　　电视崇高感，是作为美学的崇高范畴时代性延伸而提出的，同时，也是作为对后现代主义文化中消解崇高的思潮的反拨性回应。电视崇高感指通过电视媒体各类节目中所显现出的具有崇高意义的美感，它是通过视听合一的图像方式使受众得到直接的感染和心灵升华。"电视崇高感"这个概念的提出是在米尔佐夫教授的名著《视觉文化导论》中，米尔佐夫指出："在电视上观看纳尔逊·曼德拉这类事件是有某种意义的，它提供了一种也许可称为电视崇高感的东西——某个在现实中很少有人亲眼目睹的事件似乎把我们带

---

　　* 本文刊于《现代传播》2011 年第 1 期，与宋洁博士合作。

出了日常生活，尽管只是在片刻之间。"① 米尔佐夫还将"电视崇高感"作为书中第三章其中一节的标题，说明他并非随口说出，而是作为一个问题提出的。笔者则认为这个概念有着时代的必然性，而且可以之作为抗衡后现代文化那种消解崇高、削平深度的取向的主要审美观念。电视崇高感既是崇高的审美范畴在当今时代的延伸，同时，又是传统的崇高范畴的某种变异。电视崇高感可以视为中华民族审美现代性的一个核心的范畴，它的含义不限于电视本身，而是广泛存在于诸多的视觉文化形式之中，而且它还充分地体现了中华民族当今的审美现实。

中华民族不仅是世界上人数最多的民族，而且也是不断地战胜苦难、创造奇迹的民族。那种自强不息的民族精神，是我们不断夺取伟大胜利、成为世界强国的内在动力。中华民族有着非常普遍的崇高感，这不仅仅是体现在那些震烁古今的历史事件之中，也不仅仅是显现在少数精英人物的壮举或悲剧之中，而是体现在最为广大的人民群众的历史观、伦理观和生活观中。壮怀激烈的爱国情操是崇高的，忍辱负重的坚毅品格又何尝不是崇高的；为国为民赴汤蹈火的豪情壮志是崇高的，为父母兄弟分忧的亲情又何尝不是崇高的。中华民族之所以能够成为今天站在世界民族之林的前列，崇高作为我们价值观的基本成分，是其非常重要的因素。

传媒文化成为当代主要的文化形态，价值观的多元化倾向是有着充分的反映的。娱乐、游戏的传媒理念成为颇为普遍的存在。后现代文化思潮西风东渐，在中国也有着广泛的影响。崇尚本能，削平深度，娱乐至上，在传媒节目中是有市场的。值得指出的是，我们的学术界，对于后现代的理论及现象，介绍较多，批判嫌少，在某种意义上起了推波助澜的作用。从美学的层面看，真正的审美和艺术，遭到了一次次的颠覆，官能的享受和欲望的满足，在传媒文化中是比比皆是的。西方思想家对于后现代文化的针砭，对我们同样是有透辟的警示意义的。如德国著名美学家沃尔夫冈·韦尔施指出的："这就是迄今为止我们只是从艺术当中抽取了最肤浅的成分，然后用一种粗滥的形式把它表征出来。美的整体充其量变成了漂亮，崇高降格成了滑稽。"② 这就把后现代文化的症结揭示出来，一是对于艺术的消解，二是对于崇高的"降格"。不谋而合的是，美国著名思想家弗里德里克·詹姆逊表

---

① ［美］尼古拉斯·米尔佐夫：《视觉文化导论》，倪伟译，江苏人民出版社 2006 年版，第124 页。

② ［德］沃尔夫冈·韦尔施：《重构美学》，陆扬等译，上海译文出版 2002 年版，第 6 页。

述了非常相似的看法，他说："由于黑格尔的转换图式包括了好几个术语的命运：现代、崇高、艺术的这一半的作用，都将由理论接管，但同时也为剩下的艺术的另一半留下了回旋的余地，这就是美，它现在又开始渗透到文化领域，与此同时，现代的作品已逐渐萎缩。这就是后现代性的另一面，在原有的现代的崇高的位置上，出现了美的回归和装饰，它抛弃了被艺术所声称的对'绝对'或真理的追求，重新被定义为纯粹的快感和满足。理论和美构成了后现代'艺术的终结'的基本要素：但是它们又通过使 70 年代呈现为'理论'的时代来达到互相牵制，而到了 80 年代，它们则完全沉浸在灯红酒绿的文化放纵和消费之中（现在甚至开始包括符号和理论本身都表现出过度奢侈的消费）。"① 韦尔施也好，詹姆逊也好，都指出了后现代文化中一个突出的表征，那就是"文化放纵"，对于官能刺激的追求，与崇高的格格不入。所谓"消费社会"，更多地意味着欲望的满足，这在传媒中是有着普遍的显现的。

　　从我国的传媒来看，那种旨在追求收视率，而以刺激官能快感为策略的节目虽然魅影重重，时隐时现，但却绝非主流，也绝非人心所向，更非国家主管部门所提倡，反之却是不断下达指令，叫停那些低俗之作。近期国家广电总局对于相亲类节目中出现的低俗化倾向有明确的批评，以前也曾对某些娱乐节目中的低俗化加以制止。从国家意识形态来说，我们一直是倡导崇高的价值取向的。从电视传媒来看，无论是社会新闻类节目，还是艺术类的节目，都是以崇高作为内在的精神导向的。只是我们现在对于崇高的理解，不再是局限于重大的历史事件和英雄豪杰，而是着力挖掘普通人身上所蕴含的那种高尚的精神世界。从电视剧《渴望》开始，很多现实题材的电视剧，都通过丰富多彩的细节，凸显着普通人的某些崇高品格。如《继父》中的继父，《大哥》中的大哥，《美丽的事》中的何美丽，《远山的红叶》中的王瑛，都是将普通人内心世界中的崇高一面，在曲折多变的戏剧冲突中加以升华。一些革命历史题材的电视剧，如《长征》、《周恩来在重庆》等，也都力求展现革命领袖人物的崇高精神境界。

---

　　① ［美］弗雷德里克·詹姆逊：《文化转向》，胡亚敏译，中国社会科学出版 2000 年版，第 84 页。

二

但是，我们需要注意的是，电视崇高感与美学经典范畴中的崇高感在价值内涵上已经出现了嬗变。

在美学原理中，崇高历来是最为重要的美学范畴，西方美学史上的一些美学家，对崇高范畴有重要的论述，形成了美学史上崇高美学的一条鲜明的脉络。朗吉努斯、伯克、康德和席勒等著名的哲学家或美学家，都有对于崇高的重要论述。朗吉努斯是最早将"崇高"作为美学范畴提出来的。他是将"崇高"作为文章的风格加以阐述的，但也涉及思想。朗吉努斯认为："崇高的风格，可以说，有五个真正的源泉，而天赋的文艺才能仿佛是这五者的共同基础，没有它就一事无成。第一而且首要的是能作庄严伟大的思想，我在《论色诺芬》一文中已有所论述了。第二是具有慷慨激昂的热情。这两个崇高因素主要是依赖天赋的。其余三者则来自技巧。第三是构想辞格的藻饰，藻饰有两种：思想的藻饰和语言的藻饰。此外，是使用高雅的措词，这又可以分为用词的选择，象喻的词采和声喻的词采。第五个崇高因素包括上述四者，就是尊严和高雅的结构。"① 朗吉努斯虽然对崇高有这样全面的认识，但是，他还是侧重于从文章风格词采等方面来界定崇高。值得注意的是，朗吉努斯已经从审美效应方面论述崇高了："说崇高在于措词的高明和美妙，最伟大的诗人和散文家所以不同凡响，流芳百世，全靠这点。天才不仅在于能说明听众，且亦在于使人心荡神驰。凡是使人惊叹的篇章总是有感染力的，往往胜于说服和动听。因为信与不信，权在于我，而此等篇章却有不可抗拒的魅力，能征服听众的心灵。再则，独运匠心，善于章法，精于剪裁，不是在一两处可以察觉的，而须在全篇的发展中逐渐表现出来。但是一个崇高的思想，在恰到好处时出现，便宛如电光一闪，照彻长空，显出雄辩家的全部威力。"② 朗吉努斯在此处虽然是从文章学或修辞学的角度来谈崇高的，但却将崇高的"使人心荡神驰"、"使人惊叹"的审美感染力加以揭示，这就从接受的角度指出了崇高的不凡效果。18 世纪英国著名哲学家博克超出了文章学或修辞学的层面，而从生理和心理的意义上论述崇高，

---

① ［罗马］朗吉努斯：《论崇高》，见《缪灵珠美学译文集》第 1 卷，缪灵珠译，中国人民大学出版社 1998 年版，第 83 页。

② 同上书，第 78 页。

认为崇高感涉及"自我保存"的情欲和本能,"凡是能够以某种方式激发我们的痛苦和危险的观念的东西,也就是说,那些以某种表现令人恐惧的,或者那些与恐怖的事物相关的,又或者以类似恐怖方式发挥作用的事物,都是崇高的来源;换言之,崇高来源于心灵所能感知到的最强烈的情感"①。博克虽是以恐怖或惊惧为崇高感的主要内容,但他认为崇高是心灵能感知的最强烈的情感,就提升到了美学的普遍层面。德国古典哲学的开山人物康德对于崇高的论述,在崇高美学理论中占有重要地位,他在《判断力批判》中对崇高进行了论述,对于美和崇高作了这样的比较:"前者(美)直接在自身携带着一种促进生命的感觉,并且因此能够结合着一种活跃的想象力的魅力刺激,而后者(崇高的情绪)是一种间接产生的愉快;那就是这样的,它经历着一个瞬间的生命力的阻滞,而立刻继之以生命力的因而更加强烈的喷射,崇高的感觉产生了。它的感觉不是游戏,而好像是想象力活动中的严肃。所以崇高同媚人的魅力不能和合,而且心情不只是被吸引着,同时又不断地反复被拒绝着。对于崇高的愉快不只是含着积极的快乐,更多地是惊叹或崇敬,这就可称作消极的快乐。"② 通过美和崇高的这种比较,康德指出了崇高在观赏者心灵中的动荡状态。康德把崇高分为两种:一种是数量的崇高,特点在于对象体积的无限大;另一种是力量的崇高,特点在于对象既引起恐惧又想起崇敬的那种巨大的力量或气魄。康德尤其是指出了崇高的主观性质,他认为:"所以应该称作崇高的不是那个对象,而是那精神情调,通过某一个的使'反省判断力'活动起来的表象。"③

在西方的美学传统中,崇高作为审美范畴是有着非常重要的地位的。而在中国美学思想中,崇高也同样是非常重要的。只是在中国传统的学术中,并不以"崇高"这样的名称出现,有些学者将"壮美"等同于崇高,认为就是一回事,其实不然。因为崇高更多的是体现在人格力量上,而壮美则是展示着形式的辉煌。

在传统美学范畴内,崇高的阐释经过了不同阶段、不同文化语境的嬗变,但是,由于以传统文化作为母体,受到传统文化等级秩序中深度意义的规范,崇高的核心内涵一直未曾改变,一直作为认同神圣价值的超越范式而

---

① [英]埃德蒙·伯克:《关于我们崇高与美观念之根源的哲学探讨》,郭飞译,大象出版社2010年版,第36页。

② [德]康德:《判断力批判》,宗白华译,商务印书馆1964年版,第84页。

③ 同上书,第89页。

存在。具体而言，西方传统美学中崇高的超越性维度建构在从感性到理性、从此岸到彼岸、从世俗世界到神圣世界的纵深线路中；而中国传统文化"天人合一"的理念中缺少世界二分模式的对立和冲突，但见一个圆融的世界，因此，中国传统文化中崇高超越性内涵显现为建构在一个世界中的超越范式，但价值内涵也同样指向了传统文化中的神圣价值。

时至今日，崇高作为体现美的本质、人的本质的经典范畴，在当代传媒领域精神建构仍有重要意义，其以超越性为核心的审美内涵也发生了质的规定性的转向。神圣价值消弭，人类精神世界世俗化构成了人类精神发展中的巨大裂变。在这样的转型中，经典崇高面向神圣世界进行价值认同的纵向超越内涵失去依存空间，转而确立了以日常生活为主体地位的核心内涵，建构了面向世俗世界进行价值认同的"此在—此在"、"有限—有限"的超越方式。崇高由此成为世俗世界的价值认同符号。与此同时，电视作为认同世俗世界的日常生活文化形式，其中所体现出来的崇高感也彰显出不同于传统文化的艺术形式的价值内涵。

三

电视剧中的崇高，作为世俗社会的价值认同符号，其叙事中心从神本意义上神、天国、上帝，以及追求人本意义上绝对存在的个体性英雄，被编码为世俗世界的"共在"象征符号——民族/国家、家及群体性英雄。这些符号以世俗意义共同体的合理性存在消解了乌托邦理想的虚幻性，建构着与日常生活共在的审美范畴——崇高，同时也以传媒文化的身份在不同的历史时期发挥着重要的意识形态与价值秩序的建构功能。

符号一：民族/国家

民族国家作为想象共同体是世俗世界中重要的世俗符号，依托电视剧的媒介身份和崇高的审美超越形成了世俗世界的"神圣"仪式，构建了横向超越中的世俗祭坛——"祖国"。在电视剧中，崇高作为价值认同符号的艺术表现及历史性功用主要体现在三种模式下。

第一种，即为在历史想象中进行帝王形象的延伸和转喻。进入到神圣世界落幕的当代文化形式中，历史题材电视剧中对于帝王意象的艺术表现，已经失去了现实的对应关系，即失去了针对具象的帝王来体现崇高的合理性。但是历史中的帝王作为远离当代语境的虚构符号，也给予了崇高面对当下的重构更为丰富的资源和更为灵活的叙事空间。在历史与当下的时空张力中，中国的历史题材电视剧中的帝王的意象，被巧妙书写为"国"的徽征，民族的代言。它在以其为核心意象的历史语境中构成了对于现代民族/国家共同体的想象和转喻。也就是说，帝王在电视剧的崇高建构中，已不是其本人，而是一个民族/国家的象征，一个民族/国家的价值认同符号。这样的意向延伸与隐喻既合理转换了历史语境与当代语境的错位，也起到了用历史虚构来强化当代观念的作用。

在中国电视剧发展史中，对于帝王意象的艺术表现，可以说是其中的重要支脉。1986年播出的《努尔哈赤》是在文化转型期中出现的第一部展现帝王意象的电视剧，这是扭转了文化畸形年代对于帝王、对于历史认知的一个开创性转变。在电视剧中，历史中的帝王洗去了封建阶级身份，以崭新的民族/国家的传承者和代言人的身份进入了共同体认同的想象建构中。20世界90年代前后，以此为策略的电视剧步入了发展阶段，在这个阶段中，以民族/国家为符号的崇高建构更加丰富而完整。电视剧的艺术呈现不仅包括了《炎黄二帝》中对于民族追根寻源的价值认同，也包括了诸如唐朝、汉朝以及帝王所承载的民族鼎盛时期的狂欢式追忆，同时，《格萨尔王》中藏族创世英雄史诗的呈现也充实了多民族共同支撑的中华民族共同体建构。步入新世纪后，对于帝王意象进行艺术表现的电视剧进入辉煌的阶段，出现了《雍正王朝》、《康熙王朝》、《乾隆王朝》、《汉武大帝》等多部艺术及收视双赢的电视剧。这个时期以帝王意象出现的国之崇高开始塑造经典，用优秀剧集以点带面的方式进入民族/国家的想象认同的新阶段。帝王在崇高建构中被视为民族的缩写，隐喻了民族成长的漫长旅程；帝王在电视剧中所体现的为国进取的精神、从不言败的恢宏气度，以及千秋伟业的宏大时空意象等指向的也是民族/国家符号中所蕴含的崇高的核心内涵，即一个民族的精神。

第二种，即在对立想象中，以对抗性他者来界定国家/民族共同体的存在。在中国电视剧发展史上，以对抗性他者建构民族国家符号的电视剧，出现了两种倾向。一种是依循主导文化的价值认同理念，叙事主体在出场身份上便具有承载民族/国家符号的使命感，如1984年的国产电视剧《夜幕下的哈尔滨》，都以对抗性他者来塑造电视剧中的民族/国家之崇高，并以此为开端形成了一种在主导文化价值认同规范内的崇高表现范式，即以官方价值认同的体制内身份作为反抗主体进行与对抗性他者的二元对立建构。同样，也是1984年，港产剧《霍元甲》则引入了另一种源于民间价值认同的崇高符号构建方式。霍元甲是香港乡土文化中保留下来的一个民族认同符号，这部电视剧就是用来自于香港的对于乡土文化的价值认同来反哺中国已经消弭的文化传统，同时也以民间符号的方式涤荡了存在于主导文化（官方）许可文本中价值认同理念，呈现出了一种真正来自民间的对于"国"的呼声。1985 年的《四世同堂》同样具备了价值认同的民间色彩，但不同之处在于，它没有凸显独立的人物符号，而是突出了民间的"众"字，民族/国家的共在感开始在传媒文化中凝聚。在此之后出现的电视剧中①，很多是对这两种崇高符号建构方式的承继，它们都或整体或部分地秉承了其中价值内核和价值建构方式。

第三种，即在意识形态的视觉想象中进行现代民族/国家的视觉重构。现代民族/国家在脱离了历史语境进入现实语境后，开始进行不需要"他者"界定和时空转喻的建构，而是利用实体国家现实存在的本然状态来建构民族/国家共同体的存在。电视剧加工了真实记忆中和同时空中具体可感的细节、人与事进行崇高的艺术表现，进行我们关乎"国家"与"民族"的记忆重构，这种呈现方式即为齐泽克所说的"意识形态幻象"。事实上，意识形态在齐泽克看来，本就具有崇高的属性，因为意识形态是"由某种程度上的符号权威的保证来支撑的"②。正因为意识形态具备阐述现代国家成立发展合理性的权威性和合法地位，而受众也是因为其合理合法性默许和认同了这样的视觉建构。电视剧中出现的民族/国家的视觉重构，重要的不在于其意义，而在于其制造的幻象，意义是表层的赋予和阐释，幻象才可能在受众内心造成巨大的冲击力，这也是崇高的审美形式中所必然要求的。

崇高的现代民族/国家符号中的建国叙事，构成了中国特有的"革命历史题材"电视剧。③ 此类电视剧在中国电视剧发展史上很早出现，并保持着旺盛的生命力。它们利用电视剧的视觉叙事特征，建立了我们的现代民族/国家中"打江山"阶段的全景呈现，无论从时间谱系、内在逻辑、人物事

----

① 代表性电视剧：《凯旋在子夜》（1986）、《孙中山和宋庆龄》（1986）、《宋庆龄和她的姐妹们》（1990）、《北洋水师》（1991）、《记忆的证明》（2004）、《亮剑》（2005）、《大刀向鬼子头上砍去》（2006）等电视剧延续了第一种符号建构的方式；如《大宅门》（2001）、《大染坊》（2003）、《玉碎》2006）、《乔家大院》（2006）、《闯关东》（2007）等延续了第二种符号建构方式。

② ［斯洛文尼亚］斯拉沃热·齐泽克：《意识形态的崇高客体》，季广茂译，中央编译出版社 2002 年版，第 17 页。

③ 比如，《向警予》（1984）、《朱德》（1986）、《秋白之死》（1987）、《攻克太原》（1990）、《李大钊》（1995）、《开国领袖毛泽东》（1999）、《中国命运的决战》（1999）、《长征》（2001）、《日出东方》（2001）、《孙中山》（2001）、《少奇同志》（2001）、《朱德元帅》（2001）《西柏坡》（2002）、《延安颂》（2003）、《罗荣桓元帅》（2003）《新四军》（2003）、《八路军》（2005）、《陈云在临江》（2005）、《抗日名将左权》（2005）、《杨靖宇将军》（2005）、《陈赓大将》（2006）、《诺尔曼·白求恩》（2006）、《井冈山》（2007）等。

件构成等环节都使受众相信，这就是一个民族共同经历的真实的历史。现代民族/国家的建国叙事借用"创世"产生的崇高的审美震撼，唤醒日常生活中的无家可归的"游魂"，让他们进入巍峨屹立的共同体中，以"见证人"和"国"之一员的身份来体验与崇高共在的归属感。现代民族国家建立后（改革开放初期），国家处于获得新生的阶段，不断成长的内在能量的爆发和排除万难的阶段性胜利，对于新政权国的自我确证是一个重要环节。电视剧在时代的感召下选择了一些具有开拓性的领域进行国之崇高的主题显现，一种逆境中的开拓精神成为该时期民族/国家符号的崇高核心。1986年的《长江第一漂》、1989年的《长城向南延伸》、1991年的《中国神火》便是依托了长江、国旗和两弹等象征物进行民族/国家的价值认同，以立国阶段遇到艰难险阻后百折不挠的精神见证了民族的腾飞。这在一定意义上，也是在新中国成立后的同步时空中，对民族/国家之归属认同的再强调。在此之后，现代民族/国家进入稳定阶段，对于民族/国家共同体的维护成为崇高建构的主题。90年代后，此类电视剧①大量出现，并形成了一定规模。它们将保守型文化中的忠君护礼，转化为对于国之威信、国之正义、国之大体的认同和维护。崇高在这个主题中的核心内涵就是民族/国家之大道。从这个角度上讲，现代国家发展阶段的主题呈现，使民族/国家共同体的想象更加充实，在概念认同、时间谱系和内在逻辑外，它满足的是一个民族，一个国家的精神内涵的建构。

符号二：家

家作为伦理共同体，是日常生活的基本内容，也是核心内容，因此，电视剧以家为符号的崇高呈现，通过挖掘日常生活的本体意义建构了崇高作为世俗社会价值认同符号的本质内涵，以其为符号的电视剧群落也成为崇高实现质的规定性转向的关键文本。

在电视剧的文化形态中，崇高世俗化的一个重要的有限意义域落点就是"家"。无论是新教伦理中神圣权威内化的"家"，还是杰姆逊在文化的"规范重建"时期中所表述的"宇宙家庭化"的论点，都从意义的整体性建构转向了一种局部建构。"家"，因为其内在于日常生活、支撑日常生活的重要性，毫无争议地显现了意义注入世俗生活中。从中国电视剧发展史观之，

---

① 代表性电视剧：《焦裕禄》（1990）、《黑槐树》（1992）、《苍天在上》（1994）、《孔繁森》（1995）、《人间正道》（1997）、《走出柳源》（1999）、《忠诚》（2001）、《大雪无痕》（2001）、《大法官》（2001）、《省委书记》（2002）、《至高权利》（2003）、《绝对权利》（2003）等。

崇高的艺术表现中"家"可称之为一个独立的符号是在 1990 年之后，是真正意义上的以"家"为本位的价值认同。1990 年的《渴望》应该是一部具有开拓性意义的电视剧，它不仅在电视剧中开启了"家"的本体意义，引发了崇高价值内核中理性逻辑到感性逻辑的嬗变，更为重要的是，它以电视剧的方式对于传统家庭现代性构变后的价值依托进行了具有建构意义的解答。《渴望》之后，1995 年《咱爸咱妈》是 90 年代出现的第一部具有典型意义的链式家庭主题电视剧，它开启了在非常态日常生活中，以"家"为依托相互支撑呈现崇高的先河。在此后的相同主题电视剧中重复上演，《儿女情长》、《大哥》、《贫嘴张大民的幸福生活》等都以极其相似的结构呈现了生活的残酷本相，主人公陷入了身体、经济和精神等多方面的窘境，而崇高就源起在这种真实而残酷的非常态日常生活中。家庭中确定并认同自身血缘身份的每一位成员，或主动、或被感召地共同面对生存的困境，营造一个共在的避难所，成为家之崇高在符号显现中的叙事线索。"家"这个共同体的意义，给予了家庭成员每一人克服物质上窘境，共同坚强地面对生活的力量，他们都是在以身份人格的价值认同内涵建构着中国电视剧中和中国当代精神生活中的崇高。

符号三：英雄

英雄作为共同体中的理想认同符号建构了崇高的人格化形象——群体性英雄。群体性英雄替代了经典崇高中独立自由的个体性英雄，依附于某种权威并服从于某种权威，具有世俗社会中群体性秩序的特征。

在电视剧的具体文本中，英雄大致分为以下几种具象人格：

军人是以民族/国家为间接想象物的崇高人格，也是该价值共同体内的理想认同符号。军人的身份是国家和人民安全的维护者，在以其进行崇高的人格化显现过程中，民族/国家的想象共同体赋予军人作为英雄而存在的全部使命，军人的英雄人格也依附于共同体的神圣性。在此基础上，对民族/国家的忠诚，自强不息的精神、团结战斗的作风以及不怕牺牲的奉献精神成为军人崇高人格的内涵。中国电视剧发展 50 年，以军人为崇高人格化形象的电视剧贯穿始终。从电视剧起步期的直播电视剧，军人的英雄形象就作为崇高的重要主题出现了。1978—1989 年，中国电视剧进入了发展期，这同时也是中国国民在物质和精神上的复苏阶段。军人形象在这个时期成为激发国民精神内涵中英雄主义情怀的一个重要符号。值得注意的是，这个阶段的军人形象（如 1983 年《高山下的花环》中的梁三喜）恢复了真实的人性特征。电视剧中的军人成为有血有肉、有七情六欲的人，这在一定程度上以揭示真实人性的方式增强了崇高的艺术表现力。1990 年，中国电视剧进入了繁荣期。以军人为英雄形象的电视剧①无论在数量还是质量上都进入了一个成熟的发展期。这个时期电视剧的人格塑造中增加了民间气息，以生动的底层性情与宏大的国家民族背景形成对比，用原生态的表现方式和陌生化的创作手法塑造了不同以往的军人形象。这种崇高符号的建构方式，在传媒文化渐渐走出宣传、训育功能的当代语境中是尤为必要的。

警察与军人一样，是以民族/国家为间接想象物的崇高人格。与军人有所不同的是，警察还需要借助国家的法律作为依托，评判正义与罪恶，并在正义之于罪恶的对抗中，实践作为警察的崇高人格。因此，电视媒介中以警察为具象人格的崇高内涵显现为对国家和人民的忠诚、秉公执法、不畏强暴的牺牲等精神品格。在中国电视剧发展史中，以警察为人格化显现来表现崇高的电视剧应以《便衣警察》为始。1987 年的《便衣警察》，成功地将一个职业警察的英雄形象表现得淋漓尽致。进入 90 年代，警察的英雄形象具有了鲜明的日常生活特征。因此，警察具有普通人的情感和普通人的生活，但国家的权威性和特殊的职业属性赋予了他们一种不同于常人的使命感。《西部警察》（1995）、《英雄无悔》（1996）就将一个常态的人置于一个塑造英雄的职业之中，完成了在和平年代对于共同体理想的复归。进入 21 世纪，以警察为英雄形象的电视剧②渐渐步入成熟期，并形成了一系列的表现程式。这些电视剧在英雄人格塑造上，注意将警察置于具有英雄主义色彩的集体中，警察为人格显现的英雄形象，是非个人的，是承载着多重蕴含的，是被国家和职业赋予崇高人格的群体性英雄。可见，具有群体性价值观重建的传媒文化中，不是英雄警察个人，而是具有英雄警察为代表的警察群体成为崇高的符号显现。

清官/国家干部作为崇高的人格化形象，相较军人、警察等群体性英雄，与民族/国家共同体的关系更为直接。由于清官/国家干部是群众所能感受到的最直接的国家机器的代言人，而他们自身也肩负了国家的管理功能和匡扶

---

① 代表性电视剧有《赵尚志》（1991）、《和平年代》（1996）、《突出重围》（1999）、《壮志凌云》（2001）、《波涛汹涌》（2001）、《鹰击长空》（2001）、《光荣之旅》（2001）、《激情燃烧的岁月》（2002）、《DA 师》（2003）、《归途如虹》（2003）、《军歌嘹亮》（2003）、《历史的天空》（2004）、《亮剑》（2005）、《沙场点兵》（2005）、《垂直打击》（2006）、《士兵突击》（2007）等。

② 较为优秀的电视剧有：《刑警本色》（2001）、《大雪无痕》（2001）、《重案六组》（2001）、《警察世家》（2001）、《公安局长》（2002）、《绝对控制》（2003）、《任长霞》（2005）、《刑警队长》（2008）等。

正义的神圣使命，因此，在一定程度上，他就是"国"之崇高的具象体现。电视剧中，伴随清官叙事母题出现的崇高范畴呈现在两个时空中，历史和当代。历史题材电视剧①塑造了若干经典的清官群像，他们为社会上数不清的奇讼冤狱、仗势欺人的案件作出最公正的判决，为百姓疾苦振臂高呼，为穷苦百姓伸张正义，为此不惜牺牲个人的利益甚至生命，呈现出强烈的英雄意识。相关的当代题材电视剧②则塑造了一批典型的国家干部群像，这些电视剧仍然延续了历史题材中刚正不阿、为民做主的清官形象，洋溢着"上报国家、下安黎庶"的理想信念。作为崇高人格显现的国家干部都是"为真理故，为正义故，为天下苍生故"的民族/国家的代言人。他们的人格中不可能缺少民族/国家的价值负载，在某种程度上，他们可以被视为民族/国家共同体中的精神卫道士，他们在以载道的方式来建构一个民族的精神和意志。

　　父亲/母亲/长子（长姐、长嫂），是电视剧中体现崇高感的具有血缘身份特征的人格符号，相对于前三点具有非日常生活身份的英雄符号而言，拥有鲜明的日常生活特征。他们的英雄人格显现依附于家的权威性，是以家为共在价值的理想认同符号，也是将崇高从神坛降至民间最有效的形象载体。这一组崇高人格形象的出现，在英雄的既有谱系中增添了一组代言凡俗人生的价值符号。

　　中国电视剧中，"父亲"的崇高人格化形象首先是以日常生活层面上的生理学意义和情感意义出现的。《咱爸咱妈》和《儿女情长》的主题建构中着意表现了父亲承担家之共在价值的行为。《搭错车》和《继父》中的"继父"和"养父"代替亲生父亲的出现，是在避让父亲的宗法家长身份，而在以超于常规的价值体认方式来建构一种英雄人格，完成父亲在当代日常生活中的精神建构。2005年的《闯关东》则让我们体味了一位兼具几种意义的父亲形象。朱开山的父亲符号带有神话色彩和隐喻性，或许可以将他称之为带有身份人格特征的"人格神"，他的符号能指囊括了民族/国家，以山东为地域疆界的族群，血缘意义上的家、情感意义上的家等诸多主题，构筑

---

　　① 代表性电视剧：《一代廉吏于成龙》（2001）、《海瑞》（2001）、《天下粮仓》（2002）、《台湾首位巡抚刘铭传》（2004）、《大宋提刑官》（2006）、《大明王朝1566——嘉庆与海瑞》（2007）等。

　　② 《焦裕禄》（1990）、《黑槐树》（1992）、《天下苍生》（1994）、《孔繁森》（1995）、《人间正道》（1997）、《走过柳源》（1999）、《忠诚》（2001）、《公家人》（2001）、《省委书记》（2002）、《至高利益》（2003）、《绝对权利》（2003）等。

的是一个世俗层面上的精神之父，一个拥抱此岸的理想主义者。可以说，父亲作为崇高的人格化形象仍然是多意而复杂的。但是电视剧作为日常生活文化形式，通过对既有文化的扬弃，将父亲塑造为以家的共在价值认同为主的人格化形象，突出了其在家庭中的血缘意义、情感意义以及一定的秩序意义，撕碎了一个僵化的文化符号，重建了一个站立在人间的、具有生命意象的新的父亲。

　　母亲作为崇高的理想认同符号在进行当代日常生活的价值建构上，显然比父亲更具备有效性。这首先因为与父亲符号的多意性不同，母亲的符号能指是指向日常生活的，更明确地说是指向"家"的。母亲作为崇高的理想认同符号，不仅是文化体制内被限定的文化符号，也是生长在民间从来不曾消弭生命力的精神源流，同时兼具世俗重构中主体间性价值体现的特质。因此，在20世纪80年代末90年代初中国所面临的既有价值体系崩溃，亟待建立一套具有世俗范式的价值体系的文化现状时，一部《渴望》的出现，使母亲因为其本于日常生活的价值承载和来自民间的文化活力，作为符号显现在崇高的英雄谱系中。由此，在崇高的价值重构中，母亲也成为从传统民间文化和当代文化范式里挖掘精神内核的关键的理想认同符号。在此之后的中国电视剧中，《静静的艾敏河》（2002）、《婆婆》（2004）、《母亲是条河》（2006）、《老娘泪》（2006）、《戈壁母亲》（2007）等诸多作品都是在使用母亲的符号来完成和认同家的共在意义建构。从更深层的文化意味上看，此类电视剧也是在以母亲为核心价值符号，依托家国同构的方式建构整个社会的价值认同体系。

　　长子/长女在链式家庭结构中主要承担家的共同体价值，也是崇高的人格化体现者，因为在庞大的链式家庭面临整体上的危机时，长子或长女成为三代同堂的中坚力量。除《咱爸咱妈》、《儿女情长》、《大哥》外，《大姐》中的大姐沈雅梅、《贫嘴张大民的幸福生活》中的大哥张大民，《嫂娘》、《大嫂》中的大嫂都凸显了这样的符号特征：他们面对当今物质世界的高度发展，忍受着底层生活的贫困和艰难，坚持着做人的善良和柔韧，肩起了"长子（长姐、长嫂）"的身份和"家"的重担。对于家的共在价值的承担和认同构成了他们自身的精神层面建构。这样的人物形象在中国文化中具有特殊的符号意义。"五四"时期被解构的大哥如今被重新塑造起来，成为当代人中以"家"为价值共同体的理想认同符号。可以说，"大哥"是对于血缘伦理的辩证复归，是对于当代人的一种远而复返的身份定位，即在生存的艰辛中，以平等的义务和责任建立汇聚"爱"的共同体，并将其作为在日常生活中建构崇高的主体内涵。

四

　　电视作为符号和影像的重要生产与消费的领域，体现了当代文化的最本质的特征，同时也是建构日常生活价值秩序的重要场域。中国电视剧在诞生伊始，就在以崇高的审美形态以及崇高的叙事符号——民族/国家、家以及群体性英雄进行记忆重构。电视剧的媒介载体身份，具有其传播的广泛性和制造意识形态幻象的属性，这使得电视剧的记忆重构，具有了文化学的角度上类似于"国家戏剧"的公共仪式。就像基督教文化对主体的询唤过程，民族/国家的价值认同话语不断通过电视剧中崇高的艺术表现来询唤、召集"中华民族"、"炎黄子孙"，以崇高所建立的价值认同来寻求一种规范和服从，从而构建起"中国人民"这一共在的身份。斯坎贝尔认为："典礼与象征符号越来越失去反响，被历史扔到堆放杂货的房子里，很快就有别的取代它。在现代化的过程中，仪式与传统逐渐消除了与宗教的密切关系，因为新的世界传统非常迅速地被创造出来，而且非常丰富。"① 在失去了超越的神圣价值后，崇高依托民族/国家、家以及群体性英雄这组世俗价值载体，实现了一个重要功能，即仿神圣性的仪式化过程。共同体仪式要求在心理层面起到一定的神圣性代偿的作用，而这三个符号作为共同体体认中最富合法性、权威性和世俗情感意义的体现，也无疑可以承担这样的角色。崇高以电视剧的视觉叙事方式在全方位的时空层次、形象感知、情感认同等方面强化了现代民族/国家和当代日常生活的现实意义，使大众饱含激情地确认了自己的共同体身份。这是价值秩序解构的真空之后，传习中华民族传统的意义重建，同时也是具有当代日常生活特征的精神图腾。

　　电视崇高感的提出与明确，应该得到更多的认知，因为它在当代文化的转型中，所起到的作用是必须高度重视的。就美学理论的发展而言，崇高这样一个最为基本的审美范畴，不应该是断裂的，而应该是被发扬光大的；不应该是停留在抽象的理论层面，而应该是成为人们向往的一种普世化的价值取向。电视崇高感这样一个命题，既是对传统美学的赓续与衔接，也是在新的文化语境下的转换与提升。电视崇高感之于传统美学中的崇高范畴，不仅

---

　　① 转引自〔英〕罗杰·西尔弗斯通《电视与日常生活》，陶庆梅译，江苏人民出版社2004年版，第31页。

是其表现载体的转变，而且，在其内涵上也有明显的时代性迁转。如果说传统美学中的崇高范畴往往是超越于日常生活的，而电视崇高感则在更多时候是蕴含在日常生活之中的。传统美学中的崇高在后现代文化中受到了大面积的解构，那种玩世不恭的戏谑和"一地鸡毛"式的琐屑无聊，成为文学艺术中流行的时髦。这对于揭开虚假崇高的本质是有意义的，但却无法建立起一种健康的文艺生态，更无助于和谐社会秩序的创建。电视崇高感是在传媒文化日益成为主流文化模式时应运而生的，在很大程度上，可以说是崇高范畴在新的艺术媒介条件下的重建。电视崇高感在我国媒介文化中的集中呈现和强化登场，是民族文化复兴的鲜明印记，也是我们建设社会主义精神文明所尤为需要的。它已经不再是抽象的和远离人们的日常生活情感的，而恰恰是和我们的日常生活情感融为一体的。它植根于现实生活的沃土，呼吸着世俗的气息，却挺直脊梁，伸向蓝天。

电视崇高感带着浓郁的生活气息，为美学理论的发展注入了活的资源。如果说康德时代的崇高理论渐被人们疏远或淡忘，而电视崇高感却召唤着我们心中的圣洁和灵光！仅是描述电视崇高感的呈现，还不能完成作为美学理论研究的任务，在学理层面的概括和提升，使之纳入美学理论的轨道，这是我们应该担负的使命，也是本文的初衷所在。

艺术语言作为审美创造的媒介功能[*]

关于艺术语言问题，笔者已有一篇文章论及①，但这个问题尚未得到学界和艺术界的足够重视，对于艺术语言在审美创造方面的功能，也远远没有得到阐发。因此，笔者又撰此文，进一步展开对于艺术语言问题的探讨。

一 "艺术语言"何谓?

艺术语言并非指狭义的"语言"，也即不是讨论艺术中的语言学问题，或者是艺术与语言的关系问题。对于"艺术语言"这个重要概念，人们时常使用却又语焉不详，美学或艺术学都没有明确的界定。在笔者看来，艺术语言很大程度上是在比拟性的意义上来用的。美国著名的哲学家尼尔森·古德曼教授有《艺术语言》一书，虽然书中也没有对艺术语言的正面界定，但其中的一句话非常值得注意："在我的书名中，'语言'严格地讲，应当代之以'符号体系'。"② 笔者尝试着为艺术语言作一个概括性的说明：艺术语言是指在各种艺术门类的创作中所使用的符号体系，它是艺术家的艺术构思得以生成和作品得以产生的物质化媒介。在艺术品的创作中，艺术语言的存在和发生作用，不是个别的、偶然的，而是普遍的、系统性的。不同的艺术门类，自然是有着面目各异的艺术语言序列，即便是同一艺术门类，也因了艺术家的个性差异而呈现出不尽相同的艺术语言。

艺术家的创作欲望和构思，是内在的，也是虚化的，而真正的艺术品却是物性的存在，如果没有这种物性，艺术品是无法得到人们认可的，也不会有艺术史。康德论述艺术分类时认为："所以我们如果要把美的艺术来分

---

* 本文刊于《文艺理论研究》2011年第1期。

① 张晶：《艺术语言在创作思维中的生成作用》，《艺术百家》2009年第6期。

② ［美］尼尔森·古德曼：《艺术语言》，褚朔维译，光明日报出版社1990年版，第19页。

类，我们所能为此选择的最便利的原理，至少就试验来说，莫过于把艺术类比人类在语言里所使用的那种表现方式，以便人们自己尽可能圆满地相互传达它们的诸感觉，不仅是传达他们的概念而已。这种表现建立于文字、表情，和音调（发音，姿态，抑扬）。这三种表现形式的联合构成表白者的圆满的传达。因思想、直观和感觉将由此结合着，并同时传达给别人。"① 康德所说的其实正是一个由内向外的艺术语言传达问题。中国古代文论中，如刘勰也明确地表述了文学创作这样一个由内而外、由虚到实的过程，如其所说："夫情动而言形，理发而文见，盖沿隐以至显，因内而符外者也。"②

对于艺术品在材料中的外现，海德格尔曾说过："每人都熟悉作品。建筑和雕塑作品设置于公共场所、教堂和住宅，不同时代和不同民族的艺术品安放在博物馆和展览厅中。如果我们从其尚未触及的现实性去思考艺术品，并且不自我欺骗的话，那么结果只是如此，艺术品作为物自然地现身。""一切艺术品都有这种物的特性。……我们却必须把艺术品看作是人们体验和欣赏的东西。但是，极为自愿的审美体验也不能克服艺术品这种物的特性。建筑品中有石质的东西，木刻中有木质的东西，绘画中有色彩，语言作品中有言说，音乐作品中有声响。艺术品中，物的因素如此牢固地现身，使我们不得不反过来说，建筑艺术存在于石头中，木刻存在于木头中，绘画存在于色彩中，语言作品存在于言说中，音乐作品存在于音响中。"③ 艺术品具有物的形态，这是客观的属性。但是，我们又可以按着反向的逻辑推论，建筑艺术并不等于就是石头，木刻艺术并不等于木头，等等。

从作品内在构思的缘起，到作品的现实化，这个由内而向外的过程，艺术家按着特定的艺术门类所凭借着的材料的特性，形成了各自区别的符号体系，从而呈现了既有物性特征又有完整结构的艺术品。这种符号体系，就是我们所说的"艺术语言"。古德曼以下所论，在笔者看来正是关于艺术语言的对象的特征所在："对象本身也并不是预成的，而是由选取世界的方式产生的。一幅画的创作通常也对所要描绘的东西有所创造。对象及其诸方面都依赖于组织，而各种类型的记号则是组织的工具。"④ 艺术语言其实就是不同的门类艺术或不同的艺术家所用以组织的符号（记号）体系。

① ［德］康德：《判断力批判》，宗白华译，商务印书馆 1985 年版，第 167 页。
② 范文澜：《文心雕龙注》，人民文学出版社 1958 年版，第 505 页。
③ ［德］海德格尔：《诗·语言·思》，彭富春译，文化艺术出版社 1991 年版，第 23 页。
④ ［美］尼尔森·古德曼：《艺术语言》，褚朔维译，光明日报出版社 1990 年版，第 49 页。

艺术创作，由内而到外，因虚而致实，艺术语言担负着最为基本的媒介功能。但是，我们一定要看到，艺术语言不等于那些创作中的物性材料。美国美学家奥尔德里奇曾有充分的阐述："即使基本的艺术材料（器具）也不是艺术的媒介。弦、颜料或石头，即使在被工匠为了艺术家的使用而准备好以后，也还不是艺术的媒介。甚至当艺术家在使用弦、颜料或石头时，或者在艺术家在完工的作品中赋予它们的最终样式中，它们也还不是媒介。在这种最终的状态中，基本的艺术材料已被艺术家制作成一种物质性事物——艺术作品——它有特殊的构思，以便让人们把它当作审美客体来领悟。"① 也许奥尔德里奇在这里的表述是很难理解的，但是，笔者却是颇为认同的。艺术材料不等于艺术语言，也并非艺术媒介；那么，又是什么才是真正的"艺术语言"或云媒介呢？

二　艺术语言的媒介性质

艺术品以物性呈现，可能是以造型艺术最为明显，其他门类也是如此。如文学作为语言的艺术，最终也还是以语言文字的样态存留。那么，作为物性的表层体现，艺术材料就是最具直接的说服力的。按照我们的理解，艺术语言是不同的艺术门类在艺术家这里，用以组织完整的艺术结构的不同符号体系，而这种符号体系之所以不同，首先在于此一门类所依凭的艺术材料的物性特征。由此可以看到，艺术语言不仅是作品的物化阶段，也就是外在的艺术表现的过程，而且也活跃于艺术家的内在艺术构思阶段。更明确地说，艺术家产生审美感兴，涌现创作冲动，呈现审美意象，都是以属于此一门类的艺术语言进行的。奥尔德里奇所作的分析使我们对艺术语言特质的把握进了一步，他说："画家用画笔涂抹颜料，但是后者同画家的审美目的更为密切，因而是画家的'基本的'器具。这样板，画笔就是'第二位'的器具。现在，我们对艺术家在操作材料时所获得的那种感受的对象是什么就可以更加明确了。严格说来，艺术家获得的是对画笔的感受，而不是对颜料的感受，从颜料中感受的是对画笔的性质所决定的那种色质。艺术家只是看到色质而已。同样，发声的钢琴弦（它的乐音的音色表现整部乐器的特性）就是作为艺术家的钢琴演奏者将会获得对键盘的感受，而不是对他仅仅听到其

---

① ［美］V. C. 奥尔德里奇：《艺术哲学》，程孟辉译，中国社会科学出版社 1986 年版，第56 页。

音色的弦的感受。正如键盘与琴弦、画笔与颜料、照相机与显影胶卷的关系一样，雕塑家的凿刀与具有特质的石头也有上述关系。艺术家通过操作获得的正是对这些第二位的器具的感受。大体上我们可以说，艺术家是运用第二位的艺术材料来对基本的艺术材料进行加工的。"① 这种区别对我们认识艺术语言来说特别具有启发意义。艺术语言本身，更多的是这里所说的"第二位的器具"的整体感受，或者说是使用这种"第二位的器具"的技术境界。刘勰在《神思》篇中所说的"寻声律而定墨，窥意象而运斤"，就是那种诗的艺术语言由内在意象到物化的过程。杜甫所说的"读书破万卷，下笔如有神"，更传神地表现了诗歌的艺术语言的动态性状。

艺术语言的主要功能并非在于再现，而是以再现的样子进行创造，创造出一个完整的审美客体。之所以用"艺术语言"来指称艺术创作表现的符号体系，是因了语言本身的动态化和生成性，并非是静态的、僵化的结构。德国杰出的哲学家卡西尔这样认为："言语的符号是一系列媒介链条上的第一个和最重要的环节。然而，在它们之中，还隐含着一些不同类别的形态和发展环节。同一种基本功能让符号功能在纷呈的主要方向上使自身展开，并在其中创造出新的结构。"② 这是可以用来说明艺术语言的性质的。刘勰在讲到诗人对于物象的表现说："是以诗人感物，联类不穷，流连万象之际，沉吟视听之区，写气图貌，既随物以宛转；属采附声，亦与心而徘徊。""故灼灼状桃花之鲜，依依尽杨柳之貌，杲杲为日出之容，瀌瀌拟雨雪之状，喈喈逐黄鸟之声，喓喓学草虫之韵。皎日嘒星，一言穷理；参差沃若，两字穷形：并以少总多，情貌无遗矣。"③ 前面的"写气图貌"，是对物象的描绘；而后面的"属采附声"，则是典型的艺术语言的运用。"与心徘徊"就是讲诗人心灵的创造作用。魏晋南北朝时期画家王微论画云："于是乎以一管之笔，拟太虚之体；以判躯之状，尽寸眸之明。……孤岩郁秀，若吐云兮。横变纵化，故动生焉。"④ 揭示了绘画艺术语言的整体性和动态性。奥尔德里奇如下论述更细致地指出了艺术语言的整体性创造功能，他说："在这种最终的状态中，基本的艺术材料已被艺术家制作成一种物质性事物——

---

① ［美］V. C. 奥尔德里奇：《艺术哲学》，程孟辉译，中国社会科学出版社 1986 年版，第 55 页。

② ［德］卡西尔：《人文科学的逻辑》，沉晖等译，中国人民大学出版社 2004 年版，第 72 页。

③ 范文澜：《文心雕龙注》，人民文学出版社 1958 年版，第 693 页。

④ （南朝·宋）王微：《叙画》，见沈子丞《历代论画名著汇编》，文物出版社 1982 年版，第 16 页。

艺术作品——它的特殊的构思，以便让人们把它当作审美客体来领悟。当然，在创作的过程中，材料本身对于艺术家来说是物质性事物，而不是物理客体。艺术家并没有对它们进行观察。确切地说，艺术家首先是领悟每种材料要素——颜色、声音、结构的——特质，然后使这些材料和谐地结合起来，以构成一种合成的调子（composite‑tonality）这就是艺术作品的成形的媒介，艺术家用这种媒介向领悟展示作品的内容。严格地说，艺术家没有制作媒介，而只是用媒介或者说用基本材料要素的调子的特质来创作，在这个基本意义上，这些特质就是艺术家的媒介。艺术家进行创作时就要考虑这些特质，直到将它们组合成某种样式（Pattern）。"① 所谓"某种样式"，指的便是艺术家当下创作的特定艺术品的独特结构和样子。艺术语言便是这样的媒介。

艺术家用自己独特的艺术语言来表达独特的审美知觉，创造一个前所未有的作品，不仅在于其结构的独特性，也不仅在于结构的完整性，更在于这种艺术语言的生成是动态的，充满变化的，用中国哲学的话说是"活泼泼的"或者谓之"鸢飞鱼跃"。陆机在《文赋》中所描述的"抱景者咸叩，怀响者毕弹。或因枝以振叶，或沿波而讨源。或本隐以之显，或求易而得难。或虎变而兽扰，或龙见而鸟澜。或妥帖而易施，或岨峿而不安。馨澄心以凝思，眇众虑而为言。笼天地于形内，挫万物于笔端"②，将文学的艺术语言的动态变化、多姿多彩，给予了生动的形容。美国著名符号学美学家苏珊·朗格对于艺术"幻象"的论述道："这种'幻象'并不是虚假的，不是对自然的改良，也不是对现实的逃避；它是艺术的'要素'，用这种'要素'制成的是一种半抽象的，然而又往往是一种独特的和给人以美的感受的表现性形式。我们说艺术形象是一种幻象，这仅仅是指艺术形象是非物质的。这就是说，它不是由画布、色彩等事物构成的，而是由互相达到平衡的形状所组成的空间构成的，在这些形状中蕴含着能动的关系、张力和弛力等等。"③ 艺术语言所创造的是蕴含在物性的表层内里的完整的结构，而且是充满变数和生成因素的。宋人韩拙论画云："人为万物之最灵者也，故人之于画，造于理者，能尽物之妙，昧乎理则失物之真，何哉？盖天性之机也，性者天所赋之体，机者至神之用，机之发万变生焉。惟画造其理者，能因性

---

① ［美］奥尔德里奇：《艺术哲学》，程孟辉译，中国社会科学出版社 1986 年版，第 56 页。

② 张少康：《文赋集释》，人民文学出版社 2002 年版，第 60 页。

③ ［美］苏珊·朗格：《艺术问题》，滕守尧、朱疆源译，中国社会科学出版社 1983 年版，第 33 页。

之自然，究物之微妙，心会神融，默契动静于一毫，显于万象，则形质动荡，气韵飘然矣。"① 诗论家严羽推崇盛唐诗人的境界："盛唐诸人惟在兴趣，羚羊挂角，无迹可求，故其妙处透彻玲珑，不可凑泊，如空中之音，相中之色，水中之月，镜中之象，言有尽而意无穷。"② 都是在标举艺术境界的整体中又有许多变化，因而也就充满了生机。

三　艺术语言与审美投射

作为一种创造性的符号体系，艺术语言对于物性材料的关系，必然要有审美投射在内。"投射"是一个重要的心理学概念，但在审美创造心理中却有着非常重要的功能。惜乎国内学者对此鲜有重视。笔者看到著名文艺理论家童庆炳先生对艺术语言作为审美创造的媒介功能于审美投射作过相关论述。童庆炳先生通过分析指出："投射是人的一种心理能力，是主体将自己的记忆、知识、期待所形成的心理定向化为一种主观图式，投射以特定的客体上，使客体符合主观图式，促成幻觉的产生的心理过程。"③ 这里谈的是普通的心理投射现象，而实际上，在审美体验中，投射是更为本质的。在对童庆炳先生的投射理论深有启示的英国著名艺术理论家贡布里希的经典著作《艺术与错觉》中，贡布里希通过许多材料系统地阐述了投射在艺术品的审美创造方面的最关键的作用。贡布里希还以"罗夏测验"等著名心理学案例来为艺术创造的投射机制作为基础，并由此打通了从普通心理学到审美创造心理学的联结渠道，并认为这也是艺术起源的解释。他举阿尔贝蒂关于投射在艺术起源中的作用的《论雕塑》一文中的论述，并高度认同说："我认为阿尔贝蒂关于投射在艺术起源中的作用的说法值得严肃对待。"④ 贡布里希竟还关注到中国艺术理论中的有关论述，并与西方的有关论述加以对比分析。他举宋人沈括《梦溪笔谈》中的一则和意大利大画家达·芬奇《绘画论》中的一则，认为这最后一种理论规划方法无论有什么优点，都有迹象表明，世界不同地区的风景画家不约而同地都发现了投射的价值。前者在宋

---

① （宋）韩拙：《山水纯全集》后序，见俞剑华编《中国古代画论类编》，人民美术出版社1957年版，第683页。

② 郭绍虞：《沧浪诗话校释》，人民出版社1961年版，第26页。

③ 童庆炳：《童庆炳谈审美心理》，河南大学出版社2008年版，第21页。

④ ［英］E. H. 贡布里希：《艺术与错觉》，林夕等译，湖南科学技术出版社2002年版，第76页。

人沈括的《梦溪笔谈》里："度支员外郎宋迪工画，尤善为平远山水。其得意者，有《平沙雁落》、《远浦帆归》、《山市晴岚》、《江天暮雪》、《洞庭秋月》、《潇湘夜雨》、《烟寺晚钟》、《渔村落照》，谓之'八景'，好事者传之。往岁小窑村陈用之善画，迪见其画山水，谓用之曰：'汝画信工，但少天趣。'用之深伏其言曰：'常患其不及古人者，正在于此。'迪曰：'此不难耳。汝先当求一败墙，张绢素讫，倚之败墙之上，朝夕观之。观之既久，隔素见败墙之上，高平曲折，皆成山水之象，心存目想，高者为山，下者为水，坎者为谷，缺者为涧，显者为近，晦者为远，神领意造，恍然见其有人禽草木飞动往来之象，了然在目，则随意命笔，自然境皆天就，不类人为，是谓活笔。'用之自此画格日进。"① 宋迪对陈用之所教之法，其实正是投射之法。无独有偶，西方大画家达·芬奇所谈与之何其相似："请观察一堵污渍斑斑的墙面或五光十色的石子。倘若你正想构思一幅风景画，你会发现其中似乎真有不少风景：纵横分布的山岳、河流、岩石、树木、大平原、山谷、丘陵。你还能见到各种战争，见到人物疾速的动作，面部古怪的表情，各种服装，以及无数的都能组成完整形象的事物。墙面与多色石子的此种情景正如在缭绕的钟声里，你能听到可能想出来的一切姓名与字眼。……这都因为思想受到朦胧事物的刺激，而能有所发明。"② 在中国画论中，宋迪所说的"活笔""天趣"，在西洋画论中，"激起发明精神的方法"，也就是艺术家在这种"败壁"上生成的图式，而它们一旦生成，便成为艺术创作的基本构形，心理学家艾尔（F. C. Ayer）对于画家的投射概括道："训练有素的画家学会大量图式，依照这些图式他可以在纸上迅速地画出一只动物、一朵花或一所房屋的图式。这可以用作再现他的记忆图像的支点。然后他逐渐矫正这个图式，直到符合他要表达的东西为止。"③ 贡布里希进而揭明说："被这位心理学家说成艺术家记忆支点的创造，恰恰是投射的方法。它是制作和匹配相互作用过程的另一个方面；艺术家在纸上作出一个构形，这个构形将为他提示一个物像。不过，他最好让他的图像灵活可变，这样，在投射过程中无论遇到什么困难，都可以得到调整和纠正。"④ 通过这样的具体说

---

① （宋）沈括著，侯真平校点：《梦溪笔谈》卷17《书画》，岳麓书社1998年版，第137页。

② ［意］列奥纳多·达·芬奇：《芬奇论绘画》，戴勉编译，人民美术出版社1979年版，第45页。

③ ［英］E. H. 贡布里希：《艺术与错觉》，林夕等译，湖南科学技术出版社2002年版，第107页。

④ 同上书，第138页。

明，贡布里希揭示出投射在艺术创作中所起的最为关键的作用，这其实才是艺术创作真正的起始！清人郑板桥所云"眼中之竹"、"胸中之竹""手中之竹"之说是人们所熟知的，而"胸中之竹"也就是艺术家所投射的图式。

如问：那么审美投射又是如何内在于艺术语言？换个方式问：艺术语言又与审美投射有何必然联系？似可答之：不同艺术门类的审美投射是不同的图式，这种图式转换为现实的艺术品，必须由内向外地依凭于此一门类的艺术语言。对此，苏珊·朗格这样表述："每一门艺术都有自己的基本幻象，这种幻象不是艺术家从现实世界中找到的，也不是人们在日常生活中使用的，而是被艺术家创造出来的。艺术家在现实世界中所能找到的只是艺术创造所使用的种种材料——色彩、声音、字眼、乐音等等，而艺术家用这些材料创造出来的却是一种以虚幻的维度构成的'形式'。"① 在朗格这里，用以区分不同门类艺术的东西被其称之为"基本幻象"，而在这个角度上，其实与我所说的艺术语言是相通的。笔者坚持认为，对于不同艺术的区分最为外在的标志，就是艺术语言！朗格这样谈及不同门类的艺术区别，——她举了舞蹈为例："舞蹈艺术与其他艺术之间的区别（以及其他各类艺术之间的区别），就在于构成它们的虚的形象或表现性形式的材料之间的不同。……一幅绘画是由虚的空间构成的（其中包含的所有事物都不占有真实的空间，而只占有虚的空间，即只对视觉而有在的空间），一首乐曲是由在时间中运动和发展的乐音构成的，而舞蹈演员所创造的却是一个力的世界，这个力的世界是通过一系列姿势的连续展现而显示出来的。这就是舞蹈艺术与其他艺术所不同的地方。"② 当然，其他艺术门类是可以类推的。不同门类的艺术语言，是艺术家审美投射的物化形式和过程。艺术语言不等同于艺术中的材料，也就是说，在绘画中不等同于色彩、线条等；在音乐中不等同于音符、节奏等；在文学中不等同于词语、韵律等，但艺术语言难道可以脱离这些材料吗？显然不是！艺术语言是以之作为"器具"而生发着、运动着的完整形式。用朗格的话说就是"一件表现性的形式。"③

现在要探讨一下审美投射和审美移情的区别何在。审美移情理论在西方近代美学史上是极具影响力的重要美学理论，代表人物是费肖尔和立普斯等人。朱光潜先生对审美过程中的移情作用有重点的介绍。什么是移情作用？

---

① ［美］苏珊·朗格：《艺术问题》，滕守尧、朱疆源译，中国社会科学出版社 1983 年版，第 33 页。
② 同上书，第 9 页。
③ 同上书，第 13 页。

朱先生概括道："它就是人在观察外界事物时，设身处地事物的境地，把原来没有生命的东西看成有生命的东西，仿佛它也有感觉、思想、情感、意志和活动，同时，人自己也受到对事物的这种错觉的影响，多少和事物发生同情和共鸣。"① 这在人们的审美心理中是一种相当普遍的现象，在艺术创作中这种现象体现甚多。移情也是一种主观的外射活动，它与审美投射颇有相似之处，但它们其实是略有区别的。移情是将主体的情感和人格注入到没有生命的对象性事物中去，使之有着人一样的情感。如苏轼词中的"春色三分，二分尘土，一分流水。细看来，不是杨花点点，是离人泪"（《水龙吟》），柳永词中的"惟有长江水，无语东流"（《八声甘州》）。而审美投射对于对象物的外射，并非是以情感为主，而是在外物的刺激下，在主体头脑中产生的审美幻象。这种审美幻象的产生并在对象物上的投射，可以成为艺术创作的内在构形的诱因。审美移情的基本特征如童庆炳先生所说"是主客消融、物我两忘、物我同一、物我互赠"②。移情说的代表人物立普斯这样表述："移情作用就是这里所确定的一种事实：对象就是我自己，根据这一标志，我的这种知觉就是对象；也就是说，自我和对象的对立消失了，或则说，并不曾存在。"③ 主客消融为一，主体的情感成为对象的情感，这就是审美移情。而审美投射，则是将一种在外物刺激下呈现的审美幻象外射到对象中去。一是有着很强的图式感，二是有着明显的主客体分野。

这里还是要申足艺术语言的媒介性。从一个艺术品孕育到物化的过程，从它的审美投射开始，艺术语言便成为其唯一的媒介！笔者可以这样告诉大家：艺术家在产生创作冲动伊始，便是以其独特的艺术语言来进行审美投射，进而成为内在的构形的。约翰·杜威的下述论断笔者是服膺的："每一件艺术品都具有一种独特的媒介，通过它及其他一些物，在性质上无所不在的整体得到承载。在每一个经验之中，我们通过某种特殊的触角来触摸世界；我们与它交往，通过一种专门的器官接近它。整个有机体以其所有过去的负载和多种多样的资源在起着作用，但是它是通过一种特殊的媒介起作用的，眼睛的媒介与眼睛相互作用，耳朵、触觉也都是如此。美的艺术抓住了这一事实，并将它的重要性推向极致。"④ 杜威这里所说的"媒介"，也即我

---

① 朱光潜：《西方美学史》，人民文学出版社 1964 年版，第 584 页。

② 童庆炳：《童庆炳谈审美心理》，河南大学出版社 2008 年版，第 30 页。

③ ［德］立普斯：《移情作用、内模仿和器官感觉》，见伍蠡甫主编《现代西方文论选》，上海译文出版社 1983 年版，第 5 页。

④ ［美］约翰·杜威：《艺术即经验》，高建平译，商务印书馆 2005 年版，第 216 页。

所说的"艺术语言"，它恰恰在艺术活动中扮演着因内符外、由虚到实的媒介功能！杜威强调了它的特殊感官性与整体性，这里的阐述是相当透彻的，它足以表达我对艺术语言媒介功能的阐明："我感到这些事实表明了艺术媒介的作用与意义。初看上去，似乎每一门艺术都有自己的媒介，是一个不值得花笔墨记载的事实。为什么我们要用白纸黑字把这一点记下来：没有颜色绘画就不能存在，没有声音就没有音乐，没有石头与木头就没有建筑，没有大理石与青铜就没有雕塑，没有词就没有文学，没有鲜活的身体就没有舞蹈？我相信，回答已经提出了。在每一个经验中，都充满了潜在的性质上的整体，它对应于并显示构成神秘的人的精神状态的整体活动组织。"① 杜威正是将艺术语言问题作为媒介正面提出的。杜威认为每一个艺术经验中的媒介，也即艺术语言都是一种"主导的特殊结构在起作用"②。媒介依凭于材料，但不等于材料，而是一种有着强烈的主导倾向的特殊结构。艺术品的特殊结构并不排斥不同的经验器官的功能，但一个特定的媒介必须有其统一的性质，也就是说，要服从于这个媒介的基本功能。苏珊·朗格谈及于此，考虑到不同的艺术门类之间的互渗性，"如诗与音乐结合为歌曲，可塑艺术与音乐结合为舞蹈，诗与绘画结合为具有舞台布景的戏剧，各类不同的艺术结合为歌剧式的总体艺术等等"③。而其实朗格最为突出强调的还是每一门艺术的根本特性："我所使用的方法就是：首先将每一门艺术看成是一种独立的领域，然后分别找出每一门艺术都创造了什么，创造每一门艺术所遵循的原理是什么，它们各自涉及的范围和使用的材料是什么等等。"④ 朗格没有忘记不同的艺术的互渗问题，而她主张这种互渗仍要服从于特定的艺术门类的基本的知觉形式。"虽然每一种艺术都局限于使用这些材料一种规定的材料，但这种规定性却不能将艺术局限于这些材料所能满足的特定创造目的。即使在音乐中运用了会话语言，或者在建筑中加入了色彩，音乐和建筑也不会因此而超越自己的领域，从而变成另外一种艺术。这一领域就是每一种艺术的基本创造物，它绝对不会因为艺术家使用了正常的或不正常的材料而有所改变，也不会随着艺术家使用了普通的方式或非普通的方式而有所变动。"⑤ 每一种艺术语言，都可以作如是观。苏轼论王维之诗为"诗中有

①　[美] 约翰·杜威：《艺术即经验》，高建平译，商务印书馆 2005 年版，第 217 页。

②　同上。

③　[美] 苏珊·朗格：《艺术问题》，滕守尧等译，中国社会科学出版社 1983 年版，第 72 页。

④　同上书，第 74 页。

⑤　同上。

画"，论王维之画为"画中有诗"，但前者并不碍其为诗，只是揭示了王维诗中的绘画因素，如画意境；后者自然也不碍其为画，只是揭示了王维画中的诗性因素，如诗的韵味，并不是说王维的诗和画都混为一谈，没有界限了。事实上也没人作这样的理解。钱锺书先生在著名的《通感》一文中举了许多例子讲诗文创作中的"通感"这种审美现象。"通感"或"感觉挪移"，是日常经验中的常见心理现象，钱先生说："在日常经验里，视觉、听觉、触觉、嗅觉、味觉往往可以彼此打通或交通，眼、耳、舌、鼻、身各个官能的领域可以不分界限。颜色似乎会有温度，声音似乎会有形象，冷暖似乎会有重量，气味似乎会有体质。"① 在文学创作中，"那些描写通感的词句都直接采用了日常生活里表达这种经验的习惯语言"②。最为人所熟知的如宋人宋祁《玉楼春》中的名句"红杏枝头春意闹"，钱先生从通感的角度分析为："'闹'字是把事物无声的姿态说成好像有声音的波动，仿佛在视觉里获得了听觉的感受。"③ 通感大大增强了诗歌语言的表现能力，使得我们的审美感受得到多维的享受，但它绝没有妨碍其为诗、为词的性质，而是使诗词艺术得以拓展和进步。

四　文学的艺术语言

笔者还要回答这样一个问题：文学创作的艺术语言特性何在？这个问题的深一层含义为：其他门类的艺术之"艺术语言"可以视为是比拟性的，也即凭借不同的材料而形成的表现性的符号体系；而文学本身就是以语言文字为材料的，用语言文字来叙事，来描绘意境，来创造完整的作品，那么，如果再提"文学的艺术语言"，是否还有意义？或者这个命题还有真值？

这个问题颇为复杂，很难一下子回答清楚，本文也无法在这样的部分篇幅内以现有的学力将此问题阐述得深入系统，但有一个大致的分野在。首先在本篇小文中，是将文学作为艺术的一类的，也就是将其与其他的艺术门类置于同一层面上的，而且，又是将它作为与一般的语言系统相区别的。当然，这种区别仅仅是在相对意义上的，既然都是以语言文字为工具，那么，共同

---

① 钱锺书：《七缀集》，上海古籍出版社 1985 年版，第 56 页。
② 同上书，第 59 页。
③ 同上。

之处肯定是基本的；但为了更清晰一点地认识文学的艺术品质，尤其是要给文学的"艺术语言"一个"合法"的理由，就不能不强为之说。在这个问题上，笔者特别受到现象学美学家罗曼·英加登的启示。英加登将自己最有代表性的两部关于文学的审美特性的著作称为《文学的艺术作品》及《对文学的艺术作品的认识》。把文学称为"文学的艺术作品"，看上去似啰唆，但却颇为准确地道出了文学的艺术性质。以狭义的"文学"而论，文学创作的宗旨是以语言文字来创造审美价值的。韦勒克和沃伦教授为文学与非文学作了这样的划分："如果我们承认虚构性（fictionality）、创造性（invention）或想象性（imagination）是文学的突出特征，那么我们就是以荷马、但丁、莎士比亚、巴尔扎克、济慈等人的作品为文学，而不是以西塞罗、蒙田、波苏埃或爱默生等人的作品为文学。"① 这种划分我们是认同的，也是约定俗成的。韦勒克和沃伦以"虚构"为文学艺术的灵魂。他们也承认一些非文学的作品具有美学的因素，但并不认为那就是文学的最基本的特征。他们坚持认为："文学艺术的中心显然是在抒情诗、史诗和戏剧等传统的文学类型上。它们处理的都是一个虚构的世界、想象的世界。小说、诗歌或戏剧中所陈述的，从字面上说都不是真实的；它们不是逻辑上的命题。"② 已故的台湾著名学者王梦鸥先生将文学的本质加以有趣而又浅显的概括："第一，文学是一种文字工作，这是不成问题的。第二，文学是一种为人们所爱好的文字工作。这里所谓'人们'，是包括读者作者，所谓'爱好'，其意义为娱乐，为游戏，为抒情，为排闷，……任何一说，均无不可，总之它是美的研究对象，故文学之必有美的含义，亦是不成问题的。第三，文学是表现美的文字工作。……所谓'文字'工作，是为'表现'而设，而'表现'则又为'美'的目的所有。倘把文字、表现、美，当作文学的三大要素，则美之要素则又统摄其余二者。有文字表现而不美，不得成为文学；美而不用文字表现，亦不得称为文学。三者之相关联如是密切，美而不用文字表现之非文学，不在我们讨论之列，但用文字表现而不美的东西，既非文学而是什么呢？那或者只是'文字工作'，而决不是文学。"③ 笔者颇为认同王氏此说，这就是狭义的"文学"之特质，也是与一般的语言文字相区别的"文学的艺术作品"。

---

① ［美］韦勒克、沃伦：《文学理论》，刘象愚等译，三联书店 1984 年版，第 14 页。
② 同上书，第 13 页。
③ 王梦鸥：《文艺美学》，远行出版社 1976 年版，第 29 页。

那么说到文学的"艺术语言"呢，又该作何种阐释？当年康德将"美的艺术来分类"，主张"只有三种美术：语言的艺术，造型的艺术和艺术作为诸感觉（作为外界感官印象）的自由游戏"①。说文学是"语言的艺术"是无可置疑的，但是，作为艺术的文学作品又是如何和非艺术的文字相区别？笔者以为用苏珊·朗格的符号论美学是可以大略说明问题的。按照苏珊·朗格的思路，一般的文字可以称为"符号系统"，而一个独立的文学作品，却不是一个符号系统，而是一个完整的符号。这源自她对艺术的符号学的定性。在她看来，"艺术品作为一个整体，就是情感的意象。对于这种意象，我们可以称之为艺术符号。这种艺术称号是一种单一的有机结构体，其中的每一个成分都不能离开这个结构体而独立地存在，所以单个的成分就不能单独地去表现某种情感"②。恰恰是在与一般的符号相比照中，文学作品更能彰显出其艺术的性质。"艺术品的这一作用与语言词汇的作用是正好相反的。字或词是语言的组成成分，每一个字或每个词都有它自己单独的意义，所有的字和词加到一起就构成了整句话的整体意思。这就是说，在语言这种符号系统中，每一个单独的符号都有着自己的独特的意义（虽然每个词的意义都有一定的伸缩性），还有专门适合这种符号的构造法则。正是依照这些法则，才逐渐组成了某些较大一些的单位——短语、句子、完整的文章等等。只有在这个时候，才能把某些互有联系或互相组合的概念表达出来。而艺术品却恰好与此相反，它并不是一个符号系统。在一件艺术品中，其成分总是和整体形象联系在一起组成一种全新的创造物。"③ 作为艺术品的文学创作，必须是一个完整的整体。无论是叙事的，还是抒情的，无论是一部长篇小说，还是一首短诗，都应该有一个整体的结构，也就是一种单一的和不可分割的符号。作品中所使用的词语，都只能是整个作品的材料。而对文学作品的欣赏，是其通过文字描绘而创造的内在影像般的审美客体。英加登称之为"图式化外观层次"。它在文学作品是一个完整的外观形式，也是读者通过具体化来实现的。英加登称："'外观'层次在文学的艺术作品中发挥着极其重要的作用，特别是对于在具体中构成审美价值方面有着重要的作用。因此，在阅读过程中图式化外观的现实化和具体化发生的方式，对

---

① ［德］康德：《判断力批判》，宗白华译，商务印书馆 1964 年版，第 167 页。

② ［美］苏珊·朗格：《艺术问题》，滕守尧、朱疆源译，中国社会科学出版社 1983 年版，第129 页。

③ 同上。

于文学的艺术作品的审美理解有着极大的重要性。……这些图式化外观就是知觉主体在作品中所体验到的东西，它们要求主体方面有一个具体的知觉或至少是一个生动的再现活动，如果它们要被实际地、具体地体验到的话。只有在它们被具体地体验到时，它们才能发挥真正的功能，即被感知到的对象呈现出来。"① 文学作品作为审美客体，并不是单个的词语，至少主要不是，而是这种整体化的"图式化外观"。

文学创作中的艺术语言，不是静止的结构，而是具有充分的动态功能，具有充沛的动力因素，主体与外在事物的感兴，成为其有机艺术生命的重要契机，却正因此而有了生命感和整体结构。刘勰所说的"山沓水匝，树杂云合。目既往还，心亦吐纳。春日迟迟，秋风飒飒。情往似赠，兴来如答"②，诗意地概括了这种情形。奥尔德里奇在论述文学的材料和媒介时作了区分："一个熟练掌握语言的人，可以有意识地使语言脱离上述用法，可以通过语言本身的动态媒介，而不是用指称作为外部题材的事物的语言，来向想象性领悟展现事物。"③ 他提出"我们如何从文学的材料到达文学的媒介"这样的问题，并认为"文学的材料从根本上说就是在最一般的情况中学会的具有各种静态的和动态的词和句"④。他讲到的"媒介"也正是我们所要说文学的"艺术语言"："诗的媒介不仅包括属于语言静态方面的语言的音响度，而且还包括刚才作为语言普通用法的动态的伴随物而提到的各种情感、形象和意向。这些东西和词的音调性质一起，为诗人提供了作为诗人的那种生动的语言描绘所必须的色彩。就像画家运用他对颜料在各种调配中的性质所具有的领悟性眼光来加工颜料一样，文学艺术家也运用对这些要素以及语言形式的鉴赏力来处理他的语言材料。"⑤ 这也是我们所说的文学的"艺术语言"的特质所在，它是整体的，又是动态的，充满动力感的。

艺术语言是文艺美学或艺术哲学中的重要命题，有很明显的思辨色彩和抽象程度，却又是在艺术创作中无处不在的。艺术品是以其应对审美的

---

① 〔波〕罗曼·英加登：《对文学的艺术作品的认识》，陈燕谷、晓未译，中国文联出版公司1988年版，第56页。

② 范文澜：《文心雕龙注》，人民文学出版社1958年版，第695页。

③ 〔美〕V. C. 奥尔德里奇：《艺术哲学》，程孟辉译，中国社会科学出版社1986年版，第106页。

④ 同上书，第106页。

⑤ 同上书，第108页。

"物性"成为客观存在的，造型艺术固不言自明，即便是文学这样的语言艺术，也是以其可以传世的物性文字存在，而成为穿越时空的经典的。那么，从艺术家内在创作冲动起始，到艺术品的物化完成，没有媒介是不可想象的，艺术语言就是真正的和唯一的媒介！

艺术媒介论[*]

艺术媒介将艺术创作的内在因素与外在表现连通为一个有机的过程。艺术家的全部内在思维活动，包括冲动、灵感、想象乃至构形，都是凭借艺术门类的特殊媒介来进行的。艺术家的想象力能够熔化艺术媒介中的材料，并形成内在构思时的材料感。媒介的物性特征，内化为艺术家感知世界的方式，因此，艺术媒介是艺术创作中最为重要的总体因素。

一　何为"艺术媒介"

艺术媒介是指艺术家在艺术创作中凭借特定的物质性材料，将内在的艺术构思外化为具有独创性的艺术品的符号体系。艺术创作远非克罗齐所宣称的直觉即表现，而有一个由内及外、由观念到物化的过程，任何艺术作品都是物性的存在，艺术家的创作冲动、艺术构思和作品形成这一联结，其主要的依凭就在于媒介。

艺术作品都应该是物性的存在，如果仅仅是在头脑之中的构思，无论你怎样宣称作品的伟大，所获取的只能是人们的嘲笑；只存在于头脑中的"作品"，不能称其为作品。恰如海德格尔所言："一般以为，艺术品产生于和依赖于艺术家的活动；但是，艺术家之为艺术家又靠何和从何而来呢？靠作品。因为我们说作品给作者带来荣誉，这也就是说，作品才使作者第一次以艺术的主人身份出现。艺术家是作品的本源，作品是艺术家的本源。二者相辅相成，缺一不可。"[①] 艺术家的身份，只有他自己的作品才能使之确立，舍此无他。这种艺术品的物性是怎样的呢？海德格尔指出："一切艺术品都有这种物的特性。如果它们没有这种物的特性将如何呢？或许我们会反对这

　＊　本文刊于《文艺研究》2011 年第 12 期。

　①　［德］海德格尔：《诗·语言·思》，彭富春译，文化艺术出版社1991年版，第21页。

种十分粗俗和肤浅的观点。托运处或者博物馆的清洁女工，可能会按这种艺术品的观念来行事。但是，我们却必须把艺术品看作是人们体验和欣赏的东西。但是，极为自愿的审美体验也不能克服艺术品的这种物的特性。建筑品中有石质的东西，木刻中有木质的东西，绘画中有色彩，语言作品中有言说，音乐作品有声响。艺术品中，物的因素如此牢固地现身，使我们不得不反过来说，建筑艺术存在于石头中，木刻存在于木头中，绘画存在于色彩中，语言作品存在于音响中。"① 所谓"物性"，指的就是艺术品存在于其中的物质化和作为感官对象的特性。艺术家只有凭借这种物性，才能将内在的艺术构思完成为客观存在的作品，作品才可以脱离作者而独立，并成为欣赏者的审美对象。杜威指出，艺术是一个物性的制作过程："艺术表示一个做或造的过程。对于美的艺术和对于技术的艺术，都是如此。艺术包括制陶、凿大理石、浇铸青铜器、刷颜色、建房子、唱歌、奏乐器、在台上演一个角色、合着节拍跳舞。每一种艺术都以某种物质材料，以身体或身体外的某物，使用或不使用工具，来做某事，从而制作出某件可见、可听或可触摸的东西。"② 杜威从经验的角度谈艺术的物性制作过程，使我们对各种艺术门类的物性状态有了更切实的了解。

　　另一方面，艺术品虽然不能脱离物性，但又不等同于物性。艺术品表现的是人类的审美情感，而又是以其特殊的艺术形式来表现的。不同的艺术门类，有着属于自己的基本艺术形式，艺术家在进行创作时都必须遵守，如苏珊·朗格所说："每一种大型的艺术种类都具有自己的基本幻象，也正是这种基本幻象，才将所有的艺术划分成不同的种类。"③ 她还指出了不同种类的艺术所具有的基本幻象的创造性质，艺术家在创作具体的新的作品时，是凭借不同的材料进行创造的："这种幻象不是艺术家从现实世界中找到的，也不是人们在日常生活中使用的，而是被艺术家创造出来的。艺术家在现实世界中所能找到的只是艺术创造所使用的种种材料、色彩、声音、字眼、乐音等等，而艺术家用这些材料创造出来的却是一种以虚幻的维度构成的'形式'。"④ 这种幻象的创造也可以认为是一种生命的创造，一件艺术品被宣告问世，就说明它已经是完整而富于生命感的。

---

① ［德］海德格尔：《诗·语言·思》，彭富春译，文化艺术出版社1991年版，第23页。
② ［美］杜威：《艺术即经验》，高建平译，商务印书馆2007年版，第50页。
③ ［美］苏珊·朗格：《艺术问题》，滕守尧、朱疆源译，中国社会科学出版社1983年版，第39页。
④ 同上书，第76页。

　　艺术品在诞生之前，在艺术家的内在世界里必然有一个孕育的过程。创造冲动的产生、主题的生成、审美想象的涌现、整体的审美构形的完成，都是内在于作家或艺术家头脑之中的。从作家、艺术家的内在构思到作品的物化形成，这其中是如何联结的呢？笔者认为是以特定的艺术语言作为凭借的艺术媒介。艺术媒介可以说是艺术创作中最为重要的总体因素，它将艺术创作的内在因素与外在表现连通为一个有机的过程，因而，媒介问题受到一些美学家或艺术理论家的高度重视。鲍桑葵将媒介问题视为"探讨美学基本问题的真正线索"："因为这是一件无比重要的事实。我们刚才看到，任何艺人都对自己的媒介感到特殊的愉快，而且赏识自己媒介的特殊能力。这种愉快和能力感当然并不仅仅在他实际进行操作时才有。他的受魅惑的想象就生活在他的媒介的能力里；他靠媒介来思索，来感受；媒介是他的审美想象的特殊身体，而他的审美想象则是媒介的惟一特殊灵魂。"[1] 鲍桑葵对艺术媒介的论述很多，但这句话能够道出它最为关键的本质。在他看来，媒介并非是艺术家将艺术构思付诸外在的表现阶段才现身或发挥作用的，而是在内在的构思与想象中就成为其工具。进而言之，艺术家之所以为艺术家，其构思与想象就是以媒介进行的，而不同于一般人的想象活动。鲍桑葵所说的审美想象，可以视为艺术家在创作活动的内在阶段构思、想象和构形等一系列思维活动的概指，而这些都以媒介为其生成的凭借，媒介则由于审美想象的活跃而被赋予生命。媒介是具有物性的，这种物性也内化在艺术家的头脑中。克罗齐强调艺术创造的内在直觉，认为"直觉即表现"，这里的直觉所表现的是情感，一切直觉是"抒情的表现"。他说："审美的事实在对诸印象作表现的加工之中就已完成了。我们在心中作成了文章，明确地构思一个形状或雕像，或是找到一个乐曲的时候，表现品就已产生而且完成了，此外并不需要什么。如果在此之后，我们要开口——起意志要开口说话，或提起嗓子歌唱，这就是用口头上的文字和听得到的音调把我们已经向我们自己说过或唱过的东西，表达出来；如果我们伸手——起意志要伸手去弹琴上的键子或运用笔和刀，用可久留或暂留的痕迹记录那种材料，把我们已经具体而微地迅速发出来一些动作，再大规模地发作一次，这都是后来附加的工作，另一种事实，比起表现活动来，遵照另一套不同的规律。"[2] 克罗齐将艺术家内在的审美直觉与艺术传达活动分离，进而对立。他认为只有前者就可以

　① ［英］鲍桑葵：《美学三讲》，周煦良译，上海译文出版社1983年版，第31页。
　② ［意］克罗齐：《美学原理·美学纲要》，朱光潜译，外国文学出版社1983年版，第59页。

认为是"表现品已经完成了"，而后者是"附加的工作"，或许可以视为
"多余的"。这种"直觉即表现"的美学观念，我们认为并不符合艺术创作
的实际。缺少艺术传达、只存在于艺术头脑中的直觉形象，是无法成为艺术
品的。朱光潜对克罗齐上述观点的评述客观而清晰："否定艺术的'物理的
美'，就是否定艺术传达媒介（如线条、颜色、声音或文字符号之类）可以
单凭它们本身而美，这是可以理解的，甚至可以接受的。不过克罗齐还更进
一步，从否定传达媒介的'物理美'，进而否定艺术传达是艺术活动。我们
一般都知道艺术创造分为两个阶段：前一阶段是构思，例如把一部小说的计
划先在心中想好；后一阶段是表现或传达，例如把大致已构思好的小说写在
纸上。克罗齐把直觉（构思）本身就已看成表现，构思完成了，艺术作品
便已在心里完成，至于把已在心里完成的作品'外观'出来，给旁人看或
给自己后来看，就只像把乐调灌音在留声机片上，这种活动只是实践活动而
不是艺术活动，它所产生的也不是艺术作品，而是艺术作品的'备忘录'，
仍只是一种'物理的事实'。依克罗齐看，一个诗人只是'一个自言自语
者'，作为艺术家，他没有传达他的作品的必要，作为实践的人，他才考虑
到发表作品的利害问题。传达本身既有实益，即应受重视，但这种实践活动
与艺术活动在本质上不同，不应相混。"① 克罗齐认为，只要内心有了审美
直觉，就已经是艺术作品的完成了。他否认媒介在艺术创造中的功能。克罗
齐将艺术传达作为另一个"实践的活动"而与内在的直觉分离，这是我们
所不能认同的。笔者认为，在艺术创作在内在构思阶段（这个阶段包括创
作冲动的发生、审美想象的生成和审美构形的形成等环节），艺术家便是以
艺术媒介贯穿前后的，正如前引鲍桑葵所说，"媒介是审美想象的特殊身
体"。鲍桑葵明确指出："在这里，我不由得觉得，我们只好很遗憾地和克
罗齐分手了。他对一条基本真理非常执著（他时常就是这种情形），以至于好
像不能懂得，要领会这条真理还有什么是绝对少不了的。他认为，美是为心
灵而设，而且是在心灵之内。一个物质的东西，如果没有被感受到，被感觉
到，就不能百分之百地算是具有美。但是我不由得觉得，他自始至终都忘掉，
虽则情感是体现媒介所少不了的，然而体现的媒介也是情感所少不了的。说
由于美牵涉到一个心灵，因此美是一种内心状态，而美的物质体现就是次要
的、附带的东西，仅仅是为了保存和交流的理由而搞出来的——这种说法我

---

① 朱光潜：《西方美学史》下卷，人民文学出版社 1979 年版，第 630 页。

觉得是原则上的一个大错误。"① 鲍桑葵的剖析是切中要害的，他本人非常重视媒介的作用。与克罗齐恰好相反，他认为媒介的物性力量对于审美想象（构思）非常必要，如同身体之于灵魂。

对于艺术创作而言，艺术媒介是最为重要的因素之一，也是艺术品从观念形态到物性存在的唯一途径。艺术媒介并非仅在作品的表现阶段才发挥作用，而是从创作冲动的发生时便已启动了。换言之，正是艺术媒介，才使创作的发生成为可能。

二　艺术媒介作为艺术分类的内在依据

媒介是艺术分类的内在依据，否认媒介的存在和功用，也就否定了艺术分类。黑格尔对此有特别明确的认知："分类的真正标准只能根据艺术作品的本质得出来，各门艺术都是由艺术总概念中所包含的方面和因素展现出来的。在这方面头一个重要的观点是这个：艺术作品既然要出现在感性实在里，它就获得了为感觉而存在的定性，所以这些感觉以及艺术作品所借以对象化的而且与这些感觉相对应的物质材料或媒介的定性就必然提供各门艺术分类的标准。"② 对于艺术形态学而言，这无疑是一个相当可靠的分类依据。略加延伸地理解，也使我们能够探知不同门类的艺术家在艺术构思阶段的方式与途径。

不同的艺术门类，其艺术媒介是有质的区别的，这种区别也在于物性的区别。媒介是艺术家由内在构思到外在传达的联结。文学的艺术媒介是创造出内在视像的文字符号系统，绘画则是颜色、线条构成的符号系统，诸如此类。但是，我们在这里要区别开作为元素的材料（如雕塑中的大理石、音乐中的音符等）和媒介，它们之间当然关系密切，但又不能等同。这个问题将在下面论及。这首先要说的是媒介起到的连通内外的功能。

刘勰曾说："夫情动而言形，理发而文见，盖沿隐以至显，因内而符外者也。"③ 说的虽然是文学创作，但也适用于其他门类艺术。这个由内到外的过程，是以艺术媒介为联结的。诗歌创作以语言为媒介联结内外。黑格尔

① ［英］鲍桑葵：《美学三讲》，周煦良译，上海译文出版社 1983 年版，第 34 页。
② ［德］黑格尔：《美学》第 3 卷上册，朱光潜译，商务印书馆 1981 年版，第 12 页。
③ 范文澜：《文心雕龙注》，人民文学出版社 1958 年版，第 505 页。

认为诗歌有其独特的掌握方式。① 这种掌握方式体现为媒介的特征。他说："它所用的语文这种弹性最大的材料（媒介）也是直接属于精神的，是最有能力掌握精神的旨趣和活动，并且显现出它们在内心中那种生动鲜明模样的。"② 作为诗的媒介，语言文字一方面是作为其表现的物化工具，另一方面，则是在诗人内心呈现出"鲜明模样"的想象凭借。刘勰论"神思"道出了诗的内在构思过程中的语言媒介功用："古人云：'形在江海之上，心存魏阙之下。'神思之谓也。文之思也，其神远矣。故寂然凝虑，思接千载；悄焉动容，视通万里；吟咏之间，吐纳珠玉之声；眉睫之前，卷舒风云之色，其思理之致乎。故思理为妙，神与物游。神居胸臆，而志气统其关键；物沿耳目，而辞令管其枢机。枢机方通，则物无隐貌；关键将塞，则神有遁心。是以陶钧文思，贵在虚静，疏瀹五脏，澡雪精神。积学以储宝，酌理以富才，研阅以穷照，驯致以怿辞。然后使玄解之宰，寻声律以定墨；独照之匠，窥意象而运斤：此盖驭文之首术，谋篇之大端。"③ 刘勰的"神思"，众人说法不一，或以为"构思"，或以为"想象"，或以为"灵感"，总之，是诗人内在的审美运思活动。笔者认为："'神思'在中国古典美学系统中的地位是非常重要的。它包括了有关艺术构思、艺术想象、创作灵感、审美意象创造以及艺术表现等艺术创作思维的整体过程，是关于艺术创作思维的核心范畴。"④ 无疑，神思属于艺术创作的内在思维环节，在这个环节里，刘勰其实以很重的分量论述文学的内在构思以语言为媒介。然而，文学创作中的语言有其特殊的功能，即用语言描绘出内在的审美意象，或曰内在视像。所谓"思理为妙，神与物游"，也是就内在构思所言，"物即内在物像"。刘勰着重指出"辞令管其枢机"，就是语言的媒介功能。"枢机方通"，是说作家用语言形成一个内在的完整的统一体。"物无隐貌"，指对所描写的物象的呈现，也即王国维所说的"不隔"之境界："问'隔'与'不隔'之别，曰：陶谢之诗不隔，延年则稍隔矣。东坡之诗不隔，山谷则稍隔矣。'池塘生春草'，'空梁落燕泥'等二句：妙处惟在不隔。即以一人

　　① 朱光潜注云："掌握方式译原文 Auffassungweise，uffassen 的原义为'掌握'，引申为认识事物，构思和表达一系列心理活动，法译作'构思'，俄译作'认识'，英译作'写作'都嫌片面，实际上指的是'思维方式'。"（［德］黑格尔：《美学》第 3 卷下册，朱光潜译，商务印书馆 1981 年版，第 19 页。）

　　② ［德］黑格尔：《美学》第 3 卷下册，朱光潜译，商务印书馆 1981 年版，第 19 页。

　　③ 范文澜：《文心雕龙注》，人民文学出版社 1958 年版，第 493 页。

　　④ 张晶：《神思：艺术的精灵》，百花洲文艺出版社 2006 年版，第 28 页。

一词论。如欧阳公《少年游·咏春草》上半阕云：'阑干十二独凭春，晴碧远连云。千里万里，二月三月，行色苦愁人。''语语都在目前，便是不隔。'至云：'谢家池上，江淹浦畔。'则隔矣。白石《翠楼吟》：'此地，宜有词仙，拥素云黄鹤，与君游戏。玉梯凝望久，叹芳草，萋萋千里。'便是不隔。至'酒祓清愁，花销英气。'则隔矣。"① 情境的透明、整一，"语语如在目前"，便为"不隔"之境，反之，晦涩、凑泊，不能构成整体的、莹彻的境界，则是"隔"了。"不隔"，是王国维所高度赞赏的境界，它的造成，决非虚空所致，恰恰是由语言的媒介所呈现的。

　　文学以语言为其艺术媒介，在作家头脑中构形，并表现为具有感性性质的整体情境，也即诗人梅尧臣所主张的那样："能状难写之景，如在目前；含不尽之意，见于言外，然后为至矣。"② 黑格尔揭示了诗歌语言作为艺术媒介所形成的整体性情境，他说："在诗里凡是普遍性的理性的东西并不表现为抽象的普遍性，也不是用哲学证明和通过知解力来领会的各因素之间的联系，而是一种有生气的，现出形象的，由灵魂贯注的，对一切起约制作用的，而同时表达的方式又使得包罗一切的统一体，即真正灌注生气的灵魂，暗中由内及外地发挥作用。"③ 这也是文学的媒介所产生的审美功能。由这种整体性的统一体而造成了感性化特征。鲍桑葵专门指出过诗歌语言的这种媒介性质："使媒介具有体现情感的能力，是媒介的那些质地；诗的媒介是响亮的语言，而响亮的语言也恰恰和其他的媒介一样有其种种特点和具体的能力。"④ 诗在这里可以代表一般的文学性质，它的媒介是语言，语言给人的感觉，似乎与其他艺术门类的物性不同，不具备那种占有空间的广延性。鲍桑葵对此的申辩是有力的："诗歌和其他艺术一样，也有一个物质的或者至少一个感觉的媒介，而这个媒介就是声音。可是这是有意义的声音，它把通过一个直接图案的形式表现的那些因素，和通过语言的意义来再现的那些因素，在它里面密切不可分地联合起来。"⑤ 鲍桑葵认为，作为文学的媒介，语言中和其他艺术的媒介一样，都呈现出物性，因为语言能够在想象中构形，就像雕刻和绘画一样，在想象中处理形式图案。我们是在审美的意义上

---

① （清）王国维：《人间词话》，上海古籍出版社 1998 年版，第 21 页。

② （宋）梅尧臣语，引自欧阳修《六一诗话》，见（清）何文焕《历代诗话》，中华书局 1981 年版，第 27 页。

③ ［德］黑格尔：《美学》第 3 卷下册，朱光潜译，商务印书馆 1981 年版，第 21 页。

④ ［英］鲍桑葵：《美学三讲》，周煦良译，上海译文出版社 1983 年版，第 33 页。

⑤ 同上书，第 33 页。

指称"文学"的，将文学的艺术性质与一般文字加以区别。英加登将文学作品称作"文学的艺术作品"，看似啰唆，却使人明确了文学的艺术性质。他用"文学的艺术作品"指美文学作品，并说："美文学作品根据它们独特的基本结构和特殊造诣，自认为是'艺术作品'，而且能够使读者理解一种特殊的审美对象。"① 他将文学作品的基本结构分为若干层次，其中最要紧的应该是"图式化外观层次"，"作品描绘的各种对象通过这些外观呈现出来"②，这可以和刘勰的"神与物游"、"物无隐貌"打通了看。同是使用语言，英加登强调，"与科学著作中占主要地位的作为真正判断的句子相对照，在文学的艺术作品中陈述句不是真正的判断而只是拟判断，它们的功能在于仅仅赋予再现客体一种现实的外观而不是把它们当成真正的现实。"③这便是在作家头脑中呈现出的"图式化外观"，读者在欣赏阅读时也以产生这种内在视象为审美价值产生的依据。英加登又指出："文学的艺术作品（一般地说指每一部文学作品）必须同它的具体化相区别，后者产生于个别的阅读。同它的具体化相对照，文学作品本身是一个图式化构成。"④ 应该说，他以现象学的方法明确揭示了文学的艺术属性。

　　再看刘勰的"神思"，它并非指一般的文字写作，而恰恰是指"文学的艺术作品"的内在想象与构思，而更强调语言作为媒介在其中不可或缺的功能。黑格尔在《美学》中提出"诗的掌握方式"的命题，他更为注重诗对精神性内涵的表现。黑格尔说："诗所特有的对象或题材不是太阳，森林，山水风景或是人的外表形状如血液、脉络、筋肉之类，而是精神方面的旨趣。诗纵然也诉诸感性观照，也进行生动鲜明的描绘，但是就连在这方面，诗也还是一种精神活动，它只为提供内心观照而工作。"⑤ 然而，黑格尔也非常重视材料（媒介）在运思中的作用："语文这种材料就应用研究来完成它所最胜任的表现，正如其他各门艺术各按自己的特性去运用石头，颜色或声音一样。"⑥ 艺术家在其内在运思的阶段，就已通过媒介来孕育作品的胚胎。达·芬奇也这样认为："不须动手，单凭思维就足以理解明亮、阴

① ［波］罗曼·英加登：《对文学的艺术作品的认识》，陈燕谷、晓未译，中国文联出版公司1988年版，第5页。

② 同上书，第10页。

③ 同上书，第11页。

④ 同上书，第12页。

⑤ ［德］黑格尔：《美学》第3卷下册，朱光潜译，商务印书馆1981年版，第19页。

⑥ 同上。

暗、色彩、体量、形状、位置、远近和运动、静止等原则。这是存在于构思者心中的绘画科学，从这里产生出比上述的构想或科学之类更为重要的创作活动。"① 很明显，达·芬奇所说的"明亮、阴暗、色彩、体量、形状"等媒介要素，都是在画家的内在构思时便被依凭的。黑格尔在谈到绘画的透视时说："颜色感应该是艺术家所特有的一种品质，是他们所特有的掌握色调和就色调构思的一种能力。所以也是再现的想象力的一个基本因素。艺术家凭色调的这种主体性（即上文中'颜色感'）去看他的世界，而同时这种主体性仍不失其为创造性的；正是由于具有这种主体性，画家所绘出的色彩的千变万化并不是出于单纯的任意性和对某一种不符合自然规律的着色方式的癖好，而是出于事物的本质。"② 黑格尔这里所说的"颜色感"，正是具有内在的媒介性质的主体性，也即画家掌握世界的方式。

再如，音乐是以声音为媒介而形成其独特的艺术美感的。"声音和它所组合成的曲调是一种由艺术和艺术表现所造成的因素，和绘画雕刻利用人体及其姿势和面貌的方式完全不同。"③ 黑格尔强调音乐的精神性内涵以及其感染力量，同时又非常重视音乐的感性因素，认为"只有在用恰当的方式把精神表现于声音及其复杂组合这种感性因素时，音乐才能把自己提升为真正的艺术，不管这种精神内容是否已由乐词提供详明的表现，还是用比较不明确的方式，即单从声音及其和谐的关系与生动美妙的曲调中体会出来"④。黑格尔对于音乐的感性媒介是有相当充分的论述的，黑格尔这里所说的便是声音作为音乐的媒介使内心情感得到生动表现的性质。

媒介的物性特征，内化为艺术家感知世界的方式，从而也形成了某一门类的审美情感的生成与调整的方式。杜威尤为清楚地阐述了媒介连通艺术创作内在构思和外在制作的一脉相承："关于进入到艺术作品构造之中的物理材料，每一人都知道它们必须经历变化。大理石必须被雕凿；色彩必须被涂到画布上去；词必须组合起来。在'内在的'材料、意象、观察、记忆与情感方面所发生的类似的变化却没有得到如此普遍的承认。它们也一步步被再造；同样，也必须对它们实施管理。这种修正是一种真正的表现动作的建立。像动荡的内心要求那样沸腾的冲动必须经历同样多、同样精心的管理，

---

① ［意］达·芬奇：《达·芬奇论绘画》，见陆梅林、李心峰主编《艺术类型学资料选编》，华中师范大学出版社 1997 年版，第 82 页。

② ［德］黑格尔：《美学》第 3 卷上册，朱光潜译，商务印书馆 1981 年版，第 282 页。

③ 同上书，第 335 页。

④ 同上书，第 344 页。

以便像大理石或颜料，像色彩和声音那样得到生动的表现。实际上，并不存在两套操作，一套作用于外在的材料，另一套作用于内在的与精神的材料。"① 他指出，内在的创作冲动和构思与外在的材料并非两套操作，提醒我们内在的意象和观察、记忆等和外在表现中物理材料的被改造有类似的变化，这一点是以前未曾得到普遍承认的。他提出了一个艺术价值的尺度，即内外两种变化功能的操作的单一性程度："作品的艺术性程度，取决于两种变化功能被单一的操作所影响的程度。画家在画布上布色，或想象在那儿布色之时，他的思想与感情也得到了调整。当作家用他的语词作媒介组织他要说的东西之时，对他来说他的思想也有了可知觉的形式。"② 杜威还指出，艺术家的构思不只是根据精神，而且也根据媒介的物性特征："雕塑家不只是根据精神，而且也根据粘土、大理石和青铜来构思他的人像。一个音乐家、画家和建筑家是用听觉或视觉的意象还是实际的媒介来展现他的独创的情感化思想，这并不重要。意象拥有经过发展了的客观媒介。具体的媒介可以在想象之中，也可以在具体材料之中被调整。无论怎样，物质的过程发展了想象，而想象则是以具体的材料构思而成的。只有通过逐步将'内在的'与'外在的'组织成相互间的有机联系，才能产生某种不是学术文稿或对某种熟知之物的东西。"③

艺术媒介具有明显的物性，这种物性是从媒介的元素材料中来的，不同的艺术门类有着客观存在的不同物性。文学的材料是语言文字，绘画是线条、笔墨、颜色等，音乐是声音、节奏和旋律等，雕塑是青铜或大理石等，然而材料不等同于媒介。艺术家的内在构思是凭借着有着材料感的媒介，而非材料本身，媒介内化也就是不同的艺术家所具有的不同的材料感，由此而生成的具有生命力的有机体。卡西尔指出："因为艺术家把事物的坚硬原料熔化在他的想象力的熔炉时，而这种过程的结果就是发现了一个诗的、音乐的、或造型的形式的新世界。"④ 笔者的理解是，艺术家的想象力熔化了艺术媒介中的材料而成为内在构思时的材料感。

---

① ［美］杜威：《艺术即经验》，高建平译，商务印书馆2007年版，第217页。
② 同上。
③ ［美］杜威：《艺术即经验》，高建平译，商务印书馆2007年版，第81页。
④ ［德］卡西尔：《人论》，甘阳译，上海译文出版社1985年版，第29页。

三　材料感是创作中从内到外的艺术媒介之基质

到创作的物化传达阶段，艺术家便用客观存在的材料构成的媒介使作品定形。艺术媒介包含材料感，并作为它的基本元素，而媒介以这种特殊的材料感生成融化艺术家情感的统一结构。鲍桑葵在谈论媒介时说："如果你能把这个问题回答得彻底，我相信你就探得艺术分类和情感转变为审美体现的秘密了；一句话，你就是探得美的秘密了。"① 这话可作如是理解：艺术媒介可以作为艺术分类的依据，是从艺术家的内在情感到作品传达的通道。媒介当然是有质地的，却不是那些材料本身。鲍桑葵借木刻、泥塑和铁画的不同艺术家的不同媒介指出了媒介所具有的整体的生命感："这些图案本身就像纸上的线条一样，可以有其种种性质和趣味。但是当你将这些图案实现在媒介里面，而且显得很合适，或者被你采用很成功时，那么这些图案就一一成了你处理泥土或熟铁或木头或烧融玻璃时体现你整个'身心'愉快和兴趣的一个特殊方面了。它在你的手里活了起来，而且它的生命长成为，或者毋宁说魔术似地涌现为形状；而且这些形状是它，并且包括你在里面，好像在想望的，并觉得是避免不了的。对媒介所具有的情感；对媒介里能做出什么样合适的东西，或者在别的媒介里做不好的东西，诸如此类的感觉，以及这样做时所感到的情趣。"② 鲍桑葵对于媒介的阐述是透彻中肯的，既指出了媒介的不同质地，又寓示了主体运用媒介时的整体感觉。

奥尔德里奇对于艺术媒介有更为深入的分析，尤其是将材料和媒介做了明确的区别。"材料"一词来源于拉丁语"materialis"（物质的），指艺术家在创作过程中用来体现艺术作品的东西。作家凭借语文来描写生活现象，表现自己的情感与思想。乐音是音乐的材料，雕塑家使用粘土、木材、花岗石、大理石和青铜，画家则使用画布和颜料。在戏剧和电影中，演员的身体条件（演员的外表、运作、手势、面部表情、嗓子等）也是创作的材料。材料在艺术中有极其重要的意义。③ 媒介是离不开材料的，或者说是以材料为其基本元素，而媒介可以说是整合材料、联结艺术家内在构思和外在传达的整体。奥尔德里奇对于材料做了进一步区分："例如物质本身，或者在某

① ［英］鲍桑葵：《美学三讲》，周煦良译，上海译文出版社 1983 年版，第 30 页。
② 同上书，第 30 页。
③ 参见程孟辉《艺术哲学·译序》，中国社会科学出版社 1986 年版。

种一般意义上的物质，但并不属于艺术材料。石化物质（石头）、有色物质或喧闹的事件本身也不是艺术材料。当我们的探究接触到艺术的'器具'——在这个词的简单而通俗的意义上——例如乐器中的小提琴、钢琴、长笛、单簧管时，我们就接触到了艺术的基本材料。这些东西是生产或制造出来的。画笔、颜料、彩色蜡笔和油画布同样如此。石料和青铜块亦复如此。所有这些都是作为器具的艺术材料。——在'物质'同艺术有关的那种基本的、亚审美（subaesthetic）的意义上，这些东西便是作为器具为艺术家服务的艺术材料。"① 他认为艺术材料是经过工匠加工过的、进入艺术创作的某些物质，它们已经有了亚审美的属性。即便如此，它们并不能称为艺术媒介："即使基本的艺术材料（器具）也不是艺术的媒介。弦、颜料或石头，即使在被工匠为了艺术家的使用而准备好以后，也还不是艺术的媒介。不仅如此，甚至艺术家在使用弦、颜料或石头时，或者在艺术家在完工的作品中赋予它们的最终样式中，它们也还不是媒介。在这种最终的状态中，基本的艺术材料已被艺术家制作成一种物质性事物——艺术作品——它有特殊的构思，以便让人们把它当作审美客体来领悟。当然，在创作的过程中，材料本身对于艺术家来说是物质性事物，而不是物理客体。艺术家首先是领悟每种材料要素——颜色、声音、结构——的特质，然后使这些材料和谐地结合起来，以构成一种合成的调子，这就是艺术作品的成形的媒介，艺术家用这种媒介向领悟展示作品的内容。严格地说，艺术家没有制作媒介，而只是用媒介或者说用基本材料要素的调子的特质来创作，在这个基本意义上，这些特质就是艺术家的媒介。艺术家在进行创作时就要考虑这些特质，直到将它们组合成某种样式，某种把握住了他想要向领悟性视觉展示的东西（内容）的样式。艺术家用这些特质来进行创作，而不是对这些特质来进行加工。艺术家通过对基本材料的加工，用这些材料的特质进行创作。后者就是艺术家的媒介。"② 这种区分对于艺术创作和研究来说，都是具有重要意义的。

媒介具有明显的物性，这是由其以艺术材料或内在的材料感为元素而决定的。对于媒介的认识，是为了更深入地洞悉艺术创作的内在奥秘。艺术家的内在创作冲动、灵感和审美想象，乃至到构形阶段，这些内在的艺术思维活动都不应该以一般的语言来进行，而是凭借此一门类的特殊媒介进行。因

① ［美］奥尔德里奇：《艺术哲学》，程孟辉译，中国社会科学出版社 1986 年版，第 51 页。
② 同上书，第 56 页。

而，媒介有很强的主体色彩，黑格尔正是在这个意义上称之为"主体性"，另一方面，媒介又直接关乎作品的物性存在，在其内在构思过程中，是以材料感为元素的，在艺术作品的外在的传达阶段，则是以材料为其物性的前提的，而媒介是贯穿内在构思与外在传达的整体联结。杜威在论述艺术媒介时重点表述了这层意思，他说："'媒介'首先表示的是一个中间物。'手段'一词的意思也是如此。它们是中间的，介乎其间的东西，通过它们，某种现在遥远的东西得以实现。然而，并非所有的手段都是媒介。存在着两种手段，一种处于所要实现的东西之外，另一种被纳入所产生的结果之中，并留存在其内部。"① 艺术家在创作前和创作时都需要媒介的支持，媒介在长期的艺术实践所获得的材料感，艺术家以这种材料感来获得创作冲动，并以此进行审美想象及构思。杜威的这段论述也特别能够说明媒介这种内在的功能："每一件艺术品都具有一种特殊的媒介，通过它及其他一些物，在性质上无所不在的整体得到承载。在每一个经验之中，我们通过某种特殊的触角来触摸世界；我们与它交往，通过一种专门的器官接近它。整个有机体以其所有过去的负载和多种多样的资源在起着作用，但是它是通过一种特殊的媒介起作用的，眼睛的媒介与眼睛相互作用，耳朵、触觉也都是如此。"② 不同的艺术有着不同的媒介，而在具体的艺术创作中，媒介的能量得到最大限度的激活，特定的材料感进入出神入化的状态，也即如杜甫所说的"下笔如有神"。只有凭借媒介的不同质地加以改造和构形的情感，才能产生真正的、强烈的艺术魅力。杜威于此论述道："在一开始，一种情感相对而言是粗疏而不确定的。我们就会发现，只有在它通过一系列以想象材料来进行的自我改变，它才成形。要想成为艺术家，我们中绝大多数人所缺乏的，不是最初的情感，也不仅仅是处理技巧。它是将一种模糊的思想和情感进行改造，使之符合某种媒介的条件的能力。"③ 他还指出凭借媒介所产生的极大的创造能量："在美的艺术中，'媒介'表示一个特殊的经验器官的专门化与具体化发展到这样一个程度：其中所有的可能性都得到了利用。最具活动性的眼睛或耳朵在负载着只有它们才使之得以形成的经验之时，并不失去其特殊特征及其特殊的合适性。在艺术中，普通知觉中分散而混杂的看与听不再处于散乱状态，被集中起来，特殊媒介的特别功能不受干扰，以其全部能

---

① ［美］杜威：《艺术即经验》，高建平译，商务印书馆 2007 年版，第 217 页。

② 同上书，第 80 页。

③ 同上。

量而起着作用。"① 这是媒介功能发挥到极致的状态。媒介在艺术创造中还以其强烈的生命性状，体现出鲜明的个性，这也是独创性艺术产生的前提。唐人符载评张璪画时云："观夫张公之艺，非画也，真道也。当其有事，已知遗去机巧，意冥玄化，而物在灵府，不在耳目。故得于心，应于手，孤姿绝状，触毫而出。"② 作为画家的媒介，在其创作中由内及外地发挥到了极致。

艺术媒介是一个具有普遍意义的话题。以往的有关论述还颇为零散，内涵也多有不一致之处。这里所讲的"媒介"，不同于现在说的"电子媒介"概念，而是立足于艺术思维和艺术传达之关系。从媒介的角度切入，或许可以从理论上得到一种豁然的贯通。文中涉及或未尝涉及的一些美学家、理论家对于艺术媒介问题的阐述是值得我们高度重视的，尽管他们的角度各有不同，但都揭示了媒介的性质所在。笔者认为，对艺术媒介的相关论述应该得到学理性的整合，使其作为艺术美学的基本问题浮出水面。这不仅有重要的理论价值，而且有明显的现实意义。

---

① ［美］杜威：《艺术即经验》，高建平译，商务印书馆 2007 年版，第 8 页。

② （唐）符载：《观张员外画松石图》，见周积寅编著《中国历代画论》上册，江苏美术出版社 2007 年版，第 22 页。

艺术媒介续谈*

几年前笔者曾有《艺术媒介论》一文①，将"艺术媒介"作为一个艺术美学的重要范畴加以系统的阐发与建构。随着时间推移，我对艺术媒介又有了延伸性的思考。笔者坚持艺术媒介在创作思维中的不可或缺的重要功能，主张真正的文学家和艺术家是用艺术媒介来看待世界、感悟现实的。笔者认为媒介是离不开材料的，但又主张媒介不等同于材料，而是形成了具有物性特征的统一形式。本文将再阐述几点相关的看法。本文中关于艺术媒介问题我强化的意思有：一是内在的媒介感在艺术家感悟、把握外在世界、引发创作冲动时的基本功能；二是艺术媒介与艺术家的审美情感的互动作用；三是艺术创作中的审美构形以媒介作为基本的凭借。当然，还有一些相关的想法连带在文中加以表述。

一

在《艺术媒介论》中，笔者曾经为"艺术媒介"作过这样的界说："何谓艺术媒介？是指艺术家在艺术创作中凭借特定的物质性材料，将内在的艺术构思外化为独特的艺术品的符号体系。"这是笔者对艺术媒介的基本阐释。之所以将"艺术媒介"作为艺术美学的一个基本的范畴来进行研究并力图使之深化，是因为笔者深切感受到在艺术理论中相关环节的阙如。不同的艺术门类，是以不同的艺术媒介进行创作，这是一个常识，无须对此喋喋不休。而我们关心的是，不同门类的艺术品，艺术家在内在构思时的思维形态是怎样的？换言之，艺术家是不是仅凭着一般性理解的审美情感就能创造出独特的艺术品呢？笔者之所以对"艺术媒介"这个范畴感兴趣，就是认

---

* 本文刊于《现代传播》2014 年第 8 期。
① 张晶：《艺术媒介论》，《文艺研究》2011 年 12 期。

为通过对它的阐释与建构，可以回答这个问题，并且可以"复原"在艺术创作中从艺术家的头脑之"内"到制成艺术品文本之"外"的过程。艺术品有着许多门类，每个门类又有着许多不同的分支，如文学中的小说、诗歌、散文等；音乐中的声乐、器乐等；绘画中的国画、油画、版画等；舞蹈中的民族舞和芭蕾舞等。在同一门类、同一具体样式中又呈现出独特的艺术风格。这些虽然都是老生常谈，但是引发的问题是：这些不同的独特的艺术品，在艺术家头脑中构思时都只是一般性的审美情感吗？换言之，艺术家只是在外界事物的触发下引起创作冲动就进行艺术构思，从而创作出新的艺术品的吗？答案应该是否定的。

文艺美学的研究对象，是文学和艺术共通的审美特征和审美规律，这也是周来祥先生较早的文艺美学专著书名题为《文学艺术的审美特征和审美规律》（贵州人民出版社 1984 年版）的缘由。文艺美学作为一门学科之所以能够成立，就在于它超越了以往的文艺学和艺术学的基本理论，而从美学的角度来贯通文学与艺术的共性。在笔者看来，我们现在所说的"文学"是应该作为艺术之一类的，或者将艺术性作为文学的基本属性。但文艺美学不能只讲文学艺术的审美共性，还应该从美学角度来讲不同门类的差异所在。其实，艺术各门类之间的差异很大，但它们又共同地属于艺术的范畴，这并非是人为的"拉郎配"，而仍然有它的依据所在；但同时，艺术分类也是文艺美学所不能绕行的基本问题，分类的依据又是什么？答曰：在于艺术媒介的不同。德国著名的艺术理论家莱辛有《拉奥孔》一书，以著名的雕像群"拉奥孔"为基本的研究对象，通篇专论诗与画这两大艺术门类的区别所在。其实，关键就在于媒介的不同。台湾已故学者王梦鸥先生在 20 世纪 70 年代初便写出《文艺美学》一书，其中指出："如莱辛在其论诗与画的《罗贡论》（即"拉奥孔"）中，更引证到这两个艺术门类各自有其表现的个性，他说由拉丁诗人维吉尔所描写罗贡可怖的死状所造成的艺术效果，而雕刻家再以此表现出来的形象就不成其为艺术。他以为文学与造型艺术之间有不同的表现效果，这效果的差异是源于表现主题的方法之差异，也是所使用的媒介物的差异。"① 他已经在他的文艺美学中提出了媒介的问题。我以为这是艺术的基本问题，也是文艺美学的基本问题。

《艺术媒介论》一文中，我坚持主张艺术品的物性特征，这是一个前提，我也以海德格尔的相关论述为其理论依据，艺术媒介问题也是从这里出

---

① 王梦鸥：《文艺美学》，台北远行出版社 1976 年版，第 16 页。

发，才能有进一步的展开。所谓"物性"，指的是艺术品存在于其中的物质化和作为感官对象的特性。这一点，是人们可以达成共识的当然，艺术品之所以为艺术品，绝不只是物性就可以成为决定性因素的，然而，脱离了物性来谈艺术品，会从更深的层次上导致艺术的退化。艺术品在人类的文明史上成为经典，永恒流传，并且实现着审美价值的增值。没有物性的艺术是不可想象的，物性也为艺术品作为感性的对象提供了最为坚实的基础。海德格尔还谈到质料与形式的共生性，这也是我们论述这个问题时特别受到启示的，他说："这种赋予物的持久性和坚持性但同时又造成其感性压力（色彩、音响、沉重、粗大）的特别模式的东西，正是物中的质料，在这种把物作为质料（hule）的分析之中，形式（morphe）已被同时安排了。物的恒定，物的坚固性，建立在质料与形式共生的事实上。物是有形的质料。这种解释要求直接观察，凭借这种观察，物通过其外表涉及到我们。在这种质料和形式的综合中，最终发现物的概念同时适用于自然之物和使用对象。这个概念使人们能够回答艺术品中的物性问题。物的原素显然是艺术品所包含的质料。质料是艺术家创造活动的基底和领域。"① 笔者在这里再度谈论艺术媒介问题，仍以"物性"作为展开的起点，首先是考虑到物性与形式的共生这个理论命题。

　　谈论物性主要不是在于艺术品的文本形态，而在于其内在的创作思维就已经有了"物性"的因素，而绝非只是如克罗齐所说由直觉即成表现。主张艺术媒介的哲学家、美学家如奥尔德里奇、鲍桑葵等都是明确地反对克罗齐的"直觉是表现，而且只是表现"② 的观点的。之所以克氏遭到很多美学家的反对，是因为他主张只要内心有了"直觉"，就可以外化为艺术品，而这是与"媒介"没什么关系的。平心而论，克罗齐并不是一般地反对或轻视媒介，而是从他的直觉美学出发，认为艺术品的差异只是在于"外射"的工具，而根本的美的东西，已在直觉中完成。请看克罗齐的这样一段论述："艺术家们外射他们的表现品所应用的技巧知识，集合在一起，可以分为各组，称为'艺术分论'。例如建筑的理论（包括机械学的规律、材料力学的知识、以及和合石灰水泥的方法的手册）、雕刻的理论（包括关于刻什么石头用什么工具，如何混合铜锡成表铜，如何使用刻刀，如何精确地塑成石膏或粘土模型，如何使粘土保持潮润之类的指示）、图画的理论（讨论胶

① ［德］海德格尔：《诗·语言·思》，彭富春译，文化艺术出版社1991年版，第29页。
② ［意］克罗齐：《美学原理·美学纲要》，朱光潜译，上海译文出版社1983年版，第18页。

画、油画、水彩画、粉笔画的种种技巧，以及人体的比例透视的规律）、演说的理论（包括发音和练习培养单调的方法以及装腔作势的教条）、音乐的理论（讨论声调音质的配合与同化之类）如此等等。这种教条规箴的汇集在各国典籍中都很多。因为我们难说某种东西知道了有用，某种东西知道了无用。"① 克罗齐是以如此轻蔑的态度来谈及与媒介有关的东西的，因为在他看来，这些只是"外射"的而无关乎审美的根本。英国著名美学家鲍桑葵对克罗齐美学的这种态度大不以为然，他尖锐地批判道："在这里，我不由得觉得，我们只好很遗憾地和克罗齐分手了。他对一条基本真理非常执着（他时常就是这种情形），以至于好像不能懂得，要领会这条真理还有什么是绝对少不了的。他认为，美是为心灵而设，而且是在心灵之内一个物质的东西，如果没有被感受到，被感觉到，就不能百分之百地算是具有美。但是我不由得觉得，他自始至终都忘掉，虽则情感是体现媒介所少不了的，然而体现的媒介也是情感所少不了的。"② 在笔者看来，谈论艺术媒介的意义在哪里？关键在于它是连通内在的艺术思维和艺术创作的外化的唯一通道。不同的艺术作品的内在思维，是凭借着不同的媒介的。那么，内在思维的媒介如果说是与物性有关系的，这种关系又如何体现，或者说是如何能够成立？笔者经过反复思考，认为可以称为"媒介感"。也就是说，艺术家在产生创作冲动和进行艺术构思时，是观念化地呈现为物性材料形态而进行构形的。

　　文学家艺术家如何感受世界？如何产生创作冲动（灵感）？我认为，并非仅是由于外在事物触发了他（她）的情感从而产生了作品的胚胎，而是凭借着艺术家在长期的艺术训练中形成的内在媒介系统来观察世界，从而有意无意地开始了头脑中的构形活动。20 世纪杰出的思想家卡西尔一向主张，艺术并非只是对外来的刺激作简单的反映，不是"复写自然"，而是创造性的构形。而这，是与艺术媒介所须臾不可分开的。卡西尔正是以此来反驳克罗齐的，卡西尔明确指出："根据这个观点，我们可以否定克罗齐《美学》的另一基本论点。克罗齐坚定地否定艺术有不同的或可分的种类。艺术是直觉，直觉是唯一的和个别的。因此，艺术作品的划分没有哲学价值。如果我们试图划分艺术作品，如果我们说抒情诗史诗和戏剧诗是不同种类的诗歌，或者，把诗歌作为和绘画或音乐相对的东西，那么我们就在使用相当肤浅和

　　① ［意］克罗齐：《美学原理·美学纲要》，朱光潜译，上海译文出版社 1983 年版，第 123 页。

　　② ［英］鲍桑葵：《美学三讲》，周煦良译，上海译文出版社 1983 年版，第 34 页。

习用的标准。克罗齐认为，这样的划分可能有实用的意图，但是它无论如何也没有理论的意义。这样划分使我们的行为像图书管理员一样，不过问书籍的内容，而按作者姓名字母顺序，或者按照开本形式来决定怎样编排这些图书。但是只要我们记住，艺术不是用一般方式、用非特定的方式来表现，而是用特定的媒介来表现，克罗齐的谬论就消失了。一个伟大的艺术家在选用其媒介的时候，并不把它看成外在的无足轻重的质料、文字、色彩、线条，空间形式和图案、音响等等对他来说都不仅是再造的技术手段，而是必要条件，是进行创造艺术过程本身的本质要素。"① 在对克罗齐的批判中，卡西尔正面主张了艺术媒介的重要功能，关键在于它的内在作用。而且，他认为媒介是创造艺术过程的本质要素，这是非常值得我们玩味的。

通过对艺术媒介的研究，我越来越清晰地认证了这样的观点，即：文学家艺术家在与外物触发相遇而生发审美感兴时，便是以内在的媒介感来感受领悟世界，从而一开始便形成了不同门类的审美意象的。正是在这个意义上，鲍桑葵深刻地指出："任何艺人都对自己的媒介感到特殊的愉快，而且赏识自己媒介的特殊能力。这种愉快和能力当然并不是仅仅在他实际进行操作时才有的。他的受魅惑的想象就生活在他的媒介的能力里；他靠媒介来思索，来感受；媒介是他的审美想象的特殊身体，而他的审美想象则是媒介的唯一特殊灵魂。"② 不同门类的艺术家的审美想象也就是他们的创作思维是有质的区别的，这种区别就来自于不同的媒介。不同的艺术家正是以特殊的媒介作为想象的凭借的。美国著名美学家奥尔德里奇则分析了艺术家在观察外物进入审美创造过程中的不同知觉方式："让我们把观察（Observation）称为物理空间中的物质性事物的知觉方式。正是这种对事物的观看将成为一种对它们的空间属性的最初认识，这种空间属性是由度量标准活动所确定的。以这种方式看到的东西所具有的结构特征，与相同的事物在审美知觉中所具有的结构将是不同的。我们把后面那种方式称之为'领悟'（Prehension）。这种被领悟的东西的审美空间，是由诸如色度、色调和音量、音质这些特性来确定的。我们在后面将会看到，这些特性构成了现在所说的这种物质性事物所表现出来的媒介——在对物质性事物的观察性的观看和日常的最一般的观看中所忽视的，恰恰是这种意义上的媒介。"③ 奥氏所说的"领

---

① ［德］卡西尔：《人论》，甘阳译，上海译文出版社 1988 年版，第 41 页。
② ［英］鲍桑葵：《美学三讲》，周煦良译，上海译文出版社 1983 年版，第 34 页。
③ ［美］奥尔德里奇：《艺术哲学》，程孟辉译，中国社会科学出版社 1986 年版，第 31 页。

悟"，是与媒介密切结合的，也是艺术家在与外在世界遇合时获得审美感兴的思维过程，是贯穿着媒介感的诗人、画家、音乐家、雕塑家等，是以自己独特的媒介感来感悟世界，从而形成不同类型的审美意象的。美国著名符号论美学家苏珊·朗格阐述不同门类艺术的区别时用的是"幻象"的概念，她说："每一种大型的艺术种类都具有自己的基本幻象，也正是这种基本幻象，才将所有的艺术划分成不同的种类。"① 对于这种"基本幻象"的理解，我以为不仅是存在于艺术品的文本观赏中的，而且也是艺术家在艺术思维中的存在。它也是与我们所说的艺术媒介密切相关的，朗格又认为："所有的艺术所遵循的创造原则毕竟还是一致的，即使创造物之间有着极大的差别，也不影响这种基本原则的一致。每一种艺术都是一个完整的创造物，而不是虚幻要素和现实材料的混合物，材料永远是真实的，但组成艺术的要素却永远是虚幻的，艺术家用以构成一种幻象———一种表现性形式的东西却恰恰就是这些虚幻的要素。"② 朗格所说的"材料"，与我们所说的"媒介"颇为相近，当然还是有区别的，这种区别在下文中要得到阐述。但这种大致可以属于艺术媒介方面的因素。中国古代著名文艺理论家刘勰在谈到作家受到"物色"感召而兴发创作冲动时有云："岁有其物，物有其容；情以物迁，辞以情发"③，提出了"物—情—辞"的三维构建，这是与一般所说的"情景交融"有相当的不同的。"辞"即是文学的媒介，它也同样是有物性的。鲍桑葵指出："诗歌和其他一样，也有一个物质的或者至少一个感觉的媒介，而这个就是声音。可是这是有意义的声音，它把通过一个直接图案的形式表现的那些因素，和通过语言的意义来的那些因素，在它里面密切不可分地联合起来，完全就像雕刻和绘画同时并在同一想象境界里处理形式图案和有意义形状一样。语言是一件物质事实，有其自身的性质和质地。"④ 在刘勰看来，诗人受到物色感召，并非仅是兴起泛泛的情感，而是以辞为媒介的情感。南朝刘宋时期著名画家宗炳有画论名作《画山水序》，是中国古代第一篇山水画论，大有美学价值。他谈到与山水相接而拟作画时说："余眷恋庐、衡，契阔荆、巫。不知老之将至，愧不能凝气怡身，伤跕石门之流。于是画象布色，构兹云岭。夫理绝于古之上者，可意求于千载之下，旨微于书

---

① （唐）朱景玄：《唐朝名画录序》，见于安澜编《画品丛书》，上海人民美术出版社 1983 年版，第 39 页。

② 同上书，第 40 页。

③ 范文澜：《文心雕龙注》，人民文学出版社 1958 年版，第 693 页。

④ ［英］鲍桑葵：《美学三讲》，周煦良译，上海译文出版社 1983 年版，第 33 页。

策之内，况乎身所盘桓，目所绸缪，以形写形，以色貌色也。"① 以形之形，是画家头脑中的形；以色之色，是画家头脑中的色。这些都属于画家内在的媒介感。

二

艺术媒介与艺术家的审美情感。以前我们讲创作论时，涉及艺术家的审美情感较多，但论及艺术媒介则较少。而实际上，审美情感如果不依托于媒介则是抽象的或者说是空泛的。苏珊·朗格的代表作之一是《情感与形式》，论述的主要在于情感的形式化。媒介与形式有非常密切的关系，但却不等于形式。如果以形式来解释媒介，那么就无须来深入探究这个概念了。媒介有突出的物性特征，但又不等同于材料这个观点，在笔者的《艺术媒介论》中已有明确的表述了。媒介的驱动要以审美情感为动力，反之，审美情感的产生与功能的实现，一开始就是以媒介为凭借的。卡西尔尤其主张审美情感的媒介化，而不同意那种片面强调情感是艺术的决定性特征的观点。对于华兹华斯所说的"诗是强烈感情的自然流露"以及科林伍德的表现论美学，卡西尔是予以批驳的。科林伍德认为："艺术家企图做的，就是表现某一特定的情绪。表现它与令人满意地表现它，都是一回事……我们每一个人发出的每一个声音、作的每一个姿势都是一件艺术品。"② 卡西尔指出："但是在这里，作为创造和观照艺术品的一个先决条件的整个构造过程又一次被完全忽略了。"③ 与此相反，卡西尔认为即使是像抒情诗这样的样式，也应是媒介化的产物。他于此正面指出："抒情诗人并不仅仅只是一个沉湎于表现感情的人。只受情绪支配乃是多愁善感，不是艺术。一个艺术家如果不是专注于对各种形式的观照和创造，而是专注于他自己的快乐或者'哀伤的乐趣'，那就成了一个感伤主义者。因此我们根本不能认为抒情艺术比所有其他艺术形式具有更多的主观特性。因为它包含着同样性质的具体化以及同样的客观化过程。马拉美（Mallrme）写道：'诗不是用思想写成的，而是用语词写成的。'它是以形象、声音、韵律写成的，而这些形象、

---

① （南朝·宋）宗炳：《画山水序》，见沈子丞《历代画论名著汇编》，文物出版社1983年版，第14页。

② ［英］科林伍德：《艺术原理》，引自卡西尔《人论》，甘阳译，上海译文出版社1985年版，第181页。

③ ［德］卡西尔：《人论》，甘阳译，上海译文出版社1985年版，第181页。

声音、韵律，正如同在剧体诗和戏剧作品中一样，结合成为一个不可分割的整体。"① 情感的表现，是要以媒介为依托的。美国大哲学家杜威则是以画家观察生活产生内心图景为例，说明了内在的媒介感在艺术思维的发生环节的重要功能，其言："画家并非带着空白的心灵，而是带着很久以前就注入到能力和爱好之中的经验的背景，或者带着一种由更晚近的经验形成的内心骚动来接近景观的。他有着一颗期待的、耐心的、愿意受影响的心灵，但又不无视觉中的偏见和倾向。因此，线条与色彩凝结在此和谐而非彼和谐之上。这种特别的和谐方式并非专门是线条与色彩的结果，而是实际的景观在与注视者带入的东西相互作用后产生的应变量。某种微妙的与他作为一个活的生物的经验之流间的密切关系使得线条与色彩将自身安排成一种模式和节奏而不是另一种。成为观察的标志的激情性伴随着新形式的发展——这正是前面说到过的审美情感。但是，它并非独立于某种先在的、在艺术家的经验中搅动的情感之外；这后一种情感通过与一种从属于具有审美性质材料的视觉形象的情感上融合而得到更新和再造。"② 杜威从经验的角度来描述画家进行创作时一般是以媒介感来观察世界的。

三

　　媒介最明显的体现其物性如音乐中的旋律、绘画中的色彩、诗歌中的词汇等等，但这些物质性的事物还不能作为真正的"媒介"内涵。奥尔德里奇对媒介与材料作了明确的区分，指出"即使基本的艺术材料（器具）也不是艺术的媒介"③，这在《艺术媒介论》中已经有所阐述。奥氏对艺术材料作了颇为细致的分析，但他认为这些还都不能算是媒介。在我的理解中，媒介是呈现为特定艺术门类物性的审美客体，是以材料构成的符号系统。奥尔德里奇就这个问题说："艺术家首先是领悟每种材料要素——颜色、声音、结构——的特质，然后使这些材料和谐地结合起来，以构成一种合成的调子（Composite tonality），这就是艺术作品成形的媒介。"④ 奥氏对于材料与媒介的区分是有重要的理论价值的，把关于艺术媒介的研究向前大大推进

---

① ［德］卡西尔：《人论》，甘阳译，上海译文出版社 1985 年版，第 182 页。
② ［美］杜威：《艺术即经验》，高建平译，商务印书馆 2005 年版，第 94 页。
③ ［美］奥尔德里奇：《艺术哲学》，程孟辉译，中国社会科学出版社 1986 年版，第 35 页。
④ 同上书，第 56 页。

了一步。材料只是媒介的基本组成元素，本身还不是媒介。媒介又不能等同于作品的形式，形式更多的是相对于作品内容的剥离，具有较为明显的抽象性质，而媒介是指呈现为物性的符号体系。媒介中是充分渗透着艺术家的个性化的审美领悟，同样的艺术材料，因了媒介的个性化的运思，创造出不同的艺术品。这也就是鲍桑葵所提出的问题："为什么艺术家在木刻上，在泥塑上，在铁画上，制出不同的图案，或把同一图案处理得不一样呢？如果你能够把这个问题回答得彻底，我相信你就探得艺术分类和情感转变为审美体现的秘密了；一句话，你就探得美的秘密了"① 这里，笔者要由此谈及的是媒介与审美构形的关系问题。我认为在艺术创作中，内在的审美构形是最重要的一个环节。我曾有不止一篇文章谈及审美构形的问题。在文学艺术的范围内，我认为："构形作为人的一种基本的思维品格，有别于逻辑的、概念的思维形式，它的生成物不是概念、判断和推理，不是一个理论性的思想，而是一个创造性的表象。"② 从艺术家的主体方面而言，构形能力是一种基本的能力，我称之为"审美构形能力"，我曾有过这样的表述："审美构形能力指的是什么呢？是指审美主体在进行审美创造时在头脑中将杂多的材料构成一个'完形'的心理能力。这个完形是新质的、独特的、整一的，也是充满主体精神的。"③ 构形作为艺术思维最为重要的环节，是不能脱离媒介的。本文就是将艺术媒介与构形问题联系起来。早在19世纪末，德国著名艺术理论家和雕塑家阿道夫·希尔德勃兰特（Adolf Hidebland）在造型艺术的范围内提出"构形"问题，他的代表性理论著作《造型艺术中的形式问题》，将构形作为最为核心的概念置于首要地位。他开宗明义地指出："由这种构形的方式产生的形式问题，虽不是自然直截了当地向我们提出的，但却是真正的艺术问题。构形过程把通过对自然的直接研究获得的素材转变为艺术的统一体。"④ 构形是相对于模仿而言的。在文学艺术理论领域，模仿说一直占有统治地位，认为艺术是模仿的产物。在希尔德勃兰特看来，构形的重要意义远大于模仿。他写作这部著作的初衷就在于对构形的重视。他指出："有意思的是，在我们的科学时代，今天的艺术品很少能超出模仿的水平。构形的感觉要么丧失殆尽，要么被纯粹外在的、多少具有审美力的

---

① ［英］鲍桑葵：《美学三讲》，周煦良译，上海译文出版社1983年版，第30页。
② 张晶：《再论审美构形》，《文艺理论研究》2009年第2期。
③ 张晶：《论审美构形能力》，《社会科学战线》2005年第4期。
④ ［德］希尔德勃兰特：《造型艺术中的形式问题》，潘耀昌等译，中国人民大学出版社2004年版，第20页。

形式安排所取代。在这篇论文中，我的目的是引起对构形方式这一思想的注意。从这一观点逐步展开提出的问题，并展示这些问题对我们与自然关系的直接依赖。不过请注意，这种依赖关系并不排斥艺术家的个性。"① 希尔德勃兰特不仅是一个艺术理论家，更是一位雕塑艺术家，他提出的"构形"思想是在造型艺术方面的，但却有着非常普遍的理论意义，尤其是对模仿说的超越，在文学艺术理论的发展史上是有革命性的意义的，不过他的这种构形思想并未引起更大的关注。其实更早的伟大诗人歌德，也已经主张构形是艺术的根本原则，在《论德国建筑》这篇著名文章中，歌德明确指出："艺术早在其成为美之前，就已经是构形的了，然而在那时候就已经是真实而伟大的艺术，往往比美的艺术本身更真实、更伟大些。原因是，人有一种构形的本性，一旦他的生存变得安定之后，这种本性立刻就活跃起来。"② 这种思想在鲍桑葵和卡西尔的哲学观念和美学理论中都得到了特别积极的回应。卡西尔在其最重要的哲学著作中对模仿的观念进行了强有力的颠覆，他反对"复写自然"的理念，认为"即使是最彻底的模仿说也不想把艺术品限制在实在的纯粹机械的复写上。所有的模仿说者不得不在某种程度上为艺术家的创造性留出余地"③。他从符号论的观念出发，认为"像所有其他的符号形式一样，艺术并不是对一个现成的即予的实在的单纯复写"④。卡西尔在更为深层的意义上反对模仿，而主张艺术是一种构形，他说："因为艺术家的眼睛不只是反应或复写感官印象的眼睛。它的能动性并不局限接受或登录关于外部事物的印象或者以一种新的任意的方式把这些印象加以组合。一个伟大的画家或音乐家之所以伟大并不在于他对色彩或声音的敏感性，而在于他从这种静态的材料中引发出动态的有生命的形式的力量。"⑤ 而这种"引发"，并非只是自发的、被动的，而是一种主动的构造。卡西尔对构形问题的阐述充满了对于主体能动的自信与激情，他指出："美不能根据它的单纯被感知（Percipi）而被定义为'被知觉的'，它必须根据心灵的能动性来定义，根据知觉活动的功能并以这种功能的一种独特倾向来定义。它不是由被动的知觉构成，而是一种知觉化的方式和过程。但是这种过程的本性并不是

---

① ［德］希尔德勃兰特：《造型艺术中的形式问题》，潘耀昌等译，中国人民大学出版社 2004 年版，第 20 页。
② ［德］卡西尔：《人论》，甘阳译，上海译文出版社 1985 年版，第 179 页。
③ 同上书，第 177 页。
④ 同上书，第 182 页。
⑤ 同上书，第 203 页。

纯粹主观的，相反，它乃是我们直观客观世界的条件之一。艺术家的眼光不是被动地接受和记录事物的印象，而是构造性的，并且只有靠着构造活动，我们才能发见自然事物的美。美感就是对各种形式的动态生命力的敏感性，而这种生命力只有靠我们自身中的一种相应的动态过程才可能把握。"① 卡西尔在构形问题上力主艺术家的主体能动性，而不同意把它视为一种被动的过程。这也是对于审美知觉的基本认识。

笔者在本文中所要表述的意思在于，构形并非是空泛的，或者只是以情感作为动力进行的。诗人或艺术家的审美构形，是以其独特媒介感进行的。没有媒介作为其最基本的工具，构形就是一句空话。不同门类的作品，艺术家的审美构形要凭借其不同的媒介，即便是同一门类的艺术家，在构形时也因为其媒介感的特殊性，才创造出独创性的作品来。以中国古代画家为例，唐代的吴道子和王维，都是在中国绘画史上影响深远的大画家，然而，由于其所运用的媒介不同，也就形成了迥异的风格。王维以水墨作画，开宋元文人画之先河，而其构形方式也与其他画家大有不同。如其所画"雪里芭蕉"，其构形就颇为奇特。宋人沈括记载："王维画物，多不问四时，如画花往往以桃杏、芙蓉、莲花同画一景。予家所藏摩诘画《袁安卧雪图》，有雪中芭蕉，此乃得心应手，意到便成，故造理入神，迥得天意，此难可与俗人论也。"② 苏轼对吴道子和王维都颇为推崇，说"吾观画品中，莫如二子尊"。而又从文人画的观念出发，尊王而抑吴："摩诘本诗老，佩芷袭芳荪。今观此壁画，亦若其诗清且敦……吴生虽妙绝，犹以画工论。摩诘得之于象外，有如仙翮谢笼樊。吾观二子皆神俊，又于维也敛衽无间言。"③ 这些都说明了构形是以媒介为凭借的。唐代画论家朱景玄作《唐朝名画录》，以"神、妙、能、逸"四品诠叙画家。神、妙、能三品是从高到低的品骘，而"逸"则属特殊一品。景玄自为序，阐明其列逸品之意："景玄窃好斯艺，寻其踪迹，不见者不录，见者必书，推之至心，不愧拙目。以张怀瓘画品断神妙能三品，定其等格上中下，又分为三。其格外有不拘常法，又有逸品，以表其优劣也。"④ 可见，逸品并非依次评骘中的最下一品，而是因其不守

---

① ［德］卡西尔：《人论》，甘阳译，上海译文出版社1985年版，第192页。
② （宋）沈括著，侯真平校点：《梦溪笔谈》卷17《书画》，岳麓书社1998年版，第135页。
③ （宋）苏轼：《王维吴道子画》，见王水照《苏轼选集》，上海古籍出版社1984年版，第16页。
④ （唐）朱景玄：《唐朝名画录序》，见于安澜编《画品丛书》，上海人民美术出版社1982年版，第68页。

常法，逸出格外。在《唐朝名画录》中，逸品有三人，即王墨、李灵省、张志和，也可以从中看出逸品画家媒介的独特性。如王墨，《名画录》中记载："王墨者不知何许人，亦不知其名，善泼墨画山水，时人故谓之王墨。多游江湖间，常画山水松石、杂树。性多疏野，好酒，凡欲画图障，先饮。醺酣以后，即以墨泼。或笑或吟，脚蹙手抹。或挥或扫，或淡或浓，随其形状，为山为石，为云为水。应手随意，倏若造化。图出云霞，染成风雨，宛若神巧，俯观不见其墨污之迹，皆谓奇异也。"① 画史上不知王墨的真实姓名，因其以泼墨为画，故以王墨为名。所谓"不守常法"，可以认为是媒介的独特方式。

　　媒介是以物性为基质为特征的艺术符号系统，它离不开材料，甚至给人的感知是以材料的面目呈现，但材料只是媒介的元素，而非媒介本身。此种看法已如前述。媒介是动态的、充满艺术家的个性和情感的符号系统。不同的艺术家，是以独特的媒介运用形成一个艺术的统一体。卡西尔的这段话也是深有启发的："艺术家不仅必须感受事物的'内在的意义'和它们的道德生命，他还必须给他的情感以外形。艺术想象的最高最独特的力量在这后一种活动中。外形化意味着不只是体现在看得见或摸得着的某种特殊的物质媒介如粘土、青铜、大理石中，而是体现在激发美感的形式中：韵律、色调、线条和布局以及具有立体感的造型。在艺术品中，正是这些形式的结构、平衡和秩序感染了我们。每一种艺术都有它自己独特的方言，这种方言是不会混淆不可互换的。"② 这说明了媒介作为一个物性化的符号系统的统一性。

　　在艺术理论中，对于艺术媒介问题的忽略由来已久，或者说从来没有将其视为一个基本的理论命题进入学者们论争的焦点视域。现在的文艺美学作为学科得到很多学者的响应与研究，若干学者已经发表了具有体系性质的文艺美学论著，而最近一段时间，关于文艺美学却未见什么进展，似乎是难以提出什么新的问题出来了。我以为文艺美学的建设，不能仅停滞在一般的体系性建构之上，而要进入到一些具体的问题的内里进行建设性的工作。艺术媒介问题可以说是文艺美学范围内的重要问题，对于文学艺术创作和理论都具有借鉴意义。我之所以再一再二地阐述对这个问题的看法，也无非是想以此来推动文艺美学的深化。

---

　　① （唐）朱景玄：《唐朝名画录序》，见于安澜编《画品丛书》，上海人民美术出版社1982年版，第88页。

　　② ［德］卡西尔：《人论》，甘阳译，上海译文出版社1985年版，第196页。

社会美育与大众传媒的艺术性要求*

　　美育并非新的话题，但是致力于以美育来构建社会主义和谐社会，是要放在新的语境下进行研究的。美育作为人生教育的一种主要方式，与德育、智育、体育一样都是不可或缺的，但又有着不同的特征与效果。美育的目的在于人，在于人性的丰富与美好，在于人的全面发展与和谐。社会主义和谐社会的构建，当然不止于人的精神文明的提高，其客观基础更在于社会分配的公平与正义，而与之并行的人的全面发展、人的精神不断丰富与提高也同样是断不可少的。美育的力量，在于使人们在审美的愉悦中得到人性的完善与升华，使人际关系走向和谐。纵观历史与现实，笔者认为，美育应是构建和谐社会最为有效的途径之一。

一

　　早在200多年前，德国著名诗人、哲学家席勒第一次提出"美育"的观念，并写下了不朽的名著《审美教育书简》。《审美教育书简》的问世，标志着以抽象思辨而著称的美学由书斋走向生活。美育的宗旨，在于完美人性的生成，席勒在第二封信中说："为了解决经验中的政治问题，人们必须通过解决美学问题的途径，因为正是通过美，人们才可以走向自由。"[①] 席勒已经看到了在资本主义社会中人被"异化"、被撕扯成"碎片"的现代性症候。"现在，国家与教会，法律与习俗都分裂开来了；享受与劳动，手段与目的，努力与报酬都分离了。人永远被束缚在整体上的一个孤零零的小碎片上，人自己也就把自己培养成了碎片，由于耳朵里听到的永远是他发动起

　　* 本文刊于《社会科学辑刊》2012年第4期。

　　① ［德］席勒：《审美教育书简》，张玉能译，译林出版社2009年版，第4页。

来的单调乏味的嘈杂声，他就永远不能发展他本质的和谐。"① 这种"碎片感"，在当下社会中非但没有消解，反倒是愈演愈烈了，乃至成为当代人最为典型的精神感受与文化心态。这也就是马克思在《1844 年哲学经济学手稿》中所深刻揭示的"异化"现象。对于构建社会主义和谐社会的当下中国而言，也是一个必须克服的因素。席勒当年最为痛心的便是"人性的内在结合就会被撕碎"②，美育的直接和最重要的功能就是完美人性和完整人格的养成，席勒提出"游戏"说，而"游戏"是与美育直接相关的，"人应该同美仅仅进行游戏，人也应该仅仅同美进行游戏"。游戏是为了人的完整，席勒提出这样的著名命题："只有当人是完整意义的人时他才游戏；而只有当人在游戏时，他才是完整的人。"③ "完整意义的人"是关于人的理想状态，也是席勒和马克思人学思想的目标，席勒是要通过美育的途径来实现的。在席勒那里，感性和理性是被人为地分裂开的，而美则是感性与理性的统一，物质质料与形象显现的统一，客体与主体的统一。席勒力图在恢复人性完整的基础上统一感性与理性，力图使感性和理性的统一完全消失在美中。这种统一中是有转化有升华的，其实更多的是从感性到理性的升华。席勒指出："从感觉的受动状态过渡到思维和意志的主动状态，只能通过审美自由的中间状态来实现。尽管这种状态本身不论对我们的理解还是信念都不起什么决定作用，因而也不会使我们的智力和道德的价值出任何问题。然而这种状态仍然是我们达到理解和信念的唯一必要条件。总而言之，要使感性的人成为理性的人，除了首先使他成为审美的人以外，没有其他途径。"④ 在席勒看来，人的理想状态当然是感性与理性的统一，而最终又是以"思维和意志的主动状态"为最佳状态的。席勒认为"真理"应该是思维能力自主地、自由地产生出来的，而这种自主和自由在感性的人那里是找不到的，必须上升到理性的主动状态，这种状态是与感性相融合的，同时也是通过审美的过程得到的。审美不会给意志提供什么结果，也不会干预思维和事务的决断，但它却能提供能力。和谐的人际关系，除了制度方面的保障之外，最主要的是在于人们之具有道德感和审美感的相对统一，有一个美好的人性，这也许在很多人看来是理想化的或抽象的，但却是我们努力的目标所

---

① ［德］席勒：《审美教育书简》，张玉能译，译林出版社 2009 年版，第 15 页。
② 同上书，第 14 页。
③ 同上书，第 48 页。
④ 同上书，第 70 页。

在。席勒又说："……因为质料与形式以及受动与主动发生了一种实际的结合和相互调换，所以，这就正好证明两种本性的可相容性，证明无限在有限中的可实现性，从而也就证明了最崇高人性的可能性。"① 所表达的意思就是于此。

20 世纪初，我国著名教育家、美学家蔡元培先生大力倡导"以美育代宗教"，并以教育总长的地位，推动之进入当时中国的教育方针之中。依据当日中国的贫弱现状，蔡元培将教育分为两大类，一类是隶属于政治，一类超轶于政治。前者有军国民教育、实利主义教育和德育主义教育；后者有世界观和美育。美育也是情感培育。蔡元培就已经将美育作为"健全人格"养成的主要教育方式，他指出："所谓健全的人格，内分四育，即：（一）体育，（二）智育，（三）德育，（四）美育。"② 美育与德育相近，但却是德育不能替代的，蔡元培谈及美育独立的原因是："从前将美育包在德育里的。为什么审查教育会要把他分出来呢？因为晚近人士，太把美育忽略了。按我国古时的礼乐二艺，有严肃优美的好处。西洋教育，亦很注重美感的。为要特别警醒社会起见，所以特把美育提出来，与体智德并为四育。"③

美育在我国新世纪的教育体制中得到认可，进入学校的教学课程体系中与德育智育体育相提并论，并通过政府文件下达到整个教育系统。2002 年教育部公布《学校艺术教育工作规程》，主要是讲美育问题："通过艺术教育，使学生了解我国优秀的民族艺术文化传统和外国的优秀艺术成果，提高文化艺术素养，增强爱国主义精神；培养感受美、表现美、创造美的能力，树立正确的审美观念，抵制不良文化的影响；陶冶情操，发展个性，启迪智慧，激发创新意识和创造能力，促进学生全面发展。"阐述了学校艺术教育（在这个范围里可说便是美育）的宗旨。

"艺术教育"和"美育"有诸多不同。从教育内容上看，艺术教育是对受教育者进行艺术范畴内的教育，美学的研究对象是以艺术为主，这是有传统的。很多美学著作，都是以艺术为研究对象的。如黑格尔的《美学》，就认为艺术美学是高于自然美的。谢林的美学著作就称为"艺术哲学"。但无论怎样，美的范畴是不止于艺术的，是对整个人类的审美现象的概括。除艺术之外，还有自然的、人文的、社会的、科学的审美现象，都是美学的研究

① ［德］席勒：《审美教育书简》，张玉能译，南京译林出版社 2009 年版，第 84 页。
② 蔡元培：《蔡元培美学文选》，北京大学出版社 1983 年版，第 107 页。
③ 同上书，第 109 页。

对象。因此，美育也即审美教育，当然就不能仅只艺术一端，而是要以各类不同的审美对象为美育的内容，如自然的审美、社会的审美、人文的审美等等。

　　美育不仅是学校的事情，更是整个社会的任务。笔者近年来明确倡导"社会美育"的概念，使美育研究和应用更多地关注学校之外的美育事业。学校的美育是非常必要的，现在已经纳入了各类学校的教学大纲之中。因为在学生人格形成过程中，美育是不可缺少的基本途径。但是，从全社会的国民素质提升的角度来看，仅有学校美育是远远不够的。从当代都市文明的角度来看，市民文明素养的提高，人际和谐关系的稳定性形成，学校的工作只能是一小部分。这个问题是不难理解的：学校里的美育教育是以在校学生为对象的，而比例更大的市民的文明修养是要依靠社会环境的。笔者明确主张在当今时代的语境中社会美育的重要作用，并认为社会美育可以在构建社会主义和谐社会的进程中发挥更为突出的功能。社会美育指在学校美育之外、通过社会力量所发挥的美育功能，其中如大众传媒、文化氛围、都市环境等所展示出的艺术的美的元素，使广大市民最大范围地得到美的熏陶，从而在轻松愉悦中怡养性情，提升人格境界，实现内在宇宙的和谐。早在90多年前，蔡元培先生就将美育分为家庭美育、学校美育和社会美育这三种形式，并对社会美育作了专门的说明，指出："学生不是常在学校的，又有许多已离开学校的人，不能不给他们一种美育的机会；所以又要有社会的美育。"①蔡元培还指出了担负社会美育的多种机构，如美术馆、美术展览会、音乐会、剧院、历史博物馆、人类学博物馆等；他还指出了环境的美育功能，如：第一是道路，第二是建筑，第三是公园，第四是名胜的布置，第五是古迹的保存，等等。这些都是社会美育的成分。比起其他教育方式，美育是以轻松愉快、积极主动而著称的，然学校美育在教育者来说是有明确的教育理念和很强的计划性的，实施起来也还是在学校的环境之中；社会美育则体现为更为突出的广泛性和多维性，担负美育功能的主体，未必是有教育理念和教学计划的教师，教育者身份是潜在的或无意识的。对于市民而言，美育的方式是最为容易令人接受并且是主动的、积极的、非常愉快的。因此，社会美育在精神文明建设、构建和谐社会方面，能够发挥更多更好的作用。

---

　　① 蔡元培：《蔡元培美学文选》，北京大学出版社1983年版，第156页。

二

　　社会美育可以促进人的心灵和谐，从而提升社会和谐指数。人际关系的和谐，首先在于人的主体世界的和谐。主体世界的和谐，关键在于情感的和谐。美育的功能，最主要的便是使人的情感得以丰富和协调。这方面，先秦儒家的礼乐文化，已经颇为深刻地揭示了美育促进社会和谐的作用。其间首先是在于美育能有效地帮助人格的养成。孔子说"兴于《诗》，立于礼，成于乐"①，讲的便是美育问题。诗自然是指诗教，《诗三百》由孔子删述而成，它是最早的文学经典，也是一种艺术。兴于《诗》，是说诗对人的教益，不是外在的强加，而是自然而然的感动。兴即感兴，是外物对人心的触动。关于赋比兴的论述非常之多，笔者这里则是重在揭示"兴"的情感唤起作用，另则是偶然的触发契机。兴作用于人的内心世界的，并非是理性而是情感。刘勰在《文心雕龙》的《比兴》篇中对比兴的阐释："故比者，附也；兴者，起也。附理者切类以指事，起情者依微以拟议。"② 这里就包含了笔者前面所说的两个意思：一是兴是唤起情感而非理性，"起情"说得再明白不过了；另一是偶然的触发。所谓"依微"，是难以明言的玄微之机。宋人李仲蒙对兴的界说也道中兴的肯綮，其云："触物以起情，谓之兴。物动情者也。"③ "触物"是外物对人心的偶然感发，这是兴的根本性质。"立于礼"，也同样有美育的成分。礼当然是一种外在规则，它是以理性的规制为前提的，但它也是有着形式美作为框架的。朱熹在他的阐释中指出了这一点："礼以恭敬辞逊为本，而有节文度数之详，可以固人肌肤之会，筋骸之束。故学者之中，所以能卓然自立，而不为事物之所摇夺者，必于此而得之。"④ 朱子所说的"节文度数"，指礼的外在形式，其中是有着美的因素的。"成于乐"，是说人的完美境界是通过乐教完成的。朱熹的阐发尤能说明其美育的性质："乐有五声十二律，更唱迭和，以为歌舞八音之节，可以养人之性情，而荡涤其邪秽，消融其渣滓。故学者之终，所以至于义精仁熟，而自和顺于道德者，必于此而得之，是学之成也。"⑤ "学之成"是教育

---

① 杨伯峻、杨逢彬：《论语译注》，岳麓书社 2009 年版，第 93 页。
② 范文澜：《文心雕龙注》，人民文学出版社 1962 年版，第 601 页。
③ （宋）胡寅：《斐然集》卷 18《与李叔易书》，中华书局 1993 年版，第 386 页。
④ （宋）朱熹：《四书章句集注》，中华书局 1983 年版，第 105 页。
⑤ 同上。

的完成，乐教使人最终臻于道德的完善，但这不是了无情趣的道德夫子，而是感性与理性相融合、德行与美感为一体的境界。聂振斌教授对此所作的论述是较为透彻的，他说："诗、礼、乐三者的关系，从梗概上说可以简化为道德与艺术的关系，从教育的角度说，就是道德教育与审美教育的关系。因为诗、乐二者虽有很多区别，从更高的层次上看，二者同是艺术，其根本属性都是审美的，礼的形式即由进退俯仰和揖让周旋的舞蹈动作所构成的仪式也是审美的，因此三者说到底是道德教育与审美教育的关系。德育与美育的关系既一致又差异，即矛盾，二者既相辅相成又相反相成。它的一致主要表现在根本宗旨上，都是为了提高人性素质，发展社会文明，追求人生美好理想。……对于美育来说，不能将审美停留在感性直观的阶段上，不能一味地迁就感情宣泄的方面，还要有理性的制约，即《礼记》上所说的'发乎情而止乎礼义'，从而引导人们进入超感官的精神境界。孔子的'兴于诗，立于礼，成于乐'，正是描述了这一提升过程：既通过感性，又超越感性，才能实现道德目的。而这种道德目的并不是干巴巴的说教或规范、条文，而是感性与理性融合为一的自由理想境界。这正是孔子把道德修养的最高境界放在艺术审美境界而不是其他的原因所在。"[1] 聂振斌颇为透彻地揭示了孔子"诗礼乐"之说对于人的美育性质，认为这是三位一体的，应用到教育方面，以为人之修身养德的途径，以诗兴起人之情志，以礼树立人之行为，以乐完成人之德性，三者兼备，心声相应，内外交养。

美育与德育不同之处在于，德育主要靠外在的教化，而美育则是在游戏式的审美愉悦中得到浸润升华。孔子名言曰："知之者不如好之者，好之者不如乐之者。"[2] "知之"、"好之"和"乐之"，是三种境界。无疑地，乐之是一种最高的境界，而它正是一种审美自由境界。

荀子一再强调音乐"和"的作用，在《荀子》诸篇中，多处谈到乐之"和"，如："乐也者，和之不可变者也；礼也者，理之不可易者也。乐合同，礼别异。"（《乐论》）"恭敬，礼也；调和，乐也。"（《臣道》）"《乐》言是其和也。"（《儒效》）等等。荀子之所以认为音乐能产生使人和谐的作用，主要是因为能使人的情感得到净化和协调。《乐论》篇突出了音乐对情感的调节作用，其中说："夫乐者，乐也，人情之所必不免也，故人不能无乐。乐则必发于声音，形于动静，而人之道，声音、动静、性术之变尽是

---

① 聂振斌：《中国古代美育思想史纲》，河南人民出版社2004年版，第51页。
② 杨伯峻、杨逢彬：《论语译注》，岳麓书社2009年版，第69页。

矣。故人不能不乐，乐则不能无形，形而不为道，则不能无乱。先王恶其乱也，故制雅、颂之声以道之，使其声足以乐而不流，使其文足以辨而不諰，使其曲直、繁省、廉肉、节奏足以感动人之善心，使夫邪污之气无由得接焉。是先王立乐之方也，而墨子非之，奈何！故乐在宗庙之中，君臣上下同听之，则莫不和敬；闺门之内，父子兄弟同听之，则莫不和亲；乡里族长之中，长少同听之，则莫不和顺。……故乐者，天下之大齐也，中和之纪也，人情之所必不能免也。"① 荀子所说之乐即音乐，在他看来是人情所不能免者，也即人之情感所必需之物。荀子在对乐的论述中，最多的便是强调乐对人际关系的和谐作用。

后来的《礼记·乐记》，在很大程度上是继承了荀子乐论的思想的，但又明确地对礼和乐的不同社会功能作了区别："乐者为同，礼者为异。同则相亲，异者相敬。乐胜则流，礼胜则离。……礼义立，则贵贱等矣；乐文同，则上下和矣。……大乐与天地同和，大礼与天地同节。……乐者天地之和也；礼者，天地之序也。和，百物皆化；序，故群物皆别。"② 认为礼是用以区别社会秩序的，有了礼，则上下尊卑井然有序，各安其位。而乐在人与人之间关系上则起着和顺相亲的作用，所以说："乐者天地之和也。"乐从其本体意义来说，最具有艺术与美育价值，它是人心受到外物感兴的产物，但又有着音乐的审美形式。如果说礼是外在形成的，那么，乐则是内在发生的。在儒家文化中，礼乐起着最为重要的社会教化作用，其中乐担负着亲和人际关系的功能。

三

当代的社会美育，有许多与蔡元培先生时代不同的特点。有些要素是先前所不曾存在而在当下则是人们所须臾不可离开的，如大众传媒在社会美育中的重要地位。在构建社会主义和谐社会的过程中，我们应该看到，社会和谐的基础是人的精神世界之和谐。除了社会公平正义的原因之外，人的文明素质、美德修养方面存在的问题是影响社会和谐的重要因素。通过各种渠道，调动各种因素，提高公民的文明素质，是一个绝不轻松的任务。宣传教化可以起到一定的作用，但是这种外在的方式的效果是较为有限的。有意识

---

① （清）王先谦：《荀子集解》，中华书局 1988 年版，第 379 页。
② 王云五、朱经农主编：《礼记》，商务印书馆 1947 年版，第 87 页。

地通过美育的方式，使人们在潜移默化、喜闻乐见的方式中得到人格的超越与提升，不失为一剂良方。

《中共中央关于深化文化体制改革推动社会主义大发展大繁荣若干重大问题的决定》提出："要深入开展社会主义荣辱观宣传教育，弘扬中华传统美德，推进公民道德建设工程，加强社会公德、职业道德、家庭美德、个人品德教育，评选表彰先进模范，学习宣传先进典型，引导人民增强道德判断力和道德荣誉感，自觉履行法定义务、社会责任、家庭责任，在全社会形成知荣辱、讲正气、作奉献、促和谐的良好风尚。深化群众性精神文明创建活动，广泛开展志愿服务，拓展各类道德实践活动，倡导爱国、敬业、诚信、友善等道德规范，形成男女平等、尊老爱幼、扶贫济困、扶弱助残、礼让宽容的人际关系。"这也正是公民文明素质的基本内容。如何能够行之有效地实现这一目标，是一个无法回避的课题。政府出面进行道德教育，当然是一条主要的渠道，也是要一以贯之地进行的。但是，由政府出面进行道德教育，势必会带上特定的政治色彩，这也是不可避免的。对于现阶段的市民来说，带有政治色彩的道德教育，其效果显著是会有很大局限或者干脆说是要大打折扣的。在这种情形下，美育尤其是社会美育可以收到"润物细无声"的效果。其实，美育与德育是最为毗邻的，其终极目的是造就完美的人格，——只是二者的方式不同。美育是人的审美活动，要臻于人的审美境界，而真正的审美境界，又不可能没有道德价值包含在内。美育活动本身是完满自足的，却可以实现德育所未必能够实现的功用。蔡元培讲到德育与智育、美育的关系时说："教育之目的，在使人人有适当之行为，即以德育为中心是也。顾欲求行为之适当，必有两方面之准备：一方面，计较利害，考察因果，以冷静之头脑判定之；凡保身卫国之德，属于此类，赖智育之助者也。又一方面，不顾祸福，不计生死，以热烈之感情奔赴之；凡与人同乐、舍己为群之德，属于此类，赖美育之助者也。所以美育者，与智育相辅而行，以图德育之完成者也。"① 在蔡元培看来，美育的目标是与德育一致的，可以辅助德育的实现。反之，也可以认为，德育目的的实现，也是要辅之以美育的途径。提升公民文明素质是一个相当复杂而且漫长的过程，仅靠带有政治色彩的德育教化是远远达不到既定目标的。社会美育是一条可行之路。

当今时代，大众传媒在社会美育中能够担当主要的角色。与学校美育等美育途径相比，大众传媒具有更为明显的广泛性。学校美育的主要受教育者

---

① 蔡元培：《蔡元培美学文选》，北京大学出版社1983年版，第174页。

是在校学生，这当然是十分重要的。今天的学生，明天就会走向社会，成为社会的主人。但是，学生之外的大多数公民，也同样需要美育，这就特别需要社会美育的广泛实施。社会美育其实是一个复合的概念，所涉及的方面很多。与学校美育相比，社会美育更是潜移默化、无处不在的。以大众传媒在当今时代所发挥的文化功能而言，它对人们的精神世界和行为模式都有非常广泛的影响。大众传媒与人们生活的关系之密切，是不言而喻的。它是否具有更多的审美含量，其实是大众传媒能否真正吸引受众的原因。

娱乐与审美并不是互相排斥的，但娱乐并不是天然地就具有美的内涵。现在的大众传媒有些节目，只有娱乐而无审美，平庸无聊者时时可见，认为只有如此才能有可观的收视率，其实这是一种误区。编导者过低地估计了受众的智商和格调，以为那些越是无聊的东西才能越有收视率，以致很多低俗的节目能够在屏幕上出现。在笔者看来，娱乐可以具有很好的艺术性，也可以有很多的审美因素；借用席勒的话，娱乐为"溶解性的美"，艺术果真要实现自己所承诺的"审美文化"的功能，不但不必排斥娱乐，而且要充分发挥娱乐的作用，通过娱乐使人逐渐向全面的丰富的人生成。娱乐使人松弛，所产生的便是"溶解性的美"。席勒认为："我们将会发现现实的人因而也就是受到限制的人不是处在紧张状态就是处在松弛状态，根据不同的情况，不是单个力的片面活动破坏了他的本质的和谐，就是他天性的一体性是建立在他的感性力和精神力的同样松弛的上面。正如我们将要证明的，两种对立的限制将通过美来消除，美在紧张的人身上恢复和谐，在松弛的人身上恢复振奋，并以这样方式本诸它的本性把受到限制的状态再带回到绝对状态，使人成为一个他自身就是完整的整体。"① 席勒是以"完整的人"作为出发点来谈论来自受到限制的两种状态的，一是紧张的状态，二是松弛的状态，改变这两种状态，才能使人成为"完整的人"。席勒断言，"溶解性的美适用于紧张的心情，振奋性的美适用于松弛的心情"②。笔者在此借用席勒的命题来为娱乐"正名"，但是，现在大众传媒的娱乐，却有很多是缺少美的因素的。只有在娱乐中植入更多美的因素，才能使娱乐节目受到人们的喜欢。认为只有那些媚俗的东西才有收视率，只能说明某些编导者自身格调的低下和水平上的低能。低俗和收视率没有必然联系。

从审美的意义上讲，大众传媒主要是电视，其次是网络、广播甚至手机

---

① ［德］席勒：《审美教育书简》，冯至、范大灿译，北京大学出版社 1985 年版，第 88 页。
② 同上书，第 89 页。

等媒体。就图像的优势而言，电视的成熟程度最高。现在人们的审美经验，与传统的审美经验有了相当深刻的变异。通过图像的方式来把握世界已是最为主要的方式了。正如海德格尔所说："从本质上看来，世界图像并非意指一幅关于世界的图像，而是指世界被把握为图像了。"① 电视传媒中有大量的活生生的美的因素存在着、活跃着。成为当代美育的最为主要的途径。席勒在《美育书简》即已指出："游戏冲动的对象，用一种普通的概括来表示，可以叫做活的形象；这个形象用以表示现象的一切审美特性，总而言之，用以表示在最广的意义上称为美的那种东西。"② 电视的审美，最为典型地体现了席勒所说的"活的形象"的含义。

当代的视觉文化，最为突出的便是图像对人们的心灵产生的冲击作用。但我们必须看到，图像并非与生俱来地会产生美育作用。图像本身只是美的元素而已，缺少艺术品格的视觉图像是不具备美感作用的。曾繁仁认为，"艺术品是实施美育的最好教材，具有突出的特点"③，这是笔者深深认同的观点。电视传媒之所以能够吸引大量的观众，并不仅在于图像的漫天而来，而是那种具有很高艺术性的图像系统。而那些粗制滥造或者平庸低俗的节目，是不能给人以真正的美感的，因而也就不会得到人们的喜爱。

大众传媒要更多地具有美的因素，真正地受到人们的广泛喜爱，并且对人性的完善起到有益的作用，提高其艺术含量是题中应有之义。大众传媒以图像见长，可以给人更为强烈的影像直观，但其中大量的非艺术因素，给人以"五色令人目盲"的感觉！笔者认为，"传媒艺术"是一个涵盖面颇为广泛的概念，指的是在大众传媒序列中以电视传播方式为主要载体的艺术创作、作品和接受的总称。因此，笔者不止一次地提出"传媒艺术"的概念，目的在于整体上强化大众传媒的艺术意识，提高大众传媒的艺术性质。传媒艺术包含了很多样式，而且隐含了当今艺术的时代性的特征。传媒艺术的概念与传统艺术的审美性质有所区别，而传统艺术进入大众传媒之后，也会产生一些变异，这是因为它们要适应大众传媒的技术的和艺术的调控方式。除了艺术类的节目之外，许多其他类型的节目，也采取了一些艺术的方式，如有的法制类节目，用演员表演，并强化其故事性、戏剧性等。笔者认为这是

---

① ［德］海德格尔：《世界图像的时代》，见孙周兴选编《海德格尔选集》，上海三联书店1996年版，第899页。

② ［德］席勒：《审美教育书简》，张玉能译，译林出版社2009年版，第45页。

③ 曾繁仁：《转型期的中国美学》，商务印书馆2007年版，第148页。

一种好的趋势。艺术并不是与大众脱离的，反之，大众特别需要艺术。这样说，并不是要我们的大众传媒都搞"阳春白雪"、孤芳自赏的一套，而是主张提高大众传媒的整体艺术品格，以艺术的方式、艺术的因素使其更具魅力，更能吸引大众的审美兴趣。

对电视等大众传媒的传播效果，不能采取自然无为的态度。应从社会美育的角度加以提升。强化大众传媒的艺术性，使人们一方面不由自主地感受到它的魅力，另一方面，又被其中的高尚情操所感染，按照美的规律来塑造自己的心灵。由心灵的和谐通向人际关系的和谐，从而为构建社会主义和谐社会开辟一条重要的通道。

观赏文明：当代美育理论的学科增长点[*]

在精神文明领域中，我们以往对于观赏文明尚未引起高度重视，也未曾有过系统的理论探讨与建构，而从当下中国精神文明发展的现状看来，观赏文明已经到了必须关注和提升的时候。中华民族作为有着五千年灿烂文化的民族，在观赏文明方面形成了与西方迥然有异的范式，有着独特的观赏文明传统，即便是在观赏活动的对象已经发生很大变化的今天，也仍然有着深刻的体现。这是需要加以总结和理论升华的。

实践层面来看，观赏活动是覆盖到每个人的，或者说每个人都会成为观赏主体（从美学的角度也就是审美评价主体）。之所以将观赏文明凸显出来，成为当代精神文明建设中的一个重要范畴，是因为观赏文明所涉及的问题具有迫切的普遍性和实践意义，同时也具有重要的理论价值。观赏文明是从文明观赏而来，却不止于文明观赏。观赏文明的研究，既包括社会实践层面问题，以当下市民艺术教育现状的切实考察为依据，可以为我们提供研究的现实感和强劲的动力；也包含学理性层面的理论建构。"观赏文明"是在"文明观赏"的基础上生成的理论形态，是精神文明的有机组成部分。文明观赏主要指观赏者在进行艺术观赏时所应遵守的基本的文明礼仪规范。这是人的文明素养的重要部分，而且是显性的部分。在很多情形下，文明观赏还是约定俗成的行为范式，但在相当多的时候也有明确的条令昭示，如在剧院里"禁止吸烟"、"不许大声喧哗"、"关闭手机或调到静音模式"等，这是在观赏活动中所应遵循的公共文明规范。观赏文明则不会停留在这个层面，而是从观赏活动的基本规律出发建构起来的一种文明形态。观赏活动古已有之，即在当下也是无时无刻不在发生着、进行着的，而对于观赏文明的系统研究和理论建构，则处于草创阶段。在我们看来，观赏文明对于市民文明素养的提升、人类文明的学理性建构都

* 本文刊于《杭州师范大学学报》2013 年第 4 期。

有着时代性的意义及现实的迫切要求，对于人类的整体审美发展，其理论价值不可低估。

作为一种文明形态，观赏文明有着颇为丰富的内涵，也有着可以纵深发掘的广大空间。观赏文明的外延颇为广泛，这是因为人类生活越来越具有美的品格。可供观赏的对象可以说是无所不在，除了艺术观赏之外，当然还有自然美的观赏、社会美的观赏等。大众传媒所呈现的视觉文化环境，也为我们提供了普泛性的观赏契机，如地铁车厢的电视同样是我们的观赏对象，都市的优美环境，也时刻在为我们提供观赏的机缘。"日常生活审美化"作为时代性的症候，共时性地呈现在我们的生活世界之中，可供我们观赏的东西实在太多，甚至包括反观我们自己。

当然，我们这里主要将观赏活动放在艺术的范围之内，特指艺术的观赏，其他的观赏只能是稍带涉及。这是因为艺术是离不开观赏的。艺术在最大程度上满足着人们的审美需要，使人获得审美享受。具有审美价值的事物千千万万，而艺术品的审美价值是最突出和最集中的，在某种程度上来说是第一性的。无论有多少价值，如果审美价值缺失的话，就不成其为艺术品。审美价值的获取，最为关键的环节便是观赏。艺术品的形式与内容决定着观赏的方式与深度，反之，观赏的参与度也刺激着艺术生产的数量与质量。马克思所揭示的艺术生产与艺术消费的关系也正可以用来说明艺术创造与观赏之间的关系："消费直接也是生产，正如自然界中的元素和化学物质的消费是植物的生产一样。……生产直接是消费，消费直接是生产。每一方直接是它的对方。可是同时在两者之间存在着一种媒介运动。生产媒介着消费，它创造出消费的材料，没有生产，消费就没有对象。但是消费也媒介着生产，因为正是消费替产品创造了主体，产品对这个主体才是产品。产品在消费中才得到最后完成。"① 观赏就是艺术消费，这恐怕是没有问题的。研究观赏文明，提高观赏质量，对于艺术生产来说，是非常重要的动力系统。观赏者的修养和水平越高，越能促使艺术家们创造出具有更高艺术水准和深刻内涵的艺术精品。

观赏文明与美育关系至为密切，也可视为美育的一种重要途径或重要方式。观赏的核心就是审美，而且是颇为纯粹的审美。美育的实现当然要以审美为过程和媒介。美育是对完美人格的养成，可以认为是教育的一种特殊途

---

① ［德］马克思、恩格斯：《马克思恩格斯选集》第 2 卷，中共中央马克思恩格斯列宁斯大林著作编译局编译，人民出版社 1966 版，第 205 页。

径。德国著名美学家席勒早在二百多年前就写出了美育的经典著作《审美教育书简》，主张通过美育的方式养成自由的、和谐的、完整的人性，通过审美可以使人的感性冲动和理性冲动消除对立，达到和谐，形成一种更高的冲动就是"游戏冲动"，其实这正是审美的境界。席勒说："只有当人是完整意义上的人时，他才游戏；而只有当人在游戏时，他才是完整的人。"①他又说："人应该同美仅仅进行游戏，人也应该仅仅同美进行游戏。"② 90多年前，中国的著名教育家蔡元培先生提出"以美育代宗教"的口号，并纳入当时民国的教育方针。蔡元培认为美育是用来陶养人的美好情操的，他主张："专尚陶养感情之术，则莫如舍宗教而易之以纯粹之美育。纯粹之美育，所以陶养吾人之感情，使有高尚纯洁之习惯，而使人我之见，利己损人之思念，以渐消沮者也。"③ 美育所凭借的恰是艺术，是人通过艺术观赏而获得美育的效果。

艺术观赏的对象应该是美的外观或者说是形式，是一种感性的观照。具体说来是以视觉为主的，如造型艺术中的绘画、雕塑，综合艺术中的电影、电视、戏剧、戏曲，中国艺术中的书法等，都是可以观赏的艺术种类。它们之间由于媒介的不同而有不小的差异，但其共同之处在于从直观的形式中得到审美的愉悦。观赏是通过视觉或视听一体化的途径进行的，观赏者进入到一种文化与审美场景之中。有的艺术样式，如诗歌，是供人们阅读吟味，从而在头脑中引起审美联想，呈现出由文字转换出来的幻象，并形成完整的意境，但因它与直接的视觉观照并非一回事，所以不是我们所说的观赏，而像戏剧戏曲、音乐、舞蹈演出、电影电视、绘画、书法等用眼睛直接观看和欣赏才是我们所说的观赏。

观赏不是小众化的，应该是大众的、普遍的。人们的生活因为有了审美的普遍而有了更高的品位。如果说"日常生活审美化"是值得我们肯定和倡导的价值观和状态，那么，艺术观赏在其中应该占很大的份额。观赏可以使人得到轻松感，得到娱乐，得到生活的幸福感，也可以从中得到做人的尊严。观赏是在人们克服了异化劳动之后才能进行的审美活动，是人性得到提升和丰富的中介环节。因为在人的全面发展过程中，主体自身的感觉能力和审美素养是一个重要指数。培养更多有艺术修养的观赏者，可以大大增加艺

---

① ［德］席勒：《审美教育书简》，张玉能译，译林出版社 2009 年版，第 48 页。
② 同上书，第 47 页。
③ 蔡元培：《蔡元培美学文选》，北京大学出版社 1983 版，第 70 页。

术生产数量，并提升其质量，同时，也是市民精神文明提升的一个标志。马克思从人学的高度论述了人的感觉之于人的感性的丰富性的重要意义，他说："即从主体方面来看：只有音乐才能激起人的音乐感；对于不辨音律的耳朵说来，最美的音乐也毫无意义，音乐对它说来不是对象，因为我的对象只能是我的本质力量之一的确证，从而，它只能像我的本质力量作为一种主体能力而自为地存在着那样对我说来存在着，因为对我说来任何一个对象的意义（它只是对那个与它相适应的感觉说来才有意义）都以我的感觉所能感知的程度为限。所以社会的人的感觉不同于非社会的人的感觉。只是由于属人的本质的客观地展开的丰富性，主体的、属人的感性的丰富性，即感受音乐的耳朵、感受形式美的眼睛，简言之，那些感受人的快乐和确证自己是属人的本质力量的感觉，才或者发展起来，或者产生出来。因为不仅是五官感觉，而且所谓的精神感觉、实践感觉（意志、爱等等）——总之，人的感觉、感觉的人类性——都只是由于相应的对象的存在，由于存在着人化了的自然界，才产生出来的。"① 马克思在《手稿》中的阐述其意义之深刻与普遍，当然远非我们的论题可以限定的，但确实具有重要的启示意义。艺术观赏对于人的感觉能力的提高，对于人性的丰富和完善，都有不可低估的价值。

艺术观赏之于娱乐，是题中应有之义。这里所说的"娱乐"，可以有广义的性质，可以视为审美的快感或审美享受。观赏是以视觉（或视听一体化）的方式面对艺术品，有的是舞台上的鲜活表演，如话剧、京剧、歌剧、演唱、舞蹈、相声、小品、杂技表演等；有的是在银幕前或屏幕前，如电影、电视等；有的是面对静态的艺术品，如绘画、雕塑、书法等。但无论对哪种艺术品的观赏，都会使人得到娱乐或者快感，其实也就是席勒所说的"游戏"。娱乐可以使人缓解压力，使人松弛，产生的是一种"溶解性的美"。"溶解性的美"是席勒提出的美学命题。在他看来，人性的观念与美的一般观念都是直接来自理性，人性观念的圆满就是美。但是现实中的人与观念中的理想人不同，他会受到种种限制。这些限制总的说来有两种：一是单个的力片面活动破坏了人的本质的和谐一致，造成一种紧张状态；二是两种基本的力（即感性的力和精神力）同时衰竭，造成一种松弛状态。人在经验中基本上处于上述两种状态，因而美在经验中对人的作用也有两种：适用于前者的是溶解作用，以恢复和谐一致为目标；适用于后者的是振奋作

---

① ［德］马克思：《1844 年经济学哲学手稿》，刘丕坤译，人民出版社 1979 年版，第 79 页。

用，以恢复力为目标。溶解性的美也有两种形式：一种是以宁静的形式缓和粗野的生活，即以形式解除物质的统治；另一种是作为活生生的形象给抽象的形式加上感性的力，即以实在解除概念的统治。这种"溶解性的美"是颇为适合于对娱乐的美学阐释的。席勒作过这样的说明："我曾经断言，溶解性的美适用于紧张的心情，振奋性的美适用于松弛的心情。——因此，片面地受法则控制的人，或曰精神紧张的人，须通过形式得以松弛，获得自由。"① 娱乐，作为溶解性的美，正是使人们的紧张心情得以缓解，从而达到和谐的状态。

观赏活动有充分的娱乐因素，同时也使人的审美变得能动和非常自由。在观赏中的娱乐可以最大限度地发挥人的天性，那种排斥娱乐的倾向是不足取的。然而，问题的另一方面是，现在的娱乐类节目过于低俗，粗制滥造，缺少艺术的品位，缺少应有的审美含量，这当然也带来了观赏中的不文明现象。这类节目的制作者称不上艺术家或艺术生产者，其自身便是庸俗不堪的。他们以自己的低下来揣度观赏者，以为如此便能使收视率走高，这其实是对娱乐的亵渎。苏联著名美学家斯托洛维奇在谈及娱乐的社会功能时认为："充填自由时间的两种类型的艺术适应它的这种结构：一种是主要用于休息的艺术；另一种是这样的艺术作品，掌握它们是'较高级活动'。所谓'轻松的'艺术体裁——惊险文学、喜剧影片、轻音乐（舞蹈音乐、小歌剧、游艺歌曲）等属于第一种类型。……当人们谈到艺术的娱乐功能时，往往指的就是这类定向于休息的艺术创作。但是，这不正确。娱乐意义为任何一种艺术、其中包括最严肃的和最'沉重的'艺术所固有，因为这样的艺术也具有游戏因素，能够产生审美快感。"② 斯托洛维奇所说的"娱乐"，其实比我们所说的外延要更为宽泛，而他认为严肃的艺术品也有娱乐因素的观点，拓展了我们关于娱乐的认识。

艺术观赏的"娱乐"并非仅供一笑，而是往往在轻松快乐中给人留下回味，寓含着某些人生的道理。但这个过程不应该是刻意的，如果刻意地将教化的内容装进娱乐的盒子，会使观赏者"反胃"，从而失去了娱乐的功能。斯托洛维奇辩证地揭示道："专门用于休息的'轻松'艺术同'严肃'艺术的对立也不是绝对的。在'轻松'艺术中，例如在喜剧创作中，可能隐蔽着非同儿戏的深刻，同时又以自己的通俗性、愉

① ［德］席勒：《审美教育书简》，冯至、范大灿译，北京大学出版社1985年版，第89页。
② ［苏］斯托洛维奇：《艺术活动的功能》，凌继尧译，学林出版社2008年版，第160页。

悦性和娱乐性吸引人。这样的艺术作品不仅促进休息和精力的恢复，而且是个性精神创造发展的重要因素。另一方面，'严肃'艺术为了吸引广大观众的注意和兴趣，也应该使读者、观众、听众入迷，以意料不到的情节转折避免让人生厌。"① 艺术观赏中的娱乐因素，是应该有这样的效果的。娱乐应该是没有外在的功利目的的，它所满足的是人的内在需要，是身心放松的需要。正是这一点，使之成为观赏文明不可缺少的内涵。但这不能成为低俗趣味的藏身之地和借口，把那些低级的甚至淫靡的东西当作娱乐来推销，这是对观赏者极大的不尊重，对其灵魂的重度污染。娱乐不等于低俗，这是很明显的道理。很多娱乐性强的作品，同样有很高的思想品味。卓别林的喜剧电影不正是这方面的经典吗？我们并不要求娱乐性的节目都有很深很高的思想性内涵，但是绝不能将娱乐和低俗混为一谈。

观赏是一种直接的审美，这是无疑义的。观赏之"观"是视觉直观，其对象应该是以视知觉（或视听一体化）来直接观看到的艺术形式。观赏之"赏"，则是一种超越了视觉直观的玩味欣赏。有了"赏"，就淡化了直接的视觉印象带来的官能刺激，而建构起一个完整的审美场域。有"观"而无"赏"，还难以进入到审美层面；而无"观"，"赏"就无从谈起，"观"是"赏"的前提和基础，"赏"是"观"的整合与升华。从审美主体而言，观赏者的艺术修养和文明素质成为决定观赏质量的前提。观赏文明研究的意义也在很大程度上与之相关。

同样是艺术观赏，不同的艺术形式决定了不同的观赏方式。比如电影、交响乐、歌舞晚会等是在公共的演出场所，绘画观赏则是在展览馆、博物馆里进行，电视剧的观赏则是在家庭的私人空间里。这就对不同艺术形式的观赏提出了不同的行为要求。中华民族与西方民族也有着许多不同的观赏方式传统，这些都是观赏文明的研究内容。

观赏文明是社会主义精神文明建设的一个重要内容，命题的提出与纵深开掘，对于当前社会主义精神文明建设必然起到重要的推动作用，同时，对于人民精神文化生活质量的提升有明显的助益。党的十八大报告中的第六部分"扎实推进社会主义文化强国建设"提出："建设社会主义文化强国，关键在于增强全民族文化创造活力"，并对此提出这样的要求："让一切文化

① ［苏］斯托洛维奇：《艺术活动的功能》，凌继尧译，学林出版社2008年版，第160页。

创造源泉充分涌流，开创全民族文化创造活力持续迸发、社会文化生活更加
丰富多彩、人民基本文化权益得到更好保障、人民思想道德素质和科学文化
全面提高、中华文化国际影响力不断增强的新局面。"这是精神文明建设领
域的基本任务和努力方向。观赏文明研究的加入，旨在为人民文明素养的整
体提升填充进新的内涵。

"电视崇高感"的美学价值[*]

以当下的电视生态而言，"电视崇高感"的提出和理论建构并非无的放矢。在后现代主义思潮影响下，"消解崇高"成为一种时尚，大众娱乐文化的取向，似乎已不知崇高为何物。作为艺术样式，电视节目在当下仍占有着最重要的市场，而其中很多节目类型以"娱乐至死"为精神旨趣，影响着受众的精神生态。当然，绝大多数的电视节目，仍是以演绎爱党、爱祖国、爱人民的主流意识形态为宗旨，以表现崇高的道德与理想为担当的。"电视崇高感"这个有着重要美学价值和现实意义的概念，是植根于深厚的当代中国文化的土壤中的。

一

作为美学范畴的概念，崇高在美学史和美学理论中都是不可或缺的，在电视艺术中同样也是普遍和重要的。然而，电视艺术中体现出来的崇高感，既与传统美学中的崇高范畴有着深刻的渊源，同时又颇具代表性地呈现出当代审美文化与传统美学的变异。"电视崇高感"的概念是米尔佐夫教授在其代表著作《视觉文化导论》中提出的，他认为："在电视上观看纳尔逊·曼德拉这类事件是有某种意义的，它提供了一种也许可称为电视崇高感的东西——某个在现实中很少有人能亲眼目睹的事件似乎把我们带出了日常生活，尽管只是在片刻之间。"① 从视觉文化的角度来看，米尔佐夫把"电视崇高感"作为一个重要概念提出，这对电视艺术的发展来说，是特别值得重视和阐发的。真正能够给视觉文化尤其是电视艺术带来强劲的生命力，电视崇高感即便不是全部的原因，也是非常重要的因素。

* 本文刊于《中国电视》2013 年第 9 期。

① ［美］米尔佐夫：《视觉文化导论》，倪伟译，江苏人民出版社 2006 年版，第 124 页。

用来填充时间的很多谈不上艺术性和感染力的娱乐类节目，是与电视崇高感无缘的。一些无聊的人说些无聊的话，也许能博得某些受众一笑，或许是被人捅着胳肢窝不得不笑的那种，但看过之后什么东西都留不下。或许此类节目的编导认为，只有如此，方能赢得高收视率，其实这是非常浅陋的见识。这样说，并非将娱乐与电视崇高感相对立。其实，不少具有娱乐性的节目如某些小品中都蕴含着电视崇高感。如赵本山、范伟的《三鞭子》、《送水工》等，在令人捧腹的笑声中揭示出深刻的崇高内涵。我们并非要求所有的娱乐节目都一定要有崇高感，但必须承认，崇高感对于电视艺术来说并不只是教化或者外加的，而是视觉文化乃至电视艺术的生命力之所在。

视觉文化的直观性，必然地呼唤着"电视崇高感"，米尔佐夫甚至称之为"视觉文化的核心"。他所说的"电视崇高感"，不仅是思想与人格的意蕴，在很多时候是指视觉形象的强大冲击力。对于米尔佐夫的这段原文，另一位译者的译文更为明晰："视觉物不仅是信息和大众文化的媒介，它有一种感官直接性，这是印刷媒介望尘莫及的；正是这一特征，使得各种视觉形象与印刷文本截然不同……用大卫·弗里德里伯格（David Freedberg）的话来说，它们唤起了'钦佩、敬畏、恐惧和渴望'。视觉文化的这一层面是所有视觉活动的核心。"①

二

"崇高"一词作为美学范畴，在传统美学理论中处于最基本的位置。翻检各种美学教材，"崇高"都是最主要的审美范畴。一般认为，古罗马时期的朗吉努斯的《论崇高》是崇高范畴的开端。此后，康德、伯克等著名哲学家都对"崇高"有着深刻而系统的论述。就当代审美领域来说，传统的美学理论受到挑战，大众文化、媒介文化占有了比任何时候都更多的市场份额。"崇高"作为核心的审美范畴，被后现代主义的审美观所消解。然而实际上，崇高对于视觉文化来说，仍是不可或缺的，只是在已经变异了的文化范式和审美方式中，"崇高"也产生着变化。它并没有消弭，而是以新的形态呈现在电视艺术等视觉文化的框架之中。

米尔佐夫郑重地阐述了崇高的理论渊源和在当下的视觉化过程，他指

---

① ［美］米尔佐夫：《什么是视觉文化?》，见陶东风、金元浦、高丙中主编《文化研究》第3辑，王有亮译，天津社会科学院出版社2002年版，第9页。

出："崇高是表现现实中痛苦或恐怖事物时产生的快感体验，它使人认识到了自身的局限和自然的力量。古代的朗吉努斯第一次对崇高进行了理论阐释，……众所周知的古典雕塑《拉奥孔》就是崇高艺术品的典范。这一雕塑展现了特洛伊武士和其孩子与将要吞没他们的巨蟒进行搏斗的场景。他们那徒劳的搏斗，激起了历代观赏者的崇高感。启蒙运动哲学家伊曼努尔·康德赋予崇高更新的重要性，称之为'伴随痛感的快感'。康德对比了崇高与美，认为前者作为一种更复杂、更深刻的情绪，引导着一个有鉴赏力的人对崇高的向往。这种对崇高的伦理道德而并非纯粹美学意义上的偏爱，使得利奥塔德重又将崇高作为一个核心概念用于后现代的批评理论中。利奥塔德把崇高看做'一个痛感与快感的混合体：理性上的快感超出了所有表象，想象或感性中的痛感证明了不足以把握这个观念。'因此，崇高的任务就是'展现这种无法展现的东西'，是一个后现代时期视觉化的合适角色。此外，由于崇高源于试图展示自然界中不相关的观念，如和平、平等或自由等，所以，'对崇高感的体验就要求人们具备一种对源于文化习得而不是生而具有的理念的敏感'。崇高与美不同，美可以在自然和文化中体验到，而崇高是文化的创造物，因此，它也是视觉文化的核心。"① 米尔佐夫在这里对于崇高的渊源做了描述，尽管这中间有较为复杂的变异过程，但他是将"电视崇高感"与传统美学联结起来。康德美学中对于崇高的论述，最突出的便是崇高的无形式和无限性。在与美的比较中，康德指出："两种判断的差异也是显然的。自然界的美是建立于对象的形式，而这形式是成立于限制中的。与此相反，崇高却是能够在对象的无形式中发见，当它身上无限或由于它（无形式的对象）的机缘无限被表象出来，而同时却又设想它是一个完整体：因此美好像被认为是一个不确定的悟性概念的，崇高却是一个理性概念的表现。"② 说到底，崇高是主体在面对具有崇高性质的对象时所激发的心灵感受，与美有所不同。从心理感受上来说，崇高所产生的快感不是直接的，而是由恐怖感或痛感转化而成的快感，康德称之为消极的快感。康德分析美和崇高所产生的愉快之不同时说："前者（美）直接在自身携带着一种促进生命的感觉，并因此能够结合着一种活跃的游戏的想象力的刺激；而后者（崇高的情绪）是一种仅能间接产生的愉快，它经历着一个瞬间的生命

① ［美］米尔佐夫：《什么是视觉文化?》，见陶东风、金元浦、高丙中主编《文化研究》第3辑，王有亮译，天津社会科学院出版社2002年版，第9页。
② ［德］康德：《判断力批判》上册，宗白华译，商务印书馆1964年版，第83页。

力的阻滞，而立刻继之以生命力的更加强烈的喷射，崇高的感觉便产生了。它的感动不是游戏，而好像是想象力活动中的严肃。所以，崇高同媚人的魅力不能和合，……对于崇高的愉快不只是含着积极的快乐，更多的是惊叹或崇敬，这就可称作消极的快乐。"① 康德对于崇高所产生的心理效应的描述，是符合人们客观审美心理的；而关于崇高的客体是无形式和无限的判断，却为后现代思想家利奥塔德所发挥和改造。作为后现代分析的理论资源，它与美学和艺术密切关联。利奥塔德阐述道："趣味证实了这一点，即在想象的能力和表现相符的能力之间，可以体验到某种没有规律并会产生出一种被康德称为反思式判断的未确定的一致性，这是一种快感的体验。崇高则是一种不同的情操，它发生在与其相反的时刻，即发生在想象力无法表现客体之时，只要这一客体在原则上与某个相称就行了……我们可以设想无限的伟大，'明显可见'的客体，对我们都显得极不适当，那些东西实际上是不可表现的理念。"② 利奥塔德借用康德的崇高观念来阐释的就是后现代艺术的某种具有针对性的原则。利奥塔德又指出："后现代应当是这样一种情形：在现代的范围内，以表象自身的形式使不可表现之物实现出来，它本身也排斥优美形式的愉悦，排斥趣味的同一，因为那种同一有可能集体来分享对难以企及的往事的缅怀；它往往寻求新的表现，其目的并非是为了享有它们，倒是为了传达一种强烈的不可表现之感。后现代艺术家或作家往往置身于哲学家的地位，他写出的文本、他创作的作品在原则上，并不受制于某些早先确定的规则，也不可能根据一种决定性的判断，并通过将普通范畴应用于那种文本或作品之方式来对它们进行判断，那些规则和范畴正是艺术品本身所寻求的东西。于是，艺术家和作家便在没有规则的情况下从事创作，以便规定将来的创作规则。所以，事实上作品和文本均具有了某个事件的众多特征。"③ 这也是利奥塔德以康德的崇高理论来阐发的后现代主义艺术的特征。米尔佐夫则从视觉的直观性特征来肯定崇高在电视中的功能，并将其作为视觉文化的主要美学原则。电视崇高感带给受众的是那种激动和沉醉的情感，唤起了"钦佩、敬畏、恐惧和渴望"，这对于电视艺术来说，恰是其真正的魅力所在。

---

① ［德］康德：《判断力批判》，宗白华译，商务印书馆 1964 年版，第 84 页。

② ［法］利奥塔德：《何谓后现代主义?》，见王岳川、尚水《后现代主义文化与美学》，北京大学出版社 1992 年版，第 48 页。

③ 同上书，第 52 页。

电视艺术的崇高感，并非仅如康德所说的"数学的崇高"和"力学的崇高"，而更多是人作为电视艺术的主体所呈现出来的道德的、人格的和境界的崇高，这才是电视崇高感的真正来源。作为崇高范畴的奠基者，朗吉努斯的《论崇高》指出，崇高的来源在于高尚的心灵。他说："我在别处写过这句话'崇高的风格是一颗伟大心灵的回声。'所以，一个素朴不文的思想，即使不形之于言，也往往仅凭它本身固有的崇高精神而使人赞叹……所以，首先指出崇高的来源是绝对必要的。一个真正的演讲家绝不应有卑鄙龌龊的心灵。一个终生墨守着狭隘、奴从的思想和习惯的人，绝不可能说出令人击节称赏和永垂不朽的言辞。是的，雄伟的风格乃是重大思想之自然结果，崇高的谈吐往往出自胸襟旷达、志气远大的人。"① 康德也从人格的范畴上揭示了崇高的性质，他说："在道德品质上，唯有真正的德行才是崇高的。"② 康德进一步指出德行之美是给人以崇高感的基础，他认为："真正的德行只能是植根于原则之上，这些原则越是普遍，则它们就越崇高和越高贵。这些原则不是思辨的规律而是一种感觉的意识，它活在每个人的胸中，而且扩张到远远走出了同情和殷勤的特殊基础之外。如果说，它就是对人性之美和价值的感觉；那么，我就概括了它的全部。前者乃是普遍友好的基础；后者则是普遍敬意的基础。……唯有当一个人使他自己的品性服从于如此之广博的品性的时候，我们善良的动机才能成比例地加以运用，并且会完成称其为德行美的那种高贵的形态。"③ 康德是从德行的完善与可敬方面来谈崇高感的。

电视崇高感在传媒艺术研究中值得重视。大量的电视节目对于受众所产生的崇高感，对于电视节目的质量而言，是一个可靠的保证，同时，也为我们理解崇高范畴的发展和变异提供了许多个案资源。作为人文学科的美学与文学艺术息息相关，文学艺术的普遍性存在，决定了美学是不可能"终结"的。但是，文化范式和审美方式的转换，又要求美学理论必须是发展和创新的。康德关于审美理论的首要命题就是"审美无利害"，这是判定审美与非审美的根本界限。然而，在视觉文化氛围中，再若以此作为标准来划分审美与非审美，在很多时候是很难说清楚的。对于崇高感也是如此。康德曾以

---

① ［罗马］朗吉努斯：《论崇高》，见《缪灵珠美学译文集》第 1 卷，缪灵珠译，中国人民大学出版社 1998 年版，第 84 页。

② ［德］康德：《论优美感和崇高感》，何兆武译，商务印书馆 2001 年版，第 12 页。

③ 同上书，第 14 页。

"无利害"为根本标准明确指出："……对于崇高和对于美的愉快，都必须就量来说是普遍有效的，就质来说是无利害感的，就关系来说是主观和目的性的，就情况来说须表象为必然的。"① 换言之，作为审美范畴的崇高感，也只能是在无利害前提下被认知的。存在于高清晰度的电视图像中的"电视崇高感"，如果完全剥离与受众的直观和利害感而又要得到受众的高度契合和深度认同，那是非常困难的；反之，视觉文化的特征，产生了与印刷媒介完全不同的"电视崇高感"。文学作品中描写的崇高，是要通过文字的描述，表现出人物性格或抒写出主体的胸襟意志，如屈原的《离骚》、《国殇》，杜甫的《北征》，文天祥的《过零丁洋》、《正气歌》等，崇高感要在读者的想象中生成。而电视艺术中的崇高感，是要从受众的直观接受中获得，会给受众非常强烈而直接的印象。如在电视剧中表现的崇高感，起点在于主要人物一定要在很短的时间内获得受众的高度认同，在人格上、能力上有超出一般人之处，获得受众的普遍敬佩和内心的喜爱。如《渴望》中的刘慧芳、《历史的天空》中的姜大牙、《亮剑》中的李云龙、《长征》中的毛泽东等。而在电视剧中，通过一系列的曲折情节，表现出人物坚定不移的信念，或是对国家民族的赤胆忠心，或是对亲人、社会的无悔付出，或是为正义事业奋斗而表现出来的卓越智慧与过人功夫……只有获得观众喜爱和钦佩的人物，方能使其命运得到人们休戚与共的关注。而电视剧中这样的人物为了国家、民族，或为了他人、亲人等所做出的那些超出一般人的行为，发生的那些故事，经历的那些遭遇，取得的那些成就，都会给观众以强烈的崇高感。

三

电视崇高感是视觉文化、大众文化时代的产物，与传统美学中那种完全剥离利害关系的崇高范畴发生了明显的变异。传统美学中所指的崇高，与悲剧联系在一起，基本上都是与百姓的日常生活无缘；而当今时代的电视艺术，则是大众文化的产物，是与普通百姓的喜怒哀乐息息相关的。在电视剧和其他类型的电视节目中，都普遍性地贯穿着表达普通百姓日常生活的情感态度、行为方式。为数众多的家庭伦理剧中的电视崇高感，都是在家族内外的日常琐事中体现出来的，如《渴望》中的刘慧芳，《丑娘》中的母亲，

---

① ［德］康德：《判断力批判》，宗白华译，商务印书馆1964版，第98页。

《大哥》中的大哥文海，《家常菜》中的姐夫，等等，他们无不是在家长里短的矛盾中忍辱负重、甘于奉献，在繁杂家事中担当起顶梁柱的责任，使观众深深为之震撼的。革命历史题材和战争题材电视剧，其主要人物有着为国家、民族英勇奋斗的坚定信念，有着战胜敌人的过人智慧和卓越本领，但同时也有着平民百姓的情感逻辑和价值观念。如《历史的天空》中的姜大牙，从一个流氓无产者成长为我军的高级将领，其参加新四军的过程却是一场阴差阳错。他能够在新四军中坚持下来，则是被女政委东方闻樱所吸引。《亮剑》中李云龙率独立团攻打赵县县城，其动机是为了妻子秀芹报仇……这些设计非但没有损害人物的崇高感，反而大大增强了英雄人物的可爱之处。

优美给人的感受是柔和温馨的，而崇高感则因其自然界事物的难以把握和社会环境的艰难曲折而给人以强烈的震撼。康德指出："心情在自然界的表象中感受到激动；而在同样场合里对'美'的审美判断却是处于静观状态。这个激动（尤以在开始时）能够和一种震撼相比拟，这就是这一对象对我们同时快速地交换着拒绝和吸引。"① 具有崇高感的事物，给人的感觉不是温和宁静的，而是由恐怖或痛苦而转化成的快感。英国哲学家伯克论述崇高给人带来的心理时说："那些以某种表现令人恐惧的，或那些与恐怖事物相关的，又或者以类似恐怖的方式发挥作用的事物，都是崇高的来源。换言之，崇高来源于心灵所能感知到的最强烈情感。毫无疑问，在对身体和心智的影响方面，比之于那些最有见识的声色之徒所能表达的，或者那些最具想象力、具有最健康、最敏锐感官的人所能感受到的愉悦，我们所能承受的痛苦都要胜出许多。"② 电视艺术以高清晰度的影像给人以直观感受，从审美意义上讲，恐怖与痛苦对观众来说并非自己承受，而是来源于作品中人物的遭际。之所以崇高是作为审美的范畴，就在于它还是观赏性的，它通过超真实的影像呈现给观众，不能不使观众受到极为强烈的震撼。如电视剧中表现共产党员的坚贞不屈，为了信仰经受敌人的严刑拷打决不动摇，就带给人以直接的心理冲击，从而产生强烈的崇高感。《亮剑》中有这样一个镜头，独立团骑兵连连长与鬼子拼杀，一只胳膊被鬼子砍掉了，面对团团围住他的鬼子骑兵，他忍着剧痛，用剩下的一只胳膊举起战刀，高喊着："骑兵连，出击！"其场面无比悲壮、气壮山河，给观众以极大的震撼。这可以说是电

---

① ［英］伯克：《关于我们崇高与美观念之根源的哲学探讨》，郭飞译，大象出版社 2010 年版，第 36 页。

② 同上。

视崇高感最突出的例子。

电视崇高感还在于以奇妙构思或人物的独创性给观众带来惊奇之感。《潜伏》中的余则成、《黎明之前》中的刘新杰等形象，在谍战剧中都具有独创意义。他们对信仰的执着坚守，使其产生了深切的崇高感。反之，那些跟风而上的抗战剧、谍战剧，既没有独创的人物形象，也没有令人信服的情节，几个美女"英雄"无所不能、包打一切，令敌人纷纷倒在她们的"石榴裙下"。这样的作品是无法使人产生崇高感的，也不会给人留下什么印象。

"电视崇高感"概念的提出，无论是对美学理论还是媒介理论，都具有重要的价值。对于传统的美学理论而言，它是对崇高的审美范畴的延伸和发展；对于媒介理论而言，它是可以深化和拓展的领域，对于电视艺术实践同样具有很强的意义。电视崇高感有多种多样的表现形态，有广阔的提升空间。它不是远离人间烟火的说教，也非抽象的义理，而是具有明显的心理效应的审美功能。与以往的崇高理论相比，电视崇高感更接地气，更有人间烟火味，也更能使电视艺术产生持久的魅力。如此看来，它是值得我们深入思考的，也是值得我们在电视艺术中践行的。

观赏文明的理论价值与现实意义[*]

  "观赏文明"研究是北京市美育与文明基地 2012 年承担的北京市重大研究课题,"观赏文明"是一个具有明显的创新性的理论命题,也可以视为社会主义精神文明的重要组成部分,同时,也是美育和美学理论一个时代性很强的新的命题。而这两个方面的融通,使观赏文明成为当今理论界一个新的增长点。

一

  观赏文明作为人类文明发展的一种样式,当然并非从今日始;它作为理论命题的提出与倡导,却是在当下社会主义文化大发展大繁荣的背景下应运而生的。它和人们的文化生活、文明水准关系至为密切,在当今的社会公共文明建设及个人人格修养等方面占有非常大的比重。这是因为,从中国人的精神生活来看,涉及观赏的活动日益增加,观赏方式也愈加多样化。而观赏者自身的文明意识和行为方式,是社会精神文明形态的重要组成部分。

  观赏活动的对象与内容,是多种多样的。如对美术馆博物馆藏品的观赏、对文艺演出的观赏、对影视剧的观赏、对自然风光的观赏、对体育赛事的观赏等。观赏活动古已有之,如古罗马的角斗场、中国古代的勾栏瓦舍等,都是公共观赏的场所。不同类型的观赏,会有不同的行为规范要求,观赏芭蕾舞、交响乐和观赏二人转,在行为规范上是有相当大的差异的。

  从中国的情况来看,观赏活动是在改革开放之后得到大面积展开和大幅度提升。观赏活动也更多地普及到普通民众的生活之中。尽管如看戏、看电影也并非是少数人的专利,但因了物质条件的窘迫和可观赏对象的相对匮乏,观赏活动还是在很小的范围内进行的。改革开放之后数十年间,人们的

---

  * 本文刊于《现代传播》2013 年第 11 期。

物质生活水平得到了极大提高，文化生活的质量、样式也得到了前所未有的提升和发展。尤其是电视的普及让电子影像成为人们观赏的主要对象，为观赏活动注入了历史性的变异。西方文明随着改革开放的步伐，为更多的中国人所接受，如芭蕾舞和交响乐这些高雅艺术形式，也得到了更多人的认同。旅游的开发无论在中国大陆还是世界各地，都成为人们观赏的重要内容。可以认为，观赏活动是人们生活中不可或缺的重要组成部分了。然而，存在于观赏活动中的不文明的因素，也是普遍化的。这些因素妨碍着整个社会精神文明的程度。观赏文明的提出，源自于中国社会精神文明的整体提升的角度。

　　观赏文明对于美学和美育理论有深刻的理论意义。美学发展到今天，产生了许多新的变化。20世纪的哲学思想已经和传统的哲学理论有了颇为明显的不同，作为人的世界观的重要部分的审美观，深受那些林林总总的新的哲学派别的影响，而提出了很多新的美学理论。后现代主义思潮使传统的美学理论受到了严重的挑战，传统的美学理论被深刻质疑，而碎片化的后现代思潮却无法拿出系统的美学思想。波德里亚、布迪厄、福柯等思想家，从社会学角度提出了一些消费社会的文化结构和审美特征，无疑是非常具有震撼力的。贝尔和詹姆逊等对于资本主义文化矛盾的分析批判，也无疑是非常深刻的，但这些都代替不了对于美学理论的延续与建构。"观赏文明"这个命题的提出，当然也不可能承担这样的使命，但它的建构性质可以使我们得到美学理论方面的生发。审美的现实与以往的审美殊为不同，如果按着康德的经典美学观念——"美是无功利的"，那当今时代的大量审美现象都要被排除于审美之外，这实际上是不可能的。后现代主义的文化研究著作，基本上是对当代文化现实的描述，在与传统美学的衔接和发展方面，却是风马牛不相及的。

　　观赏文明无疑有社会学的意义，但从美学角度来看，价值尤为突出。观赏文明当然不限于艺术观赏，但是艺术观赏却可以最为典型地体现观赏文明的审美本质。可以这样认为，人类的任何一点进步，都与其审美观的变化深切相关，而观赏文明正是人的审美观的直接反映。

　　我们这个课题的研究范围是将观赏限制于艺术观赏之中的，当然，这个"艺术"也还是广义的，如园林艺术、公共艺术、城市设计艺术、数码艺术等，都包含在艺术范围之内。在审美领域，观赏是最具感性直观的性质的，尤其是视觉的直观性质。观赏本身是不可以脱离视觉直观的方式。图像作为观赏的主要对象，与传统的"图像"含义已有根本的区别，我们不可以混淆起来认识和考量。图像成为我们这个时代非常突出的文化元素和审美元素，以至于有许多著作和文章谈论图像的问题，使之成为这个时代最耀眼的关键词。而如果将现在的图像与传统的"图像"混为一谈，这种探讨就没有多大意义了。笔者在《图像的审美价值考察》一文中为图像作了一个界定："我们所说的'图像'包括视像、影像等指的是凭借当代的大众传媒，通过电子等高科技手段大批复制出来的虚拟性形象。"① 其初衷就是为了使当代的电子图像和传统的视觉形象区别开来。图像在当代的审美现实中已经是最为普遍的对象。它不仅存在于电影电视中，其他的艺术样式中也都以这种电子图像为新的审美要素。如戏剧戏曲的舞台背景，综艺晚会的舞台设计，购物中心的广告等，往往都是以高清晰度的电子图像吸引着人们的视觉。它们给人们的视觉带来了强烈的冲击，也使我们似乎置身于这种被波德里亚称之为"仿像"的炫惑之中。

观赏活动与当今时代对图像的消费是密切相关的，但是观赏活动本身的理想状态是在视觉直观中的升华。这本身便是一个当代性的审美话题。面对图像的视觉直观会给我们带来更为强烈更为明快的审美快感，这一点当然是不同于面对文字的"思而后得"的。但视觉的审美快感，并非是以牺牲理性的内涵为其必然代价的。好的艺术品，必然蕴含着其真理性。相反，当代电子图像构成的艺术品，如若其自身具有很高的艺术性和真善美的意蕴，会以更为直接、更为明快的感官效应作用于审美主体的心灵。面对艺术品的观赏，无疑是一种直接的审美活动。观赏不仅是一种视觉直观，而且是当下的超越，也就是在视知觉生成的同时，得到心灵的净化与提升。这对于观赏主体的品位和能力，都提出了更高的要求。

二

观赏文明的侧重点在于观赏者即观赏主体，这对于美学的理论生长是一个独特的角度。我们这个课题研究的侧重点在于艺术观赏，艺术观赏当然是审美活动。从美学的角度来说，观赏主体也即审美主体。而观赏在审美活动中最突出的特征在于视觉直观，而且是在公共场域中进行的。这对观赏主体提出了更高的要求，作为切合身份的观赏者，首先是要对观赏对象有专业性了解，无论观赏美术作品，还是文艺演出，真正的观赏应该是"懂行"的，

① 张晶：《图像的审美价值考察》，《文学评论》2006 年第 4 期。

也就是对于某个艺术门类的艺术语言，有相应程度的理解，从形式到内容，能够在直观的鉴赏中，当下判断出其艺术水平的高下，并且品味出其中的美妙。当然，大众文化一些流行的艺术样式，如相声、小品等则无须深奥的专业知识。而大多数的艺术门类，如国画、油画、圆舞曲、芭蕾舞等，真正的观赏是需要具有一定的专业性了解。在某种意义上讲，观赏是对应于某种特定的艺术门类的。这就要求观赏主体对于所观赏的艺术门类具有一定的专业艺术修养。这就比一般性的审美，提出了更为专业性的要求。传统的美学理论，在审美主体方面，更加倾向于较为抽象的思辨，如康德美学，对于审美主体的论述是很多的，但他所要求的，是那种无利害的、不经由概念的鉴赏判断。那么关于对象的审美价值的判断，康德提出的是先验的"共通感"。西方心理学的发展，对人们的审美心理有了更加细致、更加科学的描述。而当下的艺术观赏，由于观赏对象的变化，观赏主体的习惯、水平、趣味等都发生相应的变化。这应该是美学理论的生长点。

从现实来看，观赏文明对于社会文明的建构有着非常重要的意义。随着当代社会物质生活水平的提高，艺术观赏和旅游观赏等不再局限于少数人，已经成为大众化的活动。文化产业和旅游业在国家经济总量中占有的比例大大提升，而这就意味着从事观赏活动的人次成几何级数增长。近年来到海外观光旅游的人大幅度增长，世界各地都有中国游客的团队。但是，经济实力的增长与文明素养的提高没有必然的联系，很多腰包饱满的观光客，却缺少基本的文明素养。很多不文明的观赏习惯使中国人的声誉受损。南京一少年在埃及千年神庙刻写"到此一游"的行为，就是典型的事例。在博物馆里对不许触摸的展品触摸，在不让拍照的地方拍照，在艺术观赏中不该喧哗的时候喧哗，不该鼓掌的时候鼓掌，诸如此类。这些不文明的观赏行为，都给中国人的声誉造成了负面影响。

观赏文明作为社会精神文明的类型之一，应该得到全面的、理性的建构，它属于那种直观的、可见的文明形式，所关涉的范围有着最大的社会相关度。观赏文明当然不止于对不文明观赏行为的批判和制约，而是一个多层次的理论系统；但是对不文明观赏行为的归纳整理及批评，是其中最具实践价值的内容；同样，对于一些文明观赏的行为规范的系统性建构，也应是观赏文明的有机内容。观赏文明在中国和西方有各自不同的传统，譬如西方的交响乐和芭蕾舞的观赏，有相应的礼仪规范相沿至今；中国的戏剧戏曲观赏也有相应的规范。观赏文明研究都应将这些内容加以整合。旅游观赏是最为大量的观赏活动，直接涉及对中西方文明的传承与保护。旅游观赏文明的行为规范的建立与传播，对于国家和世界的旅游事业、文化遗产保护等都有雪中送炭的价值。

从美育的角度来看，观赏文明的建构与研究更是具有划时代的意义。美育并非什么新鲜的论题，从德国古典哲学家席勒，到中国 20 世纪初的著名教育家蔡元培，都以提倡美育著称于世，而且产生深远的历史性影响。美育也进入到国民教育的基本内容之中，德、智、体、美并列，可见美育在当代教育体系中是占有重要位置的。国务院于 1999 年作出关于全面推进素质教育的决定，美育是其中的重要内容："美育不仅陶冶情操、提高素养，而且有助于开发智力，对于促进学生全面发展具有不可替代的作用，要尽快改变学校美育工作薄弱的状况，将美育融入学校教育全过程。中小学要加强音乐、美术课堂教学，高等学校应要求学生选修一定学时的包括艺术在内的人文学科课程。开展丰富多彩的课外文化艺术活动，增强学生的美感体验，培养学生欣赏美和创造美的能力。地方各级政府和各有关部门要为学校美育工作创造条件，继续完善文化经济政策，各类文化场所（博物馆、科技馆、文化馆、纪念馆等）要向学生免费优惠开放，鼓励文化艺术团体到学校演出高雅健康的节目。农村中小学也要充分利用当地文化资源，因地制宜地开展美育活动。"[①] 国务院以正式文件的形式在政策层面将美育纳入学校教育的全过程，同时，也调动各种文化资源为美育服务，这是从学校美育的层面上对美育的定位。然而，学校美育主要是针对学生施行的，而在学校之外的美育有更为广泛更为深层的效应。学校美育是纳入学校教学计划的，是有明确的目的性，带有明显的理性色彩，而以美育的本质来说，美育更应该是感性的、潜移默化的。除学校美育之外，社会有着更广泛、更普遍乃至更重要的美育功能，蔡元培先生称之为"社会美育"。蔡元培先生指出："学生不是常在学校的，又有许多已离开学校的人，不能不给他们一种美育的机会，所以又要有社会的美育。"[②] 蔡元培先生还列举了许多社会美育的设施如美术馆、美术展览会、音乐会、剧院、影戏馆、历史博物馆、古物学陈列所、人类学博物馆、博物学陈列所与植物园、动物园等，这些都是美育的重要场所。蔡元培还从人居环境的角度指出"地方的美化"也可以起到无所不在的美育作用，第一是道路，第二是建筑，第三是公园，第四是名胜的布置，第五是古迹的保存，等等。时代发展到今天，艺术观赏、旅游观赏等都是社

① 叶小纲：《人诗意地栖居在大地上》，中国文联出版社 2010 年版，第 234 页。
② 蔡元培：《蔡元培美学文选》，北京大学出版社 1983 年版，第 156 页。

会美育的直接途径。无论哪种观赏，都有着浓郁的趣味性和明显的直观性。人们是在赏心悦目中得到审美教育和文化熏陶的。提高观赏的品位和质量，对于人的美育来说尤其重要。

观赏文明作为精神文明的一种形态，其根本宗旨在于人的全面发展。习近平同志在十二届全国人大闭幕会上的讲话多次谈到"中国梦"，时下已经成为全国上下热议的话题。"中国梦"的内涵，最主要的是"国家富强，民族振兴、人民幸福"，而这三者又是密切联系的。"中国梦"作为凝聚全国人民的理念，其特点在于不仅是国家的民族的，也是个人的，而且是把国家民族的理想和个人的理想密切联系在一起。在笔者的理解里，"中国梦"绝不仅是国力的强大、经济的富裕，而是在国家富强的同时，使全民族的文明程度空前提高，每个人能够获得全面的幸福感。"中国梦"中讲的"人民幸福"，绝不是抽象的概念，而是指着一个个鲜活的个人。在个人意义上的幸福，不仅是物质上的享受，还有个人的尊严和个人价值的实现。习近平同志在人大闭幕会上阐述"中国梦"时说："中国梦是民族的梦，也是每个中国人的梦。只要我们紧密团结，万众一心，为实现共同梦想而奋斗，实现梦想的力量就无比强大，我们每个人为实现自己梦想的努力就拥有广阔的空间。生活在我们伟大祖国和伟大时代的中国人民，共同享有人生出彩的机会，共同享有梦想成真的机会。"这是对个人的理想和尊严的尊重，也是以马克思主义"人的全面发展"为渊源的。马克思在《1844年经济学哲学手稿》中指出："共产主义是私有财产即人的自我异化的积极扬弃，因而也是通过人并且为了人而对人的本质的真正占有；因此，它是人向作为社会的人即合乎人的本性的人的自身的复归，这种复归是彻底的、自觉的、保存了以往发展的全部丰富成果的。这种共产主义，作为完成了的自然主义，等于人本主义，而作为完成了的人本主义，等于自然主义；它是人和自然界之间、人和人之间的矛盾的真正解决，是存在和本质、对象化和自我确立、自由和必然、个体和类之间的抗争的真正解决。它是历史之谜的解答，而且它知道它就是这种解答。"① 这是马克思对于共产主义的理解，共产主义的实现，其最重要的便是人的全面发展，是对人的本质的真正占有。观赏文明作为人类精神文明的一种重要类型，也可以视为时代性的命题。从它的宗旨来看，正是马克思所说的"人也按照美的规律来塑造"。观赏文明的提出，既回答了美学发展中的问题，也回答了精神文明在操作层面的问题。它是对当前各种

---

① ［德］马克思：《1844年经济学哲学手稿》，刘丕坤译，人民出版社1979年版，第73页。

类型的观赏方式的整合与提升。观赏文明在内在的层面上，是对人的感觉丰富性的养成，而这种感觉的丰富性，是与人的审美素养的提高直接相关的。电子科技时代的图像在我们的观赏中成为主要的角色，在很大程度上改变了人们的感知世界的方式，正如海德格尔所指出的："在世界成为图像之处，存在者整体被确定为那种东西。人对这种东西作了准备，相应地，人因此也把这种东西带到自身面前来。所以，从本质上看来，世界图像并非意指一幅关于世界的图像，而是指世界被把握为图画了。"① 海德格尔的语言素以晦涩著称，而此处对图像的论述使人们感觉到其对当代人的感知方式变化的重要判断，如果将"世界图像"作为本文的最重要的关键词，海德格尔非常敏锐地揭示其与以往的含义的深刻变化。如其所言："说到图像一词，我们首先想到的是关于某物的画像。据此，世界图像大约就是关于存在者整体的一幅图像了。但实际上，世界图像的意思要多得多。我们用世界图像一词意指世界本身，即存在者整体，恰如它对我们来说是决定性和约束性的那样。图像在这里并不是指某个摹本，而是指我们在'我们对某物了如指掌'这个习语中可以听出的东西。"② 如果说，按一般的理解，图像就是"某物的画像"的意思，而海德格尔刻意地用"世界图像"所指谓的深意便在于当今时代所发生的整体性变化，是由于图像带来的。"世界被把握为图像"，其意谓便在于人们是以图像的方式来把握这个世界了。海德格尔又更为本质地指出："世界图像并非从一个以前的中世纪的世界图像演变为一个现代的世界图像；毋宁说，根本上世界成为图像，这样一回事情标志着现代之本质。"③ 海德格尔把图像作为当今时代与以往时代的本质区别的标志。

在这种情形下，人的感觉能力必须变化与提高，以期形成人的本质力量之当代化。马克思对于人的本质力量的论述，是与感觉的能力紧紧联系在一起的："因此，一方面，随着对象性的现实在社会中对人说来到处成为人的本质力量的现实，成为属人的现实，因而成为人自己的本质力量的现实，一切对象也对他说来成为他自身的对象化，成为确证和实现他的个性的对象，成为他的对象，而这就等于说，对象成了他本身。对象如何对他说来成为他的对象，这取决于对象的性质以及与其相适应的本质力量的性质；因为正是

① ［德］海德格尔：《世界图像的时代》，见孙周兴选编《海德格尔选集》，上海三联书店1996年版，第899页。
② 同上书，第898页。
③ 同上。

这种关系的规定性造成了一种特殊的、现实的肯定方式。眼睛对对象的感受与耳朵不同，而眼睛的对象不同于耳朵的对象。每一种本质力量的独特性，恰恰是这种本质力量的独特的本质，因而也是它的对象化之独特方式，它的对象性的、现实的、活生生的存在的方式。因此，人不仅在思维中，而且以全部感觉在对象世界中肯定自己。"① 观赏文明作为精神文明的一种形态，以人学的思维向度来看，正是人的本质力量的提升途径。对象的特殊性和时代性，造就了人的本质力量的特殊性和时代性。观赏文明研究应该是从具体的观赏种类的观赏方式出发来进行建构的，从感觉的意义上来发展人的本质的全部丰富性。

三

　　观赏文明所关注的主要在公共领域中进行的观赏活动，因此，它对社会美的提升和社会和谐指数的增强有直接的功能。社会美是存在和呈现于社会领域中的美，很多事物从政治的、社会的、伦理的角度都有其重要意义，而其感性形式，也可从审美的角度得到呈现与认同。所谓审美的角度，包括情感的力量和形式的动力。这在社会事物中其实是不能缺少的。一个重要的社会事物，自然有其政治的、社会的功能，而从审美角度来呈现它、认同它，会释放出不可取代的特殊能量。在当今的传媒时代，大量的影像报道，都是从审美的角度让人们得到心理的认同和情感的感染。尤其是对一些模范人物的宣传，对一些重大事件的报道，对一些好风尚的宣传等，政府和媒体都特别注重从审美的角度进行传播，大大增强了传播的力度和可信度。对于近年来模范人物如最美教师张丽丽、最美司机吴斌等的宣传，审美的角度得以凸显。观赏活动虽然有很大一部分是对于艺术产品而言的，但因其在公共领域里发生，必然会产生社会美的效应。反之，一些不文明观赏行为，必然会使社会受到审美方面的损害。如那位南京少年在埃及神庙刻写"到此一游"这一行为，是典型的不文明观赏行为，这虽然只是当事人的个人行为，但却无疑会使中国人的直观整体形象受到影响。在公共观赏的影剧院、艺术馆里大声说话、吃零食、过分亲昵甚至猥亵的行为举止，当然会严重地影响整体环境的优美气氛。和谐社会是我国近年来大力提倡、各方致力的社会性工作目标，也是人心之所向。为此，我们党和政府投入了大量的人力物力进行物

---

① ［德］马克思：《1844 年经济学哲学手稿》，刘丕坤译，人民出版社 1979 年版，第 78 页。

质和精神方面的建设。公共领域的文明秩序和友好氛围，是和谐社会的窗口。在公共观赏的场所发生不文明观赏的行为，又造成了严重的后果，会直接影响到和谐社会的建设，如在足球赛事的观赏中，一些球迷的辱骂斗殴，形成了明显的不和谐因素；反之，文明的观赏习惯会为社会增加许多优美和谐的亮点，成为彰显我们民族高度文明素养的景观。

观赏文明作为理论命题的提出，当然不止于文明观赏的一些行为规范的研究整理，这只是其中的组成部分。观赏文明作为精神文明的一种形态，具有强烈的时代感和迫切性。中国梦的内涵，以"国家富强，民族振兴，个人幸福"为其主要内涵，经济的因素远非全部，物质文明和精神文明的双翼腾飞，才能真正实现中华民族的伟大梦想。在精神文明范畴之中，有很多需要着力建设的问题，而观赏文明是可以作为比较显性的、比较易于入手的层面进行切入的。对观赏文明的研究不能止于表层因素，仅是简单化地归纳概括，如此则会丧失其纵深开掘的空间。观赏文明的研究是一个复杂的系统工程，涉及美学、社会心理学、伦理学等重要的理论领域，既可以从这样一些理论角度进入把握，也可以使这些领域得到学理性的深化。观赏文明研究的现实意义自不待言，带着明确的问题意识，剖析时下大量存在的不文明观赏现象，揭示其历史原因、社会原因和心理原因，明确观赏活动的一些文明规范，为政府决策和公共管理提出有效可行的理论支撑，是观赏文明研究的主要现实落脚点。

观赏文明这个理论命题刚刚提出，当然谈不上成熟和体系建设，有待于综合、梳理和分析概括的东西甚多，如果要深入下去，取得令人信服的理论建树，还有大量艰苦细致的工作等待我们去做。笔者将这个命题呈现给世人，是想引发理论界的关注，并一起进行有益的探索。

艺术媒介与审美感兴

——试论艺术创作发生的内在物性特征*

感兴是传统的中国美学范畴，却有着丰富的现代美学理论价值；艺术媒介是一个带有西方美学色彩的范畴，在艺术哲学中被许多西方学者所论及。而在我们看来这二者之间却在艺术创作领域中有内在的相通之处。

感兴源于中国的早期诗学，而在后来的发展中意义得到了普遍性的升华。学界一般对感兴的理解与阐释是"触物以起情"，也即诗人受到外在事物的触发而兴发情感并产生创作冲动，因而，感兴与感物是难以明确区分的。魏晋时期著名文论家刘勰对"兴"的界说是："兴者，起也。"① 所起者何？正是诗人之情感。刘勰又说："人禀七情，应物斯感，感物吟志，莫非自然。"② 也揭示出诗兴之发动是"感物吟志"的产物。笔者在这里要表述的观点是：感兴并非只是由物感而触发的诗人（或艺术家）的情感，而且诗人（或艺术家）以其独特的艺术媒介感受外部世界，在与难以预期的事物邂逅触遇时兴发的艺术神思。这种艺术神思并非止于抽象的内在语言和情感波动，而是凭借内化的艺术媒介（也可称为媒介感），受到偶然的外物触遇感召，产生了诗人（或艺术家）的内在审美构形。

一

在艺术创作和艺术理论领域中，媒介的价值、媒介的功能尚未得到系统的研究和集中的揭示，而实际上，媒介之于艺术是至关重要的。离开了媒介，艺术本身就只能是一句空话。对于艺术品的物化表达来说，必须以媒介

* 本文刊于《江海学刊》2014 年第 3 期。
① 范文澜：《文心雕龙注》，人民文学出版社 1962 年版，第 601 页。
② 同上书，第 65 页。

为工具方可实现；对于艺术创作的思维过程而言，同样是要以媒介的内在化运行方可完成。只有这种内外的联通，艺术创作才能从理念走向实践。笔者在论述"艺术媒介"时曾这样表述："艺术媒介是指艺术家在艺术创作中凭借特定的物质性材料，将内在的艺术构思外化为具有独创性的艺术品的符号体系。艺术创作远非克罗齐所宣称的'直觉即表现'，而有一个由内及外、由观念到物化的过程，任何艺术作品都是物性的存在，艺术家的创作冲动、艺术构思和作品形成这一联结，其主要的依凭就在于艺术媒介。"① 媒介具有物性的特征，这也是艺术品之所以成为客观存在的最根本的原因。如果艺术创作停留在头脑中的观念形态，那么，无论你如何宣称你的作品是伟大的，也不可能成为真正的艺术而只能徒然成为人们的笑柄。即便是将直觉推向审美活动的极端的克罗齐，其实也并不否认艺术创作中媒介的存在和作用，如其所言："既承认个别艺术有分别与界限，就不免要问：哪种艺术是最强有力的呢？把几种艺术联合在一起，我们是否得到更强有力的效果呢？我们对此毫无所知，只知道在每个事例中，某某艺术的直觉品需要某种物理的媒介，某某其他艺术的直觉需要它种物理的媒介，作再造的工具。"② 克罗齐是将以媒介进行艺术表现的阶段与内在的直觉阶段分割开了。他主张直觉的阶段是本能的审美，而通过媒介的"再造"则是"外射的实践活动"。因而，克罗齐虽然承认媒介的存在，但认为它只是"再造的工具"，而与内在的审美直觉是割裂的，分离的。

我们之所以将"艺术媒介"作为文艺美学的一个基本问题加以申说阐述，就是认为媒介是连通艺术家的内在运思与作品的物化表现的唯一通道。这可以视为诗（文学）与其他门类艺术的通则。对于媒介问题有深入阐述的一些杰出的美学家，如：黑格尔、杜威、鲍桑葵、奥尔德里奇、古德曼等，都主张媒介是内在于艺术家的精神世界中，以其特定的媒介感觉来感受外在世界，兴发独特的审美情感，从而形成艺术的审美构形的。换言之，越是成熟的、卓越的艺术家，内在于心的媒介感觉越成为其产生创作冲动、审美运思的动力，在创作发生的感兴阶段，媒介就有着与生俱来的功能——这当然是对成熟的、富有个性的艺术家而言。说到这里，可以明显看到，这是与克罗齐的观念截然相反的。

① 张晶：《艺术媒介论》，《文艺研究》2011年第12期。
② ［意］克罗齐：《美学原理·美学纲要》，朱光潜译，外国文学出版社1983年版，第126页。

恰在此处，艺术媒介与审美感兴相遇了，而且彼此贯通了。感兴是诗人（或艺术家）偶遇外物的变化而唤起了内心的情感而产生创作的冲动，同时也就进入了内在的审美构形。在诸多对感兴的界说中，笔者认为宋人李仲蒙"触物以起情，谓之兴，物动情者也"①最能概括"感兴"说的审美本质，这其中的关键要素，一是感兴的偶然性，二是心与物的遇合性。言感兴者，皆可见之。魏晋时期的孙绰就说："情因所习而迁移，物触所遇而兴感。"②唐代诗人王昌龄所列诗歌创作"十八势"之第九"感兴势"："感兴势者，人心至感，必有应说，物色万象，爽然有如感会。"③宋代大诗人杨万里以"兴"法为诗之上："大抵诗之作也，兴，上也；赋，次也；赓和，不得已也。然初无意于作是诗，而是物是事，适然有触乎我，我之意亦适然感乎是物是事，触先焉，感随焉，而是诗出焉，我何与哉？"④明代诗论家谢榛所说："诗有天机，待时而发，触物而成，虽幽寻苦索，不易得也。"⑤这些都是典型的感兴论。所谓"触"、"遇""适然"等，都有着明显的偶然性质。而这种偶然恰是诗人（或艺术家）与外物的遭逢之契机。感兴之所以在诗或其他艺术创作中起着重要的发动作用，成为创作的原动力，关键在于它不是事先立意，不是幽寻苦索，而是诗人以其敏锐的感受在外物的兴发下产生了淋漓澎湃的创作冲动，并由此进入了审美构形阶段。

二

从艺术创作的审美角度来说，感兴并非随便什么人都可产生，主体的艺术修养、艺术语言的谙熟和作为诗人（艺术家）的创作欲望，都是必备的条件。艺术媒介是内化在诗人的审美感受之中的，或者说，诗人是以其特殊的媒介感来感受和把握世界的。

再从物性的角度来看媒介的性质及功能。关于艺术品的物性，这是探讨艺术媒介的重要理论支点。海德格尔于此说道："一切艺术品都有这种物的

---

① （宋）胡寅：《斐然集》卷18《与李叔易书》，中华书局1993年版，第386页。

② （晋）孙绰：《三月三日兰亭诗序》，见严可均《全晋文》卷61，商务印书馆1999年版，第638页。

③ ［日］遍照金刚：《文镜秘府论·地卷》引，人民出版社1975年版，第41页。

④ （宋）杨万里：《诚斋集》卷67《答建康府大军库监门徐达书》，四部丛刊本，第6页。

⑤ （明）谢榛：《四溟诗话》卷2，见丁福保《历代诗话续编》，中华书局1983年版，第1161页。

特性。如果它们没有这种物的特性将如何呢？或许我们会反对这种十分粗俗和肤浅的观点。托运处或者是博物馆的清洁女工，可能会按这种艺术品的观念来行事。但是，我们却必须把艺术品看作是人们体验和欣赏的东西。但是，极为自愿的审美体验也不能克服艺术品这种物的特性。建筑品中有石质的东西，木刻中有木质的东西，绘画中有色彩，语言作品中有言说，音乐作品中有声响。艺术品中，物的因素如此牢固地现身，使我们不得不反过来说，建筑艺术存在于石头中，木刻存在于木头中，绘画存在于色彩中，语言作品存在于言说中，音乐作品存在于音响中。"① 艺术品的存在并不止于物性，这是没有问题的，但它的客观存在却必须依凭于物性。所以海德格尔又说："但是在艺术品中使别的什么敞开出来的唯一因素以及与别的什么因素结合起来的唯一因素，仍是艺术品的物性。这看起来，艺术品的物的因素仿佛是一屋基，其他的什么和本真的东西依此建立。艺术家凭他的手工所真正制造的不就是艺术品的物性吗？"② 物性与其物质性材料如音响、色彩、石头之类有直接关系，但并非完全是一回事。物性在笔者的理解中是艺术品的整体的客观性存在的性质。在这个意义上说，媒介是具有无可怀疑的物性的。媒介是离不开材料的（如音响、语言、色彩、石头等），但不等同于材料。黑格尔谈及媒介时说："艺术品既然要出现在感性实在里，它就获得了为感觉而存在的定性，所以这些感觉以及艺术作品所借以对象化的而且与这些感觉相对应的物质材料或媒介的定性就必然提供各门艺术分类的标准。"③ 黑格尔以不同艺术门类的媒介提供了艺术分类的标准或者说是依据，并由此揭示艺术审美的感觉性质，这是颇为重要的观点。然而，黑格尔在这里并没有将材料和媒介加以区分，而20世纪美国著名的哲学家奥尔德里奇则明确指出媒介与材料的区别，把这个问题向前大大推进了一步："即使基本的艺术材料（器具）也不是艺术的媒介。弦、颜料或石头，即使在被工匠为了艺术家的使用而准备好以后，也还不是艺术的媒介。不仅如此，甚至当艺术家在使用弦、颜料或石头时，或者在艺术家在完工的作品中赋予它们的最终样式中，它们也还不是媒介。在这种最终的状态中，基本的艺术材料已被艺术家制作成一种物质性事物——艺术作品——它有特殊的构思，以便让人们把它当作审美客体来领悟。当然，在创作的过程中，本身对于艺术家来说是

① ［德］海德格尔：《诗·语言·思》，彭富春译，文化艺术出版社1991年版，第23页。
② 同上。
③ ［德］黑格尔：《美学》第3卷上册，朱光潜译，商务印书馆1979年版，第12页。

物质性事物，而不是物理客体。艺术家并没有对它们进行观察。确切地说，艺术家首先是领悟每种材料要素——颜色、声音、结构的特质，然后使这些材料和谐地结合起来，以构成一种合成的调子（composite tonality）。这就是艺术作品的成形的媒介，艺术家用这种媒介向领悟展示作品的内容。严格地说，艺术家没有制作媒介，而只是用媒介或者说用基本材料要素的调子的特质来创作，在这个基本意义上，这些特质就是艺术家的媒介。艺术家进行创作时就要考虑这些特质，直到将它们组合成某种样式（Pattern），某种把握了他想要向领悟性视觉展示的东西的样式。艺术家用这些特质来进行创作，后者就是艺术家的媒介。在艺术家的创作经验中，每一种材料都被当成一种小的、基本的审美客体。因此，合成的审美客体并不是领悟主体和艺术作品之间的一种若有若无的障碍。审美客体就是在其种类外观下出现的按一定构思组合的物质性事物（艺术作品），这种外观是适合于领悟性知觉的。"① 奥尔德里奇这样一大段论述看起来有些夹缠不清，但其中的主要意思还是给人以深刻启示的。奥氏认为那些具体的材料如声音、颜料、色彩、石头等并非真正的"媒介"，而只是其中的要素，"媒介"是在不同的门类的创作中由材料构成的整体的样式或者说"调子"。材料并非是媒介的全部，媒介还有非物质性材料的成分，那就是呈现为物质性外观的整体样式。其实，美国著名哲学家古德曼在其代表性著作《艺术语言》中所说的"符号系统"（symbol systems），或许可以更为明白地标示出媒介的这种性质，而与"艺术语言"这个概念相比，"媒介"更突出了它的物质性。

　　将媒介与材料作这样的区分是十分必要的，在艺术创作中，材料是媒介的物质要素，但媒介是将材料呈现为艺术品的物质化外观的整体样式，媒介是在诗人（艺术家）的内在艺术思维中就是须臾不可离开的东西。从大的方面说，不同的艺术门类有不同的媒介，不同的媒介恰是区分不同的艺术门类依据与标志。黑格尔谈到艺术分类的标准时指出："分类的真正标准只能是根据艺术作品的本质得出来，各门艺术都是由艺术总概念中所含的方面和因素展现出来的。在这方面头一个重要的观点是这个：艺术品既要出现在感性实在里，它就获得了为感觉而存在的定性，所以这些感觉以及艺术作品所借以对象化的而且与这些感觉相对应的物质材料或媒介的定性就必然提供各门艺术分类的标准。"② 我们要接着说的意思是，不同门类的艺术，依媒介

---

　　① ［美］奥尔德里奇：《艺术哲学》，程孟辉译，中国社会科学出版社1986年版，第56页。
　　② ［德］黑格尔：《美学》第3卷上册，朱光潜译，商务印书馆1979年版，第12页。

的不同形态而划分，同时，也依据不同的媒介而进行创作，在其观念化的内在艺术思维过程中，不同的媒介就是不同门类的艺术家所凭借的最基本的工具。诗人（或艺术家）对于外在世界的感受，他们所赖以发生创作冲动的审美情感，就远非一般性的情感，而是伴随着媒介而兴发的。为了区别于艺术创作中的物化阶段的媒介，我们可以称之为媒介感。这种内在于艺术家思维中的媒介，英国美学家鲍桑葵称为"感觉的媒介"①，为了区别于艺术创作中的物化阶段的媒介，我们可以称之为媒介感。这种媒介感使艺术家在触遇外界事物时产生了强烈的兴奋，正如鲍桑葵所揭示的那样："因为这是一件无比重要的事实。我们刚才看到，任何艺人都对自己的媒介感到特殊的愉快，而且赏识自己媒介的特殊能力。这种愉快和能力感当然并不仅仅在他实际进行操作时才有的。他的受魅惑的想象就生活在他的媒介的能力里；他靠媒介来思索，来感受；媒介是他的审美想象的特殊身体，而他的审美想象则媒介的唯一灵魂。"② 鲍桑葵在这里所提出的思想，正是笔者对于媒介的基本观念。诗人（艺术家）在其产生创作冲动、进入审美想象的阶段，就是以媒介为动力因素的，或者说是凭着媒介把握了外界事物的触点，从而得到了空前兴奋的投入状态，作品的胚胎便油然而生！这里所说的媒介也就是内在的媒介感。诗人（或艺术家）是凭着媒介来感受外部世界的。

三

与之联系的是审美情感与媒介的相生相依的关系。艺术创作的发生，离不开审美情感的动力作用，而审美情感是由自然情感变异升华而来的。中国古代艺术理论中如"凡音者，生人心者也。情动于中，故形于声，声成文，谓之音。"（《礼记·乐本》）"诗缘情而绮靡"（陆机语），"岁有其物，物有其容，情以物迁，辞以情发。"（刘勰语）等，都说明了情感对于创作的发生作用。而情感的审美化，是离不开媒介的功能的。正如鲍桑葵在反驳克罗齐的观点时所说的："但是我不由得觉得，他自始至终都忘掉，虽则情感是体现媒介所少不了的，然而体现的媒介也是情感所少不了的。"③ 这对我们极富启示性。在艺术创作中，媒介的功用须有待于情感的发动，而审美情感

① ［英］鲍桑葵：《美学三讲》，周煦良译，上海译文出版社 1983 年版，第 33 页。

② 同上书，第 31 页。

③ 同上书，第 34 页。

的生成，更是离不开媒介的运动的。进而言之，诗人（或艺术家）在与外物的触遇中兴发起灵感，进入创作状态，并且在神思方运中完成了审美构形，媒介是其所依凭的内在工具。德国著名哲学家卡西尔认为，那些杰出诗人的经典作品，并非只是强烈情感的迸发，而是凭着媒介形成了完整的结构，他说："伟大的抒情诗人——歌德、荷尔德林、华兹华斯、雪莱——的作品所给予我们的并不是诗人生活的乱七八糟支离破碎的片断。它们并非只是强烈感情的瞬间突发，而是昭示着一种深刻的统一性和连续性。"他又引用了歌德的相关论述清晰地表达了他的观点："歌德写道：'艺术并不打算在深度和广度是与自然竞争，它停留于自然现象的表面；但它有着自己的深度，自己的力量。它借助于在这些表面现象中见出合规律性的性格、尽善尽美的和谐一致、登峰造极的美、雍容华贵的气氛、达到顶点的激情，从而将这些现象的最强烈的瞬间定形化。'这种对'现象的最强烈的瞬间'的定形既不是对物理事物的模仿，也不只是强烈感情的流溢。这是对实在的再解释，不过不是靠概念而是靠直观，不是以思想而是以感性形式为媒介。"①卡西尔非常明确地表达了他的观点，即：艺术创作决非只是强烈情感的流溢，是以感性形式为媒介来完成内在的审美构形的。杜威则是从经验的角度具体地谈到了艺术家以媒介的眼光来把握对象，从而创造出内在的审美意象，他说："画家并非带着空白的心灵，而是带着很久以前就注入到能力和爱好之中的经验的背景，或者带着一种由更晚近的经验形成的内心骚动来接近景观的。他有一颗期待的、耐心的、愿意受影响的心灵，但又不无视觉中的偏见和倾向。因此，线条与色彩凝结在此和谐而非和谐之上。这种特别的和谐方式专门是线条与色彩的结果，而是实际的景观在与注视者带入的东西相互作用后产生的应变量。某种微妙的与他作为一个活的生物的经验之流间的密切关系使得线条与色彩将自身安排成一种模式和节奏而不是另一种。成为观察的标志的激情性伴随着新形式的发展——这正是前面说到过的审美情感。但是，它并非独立于某种先在的、在艺术家经验中搅动的情感之外；这后一种情感通过与一种从属于具有审美性质材料的视觉形象的情感上融合而得到更新和再造。"②杜威的论述特别值得引起我们的注意。他在这里是以画家与外界事物的接触遇合而产生作品的审美构形的，线条、色彩是内在于画家的媒介感，通过这种内在的媒介感来对眼前呈现出来的对象进行修正，

① ［德］卡西尔：《人论》，甘阳译，上海译文出版社1985年版，第187页。
② ［美］杜威：《艺术即经验》，高建平译，商务印书馆2005年版，第94页。

因此，杜威进一步阐明了这个思想："如果他是一位艺术家——如果他是一位画家，有着一种由于训练而对媒介的尊重，他就要通过他的媒介的强制力量，对呈现给他的对象进行修正。"① 杜威在这里如此具体地描述了画家的媒介感在创作的原初发动阶段时的重要功能，这是令人耳目一新的，也是符合艺术创作的实际情况的。

中国古代文艺理论中的感兴，是通过与外物的触遇而唤起诗人（或艺术家）的情感，这是在文论传统中的通常理解，已经不需要更多的论证与诠释。但是，本文要阐明的观点是，感兴的获得和创作冲动的发生，本身便是凭借着内在的媒介感的。刘勰论"神思"时所说："故思理为妙，神与物游。神居胸臆，而志气统其关键；物沿耳目，而辞令管其枢机。枢机方通，则物无隐貌；关键将塞，则神有遁心。"② 诗人在这个"神思"腾跃的过程就是以文学的内在媒介感来进行作品的构思的。"辞令"不是一般的语言，而是能够表现物象特征的词语，也包括声律，后面所说的"然后使玄解之宰，寻声律而定墨，独照之匠，窥意象而运斤"，都说明了"神思"不是与语言媒介无关的空洞想象，而是以文学的媒介感来进行运思的过程。（关于文学的媒介特征，在下面一节加以论述）绘画亦是如此，画家在感受对象时就是以颜色、笔墨和构形等绘画的媒介感形成了内在的独特画面的。如南北朝时著名画家宗炳论山水画的创作时所言："况乎身所盘桓，目所绸缪，以形写形，以色貌色也。"③ 宗炳这里所说的是画家在晤对山水而进入山水画创作的内在构形阶段，画家身在山水之间，目与山水绸缪，以自己头脑中的形来写照山水之形，以自己头脑中的色来表现山水之色。前一个"形"、"色"，就是画家的内在媒介感。五代时大画家荆浩也在其论学山水画时说："夫山水，乃画家十三科之首也。有山峦柯木水石云烟泉崖溪岸之类，皆天地自然造化。势有形格，有骨格，亦无定质，所以学者初入艰难。必要先知体用之理，方有规矩。其体者，乃描写形势骨格之法也。运于胸次，意在笔先。"④ 荆浩认为，对于画家来说，"形势骨格之法"是属于媒介范畴的，"运于胸次"是画家在与山水晤对产生创作冲动时便以之进行了。如此之

① ［美］杜威：《艺术即经验》，高建平译，商务印刷 2005 年版，第 94 页。
② 范文澜：《文心雕龙注》，人民文学出版社 1962 年版，第 493 页。
③ （南朝·宋）宗炳：《画山水序》，见沈子丞《历代画论名著汇编》，文物出版社 1982 年版，第 14 页。
④ （五代）荆浩：《画山水赋》，见卢辅圣主编《中国书画全书》第 1 册，上海书画出版社 2009 年版，第 8 页。

论，在山水画论中最多，那是因为画家画山水画多是与山水晤对而产生审美感兴的。宋代画家董逌评山水画时便特重感兴，如其评李公麟画时所说："伯时于画，天得也。常以笔墨为游戏，不立寸度，放情荡意，遇物则画，初不计其妍蚩得失。至其成功，则无毫发遗恨。此殆进技乎道，而天机自张者耶?"① 董逌多以"天机"论画，其实就是感兴。"凡赋形出象，发于生意，得之自然。"② 这也是说画家在"见于胸中"阶段，便以颜色、构图等内在的媒介感来运思了。而在董逌看来，它们都是遇物则画的"感兴"产物，即"天机自张"，得于造化。

四

这里要专门讨论一下诗（文学）的媒介特征，这样可以见出其与其他艺术门类的媒介的不同之处，同时，也更能发现其与感兴之间的内在联系。从理论的角度来说，感兴论在诗学中是首当其冲的。发掘诗学中的感兴论与媒介的内在联系，这是当代的文艺美学可以深入一步的重要契机。在笔者的理解中，文艺美学之所以有其存在和发展的合理性，在很大程度上是超越了原来的文艺学那种以文学的社会功能为主的格局，而着力发掘艺术的内在审美属性。

媒介是以物性为其特征的，而文学的媒介是语言，与其他门类的那些有着看得见摸得到的物质属性相比，文学的媒介就显得虚化得多。但文学的媒介仍然是媒介，而且同样是具有物性的。文学中的语言当之无愧地成为一种艺术的媒介，是因为它是一种客观的存在，而文学作品之所以能够保存流传，也是因为它是通过媒介而创造出来的客观存在物。文学的艺术语言看上去与其他文字的语言并无二致，其实是以特殊的构造法而创造出作为审美客体的作品。鲍桑葵专门论述过诗歌语言的媒介性质，他说："在雪莱看来，诗好象对付的是一种完全合适的而且透明的媒介，这种媒介并没有自己的质地，因此几乎不成其为媒介，而是想象从虚无中创造出来为想象用的。而别的艺术所运用的媒介，由于是粗鄙的、物质的、而且有其本身的质地，在他看来，毋宁说是表现的障碍，而不是表现的合适工具。对于这种见解的回答

---

① （宋）董逌：《广川画跋》卷4，见于安澜编《画品丛书》，上海人民美术出版社1982年版，第290页。

② 同上书，第288页。

就是我们刚才提过的。使媒介具有体现情感的能力的，是媒介的那些质地；诗的媒介是响亮的语言，而响亮的语言也恰恰和其他的媒介一样有其种种特点和具体的能力。"① 鲍桑葵是坚决主张诗歌的语言也是一种具有物质性的媒介的，他认为语言本身并不缺乏作为媒介的属性。奥尔德里奇仍然从他区分媒介与材料为二物的观念出发，来谈论文学的媒介。他认为作品中的词和句等都还是文学的材料，如其说："文学的材料从根本上说就是在最一般的情况中学会的具有各种静态和动态的词和句。"② 如何从文学的材料达到文学的媒介？下面的话也供我们领会他的意思："一个熟练掌握语言的人，可以有意识地使语言脱离上述用法，可以通过语言本身的动态性媒介，而不是指称作为外部题材的事物的语言，来向想象性领悟展现事物。但是，这就说到了文学的内容和媒介。"③ "诗的媒介不仅包括属于语言静态方面的语言的音响度，而且还包括刚才作为语言普通用法的动态的伴随物而提到的各种情感、形象和意向。这些东西和词的音调性质一起，为诗人提供了作为诗人艺术的那种生动的语言描绘所必需的'色彩'。就像画家运用他对颜料在各种调配中的性质所具有的领悟性眼光加工颜料一样，文学艺术家也运用对这些要素以及语音形式的鉴赏力来处理他的语言材料。"④ 媒介是与材料分不开的，但它们又不能等同。文学的媒介是运用材料而构成的动态性的整体结构。

　　语言（词语）作为诗的艺术媒介，其与感兴的关系又是怎样的呢？或许有人要问：这二者之间难道有什么内在的联系？本文认为，在创作的发生阶段，感兴的作用至关重要，因为感兴是触物而起，而非事先立意，这才是真正的审美发生。主"感兴"论者都认为真正的杰作佳什，是"无所用意，猝然与景相遇，借以成章，不假绳削，故非常情所能到"的产物，而且，"诗家妙处，当须以此为根本"。⑤ 而在我们所理解的审美感兴，并非一般性的触物以兴情，而是诗人（作家）以其独特的艺术媒介来感受世界，在头脑中已经凭借词语、声律等媒介因素构拟出意象化的整体。刘勰论"神思"

---

① ［英］鲍桑葵：《美学三讲》，周煦良译，上海译文出版社 1983 年版，第 33 页。
② ［美］奥尔德里奇：《艺术哲学》，程孟辉译，中国社会科学出版社 1986 年版，第 106 页。
③ 同上。
④ ［美］奥尔德里奇：《艺术哲学》，程孟辉译，中国社会科学出版社 1986 年版，第 108 页。
⑤ （宋）叶梦得：《石林诗话》中，见（清）何文焕《历代诗话》上册，中华书局 1981 年版，第 426 页。

时所说的"然后使玄解之宰，寻声律以定墨；独照之匠，窥意象而运斤"①
就颇为值得我们深入理解，因为它深刻揭示了诗的"神思"与媒介的关系。
《文心雕龙》中《比兴》篇的赞语尤为值得我们注意："诗人比兴，触物圆
览。物虽胡越，合则肝胆。拟容取心，断辞必敢。攒杂咏歌，如川之涣。"②
"触物"即是指诗人感兴"触物以起情"的性质。"圆览"，一般的解释是
"周密地观察"或"全面地观察"。笔者认为，"圆览"可以理解为浑融圆
整的观览境界。感兴激发了诗人的主体意志，使本来如隔胡越的物象，在作
品中合成为一个近如肝胆的意境整体。关于"拟容取心"有很多阐释，其
中王元化先生的阐述较有深度："对于《赞》中提出的'拟容取心'，我在
释义中作了这样的解释：'容'指的是客体之容，刘勰有时又把它叫做
'名'或'象'；实际上，这也是针对艺术形象所提供的现实表象这一方面。
'心'指的客体之心，刘勰有时又把它叫做'理'或叫做'类'；实际上，
这也就是针对艺术形象所提供的现实意义这一方面。'拟容取心'合起来的
意思就是：塑造艺术形象不仅要摹拟现实的表象，而且还要摄取现实的意
义，通过现实表象的描绘，以达到现实意义的揭示。"③ 笔者对元化先生充
满了崇敬之情，但对"拟容取心"却有自己的理解，认为这个"心"并非
客体之"心"或者"现实意义"，而是诗人的"触物圆览"之心，也即主
体之心，因为"物虽胡越，合则肝胆"正是强调了主体心灵的作用，即为
《物色》篇中说："与心徘徊"。"断辞必敢"指出其语言作为感兴媒介的重
要功用。宋代诗论家严羽反感于宋诗中那种堆砌故实，缺少情兴的作法，而
最为推崇的便是盛唐诗人那种"兴趣"，其云："盛唐诸人唯在兴趣，羚羊
挂角，无迹可求。故其妙处，透彻玲珑，不可凑泊，如空中之音，相中之
色，水中之月，镜中之象，言有尽而意无穷"④ 这是一种浑成圆融的审美境
界，它的发生契机是诗人的审美感兴。诗人是凭借着长期艺术训练而获得的
媒介感与外界事物相触遇，从而在头脑中产生了具有内在视像性质的画面，
而这恰恰是已经用词语和韵律等媒介进行内在的构形了。鲍桑葵指出："诗
歌和其他艺术一样，也有一个物质的或者至少一个感觉的媒介，而这个媒介
就是声音。可是这是有意义的声音，它把通过一个直接图案的形式表现的那

---

① 范文澜：《文心雕龙注》，人民文学出版社1962年版，第493页。
② 同上书，第601页。
③ 王元化：《文心雕龙创作论》，上海古籍出版社1984年版，第217页。
④ 郭绍虞：《沧浪诗话校释》，人民文学出版社1961年版，第26页。

些因素，和通过语言的意义来再现的那些因素，在它里面密切不可分地联合起来，完全就像雕刻和绘画同时并在同一想象境界里处理形式图案和有意义形状一样。"① 鲍桑葵在这里强调的是，诗歌创作的媒介虽然不同于绘画、雕刻等那样的物质性很强的东西，而是有意义的声音，但是这种媒介却是可以描绘内在的形式图案的，也即给人以画面感的。他认为这二者是密不可分地结合在一起的。俄国著名文艺理论家哈利泽夫强调了文学媒介与其他艺术门类的媒介的不同之处，然而，他却认为文学媒介可以更好地表现内在的视觉形象，他说："有别于绘画、雕塑、舞台和屏幕的画面，语言画面（词语描绘）是非物质性的。词语的艺术形象缺乏直观性，却能够生动如画地描绘虚构的现实，而诉诸于读者的视觉。文学作品的这一方面被称之为词语的塑像。较之于直接地、瞬间地转化为视觉接受，借助于词语的描绘，更加符合对所见之物加以回忆的规律。"② 哈利泽夫对于文学媒介的特点的阐述是颇为中肯的。对于前述鲍桑葵的观点是一个更为明确的补充，尤其是有力地说明了媒介在文学的内在运思中是不可缺少的。

　　作为具有良好的艺术修养的诗人，对于艺术媒介的熟练运用和媒介感的内化，会激发审美感兴的强度，从而产生类似于"自我实现"的感觉，并促使天才杰作的诞生！诗人对于自己运用媒介的能力有高度的认同感和兴奋感，杜甫所说的"为人性僻耽佳句，语不惊人死不休"，就是最为典型的。此时诗人进入一种高度的创造性状态，正如清人张实居所描述的那样："古之名篇，如出水芙蓉，天然艳丽，不假雕饰，皆偶然得之，犹书家所谓偶然欲书者也。当其触物兴怀，情来神会，机括跃如，如兔起鹘落，稍纵则逝矣。有先一刻后一刻之妙，况他人乎?"③ 这应该是诗人在灵感爆发时极为亢奋的状态，其实是诗人因其禀赋了炉火纯青的媒介感的缘故。

　　审美感兴与艺术媒介表面上看似没什么联系的范畴，其实有内在的因缘，将这种内在的关系予以研究和揭示，对于理解艺术创作，是可以向前大大推进一步的。感兴是中国古代文艺理论的话语，它揭示的是艺术创作发生的奥秘，但我们一般理解的感兴，就是与外物触而兴发的诗人情感，本文则将媒介的内化与感兴结合起来，从而说明了感兴是已经凭借媒介的功能而形

---

　　① ［英］鲍桑葵：《美学三讲》，周煦良译，上海译文出版社 1983 年版，第 33 页。

　　② ［俄］瓦·叶·哈利泽夫：《文学学导论》，周启超等译，北京大学出版社 2006 年版，第 127 页。

　　③ 周维德笺注：《诗问四种》，齐鲁书社 1985 版，第 50 页。

成了作品的构形。在这个阶段上，卡西尔的论述是相当深刻的："艺术使我们看到的是人的灵魂最深沉和最多样化的运动。但是这些运动的形式、韵律、节奏是不能与任何单一情感状态同日而语的。我们在艺术中所感受到的不是哪种单纯的或单一的情感性质，而是生命本身的动态过程，是在相反的两极——欢乐与悲伤、希望与恐惧、狂喜与绝望——之间的持续摆动过程。使我们的情感赋有审美形式，也就是把它们变为自由而积极的状态。在艺术家作品中，情感本身的力量已经成为一种构成力量（formative power）。"①卡西尔揭示的是媒介的构形功能，而认识到感兴发生阶段所凭借的媒介功能，则使媒介的研究向内深化了许多。

---

① ［德］卡西尔：《人论》，甘阳译，上海译文出版社 1985 年版，第 189 页。

后　记

　　2015 年是乙未羊年，也是我的本命年。一个甲子，对我来说，真是令人感到恐惧不安。从研究生毕业走上学术研究之路，不知不觉之间，已至花甲，岂不悲夫！从去年开始，我就萌生了编选自己的学术文选的心愿。从这三十多年的学术成果中选出一部分理论性较强的文字，名之曰《美学与诗学》，分为 6 卷，也是暗合 60 岁之意。算是对自己的学术研究的一个阶段性总结吧。但这不是什么"收官之作"，而是"人在旅途"。原本想名为"张晶前集"，以此告诉大家，以 60 岁为节点，若干年后还有"后集"。但后来觉得不如这个《美学与诗学》的书名更能概括文集的学术内涵，方才用了现在的书名。

　　按照不成文的规矩，似乎"后记"都应该说些感谢之语，我这个"后记"也不想"免俗"。要说感谢，首当其冲的当然还是我的爱人（或称"内人"）殷建莉医生。这几十年下来，"后院"如果"起火"的话，我的学术研究无论如何也难有今天这些东西。记得 20 世纪 90 年代初，我还不会用电脑写字，更不能用电脑思维，她先学会了五笔字型，我的第一部书稿《辽金诗史》42 万字，就是她用两个月的业余时间敲出来的。她还要管孩子上学和做饭呢。人家也不是家庭妇女，白天要在医院里上班，隔几天还要值一回 24 小时的班，自然是很辛苦的。但她不以为苦，反而嘲笑我的落后。后来是她教会了我五笔字型，写书、写文章就直接在电脑上打字，这样我也就养成了用电脑直接思维的习惯，她又开玩笑说我把她给"炒鱿鱼"了。《辽金诗史》是我的第一部专著，也是在辽金元文学研究领域的具有开辟性质的书，在当时学界影响很大，能够在很短时间里打印成书稿交由出版社出版，殷大夫当是首功啊！更深一层的感谢，是她每临大事的"静气"。说实在话，我这几十年波波折折、坎坎坷坷的遭遇也不少，也有低谷，也有高峰。数度风雨，她的处变不惊，对我是一个深刻的感染。

　　这套文集能够面世，还要深深感谢我的若干同事和我的学生们。文科处处长段鹏教授从学校科研管理的角度，对于文集出版给予了最大的支持，令我感动不已。我多年的同事、助手王韶华副教授，用了很大精力统筹这6卷本的篇目选择和编排。各卷目次经过反复调整，才形成现在的样子。在编校过程中，另一位同事、助手董希平教授，对各卷的注释查找提供了全面的文献与技术支持，同时，又负责了不止1卷的核查校对工作。博士生张晓东老师更是把文集各卷的协调统筹工作都担在自己的肩上，自始至终都是一丝不苟地反复核查。数不清的日日夜夜，晓东为这套文选付出的努力与辛劳，是难以为外人道的。还有杜莹杰副教授、陈友军副教授，都为本书的校对工作付出了很多辛勤的劳动。文艺学专业的研究生张俊丽、李力立、王成功、张富鼎、魏梦瑶等帮助我查找文献资料、进行文本校对。没有他们付出这么多劳动和心血，这套文集能顺利出版是不可想象的。在此一并道一声感谢！虽然我知道这远非一个"谢"字能够道感动之情于万一的。

我的学术道路，也是一个曲曲折折的历程，一路前行，一路探索，到了这个年纪，有很多的苦辣酸甜。我真的算不上什么聪明人，却还具有反思的能力和习惯。编这套文选，当然也正是反思的过程。60年一个甲子，也是一个轮回。以这个羊年为节点，开始新的跋涉，用学术上的积累，刻写我生命的年轮。

几十年形成了学术思考与写作的"顽疾"，很多别人休闲旅游的时光，我都是在案头工作的。我觉得思考是快乐的，工作是美丽的，创造是浪漫的。我并不主张那种"钻砺过分，神疲气衰"（刘勰语）的"用功"，因为那是以戕害健康为代价的。我只是不愿意把美好而有限的时间打发在无聊且无益的虚度上面，因为那对我来说，更是无趣。

把前一个60年抛在后面，那就重新开始。我会一直在路上，因为风光无限！

权且以此为后记。

2015年3月5日，元宵节之夜

N